아도니스

ADONIS vol.11
아도니스
초판 1쇄 인쇄일 | 2019년 08월 20일
초판 1쇄 발행일 | 2019년 08월 26일

지은이 | 남혜인
펴낸이 | 박성면
펴낸곳 | (주)동아

출판등록 | 제406-2007-000071호

주소 | 경기도 파주시 문발로 115, 세종출판벤처타운 201-A호
전화 | (031)8071-5201
팩스 | (031)8071-5204
E-mail | bear6370@hanmail.net
홈페이지 | http://blog.naver.com/lion6370

정가 | 11,800원

ISBN 979-11-6302-223-7(04810)
ISBN 979-11-5511-397-4(SET)

ETERNAL BLISS ADONIS
아도니스

Part 02 - II
vol. 11
남혜인 장편소설

동아

33. 바하무트 편

33. 바하무트 편

태초.

이 세상에서 가장 약한 생물이 바다에 있었다.

그는 세상에서 가장 고귀하고 강했던 여왕과 균형을 맞추기 위해서 태어났다. 그는 너무나 작고 하찮아서 누구에게라도 잡아먹힐 수 있는 먹이사슬의 최하층에 있었다.

그는 온 영혼이 욕망으로 이루어진 것처럼 끊임없이 무언가를 바랐다.

최초의 욕망은 허기였다.

그는 주린 배를 채우기 위해 저와 비슷한 생물들을 잡아먹었다. 허겁지겁 허기를 해소한 후에는 안전을 바랐다. 이 넓은 바다에서 안전해지려면 어찌해야 할까?

강해져야 했다.

강해지는 수단은 오로지 먹는 것뿐이었다.

그래서 먹고 또 먹었다. 수단과 방법을 가리지 않으며 닥치는 대로 먹어 댄 그는 마침내 '진화'했다.

진화를 거듭하여 바다 생물들이 웬만하면 그를 건들지 않게 되었을 때, 그는 과거에 위협적이기만 했던 생물들이 공포에 질리는 꼴이 보고 싶어졌다. 그러려면 어찌해야 할까?

강해져야 했다.

또다시 먹고, 먹고, 먹었다.

진화하고 또 진화했다.

결국 바다에서 손꼽히게 강한 괴물이 되어 두려움을 샀다.

그의 이름은 '욕망의 바하무트'였다.

바하무트는 여기서 만족하지 못했다. 그는 포식자들에게 잡아먹힐까 봐 숨거나 기어 다녔던 시절을 기억했다. 그 기억을 짓밟고 최강의 위치에 등극하고 싶었다.

강해지고 싶었다.

그래서 또 잡아먹고, 잡아먹고, 잡아먹었다.

강해지기 위해 먹고 싶었다.

더 큰 생물을, 더 강한 생물을, 그보다 더한, 최강의 생물을!

그러나 그의 욕망은 드래곤 앞에서 가로막혔다.

도저히 드래곤을 이길 수 없었다. 매번 드래곤에게 큰 상처를 입고 도망치기 일쑤였다. 그는 영혼을 진탕하는 굴욕감과 망가진 자존심에 분해서 어찌할 바를 몰랐다.

강해지고 싶어도 이 이상 강해질 방법이 바다에는 없었다. 이제 드래곤을 제외하면 그가 바다에서 가장 강했고, 그보다 약한 생물을 먹어 봤자 이때까지처럼 대폭 성장할 수는 없었다. 설령 죄다 먹어서 소화하더라도 드래곤을 쓰러뜨리는 건 불가할 터였다. 드래곤은 그 정도로 강력한 존재였다.

그래서 바하무트는 이때까지 관심 밖이었던 육지를 보았다. 뭍에서 무언가가 그를 유혹하고 있었다. 그는 미지의 육지에 드래곤보다 강해질 수단이 존재함을 직감했다.

바하무트는 마침내 바다를 떠나 빙원으로 올라섰다.

이동에 불편함을 느낀 그는 어인들이 이따금씩 꼬리를 두 개의 다리로 만들던 것을 기억하고 거대한 몸을 어인의 인간형으로 변형했다.

비틀대며 빙원을 걸은 지 얼마나 되었을까. 육지에서 떠돌고 있던 악마의 파편은 당연하다는 듯이 욕망의 화신인 바하무트의 앞에 나타났다.

바하무트는 악마의 파편이 그가 애타게 찾아왔던 강화의 수단임을 본능적으로 알아채고 즉시 흡수했다. 악에 찌든 악마의 파편은 바하무트와 상성도 매우 잘 맞았다.

바하무트는 육지 생물의 주류인 인간의 사회로 스며들었다. 육지의 언어는 바다의 언어와 같았기에 대화가 어렵지는 않았으나 생활 방식은 너무나 달랐다. 그래서 바하무트는 인간의 방식을, 역사를, 지식을 끊임없이 흡수했다.

그는 깨달았다. 육지에서도 먹이사슬의 법칙이 성립함을.

그러나 단순히 힘만으로는 복잡다단한 육지의 최강자가 될 수 없음을!

한 무리의 수장이 된 그는 바하무트 가문을 세웠다. 가문이 왕국이 되고, 왕국이 제국이 되는 건 순식간이었다. 바하무트는 군주로서 북부 대륙에 군림하며 바다 괴물일 때는 느끼지 못했던 권력욕과 정복욕을 즐겼다.

이 세계를 내 발밑에 두겠다!

악마를 완성하고 드래곤을 죽이는 것에, 세계 정복까지 그의 목표가 되었다.

그러다가 남부의 로안느와 맞붙었다.

바하무트는 로안느 왕족과 마주치자마자 이루 말할 수 없는 적개심이 치솟아 몸서리쳤다. 자신과 로안느는 절대로 섞일 수 없는, 양극단에 위치한 존재임을 깨달았다. 죽여야 했다.

그런데 어째서인가?

죽이려 해도 죽일 수가 없었다. 대체 왜 놈들의 앞에서 약해지고 심장이 울렁거리는가? 놈들의 목을 잡아 비틀고, 물어뜯을 수 없는 이유는 무엇이란 말인가?

그것은 절대 바하무트의 감정이 아니었다.

바하무트는 로안느 왕족을 보호하는 정체불명의 붉은 신력이 문제임을, 더 나아가 그런 비정상적인 상태가 악마의 파편에서 비롯되었음을 깨달았다.

파편에서 치명적인 결점을 발견한 바하무트는 악마와 공존하는 대신 악마를 완전히 잡아먹기로 결심했다. 잡아먹으면 그런 문제는 사라질 테니까.

그러나 바하무트에게도 수명은 정해져 있었다.

수천 년을 살아온 바하무트는 어느 순간 자신이 영생을 누릴 수 없음을 깨달았다. 아무리 진화를 거듭하고 강해진다 해도 그 역시 법칙에 구애받는 생물이었던 것이다.

바하무트는 목표를 달성하지 못한 채 제 존재가 소멸되는 것을 참을 수 없었다. 그리하여 바하무트는 천애 고아였던 인간 여자와 결혼을 하고 남아와 여아를 한 명씩 낳았다. 악마의 파편을 계속해서 모으기 위해, 그리고 옅어진 바하무트의 피를 다시 짙게 만들기 위해 근친을 이어 갈 것을 아이들에게 명했다.

바하무트는 후손이 신을 잡아먹고 법칙마저 깨부숴 주기를 원했다. 그때 저 또한 함께하기를 원했다.

그리하여 수명이 다해 죽어 갈 때, 바하무트는 자신의 영혼을 바하무트의 핏속에 봉인했다. 그리고 '악마'를 완성한 짙은 피가 완전한 '바하무트'일 때 봉인이 깨지도록 하였다.

정점에 이른 후손은 욕망의 바하무트, 그들의 원천을 가지게 될 것이다. 원천을 잡아먹을지, 원천에게 잡아먹힐지는 후손의 몫이었다.

위대하고 잔인한, 힘과 폭압의 상징 바하무트 제국!

현시대를 살아가는 이들 중 이 말에 동의하지 않는 사람은 없을 것이다. 북부 대륙 전체를 손에 넣은 제국의 힘은 대체 어디에서 비롯되었을까? 세간에는 알려져 있지 않았다.

바하무트의 황제, 테일런은 체스 판 앞에 앉아 있었다. 홀로 체스를 두며 벽에 걸린 지도를 지루하다는 듯 바라보았다.

현재 대륙은 크게 보면 이렇게 나뉘어 있다.

북부의 바하무트.

동부의 이그나이츠.

중남부의 로안느.

그 외 중소 국가들.

대륙의 모습은 바하무트가 몬스터들을 날뛰게 만들기 전과 그 후로 나뉜다. 게이트 사태 이후 수많은 국가가 사라졌고, 살아남은 국가들은 망국들을 흡수하여 덩치가 커졌다.

하지만 중소 국가들은 바하무트에 대항할 엄두도 내지 못했다. 대륙을 망친 주범이 바하무트였음에도 앞다투어 조공을 바쳐 존속을 구걸했다.

테일런은 언제든지 멸망시킬 수 있는 그런 나라들에는 관심이 없었다. 중요한 건 이그나이츠와 로안느였다.

그중에서도 이그나이츠.

테일런의 눈은 이그나이츠가 자리 잡은 땅을 훑고 있었다.

"제법이야."

바하무트가 건국을 방해하지 않은 것을 감안하더라도 대단했다. 인간과 이종족을 한데 모아 이런 강대국을 건국한 것은 테일런도 인정할 만한 업적이었다. 테일런은 마지막으로 보았던 아르하드의 얼굴을 떠올리며 피식 웃었다.

"감정 수습도 빠르고."

테일런은 건국식을 제대로 망치고 아르하드의 속도 뒤집었다. 그 결과로 아르하드가 날뛰거나 전 국가가 허둥지둥하는 꼴을 보고 싶었는데 재미없게도 별 반응이 없었다. 오히려 바하무트에 대한 적개심을 불태우며 일사불란하게 전열을 가다듬었고 전쟁에서도 승기를 잡아 갔다.

테일런은 분노로 이성을 잃은 아르하드의 옆에서 침착하게 저를 관찰하던 이아나를 떠올렸다. 깊숙하게 베여 아직까지도 낫지 않은 뺨이 따끔거렸다.

'역시 그 여자가 어떻게 한 거겠지. 이종족도 그 여자가 모은 걸 테고?'

마음에 들었다.

이 마음이 설령 악마의 것일지라도 상관없었다. 어차피 악마의 모든 것이 제 것이 될 테니 말이다.

'그러니 서둘러 줬으면 좋겠는데…….'

상대방이 꾸물거리니 정말 지겨웠다.

'열심히 긁어 줘야겠군. 뭐로 긁어 볼까.'

이그나이츠의 전력은 탐색전을 통해 대강 파악했다. 거듭되는 승전과 황족의 침묵으로 어느 정도 방심하게 만들어 놓기도 했다. 그러니 이젠 제대로 긁어 볼 때였다.

'평범한 전쟁만으로는 부족해.'

탁.

테일런이 체스 말을 옮길 때, 문 쪽에서 인기척이 났다.

"테일런."

그의 어머니, 샤일린스 바하무트였다.

샤일린스는 성급하게 전쟁을 시작한 잘못을 인정하고 믿음직스러운 아들 테일런에게 모든 것을 맡기고 물러났다. 요새는 후방에서 바하무트의 국정을 도우며 테일런이 약속한, 마음껏 날

될 수 있는 '때'를 얌전히 기다리는 중이었다.

하지만 이따금씩 화가 나서 참을 수 없을 때가 있었다.

"대체 그 두 연놈은 언제 잡아들일 수 있느냐?"

사지를 찢어 죽여도 모자랄 판에 놈들이 활개 치는 걸 보고만 있자니 속에서 분노가 울컥울컥 치밀었다. 샤일린스를 나른하게 쳐다보던 테일런이 아, 하고 웃었다.

"곧 잡아들이죠."

"정말이냐?"

"예. 이쯤이면 방심도 좀 하고 있을 테고……. 적기입니다."

테일런이 기대된다는 듯 웃었다.

"그리고 '이아나 이그나이츠 라이즈'를 우리의 만찬에 초대합시다."

뜻밖의 말에 샤일린스가 눈을 크게 떴다.

"그 여자를?"

"예. 어머니도 한번 보셔야 하지 않겠습니까. 바하무트 혈족의 욕망을 부추기는 악마의 여자를요."

"……."

이아나를 직접 보지 못한 샤일린스는 여전히 이해할 수 없었다. 욱하는 성질이 있는 이사벨라와 달리 테일런은 지극히 이성적이었다. 꼭대기에서 아랫것들을 조롱할 뿐 특정 대상에 감정적으로 반응한 적은 없었다. 괜히 테일런의 시대를 악마를 완성하는 시대로 둔 게 아니다.

하지만 그 테일런조차 동요하게 만드는 여자, 이아나.

샤일린스도 그녀를 꼭 한번 보고 싶었다.

"자, 그럼."

와르르.

테일런이 체스 판을 쓸었다. 말들이 바닥으로 와르르 떨어져 내렸다.

"적들이 하루빨리 강해질 수 있도록 제대로 자극해 봅시다."

와드득.

테일런의 발에 짓밟힌 말들이 사정없이 부서졌다. 말들은 흑색과 백색 구분 없이 엉망으로 뒤섞여 있었다.

백색이 이그나이츠 주민들이라면, 흑색은 북부의 주민들이다. 바하무트는 원하는 것을 얻을 수만 있다면 졸병들을 얼마든지 희생시킬 수 있었다. 바하무트의 강함에 빌붙어 살아가는 따개비들 따위에 애정을 가질 리가 없었다.

하지만 이그나이츠는 제 나라 국민들을 소중히 여기고 수호하고자 하겠지.

지킬 게 있는 자는 잃을 게 없는 자보다 약하다. 그러나 소중한 것들이 위기에 몰릴수록 빨리 강해지는 법이다.

'절박해져라.'

뼈를 취할 수 있다면 살은 얼마든지 내주지. 뜯긴 살이야 시간이 지나면 복구되기 마련이다. 상처 난 뺨에서 새살이 돋아나는 것처럼 말이다. 남는 장사였다.

물론 대놓고 주민들을 막 대했다간 반발심을 품은 버러지들에게 회귀 전처럼 뒤통수를 맞을 것이다. 원하는 것을 가질 때까지는 아끼는 흉내를 내야 할 것이다.

그것이 적을 방심시키는 방법이기도 했고.

어느 영지의 성문.

"스트레이트 플러시!"

"아! 졌잖아!"

한 무리의 경비병들이 성문 앞에 퍼져 앉아 있었다. 최근 외지인의 방문도 다른 영지의 시비도 급격하게 줄은 탓에 성문 앞은 매우 한산해졌다. 딱히 밖을 경계할 필요가 없어진 병사들은 카드를 가지고 놀고 있었다.

"어? 저기 좀 봐. 누가 오는데."

뜻밖에도 오늘은 방문객이 있었다.

로브를 푹 뒤집어쓴 여성이었다.

어둑한 저녁이 되어 가는 시간, 이 외딴 영지를 찾은 저 여자에게는 무슨 사연이 있을까?

"하필이면 여기로 오다니. 저 여자도 운이 나쁘군."

병사들이 씩 웃으며 자리에서 일어났다.

지금은 병사지만, 이 남자들은 한때 한 대형 도적단의 도적들이었다. 그들이 속한 대형 도적단은 십여 년 전, 영주와 대부분의 병사들을 사살하고 이 영지를 독차지했다. 바하무트에서는 힘만 있다면 뭐든 할 수 있었다. 도적들의 우두머리는 귀족 영주가 되었고, 도적들은 영주의 병사가 되어 신분을 탈바꿈했으며, 기존 영지민들은 노예가 되어 부려 먹혔다.

즉, 이 영지는 도적들의 땅이었다.

"예쁘면 좋겠는데."

병사들이 시시덕거리며 일어났다.

"정지!"

여자가 멈춰 섰다.

"로브 모자를 벗어라."

여자는 별 대꾸 없이 로브를 뒤로 젖혔다.

"악!"

화상으로 뒤덮여 흉측한 얼굴을 보고 병사들이 기겁했다. 하지만 이내 여자의 정체를 알아보고 고개를 갸우뚱했다.

"어라. 혹시 몇 달 전에 행방불명된 여자 아닌가?"

"맞네. 루이즈."

"어디서 꼬꾸라져 죽었을 줄 알았는데 멀쩡히 살아 있었네?"

루이즈의 얼굴은 한번 보면 잊을 수 없기에 그녀가 사라진 지 몇 달이 지났는데도 기억할 수 있었다.

"도망쳤다가 돌아온 건가? 왜 돌아왔지?"

"영지 밖이 더 살기 어려웠나 보지. 저 흉한 걸 받아 줄 영지가 있었겠냐."

"멍청한 계집. 준비도 없이 무작정 영지를 나섰나 보군."

병사들은 쯧쯧 혀를 차며 루이즈에게 다가왔다.

"어쨌든 잡아가자고. 별일이 다 있네."

병사들이 루이즈의 옷을 거칠게 붙잡는 순간, 루이즈가 지팡이를 흔들었다. 그러자 병사들은 스르륵 잠이 들었다.

루이즈는 로브를 다시 푹 뒤집어쓰고 그림자처럼 성문 안으로 들어갔다. 마을을 잠깐 헤매다가 목적지인 돌다리를 발견하고 그 밑으로 향했다. 돌다리 밑에는 비렁뱅이들이 옹기종기 모여

앉아 있었다. 하루 종일 돌산의 석재를 캐고, 그 대가로 받은 딱딱한 빵을 상하기 직전의 우유에 적셔 먹던 중이었다.

스르륵.

땅을 끄는 로브 자락 소리에 무심결에 뒤를 돌아본 사람들이 루이즈를 보고 화들짝 놀랐다.

"루이즈 아냐?"

"맞네. 살아 있었어?"

루이즈는 그들을 무시하고 자신의 집으로 향했다.

비렁뱅이들은 서로를 경계하면서도 험악한 영지에서 살아남기 위해 무리 지어 생활했다.

거기서도 루이즈는 따돌림을 받았다. 루이즈는 경멸이 한 움큼 담긴 시선들 때문에 거리를 편히 돌아다닐 수 없었고, 머리가 나쁜 데다 손이 느려 터져서 일도 잘 못했다. 가끔가다 얕은 동정심을 느낀 이들이 먹다 남은 음식을 던져 주는 것에 감사하며 살아왔다.

"……."

낡은 냄비와 지푸라기로 엮은 이불, 쓰레기에 가까운 소지품들. 루이즈의 옛집은 그대로였다. 빼앗아 갈 것도 없었을뿐더러, 부정 탄다며 아무도 손을 대지 않았기 때문이다.

루이즈는 집 안을 한번 빙 둘러보았다.

"오늘은 과거와 작별하는 날이야. 안녕."

루이즈가 밖으로 나왔다. 사람들의 이목이 집중된 가운데, 루이즈가 마법으로 집에 불을 놓았다.

"불이야!"

매캐한 냄새를 맡은 사람들이 돌다리 곳곳에서 튀어나왔다.

"루이즈?"

그들은 죽은 줄 알았던 루이즈를 발견하고 눈을 동그랗게 떴다. 그리고 커다란 불 앞에서 가만히 서 있는 그녀를 괴이쩍다는 듯 바라보았다.

루이즈는 불을 아주 무서워했다. 그런데 지금의 루이즈는 다른 사람이라도 된 것처럼, 저를 집어삼킬 듯 입을 벌리는 불꽃을 아무렇지도 않게 바라보고 있었다.

"루이즈가 돌아왔다며?"

근처에 있던 불량배가 사람들을 밀치면서 다가왔다.

"뒈진 줄 알았더니 도망쳤던 거였냐?"

"저 거지 같은 지팡이는 또 뭐야? 얼굴도 모자라서 다리까지 못 쓰게 됐나 보네."

불량배가 루이즈를 조롱했다.

"야, 밖에서 뭐 하다 왔냐?"

그중 행동 대장이 껄렁거리며 루이즈에게 물었다.

그들은 도적들이 영지를 차지하기 전에는 평범한 암흑가 조직이었다. 하지만 도적들에게 뇌물을 바치고 아부를 떨어 영지민들을 관리할 권한을 얻은 순간부터, 그들의 위상은 남달라졌다.

온갖 행패를 부림에도 누구도 뭐라고 할 수 없었다. 도적들이 웬만한 횡포는 눈감아 줬기 때문이다. 그리고 루이즈는 지금 그녀를 겁박하는 이 구역의 불량배에게 노예처럼 부려 먹히고 허구한 날 매질을 당했었다.

"말 안 해?"

뭘 했냐는 질문에 루이즈가 대답하지 않자, 무시당했다고 생각한 행동 대장이 눈을 부리부리하게 떴다.

"이걸 확!"

그가 성큼성큼 다가와 루이즈의 멱살을 붙잡았다. 때릴 것처럼 우악스레 손을 홱 들었다. 이쯤 되면 루이즈가 무릎을 꿇으며 빌어야 하는데 오늘은 달랐다. 물끄러미 바라볼 뿐 여전히 말이 없었다.

"안 그래도 요즘 돈이 좀 부족한데, 그냥 마법사한테 실험체로 팔아넘기자. 이 계집앤 영 쓸모가 없어."

"도망칠 거면 아예 가 버리지 멍청하게 왜 돌아온 거야?"

놈들은 뭐가 그리 재밌는지 낄낄거리며 루이즈를 비웃었다.

휘이이이이…….

루이즈의 작은 집은 거센 불꽃에 금방 전소했다. 해가 지고 어두운 밤이 된 하늘처럼, 불은 사라지고 까만 잿더미만 그 자리에 남았다.

"상황 파악도 못 하고, 구제 불능이네."

걸걸하고 탁한 목소리가 물을 흐리는 미꾸라지처럼 파고들자 웅성거림이 더욱 커졌다.

루이즈는 언제나 작은 목소리로 말했다. 알아들으려면 몇 번이나 되묻거나 귀를 기울여야 했다. 그녀를 벙어리라고 오해하는 사람도 있을 정도였다.

하지만 방금 전 들린 루이즈의 목소리는 선명하지 않았지만 크고 힘이 있었다. 그래서 모두가 그 말을 제대로 알아들었다.

"경고한다."

쿵!

루이즈가 지팡이로 바닥을 찍었다.

"지금 이 순간부터 나를 위협하는 놈들은 몸 한 군데를 부러뜨릴 거야."

"이거 완전 돌았네?"

루이즈를 같잖다는 듯 흘기던 불량배의 표정이 험악해졌다.

"진짜 답 없는 인생이라 어느 정도 봐줬더니, 은혜도 모르고 감히 기어올라?"

"일단 손부터 봐 주마."

행동 대장의 옆에 있던 이들이 손마디를 우둑우둑 꺾으며 다가왔다. 불쌍한 루이즈의 미래는 끔찍한 방향으로 정해진 것처럼 보였다.

획!

하지만 루이즈가 지팡이를 살짝 휘젓자 상황은 달라졌다.

퍽! 퍼버버벅! 퍽!

"으아아악!"

어디선가 날아온 바람의 몽둥이들이 불량배의 몸을 힘차게 때렸다. 불량배는 맞은 그대로 날아가서 바닥을 굴러 댔다.

"끄으으윽."

위풍당당했던 불량배가 맞은 팔을 부여잡고 신음했다. 루이즈가 경고했던 바와 같이 비정상적으로 덜렁거리고 있었다.

사람들은 뜻밖의 모습에 깜짝 놀라 물러섰다.

"루, 루이즈가."

"마법사가 됐어."

행동 대장을 포함해서 나서지 않았던 불량배는 멀쩡했다. 행동 대장이 죽일 듯이 루이즈를 노려보며 외쳤다.

"어디서 한 수 배워 온 모양이구나!"

루이즈는 대수롭지 않게 그를 무시했다.

"경고한다. 한 발자국만 더 다가오면 사지를 부러뜨릴 거야."

거칠한 입술에서 느릿하게 흘러나온 말은 방금 전과 비슷했다. 하지만 불량배는 함부로 달려들 수 없었다.

"야, 네가 처리해! 그냥 그어 버려!"

행동 대장이 옆에서 주춤거리고 있던 부하의 엉덩이를 걷어찼다. 늘 대장에게 잘 보이고 싶었던 부하는 바지춤을 뒤적거렸다.

철컥.

그는 나이프의 날을 세우고는 마법이야 피하면 된다는 생각으로 루이즈에게 한 발자국 다가갔다.

"으아아아악!"

뒤에서 갑자기 비명이 들려왔다. 남자는 저도 모르게 뒤를 돌아보았다가 기겁했다. 명령을 내렸던 행동 대장이 사지가 죄다 꺾인 채로 바닥에서 움찔거리고 있었다. 그는 거품을 그륵거리며 의문을 표했다.

"나를 왜……."

"네가 명령을 내렸으니까."

루이즈의 무심한 눈빛이 달려들려다 멈춰 선 남자를 향했다.

"경고한다. 물러서지 않으면 죽일 거야."

남자는 새파래진 얼굴로 뒤로 물러설 수밖에 없었다.

"두, 두고 보자!"

불량배 중 한 명이 뒤로 돌아 뛰었다.

"너, 여기서 딱 기다리고 있어!"

다른 놈들도 뻔한 대사를 남기며 행동 대장을 업고 도망쳤다. 루이즈는 놈들이 패거리를 데려오는 것을 기다려 주지 않고 어딘가로 걸어가기 시작했다.

"루이즈가 엄청 강해졌어."

"성격도 이상해졌지?"

사람들은 루이즈의 뒷모습을 귀신 보듯 바라보았다. 얼굴은 똑같이 흉했지만 행동은 전과 달랐다. 루이즈의 반항은 상상할 수도 없던 것이었다.

"어디 가는 거지?"

루이즈가 대체 왜 저렇게 변했고 어떻게 강해질 수 있었는지, 그리고 지금 어딜 가서 뭘 하려는 건지 궁금했다. 오늘 뭔가 특별한 일이 벌어질 것 같았다. 호기심을 이기지 못한 사람들이 하나둘 그녀를 따라갔다.

루이즈는 해를 끼칠 생각 없이 그저 궁금해서 따라오는 사람들은 가만 내버려 두었다. 어둑한 저녁이었기에, 사람들은 마법으로든 횃불로든 불꽃을 만들어서 곁에 두었다.

루이즈가 가는 길을 따라 걷다가 목적지를 알아챈 사람들이 화들짝 놀랐다.

"이쪽은 성으로 가는 길이잖아?"

성을 둘러싼 고급 거주지에 가까워졌을 무렵, 어느새 동료들을 불러 모은 불량배가 우르르 몰려와 앞을 막아섰다.

"멈……."

"경고한다."

그들이 무어라 말하기도 전에 말을 끊고 루이즈가 지팡이로 그 중앙을 겨눴다.

"셋 셀 동안 비키지 않으면 죽일 거야. 셋, 둘, 하나."

콰지지지직!

루이즈는 빠르게 셋을 셌다. 하얀 번개가 거인의 발처럼 지상을 쾅쾅 내리찍었다. 서른 남짓의 불량배는 새까맣게 타 버린 채 바닥에 나뒹굴었다.

꾸욱.

루이즈가 미동조차 없는 불량배를 지그시 밟고 지나갔다.

"……."

사람들이 낯빛을 퍼렇게 물들였다. 대체 지금 무슨 일이 일어나고 있는 건지 이해하기 어려웠다. 반항을 넘어선 반란이 시작되고 있었다.

"뭐야? 무슨 일이야?"

저녁 하늘을 하얗게 불사 지른 번개에 집에서 식사하고 있던 마을 사람들이 깜짝 놀라서 문을 열고 나왔다.

"아니, 글쎄……."

이러쿵저러쿵, 설명하고 듣고, 또 설명하고 듣는 과정에서 루이즈를 따라가는 사람의 수는 점점 더 불어났다.

성에 다다르자 성문 앞을 지키고 있던 병사들이 루이즈를 가로막았다.

"뭐……."

"경고한다. 열 셀 동안 열지 않으면 문을 부술 거야. 십, 구."

"이 미친 여자가 무슨……."

병사들은 뒤에서 횃불을 들고 서 있는 사람들을 보았다.

"반란이냐! 이것들이!"

"아, 아닙니다! 저희는 그냥 따라왔을 뿐입니다!"

"반란이다!"

다들 화들짝 놀라 손을 내저었지만 병사들은 호각을 불었다.

"팔, 칠."

뿌우우우우우.

성이 환해지고 딸랑딸랑하는 종소리가 영지 전체에 울렸다.

"육, 오, 사."

철걱! 철걱!

철갑으로 무장한 병사들이 밖으로 뛰쳐나오는 발소리가 성을 울리기 시작했다.

"삼, 이."

겁먹은 사람들이 도망치려 등을 돌렸다.

"일."

열을 셀 때까지 성문은 열리지 않았다.

루이즈의 지팡이가 머금고 있던 마나가 마법이 되어 강풍을 불러왔다. 평범한 바람이었다면 절대 성문을 부술 수 없었을 테지만, 그녀의 뒤쪽에서 불어닥친 바람은 소용돌이치는 회오리바람이었다.

콰아아아아앙!

"으아아악!"

성문 뒤쪽에 있던 병사들이 박살 난 문짝을 맞고 날아갔다.

흉흉한 기세로 성에서 뛰쳐나온 병사들은 문밖의 풍경을 보고 이게 대체 무슨 일인가 싶었다.

흉측한 여자 한 명.

바닥에 엎어진 채로 어리벙벙한 표정을 짓고 있는 사람들.

루이즈가 말했다.

"경고한다. 열 셀 동안 내 앞으로 길을 만들지 않으면 죽일 거야. 십."

"케일! 비켜!"

"구."

"프림!"

"팔."

이때까지 루이즈가 만들어 내는 비정상적인 광경들을 지켜봐 온 사람들이 갖가지 이름들을 비명처럼 불러 댔다. 출세하고자 병사가 된 사람들의 가족이나 친인들이었다.

피맺힌 외침을 들은 순간, 몇몇 병사들은 눈앞의 여자가 그들이 어찌할 수 있는 마법사가 아님을 깨달았다.

"저 계집을 죽여!"

하지만 저깟 여자, 금방 죽일 수 있다 여기는 사람들이 대다수였다. 성벽 위에서 성의 마법사들이 시전한 마법들이 폭우처럼 쏟아졌다. 병사들은 무기를 들고 달려들었다.

그러나 어떤 공격도 루이즈의 몸 위로 드리워진 실드를 뚫지 못했다.

"……일."

루이즈의 로브 자락이 마나의 흐름에 힘입어 두둥실 부풀었다. 탁한 눈동자에 한 줄기 빛이 깃드는 순간이었다.

화르르르르륵!

끔찍한 불지옥이 루이즈의 발밑부터 성의 입구까지 직선으로 펼쳐졌다.

"끄아아악!"

"아악!"

범위 내에 있던 병사들이 불에 휩싸였다. 그들은 비명을 지르며 날뛰었다. 그들과 접촉한 다른 병사들의 몸에도 불이 옮겨붙었다. 불은 순식간에 번져 지옥을 만들어 냈다. 루이즈는 그 끔찍한 광경에 눈 한 번 깜빡하지 않았다.

누군가가 루이즈의 로브 자락에 매달렸다.

"제발 살려 주십시오!"

그녀를 뒤따라왔던 사람 중 한 명이 울부짖고 있었다.

"뭐든 하겠습니다!"

"기회를 줬는데 무시했어."

"한 번만, 제발 한 번만 더 기회를 주세요!"

루이즈가 로브를 탁 털어 내고는 지팡이로 원을 그렸다.

"으아아아아……! 흐억, 헉."

"아아아! 으으으으."

데굴데굴 구르던 병사들이 땅에 머리를 박은 채 숨을 색색 내뱉었다. 살이 녹는 듯한 끔찍한 고통이 사라지고 있었다. 하지만 희한하게도 몸을 뒤덮은 불들은 그대로였다.

"불꽃은 환상이지만 내가 원하면 진짜 같은 고통을 주기 시작할 거야. 너희는 끔찍한 고통에 몸부림치다가 죽겠지. 시체는 멀쩡하겠지만."

"살려 주십시오!"

"살려 주세요!"

불타는 병사들과 그들의 친인들이 루이즈에게 엎드려 빌었다.

"좋아. 마지막 기회야. 성에 있는 영주와 그 부하들을 포박해서 잡아 와. 잡아 오는 놈들 숫자만큼 불을 꺼 줄게. 무기는 다들 가지고 있지? 아."

루이즈가 지팡이로 병사들 쪽을 쭈욱 가리켰다.

"여기서 옛날에 도적이었던 놈들을 잡아도 돼."

병사들의 시선이 곳곳을 향했다. 시선을 한 몸에 받은 몇몇 병사들의 안색이 거멓게 죽어 갔다.

"잡아!"

그들은 금세 제압되어 루이즈의 앞에 끌려 나왔다.

"불을 꺼 주세요, 제발!"

"나중에 한 번에 끌 거야. 성으로 가."

병사들은 헐레벌떡 성으로 달려갔다.

바하무트인들은 기본적으로 냉정했지만, 그래도 자신과 친한 이들에 대한 애정은 가지고 있었다. 뒤에서 떨고 있던 사람들 역시 다급하게 무기를 쥐고 성으로 뛰어갔다.

루이즈도 천천히 그들을 뒤따랐다.

"뭐, 뭐야!"

느긋하게 저녁 식사를 즐기고 있던 영주와 그 측근들은 뜬금없이 불타는 사람들이 덮쳐들자 혼이 쏙 빠졌다.

"쳐!"

사람들은 이를 악물고 공격했다. 도적단의 우두머리였던 영주는 아주 강했고, 영지민들은 무기력하게 영주의 치세에 적응했었다. 하지만 영주보다 더 무서운 마법을 구사하는 마법사가 나타나 협박하니 공포를 잊은 부나방처럼 달려들었다.

"이 버러지들이!"

덩치가 큰 영주는 달라붙은 사람들을 털어 버리고는 대검을 홍 휘둘렀다. 몇 사람이 비명을 지르며 떨어져 나갔지만 다른 사람들이 또다시 달려들었다.

"이 미친놈들이 대체 왜 이래!"

그때, 루이즈가 입구로 들어서며 영주에게 인사했다.

"안녕."

"뭐……."

"안녕."

첫인사와 작별 인사가 연달아 이어졌다.

루이즈가 지팡이를 남자에게 겨누자 그의 눈이 뒤집혔다.

쿵.

남자는 무릎을 꿇더니, 귀와 입에서 피를 뿜어내며 머리를 바닥에 박았다. 영지의 최강자가 어이없을 정도로 간단히 쓰러지자, 그의 부하들은 겁을 먹고 항복을 외쳤다.

루이즈는 성 밖에서 그들을 꿇려 앉힌 채, 가져온 자료들을 한 장 한 장 넘겨 보았다. 사진과 함께 글이 빽빽하게 적힌 자료였다.

자료에서 사진 위로 가위 자가 쳐진 자들을 따로 끌어냈다.

영주 포함, 용서받기 어려운 죄를 지은 놈들이었다. 루이즈는 그들의 이마에 빨간 글씨로 죄목을 쓴 후 성벽에 매달았다.

모든 일을 끝낸 후, 루이즈는 바짝 엎드린 채 덜덜 떨고 있는 마른 남자 앞으로 가서 섰다. 이 영지에서 무식한 도적들 대신 거의 모든 일을 도맡아서 했던 보좌관이었다.

"루이즈 님, 부, 부, 부디 살려 주십시오."

루이즈는 무릎을 굽혀 앉아서 남자의 얼굴을 가만히 들여다보다가 자료 한 장을 꺼내 보았다. 진짜 루이즈의 사체를 입수한 정보원이 그녀의 모든 것을 조사하여 정리해 놓은 자료였다.

"데본, 당신은 내게 갓 구운 빵을 일의 보수로 줬던 유일한 사람이었지."

루이즈는 고된 일을 하고도 정당한 대가를 받지도 항의하지도 못했었다. 하지만 데본은 루이즈에게 가끔 불러 일도 주고, 제대로 된 보수를 지급할 뿐 아니라 덤도 주곤 했었다.

데본에게는 단순한 동정심이었지만 루이즈에게는 그 어떤 것보다도 값진 마음이었다.

"좋아했어."

데본이 깜짝 놀라 고개를 들어 그녀를 보았다가, 다시 고개를 푹 숙였다.

루이즈의 마음은 이미 알고 있었다. 그녀가 가엾을 뿐이었기에 모른 척했지만, 자신을 응시하는 반짝이는 눈빛과 마주치면 모를 수가 없었다.

'루이즈, 완전히 다른 사람이 되었어.'

하지만 이제 루이즈의 눈에는 빛이 없었다. 사람이 어떻게 저렇게 돌변할 수 있을까.

“앞으로도 나 같은 사람이 있으면 일도 시켜 주고, 정당한 대가도 지불해 줘. 가진 것 중 남는 것을 베풀어 주기도 하고. 나처럼 강한 마법사가 되어서 나타날지 어떻게 알겠어?”

쿵!

후우우우웅!

루이즈가 지팡이로 땅을 찍자 사람들의 몸을 뒤덮었던 불이 일시에 꺼졌다. 사람들은 귀신에 홀린 듯이 제 몸을 어루만졌다.

데본이 루이즈의 앞에 바짝 엎드렸다.

“살려 주십시오!”

“죽일 생각 없어.”

데본은 한숨을 돌렸다.

“그럼 이제 이 영지를 접수하시겠습니까?”

“아니. 당신이 다스려.”

“예……?”

데본이 놀람보다는 의문으로 말끝을 흐렸다.

왜 영주가 되지 않으려는 걸까? 이렇게 강하니 도적들 이상으로 주민들을 쥐어짤 수 있을 것이다. 저를 혐오하고 괴롭혔던 사람들에게 복수할 수도 있을 터였다.

데본의 생각을 읽기라도 한 것처럼 루이즈가 말을 이었다.

“난 나보다 약한 것들을 웬만해선 괴롭히고 싶지 않아.”

루이즈가 제 얼굴을 손으로 짚었다.

“그래서 자기보다 약한 것들을 그저 괴롭히는 놈들이 싫어. 도적들은 그런 놈들이었던 데다가, 내 얼굴을 이 꼴로 만든 당사자들이라서 보복해 줬지. 같은 맥락에서, 나를 경멸했던 너희도 오늘 다 죽일까 고민했는데……."

루이즈가 주변을 둘러보았다. 눈이 마주친 사람들이 황급히 고개를 숙였다. 경멸의 대상이었던 흉측한 얼굴은 공포의 대상이 되었다. 힘의 유무에 따라 이렇게 달라 보였다.

"데본이 내게 가끔 베풀었던 작은 호의를 생각해서 그냥 조용히 떠나기로 했단다."

루이즈가 어깨를 으쓱였다.

"기억해 둬. 힘은 상대적인 거고 언제든지 위치가 뒤바뀔 수 있어. 그러니 약한 사람들에게 평소에 나쁘게 대하지 마."

"……."

"이것도 기억해 둬. 수십 명이 죽음을 불사하고 달려들면 웬만한 강한 놈은 쓰러지게 되어 있어. 너희들이 저놈들을 붙잡아 내 앞에 대령했듯."

사람들은 복잡한 심정으로 루이즈를 바라보았다.

그녀가 말하는 것은 그들이 살아왔던 방식과는 거리가 있었다. 혐오했던 약자가 갑자기 극한의 강자가 되어 나타나는 경우는 현실에서 극히 드물었다. 죽음의 공포를 무릅쓰고 힘을 합쳐 적을 무너뜨리는 경우도 매우 희귀했다.

현실은 소설이 아니었다.

하지만 만에 하나의 경우가 눈앞에 실현되니 가슴이 술렁거렸다. 내가 괴롭혔던 사람 중에 루이즈처럼 강해질 사람이 있지 않을까? 나도 저렇게 강해질 수 있을까? 협박당해서 달려든 거긴 해도 오늘 마을 사람들과 힘을 합쳐 악덕 영주를 무너뜨린 경험 또한 각자의 마음속에 인상 깊게 남았다.

"저어, 루이즈 님."

데본이 조심스럽게 물었다.

"어떻게 몇 달 만에 이렇게 강한 마법사가 되신 건지 여쭤도 되겠습니까?"

모두가 궁금해하던 바였다.

"운도 따라 줬고, 깨달음도 얻었고, 착하고 예쁘고 강한 스승님도 있었고."

루이즈가 지팡이로 땅을 톡톡 두들겼다.

"난 이제 갈게. 나중에 내 활약을 소문으로 듣거든 내 과거를 가감 없이 마구 퍼뜨려 주렴. 난 유명해지고 싶거든."

루이즈는 알쏭달쏭한 말을 남기곤 뒤도 돌아보지 않고 영지를 떠났다.

"이게 대체 무슨 일이야."

사람들은 이게 현실인지 꿈인지 분간이 되질 않아 볼을 꼬집어 댔다. 최약체에서 갑자기 강해져서 영주와 그 부하들까지 하룻밤 새 처리한 루이즈가 무서우면서도 경이로웠다. 마치 소설 속 주인공 같았다.

그리고 그 후, 그들은 머나먼 곳에서 들려오는 놀라운 소식들의 주인공이 '불쌍했던' 루이즈라는 것을 알 수 있었다.

명성의 시작은 렌틸이라는 작은 마을에서부터였다.

"이놈들, 먹은 것까지 다 토해 내라!"

"도적이다!"

렌틸 마을은 유목민들의 마을로 특이하게도 싸움보다는 평온을 추구했다. 염소 떼를 몰고, 소의 젖을 짜고, 노래를 부르고, 악기를 연주하며 평화롭게 살아가는 것이 그들의 낙이었다.

하지만 주변에서 초원의 사슴 떼처럼 사는 그들을 가만 내버려 두지 않았다. 특히 도적단은 렌틸 마을을 지겹도록 위협했다. 마을은 도적을 피해서 마을을 옮기고, 피해서 옮기고, 또 옮기고 하다가 산 아래까지 몰렸다. 산에 사는 소형 몬스터보다 들판의 사람들이 더 무서웠다.

그런데 여기에 마을이 생긴 건 또 어찌 알고 말을 탄 도적단이 습격해 온 것이다.

"그래, 다 가져가고 죽여라! 죽여!"

그들은 지쳤다.

수십 년 전만 해도 풀이 풍성하게 자라는 들판이 꽤 있었다. 그런데 지금은 그런 들판을 찾기가 아주 힘들었다. 북부 대륙은 죽어 가고 있는 게 분명했다.

식량원인 가축들은 메말라 갔다. 그런 와중에 세금은 높아져만 가고 도적단의 행패는 심해지니, 고달파진 삶에 지쳐만 갔다.

그러다 얼마 전 얼굴 전체에 화상을 입은 마법사가 찾아왔다. 렌틸 마을은 외지인이지만 나쁜 의도가 없어 보이는 그녀가 측은하여 식사 한 끼를 대접했다.

마법사는 보답으로 씨앗이 한가득 들어 있는 주머니를 주었다. 그녀의 말로는 북부 대륙에서도 잘 자라는 곡물의 씨앗이었다. 렌틸 마을 사람들은 믿기 어려웠지만, 마법사가 선보인 뛰어난 마법 실력에 호기심이 동해 한번 키워 보겠다고 결심했다.

마법사는 씨앗을 심고 재배하는 법을 알려 준 후 싹이 날 때쯤 찾아오겠다며 마을을 떠났다. 그런데 싹이 나기도 전에 도적놈들이 찾아왔다.

마을 사람들이 자포자기의 심정으로 드러누우려는데, 며칠 전에 보았던 마법사, 루이즈가 홀연히 나타났다.

“이놈들.”

그녀가 지팡이를 높게 들었다.

“천벌이다.”

마른하늘이 빛으로 쩌저적 갈라지더니 가느다란 번개들이 지상으로 소나기처럼 떨어졌다.

콰과과과광!

눈앞이 하얘져서 꾹 감았던 눈을 사람들이 다시 떴을 때는, 도적들이 새까맣게 구워진 채 말에서 굴러떨어져 있었다.

히히힝!

매캐한 기침을 토해 내며 고통을 호소하는 도적들과는 달리 말들은 멀쩡했다. 루이즈는 깜짝 놀라 도망가려는 말들을 마법으로 포박하여 잡아 두었다. 살아남은 도적들은 후다닥 기어가 루이즈의 발치에서 빌었다.

“살려 주십시오.”

“다시는 이 마을을 넘보지 않겠습니다!”

그리 애걸하면서도 속내는 달랐다.

‘이런 젠장!’

'이 마을에 이런 강한 마법사는 분명 없었는데?'

'분명 외지인이다. 일단 지금은 물러나고 나중에 다시 오자.'

도적들은 불쌍한 표정으로 허리춤의 주머니를 풀어 그 안에 든 재화를 쏟아 냈다.

"저희가 가진 것을 모두 드리겠습니다."

"원하신다면 인근의 영지에서 얼굴이 반반한 놈들을 불러 거하게 대접해 드릴 테니 살려만 주십시오."

이길 수 없는 강적과 맞닥뜨렸을 때 그들의 생존 전략은 언제나 같았다. 무조건 빌기, 가진 것 다 내놓기, 접대하기.

그런데 루이즈는 다른 것을 요구했다.

"됐고, 너희의 아지트로 안내해."

"아지트 말입니까?"

도적들은 서로 눈치를 보다가 무언의 합의를 보았다.

'우리 두목은 이 미친 마법사를 처리할 수 있을 거야.'

'멍청한 년. 넌 이제 죽은 목숨이다.'

"예에. 안내하겠습니다."

"마법사님! 가시면 안 됩니다!"

마을 사람들이 안타깝게 외치자 도적들이 도끼눈을 뜨고 노려보았다. 사람들이 힉, 하고 몸을 움츠렸고 도적들은 위협하듯 침을 탁 뱉었다.

"크윽!"

즉시 루이즈의 지팡이에 얻어맞고 신음을 흘렸지만.

"두목!"

도적들이 아지트에 도착했을 때, 그들의 두목과 다른 동료들은 여자들의 시중을 받으며 술을 마시고 있었다. 인근의 마을을 짓밟고 납치해 온 여자들이었다. 억지로 술을 따르고 있는 그녀들의 표정은 어두웠다.

"왔냐?"

두목이 눈을 가늘게 떴다.

"렌틸 마을을 털었으니 가축들 울음소리가 들려야 하는데 내 귀가 먹었나? 왜 안 들리지? 그 여자는 또 뭐야?"

두목이 짜증을 내자 졸개들은 후다닥 두목의 뒤로 뛰어갔다.

"엄청난 마법사입니다. 저희가 어떻게 할 수가 없었어요."

"두목이 처리해 주십쇼!"

"이 쓸모없는 놈들! 그런 놈을 여기까지 데려와?"

두목이 화를 버럭 내곤 자리에서 일어났다. 의자 뒤에 있던 거대한 도끼를 들어 올리더니 자루에 침을 뱉어 손으로 비벼 쥐었다.

"잘 보고 있어, 짜식들아!"

몇 분 뒤.

두목과 모든 졸개들은 무릎을 꿇은 채 벌벌 떨었다.

루이즈는 졸개 한 명을 끌고 가서 큰 노예시장에 팔릴 예정이었던 사람들을 감옥에서 꺼내 주었다.

"휴우."

사람들은 감옥 안에 있을 때나 밖에 있을 때나 변함없이 표정이 어두웠다. 주인이 바뀌었을 뿐 상황은 변하지 않았다고 생각했기 때문이다.

"풀어 줄게."

루이즈의 말에 사람들이 깜짝 놀랐다.

"풀어 주시는 겁니까?"

"그래."

"하지만 돌아갈 곳이 없습니다……."

그들이 돌아갈 마을은 이미 세상에 존재하지 않았다.

"그럼 노예로 팔아 줄까?"

"아, 아닙니다. 살려 주셔서 감사합니다."

사람들은 허둥지둥 도적들의 아지트를 벗어나려 했다. 그때 뒤에서 루이즈가 작지도, 크지도 않은 목소리로 말했다.

"저쪽으로 가면 마을 하나가 있어. 마법사 루이즈가 보냈다고 하면 받아 줄 거야. 거기서 기다리고 있어."

"예, 예."

사람들이 굽실거리며 떠나가자, 루이즈가 자리에 남아 있던 두목을 일으켜 세웠다.

"너희, 남동부 도적 연합 소속이지? 연합의 다른 도적단으로 안내해라."

도적 연합.

말 그대로 도적단들의 연합이다.

바하무트에서는 약탈이 합법이기에 일반 영지도 가끔 도적 떼처럼 다른 영지를 공격할 때가 있다. 역으로, 도적들에게도 가족이 있었고, 그들의 주둔지는 평범한 마을과 별반 다르지 않았다.

그렇다면 일반 영지와 도적단이 다를 게 뭐냐? 마을은 바하무트 제국에 소속된 공식적이고 합법적인 집단이고, 도적단은 비공식적이고 불법적인 집단이라는 거다.

영지는 바하무트의 법을 지키고 정해진 세금을 내야 한다. 도적단은 법을 지키지 않지만 군대에 공식적으로 토벌당하지 않으려면 거액의 특수벌금을 내야 했다.

바하무트 주민이 위험을 무릅쓰고 도적이 되는 이유는 다양했다. 영지전에서 패배해 노예가 될 신세라 도망쳤거나, 영지를 몰락시킨 타 영지에 복수하고 싶기 때문이거나, 영지에 미래가 보이지 않아서 뛰쳐나왔거나.

너무 약해서 영지에서 살다간 평생 쓰레기 취급당할 신세거나, 반대로 너무 강해서 무법자의 권력을 누리고 싶거나.

이런 사람들이 한데 모인 도적단은 바하무트의 낙오자 취급받으며 경멸당했고, 특수벌금을 납부하기 위해 악랄하게 약탈하므로 증오의 대상이었다. 직접 보복에 나서는 영지나 도적단에 현상금을 내거는 영지도 있었다. 도적단은 망하기 쉬운 위태로운 집단이었다.

이 탓에 도적들은 끼리끼리 모여 협력하기 시작했다.

그것이 도적 연합이다.

연합의 설립 목적은 적이 함부로 건들지 못하도록 덩치를 부풀리는 것과, 적이 공격해 온다면 협력해서 역으로 말살하는 것에 있었다.

연합 설립 이후, 영지는 도적단을 함부로 건들지 못했다. 섣불리 손을 댔다간 영지가 잿더미가 되기 십상이었다. 이젠 아예 영지들과 계약하여 공격하지 않는 대신 주기적으로 상납금을 받는 큰 도적단도 있었다.

그런데 이 미친 마법사는 연합을 직접적으로 언급하며 적대시하고 있었다.

"왜 꾸물거려? 어서 가."

어이가 없었던 도적단 두목이 잠시 머뭇거리자, 루이즈가 지팡이로 그의 허리를 쿡 쑤셨다.

"예, 마법사님. 당장 안내해 드리겠습니다."

두목은 허리를 굽실거리면서도 속으로는 마음껏 비웃었다.

연합 내에서도 강함의 순서가 있었고, 그의 도적단은 말단에 있었다. 위로 갈수록 남부와 동부를 주름잡는 대형 도적단과 바하무트 전역에 이름을 날리는 도적 단장들이 많았다. 연합장은, 실제로 만난 적은 없지만 아주 강하다는 소문이 자자했다.

루이즈가 강한 마법사인 건 맞다.

하지만 결국에는 거대한 도적 연합의 앞에 무릎 꿇을 것이다.

'뭘 먹고 이렇게 간이 부었는지는 몰라도 넌 이제 죽은 목숨이다.'

개별적인 도움을 받으려면 상대 도적단에 막대한 뇌물을 바쳐야 한다. 하지만 그럴 만한 가치가 있다. 오늘 부하들 앞에서 제대로 망신을 준 이 빌어먹을 마법사만 죽일 수 있다면!

도적 두목은 맛 좀 봐라 하고 그가 접선할 수 있는 도적단 중 가장 높은 서열의 도적단으로 루이즈를 안내했다.

그런데…….

퍼퍼퍼퍼펑!

"으아아악!"

퍼어어엉!

"살려 주십쇼!"

죄다 박살이 났다.

루이즈는 날이 저물 때까지 꼬리에 꼬리를 무는 방식으로 상위 도적단을 무시무시한 마법으로 타파하고 다녔다. 꼴랑 마법사 하나 때문에 여기까지 왔냐며 한바탕 비웃었던 도적단들은 처참한 몰골로 바닥을 나뒹굴었다.

그리하여 이날, 남동부에서 이름을 날리던 중대형 도적단 몇 곳이 소리 소문 없이 와해되었다. 루이즈가 도적 몇만 끌고 홀연히 나타나 부수고 다녔기에 연합이 손을 쓸 틈도 없었다.

까악, 까악.

까마귀 떼가 높은 하늘에서 빙글빙글 돌았다.

노을이 지는 하늘을 흘끗 쳐다본 루이즈가 지팡이로 어깨를 톡톡 두들겼다.

"오늘은 이쯤 해 둘까."

루이즈의 주변은 완전히 초토화되어 있었다. 튼튼했던 돌산은 산사태가 난 것처럼 무너졌고, 굵은 나무들은 죄다 꺾여 쓰러졌다. 미동도 없는 사람들이 여기저기 빨래처럼 널렸다.

그리고 그녀의 뒤로는 수십 명의 도적들이 벌벌 떨며 서 있었다. 루이즈가 깨부순 도적단들의 간부들이었다.

"너희는 따라와."

그들이 무릎을 털썩 꿇었다.

"마법사님! 누님!"

"살려 주세요! 마을에 먹여 살려야 할 가족이 있습니다!"

"놓아주신다면 이 은혜는 절대 잊지 않겠습니다!"

따라다니면서 루이즈의 무시무시한 마법을 목격해 온 도적들이 바짝 기었다.

주둔지에서 비전투 인원인 가족들은 건들지 않았던 걸 보면 그녀는 동정심이 꽤 있는 편인 듯했다. 게다가 그녀의 '경고'를 따르기만 하면 죽지 않을 수 있었다. 저세상으로 간 도적들은 죄다 경고를 무시하고 달려든 부나방들이었다.

"은혜가 아니라 원한이겠지. 입 다물고 따라오렴."

루이즈가 음산하게 미소 지었다.

"내 뒤를 치거나 도망치려 하면 어떻게 되는지 알지?"

알다마다. 도적들이 부르르 떨었다.

뒤통수를 치려다가 커다란 구덩이에 생매장당하거나 벼락을 맞아 죽는 것을 똑똑히 보았다.

도망갈 수도 없었다. 이 괴물 마법사는 자신들의 주변에 날붙이로 엮은 거미줄이라도 쳐 놓은 듯했다. 몰래 도망쳐서 범위 밖을 벗어나면 신체 한 부위가 툭 하고 베여 나갔다. 포기하지 않고 도망치려 하면 목이 떨어졌다.

소름 끼치는 건 어떤 전조도 없었다는 거다.

마법이더라도 소름 끼치고, 혹여 마법사를 지켜 주고 있는 검사가 부린 신기라 하더라도 무섭다. 도적들은 힘없이 루이즈를 따라갈 수밖에 없었다.

루이즈는 도적단의 창고로 향했다.

끼이이이이익.

분명 창고에 잠금 마법을 걸어 놨건만 소용이 없었다. 잠금 마법은 열쇠가 꽂힌 것처럼 해제되었고, 문을 열어 주었다.

창고에는 온갖 재화가 탑처럼 높은 높이로 쌓여 있었다. 돈, 보석, 식량 등등 종류도 다양했다.

도적들은 안색이 파래진 채 루이즈의 눈치를 보았다. 이렇게 많은 것들을 설마 다 가져갈 수 있겠나 싶었다. 그리고 설마는 사람을 잡았다.

우우우웅.

루이즈는 공간 마법으로 만든 아공간을 열었다.

“먹어.”

루이즈의 짤막한 명령에 아공간은 창고 안의 모든 것을 흡입하기 시작했다.

창고를 아주 깨끗하게 비운 루이즈는 낙담한 도적들을 이끌고 렌틸 마을로 왔다.

“마법사님이 오셨다!”

먼지구름을 일으키며 우르르 몰려오는 무리를 발견하고 긴장했던 마을 사람들은 선두에 선 루이즈가 보이자 안도했다.

렌틸 마을은 사람들로 북적거리고 있었다.

루이즈는 도적단들을 와해하면서 강제로 붙잡혀 있던 사람들도 해방했다. 원래 살던 마을이 있는 사람들은 돌아갔지만, 돌아갈 마을이 없어 살길이 막막했던 이들은 렌틸 마을로 왔다.

“마법사님!”

렌틸 마을의 촌장은 속이 타던 차였다.

해방된 사람들에게 루이즈의 강함에 대한 이야기는 귀가 아프도록 들었다. 하지만 촌장은 불안해서 어찌할 바를 몰라 했다.

어쩌려고 이 많은 사람들을 렌틸 마을로 보냈으며, 도적 연합의 도적단들을 부수고 다니는 걸까! 혹시 사태만 키워 놓고 떠나 버리는 건 아닐까?

그렇게 되면 피해를 입는 건 렌틸 마을뿐이었다. 렌틸 마을은 도적 연합의 칼에 난도질당할 것이다. 대체 이 난관을 어떻게 이겨 나가야 할지 몰라 그저 가슴이 답답해졌다.

촌장이 새까만 안색으로 루이즈와 도적들을 번갈아 보았다.

"이들은 왜……."

"부려 먹으려고. 촌장, 마을의 창고가 어디지?"

촌장이 창고로 안내했다. 루이즈는 아공간을 열어 강탈해 온 어마어마한 양의 재화와 식량을 창고 안에 쏟아 냈다. 창고는 금방 꽉 차 버렸고 그 광경을 지켜보던 사람들은 아연해졌다. 하지만 그게 끝이 아니었다.

"창고를 더 지어야겠어. 일단 옆에 쌓아 놔야겠네."

루이즈는 물건을 반쯤 꺼내 창고 옆에 차곡차곡 쌓았다. 반밖에 되지 않는데도 양이 어마어마하게 많았다. 지금 마을에 있는 창고와 같은 크기라면, 창고를 수십 개는 더 지어야 했다.

촌장은 그것을 숨 막히는 기분으로 바라보고 있었다.

"마법사님."

주제 파악을 잘하는 편이었던 그는 기쁨보다 걱정이 앞섰다.

"저희 마을은 이걸 감당할 능력이 없습니다. 가져 봤자 빼앗길 겁니다."

"걱정 말렴. 호위병들을 붙여 줄 테니."

"호위병이요?"

촌장의 얼굴이 조금은 폈다. 루이즈가 왜 이렇게까지 하는 건지는 몰라도, 호위를 붙여 준다면야 너무나 감사한 일이었다. 하지만 곧바로 이어진 말에 촌장이 아연실색했다.

"저 도적들을 호위병으로 만들어 줄게."

"말도 안 됩니다!"

촌장이 고개를 빠르게 홰홰 저었다.

"마법사님은 이 마을에 정착하실 것이 아니지 않습니까."

"당분간은 머물 건데."

"잠깐 머물다 가시는 건 소용없어요. 저 도적들은 마법사님이 떠나자마자 우리 마을을 부술 겁니다. 그리고 조만간 연합의 다른 도적단들도 저희를 치러 오겠죠."

촌장의 눈에 체념의 빛이 짙어졌다.

"저희는 며칠 내로 이곳을 떠나겠습니다."

"문제를 해결해 줄 테니 걱정 마. 따라와 봐."

루이즈는 촌장을 데리고, 멀찍이서 창고를 적개심 가득한 눈으로 쳐다보고 있던 도적들에게 다가갔다. 그들은 루이즈가 다가오자마자 눈빛을 빠르게 지웠다.

"도적들아, 너희는 오늘부터 이 마을 사람들을 지켜라."

"네?"

"오는 길에 너희에게 정신 마법을 걸었어. 너희가 이 마을 사람들을 위협하거나 일정 범위를 벗어나면 뇌가 터져 죽을 거야."

도적들이 부르르 떨었다.

"실험해 볼 사람?"

실험은 무슨. 이미 마을로 오면서 그녀의 놀라운 마법들을 목도한 바였다. 도적들이 입술을 깨물었다.

"하, 하지만 반대로 저들이 저희를 죽이려 하면……."

"그럼 그냥 죽어. 도적놈들이 말이 많아."

"……."

"촌장, 이제 경작지로 가 보자."

"예, 예……."

촌장이 도적들의 눈치를 보며 루이즈와 함께 경작지로 향했다. 도착해서 경작지 위를 본 촌장의 눈이 휘둥그레졌다.

"엇, 싹이 났습니다!"

푸른 싹들이 여기저기서 흙 위로 고개를 내밀고 있었다.

"오늘 아침까지만 해도 무소식이었는데!"

촌장은 경악을 감추지 못했다. 반신반의했는데 싹이 났다. 이대로 잘 기르면 정말로 곡식이 되는 걸까?

"그러게. 신기해라."

본인이 뿌린 씨앗이면서 이럴 줄 몰랐다는 반응이다. 촌장이 의아해했지만 루이즈는 의문을 해결해 줄 만큼 친절하지 않았다. 루이즈가 쭈그려 앉아서 새싹의 여린 잎을 만지작거리고 있는데, 뒤쪽에서 냐아, 하고 고양이가 길게 우는 소리가 들려왔다.

"언니, 오셨어요?"

리엘이 나비를 안고 싱글벙글 웃으며 서 있었다.

리엘은 루이즈가 도적 연합을 때려잡으러 떠난 직후 렌틸 마을을 찾아왔다. 촌장은 루이즈가 처음 마을에 왔을 때 옆에 붙어 있던 리엘을 기억하고 불안감에 휩싸인 마을로 들여보냈다.

촌장은 리엘을 묘한 눈으로 바라보았다.

'신기한 애야.'

왠지 리엘을 보고만 있어도 마음이 안정되었다. 이는 다른 사람들도 마찬가지라, 리엘이 나비와 함께 돌아다니며 사람들에게 말을 붙이기 시작하자 신기하게도 도적단의 습격 때문에 어수선했던 마을은 점차 차분해졌다.

그뿐만이 아니었다.

렌틸 마을 사람들은 바하무트인치고는 자상한 편이지만 그래도 상대방이 불쌍하다고 막 퍼 주지는 않았다.

불쌍해 보이는 떠돌이 마법사 루이즈와 작은 꼬마에게는 값싼 동정으로 식사 한 끼를 베풀었다. 하지만 도적단에서 도망쳐 나온 사람들은 수가 너무 많았고, 동정심보다는 쫓아내고 싶다는 적개심부터 샘솟아 국자 대신 무기를 들었다.

그런데 리엘이 신기한 마법 가방에서 빵과 말린 고기를 꺼내며 모두에게 조금씩 나누어 주기 시작했다.

사람들은 조그만 여자애가 빨빨 돌아다니며 사람들을 챙기는 걸 보고 있자니 무기를 들고 있던 손이 무안해졌다. 또 자신들도 뭔가를 해야겠다는 마음이 불쑥 들었다.

그래서 창고에 비축해 뒀던 딱딱한 치즈들을 녹여 수프를 끓인 다음 사람들에게 나누어 줬다. 대가를 받을 생각 없이 베푼 따뜻한 음식이었다.

피해자들은 처음에는 무기를 들었던 사람들이 갑자기 호의를 베풀자 불안해졌다. 바하무트에서는 도움을 줄 때면 보통 이유가 있었다. 노예로 만들 생각인가 싶었다.

하지만 렌틸 마을 사람들은 아무것도 바라지 않는다며 묵묵히 수프 그릇을 내밀었고, 리엘은 가장 먼저 수프 그릇을 받아 맛있게 떠먹었다. 그러자 혼란스러워하던 피해자들도 결국 감사하다는 말을 건네고 함께 수프를 먹기 시작했다.

렌틸 마을 사람들은 혹독한 겨울을 날 식량을 내어 오면서도 상대가 고마워하자 아깝다는 생각이 들지 않았다. 머쓱하면서도 꽤 괜찮은 기분이었다.

묘한 훈훈함이 감돌았다. 마을을 찾는 사람들이 기하급수적으로 많아지면서 훈훈함은 성냥불의 온기처럼 서서히 식어 버렸지만 말이다.

촌장은 그 훈훈함을 되새기며 리엘과 루이즈를 번갈아 보았다. 루이즈는 리엘을 앉혀 놓고 새싹을 가리켰다.

"원래는 봄에 심어서 초가을에 수확해야 하지?"

"네. 시기가 좀 늦었죠."

"그럼 마법을 써야겠구나."

루이즈가 그리 말하자 리엘이 꼭 끌어안고 있던 나비를 바닥에 내려놓았다.

"가라. 나비!"

나비는 불만스러운 듯 땅에 앉아 버렸다.

"가라니까?"

리엘이 발로 밀어 버리자 나비는 리엘을 노려봤다. 하지만 결국 엉덩이를 털고 일어나 천천히 발을 앞으로 딛기 시작했다.

그런 나비의 앞으로, 푸른 새싹을 발견한 노란 나비 한 마리가 팔랑팔랑 날아왔다. 나비에 정신이 팔린 나비가 땅을 폴짝폴짝 뛰기 시작했다. 발을 내디딜 때마다 방울이 딸랑거렸다.

짐승과 곤충, 두 마리의 나비가 노닥거리고 있자, 왜일까. 촌장은 심장이 간질간질해졌다. 척박하다 여겼던 땅이 무척이나 따스하고 포근해 보였다.

“저어, 마법사님. 고양이가 저렇게 노닥거림으로써 특정한 마법이 발동되는 것인지요?”

“응. 난 고양이를 마법의 매개체로 많이 쓰거든.”

마법에 대해 아는 게 없었던 촌장은 엉뚱한 소리에도 그렇구나, 하고 감탄했다. 저 고양이가 땅을 발로 밟으면 땅이 부드러워지고 따뜻해지는 걸까?

루이즈가 땅을 뒤덮고 있는 싹들을 하나하나 가리켰다.

“저 품종은 예정대로라면 쑥쑥 자라서 초가을쯤 먹을 수 있는 곡식이 될 거다. 저건 늦가을쯤에 달달하고 고소한 맛의 구근이 많이 맺힐 거야. 그리고 이건…….”

저 설명대로 땅에서 식량이 그렇게 풍족하게 나기만 한다면 얼마나 좋을까, 촌장은 반신반의하는 심정으로 고개를 끄덕이다 현실을 퍼뜩 깨달았다. 지금 직면한 문제는 따로 있었다.

“저어, 도적들은 정말 어찌하시려는지…….”

“아까 말했듯, 호위병으로 써. 호위가 필요 없으면 일이라도 시키든가. 알려 줬듯이 저 작물들이 다 자랄 때까지 할 일이 많아. 거름도 줘야 하고, 땅도 골라야 하고. 식량 걱정이라면 할 필요 없어. 내가 아까 창고 옆에 한가득 쌓아 뒀잖아?”

“저희가 어떻게 저들을…….”

“여기에 내 마법을 거역할 수 있는 사람은 없어. 저놈들이 너희에게 악의를 가지고 해를 가하려 하면 뇌가 망가지는 정신 마법을 걸어 뒀으니까 마음껏 부려 먹어."

촌장은 울상을 지었다.

"아뇨. 마법사님의 마법을 불신하는 게 아니라 저놈들과 어떻게 함께 지내나 싶어서요. 말씀대로 하려면 마을의 일원으로 받아들여야 하는데, 함께 잘 지낼 자신이 없습니다."

"누가 사이좋게 지내래? 부려 먹으라고 했잖아. 나는 저놈들을 너희의 하인으로 준 거야. 영 싫으면 죽이든가."

촌장의 표정에 고민의 빛이 스쳐 지나갔다.

"하지만 명심해. 나는 기회를 준 거야."

루이즈의 말은 끝나지 않았다.

"너희가 우리나라에서 끝까지 살아남고 싶다면 이 기회를 잡아야 해. 놈들을 호위로 쓰면서 작물을 길러 식량을 쌓고, 훈련해서 힘을 길러야 해. 힘도 없으면서 소와 양을 기르며 평화롭게 살고자 하는 건 현실 도피야. 계속 그렇게 살다간 살점을 뜯기기만 하다가 결국엔 잡아먹히고 말걸?"

촌장은 뜨끔했다.

렌틸 마을은 도적들에게 늘 약탈당하면서도 살아남았다. 촌장은 그것이 도적들이 끝까지 가지 않았기 때문임을, 도적들의 심기가 꼬이면 언제라도 망할 수 있음을 누구보다 잘 알고 있었다. 하지만 알면서도 어찌하지 못했다. 렌틸 마을은 아주 작았고, 도적 연합은 너무나 강했다. 반항해 봤자 소용없다는 패배 의식은 그저 도망치게 만들었다.

"나는 기회를 줄 뿐 기회를 어찌할지는 너희의 선택이란다."

촌장은 고양이가 뛰어놀고 있는 따스한 땅을 물끄러미 바라보다가 물었다.

"왜 저희 마을에 그런 기회를 주시는 겁니까?"

"첫날 대접받았던 식사의 대가라고 해 두지."

고작 그거?

"씨앗을 뿌리고 다닌 마을들 중 도적단에 습격당하는 걸 처음으로 목격한 마을이 이곳이기도 했고."

한마디로 운이 없었다는 얘기다.

"도적 연합 문제는 내가 당분간 여기 머물면서 해결해 줄게. 작물이 잘 자라는지도 확인해야 하고."

아니, 운이 좋았던 걸까? 촌장은 헷갈렸다.

그보다.

"마법사님은 왜 이런 일을 하고 다니십니까?"

촌장이 조심스레 물었다.

마을의 일원도 아닌 외지인이 특별한 씨앗을 주고, 도적들을 없애 주는 이유가 뭘까? 분명 바라는 대가가 있을 것이다.

"혹시 저희 마을을 접수하실 생각입니까?"

"그런 생각, 해 본 적도 없네."

루이즈가 팔짱을 꼈다.

"난 강하다고 해서 약한 사람들을 괴롭히는 놈들이 아주 싫어. 그래서 도적들을 쥐 잡듯 잡을 예정이야. 그런데 그렇다고 해서 너희의 삶을 책임질 생각은 없어. 그저 가엾게 여겨 살아갈 방법을 제공할 뿐."

"그럼 대가는……?"

"없어. 그냥 내가 하고 싶은 걸 하는 거야. 너희가 마을을 잃은 사람들에게 대가 없이 따뜻한 치즈 수프를 베풀었듯이."

촌장은 루이즈를 물끄러미 바라보았다.

'정말 독특한 분이시군.'

선이란 옳은 것, 악이란 그른 것.

그러므로 선악은 상대적이다.

사자가 사슴을 잡아먹으면 사자에게는 선이지만 사슴에게는 악인 것처럼. 빼앗는 사람에겐 약탈이 선이지만, 빼앗기는 사람에게는 악인 것처럼.

하지만 세상에는 보편적인 선악이 있다. 먼 과거 라오스 신교가 대륙을 주름잡았을 때부터, 세계의 선악은 다수가 잘 지낼 수 있는 방향의 가치들이 선이고, 그 반대가 악이었다.

바하무트 제국이 옳다고 믿는 정의는 대부분 세상에서 악이라 치부하는 것들이다. 모든 가치관이 강자 독점에서 비롯되기 때문이다. 국민은 국가의 이념을 따르기에 바하무트인 대부분이 이기적이고 잔인하다.

하지만 세상은 넓고, 사람은 다양했다. 바하무트에서도 종종 바하무트의 정의와 대비되는 선행을 행하는 사람들이 있었다. 선한 나라에도 악이 있듯, 악한 나라에도 선이 있기 마련이었다.

촌장은 이때까지 적당히 중도를 지켜왔다.

적당한 이타심과 적당한 이기심.

그런데 오늘, 사람들에게 감사 인사를 받고, 루이즈의 언행을 겪으면서 그의 가치관은 이타심 쪽으로 무게가 기울었다.

"쳐라!"

다음 날, 소식을 들은 도적 연합이 떼거리로 렌틸 마을에 쳐들어왔다. 하지만 도적 연합은 적의 얼굴들을 보며 주춤할 수밖에 없었다. 루이즈가 패배한 도적들을 전면에 내세운 것이다.

"이 자식들, 구해 주러 왔더니 감히 배신을 때려?"

연합은 분노해서 소리 질렀다.

"우리도 이러고 싶어서 이러는 게 아니야!"

렌틸 쪽 도적들은 마주 고함을 질렀다.

"마법사가 마법을 걸었단 말이다! 그냥 구하러 오지 말고 내버려 둬! 그럼 싸우지 않아도 돼!"

"뭐래."

루이즈가 심드렁하게 지팡이를 들었다.

"너희의 옛 동료들을 공격해라. 나한테 죽고 싶은 거면 가만히 있어도 돼."

"으아아아!"

공포에 질린 도적들이 구해 주러 온 연합을 공격했다.

"이런 미친놈들!"

결국은 도적 대 도적의 싸움이었다.

루이즈의 마법 지원까지 더해지자, 우왕좌왕하던 연합은 많은 피해를 남기고 후퇴할 수밖에 없었다.

며칠 후, 연합은 다시 찾아왔다. 자기들끼리 회의를 한 모양이었다. 그들은 렌틸 마을에 붙들린 도적들에게 통보했다.

"너희는 이제 연합 소속이 아니다. 거기서 노예처럼 살든, 죽든 상관하지 않겠다. 너희의 주둔지에는 아직 가족들이 남아 있더군. 통째로 불태워 주마!”

“안 돼!”

제 가족들만은 아꼈던 도적들이 비명을 질렀다.

쿠르르르릉.

그때, 거대한 화염 덩이가 굴러가 연합의 도적들을 납작하게 깔아뭉갰다. 마을 쪽 도적들은 절규를 멈추고 눈앞의 처참한 결과물을 멍하니 바라보았다.

“누가 그렇게 둔대?”

루이즈가 몸을 공중으로 띄웠다.

“뭐해? 가족들 데리러 가자.”

이런 사태를 만든 범인은 루이즈였다. 하지만 루이즈의 말을 거역할 수도 없고, 연합에서 버려진 현 상황에서 그들의 선택지는 하나뿐이었다. 끔찍한 적이었던 루이즈가 든든하게 느껴지는 건 정말 싫은 기분이었다.

도적들이 싫어하든 말든, 루이즈는 그들의 가족들을 렌틸 마을 주변에 데려왔다.

콰과과과과광!

그날부터 연합과 루이즈의 전쟁이 발발했다. 루이즈가, 제 가족을 건드려 분노한 도적들을 끌고 가서 연합의 도적단들을 무차별로 습격하기 시작한 것이다.

자의로든 타의로든 배반자가 된 도적들은 연합 소속 도적단의 위치를 모조리 까발렸다. 그리고 루이즈는 그곳으로 찾아가서 몽땅 때려 부쉈다.

고압의 번개가 튀고, 천둥이 꿰뚫고, 용암이 녹이고, 거센 파도가 집어삼키고…… 도적 연합은 난데없는 대재앙에 정신을 차리지 못했다.

도적 연합이 루이즈가 정말 엄청난 마법사라는 걸 깨닫는 데는 오랜 시간이 걸리지 않았다.

이대로는 안 되겠다 싶었던 모양이다.

연합의 책임자가 루이즈를 찾아왔다.

"우리 협상합시다."

"무슨 협상?"

"제발 연합을 가만 내버려 둬 주십시오. 당신이 비호하는 곳들은 쳐다보지도 않겠습니다."

"싫어. 그냥 끝까지 가자."

루이즈가 굽히지 않자 책임자가 울분을 토했다.

"우리한테 대체 왜 이러시는 겁니까? 혹시 저희 연합에 당신의 원수라도 있는 겁니까? 누군지 말씀해 주시면 넘겨드릴 테니 그만합시다."

"그냥 너희가 싫어서 이러는 건데?"

루이즈는 막무가내였다. 책임자의 낯빛이 벌게졌다가 퍼레졌다가 꺼메지는 등 카멜레온처럼 획획 변했다.

"당신도 계속하면 위험해질 겁니다. 우리 연합장, 바빠서 지금 여기에 없어서 그렇지 당신처럼 엄청난 마법사예요."

책임자가 협박을 섞어 말했다.

하지만 루이즈가 거기에 굴할 리가 없었다.

"연합장 나오라고 해."

"이 미친! 말이 안 통하는군!"

책임자가 의자를 박차고 나갔다.

책임자는 본부로 돌아오자마자 부연합장을 찾아갔다. 몸에 붕대를 칭칭 감고 있던 부연합장은 그를 보자마자 벌떡 일어났다.

"어떻게 됐냐?"

"결렬입니다. 아니, 결렬도 아닙니다. 아예 대화를 안 하려고 하더군요. 그냥 우리가 너무 싫답니다."

"이 자식아! 그럼 바닥에 엎드려서 빌기라도 했어야지!"

책임자가 욱해서 소리를 버럭 질렀다.

"만약 그 마법사가 연합을 내놓으라거나 연합을 해체하라고 하면 그러겠다고 할 겁니까?"

"안 되지! 그러니까 협상을 해야 할 거 아냐! 주기적으로 뇌물을 바친다든가."

"분명 거절했을 겁니다. 아시잖습니까. 그 마법사, 이 주변 마을들이 먹을 수 있는 작물들을 기르게 하고 있다고요. 우리 도적 연합과는 대놓고 싸우고 있고요. 진심이든 위선이든 선행을 좀 해 보겠다는 자가 우리한테 뇌물을 받겠습니까?"

"어휴!"

부연합장은 땅이 꺼져라 한숨을 쉬며 의자에 털썩 앉았다.

"연합장 얘기는 꺼내 봤어?"

"엄청난 마법사라고 말은 해 놨는데, 피버 님이 그렇게 유명하지는 않으시잖아요. 아는 사람만 알지."

쾅!

부연합장이 책상을 주먹으로 쳤다.

“제기랄!”

그 여자 하나 때문에 건재하던 남동부 도적 연합이 반 토막 나게 생겼다.

루이즈에게 걸렸다 하면 그냥 죽거나 정신 지배를 당해야 했다. 잡힌 후부터는 지루한 농사일을 하거나 마을을 꼼짝없이 지키는 등 마을에 유익한 일들을 부지런히 해야만 했다. 힘을 써서 뭔가를 약탈하거나 질 나쁜 유흥을 즐기는 건 불가능했다. 강제로 건실해지는 것이다.

그렇게 붙잡힌 도적들의 숫자가 수도 없이 많았다.

승리 없이 패배만 하다 보니 루이즈에게 공포를 느낀 연합의 도적들은 몸을 사리거나 연합에서 이탈하기 시작했다. 연합에도 위치를 알리지 않은 비밀 아지트에 숨어들어 오들오들 떨고 있거나, 아예 도망치거나…….

부연합장이 크흑, 하며 얼굴을 싸쥐었다.

“대체 그 미친 마법사는 어디서 나타난 거야?”

“피버 님과 같은 경우겠죠.”

책임자도 한숨을 푹 내쉬었다.

“피버 님은 대체 언제 돌아오시는 거야.”

“그분이 한번 마법 실험을 하러 떠나시면 연락을 해도 대부분 불통이라는 건 부연합장님이 더 잘 아시지 않습니까? 요즘은 그러시는 경우가 더 빈번해지셨고요.”

“지금은 비상사태니까 오시지 않을까?”

“일단 소식은 보내 놨지만, 과연…….”

그 후로도, 루이즈의 진격은 계속되었다.

그녀는 렌틸 마을 외에 다른 마을에도 씨앗을 뿌려 둔 상태였고, 그 주변의 도적단을 무자비하게 부수며 영역을 넓혀 나갔다. 마법을 건 도적의 수가 너무 많아 정리가 안 될 지경에 이르러서야 멈추었다. 루이즈가 숨 고르기를 하며 안정화 작업을 시작하자 도적들도 그제야 숨을 돌릴 수 있었다.

이즈음, 도적 연합에 반가운 소식이 찾아왔다.

"오랜만이다. 난리 났다며?"

드디어 남동부 도적 연합의 연합장, 피버 피스톨이 돌아온 것이다.

피버 피스톨.

그는 삼십 대 후반의 남성으로, 유명하진 않으나 엄청난 실력의 마법사였다.

도적들이 콩깍지를 쓰고 있는 게 아니라 정말로 그랬다. 그는 과거에 최강최악의 대마법사 위프헤이머의 대제자들 중 한 명이었다. 지금은 죽고 없는 저주의 마녀 마르가리타, 인형의 대마법사 케이거스 드미트리와 함께 수학하기도 했었다. 위프헤이머의 강압적인 방식에 결국 도망치고 말았지만…….

피버의 부친은 남동부에서 가장 세력이 큰 알파 도적단의 대장이자 도적 연합의 전 연합장이었다. 그는 도망쳐 온 피버에게 연합장 자리를 물려주고 세상을 떠났다.

하지만 피버는 자유를 즐겼고, 은둔하길 좋아했으며, 유명해지는 걸 싫어했다. 마법사 중에는 이런 사람들이 많았는데, 그래서 알려져 있지는 않지만 실력이 매우 뛰어난 마법사가 꽤 있었다.

피버는 그중 하나였다.

피버는 알파 도적단의 부대장인 부연합장에게 모든 일을 일임하고 마법 연구를 하거나 방랑 생활을 즐겼다. 연합에서 지원금과 마법 재료를 공급받으면서, 연합이 도움을 요청할 때만 손을 보탰다. 덕분에 연합장의 이름은 비밀리에 부쳐지고, 부연합장은 제 이름을 드높이며 모든 이익을 챙겼다.

즉, 피버는 연합에 무관심했다.

"피버 님! 너무하십니다!"

하지만 최근 들어서는 이상할 정도로 심각하게 소홀했다. 쾌활한 성격이던 그는 왜인지 우울한 기색이 역력했다. 자리를 비우는 일이 잦았고 연락 두절은 일상이었다. 연합을 버리려나 싶을 정도였다.

"루이즈라고? 처음 들어 보는데."

피버는 반가워서 눈물을 흘릴 지경인 부연합장의 마음도 모르고 머리를 갸웃했다.

"피버 님! 제발 그 마법사를 좀 없애 주십시오!"

"왜 없애? 그 마법사, 재밌는 일을 하고 있던데. 도적질을 안 해도 먹고살게 해 주겠다잖아. 너희도 이번 기회에 갱생해 봐."

"피버 님!"

"알았다. 알았어. 그런데 그 여자가 정신 계열 마법을 걸고 다닌다고? 정신 계열은 정말 머리 좋은 마법사들만 쓸 수 있는데. 풀어 보려고는 해 봤냐?"

"실력 좋은 마법사들을 섭외해 몰래 찾아가서 풀어 보려고 했었죠. 그런데 하나같이 불가능하다고 고개를 젓습디다."

피버는 고개를 끄덕였다.

"뭐, 좋아. 나도 마법 재료들을 계속 공급받아야 하니까 연합이 망하면 안 되지. 작물은 그 마법사가 없어도 마을 사람들이 알아서 잘 기를 테고. 그럼 가 볼까!"

피버는 그길로 루이즈가 머물고 있는 렌틸 마을로 찾아갔다.

피버는 입구에 우중충한 얼굴로 서 있는 경비병들 앞에 섰다.

"누구요?"

"여행자입니다. 이 근처를 지나가다가 식사 한 끼 할까 해서 들렀습니다."

피버가 신분증을 쓱 내밀자 경비병 하나가 한숨을 쉬더니 입구 쪽으로 휙 고갯짓했다.

"들어가쇼. 안에서 무슨 짓 할 생각은 하지 말고."

피버가 그를 유심히 들여다보다 말했다.

"소문을 들었는데, 당신도 마법사 루이즈에게 당한 도적입니까?"

그의 얼굴이 험악해졌다.

"놀리는 거요? 한주먹 거리도 안 돼 보이는 게! 마을 사람만 못 때리지 외부인은 때릴 수 있거든!"

"그만해. 거기, 들어가요!"

옆에 서 있던 여자가 말리며 피버의 등을 밀었다.

피버는 마을 안으로 들어와 천천히 둘러보았다.

'분위기가 좋네. 다른 지역은 완전히 죽상이던데.'

마을 사람들의 표정이 밝았다. 도적으로 보이는 사람들도 상태는 별로 나쁘지 않았다.

마을 한편에는 배식소가 있었다. 덩치 큰 남자가 수프를 부어주던 남자를 향해 눈을 부라렸다.

"이거 독약 넣은 거 아니지?"

"넣었소. 먹고 뒤지든가 굶든가 알아서 하쇼."

"……."

남자는 떨떠름한 표정으로 한입 떠먹곤 맛있어서 입을 씰룩거렸다. 다른 사람들도 마찬가지였다.

피버는 지나가던 도적 한 명의 뒤통수를 때려 기절시킨 후 어두운 골목으로 데려와 살펴보았다.

'와, 진짜 풀기 어려운 정신계 마법이네. 장난 아닌데?'

피버의 표정이 묘해졌다.

'근데 마나 배열이 조금 익숙한데……. 아니야. 착각이겠지.'

피버는 기절시킨 도적을 내버려 두고 골목 밖으로 나왔다. 그는 농기구와 소의 거름을 가져가는 사람들을 발견했다. 피버는 그들을 따라가 봤다.

"오오."

피버는 감탄사를 뱉었다. 바하무트에서는 보기 어려운 푸른 풍경이 펼쳐져 있었다.

"누굽니까? 처음 보는 얼굴인데."

한 무리의 사람들이 피버에게 다가와 물었다.

"아, 여행을 하고 있는 떠돌이 마법사인데 잠시 식사하러 들렀습니다. 그러다가 멋진 풍경을 발견해 구경하고 있고요."

"떠돌이 마법사요?"

마을 사람들의 얼굴에 호감이 떠올랐다. 반대로, 도적들의 표정은 공포로 물들었다. 떠돌이 마법사라는 단어가 주는 느낌이 극과 극으로 달랐기 때문이다.

"편히 머물다 가십시오."

"아, 예."

바하무트인답지 않은 친절이었다. 피버가 어색한 표정으로 머리를 긁적이곤 호기심을 가득 담아 질문했다.

"루이즈라는 마법사님이 계시다고 들었는데요. 한번 뵙고 싶은데 가능하겠습니까? 그분과 마법에 관해 얘기를 나눠 보고 싶어서요."

"루이즈 님이요? 저기 계시네요."

루이즈. 그녀는 밭 근처에 있는 커다란 나무에 기대앉아 있었다. 모두가 흘끔거리며 그녀를 의식하고 있는 걸 보니 그 유명한 루이즈가 맞는 모양이었다.

피버는 루이즈에게 다가갔다. 루이즈는 눈을 감고 있었다.

"안녕하세요. 피버라고 합니다. 당신이 루이즈입니까?"

루이즈가 눈을 떴다.

"그런데?"

루이즈의 건조한 눈빛을 보자, 왜일까?

두근.

피버는 심장이 뛰었다. 왜 이러나 싶어 고개를 붕붕 저은 피버가 웃었다.

"루이즈 님의 명성은 많이 들었습니다. 굉장하십니다. 북부에 작물을 키워 세상을 이롭게 하시겠다니. 이 얼마나 훌륭한 뜻입니까. 이 푸른 밭은 정말……."

피버는 루이즈에 대한 찬양을 한참이나 늘어놨다. 지나가다가 호기심을 가지고 모여든 사람들이 맞아, 맞아, 하고 동의했다.

"그래서? 결론이?"

루이즈와 피버의 눈이 마주쳤다.

피버가 씩 웃었다.

"죽어 주세요."

쩌저저저저적!

루이즈의 머리 위로 거대한 푸른 번개가 떨어졌다.

"으아아아악!"

"루이즈 님!"

모두가 비명을 질렀다. 루이즈가 앉아 있었던 나무가 활활 불타면서 검은 연기가 펑펑 치솟았다.

연기 속에서 여전히 앉아 있는 새까만 인영이 보였다.

마을 사람들은 좌절감으로 얼굴이 창백해졌고, 도적들은 흥분해서 벌게졌다. 드디어 천벌을 받나 싶어 땀에 젖은 손으로 농기구를 꽉 쥐었다.

모두들 루이즈가 검댕이 되어 죽었을 거라고 생각했다. 하지만 피버는 여전히 흥미롭다는 표정으로 계속해서 불길 안을 보고 있었다.

후우우우욱!

잿바람이 회오리치더니 사방으로 뿜어졌다.

지극히 멀쩡한 루이즈가 방금 무슨 일이 있었냐는 듯 무표정한 얼굴로 앉아 있었다.

"뭔지는 모르겠지만 재밌네."

"어떻게 안 죽었죠? 회심의 일격이었는데, 위험하네."

"너 뭐니?"

"남동부 도적 연합의 연합장입니다."

"와아아아아! 연합장이다!"

도적들이 농기구를 내팽개치며 환호했다. 마을 사람들은 루이즈 못지않게 뛰어나 보이는 마법사의 등장에 덜덜 떨었다.

"아, 얼마 전에 누가 찾아와서 연합장이 뛰어나니 뭐니 하더니 그게 너야?"

"그런 것 같군요. 루이즈, 당신은 누굽니까?"

"알 거 없고."

루이즈가 잿가루를 털며 일어났다.

"따라와."

"저는 여기서 싸우고 싶은데요?"

피버가 손을 들자, 푸른 밭 위로 붉은 구름들이 몽글몽글하게 뭉쳤다. 그리고 불꽃의 비가 떨어져 내리기 시작했다. 불꽃이 밭에 닿는다면 기껏 기른 작물들이 모조리 타 버릴 게 분명했다.

쏴아아아아아.

루이즈의 지팡이 끝에서 물줄기가 뿜어져 구름을 강타했다.

피버의 불 구름을 순식간에 꺼 버린 루이즈가 지팡이로 피버를 겨눴다.

덜컥.

"어?"

모든 움직임이 멈춘 피버의 몸이 공중으로 떠올랐다. 루이즈가 걷기 시작하자 피버도 강제로 끌려갔다.

"……."

그 모습을 보던 도적들은 버렸던 농기구를 다시 쥐었다.

루이즈는 피버를 데리고 으슥한 뒷산으로 갔다.

"으악!"

피버는 바닥에 내팽개쳐졌다.

'이거 큰일인데. 나 이상으로 대단한 마법사다. 이런 마법사가 어디서 튀어나온 거지?'

장난이 아니다 싶어 피버가 굳은 표정으로 벌떡 일어났다. 루이즈가 피버를 향해 지팡이를 겨눴다.

루이즈의 뒤로 아름다운 마나의 배열이 수놓아졌다.

파지지지지직!

번개의 창 수십 개가 활시위에 걸린 화살들처럼 팽팽하게 당겨져 피버를 노렸다.

"……!"

피버의 안색이 창백해졌다.

"말해 봐. 넌 누군데 남의 마법 배열을 훔쳤니?"

"다, 다, 다, 당, 신은!"

피버는 털썩 주저앉아 울상을 지었다.

"그 황홀하고 아름다운 배열! 틀림없어! 당신은 도르……."

꽈과과과과광!

피버는 루이즈의 번개를 맞고 바닥에 누웠다. 바짝 구워진 개구리 같았다.

"난 루이즈야."

"아니! 그럴 리가 없어! 당신은 도르……."

꽈과과광!

"루이즈."

"네, 루이즈 님."

"넌 뭐야?"

"저, 저를 모르십니까? 피버 피스톨입니다."

"몰라."

"저는 옛날에 위프헤이머에게 마법을 수학한 적이 있습니다. 거기서 루이즈 님의 마법을 보고 반해서 한참이나 쫓아다닌 추종자였습니다."

피버는 침을 튀기며 자기소개를 하다가 오열하며 머리를 조아렸다.

"그런데 아름다운 루이즈 님이 어째서 그런 꼴로……!"

"징그럽네."

루이즈가 피버의 머리를 꾸욱 짓밟으며 말했다.

"어쩔까, 타라 님? 도움이 될 것 같아서 죽이진 않았어."

"이용할 수 있을 것 같군."

갑자기 뒤에서 들려온 목소리에 피버가 깜짝 놀라 몸을 일으켰다. 눈빛이 차가운 여자가 유령처럼 뒤에 서 있었다.

"이 사람, 정말 몰라?"

"몰라. 난 관심 없는 대상을 기억하는 취미가 없어서."

루이즈는 제 앞에 무릎을 꿇은 피버를 위에서 아래로 훑었다.

"하지만 방금 흥미가 생겼어. 내가 고안한 마나 배열들은 너무 복잡해서 적당히 똑똑한 머리로는 절대 쓸 수 없거든. 게다가 내 마법을 보기만 했는데도 베낄 수 있었다는 건, 관찰력과 분석력이 아주 뛰어나다는 거야. 보통 놈이 아니구나, 너?"

피버는 루이즈의 칭찬에 어찌할 바를 몰라 하며 뺨을 홍조로 물들였다.

"감사합니다. 저…… 정말 열심히 관찰하고 공부했습니다. 그리고 제가 위프헤이머의 제자여서 아시나 했을 뿐 루이즈 님은 저를 모르실 만도 합니다. 사실 황성에서 인사를 드리긴 했는데 늘 무시당해서. 저만 일방적으로 당신을 쳐다본 거라."

"머리는 좋은데 더럽고 음습하네."

"예, 더럽지요. 음습합니다. 그렇고말고요."

그는 루이즈의 모든 말이 진리라는 듯, 눈을 반짝거리며 긍정했다. 더러운 놈, 음습한 놈, 하며 제 뺨을 때리기도 했다.

그러다 문득 루이즈의 얼굴을 흘깃, 쳐다본 피버의 감정이 황홀함에서 섬뜩한 살의로 변해 갔다.

"얼굴이 왜 그렇게 되셨습니까? 화상뿐만이 아니라, 이목구비의 위치와 골격 구조까지 변해 완전히 딴사람처럼 보이십니다! 마법의 기운이 느껴지지 않는 것으로 보아 진짜인 듯한데…….
이그나이츠 놈들이 그리한 것이지요?"

퍽!

피버가 땅을 주먹으로 내리쳤다.

"루이즈 님이 이그나이츠로 떠나셨다는 소식을 일 년 전쯤에 들었는데, 그동안 대체 어떤 대우를 받으셨던 겁니까! 과연 우리 바하무트보다 더하다는 소문이 틀리지 않았군요. 루이즈 님을 떠받들어도 모자라거늘 감히! 절대 용서하지 않겠다!"

피버가 벌건 얼굴로 울분을 토했다. 어찌나 분한지 눈에 눈물까지 맺혔다.

"루이즈 님, 이그나이츠에 복수하려고 바하무트로 돌아오신 것이죠? 마을을 돌아다니며 작물을 기르게 한 것은 바하무트의 군수물자를 채워 주기 위해서고요! 크흑. 저도 돕겠습니다!"

루이즈는 타라와 눈을 마주쳤다가 다시 피버를 내려다보며 물었다.

"내가 이그나이츠로 떠났다는 건 어떻게 알았지?"

"그야, 위프헤이머한테서는 도망친 지 오래지만 다른 황궁 마법사들과는 계속 연락하고 지냈으니까요. 루이즈 님을 욕하는 것이 짜증 나서 지인이고 뭐고 다 끊어 버리고 싶었지만 혹시라도, 루이즈 님의 소식을 들을 수 있을까 봐……."

피버가 덕지덕지 먼지 묻은 소매로 눈물을 닦아 내며 루이즈에 대한 집착을 듬뿍 표현했다.

"사실 저도 이그나이츠행을 심각하게 고민했는데 말입니다. 우리 바하무트와 척을 지고 있으니, 이그나이츠는 몇 년 내로 망할 게 뻔하지 않습니까. 그때는 제가 루이즈 님을 구원해 드리고 싶어서 남았습니다. 하지만 루이즈 님을 뵙지 못하는 게 너무 힘들어서 건강이……. 쿨럭."

처음 만났을 때는 그래도 정상인이었던 피버는, 루이즈의 진짜 정체를 알고 나서는 머리가 어떻게 된 사람처럼 행동했다.

루이즈는 고개를 옆으로 살짝 기울였다.

"건방지네. 네가 뭔데 날 구원하니 마니 해?"

"예, 예. 그렇지요. 하지만 만일의 사태를 대비해서……."

"됐고. 내 추종자라고?"

"예, 그렇습니다. 루이즈 님이 구현하시는 마법의 아름다운 배열들에 흠뻑 빠졌습니다. 방금 전의 마법을 보니 여전하시더군요! 아니, 더 굉장해지셨습니다!"

"글쎄. 잘 봐."

파지지지직.

뇌기의 육신을 가진 푸른 뱀 수백 마리가 나타나 루이즈의 주변에서 꿈틀거렸다. 뱀들이 움직일 때마다 머리카락까지 바짝 곤두서는 듯한 찌릿한 소리들이 발생했다. 마나의 바람과 사방에서 흐르는 전기로 루이즈의 머리카락이 이리저리 휘날렸다.

"내 마법은 많이 변했어."

루이즈는 악마의 파편을 잃었기에, 파편이 다른 마나 제어자들에게 부여하던 절대적인 압박감 또한 잃었다.

"그런데도 나를 여전히 추종하니?"

"물론입니다!"

피버가 품은 희열은 조금도 색이 바래지 않았다. 바래기는커녕 더욱 진해졌다.

"저는 루이즈 님의 획기적인 마나 배열법과 고유의 느낌에 반한 것이니까요! 저는 루이즈 님 특유의 차분하면서도 광기 어린, 그러면서도 탐미적인 느낌이 너무나 좋습니다. 지금 보니 그런 느낌이 더 강해졌군요."

그럴 수밖에 없다. 이그나이츠에 와서 악마의 파편을 잃은 후부터, 루이즈는 자신의 신력을 갈고닦기 시작했다. 그녀가 추구하는 진리에 대한 이해도 또한 몹시 높아졌다.

그녀의 인생이 깊어질수록, 그녀의 인생을 닮은 기운도 뼈를 고아 낸 진한 수프처럼 농밀해졌다. 피버는 그 차이를 느낀 것이다.

"이그나이츠에서 무슨 일이 있었는지는 모르겠지만 루이즈 님의 성취를 축하드립니다."

피버가 몸을 조아렸다.

"나를 계속 추종하겠다고 했지. 그럼 내가 마법으로 네가 배신할 가능성을 막아 놓고 부려 먹어도 괜찮겠니? 마법 연구를 시켜도 되고?"

보통 사람이라면 두려워하며 거절할 터였다.

"그 말은…… 이렇게, 계속, 대화할 수 있다는 건가요? 마법도 함께 연구할 수 있고요? 제발 부려 먹어 주십시오. 흑흑."

피버가 진심으로 감격하여 눈물을 터뜨렸다. 정말로 정신이 어떻게 된 놈이었다.

"그래도 돼?"

루이즈가 타라에게 물었다. 피버가 얼굴을 슬쩍 들어 타라를 찌릿 노려보았다. 넌 누군데 그 루이즈가 계속 의견을 묻느냐는 듯한 질타다.

타라는 무시하고 대답했다.

"당신만 귀찮지 않다면 그렇게 하지. 이놈 덕분에 이곳에서의 일 처리가 훨씬 빨라질 것 같으니까. 황궁 마법사단 쪽 내부 정보도 얻을 수 있을 것 같고."

"타라 님이 괜찮다면야."

루이즈가 즉시 피버의 이마를 향해 손가락을 겨눴다.

파직!

하얀 전류가 그의 뇌로 흘러들어 갔다. 전격은 뇌를 주무르며 정신 마법의 효과를 극대화했다. 피버의 눈앞이 하얘졌다가, 다시 돌아왔다.

"흐흐."

루이즈와 연결되었다는 사실에 즐거워진 피버가 해죽 웃었다.

"먼저, 알아 둘 게 있다. 나는 여전히 이그나이츠 소속 마법사야. 비밀 임무를 수행하고 있지."

"예에?"

피버는 혼란스러워졌다.

"그럼 왜 바하무트에서 작물을 기르고 도적들을 퇴치하고 계십니까? 적대국의 병력이 될 수 있는 바하무트 국민들을 학살하는 게 더 낫지 않습니까?"

"알 거 없어. 넌 그냥 내 명령만 따르면 돼."

"그러겠습니다!"

피버는 토를 달다가도 루이즈의 말 한마디에 껌뻑 죽었다.

"명심해. 넌 '도르시아니 데마리포사'와 관련이 없어. 바하무트의 배신자도 아니야. 그저 바하무트의 마법사 '루이즈'의 마법에 당해 꼭두각시처럼 부려 먹히는 바하무트인일 뿐이지."

눈치 빠른 피버는 루이즈가 원하는 바를 바로 깨닫고 고개를 주억거렸다.

"그러니 나에 대해서는 누구에게도 말하지 마."

"다른 추종자들에게도요?"

루이즈가 멈칫했다.

"그들과 알고 지내니? 얼마나 많아?"

"주기적으로 모임을 가집니다. 최연소에 최강에 최고의 미녀 대마법사이신 당신을 좋아하는 사람이야 널렸지요!"

"흠. 그럼 그놈들 이름과 위치를 명단으로 써서 내놔."

그쪽은 피해 다니거나 이용해 먹을 수 있을 것 같았다.

"그러겠습니다. 하루만 기다려 주십시오!"

"도적 연합은 어찌 되어도 괜찮니?"

"물론입니다! 아버지의 유산이지만 아깝지 않습니다. 원하는 대로 하시죠! 사실 도적놈들 순 악질들 아닙니까."

그곳의 연합장이자, 막대한 자금을 꾸준히 조달받았던 피버가 할 말은 아니었지만 누구도 그 부분을 지적하지 않았다.

"네가 앞으로 해야 할 일은……."

루이즈가 피버에게 이것저것 지시를 내리자, 피버는 품에서 수첩을 허겁지겁 꺼내 지시 사항을 기록하며 열심히 고개를 끄덕였다.

"마지막으로. 너 혹시 내 추종자인 걸 티 내고 다녔어?"

"알고 지내는 마법사들에게는 루이즈 님의 멋짐을 설파하고 다녔습니다만, 마법에 대해서 일자무식인 무지렁이들은 들어 봤자 모를 테니 그러지 않았습니다."

"그래? 앞으로도 그렇게 행동해. 단, 나를 도르시아니와 동일시해서 이상한 태도를 보이면 즉시 죽일 거야."

피버는 잠깐 슬퍼했다가, 연기는 자신 있다며 제 가슴을 탕탕 두들겼다.

"연합은 마법사 루이즈에게 항복하고 이대로 해산한다."

남동부 도적 연합장 피버가 눈두덩이 퉁퉁 부운 채로 나타났다. 얼마나 울었는지 눈이 보이지 않을 정도였다. 꼴을 보니 루이즈에게 끌려가서 끔찍한 정신 고문을 당한 모양이었다.

피버가 루이즈의 포로가 된 채 항복을 외치자, 마을의 도적들은 희망을 잃었다.

피버는 연합 아지트로 돌아가서도 항복 의사를 전했다.

당연히 연합의 간부들은 반발했다.

"그게 무슨 말씀이십니까!"

"말 그대로다. 루이즈 님은 나보다도 강한 마법사야. 마을에 있는 도적놈들 마법을 풀어 보려 했는데 안 되더라. 나도 지금 정신 마법에 당했어."

"……."

간부들은 입을 다물었고, 부연합장의 얼굴은 우중충해졌다.

그들의 인맥 중 가장 강한 이는 피버 피스톨이었다. 남동부 도적 연합이 다른 도적 연합보다 잘나갈 수 있었던 이유도 피버 덕분이었다. 그런데 루이즈, 그 미친 마법사가, 피버마저 가볍게 누르다니 믿을 수가 없었다.

"피버 님의 지인 분들께 도움을 요청하면……."

"난 내 지인들한테 원망 듣기 싫네요. 그리고 그랬다간 나부터 뇌가 터져 죽을 거야. 연합 해산이 싫다면 나를 빼고 너희들끼리 꾸려 나가든가. 알아서 해."

연합 간부들이 할 말을 잃고 어찌할 바를 몰라 했다.

"그런데 말이지."

피버의 말은 그게 끝이 아니었다.

"너희는 이제 내 적이야."

"예?"

순간 무슨 말인지 이해하지 못해 멍청하게 서 있던 도적들이, 피버가 웃자 주춤주춤 뒷걸음치기 시작했다.

꽈르르르릉!

허공에서 고전압의 번개 창살 수십 개가 지상을 내리찍어 그들을 가두는 감옥이 되었다.

"루이즈 님이 너희가 항복하지 않으면 죽이라신다."

아군일 때는 무해해 보이던 피버의 눈동자에서 따가운 광기가 몰아쳤다. 눈이 퉁퉁 부어 기괴하기까지 한 모습이었다. 이때까지 피버가 적들에게 선사했던 마법의 공포뿐만 아니라, 피버의 소름 끼치는 모습까지 맞닥뜨린 도적들은 겁에 질렸다.

"피버 님! 어떻게 이러실 수가 있습니까! 저희는 당신이 어렸을 때부터 함께한 가족이나 마찬가지……."

"당장 내가 죽게 생겼는데 남인지 가족인지 뭔 상관이냐? 너희와 싸우지 않으면 내가 죽으니까 어쩔 수 없구나! 여기서 결정해라! 나랑 싸울 거냐? 연합을 포기하고 나랑 같이 루이즈 님 밑에서 일할 거냐? 항복하기 싫다고? 그래! 슬프지만 이대로 나한테 타 죽는 게 마음 편할 거다!"

피버가 혼자 다다다 말하다가 두 손을 휙 들어 올리자 간부들이 넙죽 엎드렸다.

"연합을 해산하겠습니다!"

"오, 그래?"

그제야 번개의 창살이 거둬졌다.

“자, 일어서! 다른 도적단에도 이 사실을 통보하러 가야지.”

“예…….”

피버가 닦달하자 간부들은 힘없이 일어날 수밖에 없었다.

고작 마법사 한 명 때문에 수십 년 동안 이어져 온 도적 연합이 망해 버렸다.

이때까지 힘으로 남들을 핍박하고 권력을 누려 왔으니 더한 힘에 본인들이 당해도 할 말은 없었다. 힘으로 흥한 자, 힘으로 망한다고, 그 말이 옳았다.

정말로 덧없다.

허망함을 느낀 도적들이 눈물을 찔끔찔끔 흘렸다.

이 주일이 지나, 남동부 도적 연합은 완전히 망했다.

일찌감치 다른 지역으로 도망친 도적들을 제외하고는 모조리 루이즈와 피버의 마법에 사로잡혀야만 했다. 그리고 루이즈가 씨앗을 뿌려 둔 마을에 분배되어 마을을 위해 일해야 했다.

“자, 일해라, 일해!”

완전히 루이즈의 앞잡이가 된 피버는 도적들을 부려 먹었다. 과거에 부연합장이었던 남자가 불만을 토했다.

“연합장일 때도 이렇게 열심히 일한 적 없으시잖아요? 갑자기 왜 이렇게 적극적이십니까?”

“그야 마법에 걸렸으니까 그러지. 너희가 지금 반항 못 하고 일하는 것처럼!”

피버의 당당한 외침에 전직 도적들은 할 말이 없었다.

"그리고 여기 생활이 나쁜 건 아니잖아? 건실하게 일만 하면 삼시 세끼 챙겨 주지, 여가 시간도 충분히 보장하지, 딱히 우리를 구박하지도 않지. 단점은 질 나쁜 유흥만 못 즐기는 것뿐이구만. 안 그래?"

전직 부연합장은 입맛을 다셨다.

그 말은 맞다. 마을 사람들은 도적들을 경계하긴 했지만 못살게 굴지는 않았다. 식사와 휴식도 제대로 하게 해 주었다.

강제긴 하지만, 자신들의 노력으로 작물이 쑥쑥 커 가는 것도 신기했다. 날붙이로 생명을 빼앗는 게 아닌, 제 손으로 생명을 키워 나가는 기분은 정확히 설명할 수는 없지만, 조금 야릇한 구석이 있었다. 부연합장뿐만 아니라 다른 도적들도 비슷한 기분을 느끼고 있었다.

하지만 이대로는 평생 자유롭지 못한 노예 신세다.

그들에게는 희망이 없었다.

"너희들에게 좋은 소식이 있다!"

"뭐요?"

전직 부연합장이 퉁명스럽게 대답했다. 다른 전직 도적들도 시큰둥했다.

"내가 루이즈 님에게 사정했거든. 말 잘 들을 테니까 나중에 마음이 풀리시면 제발 마법을 풀어 달라고. 그랬더니 루이즈 님께서 시간이 얼마나 걸릴지는 모르겠지만, 너희가 열심히 일해서 마을이 충분히 힘을 갖추고, 마을 사람들에게 잘해서 그들의 동의만 받을 수 있다면 마법을 풀어 주시겠단다."

"와!"

희망을 되찾은 전직 도적들이 환호했다.

"일하자!"

도적들은 더더욱 열심히 일하기 시작했다. 루이즈를 우연히 만날 때면 기합까지 넣어 가며 농기구를 쥔 손에 힘을 주었다.

피버가 도적들을 통제하기 시작하자 루이즈가 할 일은 없었다. 루이즈의 충실한 종은 그녀의 명령이라면 무슨 수를 써서라도 완수해 냈다. 평소 피버와 친하게 지냈던 연합 간부들은 피버가 이렇게 삶에 집착할 줄 몰랐다며 혀를 내둘렀다.

"아저씨, 아줌마, 힘내요!"

루이즈는 이제 별다른 일 없이 부지런하게 돌아다니는 리엘과 나비를 유심히 지켜보고만 있었다. 다른 사람들도 그들을 힐끔힐끔 보았다.

사람들은 저 평범하고 어린 인간과 작은 짐승을 볼 때마다 이상한 기분이 들었다. 왜일까? 저 둘을 보고 있으면, 마음이 푸근해지고 품고 있던 악감정은 푸시식 식었다. 그들이 밟고 지나간 땅조차 부드러워져서 푹푹 잘 파이는 듯했다.

"이제 남동부는 문제없을 것 같아요."

그리고 리엘이 루이즈에게 다가와 그리 말한 날, 루이즈는 첫 활동지인 렌틸 마을로 돌아와 작별을 고했다.

"난 이제 떠날 거야."

마을 사람들은 루이즈가 할 일이 없어졌다는 걸 알고 있었다. 농사일은 다른 사람들이 하고 있고, 전 도적들을 통제하는 역할은 피버가 맡았다.

도적들은 이제 많이 온순해져서 딱히 통제할 필요도 없었다.

처음에야 분노와 공포로 어찌할 바를 몰라 하며 씩씩거리기 일쑤였다. 마법을 풀면 복수할 거라고 으름장을 놓기도 했다.

하지만 루이즈의 강력함 앞에서 서서히 체념했다. 해탈한 상태로 농사일에 전념하기 시작하자 사납던 성격도 조금 부드러워졌다. 북부에서 잘 볼 수 없는 푸름이 그들의 마음을 풀어놓았기 때문이다.

마을 사람들과 도적들의 사이는 냉랭했었다. 피해자였던 마을 사람들은 가해자였던 도적들을 미워했고, 도적들도 자신들을 이 꼴로 만든 그들을 미워했다.

하지만 도적들은 자유를 얻기 위해 반성하고 사과하는 등 착한 척이라도 할 수밖에 없었다. 그러다가 진심으로 반성하고 죄책감을 느끼기 시작한 도적들도 하나둘 생겨나면서 분위기가 묘해지고 있었다.

그래서 루이즈가 하는 일이라곤 리엘과 나비를 지켜보거나 다른 마을들을 돌아다니며 작물들의 상태를 확인하는 것뿐이었다.

"떠나시는군요."

도적들은 무서운 그녀가 떠난다는 사실에 좋아라 했지만, 촌장과 여타 마을 사람들은 진한 아쉬움을 느꼈다.

루이즈의 도움을 받지 못하게 되어서가 아니었다.

"나중에 혹시라도 머무실 곳이 필요하시다면 이곳으로 와 주십시오. 그리고 저희의 도움이 필요하시다면 언제 어디든 루이즈 님을 도우러 가겠습니다."

그녀는 은인이었다. 어떤 대가도 받지 않고 그저 베풀기만 한.

"곧 추수를 시작할 텐데 그것까지 보고 가시는 게 어떠십니까? 식물 연구를 하고 계셨지 않습니까?"
촌장이 아쉬워하며 물었지만 루이즈는 고개를 저었다.
"아니, 할 일이 많아서. 지금 바로 떠난다."
"지금 바로요?"
"그래. 그럼 갈게."
루이즈는 그대로 등을 돌렸다. 너무나 갑작스러운, 담백하기만 한 작별이었다.
"루이즈 님, 안녕히 가세요. 언제든 연락하시고요."
피버는 촌장의 옆에서 손수건으로 눈물을 찍었다. 전 부연합장은 그의 옆에서 그리 좋으냐며, 자기도 좋다며 웃었다. 다른 사람들도 전 부연합장과 같은 생각이었기에, 유독 눈물을 쏟아내는 피버를 이상하게 보지는 않았다.
"루이즈 님!"
루이즈가 몇 발자국 떼지 않았을 때, 촌장이 그녀를 불렀다. 루이즈가 뒤돌아보자 촌장이 어렵게 입술을 떼었다.
"당신은 왜 약자를 가엾게 여기십니까? 약자를 겁박하는 강자는 왜 싫어하시는 거고요?"
지난번 질문의 연장이었다.
"너무나 강한 당신은 타인을 신경 쓰지 않아도 자신의 생에만 집중하며 살아갈 수 있을 텐데요."
루이즈 정도면 자기가 하고 싶은 대로 살아도 어떤 방해도 받지 않을 것이다. 어디 가서 이유 없이 깽판을 치고 무작정 빼앗아도 누구도 뭐라고 하지 못할 터였다.
그런데 루이즈는 자신의 시간을 소모해 가며, 그녀가 신경 쓰지 않아도 될 이들을 도왔다.

굳이 그럴 필요가 있을까? 촌장은 여전히 그녀의 행보를 완전히 이해하기 어려웠다.

"나는 고향에서, 누구보다 약했단다."

"네?"

루이즈가 약했던 시절을 상상할 수 없었던 촌장이 당혹하여 반문했다.

"나는 죽을병에 걸려 골골거렸고, 병 때문에 무뎌진 손으로는 일을 잘할 수 없어서 늘 굶어야만 했지. 엎친 데 덮친 격으로 얼굴이 이렇게 된 후부터는 모두가 나를 피하기만 했어. 가장 약했던 시절, 나보다 강했던 사람들은 하나같이 나에게 침을 뱉고 나를 경멸했다."

루이즈의 말만 들어도 그녀의 삶이 얼마나 비참했을지 상상할 수 있었다. 바하무트는 그만큼 약자에게 잔혹한 나라였다.

"나는 한 번 죽었어. 하지만 한 마법사님을 만나 다시 태어났지. 그 후로, 나는 약자가 보이면 돕고 싶고, 약자를 괴롭히는 강자를 보면 죽이고 싶어져."

루이즈가 저를 보고 있는 사람들을 천천히 둘러보았다.

"어느 날 문득, 과거의 루이즈와 같은 경우를 더는 보기 싫어서, 세상을 돌아다니며 이것저것 해 보기로 결심했다. 나는 강하고, 내 앞에 장애물은 없으니 뭐든 시도해 볼 만했지."

북부의 문제는 대부분 식량 부족이 원인이었으므로 북부에서도 클 수 있는 작물을 개량해서 사람들에게 재배하게 했다. 약자들을 괴롭히던 도적 연합은 완전히 무너뜨린 후 약자들을 지키게 만들었다.

“내가 앞으로 할 일들도 이와 비슷해.”

“루이즈 님은 바하무트를 바꾸시려는 겁니까?”

촌장이 조심스럽게 물었다. 몹시 위험한 발언이었다. 최근 중앙에서 반동분자들을 극성스럽게 잡고 있었기 때문이다.

“나는 개인의 힘으로 세상을 바꾸는 건 정말 어렵다고 생각해. 그럴 의지도 없어. 난 그냥 내가 하고 싶은 소소한 소일거리들을 하는 것뿐이야.”

“…….”

“변하는 건 너희들의 선택이야. 하지만 생각해 봐.”

너희는 내 도움으로 더는 굶거나 강자의 압박에 두려워하지 않아도 될 거다.

나는 보기 싫은 것을 보지 않아도 될 뿐만 아니라 너희의 호감을 얻었지. 내가 어려울 때 도와주겠다고 했지? 대가가 없다고 했지만, 나는 별로 힘들지 않은 일들을 함으로써 힘들 때 도와줄 이들을 얻었어.

“괴롭히지 않고 서로 도우면서 사니 나에게도 좋고, 너희에게도 좋고, 모두에게 좋구나. 안 그래?”

촌장은 루이즈의 말을 들으며 생각에 잠겼다.

“변하는 게 너희 선택이라고 했지만, 너희, 이제 너희보다 약해진 마을들을 괴롭히면 혼난다.”

“예, 예, 그러겠습니다.”

촌장이 당연하다는 듯 몇 번이고 고개를 끄덕거렸다. 그런 촌장을 물끄러미 관찰하고 있던 루이즈가 말을 덧붙였다.

"기억해. 이 세상은 나 혼자 사는 게 아니야. 다른 이들을 모두 죽일 게 아니라면 함께, 관계를 맺어 가며 살아야 해. 또, 강약의 관계는 고정되어 있는 게 아니라 살아 있는 생물처럼 유동적이지."

약자의 밑에는 또 다른 약자가 있고, 강자 위에는 또 다른 강자가 있다. 약자는 강해져서 강자의 위로 올라갈 수 있기에 상하의 위치는 언제든 역전될 수 있다.

그리고 강자의 작은 도움이 약자에게는 인생의 전환점이 될 수 있다. 강해진 약자는 언젠가 강자에게 도움이 될 수도 있다.

"예, 꼭 기억하겠습니다."

촌장은 이제 그 말들을 이해할 수 있을 것 같았다.

하지만 루이즈의 말은 끝나지 않았다.

"여기서 질문 하나를 던지고 싶군. 그저 약자가 누구보다 강해질 수도 있기에 그들을 괴롭히지 말아야 하고, 미래에 도움을 받을 수도 있기에 돕고 살아야 하는가?"

루이즈가 무슨 답을 원하는지 알 수 없었던 사람들은 아리송한 표정을 지었다.

"아니. 사람은 그냥 돕고 사는 거야."

루이즈가 지팡이를 휘둘렀다.

"너희는 그래도 이 주제에 대해 생각해 볼 만큼 변했다 싶어서 말하는 거야. 잘 생각해 봐. 그럼 진짜로 간다."

루이즈는 사람들에게 여운을 남긴 후, 대답은 뒤로한 채 리엘과 나비를 데리고 텔레포트로 떠났다.

남동부 도적 연합이 한 마법사에게 접수되었다는 소식이 바하무트 전역에 퍼졌다. 또한 그 마법사가 마법을 시전한 땅에서, 마법사가 나눠 준 씨앗을 뿌리면 먹을 수 있는 작물이 난다는 소문이 전역을 강타했다.

얼굴에 심한 화상이 있는 마법사, 루이즈.

모든 영지가 그녀를 초청하려 안달이었다. 하지만 루이즈는 초청을 무시하고 이리 번쩍 저리 번쩍 하며 바하무트의 남부, 동부, 북부를 제멋대로 돌아다녔다. 변덕스럽게 씨앗들을 팍팍 뿌리고, 유명 도적단을 깨부수었다.

루이즈가 그러고 다닐 때, 권력자들은 배부른 기분으로 지켜만 보았다.

"신경 쓸 일은 아니군. 어떤 할 짓 없는 놈인지는 모르겠지만, 우리야 이득이지."

그들은 웬 호구가 야생 돼지들을 살찌우고 있다고 생각했다. 부유해진 마을을 잡아먹을 심산으로 이 상황을 방치했다. 연이 닿아 있던 도적들이 도움을 요청해도 무시했다.

"어서 오십시오, 루이즈 마법사님!"

언제부턴가, 루이즈는 큰 영지에도 방문하기 시작했다.

"루이즈 님을 이렇게 모시게 되어 영광입니다. 정말 유명하시더군요. '도적 심판자'가 당신을 칭하는 이름이랍니다."

그러나 얼마 뒤…… 그녀는 다른 이름으로 더 유명해진다.

'영주 심판자'로 말이다.

"살려 주십시오!"

"싫은데? 죽어."

루이즈가 방문한 영지 중에서 몇몇 영지의 주인들은 죽음, 혹은 반죽음 상태로 꽁꽁 묶여 성벽에 매달리는 신세가 되었다. 그리고 성벽에는 영주가 저지른 지독한 악행들이 조목조목 쓰인 게시문이 붙었다.

루이즈는 영주의 창고를 열어, 영지에서 그나마 청렴하다는 관리들을 시켜 사람들에게 식량과 재화를 나누어 주게 했다. 그녀 자신은 어떤 것도 가져가지 않았다.

대부분의 사람들은 그녀의 행동을 비웃었다.

처음엔 바보 같다고 말했다. 왜 다 가지지 않고 나눌까?

시간이 조금 더 지나자 위선자라며 손가락질했다. 대가 없는 도움은 없다며, 다른 속셈이 있을 거라며 투덜거렸다.

루이즈의 이해할 수 없는 행동들이 끝이 나질 않자, 사람들은 그녀가 이상하다고 말했다. 마법사들이 아무리 괴팍하다지만, 왜 득 볼 것도 없는 짓을 계속하는 건가?

"반바하무트파인가?"

아닌 것 같았다. 그녀는 경작을 돕고 도적과 몇몇 영주들을 두드려 패고 다닐 뿐 주민들을 선동하여 바하무트 체제를 바꾸려는 등의 행동은 일절 하지 않았다. 그리고 루이즈에게 당한 영주들 중에는 반바하무트파도 적잖게 있었다.

공통점은 그저 영주가 '악질'이라는 것뿐이다.

사람들은 루이즈가 의적 활동을 하는 거라고 결론을 내렸다. 가끔 이런 일을 하는 사람들이 있긴 했었다. 금방 죽긴 했지만.

사람들은 루이즈도 곧 죽을 거라고 말했다.

"미친 마법사 루이즈다!"

하지만 루이즈에게 당하는 영주들의 숫자는 점점 많아졌다. 그리고 몇몇 영지의 영주들은, 루이즈가 방문하지 않았는데도 암살당했다. 암살은 루이즈의 활동 지역에서 주로 발생했기 때문에 루이즈의 짓이라는 말이 나돌았다.

위기를 느낀 악덕 영주들은 연합하기로 했다.

"죽입시다!"

영주들은 지방 기사단과 영지 소속 마법사들을 한곳에 끌어모은 후, 루이즈를 유인하여 단번에 습격했다.

그날, 전설이 탄생했다.

"마법사 루이즈가 이겼대!"

"루이즈의 대규모 마법으로 돌산이 평지가 되었다더라!"

누구도 루이즈를 막을 수 없었다.

"바하무트의 체제를 뒤집어엎으려는 미친 마법사입니다!"

결국 영주들은 중앙에 도움을 요청했다.

하지만 중앙은 요청을 기각했다. 바하무트는 강자생존, 강자 루이즈의 횡포는 딱히 이상한 것이 아니었다. 게다가 작물을 공급하는 등 바하무트에 이득인 일들을 하고 있는데 무슨 상관이냐는 시큰둥한 태도를 보였다.

덕분에 루이즈의 거침없는 행보는 계속되었다.

이쯤 되어, 바하무트 주민들은 마음이 싱숭생숭했다.

바하무트 황실은 신적인 존재였고, 영지의 영주는 주민들에게 현실적인 왕, 세상에서 가장 강한 자였다. 그런데 절대 강자였던 존재들이 만신창이가 되어 푸줏간의 고기 꼴로 성벽과 광장에 내걸리는 걸 보니 마음이 이상했다.

절대 강자라고 생각했던 지배자들이 저렇게 형편없는 꼴이 될 수도 있다. 그리고 루이즈처럼, 강하면서도 약자를 핍박하지 않고 가진 것을 베풀 수도 있었다.

티는 내지 않았지만 내심 통쾌했다. 황실에 대한 공포가 바하무트를 꽉 옥죄고 있던 차에, 색다른 소문으로 숨통이 트이는 기분이었다. 그러면서 루이즈에게는 작은 호감을 가졌다. 그래도 도움을 받았고, 득을 봤으니 호감을 가지는 게 당연했다.

반면, 영주들은 루이즈의 이름만 들어도 경기를 일으켰다.

루이즈는 어디서 터질지 모르는 폭탄이었다. 요새 난리가 났다 하면 루이즈의 짓이었다. 최상급 공간 마법인 텔레포트는 어찌 그리 자유자재로 사용하는지, 전혀 생각지도 못했던 곳에서 불쑥불쑥 나타나 깽판을 쳤다.

"루이즈 그 인간이 이번엔 글쎄……."

"프레하의 영주가 심장이 뻥 뚫린 채로……."

만찬이나 모임의 화제는 언제나 루이즈와 관련되어 있었다.

"끔찍하군. 말이 안 통하니 더 무서워."

"중앙에서는 들은 척도 않고."

"그냥 내 영지에 방문하지 않기만을 바라야겠소."

승리만 거듭하는 무패의 마법사는 공포 그 자체였다. 대화나 뇌물이 통하지 않으니 더욱 무서웠다.

"이런 대단한 마법사가 이때까지 이름이 알려지지 않은 이유를 모르겠군. 은둔하고 있었던 건가?"

"그런 것 같군. 조용히 살면서 북부에서 재배할 수 있는 작물을 연구했던 거겠지."

"이제는 완성해서 나타난 거로군?"

"세상에는 정말 신기한 기인들이 많아."

"나는 마법사 루이즈가 속한 집단이 있으리라 보네. 믿는 바가 있으니 이런 대범한 짓을 할 수 있는 게 아니겠는가?"

"동의하네. 조직으로부터 정보도 제공받고 있겠지. 일개 개인이 수많은 영주들의 비밀들을 속속들이 알아낼 방법은 없어."

"개량한 작물도 마찬가지일세. 조직 단위에서 아주 오랜 기간 연구를 해 왔고, 이번 세대에 연구가 빛을 발한 게 분명해."

모두가 루이즈가 어떤 조직 소속일 것이라고 확신했다. 영주들은 루이즈의 정체와 그 뒤에 암약한 조직의 정보를 캐려고 혈안이 되었다.

하지만 루이즈는 매우 흔한 이름이었고, 조직에 대해서는 단서가 전혀 없었기에 영양가 없는 조사가 이어졌다. 심지어 바하무트 제국 내 최대 정보 조직인 블랙폭시조차 알아내지 못했다.

"일단 죽이는 것에 초점을 둡시다."

영주들은 루이즈의 목을 따 오는 사람에게 천문학적인 돈을 지급하겠다는 수배령을 내렸다.

하지만 얼씨구나 하고 루이즈를 찾아간 현상금 사냥꾼들은 그녀의 목을 따 오기는커녕 따였다. 심지어, 휴가를 나왔다가 심심풀이로 '루이즈 사냥'에 참가했던 황궁 직속 기사까지 패배했다는 소식이 들려오자 사냥꾼은 씨가 말랐다.

"대체 어쩌란 말이냐!"

"이건 뭐, 인간 재해가 따로 없군. 당분간은 그 여자의 비위를 맞춰 주는 수밖에 없겠소."

영주들은 루이즈의 약점을 잡기 전까지는 몸을 사리기로 했다. 숨죽이는 것을 넘어서 그녀에게 잘 보이기로 마음먹은 영주들도 적지 않았다. 그리하여 영주들이 루이즈의 북부 활동을 가식적으로나마 흉내 내는 황당한 일들이 벌어졌다.

도적단과 밀월 관계를 가진 채 몰래 편의를 봐주었던 영주들이 먼저 나서서 주변의 도적단을 소탕했다. 여태 부려 먹기만 한 주민들의 노동에 정당한 대가를 지불했다. 밭을 갈고 루이즈가 최근에 뿌리고 다닌다는 겨울용 채소 씨앗을 구해 열심히 심었다.

"세상에."

"영주들이 미쳤다."

주민들은 영주들이 돌변해서 갑자기 잘해 주기 시작하자 더더욱 심란해졌다.

"장관이군!"

그 무렵, 루이즈가 초기에 작물 재배를 명했던 마을들은 수확을 목전에 두고 있었다.

"이게 다 먹을 거란 말이지?"

"살다 살다 북부에서 식물이 이렇게나 잘 자라는 광경을 볼 수 있을 줄이야."

마을 사람들과 전직 도적들은 하루에도 몇 번이고 경작지에 들러 노랗게 익은 곡식들을 넋을 잃고 바라보기 일쑤였다. 창백한 땅을 이불처럼 포근하게 감싼 햇살 같았다. 바람이 불 때면 부드러운 곡선을 그리는 황금빛 물결이 파도 소리를 내며 출렁였다. 무척 아름답고 따뜻한 풍경이었다.

"우리가 키운 거야."

루이즈가 마법을 부려 이번 한 번은 성장이 촉진되었다지만, 식물이 하루가 다르게 무럭무럭 자라는 모습은 경이 그 자체였다. 자고 일어나서 식물이 얼마나 자랐는지 가늠해 보는 것도 나름의 재미였다.

"자, 자, 일해야지."

사람들은 처음이라 어색하기만 한 충족감을 뒤로한 채 수확을 위해 낫과 갈퀴를 들었다.

사각, 사각.

강제긴 했지만 열심히 기른 작물들을 베어 내 한곳에 쌓았다. 대기하고 있던 사람들이 바닥에 깔아 놓은 널따란 천 위에 수확한 작물을 탁탁 털자 알갱이들이 소복하게 쌓였다.

메에에.

옆의 울타리에 묶여 있던 가축들이 털고 남은 작물을 날름 물었다. 마른 풀들에서는 절대 느낄 수 없는 풍성한 식감이 혀와 위를 자극했다. 그 맛에 반한 가축들은 펄쩍 뛰어 코를 박았다.

퍽, 퍼억.

땅속에서 자라는 채소들은 갈퀴로 긁어내듯 뽑았다. 덩굴에 주렁주렁 달린 채소들은 사람들에게 짜릿함마저 선사했다. 아삭한 채소는 요리하지 않고 그저 베어 물었을 뿐인데도 달큼했다.

일과를 끝낸 후, 사람들은 들판에 주저앉은 채 시원한 음료를 마셨다. 지평선 너머로 뉘엿뉘엿 저무는 태양이 작물들 위로 노을빛 담요를 덮어 주는 광경을 감상했다.

"기분이 이상해."

"음. 이제부터는 이렇게 직접 재배한 작물로 허기를 달랠 수 있다는 건가……."

쓰라린 박탈감이 한순간 엄습했다.

"남부에서는 늘 이런 광경을 봤다는 거로군."

"북부도 처음부터 이랬다면 좋았을 텐데."

하지만 금빛 풍경을 바라보고 있노라니 박탈감은 옅어지고 묘한 감동이 찰랑찰랑 차올랐다.

"그래도 이제는 이게 일상이 되겠지."

사람들의 심장이 말랑말랑해진 시기에, 피버 피스톨은 루이즈의 멋짐을 설파하고 다녔다.

"루이즈 님은 위대하시다!"

하루 종일 시끄럽게 꽥꽥대는 피버의 찬양에 사람들은 처음엔 귀를 막았지만 어느 순간부터는 맞아, 맞아, 하고 맞장구를 치며 고개를 끄덕이기 시작했다.

"무섭긴 하지만 대단한 분이시지. 음."

피버에게 세뇌라도 당한 걸까? 루이즈에게 호되게 당했던 도적들조차 그녀를 인정하고 경외심을 느꼈다.

바하무트의 남동부 주민들은 약탈이 아닌, 수확에서 기쁨을 느낄 수 있게 되었다. 애초에 싸우는 걸 좋아하지 않았던 사람들은 그 기쁨이 배가 되었다.

"이제 굳이 싸우지 않아도 되지 않을까?"

이런 생각을 하는 사람들도 불쑥불쑥 생겨났다.

사실, 루이즈는 온순한 성향의 마을들을 선정하여 씨앗을 뿌리고 다녔다. 그랬기에 루이즈가 다녀간 마을의 사람들은 대다수가 이렇게 생각했다. 그리고 다수의 생각은 소수에게 전염되기도 한다. 사납고 전투적인 성향의 사람들조차 그런가? 하고 고개를 갸웃거릴 정도였다.

씨앗을 뿌린 마을이 아니더라도, 루이즈가 보인 행보들로 인해 바하무트 주민들의 생각에 약간의 변화가 생겨났다.

바하무트라고 해서 선한 인간이 없지는 않았다. 환경이 대다수를 이기적이고 악하게 만들 뿐이었다.

조국이 정복당했거나 노예로 납치당해 나중에 바하무트에 소속된 자들은 보통 그런 비인간적인 상황을 견디기 힘들었다. 하지만 어쩌겠는가. 옳지 않다고 생각하면서도 바하무트의 방식에 적응할 수밖에 없었다.

그런데 루이즈가 선을 행하며 파격적인 행보를 보이기 시작했고 누구도 그녀를 막지 못했다. 북부는 푸름으로 뒤덮여 가고, 도적들은 자취를 감췄다. 영주들은 변했고, 주민들의 삶의 질은 월등하게 좋아졌다.

바하무트 체제 속에서 숨죽이고 있던 몇몇 사람들은 루이즈가 만든 기류에 탑승하여 조금씩, 본모습을 보이기 시작했다.

도와줄게요.

왜?

그냥…….

그들이 먼저 호의를 베풀자, 호의를 받은 사람들도 선을 되갚았다. 주민들은 대가 없이 호의를 주고받으면서, 이때까지 생각해 왔던 것과 달리 좋은 기분이 들자 당황스러워했다.

"이상해."

처음에는 루이즈를 욕하기만 했던 머리가 꽉 막힌 바하무트 토착민들조차 울렁거리는 기분을 느끼기 시작했다.

"신기한 마법사야."

"대단해."

거인의 거대한 한 발자국은 그보다 작은 세계에서 다양한 변화를 야기한다. 사람들은 조금씩, 조금씩, 감화되어 갔다.

"사람이 어쩜 그럴 수 있지?"

루이즈를 좋아하는 사람들이 차차 늘어났다. 호감은 유행병처럼 번졌다. 처음엔 호감을 숨겼던 사람들도 언제부턴가 당당하게 드러내기 시작했다.

루이즈를 싫어하던 사람들이 도리어 숨었다. 그들도 어쩔 수 없이 이 거대한 시류에 탑승하여 선을 행할 수밖에 없었다.

이들의 선은 위선이었다.

하지만 사람들이 위선으로나마 선을 행하게 하는 것이 이 시류의 순기능이었다. 지금은 위선이더라도 시간이 흐르면 생각을 고쳐먹고 위선 대신 자발적인 선을 행하는 사람들도 생겨날 것이다.

"금방 죽을 거라고 생각했는데."

사람들은 루이즈가 곧 죽을 거라고 말하곤 했었다.

하지만 루이즈는 죽지 않았다.

오히려 폭풍처럼 휘몰아치며 바하무트를 그대로 집어삼켰다.

심지어 그녀는 바하무트의 법을 거스르지 않은 채로 바하무트에 새로운 바람을 일으켰다. 강자생존의 원칙대로 강하기에 약자를 짓밟았다. 선택적으로 말이다.

사람들은 그녀가 신기했다.

대체 어떤 강자가 약자들을 위해 본인의 시간을 희생하겠는가? 시간은 누구에게나 공평하게 한정되어 있는데 말이다.

그래서 사람들은 루이즈가 싫지 않았다.

그즈음, 영주들은 그녀의 고향을 알아냈다.

고향 사람들은 루이즈가 두려워 그녀에 대해 말하지 않으려 했지만, 막대한 돈을 쥐여 주자 그녀의 과거에 관해서 앞다투어 열성적으로 토설했다.

루이즈의 과거는 충격적이었다.

최초, 고향에서 누구보다 약하고 추해서, 모두에게 경멸당했던 루이즈. 그녀는 지금 누구보다 강해졌으나 과거에 대한 보복을 하지 않았다. 그저 새로운 길을 걸어 나갔다.

마치 소설 속의 주인공 같았다.

아니, 루이즈를 주인공으로 소설을 써도 될 정도였다.

이 시기, 대마법사의 공석을 채우는 문제가 논의되었다.

열 명의 대마법사 중, 바하무트의 마법사만 둘이 죽은 상황이다. 그리고 최근 들어 이름을 날리고 있는 두 마법사도 바하무트 소속이었다.

그리하여 그 두 사람이 새롭게 대마법사의 자리에 올랐다.

이그나이츠 측의 대마법사들과 싸우면서도 밀리지 않은 것으로 유명해진 '빙결'의 대마법사 기르초프.

그리고 최약으로 태어나, 약자들을 지탱하게 된 '최약'의 대마법사 루이즈다.

콰과과과과광!

“죽어라, 제발, 죽어!”

영주는 저주를 퍼부으며 악을 썼다.

콰과과광!

무수히 많은 마법들이 한곳만을 향해 쏟아졌다. 훈련된 궁수들이 쏜 화살들과 발리스타가 발사한 창들도 파공음을 내며 그곳으로 향했다.

“죽어라, 최약의 루이즈!”

루이즈 하나만을 잡기 위해 펼친 함정과 마법들이었다.

“이걸 막으려면 진짜 마법을 써야 해.”

루이즈는 중앙에서 실드를 펼친 채로 중얼거렸다.

속삭임은 누군가에게 전해졌다.

“죽어!”

죽음을 불사한 기사들이 마법의 틈을 비집고 들어와 루이즈를 찌르려 했다.

기이이이이이잉.

그때, 기이한 이명이 모든 소리들을 지우며 공간을 울렸다. 모두의 행동이 정지했다. 시간이 멈춘 듯한 광경이었다.

찰나의 시간이 지난 후, 루이즈를 둘러싸고 있던 이들이 피를 뿜으며 쓰러지고, 화살과 창, 그리고 검들은 쪼개졌다.

"얍."

루이즈가 지팡이를 휘둘렀다. 바람의 칼날들이 뻗어 나와 살아남은 자들을 베고 벽에 상처를 남겼다. 멀찍이서 명령을 내리던 영주조차 죽었다. 루이즈 외의 생존자는 없었다.

"이쯤 되니까 실력을 숨겨서는 죽이기 어려운 사람들도 있네, 타라 님."

"그래."

위쪽에서 그림자가 떨어져 내렸다.

"나만 고생시키고 타라 님은 신나게 놀고 먹고 자는 줄 알았더니 잘 지켜보고 있었구나?"

"고생은 내가 더 하지."

"사서 고생하는 거잖아. 그냥 같이 다니면 될 텐데."

"관심을 당신한테 집중시키려면 이 편이 나아."

루이즈, 아니 도르시아니는 수긍했다.

"그건 맞네. 사람들은 자극적인 걸 선호해서 혼자서 다 해 먹는 걸 좋아해. 주인공이 둘인 소설은 별로 안 좋아하더라. 그런데 지켜만 보고 있는 거 지겹지 않아?"

"전혀."

"뭐, 나야 타라 님의 비밀 호위를 받고 있으니까 대단한 사람이 된 것 같아서 좋아. 그나저나."

도르시아니가 입매를 말아 올리며 웃었다.

"상황이 너무 재밌지 않아? 나 대마법사 칭호가 두 개야. 이게 바로 더블 타이틀? 자랑하고 싶은데 자랑할 곳이 없네."

"자랑은 나중에 에이지한테 하고 이만 가자. 리엘과 나비가 기다려."

타라, 아니 이아나가 즐거워하는 도르시아니를 재촉했다.

이아나는 도르시아니의 근처에서 숨어 지냈다. 평소에는 잎이 무성한 커다란 나무의 가지, 혹은 높은 건물의 지붕에 앉아서 심상 수련을 하다가 도르시아니가 진짜 실력을 발휘하지 않으면 위험할 상황에서는 그녀를 보호해 주었다. 가끔은 혼자서 영주들을 암살하러 다니기도 했다.

"겨울에 심어서 여름에 수확할 수 있는 채소야."

"예, 예에. 루이즈 님."

"왜 떨어?"

"아, 아, 아, 아닙니다."

이아나는 나무의 가지에 기대앉은 채로 씨앗을 나눠 주는 도르시아니를 지켜보았다. 그러다 닛시가 그 주변에서 타다닥 뛰어다니기 시작하자 시선을 그쪽으로 옮겼다.

바하무트의 영토에는 사념이 겹겹이 쌓여 있다. 대지까지 파고들어 자연 신력의 순환을 방해했다.

딸랑.

하지만 닛시가 총총 발을 디딜 때마다 세계의 흐름은 누군가 손으로 휘적휘적 저은 것처럼 고루 섞인다.

딸랑.

닛시가 목에 매단 방울은 청명한 소리로 세상과 공명하며 사념을 정화하고 새로운 길을 만든다.

딸랑.

신력은 정상적인 흐름을 되찾고 생명으로서 자연에 스며든다. 올바른 흐름은 삶에 여유가 없는 바하무트인의 마음조차 부드럽게 만들었다.

'마치 신의 손 같군.'

이아나는 이제 엘리와 닛시가 뭘 해도 그러려니 했다. 엘리도 그런 이아나를 눈치챘는지, 언제부턴가 아무렇지도 않게 닛시를 앞세워 어처구니없는 일들을 해 댄다. 북부의 지질 문제가 이렇게 해결되다니, 직접 보고 있는데도 믿기지 않았다.

저들의 정체는 과연 무엇일까?

'내 짐작대로일까?'

날카로운 감각은 하나의 가능성을 지목했지만 확실하지 않았기에 입 밖으로 낼 수 없었다.

하여튼, 임무에 많은 시간이 소요될 것이라고 예상했는데 기대 이상의 성과를 내며 훨씬 빨리 끝날 것 같다. 천천히 싹을 틔우는 것만 의도했는데 순식간에 줄기까지 쑥 자랐달까?

유명 소설을 참고하여, 바하무트 국민들의 공포를 걷어 내고 인식의 변화를 꾀하여 내란의 단초를 마련하는 계획, 일명 '두려운 루이즈' 작전은 대성공이었다.

바하무트의 혼란스러운 국내 상황, 루이즈의 가엾은 과거, 도르시아니의 화려하고 강력한 마법, 도적 연합장 피버 피스톨의 지지, 마론의 뛰어난 정보 작전, 북부에서 자라는 작물, 엘리와 닛시의 신비로운 힘…… 갖가지 요소들이 맞물린 덕분이었다.

바하무트의 변화에 관해서는 마론으로부터 주기적으로 전해 듣고 있다. 그들이 말하길, 현재 바하무트에는 중앙에서 직접 통제하기도, 통제하지 않기도 뭐한 애매한 변화가 산들바람처럼 살랑살랑 불고 있었다.

'정말 바쁘게 살았군.'

이아나가 한숨을 내쉬며 나무에 몸을 기댔다.

이 정도면 싹은 충분히 틔웠다.

임무가 마무리되어 가고 있었다.

그리고 임무를 나온 진짜 목적. 성장이 정체되는 원인과 그 돌파구를 찾는 것에도 어느 정도 진전이 있었다.

이아나는 전쟁을 아르하드에게 맡기고 임무를 도르시아니에게 맡기면서 혼자만의 시간을 아주 많이 가졌다. 깊게 명상하며 자신의 상태와 로베르슈타인의 봉인을 탐구했었다.

이아나의 문제는 답답해서 숨이 막힐 정도로 성장이 너무 느리다는 거였다.

이아나는 자신이 지고한 경지에 이르렀기 때문에 성장 속도가 더딘 게 당연하다고 생각했었다. 그렇기에 로베르슈타인의 봉인을 풀어 그녀의 심장과 권능을 얻는 걸 성장의 다른 돌파구로 삼았었고.

하지만 최근 들어서 깨달았다.

로베르슈타인은 성장의 돌파구였지만 방해물이기도 했다.

'이아나 자신'의 성장을 엄청나게 방해하고 있었던 것이다.

"후우우우."

이아나는 심호흡하며 제 심장의 박동에 집중했다. 쿵, 쿵, 쿵,

쿵, 세차게 뛰어 댄다. 그 흐름에 몰두하자 시간이 느려진 것처럼 소리가 길게 늘어졌다. 쿠구궁, 쿠구궁. 외부의 소음을 완전히 차단하자 박동음은 더욱 커지고 잘게 쪼개진다.

쿠, 구구구, 구궁. 부드럽게 이어지지 않고 미묘하게 어긋나는 부분들이 발견되었다.

봉인의 영향이었다. 심장이 정상이 아니니 성장에 문제가 생길 수밖에 없다.

'심장도 문제지만…….'

이아나는 이번엔 정신에 몰입했다. 정신세계 속에서, 이아나는 절벽에 힘껏 들러붙어 있었다. 절벽 끝에 선명한 빛이 보이는데, 절벽을 오를 힘도 있는데 오르지 못하고 있었다. 왜? 왜? 안간힘을 쓰며 손을 위로 뻗었다. 머리가 터질 것처럼 아팠다. 영혼이 부서질 것만 같았다.

그렇게 쫓기듯이 위만 보던 이아나는 아르하드와 도르시아니 덕분에 여유가 생기고 나서야 절벽 아래를 보았다.

그리고 발견했다.

절벽 아래, 암흑천지인 심연에서 뻗어 나온 무거운 족쇄가 이아나가 빛에 도달하지 못하도록 발목을 잡아당기고 있었다. 이아나는 한계를 뛰어넘어 하늘 위로 날아갈 준비가 되었는데 심연의 무언가가 봉인의 쇠사슬을 뻗어 이아나의 발을 칭칭 감고 있었다.

안이 보이지 않는 심연, 그것은 '로베르슈타인'이었다.

쇠사슬은 마치 고무줄과 같았다. 한쪽이 앞으로 튀어나가고 싶어도 다른 한쪽이 뒤쪽에서 미적거리면 앞으로 나아갈 수가 없다. 양 끝을 잡고 당기면 당길수록 양쪽에 어마어마한 과부하가 걸린다. 이아나가 느끼는 답답한 기분은 지지부진한 상황뿐만이 아니라 이런 것에서도 기인했던 것이다.

'봉인만 풀면 내 성장 지체도 해결될 거야.'

문제점을 확실하게 인지하고 해결 방법을 단순화할 수 있었으니 임무를 나온 보람이 있다. 하지만 그 해결 방법인 봉인 해제의 실마리가 일절 보이지 않으니 답답한 건 여전했다.

"타라 님, 내려와 봐."

얘기하고 있던 사람들을 떠나보낸 도르시아니가 이아나가 있는 곳을 향해 손짓했다. 이아나는 주변의 기척을 살피고는 나무 아래로 착지했다.

"리엘이 오고 있어."

저 멀리서 엘리가 봉인된 갈색 봉투들을 들고 오는 것이 보였다. 요새 엘리는 이아나 대신 정보원과 접선하는 역할을 훌륭하게 수행하고 있었다.

"여기요!"

반바하무트 과격파 정보 조직 마론.

마론과 협약을 맺은 건 탁월한 선택이었다. 오랜 시간 바하무트에 암약한 마론이 제공하는 정보는 엄청났다. 게다가 마론은 온 바하무트에 루이즈의 이야기를 퍼뜨린 일등 공신이었다.

파지직.

이아나는 봉인 마법을 깨고 봉투 안에서 서류를 꺼내 읽었다.

언제나처럼 악덕 영주와 바하무트의 변화에 대한 정보다.

오늘은 여기에 두 개 더. '블랙폭시가 현재 뭘 하고 있으며 주요 활동지는 어디인가?'와 '바하무트 황족은 루이즈에게 관심이 없는가?'라는 이아나의 질문에 대한 답이다.

첫 번째 질문에 대한 답은 '서부 바하무트'였다.

마론의 정보를 읽어 보니 동부에서는 블랙폭시의 활동이 뚜렷하지 않았다. 정보 수집과 이그나이츠에 관한 여론 조작, 제도권을 벗어난 유랑민들을 납치해 중앙으로 끌고 가는 것이 주된 활동이었지만 이는 블랙폭시의 악명을 생각하면 정말 특별하지 않은 일이었다.

대신, 마론은 서부가 매우 수상쩍다고 말했다. 블랙폭시가 서부의 정보를 이상할 정도로 통제하고 있었기 때문이다.

'서부…….'

이아나는 찌푸린 미간을 손으로 문지르다가 다음 질문에 대한 답을 보았다.

두 번째 질문에 대한 답은 '없다'였다.

바하무트의 행정은 지방과 중앙으로 나뉜다. 평소에는 지방에서 자치적으로 행정을 보다가 한 달에 한 번 중앙에 보고서를 제출하는 게 원칙이고, 긴급 상황 발생 시엔 즉시 보고한다.

보고서가 올라오면 중앙에서 황실 직속 행정부가 주로 처리한다. 대부분은 행정부 선에서 정리되지만 주요 사안은 황실에 보고된다. 그리고 황족이, 본인들이 나서야만 해결될 일이라고 판단하면 관련된 모든 정보를 수집하여 움직이기 시작한다.

바하무트의 역사상 황족이 반드시 나서야만 하는 일은 건국 초반에만 몰려 있었고 요새는 거의 없었다. 중앙 기사단과 마법사단이 너무나 강력해서 그들만으로도 모든 문제를 해결할 수 있었기 때문이다.

루트가 전하길, 중앙 행정부는 루이즈에 관한 보고를 받았지만 문제 삼지 않았다. 오히려 북부에서 작물 재배를 가능케 함으로써 막대한 전쟁 물자를 제공한 루이즈에게 상을 줘야 한다는 논의를 하고 있었다.

카니츠와 피버가 전하길, 최근 기사들과 마법사들 사이에서는 신흥 강자인 루이즈의 이야기가 주요 화제라고 했다. 지방 영주들이 내건 막대한 현상금에 눈이 멀어 루이즈를 찾아가려는 상급 황궁 기사나 마법사도 있다나.

루이즈에 대한 소문은 그만큼이나 대단했다.

그러니 바하무트 황족도 루이즈의 이름을 알고는 있을지도 모른다. 하지만 최근 뭘 하는지는 몰라도 매우 바쁜 듯 황궁에 모습을 잘 보이지도 않는 황족이 신흥 강자에 불과한 루이즈에게 관심을 가질 리가 없다는 것이 모든 사람의 공통 추측이었다.

이아나가 생각하기에도 황족은 루이즈에게 관심이 없었다.

'서부에서 뭔가를 하느라 바쁠 테니까.'

서부 바하무트가 시작되는 갈락 성채부터는 출입을 금하라는 황명이 오래전부터 내려져 있었다. 이 때문에 루이즈의 활동 지역에서도 서부를 제외해야만 했다.

임무 초기, 호기심을 느끼고 몰래 그 성채에 가 본 이아나와 도르시아니는 긴장했다. 황족이 성채부터 진득한 배리어를 펼쳐 놓은 것도 모자라 찌릿한 기세를 내뿜는 기사들이 삼엄한 경계를 서고 있었다. 갑옷의 번뜩임과 무표정한 얼굴, 소름 끼치는 기세가 여느 기사들과는 확연히 달랐다.

이번 생에서는 처음 보았다.

"제1 황궁 기사단 파칼라투아."
"어떻게 알았어? 갑옷으로?"

회귀 전에 봤으니까 안다. 이아나는 도르시아니의 질문에 대충 얼버무리고 안쪽으로 텔레포트할 수 있겠냐고 물었다. 도르시아니의 대답은 불가였다.

"배리어가 너무 강력해서 안 돼. 배리어를 뚫는 건 고사하고 우리 존재가 황족에게 발각되기만 할 거야."

결국 이아나는 아르하드에게 보고만 올리고 물러났다. 뚫고 지나가려면 지나갈 수 있지만 해야 할 임무가 있는 상태에서, 바하무트에 침입했다는 사실을 알릴 위험을 감수하면서까지 그렇게 할 필요가 없었기 때문이다.
하지만 더는 물러설 수 없다.
'놈들은 분명 서부 바하무트에 있을 거야.'
이아나는 서부에서 바하무트 황족과 블랙폭시가 뭔가를 하고 있음을 직감했다.
'뭘 하고 있는 걸까? 전장에도 나타나지 않고.'
아르하드와는 매일 수시로 연락하고 있다. 그는 전쟁의 진행 상황을 이아나에게 전해 주었다.
이그나이츠와 바하무트는 여전히 동부에서 공방 중이다. 하지만 강력한 한 방이 없는 공격과 단단한 방어 중 무엇이 우세할지는 안 봐도 뻔하지 않은가? 최근 이그나이츠는 서서히 공세를 취하며 바하무트 쪽으로 점점 전선을 밀고 들어가고 있었다.

하지만 동부의 바하무트 군대는 그냥 싸우기만 할 뿐 이그나이츠의 영토를 점령할 생각은 없어 보인다. 물론 이그나이츠의 방어가 훌륭하기 때문이겠지만 역시 이상했다.

놈들은 시간을 끌며 뭔가를 하고 있다.

이아나는 결정 내렸다.

"루이즈, 서부 바하무트로 가자."

페인도 마법사 루이즈에 대한 소식을 들었다.

'어떤 할 짓 없는 놈이지?'

하지만 신경 껐다. 일개 대마법사 따위 관심 없었다. 그가 하는 일은 오로지 라이프를 만드는 것뿐이다.

페인은 북부로 올라와서 북부에서 살고 있던 동족들을 모아 블랙폭시를 재건했다.

"주, 죽여 줘……."

"제발. 차라리 죽여 줘……."

"그럴 순 없지."

페인은 옛날보다 훨씬 말라서 기괴한 몰골이었다. 게다가 그의 몸에서는 피 냄새가 진동했고, 탁한 눈동자는 광기로 번들거렸다. 누군가의 붉은 심장을 으적으적 뜯어 먹고 있는 꼴이 매우 끔찍했다. 그의 뒤에는 상자들이 산더미처럼 쌓여 있다. 검은 라이프가 가득 담긴 상자들이었다.

페인은 한 가지 목적만을 위해 살아가고 있었다.

이그나이츠 빌어먹을 놈들에게 끔찍한 보복을 가하리라!

그리하여 바하무트의 쓸모없는 천민들과 노예들을 갈아 넣고 있는 중이다. 특히 바하무트 서부와 바하무트에 조공을 바치는 조공국들의 국민들을 말이다.

북부의 바하무트, 동부의 이그나이츠, 남부의 로안느.

동부와 남부에는 바하무트에 맞설 수 있는 강국들이 있다.

그러나 서부에는 강자가 없다.

그리하여 서부에서는 생명이 아지랑이처럼 사라지고 있었다.

바하무트 황실과 블랙폭시의 정보 통제는 탁월했고, 아무도 모른다. 서부 대륙이 어떤 몰골이 되어 가고 있는지.

"폐하, 저의 숙원을 이뤄 주십시오……."

페인이 황족들이 있을 곳을 바라보며 중얼거렸다.

며칠 뒤.

[임무를 훌륭하게 완수했구나.]

이아나는 임무를 종료했다.

[그럼 이제 돌아오는 건가?]

반지 건너편에서 들려오는 들뜬 듯한 목소리가 미묘한 죄책감이 되어 이아나의 심장을 푹 찔렀다.

"아뇨……. 서부 바하무트로 가 보려 합니다."

[서부?]

아르하드의 목소리가 착 가라앉았다.

그는 연락할 때마다 오늘은 뭘 했냐, 피곤하지 않냐, 숙식은 잘 해결하고 있냐, 기분은 어떠냐, 수련은 잘 진행되고 있냐 등등 걱정스럽게 물었다.

걱정의 몇 배나 되는 그리움은 시도 때도 없이 표현되었다. 임무는 얼마나 진행되었냐고, 언제쯤 복귀할 수 있겠냐고, 보고 싶다고, 그립다고, 사랑한다고.

연락을 할 때마다 만나고 싶은 걸 겨우 참는 기색이 역력했었다. 임무가 다 끝나 가니 돌아오기만을 바라고 있었을 텐데, 아무리 일이라지만 이런 이야기를 하기 미안했다.

안 봐도 뻔했다. 주인이 돌아오는 줄 알고 귀를 쫑긋 세웠다가 다시 축 처진 개의 모습이 이아나의 머릿속에 그려졌다. 머리로는 납득하면서도 가슴으로는 실망하는 그의 모습이 선했다.

"저도 당신을 보고 싶지만 북서부 대륙 상황이 이상합니다."

[그렇지.]

여태 대륙의 북서부 쪽은 신경 쓸 필요가 없어서 정보가 없어도 괜찮았다. 그런데 막상 구하려 해 보니 정보가 없어도 너무 없었다. 그쪽에서 정보를 물어다 줄 정보원도 전무했다.

에이지는 이그나이츠 근처에 정보망을 구축하느라 멀리 떨어진 북서부 대륙에는 손대지 못한 상태였다.

수인들은 과거에 서부 대륙에서 활동했었지만 현재는 대부분이 이그나이츠로 이주해 동부 대륙에서 활약하고 있었고, 이주하지 않은 수인들은 사막의 생활에 만족해서 대륙으로 나오지 않았다. 서로 만나고 싶으면 게이트로 바로 오가면 되니 서부 대륙을 돌아다닐 필요가 없었다.

압실롯은 예전에는 기로하이 사막과 이그나이츠를 자주 오갔지만 요즘 들어서는 테라노우딘의 허가를 받아서 이그나이츠에 주로 머무르며 전쟁에 참전하고 있었다.

상인이라 게이트보다는 발로 대륙 곳곳을 바삐 오가야 하는 무르시도 세마스티어로 파엘라 상단의 본부를 완전히 옮긴 후부터 상계를 구축한다고 요즘 눈코 뜰 새 없이 바빴다. 그래서 자연스럽게 서부에는 소홀해졌다.

물론 원래 본부가 있었던 토라카 왕국과는 계속 좋은 관계를 유지하고 있었다. 토라카는 무르시에게 유감을 표했지만 폭풍의 핵인 이그나이츠에 연을 대고 싶었기에 크게 문제 삼지 않았고, 무르시를 통해 이그나이츠와 교류를 시작했다.

그래서 아르하드는 토라카에 북서부 대륙의 정보를 요청해 봤다. 하지만 북서부의 왕국들과 완전히 외교가 끊어졌다는 답만 돌아왔다. 그쪽이 일방적으로 국경을 봉쇄했다나 뭐라나.

그나마 서쪽에 위치한 사키와 광신도의 왕국 진자이도 북서부 대륙에 신경 쓰지 못하는 건 마찬가지였다. 그들은 몇 달 전 페인의 왕국이었던 시디얀을 완전히 정복했다. 시디얀 땅을 정리하고 로안느와 연합하여 북부 전선에서 바하무트 군대와 공방을 주고받느라 바빴다.

심지어 이그나이츠에 방문한 사람들 중에도 북서부 대륙 출신은 한 명도 없었다. 새로운 강국이 궁금해서라도 방문하는 사람이 있을 법도 한데 말이다.

이런 판국이니 서부 바하무트와 북서 대륙의 정보를 구할 도리가 없다.

[사실 말은 하지 않았지만, 임무 초기에 네 보고를 받고 내가 직접 배리어를 살펴봤어.]

아르하드의 불편한 목소리에 이아나가 긴장했다.

"그러셨습니까? 어땠습니까?"

[그 배리어는 로안느 왕궁에 설치된 마법 차단 배리어와 같은 종류다. 바하무트 황족 외의 생물은 배리어 안에서 마나를 사용하지 못해. 거기에 허가하지 않은 생물의 출입을 막는 기능까지 더해졌어. 그런 배리어가 북서부 전체에 드리워져 있다. 배리어가 마나로 이루어져 있었다면 내가 일찌감치 눈치챘겠지만 놈들의 신력으로만 구성되어 있어서 몰랐어.]

고밀도로 압축되어 강력하면서도, 아주 얇은 실로 엮은 듯 희미한 배리어였다. 직접 접하지 않으면 절대 그 존재를 알지 못할 만큼 은밀했다. 북서부 쪽으로는 신경을 쓰지 못하는 사이 어느새 그리되어 있었다.

[마나 배리어였다면 내가 부숴서 안을 들여다볼 수도 있었겠지만 신력 배리어라 그럴 수 없었다.]

기분 나쁜 예감이 든다.

그렇게까지 꽁꽁 싸매고 뭘 하고 있는 걸까?

[그 안에서 뭘 하고 있는지 대충 짐작이 가.]

"무엇을 하는데요?"

[학살을 벌이고 있을 거다.]

무거운 말이었다.

"왜 그렇게 생각하셨습니까?"

[마나는 나에게 영향을 받지만, 신력은 사용자에게 귀속되는 고유 기운이다. 현재 상황에서 바하무트 황족이 가장 쉽고 빠르게 강해질 수 있는 방법은 보유 신력을 늘리는 거야.]

아르하드가 숨을 한 번 고르더니 말을 이어 갔다.

[내 생각엔 놈들이 지지부진한 전쟁으로 시간을 끌면서 북서부 대륙에서 신력을 흡수하고 있는 것 같다. 라이프를 제조해서 복용하면 신력 손실이 많지만 직접 죽여서 강탈하면 신력의 양이 그대로니 주로 후자의 방법으로 신력을 늘리고 있을 거다.]

"……."

[그 증거가 광역 배리어야. 황족이라도, 타고난 신력만으로는 그 광활한 영역을 뒤덮는 배리어를 형성할 수 없어. 아마 생물을 죽이고 빼앗은 신력이겠지.]

아르하드의 말대로라면 정말 미친놈들이다.

"일이 어떻게 돌아가는지 확실하게 알아야 대처할 수 있겠죠. 제가 직접 확인하고 오겠습니다."

[몰래? 아니면 배리어를 부수고?]

"배리어가 만만찮아 보입니다. 찢지 않고는 들키지 않고 통과하는 게 불가해 보여요. 정면 돌파하겠습니다."

[알겠다. 확인한 다음엔 어쩔 거지?]

"싸워 보겠습니다."

[그럴 줄 알았어.]

아르하드가 한숨을 쉬었다.

"그리고 부근에 라이프 공장과 흑호족이 있으면 제거하고 싶으니 코가 좋은 수인 한 명만 보내 주십시오."

[안 그래도 오늘 말하려고 했는데, 라랏슈아가 서부 문제로 나를 찾아왔었어.]

"라랏슈아 왕녀가요?"

[라랏슈아가 마르디알 왕국 출신이잖아.]

뜬금없는 이름의 출현에 뭔가 싶었지만, 그녀의 출신을 떠올리고 납득했다.

라랏슈아 엘 마르디알. 마르디알 왕국은 바하무트와 딱 붙어 있는 북서부 국가로, 바하무트의 대표적인 조공국이다.

[라랏슈아는 조국과 거의 연을 끊은 상태지만, 형제 한 명과는 가끔 연락을 하고 지냈다고 해. 그런데 몇 주 전부터 연락이 아예 안 돼서 왕국에 한번 갔다 오겠다고 날 찾아왔어. 난 위험하다고 경고했는데 고집을 부리기에 허가해 줬다. 며칠 전에 타로와 함께 떠났고.]

조국과 척을 진 라랏슈아지만 그래도 가족의 생사가 걱정되었던 모양이다. 마르디알 왕족은 과연 무사할까? 이아나의 마음이 착잡해졌다.

[접선해 보겠나? 토라카에서 머물다가 북서부로 올라갈 방법을 찾겠다고 했으니 토라카로 가면 만날 수 있을 거다. 네가 요청한 수인의 역할은 타로가 할 수 있을 거고.]

타로 정도면 충분하고도 남았다.

"만나겠습니다."

[그럼 그쪽에 연락해 두겠다. 접선 장소는 토라카 대광장의 시계탑으로 오늘 오후 여섯 시.]

"확인했습니다."

[그래. 늘 말하는 거지만 안전이 최우선인 거 알지. 무슨 일 있으면 나한테 꼭 말해야 한다.]

"그러겠습니다. 당신도 무슨 일 있으면 제게 바로 말씀해 주셔야 합니다."

[당연하지. 네가 내 기사인데.]

반지를 사이에 두고, 둘 다 웃었다.

"최대한 빨리 돌아갈게요."

[제발 그래 줘. 네가 너무 보고 싶어. 네가 없으니 뭘 해도 감흥이 없어. 사랑해, 이아나.]

"……저도요."

저도 당신을 사랑해요. 당신이 그리워요.

연락을 끝내고, 이아나는 여관으로 가서 쉬고 있던 도르시아니, 엘리, 닛시를 불러 모았다.

"오늘로 이번 임무를 끝내고, 바로 다음 임무를 시작한다."

"좋아. 반복적인 일에 질리던 차였어."

"와! 새로운 일이다!"

엘리가 두 손을 들었다.

"조만간 또 타라, 루이즈, 리엘, 나비로 활동해야 할지도 모르니까 가면은 버리지 마. 루이즈, 토라카로 이동하자."

"오케이."

도르시아니가 지팡이를 들었다. 그들의 발밑으로 아름다운 마법진이 그려졌다.

토라카의 작은 여관.

도르시아니가 루이즈의 얼굴을 벗었다.

"아, 개운하다."

까만 머리카락이 폭포수처럼 흘러내렸다. 본인의 얼굴로 돌아온 도르시아니가 이아나를 졸라서 이니스를 불러냈다.

"이니스 님, 깨끗하게 해 줘."

[그거야 내 주특기지!]

쏴아아아아.

이니스는 도르시아니의 몸에 달라붙어 지저분한 먼지들을 모조리 씻어 내렸다. 그다음엔 엘리와 닛시를 집어삼키더니 뽀득뽀득 윤기 나게 씻겼다.

[이아나아앙!]

마지막은 가면을 벗고 본모습을 되찾은 이아나였다.

뽀송뽀송해진 상태로 식당에서 식사를 마친 다음, 하늘을 붉게 물들이는 저녁노을을 확인하고 시계탑으로 향했다.

"이아나 양!"

멀리서 보랏빛 미녀와 우락부락한 야수가 손을 흔들었다.

"오랜만이에요, 돌시 언니."

"그래."

라랏슈아는 도르시아니에게도 인사를 건네었다. 이그나이츠에서 처음 만난 두 사람은 성격도 잘 맞고 마법에 대한 견해도 비슷해서 공동 연구를 할 정도로 꽤나 친하게 지내고 있었다.

"맥주 세 잔, 적포도주 한 잔, 오렌지 주스 한 잔 주세요."

일행은 주점에서 술을 시키고 앉았다.

"오랜만이네. 수련은 잘 했어?"

다른 사람들은 이아나가 수련을 하느라 바쁘다고 알고 있다. 이아나는 그렇다며 대충 대답하고 다음 주제로 넘어갔다.

“이아나 양 남편이 자세한 얘기는 이아나 양한테 들으라기에 엄청 기대하면서 기다리고 있었어. 북서부 대륙으로 간다고?”

“바하무트 황족이 뭘 하고 있는지 직접 확인해 보려고.”

이아나는 북서부에 관한 정보들과 아르하드의 추측을 말해 주었다.

“아니, 이아나 양 남편 정말 너무하네!”

라랏슈아는 앞에 놓인 와인잔을 꽉 움켜쥐며 성을 냈다.

“이렇게 위험한 상황에 딱 한 번만 대충 경고하고 내가 북서부 대륙으로 가는 걸 허가하는 게 말이 되니? 이아나 양, 당신밖에 모르는 남편 머리 좀 어떻게 해 봐.”

“그는 사람의 의지를 존중해. 경고했는데도 당신이 가겠다고 하니 더 말리지 않은 거겠지.”

“진심으로 말렸으면 이런 말도 안 해. 경고는 하겠는데, 가서 죽든지 말든지 관심 없으니 알아서 하라는 태도였단 말이야.”

“이렇게 나와 만날 거라 생각하고 보내 준 걸 거야.”

아르하드는 이아나의 북서부행을 생각보다 훨씬 쉽게 허가했다. 아마 이 상황을 예상하고 마음의 정리를 끝낸 상태였을 것이다.

그래서 라랏슈아도 보낸 거겠지. 아르하드는 라랏슈아를 좋아하지는 않았지만 괜찮은 대우를 해 주고 있었다. 바하무트가 북서부를 유린하고 있으리라 추측하면서도 그냥 보낼 리 없었다.

“남편 편드는 거야? 가끔 학술원의 이아나 양이 그리워져. 아르하드 그 남자한테 엄청 무심하게 철벽을 쳤었는데.”

“무심하진 않았는데.”

라랏슈아는 투덜거리기만 할 뿐 표정에 극적인 변화가 없었다. 북서 대륙 주민들이 황족에게 학살당하고 있을지도 모른다고, 그중에 마르디알 왕국이 있을 수도 있다고 말했는데도 별로 동요하지 않는다. 뜻밖이었다.

이아나는 머리카락을 손가락으로 빙글빙글 돌리는 라랏슈아의 기분을 유심히 살피다, 조심스럽게 물었다.

“난 당신이 이 상황에 굳이 북서부로 간다고 한 게 조국을 걱정했기 때문이라고 생각했어. 그런데 딱히 다급해 보이지는 않는군. 내 착각인가?”

“난 마르디알 왕국이 어떻게 되든 상관없어. 내 이름 뒤에 붙은 성이지만, 나랑 전혀 상관없는 다른 나라 같거든.”

라랏슈아는 손바닥에 뺨을 괴었다.

“난 가족에 애정이 전혀 없어. 엄마는 내가 어릴 적에 죽어서 얼굴도 기억이 잘 안 나고, 난봉꾼인 부왕은 여자만 밝히지 자식에겐 관심이 없어서 나랑 말 몇 마디 나눠 봤나? 형제는 너무 많아서 딱 한 명 빼고는 누가 누군지도 모르겠네.”

라랏슈아는 우아한 눈썹을 늘어뜨리며 따분해했다.

“나, 어렸을 때부터 마법을 너무 좋아했었어. 그런데 마르디알은 이름뿐인 왕국을 유지하려고 바하무트에 퍼다 바치느라 엄청 가난했지.”

라랏슈아는 본격적으로 마법을 배우고 싶다고, 커서 마르디알에 도움이 되겠다면서 끊임없이 지원을 요청했었다. 하지만 안 그래도 돈이 없는데 수많은 공주 중 한 명일 뿐인 라랏슈아의 마법 공부를 지원해 줄 리가 없었다.

아니, 애초에 그녀에게 관심이 없었다. 라랏슈아가 혼자 마법 실험을 하다가 사고를 쳐도 귀찮아하면서 쓸데없이 사고 치는 천방지축 계집애로만 봤다.

라랏슈아는 일찌감치 체념하고 마법을 독학하며 먹고살 방법을 강구했다. 그러다 어린 나이에도 불구하고, 현재도 유용하게 쓰이는 간단하면서도 편리한 마도 기술을 개발해 냈다.

똑 부러졌던 그녀는 어찌어찌 그 기술을 몰래 잘 팔아먹으며 나름대로 부유해졌다. 하지만 원 없이 마법 실험을 할 정도는 아니었다.

"그러다 바하무트 황제의 생일 파티 때문에 황궁에 갔다가, 수련장에서 최강의 마법사 위프헤이머에게 마법을 배우는 제자들을 우연히 봤어. 값비싼 마법 재료들과 기구들을 아낌없이 쓰더군. 그래서 결심했지!"

탁!

라랏슈아가 와인잔을 테이블에 세게 놓았다.

"바하무트 황궁 소속 마법사가 되겠다고 말이야!"

술이 조금 들어가서 그런지, 라랏슈아는 치욕적일 수도 있는 과거를 아낌없이 풀어놓았다.

"난 황궁 마법사가 내 재능을 알아보고 데려가 주길 바랐어. 파티장에서 몰래 빠져나와 황궁 마법부 건물 쪽에서 얼쩡거렸지. 그러다 건물에서 나오는 스승님을 우연히 만났지 뭐야."

라랏슈아는 누군지도 모른 채 강해 보이는 하인리히에게 무작정 매달렸다. 펼칠 수 있는 모든 마법을 시전하면서, 제발 제자로 받아 달라고. 정말 열심히 배우겠다고, 뭐든 하겠다고…….

당황한 하인리히는 그녀를 달래며 파티장으로 데려갔다. 위프헤이머의 라이벌이자, 바하무트의 대마법사인 하인리히가 훌쩍훌쩍 우는 라랏슈아를 난감한 얼굴로 데려오자 마르디알의 국왕은 사색이 되었다.

국왕은 그 자리에서 어린 라랏슈아의 뺨을 세게 때렸고 그녀는 파티장 한가운데서 엎어졌다.

즉시 마르디알로 송환된 라랏슈아는 차가운 탑에 갇혔다. 국왕은 라랏슈아가 열심히 모은 마법 서적을 모조리 불태웠고, 결혼할 생각이나 하라며 나이 많은 귀족들 사이에서 상대를 찾기 시작했다.

거기에 굴할 라랏슈아가 아니었다.

라랏슈아는 어떻게든 탈출해서 바하무트로 가야겠다고 결심했다. 그리하여 부왕에게 눈물을 흩뿌리며 용서를 빌고 명령을 따르는 척 얌전하게 굴며 탈출 계획을 세우던 중이었다.

하인리히가 마르디알로 찾아왔다.

일평생 제자를 받을 생각이 없었던 하인리히지만, 라랏슈아의 천부적인 재능이 아쉽기도 하고 사정이 딱하기도 했다. 그래서 조손처럼 지내자고 다정하게 말하며 라랏슈아를 제자로 맞이했다. 그리고 로안느의 회색 마탑으로 그녀를 데려와 엄청난 지원을 해 주었다.

그때부터 라랏슈아의 제2의 인생이 시작되었다.

"당신은 하인리히가 바하무트 마법사라는 걸 알고 있었군?"

"응. 스승님이 비밀이라 하셔서 입 다문 것뿐이야."

라랏슈아가 와인을 홀짝였다.

"스승님이 내 유일한 가족이셔. 마르디알 따위 어떻게 되든 알 게 뭐야? 나랑 지속적으로 연락하는 형제도 나랑 알고 지내면 득이 된다는 걸 알아서 그리하는 거야."

오늘, 항상 콧대 높고 장난스럽기만 했던 라랏슈아의 어두운 일면을 본 듯했다.

"나는 이아나 양한테 북서부 이야기를 듣기 전부터 마르디알이 망했을 거라고 생각하고 있었어."

라랏슈아가 시큰둥하게 말하자 이아나는 의아함을 느꼈다.

"그럼 왜 굳이 마르디알에 가려는 거지?"

"직접 확인하고, 마르디알의 멸망을 세상에 선언한 다음 내 인생에서 마르디알을 완전히 지우고 싶었어. 항상 이름에서 마르디알과 왕녀라는 말을 빼고 싶었는데 잘됐다 싶지 뭐야."

라랏슈아가 매정하게 말한 후 이아나의 손을 붙잡았다.

"스승님도 이그나이츠에 정착하셨고, 뭐어...... 지금은 없으면 좀 불편할 것 같은 사람들도 이그나이츠에서 살 거고......"

라랏슈아가 저도 모르게 타로를 흘끔 쳐다보았다.

"흐흐."

타로가 그 사람들 중 하나가 자신임을 눈치채고 히죽 웃었다.

"아."

흠칫 놀란 라랏슈아가 샐쭉한 표정으로 고개를 팩 돌렸다.

이 두 사람의 관계, 정말 많이 발전했다. 타로를 촌뜨기에 하인 취급만 하던 라랏슈아가 요즘은 은근 타로에게 집착하며 호감을 표현하는 게 보였다.

“아무튼, 난 이제 마르디알이 아니라 이그나이츠 사람이야. 이아나 양, 조만간 말하려고 했었는데 이제 왕녀가 아니라 그냥 라랏슈아라고 불러.”

“알겠다. 라랏슈아.”

이아나가 시원하게 이름을 부르자 라랏슈아가 마음에 든다는 듯 기분 좋게 웃었다.

“아, 중요한 얘기를 빼먹었군. 타로.”

“엉?”

“바하무트 서부와 중앙에 라이프 공장이 있을 거 같은데. 당신이 흑호족 냄새를 추적해 줬으면 해. 가능한가?”

“어, 냄새를 익혀서 가능은 헌디…….”

타로가 당황했다.

“라이프? 흑호족? 그게 뭔데?”

라랏슈아가 아무것도 모른다는 듯 묻자 이아나가 멈칫했다.

“라랏슈아에게 블랙폭시와 라이프 공장에 대해서 얘기를 하지 않았나?”

틀림없이 사랑하는 라랏슈아에게 다 말했을 거라고 생각했다.

“아, 비밀이라고 했으니께…….”

타로는 의외로 입이 무거웠고, 라랏슈아가 걱정할 일은 만들고 싶지 않았다. 특히, 짝사랑하는 라랏슈아가 그의 일에 관심을 가질 거라는 기대조차 하지 않았다. 그래서 라랏슈아에게 그 일에 관해서는 말하지 않은 상태였다.

“예전에…….”

이아나가 서부 여행 때 있었던 일들을 털어놓았다.

마르디알 왕국에 대한 얘기를 할 때는 시큰둥하기만 했던 라랏슈아의 표정이 급격히 안 좋아졌다.

"나한테 비밀을 만들었어?"

라랏슈아가 중얼거리자 타로가 흠칫하더니 손을 내저었다.

"아니, 그게 아니라, 걱정하실까 봐 말을 안 한 거……."

타로가 허둥지둥 변명을 했지만 라랏슈아는 점점 더 뾰로통해졌다. 이아나가 나섰다.

"내가 다른 사람에겐 말하지 말라고 했다. 이 일을 아는 사람은 정말 극소수야. 기분 풀어."

"알았어."

그리 대답하면서도 라랏슈아는 기분이 계속 나빠 보였다. 이아나는 괜히 말을 잘못했나 싶어 주제를 돌렸다.

"어쨌든 추적할 수 있다는 거지?"

"어, 어어. 그때를 생각하면 아직도 코에 진동을 허는 것 같어. 라랏슈아 님의 실험으로 감각이 강화된 데다가, 버프 마법까지 더하면 어렵지 않게 찾을 수 있을겨."

타로가 사랑하는 라랏슈아의 실험체가 되어 준 지 꽤 오랜 시간이 지났다. 그리고 타로는 실험 덕을 많이 보았다.

아직 세상에 부각되지는 않았지만, 라랏슈아 역시 천재 마법사다. 회귀 전에는 대마법사 중 한 명이었다.

매드 매지션, 라랏슈아 엘 마르디알.

매드 매지션이라는 멸칭은 그녀를 매우 잘 설명하는 단어였다. 눈이 뒤집힌 채 최상급 마법을 터뜨리며 미친 듯이 깔깔깔깔 웃어 대던 그녀. 일반인들은 그런 그녀를 미친 마법사라고 손가락질했지만, 알 만한 사람들은 화려한 대규모 마법에 가려진 그녀의 전공에 주목했다.

회귀 전, 그녀의 진짜 칭호는 '강화의 대마법사'였다.

그녀의 주특기는 생체 마법. 같은 생체 계열인 치유의 사키와도, 인형의 케이거스와도 조금씩 달랐다. 생물의 몸을 극한까지 강화하는 육체 개조술과 일시적으로 육체를 강화하는 뛰어난 버프 마법들이 그녀의 주특기였다.

하지만 그녀의 진정한 목표는 신의 영역에 있었다.

감정을 느끼고 생각을 할 수 있는 인간의 완전한 창조. 혹은 죽은 자의 부활.

이아나가 죽기 전까지, 라랏슈아는 목표를 이루지 못했다.

요원하기만 한 목표가 라랏슈아를 더욱 미치게 만들었던 걸까? 그녀는 자신의 불완전한 키메라들에게 지독한 사랑을 보였었다. 심지어는 짙은 키스를 하기도 했다.

그러다가 어느 날, 그렇게 애정을 쏟던 키메라를 잔인하게 부숴 버리곤 했다. 사람들의 눈에는 그런 라랏슈아가 미친 것처럼 보였다.

이아나는 라랏슈아의 그런 모습을 한 번도 보지 못했었지만, 연합 쪽에서 그런 소문이 나돌았던 것을 떠올렸다.

"라랏슈아 님……."

이아나는 안절부절못하는 타로를 흘끗 쳐다보았다.

라랏슈아는 회귀 전 늘 데리고 다니던 하인, 타로에게는 절대 키스하지 않았다.

사람들은 그런 라랏슈아를 사랑하는 타로가 멍청하다고 했다. 그녀는 키메라밖에 사랑하지 않는다고 말했다. 이아나도 그렇게 생각했었고.

타로는 그런 라랏슈아와 함께하면서도 괜찮았던 걸까?

'이번에도 그리되는 건 아니겠지?'

이번 생에도 라랏슈아는 회귀 전과 같은 마법 분야에 관심을 보이는 듯했다. 하인리히의 정신 마법을 배우며 감정 조작 마법 연구에, 다양한 생물들을 해부하며 육체 개조와 버프 마법 연구에 매진했다. 덕분에 실험체인 타로는 회귀 전처럼 빠르게 강해지고 있었다.

미래를 생각하면 이게 타로에게 좋은 건지 나쁜 건지 알 수 없었다. 이대로라면 라랏슈아가 회귀 전의 전철을 밟지 않을까?

"그나저나, 황족의 배리어는 어떻게 깰 건데?"

라랏슈아는 흔들린 감정을 정리한 듯하면서도 은근히 타로를 외면하며 이아나에게 물었다.

"내가 찢을 거다."

"황족의 신력으로 짜인 건데도 찢을 수 있어?"

이아나가 확고하게 고개를 끄덕였다.

임무 초기에 서부의 배리어를 관찰했을 때, 찢을 수 있다고 확신했다. 본인들을 베는 건 별개의 문제지만 파생물은 얼마든지 베어 가를 수 있었다. 황족도 이아나의 검기를 부술 수 있는 게 문제라면 문제랄까.

"몰래 들어갈 순 없어?"

"불가. 배리어 안으로도 놈들의 기운이 자욱하게 끼어 있어서 진입 즉시 발각될 거야.”

“그놈들과 싸우면 이길 수 있어?”

“승부의 결과가 불분명하다는 이유로 언제까지 싸움을 피할 수만은 없고, 실력의 우열은 직접 맞붙어야 가릴 수 있으니 한 번쯤은 제대로 붙어 봐야 해. 하지만 절대 지지는 않을 거야.”

설령 실력 차가 있더라도 종이 한 장 차이다. 이 정도 경지면 실력 차이가 좀 나더라도 상관없다. 그저 틈을 보인 찰나의 순간에 결판이 날 뿐이다.

특히, 바하무트 황족에겐 약점이 있다. 이아나를 죽일 수 없다는 점이다. 회귀 전의 아르하드가 엄청난 힘을 가지고도 이아나를 죽이지 못했던 것처럼 말이다.

이아나를 사랑해서 항상 몸 멀쩡히 보내 줬던 아르하드와 달리 바하무트 황족은 집착할 뿐이니 그녀의 몸에 큰 상해를 입힐 수도 있다는 점을 감안하더라도 ‘죽이지 못한다’는 약점은 치명적이었다. 결정적인 순간에 머뭇거리게 될 테니.

“지금 하고 있는 일을 방해당한 황족이 시간 끌던 걸 멈추고 이그나이츠에 쳐들어오면? 막을 수 있어?”

“아르하드와 내가 막아 봐야지. 그게 두려워서 방치했다간 더 큰 치명타로 돌아올 거다.”

“뭐, 이아나 양이 그렇다면 그런 거겠지. 나도 열심히 할게.”

“그럼 이제 이의는 없는 건가?”

“하나 더. 여기 꼬맹이랑 애완동물도 데려가는 거야?”

라랏슈아가 오렌지 주스를 쪽쪽 빨고 있는 엘리와 품에서 잠들어 있는 닛시를 척 가리켰다.

"애초에 애들은 이 위험한 곳에 왜 데려온 거야? 엘리가 똑똑한 건 알지만 이건 좀 아니지 않아? 아니면 내가 모르는 다른 능력이라도 있는 건가?"

"특별한 애들이야. 데려가면 비상사태에 도움이 되면 도움이 됐지 폐를 끼치진 않을 거다."

이아나는 이제 엘리와 닛시를 전혀 걱정하지 않았다.

"언니, 전 꼭 가고 싶어요. 저 안에 무슨 일이 일어나고 있는지 궁금해요."

반짝이는 눈동자가 라랏슈아의 얼굴에 빛을 내다 꽂았다.

"엘리도 참, 호기심을 가지는 게 훌륭한 마법사감이네. 나중에 대단한 마법사가 되겠어."

비꼬는 게 아니라 진심 어린 칭찬이다.

"이아나 양이 괜찮다면 괜찮은 거겠지."

라랏슈아도 이아나를 완전히 믿고 있었다. 라랏슈아가 엘리의 머리를 토닥여 주고는 와인잔을 쭉 비우고 자리에서 일어났다.

"내일 언제 만나?"

"새벽 네 시까지 토라카 국경 앞으로 와."

"알았어. 가자, 타로."

조금 풀이 죽어 있던 타로가 라랏슈아의 부름에 화색이 되어 벌떡 일어났다. 라랏슈아가 몸을 휙 돌려 성큼성큼 걷기 시작하니 좋아서 쫄래쫄래 따라간다.

'화가 난 줄 알았는데, 타로를 챙겨 가는 걸 보면 그렇게 화가 나지는 않은 건가?'

두 사람의 뒷모습을 지켜보던 이아나도 술을 한 번에 들이켜

잔을 비우고 테이블을 짚고 일어났다.

“먼저 여관에 가 있어. 나는 토라카 왕성에 다녀오겠다.”

아르하드가 미리 말해 뒀겠지만, 토라카 국왕에게 국경에서 소란을 피울 수도 있다는 점을 예의상 직접 고지해야 했다.

이아나는 왕성으로 향했다.

왕성으로 가서 성문 앞의 경비병에게 패를 하나 보여 주자, 이미 명을 받고 기다리고 있었던 경비병이 성안으로 후다닥 들어갔다. 얼마 지나지 않아 귀족 한 명이 성안에서 뛰쳐나왔다.

그는 붉은 외양으로 몹시 유명한 이아나를 바로 알아보았다. 이아나의 앞에 허리를 직각으로 숙인 그가 손을 비볐다.

“이아나 이그나이츠 라이즈 경! 이렇게 만나 뵙게 되어 영광입니다. 저는 토라카 왕국의 하켄 백작입니다. 현재 이그나이츠로 간 파엘라 상단의 무르시 상단주와도 깊은 친분이 있습니다. 라이즈 경의 무용은 예전부터 심심찮게 들어 왔습니다. 괜찮으시다면 제가 주최하는 파티에 참석을…….”

잘 보이고 싶어 하는 마음이 보고 싶지 않아도 딱 보였다.

“하켄 백작, 만나서 반갑습니다. 환대는 감사하지만 파티는 무르시 씨와 함께 나중을 기약하지요. 지금은 좀 바빠서, 토라카의 주인을 빨리 만났으면 합니다.”

“아, 이런 시국에 제가 너무 무례했지요. 나중에라도 여유가 되면 모시고 싶습니다. 어서 들어오십시오.”

무르시와 친하다니 너무 냉랭하게 굴지 않았다. 하켄 백작은 전혀 기분 나빠하지 않고 이아나를 성안으로 들였다.

이아나가 성에 들어서자 시선이 확 쏠렸다. 이아나가 왔다는 소식을 듣고 창밖을 내다보거나 성내 정원으로 나온 사람들의 눈길이다.

극동의 이그나이츠와 극서의 토라카는 외교적으로 우애를 다지기엔 너무나 멀리 떨어져 있었다. 이그나이츠와 연결되는 게이트는 기로하이 사막의 깊은 지역에 있었기에 주민들이 쉽게 오갈 수도 없었다.

하지만 바하무트라는 공동의 적이 있고, 바하무트와 로안느 못지않은 강국인 데다, 토라카를 떠났다지만 상업에 큰 영향을 미친 무르시가 이그나이츠에 있으니 토라카 주민들은 이그나이츠에 좋은 감정을 가지고 있었다. 그러니 그곳의 왕비이자 최강의 기사인 이아나에게도 호감을 가질 수밖에 없다.

무엇보다 이아나는 세계에서 가장 유명한 인사가 아닌가. 호기심 어린 시선들이 이아나에게 쏟아졌다.

이아나는 곧장 왕성으로 향해 국왕과 만났다.

"어서 오십시오, 라이즈 경."

국왕은 정중하게 이아나를 맞이하여 응접실에서 독대했다.

"이미 이야기는 이그나이츠의 국왕에게 전해 들었습니다. 안 그래도 요즘 북쪽에서 느껴지는 불길함으로 잠 못 이루던 참에 라이즈 경이 방문해 주셔서 감사할 따름입니다."

"저야말로 이렇게 맞이해 주셔서 감사합니다. 토라카 왕국에는 죄송하다는 얘기를 먼저 전하고 싶군요."

"북쪽의 국경을 뚫으면 바하무트에서 토라카를 공격할 수도 있기 때문이지요? 언제 터질지 모르는 폭탄을 방치하다가 뒤통수를 맞느니 먼저 라이즈 경께서 파헤쳐 주시는 게 토라카 입장에서는 더 좋습니다. 그리고 걱정하지 않으셔도 됩니다. 토라카는 오늘부로 진자이, 로안느와 연합하기로 했고, 그들의 군대가 오고 있거든요."

"그건 다행이군요."

이아나가 아무리 강하다지만, 잘못 찔렀다가 바하무트가 토라카를 공격하기 시작하면 토라카 전체를 보호할 수는 없었다.

그때, 응접실 밖에서 시종이 귀빈이 오셨다는 말을 전했다.

"라이즈 경이 오셨다는 말을 듣고 방문하신 듯합니다. 함께 대화를 나누셔도 되겠습니까?"

이아나는 이미 기척으로 누군지 알아봤다. 정말 뜻밖의 사람이었다. 이아나가 고개를 끄덕이자 그가 들어섰다.

"오랜만이군."

로안느의 국왕, 슈나이더 오스틴 로안느였다.

정말 오랜만이다. 건국 이후 이아나는 수련에 집중했고, 슈나이더와 협의하는 건 모두 아르하드가 했다. 이렇게 제대로 마주하는 건 이그나이츠의 건국식 이후 처음이었다.

이아나는 슈나이더를 물끄러미 바라보다가 입을 열었다.

"그렇군."

슈나이더가 순간 삐끗했다.

"그, 그렇군?"

"나는 이그나이츠의 기사이자 왕비이며, 내 위에는 단 한 분밖에 없다. 이제 내게 하대하는 자에게는 동맹국의 국왕일지라도 존대를 하지 않는다."

슈나이더와는 이제 군신 관계가 아니다. 새로운 관계는 동등했다. 슈나이더에게 그 점을 상기시켜 줄 필요가 있었다.

"……라고 생각하지만 지금 당장 당신에게 말을 놓는 건 저도 좀 어색해서 당분간은 봐드리겠습니다."

"아니, 아니다. 아닙니다."

슈나이더가 아찔해서 잠시 이마를 짚었다가 맥이 탁 풀린 듯 웃었다.

"내 지금부터 라이즈 경에게는 존대를 하도록 노력하지. 아니, 노력하지요."

"그래 주신다면 감사하고요."

회귀 전이나 로안느에 있을 때나 하대를 하던 슈나이더에게 존대를 듣고 있으니 감회가 새롭다.

슈나이더는 이아나에게 뜻밖의 제안을 했다.

"토라카 왕국과 에르멜 왕국의 국경을 뚫고 북부로 갈 것이라고 들었는데, 혹시 저도 함께 가도 되겠습니까?"

"당신이 왜?"

"바하무트 황족이 뭔 짓을 하고 있는지 직접 보고 싶어서."

"바쁘지 않으십니까?"

"요즘은 저도 전쟁이 아닌 수련에 집중하고 있는 중입니다. 바하무트가 우리 로안느보다는 이그나이츠를 더 신경 쓰는 듯, 전쟁이 정체되고 있어 제가 나설 필요가 없어졌기 때문입니다. 행정은 내 유능한 신하들이 알아서 잘 처리하고 있고요."

슈나이더의 안에서 과거의 이아나가 스멀스멀 사라져 간다. 존칭을 쓰기 시작했더니 이제는 이아나가 정말 다른 강대국의 대표로 느껴졌다. 호감은 여전했지만 괜히 견제하게 되었다.

"가면 좋지 않은 꼴을 보실 수도 있습니다."

"그런 꼴은 이미 많이 봐 왔지요."

"당신이 짐만 되지 않는다면 괜찮습니다. 하지만 제가 돌아가라고 하면 돌아가셔야 합니다. 그리고 상황이 안 좋으면 돌아와서 토라카를 지켜 주십시오."

이아나가 이런 무례한 발언을 해도 전혀 이상하지 않다.

슈나이더는 속으로 어이없다는 듯 웃다가 수락했다.

"그러죠."

다음 날 새벽. 약속한 이들이 토라카의 국경 앞에서 만났다. 라랏슈아는 은빛으로 은은하게 빛나는 슈나이더를 보고 놀랐다.

"어머, 로안느 국왕 전하가 여긴 웬일이야."

"라랏슈아 왕녀를 여기에서 만나다니, 뜻밖이군."

"이제 왕녀라는 호칭은 그만 붙여요."

"마르디알을 버린 건가?"

"그런 셈이죠."

"잡담은 그만."

이아나가 경고하자 현장에 적막이 감돌았다.

스으으으으…….

이아나가 검을 천천히 들어 올렸다.

지켜보던 슈나이더가 저도 모르게 자신의 소맷자락을 꾹 붙잡았다. 이아나가 검을 들어 올리기만 했는데도 피부가 저릿저릿하고 베이는 느낌이 들었다.

사실 따라온 것은 이아나가 얼마나 강해졌는지 궁금해서다.

그런데 아무래도 상상 이상인 것 같다.

…….

검이 소리 없이 어둠과 함께 하늘을 갈랐다.

“자, 자, 어서 먹으렴.”

이사벨라가 명령을 내리자, 몬스터들은 감히 반항할 엄두도 내지 못했다. 사실 반항할 생각조차 없었다. 그들은 배가 불렀지만 눈앞에 널린 먹이들에 눈이 멀어 계속해서 입을 벌렸다.

키이이이이이.

이곳에서 이사벨라의 명을 따라 몬스터들을 진두지휘하는 최상급 몬스터들은 몬스터들의 왕이라고 해도 과언이 아니었다.

까마득한 세월을 살아온 몬스터들은 신력을 빼앗을 수도, 축적할 수도, 양도도 할 수 있었다. 그들은 먹이를 산 채로 먹어치워 신력을 한계까지 모았다. 그리고 한계에 달했다 싶으면 어딘가로 떠났다.

“…….”

이곳에는 파칼라투아 기사단도 있었다. 황궁 12기사단 중 제1기사단, 바하무트를 절대적으로 따르는, 인간이면서도 괴물의 길을 선택한 이들…….

그들의 손은 인간의 심장을 파고들어 신력을 빼앗았다.

신력을 모조리 빼앗긴 몸은 땅 위에 엎어졌고, 눈치를 보던 하급 몬스터들은 청소하듯 그것들을 먹어 치웠다.

그리하여 땅에는 생명들이 흔적도 없이 기하급수적으로 사라졌다. 이 땅에 살았던 많은 사람들은 모두 어디로 갔을까. 그리고 그 많은 생명의 힘은 어디로 흘러가고 있을까…….

소리 없는 죽음들이 이곳에 만연했다. 끔찍한 광경들이 펼쳐지고 있었지만 이사벨라의 마법에 의해 소음은 일절 발생하지 않았다.

"하아아아아……."

이사벨라는 죽음의 기운을 만끽했다. 피부까지 저릿해지는 원한 어린 사념이 소름 끼치도록 좋다. 피로 젖은 땅은 징그럽고 잔인한데도 이사벨라는 저 혼자 기분이 좋았다.

쩌정…….

그때, 북서부 전체에 드리워 놨던 배리어가 깨지는 감각이 파동처럼 밀려와 이사벨라를 후려쳤다.

"어머."

마침내 그녀가 왔나 보다.

이사벨라의 반지가 빛을 발했다.

[이사벨라.]

"네, 오라버니. 느끼셨나요?"

[그래. 돌아와.]

"조금 더 먹고 싶은데……. 뭐, 앞으로는 전쟁을 진행하면서 흡수하면 되겠죠. 그런데 한번 만나고 가면 안 될까요?"

[안 돼. 네 목이 잘릴 거다.]

"너무 당연하다는 듯 말씀하시네요."

이사벨라가 입술을 비틀었지만 기분 나쁜 기색은 아니다.

[곧 보게 될 테니 서두르지 마. 만찬의 애피타이저를 준비해야 하니 어서 돌아와라.]

"알겠어요. 가서 예쁘게 치장해야지."

기분 좋게 대답한 이사벨라가 광범위하게 텔레포트를 발동했다. 이사벨라는 유혹적인 기운이 느껴지는 곳을 한번 바라보았다가, 그 자리에서 자취를 감추었다.

쩌어어어억!

넓은 북서 대륙 전체를 감싸고 있던 거대한 힘이 강제로 찢어지면서 굉음이 먼지구름처럼 사방으로 퍼졌다. 마법은 부풀었던 풍선이 터지듯 베인 부분부터 수축하며 사라졌다.

슈나이더와 라랏슈아는 배리어를 구성하고 있던 신력이 없어지자 의문을 던졌다.

"신력이 소멸하는 건가?"

"아니, 회수돼서 사라지는 거다."

이아나는 해류처럼 한쪽 방향으로 콰르릉 흘러가는 신력을 눈으로 좇으며 땅을 발로 문질렀다. 질주할 준비였다.

하지만 질주는 시작하지도 못했다. 신력을 집어삼키는 주체의 기척이 사라져 추적이 불가해졌기 때문이다.

후우우우웅!

겉을 감싸고 있던 배리어가 사라지자, 안에 겹겹이 쌓여 있던 마법들이 튀어나왔다. 침입자를 처리하는 공격 마법들이었다.

마법들은 이아나의 검날과 일행의 마법을 피하지 못하고 모조리 파훼되었다. 이아나 일행이었기에 무사한 거지, 다른 이였다면 순식간에 마법에 당해 먼지가 되었을 것이다.

"윽."

일행은 마법의 장벽들을 뚫자마자 물밀듯이 쏟아져 오는 정체 모를 기분 나쁜 기운에 숨이 턱 막혔다.

"들어가기 싫네."

"동감이다. 피비린내가 진동하는군."

라랏슈아가 인상을 찡그리며 말하자 슈나이더도 코를 막으며 동의했다.

이아나는 엘리를 살짝 내려다보았다. 엘리는 멀쩡한 것처럼 가장하고 있었지만 피부가 하얗게 질려 있었다. 아주 미세한 변화였지만 이아나의 눈을 피해 갈 수는 없었다.

닛시는 겁에 질려 엘리의 팔을 꼭 붙든 채 품에서 내려오려 하지 않았다.

"……."

이아나는 토라카와 에르멜의 국경인 성벽 위를 올려다보며 무릎을 굽혔다가 땅을 박찼다. 도약하여 성벽의 정상에 착지한 이아나가 주변을 둘러보았다.

방금 전까지만 해도 이아나 일행을 경계하며 옹기종기 모여들던 경비병들이 사라지고 없었다. 그들이 있던 자리에는 마나가 배열을 이루었던 흔적만이 존재했다.

'환상 마법이었나.'

이아나는 일어나서 성벽 너머 먼 곳을 내다보았다. 독수리보다 뛰어난 시각이 폐허가 된 땅들을 포착했다. 무너진 건물이 수두룩하고, 밖에 나와 있는 사람은 한 명도 보이지 않는다.

이아나가 성벽에서 뛰어내려 지상에 착지했다. 다들 그녀의 지시를 기다리고 있었다.

"들어갑시다."

그렇게 발을 들인 땅은 버려진 폐허의 꼴을 하고 있었다.

풀포기들은 시든 채 누런빛을 띠고, 하늘은 화산재가 낀 것처럼 흐렸다. 건물들은 원래의 형상을 떠올리기 어려울 정도로 파괴되어 무너졌고, 그 주변에서는 말라붙은 피가 드문드문 보였다. 지나가다 마주한 강에서는 생선들이 둥둥 떠내려가며 썩은 내를 풍겼다.

이아나는 악마의 파편 때문에 시들어 가던 샤우부 대삼림을 떠올렸다. 그것과 비슷한, 악마의 느낌이었다. 그곳은 그래도 악마의 파편이 어느 정도 봉인된 탓에 영향만 받아 서서히 죽은 땅이 되었다면, 이곳은 봉인이 해제된 악마가 날뛰어 댄 것처럼 순식간에 빛을 잃은 것 같다는 점에서 조금 달랐다.

에르멜의 지도를 보며 몇몇 영지들을 방문했다.

하지만…….

"사람이 한 명도 안 보이는군."

슈나이더의 말대로였다.

사람들이 증발한 것처럼 사라지고 없었다. 겉으로 보기에는 버려진 땅 같지만, 집 안에 들어가 보면 식사를 하다 뛰쳐나온 듯 차려진 음식들이 테이블에 그대로 놓여 있는 경우가 많았다.

테이블을 장식한 꽃은 시들다 못해 썩었고, 음식들도 모두 상해서 곰팡이가 피어 있었다. 이게 시간의 흐름 때문인지 북서부 대륙 전체를 잠식한 추악한 기운 때문인지 알 수 없어 언제 이 마을이 이렇게 되었는지는 가늠하기 어려웠다.

귀족의 거대한 성에 들어가 봤지만 그곳에도 사람이 없었다.

"다른 지역에 가 보자."

오싹하다. 계속해서 돌아다녔지만 사람은 물론이고 살아 있는 생물이 하나도 보이지 않았다. 정말로 아무것도 없었다.

이상한 건 시체도 없었다.

"도망쳤거나 시체를 남기지 못했거나 둘 중 하나로군."

군데군데 묻은 핏자국들을 보면 후자일 가능성이 높았다.

"그냥 걷는 것으로는 답이 없군요. 기척을 찾아야겠습니다."

이아나는 기감을 확장했다. 피부와 감각을 자극하는 기척들을 찾은 이아나가 인상을 확 찌푸렸다.

그녀는 아까부터 무척 조용한 엘리와 닛시를 내려다보았다.

엘리는 이곳에 들어선 이후부터 말이 없었다. 닛시는 엘리의 품에 꼭 안긴 채 미동이 없었다.

"지금부터는 잔인한 장면들을 많이 볼 것 같아. 너희를 괴롭히고 싶지 않구나. 닛시랑 먼저 이그나이츠에 돌아가 있을래?"

"아뇨. 언니랑 같이 있을래요."

제안을 거절한 엘리가 이아나의 손을 꼭 붙잡았다. 이아나는 말없이 엘리의 손을 마주 쥐어 주었다.

도착한 곳에서는 가관인 장면들이 눈앞에 펼쳐지고 있었다. 왜 사람들이 시체조차 남기지 못했는지, 너무나 잘 알게 되었다.

키르르르륵!

캬르르!

죽은 자들의 몸을 뼈째로 먹어 치우고 있던 하급 몬스터들의 시선이 일제히 이아나의 일행을 향했다.

캬아아아악!

상급자의 명에 따라 그저 배를 채우고 있던 몬스터들은 생생한 생명을 발견하자마자 눈이 홱 돌았다. 그들이 괴성을 지르면서 달려들었다.

츠겅!

이아나의 검집에서 섬광이 쏟아졌다.

털썩.

순식간에 몬스터들을 처리한 이아나가 시신들을 살폈다.

"고스트의 식탁에서 자주 봤었어."

이아나의 곁으로 다가온 타로가 말라비틀어져 툭 건들면 먼지처럼 흩어질 듯한 버석버석한 시신들을 살피더니 이아나의 말에 동의했다.

"신력을 모조리 추출당했구먼. 저 몬스터들은 뒤처리를 하고 있었던 거고."

"악질들이네."

라랏슈아는 엘리와 닛시의 눈을 가린 채 기분 나빠했고, 슈나이더도 마찬가지였다. 역겨움보다는 분노가 더한 듯했다.

이아나가 카고마인을 불러냈다.

[여기 싫어!]

카고마인은 불려 나오자마자 이아나의 목에 목도리처럼 감기더니 캥 하고 울었다.

[죽음의 기운이 너무 심해서 너한테 받은 신력이 모조리 빨려 나가는 것 같아.]

이아나가 신력을 한가득 불어넣어 주자, 카고마인은 기분은 나쁘지만 그래도 안정이 된 듯 주변의 풍경을 주시했다.

[정화할까?]

"응."

이아나가 대답하자마자 카고마인의 깨끗한 불들이 바닥부터 하늘을 꿰뚫을 듯이 치솟아 올랐다.

불꽃의 힘으로 모든 것들이 자연으로 돌아갔음을 확인한 이아나 일행은 그곳을 떠나 다른 곳으로 향했다. 두 번째도, 세 번째도, 네 번째도...... 첫 번째와 같은 광경이 펼쳐지고 있었다.

"오로지 신력을 얻기 위해서, 강해지기 위해서, 이 많은 사람들을 죽였단 말인가? 바하무트 놈들은 인간도 아니다!"

슈나이더가 분노하며 이를 갈았다. 오기 전에 이아나에게 이야기를 들었지만 직접 마주한 현실은 상상보다 훨씬 참담했다.

예상대로 북서부에는 엄청난 학살이 있었다.

지금은 자잘한 하급 몬스터들이 뒤처리를 하고 있었지만, 흔적으로 보아 엄청난 몬스터들과 인간들이 다녀갔다. 사람들의 절망이 혼란스러운 발자국들로 남아 있었다.

아마 북서 대륙의 다른 땅들도 마찬가지일 것이다.

북서 대륙은 중앙 대륙을 여섯 개로 쪼갠 것 중 하나다. 땅의 크기를 고려했을 때, 인구수가 엄청났다. 게다가 바하무트가 출입을 통제하던 서부 바하무트 역시 이곳처럼 초토화되었을 것을 고려하면...... 상상하기도 싫다.

겨우 몇 년이다. 그 짧은 시간에 북서 대륙이 이런 꼴이 되었다. 얼마나 무차별적인 학살들이 자행되었을까. 얼마나 많은 생명이 바하무트 황족과 그 부하들에게 흘러갔을까.

황족은 정말로, 오로지 강해지기 위해 이런 짓을 저지르는 걸까. 소름이 돋다 못해 기분이 차갑게 가라앉는다.

이렇게 계속 돌아다닐 수만은 없었다.

“카고마인, 돌아다니면서 몬스터들을 불태워 죽이고 시신들도 화장해 줄 수 있지?”

[응. 그런데 환경도 환경이고, 그런 곳들이 꽤 많아서 정말 많은 신력이 필요해.]

“내 신력을 다 끌어다 써도 돼.”

[네가 괜찮다면 그렇게 할게. 다른 애들도 불러 줄 수 있어? 나와 시웨아가 힘을 합치고, 토우와 이니스가 힘을 합치면 빨리 할 수 있어.]

이아나는 카고마인의 말대로 다른 정령왕들도 불러냈다.

“부탁할게.”

정령왕들은 꺼림칙해하면서도 이아나의 부탁을 들어주기 위해 비장한 얼굴로 떠나갔다.

“그렇게 신력을 막 써도 됩니까?”

그 광경을 지켜보고 있던 슈나이더가 질린 얼굴로 물었다. 이아나의 신력이 무한하다는 것을 모르기에 나온 질문이다.

“괜찮습니다.”

“괜찮다니 다행입니다만.”

물러서는 슈나이더 대신 라랏슈아가 대뜸 물었다.

“이아나 양, 신력 막 쓰다가 바하무트 황족이 갑자기 쳐들어

오면 대처할 수 있어? 난 여기 로안느의 국왕은 못 믿겠는데."

"바하무트 황족은 떠났어."

분명 배리어를 깰 때만 해도 지독한 존재감들이 느껴졌었는데 성벽에서 쫓아가려고 준비하는 사이 사라졌다. 이아나가 들어온 걸 느끼고 떠난 것이다.

'이번에도 피했어.'

지긋지긋한 놈들.

"그보다 타로, 흑여우의 냄새를 추적해 봐."

타로는 이아나의 지시에 난감해했다.

"냄새가 너무 뒤죽박죽이여. 피랑 몬스터 냄새도 지독허구."

"이리 와, 타로."

라랏슈아가 타로를 부르며 그를 향해 손을 뻗었다. 타로는 익숙하게 눈을 감으며 손에 얼굴을 가져갔다. 타로의 코가 손바닥에 닿자, 라랏슈아의 손 전체에서 아름다운 마나 배열들이 실처럼 생겨났다.

"타로, 네가 맡고 싶은 냄새를 계속해서 떠올려."

이리저리 엉켜든 마나의 실들이 타로의 얼굴 속으로 쏟아져 들어갔다. 감각 강화, 집중력 강화, 목표물 지정.

목표 외의 모든 것이 자취를 감추었다.

타로의 눈동자가 호랑이의 것처럼 날카로워졌다.

"따라와."

일행은 빠르게 달리는 타로를 쫓아갔다.

한참이나 달린 타로는 허허벌판에서 멈춰 섰다.

"여기 지하인 듯헌디."

"음습한 것들이 지하에만 숨어 있군."
이아나가 높게 들어 올린 검을 있는 힘껏 땅에 내리꽂았다.
쿠구구구궁!
검이 꽂힌 곳을 중심으로 땅이 파열했다. 충격은 깊은 지하까지 전해졌고, 땅은 숨어 있던 빈 공간으로 무너져 내렸다.
함께 추락했으나 별 탈 없이 착지한 일행들이 습격을 대비하며 주변을 경계했다.
라이프 공장이 맞았다. 하지만 공장에도 역시 산 자는 없었다. 남아 있는 것은 신력 추출기와, 죽은 자, 핏물뿐이었다. 그리고 타로의 추적 대상이 된, 흑호인들이 입던 것이라 추정되는 옷가지들이 널려 있을 뿐이었다.
"철수한 모양이군."
일행은 그 후로도 계속해서 북서부에 있는 라이프 공장들을 추적했다. 하지만 언제라도 도망칠 준비를 하고 있던 흑호인들은 이아나가 떴다는 소식을 듣자마자 철수했기에 라이프 공장들은 텅텅 비어 있었다.
이아나는 추적을 포기했다.
"시간 낭비다. 이만 마르디알 왕국으로 가자. 라랏슈아, 텔레포트할 수 있어?"
"응."
어제 주점에서 마르디알 왕국이 어찌 되든 상관없다고 배짱을 부렸던 라랏슈아는 북서부가 어찌 되었는지 실제로 목격하더니 착잡해진 모양이다. 대답에 힘이 없었다.
정령들은 계속 자유롭게 돌아다니도록 내버려 두고, 일행은 라랏슈아의 텔레포트로 마르디알 왕국의 수도에 왔다.

"망한 지 오래됐나 봐."

도착하여 주변을 살핀 도르시아니가 솔직한 감상을 말했다.

아니나 다를까, 마르디알 왕국은 폐허가 되어 있었다. 화려했을 왕궁은 완전히 무너져서 거추장스러운 돌덩이들로 변했고, 잘 닦아 놨던 길과 반듯했을 건물들은 박살이 났다.

최근에 망한 것 같진 않았다. 서부 바하무트와 바로 붙어 있으니, 아마 서부 다음의 타깃이 마르디알이었으리라고 짐작했다.

"라랏슈아, 혹시 왕족들끼리만 아는 비밀 통로 없어?"

"있어도 몰라. 나한테 안 가르쳐 줬거든."

이아나는 입을 다물고 말없이 기감을 확장했다. 이아나는 인간과 몬스터의 기척을 완벽하게 구분할 수 있었다. 적어도 이 근처에 사람은 없었다. 마르디알은 이제 몬스터의 땅이었다.

"됐어. 그만 가자."

라랏슈아가 담담하게 말하더니 앞장서서 왕궁 터 밖으로 먼저 나갔다. 따라 나갔더니, 라랏슈아가 무너진 왕궁을 무표정한 얼굴로 물끄러미 쳐다보고 있었다.

일행이 다가오자 라랏슈아가 마른 입술을 열었다.

"허무해. 그렇게 열심히 발을 핥아 주더니, 제일 먼저 바하무트한테 먹혀 버렸네."

어쩐지 라랏슈아는 외로워 보인다.

"마르디알은 바하무트가 키우는 젖소 같은 거였을 거야. 젖을 짜내다가 고기가 먹고 싶어지니 도축한 거야. 사냥하는 것보다는 잡힌 가축을 먹는 게 쉬울 테니 제일 먼저 마르디알을 선택한 거겠지."

북서 대륙에는 대표적인 바하무트의 조공국들이 있었다. 그런데 바하무트가 제일 먼저 잡아먹은 것은, 이그나이츠나 로안느 같은 으르렁대는 맹수들이 아닌 그들에게 굴복하여 자발적으로 줄에 묶인 약소 왕국들이었다.

"허무해. 결국 강한 게 최고인가 봐."

라랏슈아는 씁쓸하게 중얼거렸다.

마르디알을 싫어했지만 그래도 유년 시절을 보낸 연고지였다. 고향이 이렇게 허무하게 멸망했으니 텅 빈 듯한 느낌을 받을 수밖에 없다.

타로가 조심스레 라랏슈아의 어깨를 감쌌다. 라랏슈아가 커다란 손을 한번 보았다가 얼굴을 말끔하게 폈다.

"됐어. 정말로 끝났네. 이제 난 정말로 그냥 라랏슈아야."

"그래. 이그나이츠에서 너만의 가문을 새로 만들어 봐."

이아나의 위로에는 라랏슈아가 이그나이츠의 국민이라는 뜻이 함의되어 있었다. 라랏슈아는 당연하다는 듯 그리 말하는 이아나에게 웃어 주었다.

"그러려고. 이그나이츠에서 제일 멋진 걸로 만들어야지."

이아나도 이제 완전히 무감하지만은 않았다.

라랏슈아의 정확한 마음은 알 수 없어도, 타로에게 깊이 의지하고 있다는 건 느낄 수 있었다. 길 잃은 미아처럼 서 있던 라랏슈아는 타로가 감싸 주자마자 원래 모습으로 되돌아왔다.

"그리고 라랏슈아, 한마디 더 해 두겠는데, 무력하게 당하지 않으려면 강해져야 하는 게 맞지만, 이번 경우엔 바하무트가 비정상적인 거야. 이렇게 막무가내인 놈들은 바하무트뿐이다. 약하거나 강한 게 문제가 아니라 바하무트가 그냥 쓰레기인 거야."

"응. 알아. 바하무트가 빨리 망했으면 좋겠다. 예전에는 일등 직장이었는데 지금은 그냥 사라져 버렸으면 좋겠어. 이아나 양, 가능하겠지?"

"가능하게 만들어야지."

그게 그녀와 아르하드가 해야 할 일이다.

이아나의 머릿속으로 로이긴에 대한 기억이 스쳐 지나갔다.

로베르슈타인은 로이긴을 죽이지 못했고, 결국 종말에 이르러서 새로운 세상을 열기 위해 그와 함께 죽는 것을 택했다.

그것으로 신성시대는 완전히 끝나야 했을 터인데. 어째서인지 로베르슈타인과 로이긴은 이아나와 아르하드로 생을 이어 가고 있다. 그럼으로써 생겨난 잔해, 악마의 파편은 괴물 바하무트에게 힘을 안겨 주었고, 이런 사태를 야기했다.

이아나와 아르하드는 이제 신성시대를 끝맺고 싶었다. 나라를 세우고 소중한 사람들과 함께 살아가며 신성시대의 결말과는 다른 결말로 향하고 싶었다.

그런데 제삼자가 나타나 끝맺음을 방해하려 한다. 신성시대의 악마보다 더한 괴물이 되고 싶어 한다.

욕망은 커지기만 할 뿐 사그라지지 않는다. 현재 바하무트가 가진 최후의 욕망이 최강이라면, 최강이 된 이후에는 무엇을 욕망하게 될까. 생각하기도 싫다.

이 모든 게 로베르슈타인이 결국 신성시대를 제대로 끝내지 못했기 때문이다. 이아나에게는 신성시대에서부터 이어진 굴레를 부숴야 할 의무가 있었다.

그 후로도 혹시 있을지도 모를 생존자를 찾아 돌아다니는데, 정령들이 희미해진 몸으로 돌아왔다.

[너무 힘들어. 이렇게 정신적으로 지친 건 처음이야. 감당이 안 돼. 오늘은 더 못 하겠어.]

[돌아다니는 것만으로도 힘들어.]

정령들이 이렇게 힘들어하는 건 처음 본다. 그들은 이아나의 신력만 있으면 쌩쌩해졌었다.

[우리들은 정신체다. 육체의 피로에 구애받지는 않지만 정신적으로 지치긴 한다. 어지간해선 지치지 않는데 여긴 정말 심각하다. 죽은 자의 사념이 공간 전체에 지독하게 깃들어 있다.]

이아나의 생각을 읽은 토우가 힘없이 설명했다.

[인간들이 왜 이렇게 많이 죽은 거야? 반항도 못 하고 학살당한 수준이던데.]

[악마가 떠올라. 그도 무차별로 신들을 죽였었고, 그때도 땅이 이렇게 됐었는데.]

카고마인이 피곤한 기색으로 이아나의 어깨에 사뿐히 내려앉았다.

[죽은 지 얼마 안 된 사망자가 너무 많아. 이 땅은 그냥, 죽은 땅이야. 사념의 원한이 너무 심해서 강제로 정화하려면 너와 내가 온 힘을 쏟아붓는다고 해도 몇 년은 넘게 걸릴걸.]

"다른 정령들이 도와줘도?"

[나, 이니스, 시웨아가 자연 대부분을 구성하는 대신 카고마인은 우리

가 만든 자연에 에너지와 열을 부여하여 변화를 일으킨다. 사념의 정화는 카고마인밖에 못 하는 일이고, 우리는 힘을 보탤 뿐 돕지 못해. 시간이 오래 걸릴 거다.]

"그래……."

이아나가 여전히 그녀의 손을 꼭 붙잡고 있는 엘리의 조그마한 정수리를 내려다보았다. 아이는 어느새 평정을 되찾은 듯 그저 고요한 눈으로 주변을 둘러보고 있었다.

"엘리, 닛시는 어떻게 도와줄 수 없어?"

움찔한 닛시가 싫다는 듯 애앵 울었다.

"할 수는 있는데요."

엘리가 이아나를 올려다보더니 고개를 절레절레 저었다.

"지금 당장 강제로 정화하는 것보다는 순리에 맡겨 두는 게 좋을 거예요. 닛시가 할 수 있는 일은 사념 속에 안도감과 안락함을 집어넣어 사념을 중화하는 거예요. 바하무트 땅에서 그렇게 했었죠. 그런데 여기는 사념이 너무 날것이라……. 하더라도 시간이 지난 후에 하는 게 좋을 거예요."

"그래."

이아나는 엘리의 의견을 받아들였다.

"일단 여기는 당분간 내버려 두자. 카고마인, 토우, 이니스, 시웨아. 도와줘서 고마워."

[왜 이런 짓을 벌이는 걸까.]

[모두가 즐겁고 평화롭게 살 수는 없는 걸까?]

잔뜩 지친 정령들이 돌아간 후로도, 일행은 한참이나 생존자를 찾아다녔다. 하지만 똑같은 풍경의 연속이었다. 바하무트 황족과 최상급 몬스터들의 눈을 피해 숨어 있을 수 있는 생물이 전 세계에 몇이나 될까. 예상했지만 참담하다.

“여기 돌아다니는 몬스터들 중에 익숙한 종들도 있는데, 내가 아는 모습과 생김새가 조금씩 다르군.”

몬스터들의 생김새를 관찰하던 슈나이더가 던진 질문을 도르시아니가 받았다.

“몬스터는 사념을 먹고 더욱 강하고 악독하게 진화해. 여기는 몬스터가 아주 강해질 수 있는 땅이야. 바하무트 입장에선 사육장 같은 거겠지.”

“그러고 보니 그놈들이 몬스터를 조종했었지. 이것들이 다 우리의 적인 건가? 군대를 끌고 와 미리 토벌해야겠군.”

슈나이더가 적개심을 표출하며 다짐했다.

하루 종일 돌아다녔지만 소득은 없었다.

이곳은 죽은 땅이다. 황족이 이아나가 오자마자 물러난 건, 이미 볼일이 거의 다 끝났기 때문이기도 할 것이다.

이아나가 한숨을 쉰 후 선언했다.

“그만 돌아가자.”

그때, 멀리서 앙상한 나뭇가지에 앉아 있던 까만 까마귀 몬스터 한 마리가 퍼드덕 날갯짓했다.

놈은 이아나를 타깃으로 삼은 듯, 쏜살같이 날아들었다.

“물러서.”

이아나는 자신을 주시하는 까마귀의 존재를 일찌감치 눈치채고 있었다. 다른 사람들을 뒤로 물린 후 까마귀를 쳐다보았다.

까마귀가 가까운 나뭇가지에 내려앉더니 부리를 벌렸다.

[어때?]

이아나가 인상을 확 찌푸렸다.

[한참이나 돌아다니던데. 소득이 없지?]

까마귀의 부리에서 익숙한 여자의 목소리가 나왔다.

"이사벨라 바하무트."

[목소리만 들어도 나인 걸 알아보네. 기뻐.]

"꼴사납군. 내가 오자마자 도망치더니, 미물의 입을 통해 나불거리는 것이 바하무트의 전투 방식인가? 내게 목을 따일까 봐 겁이라도 먹은 모양이지?"

[나도 너랑 싸우고 싶었는데, 오라버니가 철수하라고 하신 거야. 그리고 약 올려도 소용없어, 아가씨. 나보다는 네가 더 약 오른다는 걸 알거든.]

"……."

[둘러봐도 뭐가 없지? 응, 없겠지. 다 죽였으니까.]

"이런 짓을 한 이유는……."

[당연히 강해지기 위해서지.]

이아나의 속이 부글부글 끓었다. 인류애가 넘쳐 나는 건 아니지만 그들이 저지른 만행에 화가 난다.

"너희의 방식으론 진정으로 강해질 수 없다."

빼앗은 힘은 온전히 제 것이라 할 수 없다. 스스로를 갈고닦고 윤을 내어 이룩한 지고한 경지야말로 진정한 강함이었다.

[아, 고결하면서도 고루한 네가 좋긴 한데, 지금은 너와 길게 이야기하지 않을래. 이야기는 만찬에 참석해서 하도록 해.]

"만찬?"

[조만간 너를 위한 만찬을 열 거야. 너와 싸우지 않고 진지하게 대화를

나눠 보고 싶을 뿐이니까 꼭 오렴. 너는 멀쩡하게 돌려보내 줄 테니까 걱정 말고.]

"누구 맘대로?"

[오는 게 좋을 텐데. 만찬 후에 우리가 어떤 행동을 할지, 너한테 얘기해 주려고 하거든. 그것 말고도 네가 안 오고는 못 버틸 선물도 준비했고……. 뭐, 오고 말고는 네 마음이겠지.]

까마귀의 번들거리는 눈동자가 슈나이더를 향했다.

[우리를 오랜 세월 방해해 온 로안느의 왕은, 로안느로 돌아가서 목 닦고 죽을 준비나 하고 있으렴.]

"모습은 까마귀지만 하는 말은 뱀과 같군. 뱀은 독수리에 사냥당할 뿐이지."

슈나이더가 담담하게 받아치자 이사벨라가 코웃음 쳤다. 까마귀가 이번엔 도르시아니를 보았다.

[안녕? 오랜만이네.]

"응."

[말이 짧구나.]

"이제 내 주인이 된 전하한테도 반말을 쓰는데 뭐 어때."

까마귀는 이사벨라의 웃음소리까지 전하며 깔깔 웃었다.

[그래? 아무튼 너, 웬만하면 어머니 눈에 띄지 않는 게 좋을 거야. 어머니가 화가 잔뜩 나셨거든. 함께 마법을 연구했던 정을 생각해서 충고해 주는 거야.]

"충고 고맙지만 알아서 할게."

[그러시든가.]

까마귀가 날아올랐다.

[그럼 난 갈게. 정식 초대장이 갈 때까지 기다리고 있어.]

이아나는 대답하지 않았지만, 그 말을 끝으로 까마귀는 서서히 멀어졌다.

그리고 동시에, 이아나의 반지가 빛났다.

이아나가 반지에 마나를 불어넣어 아르하드와 연결했다.

[이아나, 이상한 게 있어.]

"뭐죠?"

[에이지가 행방불명이다.]

이아나의 눈빛이 차가워졌다.

[보고하는 시각으로부터 한 시간이 지났는데도 소식이 없어.]

에이지는 정해진 시각에 아르하드에게 주기적으로 연락하는 게 원칙이었다. 그리고 이때까지 그는 한 번도 보고를 빼먹은 적이 없었다.

[내가 계속 찾아보고 있는데 흔적도 없다. 아무래도 일이 생긴 것 같은데.]

"짐작 가는 바가 있습니다."

이아나의 시선이 점으로 변해 가는 까마귀를 향했다.

콰드드드득.

이아나가 바닥에서 돌을 움켜쥐어 까마귀를 향해 날렸다.

퍼벅!

돌은 화살처럼 날아가 까마귀의 날개를 꿰뚫었다. 그다음은 추락이었다.

"도르시아니, 저 까마귀를 데려와."

도르시아니는 군말 없이 바람의 마법으로 까마귀가 바닥에 부덮쳐 죽기 전에 움켜쥐어 이아나의 앞에 대령했다.

"에이지 어디에 있어."

[글쎄?]

"……."

[만찬은 시간에 맞춰 오는 거 알지? 그 전에 와서 난동을 부리거나 뭐…… 그러지 않길 바랄게.]

끈적거리는 목소리다. 말 한마디 한마디에 거미줄이 쳐지는 것 같았다.

이아나는 검을 빼 들었다. 날렵한 검날은 거미줄을 파헤치며 아래로 향했다.

콰직!

검이 까마귀의 몸을 꿰뚫었다. 새까만 피가 거미줄처럼 땅에 번져 나갔다.

"언젠가는 이 까마귀 신세로 만들어 주마."

[기대되네. 해 보든가? 할 수 있을지 모르겠지만.]

까마귀는 깍깍거리며 웃던 눈과 부리에서 피를 흘리며 숨이 멎었다.

슈나이더는 토라카로 돌아가고, 이아나 일행은 이그나이츠 왕성으로 복귀했다. 텔레포트로 왕성에 도착하자마자, 이아나는 오랜만이라며 인사하는 이들의 인사를 받는 둥 마는 둥 하며 거친 걸음걸이로 뛰듯이 걸었다.

벌컥!

"진정해."

방 안에서 이아나를 기다리고 있던 아르하드가, 이아나가 뭐라고 하기도 전에 손을 잡아끌어 의자에 앉혔다. 이아나가 씨근덕거리자 아르하드는 어깨를 토닥여 주며 그녀가 냉정을 찾기를 기다렸다.

숨을 고른 이아나가 미간을 손으로 짚었다.

"황족이 에이지를 납치해 갔습니다."

이아나가 이사벨라와 나눴던 대화를 전해 주었다.

"정황상 확실하군. 황족이 납치하진 않았을 거다. 놈들이 왔다면 내가 모를 리 없어. 침투해 있던 첩자가 에이지 주변을 맴돌며 기회를 엿보고 있었겠지."

"황족은 에이지를 신경 쓰지 않는 척하면서 우리의 방심을 유도했군요. 어떡하지요? 제가 쳐들어갈까요?"

이아나는 당장 바하무트 성으로 뛰어갈 기세이면서도 이사벨라의 말 한마디를 떠올리며 주저하고 있었다.

'만찬은 시간에 맞춰 오는 거 알지? 그 전에 와서 난동을 부리거나 뭐…… 그러지 않길 바랄게.'

이사벨라가 남긴 그 말이, 경고처럼 느껴졌다.

"만찬 전에 성을 방문하면 에이지를 죽이겠다는 뜻 같습니다."

"내 생각도 그래."

한참을 고민하던 아르하드가 뭔가를 결심한 듯, 마법으로 커다란 물건 하나를 소환했다. 그것은 거울이었다.

"이왕 이렇게 된 것, 대놓고 탐색하자."

공기 중을 떠다니던 마나가 멈칫했다.

아르하드가 천천히 호흡하자 이그나이츠 성을 감싸고 있던 마나들이 하나로 이어진 유기체처럼 모조리 그에게 빨려 들어왔다. 세상 전체가 마치 아르하드의 숨결인 것처럼 움직였다.

몰려드는 마나가 금빛으로 물들어 갔다. 바하무트 황족이 결코 가질 수 없는 빛이었다.

바하무트 황성을 둘러싼 수십 개의 배리어를 뚫기 위해서는 아르하드가 이대로 극도의 집중 상태를 유지해야 한다. 그리고 황족이 마법을 파훼할 수 없을 정도의 안정성을 더하기 위해서는 하나가 더 필요하다.

아르하드가 금안으로 이아나를 흘끗 보자, 이아나는 그의 손을 붙잡고 제 신력을 그에게 전달했다.

아르하드가 거울의 매끄러운 면에 손을 댔다. 달의 은은함과 태양의 강렬함이 거울 면 위로 파동처럼 퍼져 나갔다.

얼마 지나지 않아 거울에 어두컴컴하고 축축한 장소가 상으로 맺혔다. 아르하드의 눈동자가 빛을 머금은 것처럼 형형해졌다.

"내 시각을 바하무트 성을 떠돌아다니는 마나와 연결해서 거울에 담았어. 황족의 기운에 저항하며 탐색하는 거라서 힘에 부친다. 이 상태로 공격당하면 큰 타격을 입을 수 있으니 네가 신력으로 날 보호하고 지탱해 줘야 한다."

이아나가 아르하드의 손을 꽉 붙잡았다.

거울 위의 풍경이 아주 빠르게 휙휙 바뀌었다. 바하무트 성내 시종들과 기사들, 마법사들과 정면에서 마주쳤지만 그들은 아르하드의 시선을 전혀 알아채지 못했다. 아르하드의 얼굴에 핏줄이 서고 눈이 타들어 가는 듯 흰자위가 빨개졌다.

“에이지가 나와 같은 혈족이라 탐색 반경 안으로만 감지되면 빠르게 찾을 수 있는데, 에이지의 기운이 느껴지지 않는군. 황족이 감추고 있거나, 이곳에 없거나.”

이아나가 축축해지는 그의 손에 힘을 주었다.

그때였다.

거울이 비추고 있던 장소가 급격하게 변해 갔다. 어딘가로 빨려 들어가는 듯했다.

거울의 상에 엄청난 노이즈들이 생겼다. 아르하드의 눈가에 핏방울이 맺혀 굴러떨어졌다. 놀란 이아나가 아르하드에게 제 신력을 강하게 흘려 보냈다.

그러자 거울에 맺혔던 노이즈들이 서서히 없어지고, 한 남자의 얼굴이 거울에 나타났다. 그는 오만한 얼굴로 피처럼 붉은 와인을 음미하고 있었다.

[뜻밖이군, 형제. 황성 내부를 이렇게 대놓고 탐색할 줄이야. 그것도 큰 타격을 입을 위험을 감수하면서까지, 웬일이지?]

이아나가 아무것도 모른다는 듯 묻는 테일런 헬칸 바하무트를 죽일 듯이 노려보았다.

“마나가 나와 연결되었다는 걸 알고 성내 모든 마나를 제 앞에 불러들였어. 저쪽은 이쪽을 보거나 소리를 들을 수 없다.”

“대화할 방법은 없습니까?”

“소리를 연결할 수는 있지만 내 목소리만 전달할 수 있어.”

아르하드는 거울 위로 마법을 불어넣은 후, 차게 말했다.

“너희가 그럴 계기를 만들었지 않나. 만찬 초대와 에이지, 무슨 꿍꿍이냐.”

[라이즈 경이 이그나이츠에 귀환했나 보지? 만찬 초대는, 말 그대로다. 위대한 라이즈 경을 우리 바하무트 황성이 여는 만찬에 초대하고 싶다.]

테일런이 한숨 쉬듯 웃었다.

[하지만 라이즈 경이 보통 성질머리여야지. 그냥 초대해서는 안 올 게 뻔하니, 복수도 할 겸 에이지를 잡아 온 거다.]

테일런은 에이지의 납치 사실을 당당하게 드러냈다.

"에이지를 잊은 게 아니었나?"

[그럴 리가 있나. 형제도 알다시피, 우리는 뒤끝이 정말 길거든. 배반자가 하하호호 웃으며 행복하게 사는 걸 내버려 둘 만큼 자비롭지 못해.]

바로는 아니더라도 언젠가는 반드시 그 원한을 갚지. 시기는 놈이 행복에 겨워 어찌할 바를 몰라 하며 방심했을 때가 적기다. 테일런이 비열하게 웃으며 말했다.

[라이즈 경, 옆에 있겠지?]

"……."

[에이지를 상당히 아끼는 듯하더군. 충고 하나 하지. 우리 같은 강자는 아무리 능력 있는 인재라도 마음껏 써먹다가 얼마든지 버릴 수 있는 체스 말 정도로 대하는 게 좋아. 아니면 언제든 이렇게 약점이 될 수 있거든.]

이아나의 손에 핏줄이 돋았다. 아르하드는 진정하라는 듯 이아나의 손을 문질렀다.

[나는 경과 느긋하게 대화를 나누고 싶다. 경이 눈이 뒤집혀서 성에 쳐들어오는 건 내 뜻이 아니야. 이놈을 돌려받고 싶다면 일주일 후의 만찬에 참석해라. 그러면 경과 함께 얌전히, 산 채로 돌려보내 주지. 내 자존심을 걸고 약속한다.]

테일런에게 있어 자존심이란 그의 모든 것과 같다. 살려 보내 준다는 건 진심이었다. 하지만 그 말에는 함정이 있었다.

"'산 채로'라는 건 곱게는 돌려보내지 않겠다는 말이군."

[당연하지 않은가. 감히 우리의 눈을 감추고 형제를 감춰 왔다니 죽어 마땅하다. 그럼에도 부하를 끔찍하게 아끼는 가엾은 라이즈 경을 생각해서 살려 주겠다는 소리다. 정보를 모조리 뽑아내고 죽이겠다고 채찍을 든 어머니를 막아서라도 말이야. 아, 에이지를 멀쩡한 상태로 돌려받는 건 이미 글렀다. 이그나이츠에 대한 애국심으로 입을 다무는 바람에 어머니의 손에 일찌감치 반송장이 됐거든. 어떤 꼴인지 보여 줄까?]

이아나의 눈가가 파르르 떨렸다.

에이지는 이그나이츠의 핵심 인력이다. 이아나, 아르하드 다음으로 이그나이츠를 잘 알고 있다고 해도 과언이 아니다. 그에게서 정보를 얻어 낸다면 이그나이츠의 모든 게 털리는 것이나 마찬가지다.

하지만 바하무트는 이미 이그나이츠에 관해서 많은 것을 알고 있다. 그건 누구보다 에이지가 잘 알 테고, 적당히 정보를 발설하며 시간을 끌어도 괜찮았을 텐데, 입을 다물었다고 한다.

[아니, 보지 못하는 게 상상하기 더 좋겠지. 여기서 더 자극하면 눈이 뒤집혀서 찾아올 것 같기도 하고. 그건 그것대로 또 재밌겠지만?]

테일런은 놀리듯 거울 너머에서 웃었다.

[명심해라. 오늘은 봐주겠지만 또다시 이렇게 내 성을 탐색한다면 에이지는 즉시 죽는다. 만찬의 날 전에 성에 와도 죽는다. 초대장에 적힌 이외의 인원이 만찬 참석 시에도 죽는다.]

"……."

[그놈은 내게 직접 보호받는 영광을 누리고 있으니 구출은 불가할 거

야. 물론, 나를 죽일 자신이 있다면 와도 좋아.]

테일런이 빈정거리자 이아나의 목에 핏대가 섰다.

[에이지 때문이 아니더라도 만찬에 참석하는 것이 이그나이츠 측에 좋을 거다. 내가 무슨 생각을 하고 있는지, 왜 전쟁을 일으켰는데도 시간을 끌고 있는지, 내가 얼마나 강해졌는지, 앞으로는 뭘 할 계획인지 궁금하지 않나?]

"시간을 끈 건 북서 대륙에서 생명을 흡수하기 위해서였겠지."

[그것도 이유 중 하나지. 하지만 나는 기다려 준 거야……. 지루하게도 내 기대를 저버려서 이렇게 신경을 긁는 거고. 아, 뭘 기다렸는지는 말하지 않겠다.]

"뻔하지. 너는 변하지 않았을 테니. 이번에도 마찬가지일 테고."

아르하드의 차디찬 말이, 왜인지 건너편의 테일런의 신경을 북 긁은 듯했다. 이때까지 거만하고 여유롭기만 하던 테일런이 신경질적으로 입꼬리를 틀었다.

[글쎄. 그때의 나와 지금의 내가 같을까? 너는 네가 이 세상의 주인공 같겠지. 하지만 세상은 우리 또한 버리지 않았거든. 고맙게도 말이야.]

묘한 대화가 오갔지만 이아나는 그 대화에 신경을 쓸 틈이 없었다. 어찌해야 할지 고민하느라 머리가 터질 것 같았다.

[하여튼, 오고 말고는 라이즈 경의 선택이다. 오지 않으면 손도 못 쓰고 우리의 계획에 당할 테니 오는 걸 추천하지. 정식 초대장은 지금 텔레포트로 발송하겠다.]

테일런은 받은 대로 갚았다. 그는 이그나이츠 왕성의 강대한 배리어를 뚫고, 아르하드의 영향력을 정면에서 파헤쳤다.

맞은편의 테일런의 얼굴에 핏줄이 줄기줄기 서고, 새까만 눈동자가 더욱 새카맣게 물들었다. 눈자위에 피가 고였다.

아르하드가 매우 불쾌한 듯 눈썹을 들어 올렸을 때, 하늘에서 마법진이 그려지더니 초대장이 팔랑팔랑 떨어져 내렸다.

[그럼.]

테일런이 마나 폭발을 일으켜 정신에 타격을 주기 전에, 아르하드는 빠르게 빠져나왔다.

이아나는 말없이 흑색의 초대장을 집어 올렸다.

초대장에는 이아나 이그나이츠 라이즈를 저녁 만찬에 초대하며, 참석하여 자리를 빛내 주시면 감사하겠다는 상투적인 말이 적혀 있었다. 그리고 그 밑에는 마법사 도르시아니 데마리포사도 함께 참석하라는 말도 덧붙이듯 적혀 있었다.

놀리는 건가?

이아나의 손아귀에서 초대장이 구겨졌다.

"어찌하면 좋겠습니까? 놈들의 수작에 놀아나 줘야 합니까?"

"에이지를 안전하게 살리기 위해서는 그럴 수밖에 없겠지."

에이지는 살아만 있으면 정령의 힘으로 얼마든지 치료할 수 있다. 하지만 그사이 그가 겪을 고통은 어찌하지? 전에 마르가리타에게 만신창이가 되었던 에이지를 떠올린 이아나가 자리에서 벌떡 일어났다.

"이대로 당하고는 못 있겠습니다. 뭐라도 해야겠어요."

권능을 쓸까?

하지만 위프헤이머를 잡으려고 권능을 이용해 바하무트 황성으로 이동했다가 심장이 터져 죽을 뻔했었다. 모든 개연성과 인과관계를 무시하고 좌표를 추적하는 건 위험성이 컸다. 권능은 그런 것이다. 심지어 테일런에게 보호받는 구역이라니. 잘못 텔레포트했다간 역으로 당할 가능성이 컸다.

"그럼 써먹을 수 있는 카드를 다 써 봐야겠지. 지금 카니츠와 연결해 봐."

"카니츠요?"

카니츠는 최근 수도에 머물며 이아나에게 고급 정보를 전해주고 있었다. 마론은 중앙 핵심 귀족들과는 연이 없었다. 핵심 중의 핵심, 바하무트의 핵이라 할 수 있는 황궁 기사단 중에서도 가장 높은 곳에 있는 카니츠가 주는 정보는 마론이 제공하는 정보와 궤를 달리했다.

이스피와 카니츠는 수도 귀족들이 루이즈의 이야기를 할 때 간간이 끼어들어 휴가를 보낼 때 잠깐 마주친 적 있다는 말로 루이즈의 소문을 알게 모르게 부풀리는 일도 하고 있었다.

"에이지가 저렇게 갑자기 잡혀갔는데. 혹시 황족이 카니츠의 정체도 알고 있는 게 아닐까요? 카니츠가 제 명령에 일을 하다가 어떻게 되면……."

"카니츠는 에이지와는 경우가 달라. 황족은 절대 카니츠의 정체를 알지 못해. 그리고 그는 네 생각 이상으로 유능하다. 성공적으로 임무를 완수할 거라 장담하지."

황족이 어디까지 알고 있을 줄 알고, 카니츠를 얼마나 봤다고 저렇게 확신 어린 어조로 말하는 걸까. 하지만 이아나는 아르하드의 담담한 말에 서서히 안정이 되었다.

회귀 전의 카니츠를 떠올렸다. 그는 그때도 모든 싸움에서 살아남아 이아나의 곁을 지켰다. 이아나가 죽는 최후의 전쟁이 되어서야, 그녀의 죽음을 예감하기라도 한 듯 먼저 사망했다.

"내가 너를 믿듯, 너도 네 충성스러운 기사를 믿어."

이아나가 마음을 다잡고 카니츠와 연결했다.

[에이지 님이 여기에 잡혀 왔단 말입니까?]

상황 설명을 들은 카니츠가 잠시 생각하는가 싶더니 말했다.

[간수들을 통해 은밀히 알아보겠습니다. 혹시 그분을 찾는 데 도움이 될 단서나 물건이 있습니까?]

"이아나, '원석'을 카니츠에게 보낸다."

이아나는 창고가 된 아공간을 열어 아르하드가 말한 원석을 꺼냈다. 전에 마르가리타에게 잡혀간 에이지의 위치를 추적할 때 썼던 행운의 돌이었다. 마법적인 물건이 아니라서 추적당할 염려도 없었다.

"곧 보낼 테니 사람이 없는 곳으로 이동해."

[알겠습니다.]

이아나가 조심스럽게 말했다.

"카니츠, 조심해."

[믿어 주십시오.]

카니츠가 차분하게 웃었다.

겨울이 점차 다가오고 있다.

공기는 차가워져 살을 에고, 나무는 헐벗은 채 말라 가는, 사람들은 추위에 떨며 집에서 잘 나오지 않는 계절이었다.

겨울을 날 어떤 준비도 되어 있지 않은 방이 여기에 있다. 시릴 정도로 얼어붙은 벽 위로 대롱대롱 그림자가 졌다.

쏴아아악!

기절했던 에이지는 얼굴에 퍼부어진 얼음물에 겨우 정신을 차렸다.

"벌써 지쳤느냐?"

목소리의 주인이 에이지의 턱을 채찍 손잡이로 세게 들어 올렸다. 익숙하다 못해 지긋지긋한 얼굴이 바로 눈앞에 있었다.

"그럼 안 되지. 이제 시작인데."

샤일린스 바하무트.

이제 황태후가 된, 그의 악몽이다.

그녀는 에이지를 잡아 오자마자 눈이 반쯤 뒤집혀서 죽기 직전까지 후려 팼다. 직후, 귀하디귀한 라이프를 그에게 억지로 먹이고 몸에 줄줄 흘려 몸을 회복시켰다.

몇 번이고 그렇게 했다.

샤일린스는 에이지를 몇 번이나 엉망으로 만든 이후에야 여유를 되찾았다. 그리고 이아나와 아르하드에 대한 정보를 그에게서 캐기 시작했다.

에이지가 말하지 않으면 또 개 패듯이 팼다. 또다시 회복시켰다. 이 행위가 대체 몇 번이나 반복된 건지, 처음 잡혀 온 이후부터 시간이 얼마나 지났는지, 에이지는 알 수 없었다.

하지만 그는 매번 정신을 다잡았다.

"악마보다 더한 새끼들, 지옥에나 떨어져라!"

샤일린스가 서늘하게 웃었다.

"이런 상황에서 칭찬을 하는군. 그나저나 큰일이구나, 에이지. 네가 악마의 파편과 이어져 있어 세뇌 마법이 통하지 않는데, 정보를 말하지 않으면 너를 계속 고문할 수밖에 없잖느냐. 아는 걸 모두 말하면 편하게 만들어 주마."

"무슨 그런 거짓말을. 불어도 안 불어도 계속 고문할 생각이잖아? 그리고 왜인지는 몰라도 나를 죽일 생각은 없어 보이는데, 나는 절대, 아무것도 말하지 않을 거야. 뒷목 잡고 넘어가기 싫으면 차라리 죽이는 게 나을걸?"

에이지의 반말이 거슬렸던 샤일린스가 한쪽 눈썹 끝을 쓱 올렸지만 냉정은 흐트러지지 않았다.

"예나 지금이나 똑똑하긴 하군. 하지만 정보에 대해서는, 두고 보면 알겠지. 단계 높은 끔찍한 고문을 하면서 살리지 못하는 건 아니란다. 그건 네 동족들이 모두 죽어 나간 여기서, 그 모든 것을 처음부터 끝까지 지켜본 네가 더 잘 알겠지?"

현재 에이지가 있는 장소는 로이긴족이 고문당하고, 또 학살당했던 감옥 겸 실험실이었다. 눅진하게 마른 핏자국들은 그때로부터 십여 년이 지났는데도 여전했다.

이곳에는 학살당한 로이긴족의 사념이 사무치도록 깃들어 있다. 사념은 바하무트인들을 광인으로 만들었고, 이곳은 위험 구역이 되어 폐쇄된 지 오래였다.

잔인한 샤일린스는 에이지에게 정신적 고통을 선사할 요량으로 그를 이곳으로 끌고 왔다. 천장에서 길게 내려온 쇠사슬에 매달린 에이지는 도축된 고기 신세였다.

“그리고 내게 너를 죽일 생각이 없다는 말은 틀렸다. 그건 내 아들의 생각이고, 나는 너를 죽이고 싶어서 머리가 어떻게 될 지경이란다.”

에이지를 내려다보는 샤일린스의 새까만 눈동자에서 살의가 드글거렸다.

입 잘못 놀렸다가 정말로 죽겠다.

에이지가 그렇게 생각하자마자 샤일린스의 손이 날아와 그의 뺨을 세게 후려쳤다. 그가 목뼈가 부러질 것 같다는 생각을 할 때까지 몇 번이고 때렸다. 이 괴물들은 때리는 것 하나하나가 매섭고 아팠다.

에이지의 얼굴이 부어터지자 샤일린스가 천천히 손을 내렸다.

“내가 분노에 미쳐서 널 죽여 버릴 수도 있으니 입조심하려무나. 죽이면 내 아들의 눈총은 받겠지만, 겨우 그뿐이다.”

샤일린스의 말에서 지금보다 더한 고초가 예상되었다. 에이지는 속으로 정신 차리자, 라는 말을 되뇌며 입을 꾹 다물었다. 차라리 입을 닥치는 게 나을 듯해서였다.

“이 정도면 눈물을 뚝뚝 흘리며 잘못했다고 빌 만도 한데.”

샤일린스가 협박 이후 얌전히 입을 다문 에이지의 뺨을 툭툭 두들겼다.

“정말로 궁금하구나. 네가 여태 내게 보여 왔던 공포는 진짜였단 말이지. 그런데 어떻게 뒷구멍을 파 온 걸까. 공포에 찌들어 찍소리도 못 하던 네가, 뒤에선 간 크게도 배신을 꿈꿨어. 로이긴족이 그랬듯이.”

“…….”

"너희는 어떻게 그럴 수 있었느냐? 악마의 힘이냐?"

대부분의 사람들은 공포와 세뇌에 굴복하여 바하무트 황족을 따랐다. 하지만 로이긴족은 끝끝내 그들을 배신했다.

샤일린스가 에이지의 얼굴을 세게 움켜쥐었다.

"왜 입을 닥치고 있지? 나불거려 봐."

"……."

그녀는 눈을 내리깔고 있는 에이지의 눈동자 깊숙한 곳에 심어진 삶에 대한 갈망과 희망을 놓치지 않았다. 에이지가 삶에 집착하는 것은 예나 지금이나 여전했다. 그런데 희망은 어디서 난 걸까?

도르시아니? 파편을 훔쳐간 도둑놈?

아니면 모두가 관심을 가지는 그 여자?

눈을 가늘게 뜬 샤일린스가 그를 비웃었다.

"누군가 널 살려 줄 거라고 기대하는 모양이지? 내 생각엔 이아나, 그 여자인 것 같은데."

샤일린스의 입에서 처음으로 이아나의 얘기가 나왔다. 에이지는 저도 모르게 움찔했고 그의 태도에서 확신한 샤일린스는 헛웃음을 지었다.

"그 여자가 대단하긴 하군. 사람을 제정신이 아니게 만드는 호르몬이라도 질질 흘리고 다니는 건가."

그 뒤로도 모욕은 계속 퍼부어졌다.

간간이 도르시아니에 관한 욕설도 섞였다.

모욕의 수위는 점점 더 높아졌다. 에이지는 속에서 열불이 났다. 이아나와 도르시아니를 이딴 식으로 모욕하는 것을 참을 수 없었다.

샤일린스가 바란 것은 잘못했다고 용서를 구걸하는 에이지의 모습이었겠으나, 그는 그녀의 바람을 이루어 주지 않을 것이다.

"어떻게 당신을 배신할 수 있었냐고?"

그가 바닥에 침을 뱉었다.

"나는 처음부터 당신네들한테 복수할 생각밖에 없었어. 내가 당신 앞에서 보였던 행동과 감정들은 모두 거짓이었지. 아, 물론 공포만큼은 진짜였어. 하지만 인간이 한 번에 한 가지 감정만 느끼는 건 아니야. 공포보다 더한 증오심이 이 모든 걸 가능케 했지. 우리 일족도 그렇게 당신들의 목을 벨 복수의 칼을 몰래 준비한 거겠지. 당신들은 결국 수없이 오랜 세월 동안 바라 왔던 숙원을 이루지 못하고 비참하게 죽을 거다."

샤일린스는 더 지껄여 보라는 듯 고개를 까딱였다. 에이지는 못 할 줄 아냐는 듯 그녀를 비웃으며 저주를 퍼부었다.

"아, 그리고 호르몬이니 뭐니 하며 내 멋진 주인님과 돌시를 모욕하던데, 열등감이라도 가지는 건가? 남편이라는 작자는 다른 여자랑 놀아나다가 파편을 유출하고, 나름대로 아꼈던 노예는 배신하고. 이왕 이렇게 된 거 솔직하게 말할게. 나 간신히 참아 준 거야. 나, 당신과 몸을 섞는 내내 토하고 싶었고, 한 후에는 정말로 토했어. 당신 같은 건 줘도 안……."

촤아아악!

에이지의 입으로 채찍이 날았다. 그의 입을 터뜨린 채찍은 붉은 혈선으로 뒤덮인 에이지의 몸을 사정없이 갈겼다. 튀어 오르는 핏방울이 담은 샤일린스의 얼굴, 피만큼 붉은 입술은 아름다웠으나 사악했다.

저 악함이, 샤일린스의 엄청난 미색과 고귀함조차 짓눌렀다. 끔찍하고 싫었다. 그의 젊음을 빨아 마신 여자는 언제나 홀릴 정도로 아름다운데도 언제나 징그럽고 증오스러웠다.

에이지는 속으로 끊임없이 욕설을 지껄이며 인내하고, 또 자책했다.

‘두 번이나 납치당하다니, 나 진짜 쓸모없다.’

이곳에 잡혀 왔을 때부터 시작된 자책이었다. 불가항력이었음에도 서럽고 화가 났다.

‘분명 다들 걱정하고 있겠지. 젠장, 바하무트 이놈들이 날 죽이지 않는다는 건 무슨 꿍꿍이가 있다는 건데 어떤 요구를 하려는 거지? 나 폐 끼치기 전에 그냥 콱 자살해 버리는 게 낫지 않을까.’

이렇게 몇 번이고 자살을 생각하면서도 에이지는 죽지 않았다. 내 인생은 대체 왜 이따위로 굴러가느냐며 우울해하면서도 살아 나갈 방법을 궁리했다.

예전 같았으면, 다 들통나서 잡혀 왔다는 걸 깨닫자마자 그냥 혀 깨물고 죽어 버렸을 것이다. 희망 따위 가질 수도 없었다.

그러나…….

“날 위해 일하고 싶으면 내가 죽을 때까지 살아 있어.”

그 말, 그 말 한마디가.

“동료로 만족해라. 그것만으로도 나는 당신이 다시는 진창을 구르지 않게 돕겠다.”

그 말들이 에이지의 희망이 되었고.

“안 죽을게.”

이아나에게 약속했던 그 말이 에이지의 의지가 되었다.

에이지는 이렇게 끔찍하게 당하고, 샤일린스가 죽여 버리겠다고 난리를 치는 와중에도 여기서 살아 나갈 것이라고 다짐했다.

반드시 살 것이라 믿어 의심치 않았다. 그는 스스로 탈출하려 노력할 것이고, 자력으로 빠져나가는 것이 불가하다면 이아나가 구해 줄 것이다.

이아나가 그렇게 말했으니까…….

통증에 미칠 것 같을 때면 심장 내에 자리 잡은 불같은 신력이 그의 영혼을 지켰다. 이아나가 시간 날 때마다 넣어 준 신력이었다.

태양처럼 뜨거운 힘은 그를 향해 슬금슬금 다가오던 망상 속 망령들을 불태우고 그가 에이지로서 살아갈 수 있도록 도왔다.

이아나는 태양이다. 에이지는 그 빛을 뒤에서 지켜보고 싶었다. 그녀가 어떻게 성장할지, 어떤 빛으로 뻗어 나갈지 지켜보고 싶었다. 그녀를 뒤에서 돕고 싶었다.

그는 이제 살고 싶은 이유가 생겼다.

그에게도, 야망이랄 게 생겨 버렸다.

'나는 너를 존경하고 아낀다. 살아서 너의 미래를 보고 싶어.'

이아나도 그가 필요하다고 했다. 에이지도 그 사실을 알고 있었다. 그는 이그나이츠를 위해 해야 할 일이 많았다.

에이지는 채찍으로 맞는 와중에도 제 손목을 구속한 채 아프게 당기는 쇠사슬을 꾹 당겨 보았다.

'알아서 탈출하고 싶은데 그럴 수가 없네.'

가끔 진짜로 죽고 싶어서 기분이 왔다 갔다 한다. 고통 때문이 아니라, 이아나에게 폐를 끼친다는 게 쪽팔리고 너무 싫어서다. 그래서 스스로 탈출하고 싶은데 방법이 없다. 그의 힘만으로는 이 미친 괴물들에게 도저히 당해 낼 수가 없다.

뚜두두두둑.

채찍이 빗나가서 쇠사슬을 때렸다.

쇠사슬이 끊어져 에이지의 몸이 바닥으로 곤두박질쳤다.

"더 지껄여 봐."

"……."

입을 채찍으로 갈긴 주제에 무슨 말을 더 하라는 건지.

잘못했다고 빌빌 빌면서 이그나이츠와 이아나를 욕할 수도 있었다. 그렇게 조금은 덜 고통스럽게 시간을 끌 수도 있었는데, 에이지는 그러지 않았다. 그의 손으로 일군 나라와 그의 태양을 절대 모욕할 수 없었다. 이때까지 아무리 더럽게 살아왔어도, 그곳은 성역이다. 새로 태어난 에이지의 자존심이자 순수였다.

에이지가 고개를 툭 떨어트렸다. 샤일린스는 그런 에이지를 망가진 장난감처럼 내려다보았다.

"이제 너와 대화하는 건 포기하겠다. 제대로 된 말을 할 생각이 없어 보이는데, 굳이 시도할 필요가 없지. 그냥 정보를 캐내는 데만 집중해야겠구나.”

그녀는 어느샌가 채찍이 아닌 검을 쥐었다. 새파란 날이 그의 손 위에서 어른거렸다. 에이지의 몸이 떨렸다.

이미 몇 군데 잘려 나갔다. 잘려 나갔다가 라이프로 엉성하게 붙은 데도 있지만 일부일 뿐이고, 치료는 완전하지 않다.

‘앞으로 더 잘리긴 하겠지만, 이아나 양이 복구해 주겠지.’

그 속셈만으로 여태 악착같이 버텼다. 저열한 통증이 고결한 마음이 무너지는 것보다 낫다. 고통은, 좀 심하긴 하지만 예전에는 질릴 정도로 겪어 봤으니 지금도 참을 수 있다.

그런데…….

그렇게 생각하면서도 맞으면 맞을수록, 점점 정신이 아득해지고 머리는 굳어 간다. 여기서 나갈 때까지 미치지 않고 버틸 수 있을까. 이런 나날들이 언제 끝날지 알 수 없는 상태로 계속되면 미치다 못해 식물인간이 될지도 모른다는 생각이 요즘 들어 자꾸만 든다.

‘그래도 끝까지 버텨야지.’

덜덜 떨리던 손가락이 정적을 맞았다. 에이지의 낯빛이 희게 변했다.

에이지는 몇 개 남지 않은 제 손가락 위에서 덜렁거리는 칼날을 물끄러미 쳐다보다가, 조용히 눈을 감았다.

“말하겠느냐?”

에이지는 대답하지 않았고, 즉시 칼날이 떨어졌다.

카니츠는 구슬을 옷 속에 품은 채 부지런하게 움직였다.

"오늘도 열심이군."

"순찰 업무는 쉬엄쉬엄해도 될 텐데."

안전한 황궁 내에서도, 카니츠는 항상 침입 예고를 받기라도 한 듯 몸을 꼿꼿이 세우고 일해 왔다. 재미없을 정도로 우직하고 부지런한 카니츠는 부지런함의 대명사였다.

그저 열심히 할 뿐인 카니츠는 한쪽에선 머리가 굳었다 욕을 먹으면서도 대부분의 사람들에겐 인정받고 있었다. 그리고 열심히 일하는 그의 모습은 사람들에게 익숙했다.

덕분에 카니츠는 의심을 전혀 받지 않고 구슬이 인도하는 방향을 열심히 따라갈 수 있었다. 그러나 어느 지점부터 가로막혔다. 마법사들의 연구실 겸 감옥으로 향하는 관문부터는, 허가를 받지 않고서는 출입이 불가했다.

그가 관문 안으로 들어갈 방법을 궁리하며 이아나에게 중간 보고를 마칠 무렵, 아침이 밝아 와 페르제누스 기사단의 소집 시간이 되었다.

"여덟 병씩 마셔라."

페르제누스 기사단장 녹스 키헬븐의 옆에는 라이프가 잔뜩 담긴 상자들이 겹겹이 쌓여 있었다.

최근 들어 라이프의 배급량은 늘어나고 음용하는 주기는 짧아진다. 한 병에서 두 병, 두 병에서 네 병, 네 병에서 여덟 병. 한 달에 한 번, 이 주에 한 번, 일주에 한 번......

라이프가 누군가의 생명으로 만든 정제수라는 걸 알기에, 카니츠는 이 시간이 올 때마다 아무도 모르게 몸서리쳤다. 하지만 마시지 않으면 의심받으므로 라이프를 음용할 수밖에 없었다.

혀 위로 구정물처럼 쏟아지는 라이프는 쓰디쓴 약물 맛이었다. 미각이 마비될 정도로 떫었다.

“이번에는 여덟 병인가?”

“백 병도 거뜬한데.”

금세 여덟 병을 비운 동료 기사들이 사탕을 깨물어 먹으며 남아 있는 라이프가 없나 기웃거렸다.

카니츠를 제외한 모두가 라이프 음용을 즐겼다. 고유의 마약 성분에 취하는 기분도 좋지만, 라이프를 마시면 더 강해지고 싸움이 더 수월해졌다.

라이프를 마시면 마실수록, 마음에 고여 있던 인간성이 바닥을 보인다. 욕망에만 몰두하는 야만성이 고개를 들고, 생명을 끊는 일이 매우 즐겁게 느껴진다. 비뚤어진 쾌감이었다.

그렇다 보니 기사들의 성격은 점점 이상해졌다.

카니츠가 처음 페르제누스에 입성했을 때만 해도, 그들은 바하무트에 과도한 충성심을 가진, 적당히 오만한, 죽일 필요가 없다면 나름의 자비는 베풀 줄 아는 뛰어난 기사들이었다.

하지만 라이프를 복용하기 시작한 후부터는 살생 그 자체를 즐기게 되어, 진군했다 하면 모든 생명의 씨를 말려 버렸다. 평소에는 더 많은 생명을 거두기 위해 강해지는 데만 몰두했다.

거기에 바하무트라는 절대적인 공포가 있어 동류들끼리는 싸우지는 않는다는 점까지—.

'몬스터를 닮아 가는군.'

라이프를 비운 카니츠가 병을 내려놓았다.

"제군들, 이때까지 싱겁게 싸우느라 좀이 쑤셨을 거다."

녹스가 묘하게 들뜬 목소리로 말하며 주먹을 들어 올렸다.

"우리도 일주일 후부터, 본격적으로 출전한다."

"드디어!"

사방에서 탄성이 터졌다.

"엿새 후, 폐하께서 호화로운 출정식을 열겠다고 선언하셨다."

"오오!"

'오늘부터 엿새면 아가씨가 만찬에 초대받은 날이군.'

성내 시종들이 아침부터 뭘 그렇게 열심히 준비하나 싶더니 이것이었나 보다. 카니츠는 갑작스러운 출전의 이유가 이아나가 서부에서 훼방을 놓았기 때문임을 짐작할 수 있었다.

'출전이라.'

카니츠가 전쟁 중에도 장기 휴가를 낼 수 있었던 건, 다른 이유들을 모두 차치하고 페르제누스 이하 황궁 기사단들이 제대로 나서는 전쟁이 발발하지 않았기 때문이다.

바하무트는 본대를 비교적 약한 수도 기사단과 병사들로 구성했고, 황궁 직속 기사단은 몸풀기를 하듯 가볍게, 순번대로 출전해 왔다.

시간을 끌라는 명을 받은 건지, 제2 기사단 자이겔런트는 동부 이그나이츠전에서 지지부진하게 전투를 진행했고, 제1 기사단 파칼라투아는 어딜 갔는지 성에 코빼기도 안 보이더니 어제 저녁에 돌아왔다. 이아나에게 자세한 이야기를 듣고 나서야 그들이 서부에서 학살전을 벌였다는 걸 알았다.

이제 자이겔런트를 제외한 모든 기사단이 황궁에 모였다.

그리고 일주일 후, 출정식을 연다.

바하무트 입장에서, 지금까지의 전쟁은 모든 힘을 쏟아붓지 않은 재미없는 전쟁이었다. 바하무트가 진짜 전쟁을 시작한다면 싸움의 양상은 달라질 것이다. 카니츠는 살짝 긴장했다.

'부디 피해가 적었으면 좋겠군.'

카니츠가 살짝 긴장한 채 녹스 키헬븐의 이야기를 들었다.

"대전쟁이 시작되면, 우리는 굶주린 악귀들처럼 베기만 해야 한다. 그러니 이번 만찬은 우리가 마지막으로 즐길 수 있는 여유로운 식사일 것이다. 준비를 잘 마치고 출정식에 임하도록."

"예!"

소집이 끝나자 다들 흥분한 채 전쟁을 준비하러 가 버렸다. 카니츠는 녹스 키헬븐에게 다가갔다.

"단장님."

"음, 카니츠 울터. 내게 할 말이라도?"

녹스는 카니츠를 의아하게 보았다.

"제 순찰 업무 시간을 늘리고 관할 구역을 넓혔으면 합니다."

뜬금없는 요청에 녹스가 납득하지 못한 채 되물었다.

"왜지?"

"제가 처음으로 겪는 바하무트의 대출정식입니다. 문제가 일절 없었으면 합니다만, 준비 기간이 겨우 일주일밖에 되지 않아서 자잘한 사고와 문제가 생길 수밖에 없다고 생각합니다. 제가 순찰을 돌며 그런 사고들을 미연에 방지하고 싶습니다."

"음!"

순찰 업무는 모두가 지겨워한다. 침입자라도 있으면 좋으련만 있을 리가 없으므로 그저 돌아다닐 뿐이다.

카니츠의 고지식함은 일찌감치 알고 있었던 바라 이상하진 않았다. 녹스는 별종이라는 듯 카니츠를 바라보다 허락했다.

"그러지. 최근에 설정된 출입 금지 구역을 제외한 모든 구역을 돌아다닐 수 있는 권한을 경에게 부여하겠다. 성공적인 출정식을 위해 노력하도록."

"감사합니다. 그런데 최근에 설정된 출입 금지 구역이라면?"

"마법사들의 연구동으로 들어가는 관문 이후의 모든 구역이다. 그쪽은 마법사들까지 출입 금지되었다."

"알겠습니다."

카니츠는 담담히 답하면서도 속으로 한숨을 쉬었다. 거기로 들어가려고 한 건데 괜히 일만 늘렸나 싶었다. 하지만 마음 놓고 돌아다닐 수 있으니 되었다.

카니츠는 곧장 성내 순찰을 돌며 주변인들을 은밀히 살폈다. 마법사 연구동 부근에서 황태후 직속 기사단이 어슬렁거리고 있었다. 여기에 황태후와 에이지가 있는 건 분명했다.

그다음엔 작별 인사를 핑계로 친한 간수들을 찾아가 주전부리를 나누어 주었다. 간수들과 친하게 지내는 황궁 직속 기사가 누가 있겠냐마는, 카니츠가 그러했다.

카니츠는 황궁에서 살아남기 위해 자기편을 만들려 노력했고, 간수들은 그 노력의 결과 중 하나였다. 간수들은 카니츠가 묻지도 않은 최근의 큰 흥밋거리들을 시시덕대며 나불거렸다.

"죄수들을 고문할 기구가 모자라서 큰일입니다."

간수들은 마법사 연구동에서 괜찮은 고문 기구들을 모조리 빼 간다며 불평했다. 하지만 황태후께서 원하신다면 얼마든지 보내드려야 한다며 태세를 전환했다.

"대역 죄인이 거기 있나 보군. 신기해. 내가 여기 온 이후로 황실분들께서 누군가를 직접 고문한 적은 없었다."

"아주 옛날에, 황실분들 전체가, 특히 황태후 폐하께서 대노하신 일이 있었지요. 그 일과 관련된 자일 겁니다. 보통 놈이 아닌 거죠."

늙은 간수 하나가 쯧쯧 혀를 찼다.

"그런 놈이 있다니 근방의 보안을 강화해야겠군."

"울터 경이 부지런하신 건 알지만 그럴 필요까지 있겠습니까? 황태후 폐하의 수족들이 눈을 치켜뜨고 다니는데요. 그리고 그 놈이 그 넓은 연구동에서 어디 있는지 알고요."

"자네도 모르나?"

"모릅니다. 고문 기구들은 기사들이 직접 가져가서요."

이쪽에서도 소득이 없었다. 하루가 꼬박 지났는데도 보안이 너무 철저해서 시간만 낭비 중이었다.

이 임무의 가장 중요한 점은, 정체를 들킬 여지를 주지 않으면서 에이지의 정확한 위치를 찾아내는 것이다. 장소 특정이 매우 중요했다. 카니츠의 실수로 이아나가 텔레포트 위치를 잘못 지정하면 에이지의 목숨이 한순간에 날아갈 수 있었다.

그렇다고 연구동에 무작정 들어갈 순 없다. 들어갔다간 이유를 불문하고 처형당할 것이다.

들키지 않으면서도, 장소를 특정할 수 있는 방법.

카니츠는 손에 쥔 행운의 돌을 만지작거리며 돌아다니다가, 비정상적인 부지런함과 우직함, 꼼꼼함과 고집으로 새로운 방법을 고안했다. 조금 더 오래 걸리겠지만 확실한 방법이다.

생각한 즉시 카니츠는 이아나에게 연락했다.

"아가씨, 이 돌, 일정 거리마다 힘이 조금씩 약해지던데 혹시 정확한 성질이 무엇인지 알 수 있습니까?"

[잠깐 기다려.]

두런두런 이야기하는 소리가 들리는가 싶더니 이아나가 빠르게 답했다.

[구슬에 기록된 주인의 일 미터 반경까지는 힘이 작용하지 않다가, 정확히 백 미터 간격으로 힘이 앞선 간격에서보다 십 분의 일만큼 줄어든다는군.]

"혹시 흙의 정령이 거리를 잴 수 있습니까?"

[가능해.]

"그럼 이쪽에 들키지 않을 만큼의 작은 정령을 보내 주실 수는 없습니까?"

[불가. 타칼론에서는 황족의 기운이 너무 강하고, 배리어 또한 겹겹이 걸려 있다. 배리어를 뚫고 정령을 집어넣으려면 내 신력을 불어넣어야 하는데 그러면 들켜.]

"알겠습니다. 그러면 혹시 거리와 각도를 재는 측정 마법이 있습니까? 초보자도 시전할 수 있는 간단한 마법이요."

[있다고 하는군.]

"그 마법의 배열식과, 바하무트 황성 주변 몇몇 장소들의 정확한 좌표들, 그리고 각인되지 않은 행운의 돌 몇 개를 보내 주십시오."

카니츠는 수도 밖에서 부탁한 물건들을 전달받았다.

그는 이스피와 함께 여분의 돌로 힘의 변화 정도를 실험하면서, 거리에 따른 힘의 단계를 손에 완전히 익을 때까지 외웠다. 그다음부터는 본격적인 활동을 시작했다.

카니츠는 부지런하고 우직하지만 그것이 멍청하다는 뜻이 아니다. 그는 오히려 똑똑했다.

제일 먼저, 행운의 돌이 그리는 힘이 수평을 이룰 때까지 고도가 낮은 지점으로 내려가 명확한 높이를 구했다. 그다음엔 열심히 순찰을 돌면서 곳곳에서 각도를 재고, 거리를 재고, 각도를 재고, 거리를 재고…….

그러기를 며칠. 카니츠는 모든 측정치들이 평균적으로 한 좌표를 가리킨다는 결과물을 얻어 냈다.

카니츠가 좌표를 전달하자, 이아나는 놀라워했다.

[어떻게?]

"가끔은 무식하면서도 부지런한 방법이 더 쓸모가 있지요."

카니츠는 실수하지 않는다.

시간이 며칠 소요되긴 했지만, 카니츠가 아주 잘해 주었다.

"이건 확실한 좌표야."

카니츠에게 전해 받은 통계 기록을 한 번 더 검토하여 좌표의 정확성을 확인한 아르하드는 즉시 텔레포트를 준비했다. 그리고 떠날 준비를 하고 있는 이아나와 도르시아니에게 경고했다.

"내가 할 수 있는 건, 그놈들의 영향력을 한순간 꿰뚫은 다음 너와 도르시아니를 텔레포트로 그 좌표에 내리꽂는 거다."

근거리와 장거리에서 힘을 컨트롤하는 것은 차이가 있다. 아르하드로서도 무리하는 것이다.

"테일런이 눈치챈 다음부터는 기 싸움을 해야 해서, 너희가 텔레포트로 빠져나올 틈을 마련하는 것밖에 못 해. 너희가 알아서 탈출해야 한다."

"그 정도면 충분합니다. 그다음은 제가 알아서 하겠습니다."

쓸데없는 소리를 잘하던 도르시아니는 최근 말이 없다.

그러다 출발 직전, 문득 말했다.

"죽었을까?"

"안 죽었어."

"삶에 악착같이 매달리던 그 애의 죽음을 확인하면 조금 허무해질지도 모르겠어."

"안 죽었다고."

"샤일린스는 감정적이야. 그리고 에이지는 요즘 들어 많이 건방져졌지. 심사가 뒤틀려서 죽여 버렸을 수도 있어. 테일런은 에이지를 살려 보내 주겠다고 약속했지만, 저와 피를 나눈 직계 가족들에겐 너그럽지. 도착하자마자 유감이라는 말로 에이지의 부고를 전할지도."

"살아 있다니까."

"전하가 그렇다면 그런 거겠지. 알겠어."

이아나도, 도르시아니도 긴장하고 있었다.

이아나는 정령들을 미리 불러냈다.

“너흰 에이지를 회복시킬 준비를 해 줘.”

[응!]

준비가 되자, 아르하드가 마법을 시전했다.

한순간에 시야가 뒤집혔다.

미리 공격을 준비하고 있었던 이아나는 어두컴컴한 공간이 보이자마자 거대하고 강력한 검기로 바닥을 내리찍었다.

쩌저저저저적!

축축한 공간이 사방으로 쪼개지기 시작했다.

쿠구구구구구…….

지하 공간을 무너뜨렸으니 위쪽에도 충격이 가해졌다.

카니츠는 잘해 줬다. 텔레포트 장소는 아마도, 에이지 본인으로 추정되는 핏덩이의 옆자리였다.

이아나는 속으로 욕설을 지껄이며 앞을 노려보았다. 도르시아니는 미리 양도받은 이아나의 신력을 이용해 이미 텔레포트를 준비하고 있었다.

“뭐…….”

갑작스러운 폭발로 넘어졌던 여자가 땅을 짚고 일어났다. 검은 머리카락을 틀어 올린, 아름다운 여자였다.

그 여자와 눈이 마주쳤다. 마주친 순간 이아나의 검기는 그녀의 코앞에 있었다. 이아나의 검기가 미처 대처하지 못해 눈만 크게 뜬 여자를 베기 직전, 검은 그림자가 사자처럼 여자의 앞에 뛰어들더니 검기를 뿌리쳤다.

"굉장하군. 어떻게 찾아왔지?"

테일런은 이아나를 신기한 생물 구경하듯 뜯어보았다.

쩌어어어엉! 쩌엉!

이아나의 기운과 테일런의 기운이 눈 깜빡할 사이에도 수십 차례 맞부딪쳤다. 쩡 하고 공간을 울리는 굉음들이 지상을 뚫으며 지진을 일으켰다.

"뭐, 좋아."

테일런이 픽 웃으며 손가락을 들었다.

"경고를 어긴 것도 어긴 거고, 미끼를 되찾은 이상 네가 만찬 초대에 응할 리도 없으니 그 쓸모없어진 고깃덩어리의 숨통은 끊겠다."

에이지의 숨은 매우 미약했다. 싸우다가 강한 충격을 받으면 죽을지도 모른다. 일주일을 채웠다면, 도르시아니의 말대로 테일런이 유감이라는 말 따위로 부고를 전했을지도 모를 상태였다.

"너는 에이지를 죽일 수 없어."

"나를 막으면서 그놈을 지키고, 텔레포트까지 할 수 있다고 생각하는 건가?"

에이지의 앞을 가로막은 채 테일런과 대치하던 이아나가 손을 들었다. 그녀의 손에는 얇은 봉투 하나가 쥐여 있었다.

"초대장을 보냈으면, 답신을 받아야지. 난 강제적인 초대에 응하지 않는다."

"흠?"

이아나가 손에 쥔 답장을 테일런에게 날렸다. 테일런은 어렵지 않게 잡아챘다.

"하지만 자발적이라면 다르지. 초대에 응하겠다. 만찬일에 찾아오지."

냉랭한 목소리와 달리 살의로 타들어 가는 적안이 인상 깊다.

"무슨 변덕으로? 절대 오지 않을 기세더니."

"네놈이 무슨 개소릴 지껄일지 궁금해졌다."

테일런은 봉투를 열어 이그나이츠의 국새가 찍힌 짧은 답신을 읽었다.

"맛있는 대가로군. 좋아. 그냥 보내 주지."

알아서 오겠다니, 테일런은 그들의 귀환을 방해하지 않았다. 침입자들은 방 안에 붉은 신력의 잔흔만 남겨 놓고 순식간에 사라졌다.

테일런은 방 안에 가득 찬 느낌이 퍽 마음에 들었다.

이 강렬한 기운의 주인은 절대로 거짓말을 하지 않는다고 했다. 그러니 올 것이다.

거짓말이었다면 그건 또 그것대로 재밌을 것이다. 오지 않은 것을 후회하며 피눈물을 흘리게 될 테니 말이다.

테일런은 이아나의 거친 필체가 휘갈겨진 답장을 내려다보며 낮게 웃었다.

"역시 재밌는 여자야."

하지만 이런 답장을 쓸 만큼의 여유가 언제까지 갈까?

이아나와 도르시아니는 에이지를 데리고 무사히 귀환했다.

[에이지가…… 맞나?]

정령들조차 헷갈려 할 정도로 에이지의 상태는 형편없었다.

몸을 붙잡은 손과 팔, 온몸에서 비릿한 피가 질척하게 묻어났다. 이아나의 뺨이 희게 질린 채 파르르 떨렸다. 분노 때문에 머릿속이 하얗게 변했다.

그놈들을 그 자리에서 죽였어야 했는데.

왜 난, 그만큼 강하지 못한 거지?

"이아나."

아르하드가 이아나의 손목을 붙잡아 홱 떼어 냈다. 이아나는 손목을 꽈악 조이는 악력에 정신을 차렸다.

"진정하고 에이지를 놔."

안 그래도 아픈 에이지를 꽉 잡고 있었다는 사실을 깨닫고 이아나는 흠칫하며 물러났다. 그녀의 몸은 온통 피투성이였다.

"……."

도르시아니는 에이지를 품에 안은 채 엉망이 된 얼굴을 물끄러미 내려다보고 있었다. 그러다 조용히 일어나더니 그를 안아 올려 옆에 준비된 침대에 눕혔다.

에이지의 안색은 거무죽죽했고, 언제나 맑게 빛나던 푸른 눈은 흐리멍덩했다. 도르시아니가 에이지의 눈을 감겨 주었다.

[시작할게.]

정령들이 에이지에게 날아들었다.

그의 몸과 융합되며 녹아든 정령들이 에이지의 몸에 활력을 부여했다. 재생을 시작하려던 찰나, 에이지의 몸이 들썩거렸다. 이니스가 다급하게 외쳤다.

[심장이 멎겠어! 이아나, 에이지의 심장에 신력을 계속 불어넣어 줘!]

이아나가 황급히 에이지의 가슴에 손을 얹었다. 박동이 거의 느껴지지 않았다. 고문 때문에 무리한 심장은 신력을 거의 다 소진하고 죽어 가던 중이었다. 이아나는 신력을 아주 조심스럽게, 끊임없이 주입했다.

쿵. 쿵.

이아나의 신력을 받아먹은 심장이 기력을 조금 되찾은 듯 일정한 박자로 박동하기 시작했다. 박동에 맞춰, 정령들이 육체와 정신에 기록된 기억의 길을 따라 에이지의 몸을 재생했다.

우드드득…….

잘려 나갔던 뼈, 문드러졌던 살덩이, 망가졌던 장기, 찢어졌던 혈관, 고갈되었던 혈액……. 에이지를 구성했던 육체 요소들이 천천히 원래의 모습을 되찾아 갔다. 정령들은 에이지의 몸을 모자란 구석 하나 없이 연성하는 데 심혈을 기울였다.

꽤 오랜 시간이 지나, 에이지는 원래 모습으로 돌아왔다.

[신체 수복은 끝났어.]

이아나가 주저앉으며 안도의 한숨을 쉬었다. 정령들이 있어서 정말 다행이다. 이 순간만큼 다행이라고 생각했던 적이 없었다.

"몸은 다 회복되었는데 왜 안 깨어나죠?"

"정신적으로는 회복이 안 된 거겠지."

아르하드가 에이지에게 이불을 덮어 주며 중얼거렸다.

[맞다. 심장과 영혼은 우리가 치료할 수 없었다. 자가 회복을 기대하는 수밖에. 이아나, 네 신력은 회복에 도움이 되니 에이지의 몸에 주기적으로 신력을 불어넣어 줘라.]

이아나가 힘없이 고개를 끄덕이며 에이지의 몸에 신력을 밀어 넣었다. 정령들은 피 냄새를 방에서 몰아내고 청소를 하는 등

부산을 떨다 시간이 다 되어서 돌아갔다.

"제가 바하무트로 떠나지 말아야 했을까요?"

이아나가 중얼거렸다.

"아니. 나도 알아채지 못했으니 너도 몰랐을 거다. 바하무트가 에이지에게 이를 갈고 있다는 점을 인지하지 못했던 이상, 어떻게든 일어났을 일이야."

바하무트가 에이지와 도르시아니에게 관심을 뗀 척한 시기가 너무 절묘했다. 이쪽이 방심한 건 맞지만, 계속 경계할 때는 관심도 없는 척하다가 경계심을 늦추자마자 아킬레스건을 독니로 물어 버린 놈들의 음습함에 치가 떨렸다.

이아나는 에이지가 깨어나기만을 기다렸다. 도르시아니도 계속 에이지의 옆에 있었다.

하지만 에이지는 며칠이 지나도 깨어나지 않았다.

이아나는 초조해졌다.

"아직도 정신 회복이 안 된 걸까요?"

"글쎄……."

아르하드도 쉽사리 대답하지 못하자 이아나는 정령들을 불러 물어보았다.

[사실, 지금 에이지의 영혼이 안개가 낀 것처럼 흐리멍덩해.]

정령들이 조심스럽게 말했다.

"흐리멍덩하다고?"

[응. 영혼이 생과 사의 경계선에 걸쳐진 느낌이야. 보통 정신적으로 너무 지치거나 큰 타격을 입으면 저렇게 되는데 영혼의 존재 조건은 스스로가 존재함을 의식하는 것. 계속 저렇게 지내면 영혼이 소멸할지도 몰라.]

에이지는 의식을 아예 놓아 버릴 정도의 고통을 겪었나 보다.

"깨어나. 당신은 이제 안전해."

하지만 에이지는 끝끝내 깨어나지 않았다.

그래서 이아나는 '권능'에 물었다. 에이지를 깨워 달라고.

천칭은 불가하다고 말했다. 영혼은 심장처럼 고유의 영역인데다 영적인 부분이라 쉽게 다룰 수 없다. 그냥 잠들어 있는 거라면 깨우면 그만이지만, 정신적인 문제라면 권능으로도 건들 수 없다는 얘기다.

또한 영혼이 생과 사의 중간에 걸쳐져 있다는 건, 현세뿐만이 아니라 '사후의 세계'인 아카식 레코드에도 영향을 받고 있다는 소리다. 아카식 레코드와 엮인 문제는 권능의 난이도에서 극악 중의 극악으로 어려웠다.

하지만 이아나는 이 모든 게 자신이 완전하지 않기 때문임을 느낄 수 있었다. 천칭의 모든 능력을 빌릴 수 있을 만큼 완전했다면, 어렵겠지만 어떻게 기회라도 얻을 수 있었을 것이다.

"……."

결론은 그녀가 로베르슈타인의 봉인을 깨지 못했기 때문이다.

"답을 얻고자 절박해져 봐."

절박해지라고? 충분히 절박하다.

여기서 더 어떻게 절박해질 수 있는데?

대체 내가 뭘 어떻게 더 해야 하는 거냐고.

모든 상황들이 어서 강해지라고 재촉하기만 하는데 시간이 너무 부족하다. 노력은 제 주특기지만 어떤 방향으로 노력해야 할지도 모르겠다.

봉인을 강제로 깨려면 로베르슈타인보다 강해야 하는데 하루 빨리 강해지려면 봉인부터 깨야 한다. 이 무한한 모순을 타개할 수 있는 방법은 봉인을 해제할 다른 방법을 찾는 것뿐인데 실마리가 보이지 않는다.

초조해지지 않으려 했는데, 에이지가 저 꼴이 된 걸 보니 마음에 심화가 깃들었다. 이아나가 머리를 싸매 쥐고 있는데, 아르하드가 이아나의 어깨를 짚었다. 이아나가 손을 내리고 올려다보자, 그가 이마에 키스해 주었다.

“이아나, 에이지를 믿어.”

벼랑 끝에 몰린 듯 날카로워지던 신경이 조금 느슨해졌다.

“그리고 정 안 깨어나면 최후의 수단을 쓰면 되니까 너무 걱정하지 마.”

“최후의 수단이요? 그게 뭐죠?”

아르하드는 조용히 웃을 뿐 대답하지 않았다.

이아나는 그의 웃음에서 불길함을 느꼈다. 그녀는 확신했다. 그가 뭔가를 하기 전에 어떻게든 해야 한다는 것을 말이다.

바하무트 군대의 대출정 직전 마지막 만찬일이 되었다.

바하무트 제국의 제도 타칼론.

이그나이츠에 마도와 자연이 어우러진 조화의 도시 세마스티어가 있다면, 로안느에는 우아함과 화려함의 극치인 테오도르가 있고, 바하무트에는 위압적이고 거대한 타칼론이 있다. 타칼론은 하늘을 찌를 듯한 높은 첨탑과 검회색 벽돌로 지어진 웅장한 건물들이 가득한 무채색의 도시였다.

바하무트에서도 별 중의 별들만 모여 있는 거대도시 타칼론. 바하무트에서 난다 긴다 하는 놈들은 신분 상승을 꿈꾸며 모두 타칼론으로 모여들었다.

타칼론은 철저한 확인 절차를 거쳐야만 출입할 수 있었다. 특히 타칼론의 중심에 위치한 바하무트의 황성, 그리고 그 주변 중앙 지역은 황성에서 허가증을 받은 고위 귀족들이 아니면 들어갈 수 없었다. 귀족의 하인들조차도 종신 계약을 맺어야 그 안으로 들어설 수 있었다.

사람들은 중앙에 입성할 날만을 꿈꾸며 타칼론의 외곽과 타칼론 밖의 도시로 모여들었다. 그리하여 제도와 제도 바깥의 도시는 바글거리는 사람들 때문에 땅값이 매우 높았다. 넓은 땅덩어리를 마다하고 한 도시에 모여 아등바등 살아가는 모습은, 어찌 보면 희극이고 어찌 보면 비극이다.

그리고 마침내 타칼론의 모두가 애타게 기다려 온 기회가 찾아왔다. 전쟁은 신분 상승을 위한 가장 큰 기회이자 발판. 모두가 출세를 꿈꾸며 내일 출정을 준비했다.

저녁이 되었다.

"음? 뭐지?"

바하무트 황실이 주최하는 만찬에 참석하기 위해 마차를 타거나 산책 겸 종종걸음으로 황궁으로 향하던 귀족들이 거대한 마나의 유동을 느끼고 그곳을 바라보았다.

거대한 힘이 타칼론의 중앙 지역을 감싼 배리어의 윗부분을 뒤틀었다. 배리어를 우그러뜨리는 것도 모자라 꿰뚫은 힘은 황궁으로 들어서는 성문의 입구에 내리꽂혔다.

'배리어가 뚫렸어? 황실분들이신가?'

유심히 입구 쪽을 바라보던 귀족들은 마나가 흩어지며 등장한 세 사람을 보고 무기를 뽑아 들었다.

유명한 생김새들이라 바로 알아보았다.

도르시아니 데마리포사, 바하무트에서 최상급에 속하는 황궁 마법사였으나 배신하고 이그나이츠에 붙은 대마법사다.

아르하드 라이즈 이그나이츠. 바하무트 황족의 피를 빼돌려 달아난 사생아이자, 이그나이츠의 국왕이다.

그리고 이아나 이그나이츠 라이즈.

적대국 최강의 기사다.

소문보다 훨씬 젊은 모습이었다.

어깨에 살짝 닿는 길이의 강렬한 적발. 검은 제복 위로 경량 갑주를 덧대고, 망토를 두른 여자는 빈말로도 나이 들었다고 할 수 없었다. 하지만 적진의 한가운데 있으면서도 흔들리지 않는 육신에서 무시할 수 없는 위압감이 풍겼다.

내일이 되면 죽고 죽일 사이의 인간들이 중심부에는 어떻게? 왜 온 것인가? 그것도 다른 병력을 끌고 온 것도 아니고, 겨우 셋이다. 죽고 싶은 것인가?

분위기가 점점 험악해져 가는데 성문에서 시종 하나가 빠르게 뛰어나와 인사했다.

"환영합니다, 이그나이츠의 귀빈 여러분. 폐하께서 초대에 응해 주어 고맙다고 전하라 하셨습니다. 이쪽으로 모시겠습니다."

이그나이츠의 불청객들은 시종의 인도를 따라 성문을 통과했다. 황제 폐하께서 초대했단 말인가? 귀족들은 이게 어찌 된 영문인지 알 수 없어 어리둥절할 뿐이었다.

"만찬 전에 성을 구경하시겠습니까?"

"됐다."

칼 같은 답에 시종은 더 묻지 않고 앞서 걸어갔다.

그들이 안내받는 길은 귀족들이 걷는 길과는 달랐다.

시종을 따라 걸으면서, 넓은 길의 양쪽에 도열해 있는 황궁 직속 기사단들을 볼 수 있었다. 테일런은 환영 행사 대신 몸을 꼿꼿하게 세운 기사단들로 이아나 일행을 맞이한 것이다.

마치 이들이 너의 국가와 싸울 자들이라는 듯, 제 무력을 선보이는 자리 같다. 이아나는 거절하지 않고 꼼꼼하게 훑었다.

'수준이 높군. 수도 많고, 여기 있는 게 전부도 아닐 테지.'

바하무트 황성의 수많은 성들을 거쳐 드디어 성 중에서도 가장 거대한 본성에 도착했다. 오늘, 대만찬이 열리는 장소였다.

레드 카펫이 일렬로 깔려 있는 본성의 정문은 이그나이츠를 위해 비워져 있었다.

끼이이익.

본성 내부에 들어섰다.

그곳에는 제1 기사단 파칼라투아가 도열해 있었다.

새까만 갑주를 차려입은 그들은 머리까지 검은 투구를 써서

표정이 보이지 않는다. 죽은 것처럼 미동도 없어 그냥 보면 갑옷 장식물 같았다. 하지만 이아나는 그들의 안에 내재된 응축된 힘에 눈살을 찌푸렸다.

파칼라투아 기사들이 레드 카펫의 끝자락에 위치한 거대한 문을 열었다.

"드디어 왔군."

그 안에서는, 바하무트 일족이 이그나이츠의 방문자들을 기다리고 있었다.

"바하무트 황성에 온 것을 환영한다."

테일런이 나지막하게 환영 인사를 건넸다.

그의 양옆으로는 이사벨라와 저번에 본 여자가 서 있었다.

황태후 샤일린스. 최상급 모피 코트와 고급스러운 블랙 드레스를 차려입은 그녀는 장성한 남매를 자녀로 두고도 그들과 비슷한 나이처럼 보여 기괴하게 느껴졌다.

이아나가 샤일린스를 살벌하게 쏘아보았다. 이사벨라가 그 살벌함조차 마음에 든다는 듯 입꼬리를 길게 늘여 웃고, 샤일린스마저도 일렁거리는 눈동자로 묘한 갈급증을 보였다.

그놈의 악마의 파편. 지긋지긋하다.

"형제는 초대한 적도 없는데 안절부절못하는 망아지처럼 부인을 따라왔군. 부인의 실력을 믿지 못하는 건가?"

"너희를 믿지 못하는 거다."

아르하드는 테일런의 조롱을 차분하게 받아쳤다.

"그리고 초대는 필요 없다. 내가 가고 싶으면 가는 것이니."

"반쪽이라도 우리 바하무트 일족답군. 뭐, 좋아. 각박하지는 않으니 제대로 대접하마."

바하무트 황족이 일행을 기다리고 있던 연회장은 천장이 아주 높은 거대한 홀이었다. 천장까지 뻥 뚫린 최저층을, 몇 층이나 되는 회장이 둥글게 둘러싸고 있는 구조였다.

최저층에는 이아나 일행과 바하무트 일행밖에 없어 적막했지만, 다른 층들은 귀족들과 바하무트 군단이 자리하여 대만찬이라는 위명답게 북적거렸다.

바하무트의 권력자들은 대부분이 강한 무신들이다. 강하고 지위가 높을수록 저층에 앉아 경외하는 바하무트 일족과 가까워질 수 있었다. 바하무트인들은 세계 제패의 장애물들을 샅샅이 탐색했다.

"앉지."

테일런이 아르하드를, 이사벨라가 이아나를, 샤일린스가 도르시아니를 마주 보고 앉았다.

하늘에서 바하무트의 국기가 펼쳐졌다. 모두가 하늘을 바라보았다. 중층에 있던 악단이 바하무트의 국가를 연주하고, 연회장에 있던 모든 바하무트인들이 오만한 가사의 국가를 제창했다. 이그나이츠에서 온 세 사람은 일어나지 않고 차가운 시선으로 싸워야 할 적들을 응시했다.

국가가 끝나자, 테일런이 와인잔을 들었다.

"바하무트의 승리를 위하여."

"절대자시여, 철혈의 길을 걸으소서!"

모두가 잔을 들었다.

시종들이 접시를 가지고 나오기 시작했다. 화려한 보석과 꽃,

값비싼 양초로 장식된 검은 테이블 위로 윤기가 흐르는 음식들이 한가득 차려졌다. 시종들은 애피타이저들을 모두 나르고 잔에 붉은 포도주를 따른 후 물러났다.

"들지."

음식에 관심을 보이는 사람은 테일런뿐이었다. 이사벨라는 노골적으로 이아나만 쳐다보고 있었고, 샤일린스는 도르시아니를 죽일 듯 노려보다가 이아나를 흘끔 보기를 반복했다.

"북부는 수산자원이 풍부하지. 해산물을 좋아한다지? 마음껏 음미하도록."

테일런도 음식에 관심을 보였던 건 이아나 때문이라는 듯 상냥하게 권했다. 이아나는 말없이 포크를 들었다.

애피타이저는 가볍게 간을 한 새우 요리, 신선한 치즈를 얇게 갈아 뿌린 야채샐러드, 콩을 푹 삶아 끓인 크림수프였다. 그 외에도 가볍게 즐길 수 있는 빛깔 좋은 요리들이 잔뜩 있었는데, 음식들은 하나같이 최고급 재료에, 최고급의 솜씨가 들어가 혀끝을 자극했다.

그러나 이아나는 그 맛이 성가시게 느껴질 만큼 기분이 저조했다. 에이지는 깨어나지 못하고, 전쟁은 코앞에 다가온 상황에서 적국의 출정식에 와 음식이나 처먹고 있다니. 에이지를 생각했더니 속에서 살의가 부글부글 끓는다.

이아나를 관찰하고 있던 테일런이 피식 웃었다.

"살기는 좀 집어넣지. 부드러운 분위기로 대화하자고."

"대체 무슨 대화를 하자고 이런 같잖은 수작을 부리는 건지 모르겠군."

"우리는 서로를 너무 알지 못한 채 싸우기만 했지. 나는 너에 대해 알고 싶다. 너도 나에 대해 알고 싶겠지?"

테일런은 방음 마법을 펼쳐 놨으니 불특정 다수에게 정보가 노출되는 건 걱정하지 않아도 좋다며 느릿하게 말했다. 하지만 그런 마법 따위 필요 없었다.

"내 이야기는 할 생각 없으니 네 이야기나 해."

"비협조적이군. 뭐, 좋아. 나의 동생과 어머니는 너를 보고 있는 것만으로도 만족하는 듯하고. 네 취향에 대해서는 전쟁이 끝난 후 다시 얘기해도 되겠지. 그때는 이렇게 뻗대지 못할 거다."

승리를 자신하는 테일런에게 이아나는 대꾸하지 않았다.

"에이지는 어때?"

식사했냐는 듯 가볍게 묻는 그의 혀를 도려내고 싶어졌다.

"신경 꺼."

"후후. 저기, 있잖아. 이아나 아가씨?"

이사벨라가 멋대로 이름을 불러 대자 이아나의 한쪽 눈썹이 불쾌감으로 한껏 솟았다. 이사벨라는 그에 아랑곳 않고 이아나라는 발음이 마음에 든다는 듯 혀를 굴려 보곤 입술을 동그랗게 말았다.

"우리로서는 엄청난 자비를 베푼 거야. 배신자 에이지를 죽일 수도 있었는데 고문만 하고 산 채로 돌려보내 준 거라고."

"돌려보내 준 게 아니라 빼앗긴 거겠지. 죽이기 전에 말이야."

이아나의 냉담한 반응에 이사벨라가 섭섭하다는 듯 눈꼬리를 늘어뜨렸다.

"잡아 오자마자 죽일 수 있었는데도 결국 죽이지 않았잖아?

입장을 바꿔서 생각해 봐. 네 부하 중에 우리 바하무트의 첩자가 있었는데, 그가 모든 정보를 빼돌린 후 배신했어. 척살감이지? 그런데도 우리는 에이지를 죽이지 않은 거야. 혼수상태가 될 때까지 고문을 하고 아주 고통스럽게 죽였어도 모자란데."

"에이지의 일족을 몰살하는 것도 모자라 그의 삶 자체를 망가트린 너희에게는 배신이라는 단어를 쓸 자격이 없다."

"하긴, 우리가 잘못하긴 했어. 배신은 생각도 못 하게 에이지를 더 철저하게 짓밟았어야 했는데. 아니, 배신의 여지조차 없도록 로이긴족을 몰살할 때 함께 죽였어야 했어. 어머니가 괜히 도르시아니의 꼬드김에 넘어가셔서는."

딸이 은근히 질타하자 샤일린스가 이를 뿌득 갈았다. 사방을 얼어붙이는 한기가, 눈을 내리뜬 채 수프를 음미하고 있던 도르시아니를 향했다.

"내게 할 말 없나?"

도르시아니는 천천히 고개를 기울였다.

"할 말? 음……. 할 말이라……. 딱히?"

"언제부터 배신을 생각했느냐? 내게 에이지를 넘길 때부터?"

"이 두 사람한테 이끌리기 시작했을 때부터니까 얼마 안 됐어. 당신에게 에이지를 넘길 때는 정말로 별생각 없었어. 살고 싶어 하는 에이지가 불쌍해서 살 방법을 마련해 줬을 뿐이야. 결국 가학적인 성욕 때문에 에이지를 죽이지 않은 건 당신의 선택이니까 뒤통수 맞은 거에 대해선 내 탓을 하지 말아 줄래?"

도르시아니의 건방진 말투에 샤일린스의 턱 쪽에서 혈관이 불거졌다. 테이블 위의 접시가 날아다니기 전에, 이사벨라가 대뜸 끼어들었다.

"아무리 생각해도 신기해. 너 어떻게 살아 있어?"

이사벨라는 살아 있어서는 안 될 시체를 보듯 도르시아니를 꼼꼼히 관찰했다.

"악마의 파편을 양도하고도 살아 있다니? 하인리히도 멀쩡하게 살아 있고. 대체 무슨 방법을 쓴 거니?"

당장에라도 살과 뼈를 발라낼 듯한 뱀의 눈동자였다.

"오랜만에 살욕과 정염이 아닌 탐구심이 들끓는구나. 해부하면 알 수 있을까? 아니면 이제 소유자가 아니니 마법으로?"

"내 뇌에는 국왕 전하의 강력한 마법이 걸려 있으니까 소용없어. 해부해도 얻는 건 없을 테지. 오랜 세월 수많은 실험체들을 해부하며 파편 양도를 연구했지만, 유의미한 성과는 없었으니까. 안 그래?"

도르시아니는 입술로만 빙긋 웃었다.

"바하무트에서 보낸 이십여 년의 세월보다 이그나이츠에서 지냈던 짧은 시간이 훨씬 더 유익했어. 덕분에 파편을 남기고도 살아남았고, 진리에도 가까워졌지. 진리에 다가설수록 느끼는 바가 있어. 당신들은 이 두 사람한테 못 이겨."

"오만하게 굴지 마. 네가 우리를 떠나간 후 우리도 적지 않게 진리에 가까워졌으니."

서로 감추는 수가 있다.

이아나는 로베르슈타인의 심장과 심판. 저쪽은 무엇?

악마와 관련하여 얻을 수 있는 건 마도 지식과 신성시대의 역사뿐인데, 그뿐이라면 저쪽에서 저렇게 뻗댈 리가 없었다.

이아나는 스푼을 탁 놓았다.

"탐색은 집어치워. 우리는 우리에 대한 이야기를 풀어놓을 생각이 없으니 너희 얘기나 해. 내가 만찬에 참석하면 속셈을 말해 주겠다고 꼬드겨 놓고 딴청을 피우진 않겠지?"

"물론 아니지. 그게 만찬의 진짜 목적이니까."

사실 왜 말해 주겠다는 건지 아직도 이해할 수 없다.

"북서부는 잘 둘러봤나?"

테일런의 질문에 이아나는 끔찍한 몰골로 변해 버린 북서부 대륙을 떠올렸다. 인상이 절로 찌푸려졌다.

"아주 잘 둘러봤지. 네놈들은 최악 중의 최악이다."

"칭찬 고맙군. 우리는 너무나 당연한 것을 했을 뿐인데 찬사까지 받으니 몸 둘 바를 모르겠어."

"당연?"

"당연한 거지. 허기 때문에 배를 채운 거니까."

테일런이 쥔 와인잔에서 붉은 와인이 피처럼 찰랑거렸다.

"우리는 언제나 강함에 굶주려 있어. 그리고 우리를 제외한 모든 것이 양식이지. 바하무트의 시조가 세상에서 가장 초라한 심해 생물일 때부터 그랬다."

이아나가 멈칫했다. 시라우사가 말하길, 분명 바하무트는 그들의 시초를 수치스럽게 여겨 역사를 지웠다고 했는데.

"놀라지 않는 걸 보니 알고 있었나 보군. 나도 몇 년 전에 바하무트의 시조가 남겨 둔 지식을 얻고서야 알게 된 건데 너희는 어인 측에 남아 있던 역사를 전해 들은 건가, 아니면……."

테일런이 아르하드를 잠시 응시했다가 피식 웃었다.

"하여튼 알고 있다면 얘기가 빠르겠군. 미생물이었던 시조는 강함에 대한 욕망 그 자체였다. 그가 강해지기 위해 선택한 방법은 주변의 생물을 잡아먹고 모든 정보를 흡수하여 진화하는 것이었지. 최종적으로 인간의 형태로 진화한 그가 남긴 후손들이 바로 우리 바하무트 황족이고. 그러니 우리가 강해지는 것에 집착하고, 이를 위해 다른 생물을 양식으로 삼는 것은 유전학적으로 당연한 것이라 할 수 있다."

"그래서 너희는 지금…… 인간이 아니라는 건가?"

"지금 우리 황족의 몸은 완전한 인간이니 인간이 맞긴 하지. 하지만 굳이 따지자면 인간의 모습을 한 이종족, 아니 인간의 껍질을 뒤집어쓴 몬스터가 아닐까."

테일런이 그리 말하면서 그런 스스로가 재밌다는 듯 빙글거리며 웃었다.

"시조는 과거의 역사가 수치스러워 숨겼지만 나는 아니다. 오히려 흥미로워. 최약체에서 시작한 우리가, 어디까지 갈 수 있을지 궁금해. 그러니 먹어 치울 수밖에."

이아나는 바하무트 황족이 잔인해질 수 있는 이유를, 받아들일 수는 없었지만 이해했다. 하지만 여전히 이해되지 않는 것이 있었다.

"마법으로 살펴보니 서부 바하무트도 북서부 대륙과 똑같이 폐허가 되었더군."

북서부의 왕국들에게는, 그래, 바하무트와 별개의 국가들이니 잔혹하게 굴 수 있다고 치자.

"자국민은 왜 희생시킨 거냐?"

괴물이라 할지라도 자기가 지배하는 나라를 강성하게 키우고 싶긴 할 터였다. 자기의 뒤를 든든하게 받쳐 줄 부하들이 필요할 터였다. 그렇다면 도덕적인 부분을 떠나서 북서부 대륙 같은 외부만 희생시키는 게 낫지 않나.

"말했을 텐데. 우리를 제외한 모든 것이 양식이라고. 제국 바깥의 것들은 야생의 사냥감, 안쪽의 것은 집에서 기르는 가축에 불과하다. 마음만 먹으면 얼마든지 번식시킬 수 있는 양식이지. 제국은 편의를 위해 지은 울타리 같은 것이고."

이아나는 결론을 내렸다. 바하무트 황족이 인간인지 몬스터인지 구분할 필요가 없다. 이건 그냥 상식이 통하지 않는 미친놈들이었다. 사고방식이 완전히 달라 이해하려고, 혹은 이해시키려 노력하는 건 시간 낭비였다.

이아나는 테일런 앞에서 더는 옳고 그름을 따지지 않기로 했다. 그랬더니 그저 궁금했다.

"그렇게까지 먹고 강해져서 무얼 하려고?"

강해지기 위해서라면 본인의 나라를 포함하여 이 세상 모든 것을 먹을 기세였다.

"지금은 세계를 정복하고 세계 최강의 생물인 드래곤을 죽이는 게 목표다."

"그 후에는?"

"그 후? 세상에는 언제나 더 상위의 것이 있었어. 드래곤을 죽인 후에는 더 위대한 뭔가가 있겠지. 그것을 죽여 없앨 거다."

놈들은 대체 어디까지 가고 싶어 하는 걸까?

"상위에, 더 강한 것이 없다면?"

"글쎄…… 생각해 본 적 없는데. 최강이라는 이름으로 역사를 마무리 짓기 위해 세계를 멸망시키고 자살이라도 할까?"

농담처럼 말하지만 농담처럼 들리지 않는다.

"아니면 너를 끼고 세월아, 네월아 하며 방탕하게 놀아 볼까? 너는 죽이기 싫거든."

"네놈은 절대로 나를 가질 수 없어."

"네 생각이야 그렇겠지만 세상이 원하는 대로만 돌아가던가?"

"그 말 그대로 돌려주지."

이아나는 테일런이 은근히 보이는 탐욕을 원천 봉쇄했다. 테일런은 이아나가 어떤 반응을 보여도 투정 부리는 애완동물 대하듯 어깨를 으쓱일 뿐이었다.

"아무튼 지금의 주적은 너희다. 너희만 없애면 일은 아주 순조로워져. 하지만 우리는 아직 너희를 상대하지 않을 거다. 내일부터 출정할 거지만 말이다."

"그건 또 무슨 개소리지?"

출정하면서 이쪽과 싸우지는 않겠다니? 초월자는 초월자끼리 싸워야 했다. 그러지 않으면 양측에서 사상자가 속수무책으로 발생하기 때문이다.

"말 그대로야, 정직하고 순진한 라이즈 경."

테일런이 이를 드러내며 웃었다.

"가장 맛있는 메인 디시는 전채 요리들로 입맛을 돋운 이후, 달콤한 디저트로 마무리하기 직전에 먹는 법이지. 우리는 전쟁에 적극적으로 참전하되 너희와의 싸움은 피하면서, 졸개들부터 모조리 먹어 치울 거다."

시종들이 애피타이저 접시들을 치우고 메인 디시를 가져왔다. 겉만 살짝 구운 어린 양고기 스테이크에, 구운 아스파라거스를 곁들인 요리였다.

이아나는 테일런의 말을 곱씹다가, 잘못 들은 것도, 잘못 이해한 것도 아님을 깨닫고 입술을 달싹였다.

"우리 두 사람을 피해 전장을 휘젓겠다는 뜻인가?"

"정확해. 양치기 개들을 피해 양 떼에 뛰어들 예정이지."

테일런이 나이프 날을 스테이크 위에 올렸다. 부드러운 고기는 약한 힘만으로도 썰렸고, 윤기 흐르는 선홍빛 살을 쉽게 드러냈다. 그가 나이프의 면으로 고기를 꾸욱 누르자 핏물과 육즙이 흘러나와 소스에 섞여 들었다.

"우리는 쉬지 않고 학살할 거다. 양들의 심장을 뜯어 배를, 허기를 채울 테지."

양들은 힘껏 저항하더라도 끝내 고기 신세를 면치 못할 것이다. 그리 덧붙인 테일런이 양고기를 나이프로 스겅스겅 썰었다.

"……."

이아나도 앞에 놓인 접시 위의 양고기를 천천히 썰었다. 바하무트의 허기란 강함을 향한 갈망이고, 그들에게는 이 양고기나 인간이나 똑같은 먹이일 뿐이다. 그들이 허기를 채우는 방식은 신력을 빼앗는 것이었다.

"북서부 대륙에서 그랬던 것처럼?"

"그래. 북서부 대륙에서의 포식은 꽤나 만족스러웠지."

테일런이 피식 웃으며 양고기 한 조각을 입에 넣었다.

"앞으로는 세상의 눈을 피할 생각이 없다. 우리는 거리낌 없이 먹을 거다. 잘 먹고 잘 자라서 살찐 인간들과 신의 축복을 받은 이종족까지 모조리. 우리는 그들을 양분 삼아 더더욱 강해질 거고, 더욱 높은 곳으로 오를 수 있겠지.”

결국 식욕이 완전히 떨어져 나이프를 테이블 위에 놓았다.

이아나는 차가운 표정으로 입술을 떼었다.

“강해진다는 건 스스로를 갈고닦는 거다. 남을 짓밟고 올라가기만 해서 도달한 경지는 상대적인 강함일 뿐, 절대적인 강함이 아니야. 그저 짓밟고 올라서는 것만이 강함이라고 생각하는 너희는 영원히 허기를 달랠 수 없을 거다.”

“그거야 우리가 알아서 할 일이지. 그리고 라이즈 경, 우리의 방식에 대해 설교하며 그런 고루한 가치관을 주장할 때가 아닐 텐데. 아직 상황 파악이 안 되는 건가?”

“파악은 제대로 했다. 하지만 네 말대로, 세상이 원하는 대로만 돌아가던가? 너희가 우리를 피해 공격한다면, 우리는 너희를 추적하며 방어할 거다. 너희가 원하는 대로 되게 두지 않아.”

“아니, 아직 파악이 덜 됐군.”

테일런이 입안의 고기를 질겅질겅 씹어 삼켰다.

“우리는 너희를 피해 질주할 거다. 너희는 우리의 뒤꽁무니를 쫓아다닐 뿐이지. 장소를 가리지 않고 시도 때도 없이 가해지는 무자비한 공격들과, 그 공격들이 발생한 이후에야 막을 수 있는 방어. 어느 쪽이 더 유리할까? 응?”

우리를 상대할 수 있는 건 너희, 너희를 상대할 수 있는 건 우리뿐. 테일런의 말대로라면 이쪽의 피해가 막심할 수밖에 없다. 이아나의 눈동자에서 빛이 서서히 침잠했다.

"너희가 막무가내로 나온다면, 이쪽도 그럴 수 있음을 모르는 건가? 너희가 우리 군을 무자비하게 도륙한다면 이쪽도 바하무트 군대를 깨끗하게 밀어 버릴 수 있다."

마도시대에서 초월자 한 명이 군대 하나를 밀어 버리는 전쟁은 없다시피 했다. 상대편에도 그만한 초월자가 있는 경우가 많았기 때문이다.

그래서 전쟁처럼 많은 이들이 동원되는 큰 싸움에서, 초월자는 초월자하고만 싸웠다. 크게 저항하지 않는 이상 일반인들은 건들지 않는 것이 암묵적인 룰이었다.

만약 대적자가 없다면 일찌감치 항복시키거나 도의적으로 지도자의 목만 따서 승리를 선포했다. 회귀 전에 그토록 강했던 아르하드도 늘 이아나하고만 싸웠지, 학살을 저지르진 않았다.

자신의 힘에 도취돼서 잔인한 학살을 저질렀던 악인들이 없진 않았다. 하지만 그런 놈들은 언젠가는 그보다 강한 초월자들에게 죽어 오명만을 남기고 역사에서 사라졌다.

"오, 그래? 서로의 군대를 학살하고 다니는 것도 재밌겠군. 이참에 어느 쪽이 더 빨리 상대방의 군대를 몰살할지 내기할까?"

문제는, 이번엔 악인들이 이아나와 아르하드만이 상대할 수 있는 초절정 강자, 바하무트 황족이라는 거다. 게다가 이 미친놈들한테는 상식이 통하질 않았다. 이아나가 위쪽을 가리켰다.

"그런 거라면 우리에게 유리하군. 지금 당장에라도 이 성을 초토화시키고 위쪽에서 식사를 즐기는 저 귀족들과 기사들을 모조리 죽이면 되니까."

"오늘부터 시작하시겠다? 나는 하루라도 준비할 시간을 주고

자 우리의 계획을 알린 건데, 원한다면 그렇게 해 주지. 어디 한번 해 봐. 내가 막기야 하겠다만, 여기 있는 놈들이 다 죽어도 상관은 없다."

"봉신들이 들으면 섭섭해하겠군."

이 말을 여기에 있는 모두가 들었어야 하는데. 이아나가 방음 마법을 부술까 고민하는데 테일런이 느긋하게 말을 이었다.

"약하면 죽는 게 당연한데 누굴 탓한다는 거지? 저들도 똑같이 생각할 거다."

그럴싸했다. 도르시아니와 함께 바하무트 제국을 돌아다니며 씨앗을 심긴 했으나, 지역은 한정적이었다. 폐쇄적이고 우월주의의 극치인 제도 타칼론의 귀족들은 대부분이 바하무트 황족과 똑같은 생각을 하고 있을 게 분명했다.

"하고 싶으면 해 봐. 하지만 이그나이츠 왕국의 선량한 기사님이 전쟁 내내 무자비한 학살을 계속 저지를 수 있을까? 오늘 하루 정도야 그럴 수도 있겠지만 정신적으로 힘들 텐데 말이지. 경의 옆에 있는 국왕과 마법사는 몰라도 경은 견디지 못할걸."

테일런이 칭찬하는 건지 조롱하는 건지 모를 애매모호한 태도로 빈정거렸다.

"닥쳐."

태양의 불꽃처럼 일렁이던 눈동자가 검게 죽으며 핏빛으로 식었다. 이아나의 몸에서 신력이 이글거리며 끓어올라 몸 밖에서 형상화되기 시작했다.

이아나가 기세를 일으키는 걸 느낀 바하무트 귀족들이 그녀를 일제히 바라보았다. 황제가 질 리 없다고 믿는 여유와, 그녀가 얼마나 강할지 궁금해하는 비틀린 기대감, 그리고 감히 대바하무트 황궁에서 싸움을 거는 것에 대한 적개심이 이아나에게 빗물처럼 쏟아져 내렸다.

"네가 나에 대해 무얼 안다고?"

이놈들은 자신에 대해서 아는 게 없었다. 이아나는 상황에 따라 비상식에는 비상식으로, 폭력에는 폭력으로 대응해 왔다. 한번 행동을 결정하면 자신의 선택을 의심하지 않았기에 그런 스스로에게 거부감을 느끼지 않았다.

"맞아, 아는 게 없지. 알지 못하고 떠들어 대서 미안하군. 하긴 이 정도로 강해지려면 비정상적인 부분이 몇 군데는 있어야지. 라이즈 경에게도 우리와 비슷한 구석이 있어서 반가워."

지금 인내하는 이유는 딱 두 가지였다.

바하무트 놈들과 똑같은 놈이 되기 싫어서. 이판사판으로 겁쟁이 게임을 벌이면 이그나이츠의 사람들이 수도 없이 죽을 게 뻔해서.

"너도 네 사람들이 모두 죽어 나가도 상관없다는 거겠지? 좋은 자세다. '에이지' 같은 개개인에 너무 매달리지 말라고."

상관없을 리가 있나. 이아나는 에이지와 같은 경우를 가능한 한 보고 싶지 않았다. 전쟁에서 사람이 죽는 것은 어쩔 수 없지만 피해는 최소화해야 했다.

"양심의 가책을 조금 덜어 주지. 저놈들은 내일부터 지나간 곳에 풀포기 하나 남겨 두지 않는 잔인한 악마들이 될 예정이다. 그러니 오늘 여기서 꽤 많이 죽이는 게 좋을 거야. 자, 이제 학살전을 시작하는 건가?"

사악한 테일런은 이 모든 걸 생각하고 일을 벌이고 있는 게 분명했다.

"너는 정말로 미쳤다."

"음. 딱히 미쳤다는 생각은 안 들지만 너희의 기준에 따라 군이 미쳤냐, 미치지 않았냐를 나누면 전자겠지."

저렇게까지 말하는 이상 저 미친놈은 정말로 학살전을 벌일 것이다. 이아나는 여태 침묵을 지키고 있던 아르하드를 바라보았다. 차분하고 차가운 얼굴이었다.

이아나와 아르하드는 여기 오기 전에 많은 이야기를 나누었다. 테일런이 무슨 언행을 할지, 그에 어떻게 대처할지…….

테일런이 이렇게 학살전을 선포하는 것도 예측 범위 내였다. 그리고 수많은 선택지 중 그들이 택할 수 있는 선택지는 결국 하나뿐이었다.

적군에게 잔인해지되, 아군을 신뢰하는 것!

테일런이 양심의 가책을 덜어 줄 필요 따위 애초에 없었다. 이아나는 잔인할 때는 누구보다 잔인해질 수 있는 사람이었다.

"그렇다면 여기서 너를 죽여야겠군."

"나를 죽여? 죽일 수 있을까?"

테일런이 그녀를 비웃었다.

"그리고 난 분명 너희를 피하겠다고 했을 텐데."

"지금은 눈앞에 있지."

이아나의 허리춤에서 빛이 뿜어져 나왔다. 붉은 검기가 순식간에 바하무트 일족의 코앞에 들이닥쳤다.

콰과아아아아앙!

새까만 기운이 튕겨지듯 튀어나와 붉은 검기를 밀어내고 휘몰아치기 시작했다.

콰광! 콰과광!

폭풍우가 된 두 힘이 우레와 같은 굉음을 내며 수십 번을 맞부딪쳤다. 어느새 뽑혀 나온 이아나의 검과 테일런의 검도 수백 번을 맞부딪쳤다.

콰광! 쾅! 콰아앙!

충돌 하나하나가 초대형 폭탄이 터지는 것과 같아 홀 전체에 난리가 났다.

"피해!"

"성이 무너지겠어!"

테이블 위에 놓여 있던 접시들과 잔들이 떨어져 내려 바닥이 음식 범벅이 되었다. 만찬이 엉망이 되고, 이 싸움에 끼어들 수 없음을 느낀 사람들이 황급히 대피하기 시작했다.

우우우우우…….

그러나 아르하드가 마법으로 바하무트인들의 탈출을 막았다.

아르하드는 이아나와 테일런의 대화에 끼어들지 않고 익숙한 바하무트 본성과 성 외부의 구조를 다시 한번 살폈다. 살려 뒀다간 후환이 될 강자들의 위치 또한 기민하게 파악했다.

그리고 바로 지금, 그 정보를 기반으로 학살을 시작했다.

퍼버버버벅! 퍼벅!

처절한 비명과 고함이 바하무트 성 전체에 울려 퍼졌다.

바하무트가 이렇게 막장으로 나오면 이쪽도 그에 맞게 응수하는 수밖에. 진심으로 투항하는 적에겐 단 한 번의 기회를, 하지만 투항하기 전까진 무자비한 철퇴를! 내일이면 당장 쳐들어올 저 바하무트인들의 수를 최대한 줄여 자국민을 보호해야 했다.

쩌적. 쩌저적.

힘의 충돌들을 이기지 못한 성의 벽이 쪼개지기 시작했다.

그때였다.

검은 기운이 테일런으로부터 폭발하듯 터져 나왔다.

"큭!"

이아나는 순간 토할 것 같은 기분이 들어 뒤로 물러났다. 닿으면 제 존재마저 지워질 것 같다는 느낌을 받을 정도로 까만 기운이었다. 완벽한 암흑, 그 외에는 설명할 단어가 없었다.

쿠구구구구구…….

검은 기운이 천장까지 치솟아 오르더니 성안을 어둠 속에 가둬 버렸다. 암흑은 빛마저도 빨아 마셔 그 존재를 지워 버릴 정도로 새카맸다.

이아나와 아르하드의 신력만이 유일한 빛이었다.

마주 보고 있던 테일런의 얼굴에 그늘이 졌다. 그가 미소 짓고 있었다. 입에서도 까만 연기가 뭉글거리며 흘러나왔다.

"탁월한 선택이었다."

이아나는 테일런의 미소가 끔찍하게 느껴졌다.

대체 얼마나 많은 생명을 마셔 댄 걸까.

검은 기운은 죄다 신력이었다. 수없이 많은 생명들이 타락한 채 그의 근간을 이루고 있었다. 검은 신력에서 악에 북받친 원한들이 활화산처럼 끓어 넘쳤다. 하지만 그 모든 악기가 테일런의 지배에 짓눌릴 정도로 놈은 압도적이었다.

테일런의 검은 신력 또한 생명의 성질을 가진 신력임에도, 코끝에 죽음의 향기가 맴도는 것 같다.

모순적이게도 테일런의 신력은 죽음 그 자체였다. 매우 역겹고 싫었다. 죽음은 그녀의 몸을 덮어 순식간에 생명을 빨아 마시고 건강한 육체를 쥐어짜 분해해 버릴 것만 같았다.

기시감이 들었다. 이런 강렬한 거부감을 분명 언젠가 느껴 본 적 있었다.

검은 비늘. 로안느의 라오스 대신전에서 하얀 비늘과 검은 비늘을 맞추는 의식을 치를 때 검은 비늘 쪽에서 테일런과 비슷한 느낌을 받았었다.

혼돈의 드래곤, 칸데메이온.

로안느가 라오스에게, 바하무트가 칸데메이온에게 영향을 많이 받았다더니 그 말에 틀림이 없었다.

바하무트의 숙원의 완성체인 테일런은 종말의 악마에 가까워져 있다. 아니, 어쩌면 악마보다 더할지도 모른다. 바하무트의 피를 가장 짙게 이어받은 저놈이 악마마저 집어삼키려 하고 있음을, 이아나는 지금 이 순간 톡톡히 느꼈다.

섬뜩한 긴장감이 혈관을 타고 뼛속 깊이 파고들었다. 이아나는 검은 기운을 구름처럼 두른 테일런이 몹시 꺼림칙했다. 인정하고 싶지 않지만, 그 감정은 두려움과 비슷했다. 살면서 두려움을 느껴 본 적이 거의 없었던 이아나기에, 긴장감은 거대한 경종이 되어 머릿속을 쨍하니 울렸다.

"흐음."

테일런은 암흑과 동화되어야 했던 제 얼굴이 흐릿하게 드러나

온기를 머금자 손을 들어 더듬거렸다. 어둠 속에서도 빛나는 이아나를 은근한 눈빛으로 훑어 내렸다.

"이렇게 보니 더 매혹적이군."

테일런의 커다란 목울대가 탐욕으로 위로 솟았다가 가라앉았다. 빛을 담은 그의 눈은 밤의 맹수와도 같았다. 불을 꺼뜨리고 먹잇감을 쟁취할 기회를 기다리며 숨죽인.

이아나가 눈을 홱 치켜떴다. 테일런이 저런 더러운 눈으로 자신을 바라보게 둘 생각이 없었다.

콰아아아아아!

이아나는 제 심장에 깃든 신력을 최대로 발산하며 주변을 밝혔다. 성 전체를 통째로 불태우고도 남을 불꽃이 폭발하듯 주변으로 쏟아져 나갔다. 태양처럼 이글거리는 생명이 혼잡한 죽음과 거세게 충돌했다.

"……."

이아나는 아주 놀랐다.

이 세상의 누구도 신력의 양으로 자신을 압도할 수 없다고 생각했다. 테일런이 라이프를 줄기차게 마셔 대고 생명을 빼앗은 점까지 고려한 추측이었다. 그래서 아르하드와 합공하면 어찌 되지 않을까 낙관적인 기대감도 품었다.

하지만 테일런이 가진 어둠의 신력의 양은 이아나의 것과 비등하다 못해 그 이상인 듯했다. 신력을 생산할 수 있는 이아나와 달리, 평범한 심장을 가졌는데도…….

"대체, 얼마나 많은 생명을 먹어 치운 거냐."

징그럽고 끔찍했다.

경멸감을 참지 못하고 질문했지만 답을 듣고 싶진 않았다.

"글쎄? 셀 필요가 있을까? 굳이 말하자면 세상의 사분지 일을 먹었다고 보면 될 것 같군. 하지만 앞으로는 아주 빠르게 먹어 치울 거고, 숫자는 빠르게 커질 테니 이 대답은 의미가 없지."

바하무트 황실은 이때까지 나름대로 인간 행세를 하며 나라를 다스려 왔다. 그런데 이제는 괴물처럼 그저 야만적으로 먹어 치우기만 할 계획인 듯했다.

"가치관의 차이니 경멸해도 상관은 없다. 하지만 나도 너를 이해하기는 어렵군. 먹이사슬의 위에 선 자들은 아랫것들을 먹어 치우는 게 당연하다. 토끼는 풀을 뜯어 먹고, 여우는 토끼를 물어뜯고, 사자는 여우를 베어 물고, 인간은 사자를 사냥하고, 나는 인간의 심장을 뜯고…… 결국 이치를 따르는 거야."

"……."

"너도 생명을 먹어 치우고 있는 건 같아. 오늘 네가 먹은 양고기처럼 이때까지 네가 먹어 치운 짐승만 해도 수백 마리는 될 텐데 왜 나를 경멸하는 거지? 넌 위선자다."

능구렁이처럼 미끈한 말은 어찌 보면 모두 맞는 말 같지만, 현란한 입놀림 위에서 길을 잃지 말아야 할 것이다.

세상은 빛으로만 가득한 낙원이 아니다.

살아가기 위해 식사는 필수 불가결하다. 먹이사슬이 수직 구조인 이상 하위 존재의 희생은 테일런의 말대로 자연의 이치이고, 어떻게 할 수 없는 문제다.

그러나 세상은 최대한 수평을 이루려 노력해야 했다. 단순한 허기에는 포만감이라는 제한선이 존재하니 이치에 순응하되 적당한 포만감 내에서 희생을 최소화해야 했다. 아무리 강자라도 모두와 함께 살아가기 위해선 약자를 거리낌 없이 희생하면 안 된다는 얘기다.

"넌 정도가 너무 심하고, 희생을 너무 당연하게 여겨."

"아하. 그러니까 행위는 어쩔 수 없는 거고 정도가 문제다?"

테일런이 비웃자 이아나가 검을 고쳐 쥐었다.

"마찬가지로 가치관의 차이니 날 경멸해도 상관없다. 그리고 네 말대로라면, 네가 약해서 먹히더라도 불만은 없겠지? 강자생존은 당연한 거니까."

"정말로 날 죽일 수 있다고 생각하는 건가."

"너야말로 착각하지 마. 넌 네가 무조건 이길 거라고 생각하니까 이딴 식으로 구는 거겠지만 세상엔 절대적인 우열이라는 게 존재하지 않고, 아무리 강하더라도 질 수 있으니까."

테일런의 눈매가 꿈틀했다. 왜인지 심사가 뒤틀린 듯 대답은 돌아오지 않았다. 저쪽도 논쟁은 집어치우기로 한 모양이었다.

하지만 가장 중요한 질문이 하나 남아 있었다.

테일런은 강했다. 아주 강했다. 그런데 왜.

"왜 우리를 피하겠다는 거지?"

이 정도로 강하다면 정면 승부를 해도 저쪽이 우세했다.

"말했지 않나. 제일 맛있는 건 최후의 최후까지 남겨 두는 거라고. 이젠 내 성격을 알 만도 한데."

글쎄. 비뚤어진 성격만으로는 이 미친 짓들이 설명되지 않는다. 이아나는 '뭔가'를 목적으로 한 테일런의 계략이 아직 진행되고 있다고 생각했다.

"역시 기다리고 있는 거겠지?"

이아나가 대뜸 묻자, 테일런이 의뭉스럽게 웃었다.

"음. 맞아. 기다리고 있지. 사실 이렇게까지 전투를 피할 생각은 없었다. 너희가 내 기대만 일찌감치 충족해 줬다면 번갯불처럼 너희를 처리하려 했었지. 하지만 그 기대가 좌절되는 바람에 힘이나 쌓으면서 기다리는 거다. 북서부의 멸망은 결국 너희 때문이다. 앞으로 있을 죽음들도 너희 때문이고."

이아나는 그의 궤변을 무시하고, '기대'라는 단어에 집중했다.

"그 '기대'가 뭘까. 우리가 먼저 바하무트를 침략하는 것?"

"글쎄? 그럴 수도 있고, 아닐 수도 있지."

이거야 원, 우리가 악마의 심장을 가지러 가길 기다리고 있는 거냐고 대놓고 물어볼 수도 없고. 만약 모르고 있다면 특급 정보를 멍청하게 던져 주는 꼴이다. 저놈의 머리를 쪼개서 들여다볼 수 있다면 얼마나 좋을까.

아니, 쪼개 볼 필요도 없다. 그냥 죽이자.

이아나는 검, 라이즈를 고쳐 쥐며 마음을 다잡았다.

죽일 수 있다. 미리 힘을 가늠하고 죽이지 못할 것 같다고 생각하니 못 죽이는 거다. 이아나는 붉은 검기를 덧씌운 라이즈를 테일런을 향해 휘둘렀다.

콰과과과과광!

검기는 태양의 표면에서 치솟는 홍염처럼 휘어지고 쪼개지며, 어둠을 쫓아내고 테일런이 있던 장소를 먼지로 만들어 버렸다.

콰과과곽!

테일런의 무저갱과 이아나의 빛에 감싸인 성내에서는 진흙탕

개싸움이 벌어졌다.

"으아아악!"

아르하드와 도르시아니는 샤일린스와 이사벨라를 상대하면서 전투에 합세한 바하무트 귀족들을 무차별로 공격해 댔다. 바하무트 측도 그들에게 마법을 난사했다.

쿠구구구구구.

성이 무너지려는 듯 천장에서 돌덩이들이 떨어져 내렸다. 수백 년 역사를 간직한 튼튼한 성이 충격을 이기지 못하고 붕괴를 시작할 정도로 어마어마한 난투전이었다.

"……."

아르하드는 싸우면서도 이아나 쪽을 신경 쓰고 있었다. 그러다가 테일런이 잠깐 빈틈을 보이자 거대한 번개를 빚어내 쏘았다. 번개의 창은 테일런의 등 쪽을 찔러 들어갔다. 절묘한 한 수였다.

"어딜!"

이사벨라가 휘두른 채찍이 창을 뱀처럼 휘감더니 방향을 틀었다. 그사이, 새카만 신력으로 생성된 방패가 창을 완전히 튕겨 냈다.

테일런이 입술을 비틀어 웃었다.

"형제, 이런 비겁한 짓은 관두지. 뒤통수가 얼얼해서 이제 그만 맞고 싶어."

"비겁한 건 네놈이겠지. 피해 다니면서 우리 뒤통수를 칠 생각만 하고 있을 텐데."

테일런은 아르하드의 공격 때문에 이아나의 위치를 놓쳐 버렸다. 어느새 붉은빛은 사라지고 없었다. 그 많던 신력을 순식간에 집어넣고 어둠 속에 숨어든 것이다.

분명 이 안에 있을 텐데 찾을 수가 없다. 테일런은 속으로 감탄했다. 하지만 감탄만 하고 있을 때가 아니었다. 이아나뿐만이 아니라 위험한 이복동생까지 그를 노리고 있었다.

테일런은 아르하드가 뿜어내는 기운의 색을 살폈다.

무저갱의 늪처럼 질척하던 묵색도 아니고, 태양을 집요하게 동경하던 희끄무레한 황금색도 아닌 밤하늘의 색이다. 어둠이 빛을 품은 양 은은한 기운은 아득하고 깊었다.

테일런은 미지의 감각이 불쾌했다.

"변했군."

어둠 속에서 악을 먹고 자란 악마의 암흑은 파괴적이고 압도적이었다. 황금빛도 존재했었지만 태양을 흉내 내듯 만들어 낸 그 색은 어설펐다. 어둠은 제 정체성을 모두 버리지 않는 한 결코 빛 그 자체가 될 수 없었다.

그렇다면 순수한 어둠인 게 나았다. 욕심나는 빛조차도 먹어치울 수 있을 정도로 강한 어둠 말이다. 테일런과 같은 생각을 한 듯 악마는 황금빛을 버리고 어둠을 택했었다. 회귀 전의 아르하드도 그랬었다.

하지만 회귀 후의 아르하드는 빛을 삼키는 게 아니라 품었다. 짓뭉개 없애는 게 아니라 공존했다. 찬란하고 황홀한 황금빛들을 어둠에 수놓아서 무저갱과는 또 다른 심연의 어둠, 끝이 없는 우주가 되었다.

어둠으로도 빛으로도 완벽했다.

대단한 것과는 별개로, 이해하고 싶지도 않고 이해하기도 싫은 불가해의 밤하늘의 색은 무척 거슬렸다.

너는 왜 변했을까?

아니, 애초에 너는 시간을 왜 되돌렸을까? 모든 것을 가졌던 주제에. 바하무트가 염원하던 최강이 되어 모든 것을 발아래에 두었던 주제에! 악마의 기억을 파헤치고 아르하드의 일부 기억까지 헤집어도 그 이유를 헤아릴 수 없었다.

이아나를 직접 만나기 전까지는.

“네 미친 변덕도, 못난 변화도 라이즈 경과 관련 있겠지.”

테일런이 이를 드러냈다.

“악마 그 자체였던 네가 왜 그렇게 된 거냐? 인간들이 곧잘 말하는, 같잖은 사랑 때문에?”

“타인을 오직 양식으로만 보고 그 가치를 알지 못하는 너는 결단코 이해하지 못할 감정이지.”

냉정한 목소리에는 뿌리 깊은 단단한 감정이 도사리고 있었다. 테일런의 눈매가 꿈틀거리는 순간이었다.

푸우욱!

지척에 닿아서야 공격을 깨달은 테일런이 겨우 피했지만 이아나의 검은 그의 어깨를 찢어 놓았다. 낌새도 없이 공간을 가른 검이었다.

테일런이 덜렁거리는 어깻죽지를 붙잡았다.

“이건 또 놀랍군. 검술 하나는 정말 인정해.”

목을 자를 생각이었는데.

이아나는 이를 악물었다. 아르하드가 시선을 분산해서 만든

절호의 기회였는데! 그녀의 검술은 대단했지만, 아직 아르하드를 이기지 못하듯 테일런을 죽이지도 못했다.

"서론은 이쯤 해 두고 본론으로 들어가지."

안개처럼 빠져나간 테일런이 이사벨라에게 다가가 그녀의 어깨를 붙잡았다.

"이사벨라."

"네. 끝났어요. 디저트를 못 먹은 게 아쉬운데."

이사벨라가 이아나를 바라보며 입술을 핥아 올렸다.

"식사 끝에 즐겨도 되겠지요."

쿠구구구구구.

성이 무너지기 시작했다.

출정 준비는 끝난 지 오래다. 잠깐의 싸움으로 바하무트인들의 호승심과 살의 또한 하늘 끝까지 치솟았다.

"그럼 가 볼까."

테일런의 막대한 신력이 미리 준비해 놓은 수십 개의 광역 텔레포트 마법진으로 쏟아졌다.

출정식은 내일로 예정되어 있었으나 '비상사태 시' 출정식을 앞당길 수 있다고 미리 고지했었기에, 병사들은 언제든 떠날 수 있도록 준비를 끝낸 상태였다.

그리고 오늘, 제도 타칼론의 군대는 이그나이츠 일행이 성에 들어서자마자 명을 받고 배정받았던 장소에 발 빠르게 도열을 마친 후였다.

"아아……."

타칼론의 주민들은 신음을 흘렸다.

만물을 내려다보는 바하무트의 황성. 황성에서도 가장 높은 본성 꼭대기에서 검은 기운이 활화산의 용암처럼 줄기줄기 뿜어져 나왔다. 검은 기운은 지상에서도 마그마가 꿀렁거리며 밖으로 표출되듯 흘러나왔다.

마치 해저가 보이지 않는 검은 바다에 침수되는 듯했다. 타칼론 전체가 암흑으로 뒤덮이고 있었다.

검은 기운은 너무나 압도적이고 두려웠다. 머리가 공포로 텅 비어 버리고 숨이 잘 쉬어지지 않아 헐떡거렸다.

바하무트 제국민들 중에는 테일런의 강함을 의심하는 이도 적잖게 있었다. 어렸을 적 소악마로 이름을 떨쳤던 그였지만 약 25년 전 선황 필리어드 사르폰 바하무트가 유폐되어 갑작스레 전쟁을 멈춘 이후부터 테일런이 무엇을 하고 있는지 정확히 알려지지 않았기 때문이다.

하지만 오늘, 타칼론과 그 주변에서 살아가는 주민들만큼은 테일런의 아득한 강함을 목도했다.

"신이시여."

그들은 무릎을 털썩털썩 꿇고 공포심으로 머리를 떨구었다. 병사들과 정식 서임을 받은 황궁 기사들, 마나를 극한까지 다뤄온 강한 마법사들도 예외가 아니었다. 그들의 심장에서 비롯된 경외심과 순종심이 목 끝까지 차올랐다.

여태 바하무트 주민들이 인정해 온 신은 단둘, 창조주 라오스, 그리고 바하무트 황제였다.

하지만 바로 이 순간, 유일해졌다.

그들의 신은 저 성에 있는 테일런 헬칸 바하무트뿐이다.

"폐하!"

삶과 죽음은 종이 한 장 차이다.

삶이 일상과 안정이라면, 죽음은 비일상과 파괴다. 안정과 파괴 중 어느 쪽에 더 매력을 느끼느냐는 사람마다 다르나, 바하무트인들, 특히 타칼론에서 살아가는 사람들은 죽음에 매혹되었다. 그들은 대대로 죽음과 함께 살아왔기 때문이다.

그리하여 그들에게 있어 절대적인 강함은 벌집 앞에 놓인 꿀과 같다. 테일런이 그러한 존재였다.

이 힘으로 세계를 멋대로 주무르고 따뜻한 남부에서 살아가는 돼지들을 죽인다는 생각만 해도 입에 침이 고였다.

"제군, 기다리느라 고생했다."

테일런의 목소리가 천둥처럼 제도 타칼론, 그리고 그 너머로 퍼져 나가며 바하무트의 국경까지 닿았다. 하늘에서 강림하는 목소리는 신의 목소리와 같았다.

"오늘부로 인내를 끝내고 정복을 시작한다."

목소리에 담긴 암흑에, 모두가 목소리의 주인이 그들의 황제임을 알았다. 내일이 바하무트 본대의 대출정일이라는 것을 알고 있었던 데다, 각 지역 유지들 또한 공을 세우기 위해 전쟁터로 나갈 준비를 하고 있었던 터였다.

"정복이 끝날 때까지 휴식은 없다. 우리는 전 세계를 바하무트에 귀속시키기 전까지 이 땅에 귀환하지 않을 것이다."

겁에 질린 바하무트 주민들은 앞에 황제가 없는데도 기듯이 땅에 엎드렸다.

"적들을 죽여라. 죽이고 또 죽여라. 반항해도 죽이고, 항복해도 죽이고, 빌어도 죽여라. 오로지 죽이는 것만이 너희가 할 일이다. 이 땅에 너희만이 남을 때까지 죽여라."

적을 죽이라는 말은 세뇌처럼 머릿속에 박혀 들었다.

"이 세상 모든 적을 죽여 너희의 발밑에 시체를 깔아라. 뼈와 살, 영혼과 원념으로 길을 닦아라."

목소리의 주인을 위해서라면 뭐든 할 수 있었다.

"내가 세상의 끝에 도달해 신마저도 죽일 때까지!"

찢어진 어깨를 순식간에 수복한 테일런이 손을 들어 올렸다.

"출진!"

테일런의 몸에서 터져 나간 검은 힘이 소용돌이가 되어 황성 전체를 휘감았다.

쿠구구구구.

천장에서 돌들이 떨어져 내렸다. 붕괴의 전조였다.

하지만 성은 결코 무너지지 않았다. 그저 검은빛으로 물들더니 마치 살아 있는 것처럼 두근거리기 시작했다.

검은 신력은 질펵한 물질로 빚어져 핏줄처럼 성에 끈적끈적하게 달라붙었다. 쿵쿵 박동하는 혈맥의 다발은 바하무트 황성이 있던 평지까지 이어져 땅을 부풀렸다.

쿠과과과과과!

거세게 진동하는 땅이 갑자기 위로 치솟아 올랐다. 창밖의 풍경이 점점 고도를 높이더니 지상이 아닌 하늘을 담았다. 무너지려던 성은 더욱 단단하고 무시무시한 모습으로 지상을 내려다보기 시작했다.

콰르르르르릉!

어둠의 원천과도 같은 황성에서 검은 기운이 사방으로 폭발하듯 뻗어 나갔다. 흉흉한 기운은 황성 주변에 배치된 수십 개의 텔레포트 마법진을 넘어 수백 수천 개의 마법진에 벼락처럼 떨어졌다.

쿠와아아앙!

검은 기운을 꿀떡꿀떡 받아 삼킨 마법진들이 땅을 부술 듯 진동했다. 검은 힘은 하늘을 꿰뚫는 듯한 굉음을 쏘아 내며 텔레포트 마법진 위에 선 병력들을 전쟁터로 내몰았다.

"아아악!"

전쟁터로 뛰쳐나간 병사들은 눈이 먼 것처럼 눈앞의 생명을 도륙했다. 준비되지 않은 채로 공격당한 이들은 비명을 지르며 죽어 갈 뿐이었다.

마법진은 롯소 산맥에서 대기하고 있던 몬스터 군단의 주둔지에도 빼곡하게 깔려 있었다.

끼이이이이.

키에에에.

마법진이 가동되자, 몬스터의 왕들이 꿈틀거리며 몸을 일으켰다. 여태 롯소 산맥에서 군림하던 대형 괴물들마저도 테일런에게 굴복한 지 오래였고, 그의 명을 따라야만 했다. 그들이 다스리던 군락에서 살아가던 몬스터들도 마찬가지였다.

캬아아아아!

그들은 괴성을 지르며 사정없이 열어젖혀진 게이트로 뛰어들었다. 죽음이 세상 밖으로 검은 해일처럼 쏟아져 나갔다.

온 세계가 비명으로 뒤덮이기 시작했다.

출정식은 언제든 앞당겨질 수 있다고 카니츠에게 이미 들었다. 이아나와 아르하드는 그들과 바하무트 일족의 만남이 대전쟁의 시발점임을 예상하고 있었다. 이그나이츠 국민들도 오늘 지지부진한 전쟁의 기류가 뒤바뀔 것을 예상하며 단단히 준비하고 있었다.

하지만 국경에서 대치하고 있던 바하무트 병력이 갑자기 순식간에 몇 배로 불어나자 당황할 수밖에 없었다. 인간뿐만이 아니라 몬스터까지 포함되어 있었다.

"와아아아아!"

미적거리던 놈들이 갑자기 눈이 뒤집힌 것처럼 달려들었다. 수많은 방어 마법들을 무시하고 그저 달려오는 것이, 마치 붉은 깃발에 정신이 나간 투우들 같았다.

콰과과과광! 콰광!

거센 충돌들로 이그나이츠의 성벽과 성문이 거세게 흔들렸다. 이그나이츠 병사들이 긴장하며 무기를 움켜쥐었다. 하지만 당황은 오래가지 않았다.

크와아아아아악!

이성이 없는 몬스터들까지 순간적으로 경직시키는 사나운 포효가 이그나이츠의 성채 위에서 터져 나왔다.

"침착해라!"

어느새 반인반수로 화한 압실롯이 고함으로 시선을 주목시키고, 각 군대의 사령관들이 군대의 동요를 가라앉혔다. 그들은 아르하드에게 현 상황을 고지받고 일이 어떻게 돌아가고 있는지를 파악하고 있었다.

압실롯이 쏟아져 들어오는 바하무트군을 거대한 발톱으로 가리켰다.

"눈 똑바로 뜨고 봐라. 숫자가 불어났지만 이때까지 싸워 왔던 놈들이다!"

이그나이츠의 이종족들은 몬스터와의 싸움에, 인간들은 인간과의 싸움에 이골이 났다. 아무리 바하무트군이라도, 결국 언제나 싸워 왔던 존재들이라는 점을 모두가 인지했다.

"우리 자신을 믿고, 우리의 방식으로 저들과 싸운다!"

당혹감을 가라앉힌 그들은 두려워하지 않았다. 예전 같았다면 이런 말을 듣더라도 공포의 대명사인 바하무트가 마냥 두려웠겠지만, 지금은 아니다.

그들에게는 강력한 정신적 지주들이 있었다.

이아나와 아르하드!

그들과 함께한다면 반드시 승리할 것이다. 그러니 바하무트를 멸절하는 날을 향해 그저 노력하며 나아갈 뿐이다!

"쏴라!"

성채에서 강력한 힘을 두른 화살들과 삿된 것들에 대항할 수 있는 정령들, 파괴력을 지닌 마법들과 무궁한 잠재력을 품은 신술들이 적들을 향해 폭우처럼 쏟아져 내렸다.

"정말, 끝까지 농락하는군요."

이아나가 북부 히마라페 빙원의 한구석에서 중얼거렸다.

바하무트 황족과 같은 곳으로 텔레포트하려 했지만 어찌나 많은 교란 좌표들로 함정을 파 놨는지 이아나 일행은 그들을 놓칠 수밖에 없었다.

그나마 좋은 소식은, 이아나가 연회장에서 테일런과 대화를 나누는 동안 아르하드가 마나 원격 조작으로 타칼론에 배치된 대형 텔레포트 마법진 수십 개의 흐름을 꼬아 두었다는 점이다. 그것들은 전쟁이 아닌 죽음으로 직행하는 텔레포트가 되었다.

시간을 들여 최대한 많이 작업할 생각이었으나 테일런이 막무가내로 한꺼번에 텔레포트하는 바람에 나머지 수백 개의 텔레포트는 정상으로 작동되었다는 것이 나쁜 소식이기도 했다…….

"황족을 추적할 수 있나요?"

"대륙과 너무 멀리 떨어져 있어서 불가능해. 일단 여기서 벗어나자."

"서둘러요."

빨리 놈들을 따라잡지 않으면 대륙 전체에 암운이 드리운다. 아르하드가 텔레포트를 준비하는 사이, 이아나는 도르시아니가 손에 쥔 끔찍한 것을 보았다.

"그건 누구의 손이지? 그런 걸 왜 들고 있어?"

끊어진 지 얼마 되지 않았는지, 피가 뚝뚝 떨어지고 있었다.

"샤일린스의 손. 에이지가 깨어나면 병문안 선물로 주려고. 좋아하겠지?"

도대체 그 상황에 황태후의 손을 어떻게 잘라 낸 걸까. 모녀가 쌍으로 손이 잘려 나가다니 우스운 꼴이다. 이아나는 딱딱한 얼굴을 풀고 그들을 비웃을 수 있었다.

하지만 긴장이 풀린 건 잠깐이었다.

이아나는 남쪽을 조금, 초조한 시선으로 바라보았다.

진짜 전쟁이 시작되었다.

이아나는 모두와 함께 노력한 시간을 믿었다. 그들과 함께라면 얼마든지 승리할 수 있을 것이다. 강제로라도 그리 생각해야만 했다. 불안감에 사로잡힌 채로는 이 위기를 헤쳐 나갈 수 없을 테니까.

국경에 연락하여 상황을 전해 받기를, 난리가 났지만 예전부터 철저하게 준비를 해 둔 터라 잘 싸우고 있다고 했다. 바하무트 황족도 나타나지 않았다고 한다.

이아나 일행은 히마라페 빙원에서 세마스티어로 직행했다.

국경으로 가서 바하무트군을 학살할 수도 있었다. 하지만 이아나와 아르하드는 바하무트 황족을 죽이는 데만 심혈을 기울여야 했다. 죽이지 못하더라도 어딘가에서 무자비하게 학살전을 벌이고 있을 그들을 막아야만 했다. 그곳이 자국이든 타국이든 관계없었다.

당연히 자국 방어가 최우선이니, 타국의 참사에는 전혀 관여치 않고 자국 보호에만 힘쓸 수도 있었다. 그러면서 힘을 길러 바하무트 황족을 쓰러뜨릴 수만 있다면 상책 중에서도 상책이 아니겠는가.

하지만 입술이 없으면 이가 시리다고 했다. 타국을 횡보하는 바하무트 황족을 방치하고, 타국의 멸망을 방관한다면 언젠가는 독이 되어 자국으로 돌아올 것이다.

그리하여 이그나이츠, 로안느, 진자이, 토라카는 연맹을 맺었다. 모든 국가와 힘을 합치는 건 현실적으로 불가능했기에 최전선에 접해 있는 국가들끼리 뭉친 연맹이었다. 대륙이 워낙 넓어 군대가 자유롭게 오가기는 어렵지만, 연맹은 최선을 다해 서로를 도우며 피해를 최소화하기로 맹세했다.

특히 바하무트 황족에 관해서는 무조건 정보를 공유하고 국경을 초월하기로 했다. 황족은 일반 군대로는 어찌할 수 없는 재앙이었고, 특정 인물들만 놈들을 상대할 수 있었다.

"데시아!"

이아나와 아르하드는 수집한 정보들이 취합되는 정보국에 들이닥쳤다.

세계 각지에 파견한 정보원들이나 타국의 정보기관과 연결하는 통신구들이 쉴 새 없이 반짝거렸다. 통신구 너머에서 급박하게 상황을 전하는 목소리, 고함, 비명 등이 난잡하게 전해져 정보국을 어지럽혔다. 참모들은 혼이 나간 듯, 정신없이 정보를 정리하고 있었다.

"전하!"

정보국의 부국장, 데시아가 몹시 피로한 표정으로 아르하드와 이아나에게 달려왔다.

중년에 접어든 데시아는 아주 오래전부터 에이지와 합을 맞춰 일해 온 뛰어난 여성이었다.

하지만 정보국을 총괄하며 가장 많은 일을 해 온 에이지의 자리는 매우 컸다. 의식불명으로 침대에 누워 버린 에이지의 부재로 인해 데시아에게 일이 물밀듯이 쏟아졌고, 차라리 기절해 버리고 싶은 날들이 연속으로 이어졌다. 책임감 때문에 겨우 정신을 잡고 있을 뿐이다.

"현재 국내, 국외 전투 상황을 요약해서 설명해."

짧은 질문에, 데시아가 코끝까지 내려온 안경을 올리며 정리된 정보를 기계적으로 읊었다.

서부 국경은 역시 괜찮았다. 피 터지는 전투가 벌어지고 있지만 바하무트 측에 전혀 밀리지 않았고, 피해도 크지 않았다. 피해는 오히려 수성하는 이그나이츠보다는 무작정 공격을 가하는 바하무트 측이 훨씬 컸다.

국내에서 벌어지고 있는 전투도 없었다.

이그나이츠의 마법사들과 엘프들은 건국 단계에서 특정 이동 지점들을 제외한 전 국토에 마법과 신술로 광역 텔레포트 방해 배리어를 펼쳐 놨다. 이 배리어는 국방용으로, 바하무트 황족 감지망이기도 했다. 강제로 뚫을 수 있는 이가 바하무트 황족들뿐이었기 때문이다.

만약 바하무트 황족이 배리어를 뚫고 군대를 텔레포트시켰다면 그물망에 물고기가 낚이듯 이그나이츠의 경계망에 걸렸을 것이다. 그리고 파 놓은 함정들에 걸려 엄청난 피해를 입었을 것이다. 하지만 바하무트 황성에서 발생한 텔레포트 중에서 국내로 이어진 것은 없었다.

"문제는 남부 국경 방향입니다."

문제는, 여태 바하무트와 접하지 않아 바하무트와 관계될 일이 없었던 남부 국경 아래쪽이었다.

그쪽 방향에는 대륙 북동부의 이그나이츠와 남부의 로안느 사이에 낀 소국들이 많았다. 그 나라들은 몬스터 게이트 이후 초월적인 강자의 부재로 부흥하지 못하고 몰락하고 있었다.

그리하여 최근 참혹한 생활을 견디지 못한 주민들이 이그나이츠나 로안느에 이주해 오거나 아예 지역 자체가 복속되기를 자발적으로 요청해 오고 있었다.

이러한 사정으로, 이그나이츠의 국가 확장과 발전 단계를 밟고 있는 남부 국경은 수시로 달라졌다. 때문에 방어력이 부족했다. 성벽은 정령들의 힘으로 쌓아 올렸으나 무구와 병력이 눈에 띄게 모자랐다. 텔레포트 방해 배리어도 미완성 상태였다.

이 모든 것을 천천히, 완벽하게 보충하고 싶었지만 시간이 없었다. 하지만 남쪽은 심각하게 경계할 대상이 없었기에, 보안을 비교적 느슨하게 해도 이때까지는 괜찮았다.

“남부 국경에 바하무트 대군과 몬스터들이 자리 잡았습니다.”

“지금 우리 쪽이 공격당하고 있는 건가?”

“당장은 아닙니다. 텔레포트로 도착하자마자 중소 국가들부터 공격하고 있습니다. 카일 녹턴 경이 남부 국경에 방어선을 구축하고 있는 중입니다. 근접 국가들이 우리 측에 구원을 요청했습니다만 보류했습니다.”

“알겠다. 바하무트 군대가 텔레포트한 곳들은 파악했나?”

“대표적으로 네 곳입니다.”

바하무트와 전면전을 벌이고 있는 이그나이츠의 국경 서부, 중소 국가들이 몰려 있는 이그나이츠의 국경 남부, 토라카 왕국의 국경 북부, 로안느 왕국의 국경 서부이자 진자이의 국토인 옛 시디얀 지역.

모두 바하무트가 진지를 치기 좋은 장소들이었다.

토라카 왕국의 국경 북부는 바하무트가 짓밟아 쥐새끼 한 마리 없는 죽은 땅이었다. 시디얀 지역도 진자이가 복속시키기만 하고 철수한 후부터는 텅 빈 오지가 되었으니 자리 잡기 좋은 건 마찬가지였다. 게다가 페인이 바하무트군의 교두보로 마련했을 만큼 지리적 이점이 있었다.

이그나이츠의 서부 국경 너머는 바하무트 땅인 데다 원래 군대가 진지를 치고 있던 곳이니 말할 것도 없다. 남부 국경의 아래쪽은 절정의 강자가 없어 양 떼 목장이나 다름없었다.

바하무트의 대군 대부분이 이 네 곳으로 나눠지고, 소규모 군대는 대륙의 곳곳에 투하되었다. 놈들은 네 곳에 거대한 집을 짓고 대륙 구석구석으로 파고드는 불개미들이었다.

"바하무트 황족의 위치는?"

"파악되지 않고 있습니다."

아르하드가 잠시 고민하더니 물었다.

"연락이 끊긴 정보원들이 있나?"

"부지기수입니다. 연락을 계속 시도하고 있지만 연결이 되지 않는 이들이 많습니다."

"연락이 되지 않는 정보원의 위치를 지도에 표시해 와."

데시아가 빠르게 고개를 숙이고는 부하들을 향해 뛰어가며 고래고래 소리를 질렀다.

바하무트 황족의 위치가 파악되지 않는 이유는 황족이 텔레포트로 이동하자마자 그곳에 있는 정보를 전달할 이들까지 모두 학살했기 때문일 가능성이 높았다.

"여기 있습니다."

얼마 지나지 않아 데시아가 지도 한 뭉치를 헐레벌떡 가져왔다. 아르하드가 지도를 펼치고, 이아나가 옆에서 함께 보았다.

아르하드가 점이 유난히 많은 지역들을 펜으로 표시했다.

“이아나, 너는 도르시아니와 함께 이곳들을 방문해라. 나머지는 내가 간다.”

“알겠습니다.”

이아나는 빠르게 에이지가 있는 방으로 달려갔다. 도르시아니가 그곳에 있었다.

도르시아니를 호출할 수도 있었지만 이아나도 에이지의 상태를 보고 싶었다. 에이지를 생각하자, 심장을 좀먹고 있던 초조함이 목구멍까지 기어올랐다.

에이지의 숨은 날이 갈수록 점점 옅어지고 있다. 갑자기 멎어버릴 가능성도 배제할 수 없었다.

에이지가 그렇게 덧없이 죽을 수도 있다는 사실이 믿겨지지 않았다. 그를 깨우려면 대체 어찌해야 할지 감도 오지 않았다. 스스로 깨어나 주기만을 바라지만 그럴 낌새가 없어 초조했다. 육체 수복이라면 얼마든지 해 줄 수 있는데 영혼은 그럴 수 없다는 사실이 안타까웠다.

쾅!

이아나가 문을 열어젖혔다. 조그마한 하급 정령들이 에이지의 옆에 누워 있다가 이아나에게 손을 흔들었다.

정령들은 에이지의 몸에 이상이 생기면 이아나에게 바로 달려와 알리기로 되어 있었다. 얌전히 있는 걸 보면 그렇게 나쁜 상황은 아니다.

"도르시아니."

이아나는 안도의 한숨을 내쉰 후, 침대 옆에 걸터앉아 에이지를 물끄러미 보고 있는 도르시아니를 불렀다. 침대 옆의 탁상 위에는 샤일린스의 손을 방부 처리한 통이 놓여 있었다.

"네 원수의 왼손을 잘라 왔으니 춤을 추며 깨어날 줄 알았는데 일어나지 않는구나."

도르시아니의 중얼거림은 언제나처럼 탁했다.

"뭘 해야 깨어날 거니?"

그녀는 멍하면서도 감정 없는 목소리로 에이지에게 속삭였다.

"내가 네 삶의 의지를 너무 과대평가한 건가?"

그 속삭임은 어쩐지 조금 허무하게 들렸다.

도르시아니는 동상이 된 것처럼 서 있는 이아나를 흘끗 보더니 바지를 털며 일어났다.

"어디 가야 해?"

이아나는 한숨을 삼키며 지도를 내밀었다. 도르시아니는 지도를 받아 들더니 텔레포트할 경로를 손가락으로 그었다.

이아나는 고개를 끄덕이곤, 에이지에게 다가갔다.

"어서 깨어나."

그리고 그의 손을 꽉 붙잡았다.

아르하드는 단독으로, 이아나와 도르시아니는 함께 움직이며 바하무트 황족을 찾으러 다녔다.

이그나이츠 정보원들의 연락이 끊긴 이유는 다양했다. 쏟아지는 군대와 몬스터 때문에 연락을 취할 겨를이 없어서, 통신 마법에 장애가 생겨서, 부상당해서, 죽어서, 등등.

“여기도 없네.”

여덟 번째 텔레포트였다.

여기서도 허탕 쳤다. 이곳은 그냥 전쟁터였다. 눈앞에서 바하무트 군대와 로안느 군대가 맞붙어 피 터지게 싸우고 있었다. 병장기들과 마법들이 충돌하여 만들어 내는 소음과 파동이 온 세상을 어지럽히고 있었다.

이아나는 주먹을 꾹 쥐었다.

‘정보국에서 소식이 들려오면 좋을 텐데.’

시간이 지체되면 지체될수록 사상자가 기하급수적으로 늘 것이다. 빨리 놈들을 찾아서 막아야 피해를 크게 줄일 수 있었다.

‘하지만 막기만 해선 근본적인 문제가 해결되지 않아.’

놈들을 죽여야만 끝이 나는데, 죽일 수가 없으니 문제는 끊임없이 발생한다.

심장에 자리 잡은 초조함이 점점 더 크기를 불려 간다. 입안에 모래알을 가득 머금었다가 삼킨 것만 같았다. 목구멍부터 내장까지 온통 자글자글했다.

회귀 전의 아르하드와 싸울 때는 이런 초조함과 꽉 막힌 듯한 답답함을 느낀 적은 없었다.

그때는 지켜야 할 이들이 없었으니까.

권리가 있으면 책임이 따른다. 이아나는 소중한 사람들이 생겼으니 그들을 지켜야 하는 의무가 따르는 게 당연하다고 생각했다. 그 의무가 너무 무거웠지만 소중한 이들이 없었던 회귀 전으로 돌아가고 싶으냐고 한다면 절대로 아니었다. 따뜻한 온기를 이미 알아 버렸기에 냉기 속에서 다시 살아가라 한다면 아마 얼어 죽어 버릴 것이다.

그러니까 그놈들을 빨리 죽여야 하는데.

죽여야 하는데…….

로베르슈타인. 대체 왜야?

네 봉인은 대체 왜 풀리지 않아?

너는 왜 나를 방해하지? 왜?

대체 왜? 어째서?

초조함과 살의로 눈이 멀어 가고 있을 때였다.

"조금만 쉬자."

도르시아니가 말을 걸었다.

이아나는 감정의 파도에서 퍼뜩 빠져나와 그녀를 보았다.

"힘들어."

투덜대도 항상 멀쩡했던 도르시아니답지 않게 정말로 지친 기색이었다. 그도 그럴 것이, 악마의 파편을 돌려준 그녀는 아무리 강하다고 해도 이제 일반인이었다. 급한 상황이긴 했지만 계속 재촉하기만 한 듯해서 미안했다.

"당신의 상태를 생각하지 못했군. 미안해."

"괜찮아. 조금만 쉬면 멀쩡해져. 부모님 중 한 명이 어인인데, 어인의 피 덕분에 회복이 빠르거든."

이아나가 조금 놀라자 도르시아니가 고개를 살짝 기울였다.

"놀랄 게 있나? 내가 신력을 젊음에 떡칠하는 바하무트 황족도 아니고, 이 나이가 되도록 주름 하나 없이 젊기만 한 게 이상하지 않았어? 대부분의 시간을 바닷속에서 보내는 빙설의 드래곤 프릴리아누의 가디언인 것도, 신력을 아주 능숙하게 다루는 것도…….”

그랬다. 곰곰이 생각해 보니 도르시아니는 나이에 맞지 않는 외모를 비롯하여 이해할 수 없을 정도로 비인간적인 부분들이 많았다.

“그랬군. 당신의 나이나 성취가 이상하다고는 생각해 본 적이 없었다. 그냥 그렇구나, 하고 받아들였어.”

도르시아니의 입가가 살짝 말려 올라갔다.

“전하부터가 어린데도 강하니까 아무리 상대방이 이상해도 별 특별함을 느끼지 못하는 거겠지. 아주 마음에 드는 태도야.”

미소는 잠시였고, 입가는 다시 내려앉아 도르시아니의 얼굴은 무표정으로 돌아왔다.

“내 나이는 아주 많지는 않지만, 적지도 않아. 난 인간의 피가 더 짙어서 거의 인간이나 다름없지만, 어인의 피 덕분에 젊음을 유지하고 있어.”

어인의 피가 섞였다고 생각하니 도르시아니의 외모가 조금 달라 보인다. 까만 머리카락이지만 물빛이 살짝 돈다든가, 탁한 눈동자지만 푸르다든가…….

한 단어로 묘사하자면, 도르시아니는 심해였다.

성격도, 조금 돌아 버린 것과 별개로 차분하니 그런 이미지가 더욱 강했다.

“굳이 이걸 밝힌 이유는 날 평범한 인간이라고 생각해서 발걸음을 늦추지는 말았으면 해서야. 조금 쉬면 완전히 회복되니까 이때까지 그래 왔던 것처럼 서두르자."

"그래."

이아나는 눈을 감는 도르시아니에게서 시선을 떼었다. 그녀가 어인의 피를 물려받았다고 해서 달라질 건 없다. 도르시아니는 도르시아니였다.

'침착하자.'

심해 같은 도르시아니와 대화를 나눴더니 이아나의 마음도 조금 차분해졌다. 앞이 깜깜하지만 침착하게 길을 찾아가야 한다. 괜히 서둘렀다간 낭떠러지로 떨어질 수도 있었다.

"그런데 전하, 황족을 찾으면 어쩔 거야?"

도르시아니가 질문했다.

"바하무트 황족을 죽이는 건 현재로선 불가능하잖아. 그럼 계속해서…… 그냥 따라다니면서 막는 데만 집중할 건가?"

뼈아프게 꼬집는 말이었다.

"테일런의 말대로 선공이 훨씬 유리해. 게다가 황족에게는 지킬 게 없지만 이쪽에는 지켜야 할 게 너무나 많아. 이대로라면, 전하는 황족에게 끌려 다니기만 할 거야."

겨우 침착해졌는데 다시 들쑤셔 놓는 도르시아니가 원망스러웠다. 원망의 근원이 본인임을 곧장 깨달았기에, 원망은 자괴감이 되어 돌아왔다.

"어쩔 수 없어. 지금 할 수 있는 일이 그것뿐이다. 최선을 다해 막으면서 강해지려고 노력하는 수밖에."

본인이 말해 놓고도 막연했다.

"전하, 우리 바하무트로 갈 때 전하의 성장이 지체되고 있다는 유의 대화를 나눴었던 걸로 기억하고 있는데. 그 문제는 해결했어?"

"문제의 원인은 찾았지만 해결 방법은 여전히 모르겠다."

어느새 눈을 뜬 도르시아니가 이아나를 빤히 쳐다보았다.

"그럼 지금 그 문제에 대해 진지하게 대화해 보자. 전하가 강해져야 이 싸움을 빨리 끝낼 수 있을 테니."

깊고 푸른 눈동자가 물결처럼 흘러왔다.

"전하의 성장을 막은 '벽'이 정확히 어떤 거야? 해결 방법을 같이 고민해 줄 테니 얘기해 봐."

이아나는 잠시 갈등했다.

도르시아니는 이아나의 좋은 상담 상대였다. 진리의 근원을 파고드는 마법사인 그녀는 누구보다 유식했다. 영계를 맛보기도 하고, 심판의 권능을 두 번이나 겪어 보기도 했다. 마도적인 부분에 한해서, 이아나를 잘 아는 사람들을 순위로 매겼을 때 아르하드 다음이 도르시아니였다.

그리고 도르시아니는 신뢰할 수 있는 여자다. 죽은 듯이 누워 있는 에이지를 바라보던 그녀의 눈빛을 목격하고 확신했다.

이아나는 비밀 대부분을 털어놓기로 결심했다. 문제를 해결할 수만 있다면 뭐든 말해 줄 수 있었다.

이아나는 라오스와 로이긴 외의 다른 신, '로베르슈타인'의 존재와 환생, 다섯 갈래로 쪼개진 신의 심장들, 그리고 로베르슈타인의 '봉인'에 대해서 간략하게 이야기해 주었다.

최근 몹시 무기력하던 도르시아니가 오랜만에 눈을 빛냈다.

"혹시 전에 내 악마의 파편을 꺼낼 때 사용했던 '천칭의 힘'도 그 로베르슈타인이라는 신의 힘이었던 걸까?"

"맞아. 그걸 나는 '심판'이라고 불러."

"정말 흥미롭네. 이런 건 진작 이야기해 주지."

도르시아니가 중얼거리며 정보를 정리하더니 이아나의 손 위에 손을 올렸다.

"심판의 능력 저하도, 전하의 성장 지체도, 문제의 원인이 하나로 귀결되는군. '봉인' 말이야."

로베르슈타인의 봉인이 이 모든 문제들의 핵심이었다.

"한번 정리해 보자. 먼 옛날 라오스는 로베르슈타인의 영혼을 로베르슈타인 일족의 피에 집어넣어 대대로 이어지도록 하였다. 로베르슈타인의 심장은 세계수 페임드라의 몸에 봉인해서 다섯 개로 쪼개 놓았다."

"맞아."

"그러다가 이십여 년 전에 그녀의 심장을 봉인했던 라오스의 봉인이 풀렸고, 로베르슈타인 일족의 피에 흐르고 있던 로베르슈타인의 영혼은 자신의 쪼개진 심장이 파괴되는 걸 막기 위해 무의식중에 스스로 심장을 봉인했다. 맞지?"

"그래."

"'봉인'의 원리에 대해서는 나도 알아."

봉인의 위력은 다음의 세 가지에 따라 달라진다.

영혼이 가진 자아의 강함.

봉인의 목적에 대한 집념.

봉인을 유지하고자 하는 집착.

"봉인 해제 조건은 아마도 전하가 '로베르슈타인의 목적을 완전히 수용하는 것'일 거야. 그리고 로베르슈타인이 심장 파괴를 막고 살고자 한 목적이 단순히 '죽지 않는 것'이었다면 봉인이 풀리지 않을 이유가 없어."

"하지만 풀리지 않고 있지."

"그럼 그냥 사는 것보다 더 구체적인 목적이 있을 거야. 그리고 그 목적은 '이아나의 자아'와 공존할 수 없는 무엇이겠지. 전하의 말대로 '이아나가 아닌 로베르슈타인으로서 살고 싶다'는 거라든지?"

이아나가 움찔했다.

"그게 아니라 다른 목적일 수도 있겠지. 분명한 건, 전하의 자아와 충돌하는 부분이 있고, 그 부분에 대해서 전하의 무의식 속에 잠재한 로베르슈타인의 자아는 타협할 의지가 전혀 없다는 거야. 그래서 봉인이 풀리지 않는 거라고 생각해. 전하는 그 충돌하는 부분이 정확히 뭔지 모르는 거고."

"……."

"예전에 질문에 대한 답을 찾지 못하는 이유는 두 가지라고 했어. 아예 없거나, 존재하는데 알지 못하거나. 내가 보기에 전하의 경우는 후자야."

도르시아니가 팔짱을 꼈다.

"봉인을 해제하기 위해서, 전하는 로베르슈타인의 봉인 목적부터 뭔지 확실하게 알아내야 해. 그녀가 '왜' 살고 싶은 건지를 찾아야 한다는 거야. 자물쇠를 열기 위해 열쇠 구멍이 어떻게 생겼는지 살펴보는 것처럼."

도르시아니는 생각지도 못했던 방향의 답을 내려 주었다.

“그러기 위해서 전하는 로베르슈타인의 삶을 그저 그랬구나, 하고 흘려보내기만 할 것이 아니라 완벽하게 이해할 필요가 있다고 생각해. 그녀의 삶에 답이 있을 테니까.”

“…….”

“목적을 알아낸 다음엔 봉인 해제 조건을 맞춰서 봉인을 순조롭게 풀지, 그보다 절박한 집념으로 봉인을 강제로 부술지를 결정해야겠지. 자물쇠를 여는 방법도 두 가지잖아? 맞는 열쇠를 만들어서 넣든지, 아예 부수든지.”

이아나는 도르시아니와 대화하면서 놓치고 있던 부분이 있었음을 깨달았다. 어찌 보면 아주 기본적인 부분이었다.

이아나는 로베르슈타인이지만, 로베르슈타인이 아니다.

이아나는 로베르슈타인의 삶을 제 것이었다고 인정했다. 말 그대로 인정했을 뿐 좌지우지되지는 않았다. 그저 먼 과거의 일처럼 흘려보냈다.

지금 상태에서, 이아나와 로베르슈타인은 같으면서도 별개인 존재라고 봐도 무방했다. 이아나와 로베르슈타인의 영혼은 같고, 삶은 직선으로 이어져 있지만, 시간선을 딱 끊어서 삶을 분리하면 완전히 다른 존재들인 것이다.

누구보다 로베르슈타인을 잘 이해하고 있다고 생각했지만 사실은 그렇지 않았다. 이아나는 로베르슈타인의 감정과 기억을 이어받았으나 현재의 삶과 분리하여 가치 있는 부분들만 써먹었다. 자기 소유의 서재에서 필요한 책만 뽑아 읽는 것처럼 말이다.

로베르슈타인의 봉인을 깨려면 봉인의 목적부터 알아야 하고, 목적을 알아내려면 로베르슈타인의 삶을 확실하게 이해해야 한다는 도르시아니의 주장은 이아나가 생각하기에도 타당했다.

"정말 좋은 의견이었다. 로베르슈타인의 삶을 처음부터 끝까지 제대로 되짚어 봐야겠어."

"음. 그게 정석적인 방법이긴 하겠지만, 전하. 내가 하나를 더 생각해 봤는데…… 자아를 '이아나'가 아닌 '로베르슈타인'에 가깝게 해 보는 건 어때?"

이아나가 눈을 깜빡였다.

"본인에 가까운 상태로 사고하면 봉인 목적을 바로 알 수 있지 않겠어? 가능할지는 모르겠지만."

획기적이다.

이아나는 이때까지 '이아나' 자신을 위주로 하여 봉인을 깰 방법을 찾고 있었다. '이아나'로서 로베르슈타인과 정신력 싸움을 하거나, 로베르슈타인을 이해하여 목적을 찾거나.

하지만 도르시아니의 말대로 '로베르슈타인'에 가깝게 사고해 보면 의외로 문제를 쉽게 해결할 수도 있을 듯했다.

"고마워. 진작 상담해 볼 걸 그랬어."

도르시아니와의 대화는 무척 유익했다.

신성시대에 관한 문제는, 아르하드가 유일한 대화 상대였다. 하지만 아르하드는 아는 것이 무척 많음에도 이런 방향의 답을 내려 주지 못했다.

아르하드는 신성시대의 이야기를 배척하다 못해 혐오해서 떠올리기도 싫어했다. 그런 그가 로베르슈타인의 봉인을 풀기 위해 로베르슈타인의 삶을 이해하거나 그와 가까워져 보는 게 어떻겠냐는 방법을 제시할 리가 없었다.

아니, 이아나가 로베르슈타인보다 강해져서, 그러니까 '이겨서' 봉인을 풀겠다고 했으니 그저 응원할 뿐 다른 방법은 고민해 볼 생각도 하지 않았을 것이다. 상황을 객관적으로 보는 도르시아니기에 다른 방향을 제시해 줄 수 있었던 것이다.

"도움이 됐어?"

"무척."

"그럼 앞으로는 어떻게 할 거야?"

"일단 로베르슈타인의 삶부터 되짚어 보고 안 되면 당신의 말대로 로베르슈타인에 가까워져 보려고."

로베르슈타인의 삶을 현생과 분리했지만, 그와 별개로 그녀의 기억과 감정이 제 것이라는 느낌은 있었다. 기억을 상실했던 환자가 기억을 되찾았을 때와 같은 기분이라고 해야 할까.

그러니 로베르슈타인으로서 사고하는 것도 가능할 것 같았다. 이아나로서의 자아 정체성이 매우 강한 점이 장애가 되겠으나 노력하면 될 것 같았다.

문제는 로베르슈타인의 기억과 감정에 과몰입하는 과정에서 이아나의 자아에 영향이 있을 수도 있다는 점이었다.

'그렇게 안 되도록 주의해야지.'

이아나가 속으로 다짐하고 또 다짐했다.

아르하드가 이 방법을 싫어할 것이 눈에 선했다. 하지만 어쩔 수 없다. 앞이 꽉 막힌 와중 새로운 길이 열렸으니 당연히 그 길을 걸어 봐야 하지 않겠는가?

"좋아. 전하가 하루빨리 문제를 해결할 수 있길 응원할게."

도르시아니가 자리에서 일어났다.

"이제 회복 다 됐어. 출발하자."

출발이라는 말에 현실로 돌아왔다.

이아나는 한숨을 삼켰다.

안 좋은 상황에 이 사실을 깨달아서 관조할 시간이 없다는 점이 아쉽다. 바하무트 황족이 얌전히 있어 주면 좋겠는데 그럴 리가 없었다.

이아나는 바하무트 황족을 찾으러 다니면서 이미 알고 있었던 로베르슈타인의 방대한 삶을 쭉 되새김질했다. 신경이 분산되어 완전히 몰입하지는 못했지만 단순하게 읽어 내릴 수는 있었다.

로베르슈타인은 최초의 신이었다.

신들의 맏이인 로베르슈타인은 아주 강력한 신력 생산력을 가지고 태어났고, 그에 대한 대가로 세상의 균형을 유지해야 한다는 의무를 천칭으로부터 부여받았다. 강제적인 의무였지만 그녀는 순순히 승낙했다. 그녀는 아름다운 세상을 가장 먼저 시야에 담은 것이 저라는 사실에 자발적인 책임감을 가졌다.

강인한 마음은 천칭이라는 세계의 진리와 맞물렸고, 그녀는 세상의 균형을 유지한다는 조건하에 심판이라는 기적의 권능을 얻었다.

그렇게 시작된 로베르슈타인의 삶은 무척 외로운 것이었다.

다른 신들과 동떨어진 그녀는, 중립을 유지하기 위해 누구와도 친하게 지내지 못한 채 무생물처럼 시간을 보냈다.

그러다 빛을 동경하는 검은 소년을 만났다.

로베르슈타인의 심장에서 동정의 싹이 돋아났다. 시간이 좀 더 흘러 그녀밖에 모르는 소년에게 애착을 가졌다. 시간이 많이 흐른 후에는 그녀를 사랑한다고 매달리는 청년을 깊이 사랑하게 되었다.

그러던 두 사람에게 예정된 비극이 찾아왔다.

로베르슈타인은 '균형'과 '평화'를 추구해 왔다. 이 때문에 기계적으로 중립적인 태도를 취한 경우도 많았다. 그렇게 살아왔던 그녀 최대의 실책은, '평화'에만 주목하여 신들이 악감정과 나쁜 기억들을 구덩이에 버리는 편한 길을 선택하는 것을 방관한 것이었다.

신들은 행복이라는 권리만 누리려 하고 본인의 감정에 대한 책임을 저버렸다. 로베르슈타인은 시끄럽던 세상이 평화를 되찾은 것에 의의를 두고 내버려 두었다.

그러나 책임은 모조리 그녀가 사랑하는 남자에게 지워졌고, 남자는 타락한 지 오래였다.

신들과 연인의 대립.

차마 한쪽을 선택하지 못했던 여자는 시들어 갔다. 중립이라는 스스로의 존재 가치를 잃고 죽어 갔다. 신성시대의 종말에 이르러, 그녀는 엄청난 무기력증과 우울증에 빠지고 만다. 그녀의 감정은 하루에도 수십 수백 번을 왔다 갔다 했다. 떠올리는 것만으로도 감정적인 소요가 심해서 회상하기 꺼려질 정도였다.

'자세한 기억은 여기까지야.'

기억은 로베르슈타인이 우울증에 빠지기 전까지만 끊어지지 않고 쭈욱 이어진다. 후반부부터는 뒤죽박죽 섞이다 못해 싹둑 잘라 낸 것처럼 통째로 빠져 있는 기억들이 너무 많았다.

그다음은 바로 종말 때의 기억이었다.

종말에서, 로베르슈타인은 생의 의지를 놓은 상태였다. 죽고자 결심한 그녀의 머릿속은 깨끗했다. 그 상태로 로이긴의 심장을 찔렀다. 로이긴이 죽었다고 생각한 로베르슈타인은 삶에 대한 미련을 완전히 내려놓았다. 멀리서 달려오는 라오스를 보며 울컥했지만 짧디짧은 감상이었을 뿐이다.

신의 심장, 혼돈의 조각은 영혼이 존재 의지를 잃으면 붕괴된다. 로베르슈타인의 심장도 동일한 과정을 밟았다.

하지만 라오스가 그녀의 죽음을 막고자 심장과 영혼을 봉인하는 바람에 죽지 못했다. 로이긴도 죽지 않고 계속해서 삶을 이어 갔다.

그렇게 오랜 세월이 흘러…….

불과 수십 년 전에 라오스의 봉인이 풀렸다.

로베르슈타인의 시간이 다시 흐르기 시작했다.

종말 때 죽고 싶어 했던 로베르슈타인의 심정을 고려한다면 심장은 봉인이 풀리자마자 붕괴되어야 했고, 그녀의 존재는 세상에서 소멸됐어야 했다. 하지만 로베르슈타인의 영혼은 봉인으로 심장의 붕괴를 막았고, 결국 이아나로 다시 태어났다.

'그렇게 죽고 싶어 했으면서 갑자기 살고자 마음먹은 이유가 대체 뭘까?'

이아나는 변덕의 원인이 로베르슈타인의 후반부 기억들 속에 있을 것이라고 추측했다. 후반부의 기억은 매우 중요했다. 르보니의 봉인, 라오스의 정체 등등 풀리지 않는 수수께끼와 매우 밀접하게 연관되어 있었다.

'하필이면 후반부 기억들만 이 꼴이야.'

로베르슈타인이 견딜 수 없어 통째로 버려 버린 것일까?

혹은 강제로 지워진 것일까?

강제로 지워졌다면 라오스의 짓일까?

이 기억은 어떻게 해야 얻을 수 있을까?

로베르슈타인의 기억과 감정을 뒤져 해답을 찾으려 노력했지만 이걸로는 답이 나오지 않았다. 이젠 정말로 아예 '로베르슈타인'에 가까워져 보는 수밖에 없었다.

"전하, 찾았어."

상념은 열일곱 번째 텔레포트에서 끊어졌다.

드디어 바하무트 황족의 흔적을 발견했다. 검게 불탄 폐허에는 놈들의 흔적이 지독하게 남아 있었다. 학살의 흔적은 땅을 불로 지진 것처럼 검은 그을음으로 남아 길이 되었다.

이리로 오라고 손짓하는 것 같았다. 알아채지 못하면 미안할 정도로 노골적인 유혹이었다.

"빨리 가자."

이아나는 고민을 접어 두고 긴장감을 높였다.

"도르시아니, 황족을 상대할 수 있겠어?"

"테일런은 절대 무리고, 이사벨라나 샤일린스도 나 혼자 상대하는 건 절대 불가능해. 바하무트 황성에서처럼 보조하는 정도는 문제없지만."

"그럼 나를 보조해서 싸우다가 위험하다 싶으면 날 상관하지 말고 성으로 귀환해. 내가 당신을 보호하긴 하겠지만 변수가 너무 많아."

"알았어."

이아나는 달려서, 도르시아니는 블링크라는 단거리 이동 마법과 플라이 마법을 혼용하여 길을 빠르게 따라갔다.

그렇게 따라간 길의 끝에서, 익숙하다 못해 죽여 버리고 싶은 뒷모습들을 발견했다. 이사벨라와 샤일린스가 주변에 마법을 흩뿌리며 지상을 파괴하고 있었다.

이사벨라가 이아나를 돌아보았다.

"늦게 왔구나?"

쐐애애애액!

미리 공격을 준비하고 있던 이아나가 검을 휘둘렀다. 궤도를 따라 뿜어져 나온 반월형의 검기가 샤일린스와 이사벨라가 있던 곳을 베었다. 원래라면 상체와 하체가 분리되었어야 할 그들의 모습은 환영처럼 일그러지더니 검은 기운으로 화해 이내 사라졌다.

환상 마법. 저쪽에서도 준비를 하고 있었던 모양이었다. 이아나가 그들의 위치를 찾기 위해 기감을 펼치기도 전에 멀리서 이사벨라와 샤일린스의 뒷모습이 보였다.

"네가 이쪽으로 와 줘서 기뻐!"

이사벨라가 그리 외치며 도망치고 있었다.

"나 혼자 있으면 너한테 당할 수도 있어서 어머니와 함께 움직이고 있었는데 현명한 선택이지?"

이아나는 인사에 답하지 않고 그들을 뒤쫓았다. 도망자와 추적자의 속도는 비슷하여 거리가 좁혀지지 않았다.

쾅! 콰광!

이아나가 모녀에게 원거리 공격을 날리고 도르시아니가 그것을 보조했지만 그들은 어렵지 않게 막아 냈다. 이아나의 원거리 공격은 아무래도 다수용이라, 근거리 공격보다는 약했다.

이사벨라와 샤일린스가 향하는 곳은 남부 대륙의 중소 왕국들의 군대가 머무르는 주둔지였다.

"으아악!"

"히익!"

그들은 예고했듯 살아 있는 것들을 모조리 죽이며 지나갔다. 병사들은 기겁해서 무기를 휘둘러 막으려 했으나 이사벨라와 샤일린스가 작정하고 흩뿌리는 공격을 막을 수 있을 리가 없었다.

이아나가 검기를 날려 그들의 공격을 방해하긴 했으나 모든 공격을 막아 주기엔 무리가 있었다.

뿌득.

아득 문 잇새에서 으스러지는 소리가 났다.

"이 괴물들아!"

한 병사가 울부짖으며 창을 세차게 찔러 넣었다. 앞의 바하무트 병사를 시야에 담은 그의 눈동자에는 공포감이 역력했다.

푸욱!

그의 창은 갑주의 틈을 찌르며 적에게 치명상을 입혔다. 하지만 바하무트 병사는 상처에 아랑곳 않고 제 몸을 관통한 창을 붙잡았다. 그리고 검을 휘둘러 창 주인의 목을 날려 버렸다.

이런 상황은 전쟁터 곳곳에서 발생했다.

바하무트 쪽에 유리하게 돌아갈 수밖에 없는 전쟁이었다.

그 이유는 다음과 같았다.

첫째, 바하무트가 이십여 년간 큰 전쟁을 벌이지 않고 축적한 힘은 매우 컸다. 오랜 기간 동안, 꾸준한 병사 모집과 훈련으로 병사 수는 불어나기만 했다. 거기에 상위 기사들과 마법사들은 강도 높은 훈련과 라이프 덕분에 확연히 강해졌다.

둘째, 바하무트 군대는 고통을 느끼지 못하는 약이라도 먹은 건지, 아니면 고통 완화 마법이라도 받은 건지 아무리 심하게 다쳐도 앞으로 꾸역꾸역 밀고 들어오며 적들을 도륙했다.

통각뿐만 아니라 감정도 느끼지 못하는 듯했다. 동료가 옆에서 죽어도 별 감흥 없이 그저 앞의 적에게 무기를 휘둘렀고, 신체 한 부위가 떨어져 나가도 무덤덤하기만 했다. 오로지 살해만을 목적으로 만들어진 인형들 같았다. 그러니 고통과 공포를 느끼는 이쪽이 불리할 수밖에 없었다.

키에에에엑!

캬아아!

셋째, 이런 무시무시한 군대도 모자라서, 잔혹한 몬스터들까지 바하무트의 군대에 합세하여 공격해 왔다. 몬스터들 중에는 전설이라 불려 온 최상급 몬스터들도 적지 않았다.

마지막, 주둔지를 타국에 둔 채, 적의 땅을 짓밟는 바하무트 군대에는 지킬 것이 없었고, 이쪽에는 지켜야 할 땅과 가족이 있었다.

국가들은 속수무책으로 당했다. 파도처럼 밀려오는 바하무트 군대를 막기 급급하다 못해 짓밟혔다.

그나마 그들을 막아 내고 있는 나라들은 잘 훈련된 군대를 보유한 이그나이츠와 로안느, 진자이와 토라카 연합뿐이었다. 위험하다 싶으면 텔레포트나 아르하드가 구축해 놓은 게이트망으로 이동해 다니며 서로를 도왔다. 덕분에 바하무트에 일방적으로 짓밟히지 않을 수 있었다.

하지만 바하무트 황족이 있는 곳은 이아나와 아르하드가 악착같이 막아도 피해가 컸다.

"아하하하하!"

황족은 주변에 있는 타인의 마나 통제권을 박탈하며 무차별로 학살을 저질렀다.

아르하드는 테일런을, 이아나는 이사벨라와 샤일린스를 맡았다. 아르하드는 테일런의 통제권 박탈을 저지하며 다른 이들이 계속 마법과 강기를 쓸 수 있게 할 수 있었다. 하지만 이아나 쪽은 악마의 파편을 보유하지 못했기에 통제권 박탈 저지가 불가했고 피해는 눈덩이처럼 커졌다.

사람들은 이사벨라와 샤일린스가 등장하자마자 마법과 강기로 스스로를 보호하려 했으나 마나가 말을 듣지 않는 바람에 속수무책으로 죽어 갔다.

"마법을 쓸 수 없어……."

"왜 이러는 거야!"

이 세상은 마도시대, 마나 의존도가 컸다. 그래서 바하무트 황족과 처음으로 마주한 사람들은 말을 듣지 않는 마나 때문에 패닉 상태가 되곤 했다. 오랜 시간 바하무트와 피 터지게 싸워 온 로안느 왕국의 군대만이 바하무트 황족의 이적을 경험해 본 적 있을 뿐, 타국의 사람들은 이런 경험이 처음이었다.

사람들은 이때까지 당연하게 누려 왔던 신의 선물, 마나가 신의 것이 아니라는 것을 서서히 깨달아 갔다.

"죽어! 죽어라! 너도 죽어!"

이사벨라와 샤일린스는 무차별적으로 부수고, 파괴하고, 죽였다. 억눌러 왔던 파괴의 욕망을 사방으로 분출해 댔다.

그들을 막을 수 있는 건 신력을 쓸 수 있는 이아나와 도르시아니뿐이었다. 다른 이들이 자력으로 스스로를 보호하는 건 기대할 수 없었다.

'젠장!'

이아나는 속으로 욕설을 퍼부었다. 시간이 흐르면 흐를수록 점점 더 초조해졌고, 신경은 가느다란 실처럼 팽팽해졌다. 살해를 즐기며 신력을 흡수하는 바하무트 황족은 점점 더 생생해졌지만, 이아나는 피로감을 짙게 느끼고 있었다.

콰드드드드득!

쇠가시가 빽빽하게 박힌 채찍이 도르시아니가 있던 자리의 땅을 찢어 놓으며 갈겼다. 정말 순식간에 발생한 일이라 범인의 눈에는 땅이 그냥 쪼개진 것으로 보였다.

"위험했네."

이아나가 도르시아니의 허리를 붙잡아 당기지 않았다면 도르시아니는 반으로 쪼개졌을 것이다.

"할망구가 참 지긋지긋하게 공격해."

샤일린스는 틈만 생겼다 하면 도르시아니를 공격했다.

"손 좀 잘랐다고 그러나? 금세 복구해 놓고."

도르시아니가 좀처럼 죽지 않자 샤일린스 쪽도 스트레스가 이만저만이 아닌 듯했다. 도르시아니를 노려보는 샤일린스의 눈동자가 날이 갈수록 벌게지고, 얼굴은 귀신처럼 변해 가고 있었다.

"전하, 도와줘."

이아나가 도르시아니에게 자신의 신력을 나눠 주었다.

파지직, 파직.

도르시아니의 머리카락이 하늘에 흐르는 고압 전류들로 인해 위로 천천히 올랐다. 번개가 치며 어두운 하늘을 밝히자 어둠에 잠겨 있던 그녀의 얼굴 반쪽이 빛에 반사되었다.

콰과과과과광!

하늘에서 번개 수백 줄기가 빗발쳤다.

꽈광!

"아앗!"

이사벨라와 샤일린스에게도 커다란 번개들이 정통으로 떨어졌다. 그들의 주변에서 어른거리던 검은 기운이 방패가 되어 번개의 위력을 상쇄했으나 이아나의 신력까지 사용한 번개는 방패를 꿰뚫고 그들을 내리찍었다.

이아나와 도르시아니의 공격이 아예 소용없진 않았다. 하지만 이사벨라와 샤일린스는 검은 기운…… 즉 테일런의 가호를 받고 있어 멀리서는 치명타를 날리는 게 불가했다.

접근해서 검으로 목을 쳐야만 했다.

도르시아니의 마법으로 그들이 경직된 틈에 이아나가 달려들었다. 하지만 그들이 번개를 꿰뚫으며 그대로 줄행랑을 치는 바람에 검의 궤도는 허공을 스쳤다.

이 미친 여자들은 어찌나 빠르게 도망치는지, 절대 간격을 주지 않았다. 근접전을 벌이면 죽는다는 걸 잘 알고 있기 때문이었다.

"짜릿해라!"

이사벨라는 피부가 검게 타 놓고도 깔깔대며 웃었고 샤일린스는 신력으로 빠르게 상처를 회복한 후 주변을 다시 공격했다.

이쪽은 필사적인데, 저놈들은 마치 놀이라도 하고 있는 듯하다. 이아나는 이사벨라와 샤일린스를 죽일 수 있을 듯하면서도 아슬아슬하게 죽일 수가 없어 속이 탔다.

정령왕들도 불러 봤지만, 황족들은 정령을 상대할 방법을 강구해 온 모양이었다. 예전에 아르하드가 이니스를 역소환시켰던 것과 비슷한 방법으로 사악한 악의로 공격하여 정령들을 역소환시켰다.

슈나이더와 미리암 등 강자들의 도움을 받으면 죽일 수 있을 것 같기도 한데, 그들은 자신들의 국가를 수호하는 핵심이었다. 자리를 비우는 즉시 위기가 닥칠 테니 자리를 뜰 수가 없었다. 테일런을 뒤쫓고 있는 아르하드 역시 마찬가지다.

"전하, 봉인 해제에 진전은 없어?"

"진전은 나름 있었는데, 또 다른 난제가 생겼다."

"뭔데?"

이아나가 쉽게 대답하지 못하고 입술을 깨물었다.

이아나는 황족을 쫓아다니면서도 '로베르슈타인'의 의식에 집중했다. 덕분에 이아나는 급속도로 로베르슈타인에 가까워졌다.

가까워지면 가까워질수록, 이아나는 스스로가 완전히 다른 사람이 된 것 같은 기분을 느끼곤 했다. 로베르슈타인으로서 사고를 하고 있으면 이아나로서는 절대 하지 않을 이상한 생각들이 톡톡 튀어나왔다.

사람들이 덧없이 죽는 게 싫은 건 로베르슈타인도 이아나와 똑같았다. 문제는 바하무트 황족에 대한 생각과 감정이었다.

'그와 함께 살아갈 방법은 정말 없는 걸까?'

이아나는 바하무트 일족을 그저 죽이고 싶을 뿐이지만, 로베르슈타인으로서의 그녀는 바하무트 황족에게 사랑스러움과 애잔함, 미안함, 그리고 깊은 증오를 함께 느꼈다. 로이긴에게 그랬던 것처럼.

로베르슈타인은 공존의 방법을 찾다가, 체념을 반복했다.

'죽여야 한다, 하지만 죽이기 싫어…….'

'그럼에도 죽여야 한다.'

죽여야 한다. 죽이기 싫다. 이 두 가지 생각이 계속해서 엇갈렸지만 죽여야 한다는 생각이 우세했다.

'조금 알겠어.'

바하무트 황족에게 사랑스럽다는 역겨운 기분을 느끼는 게 싫은 것과 별개로, 이아나는 로베르슈타인과 동화되면 동화될수록 대충이나마, 봉인의 목적이 뭔지 감을 잡을 수 있었다.

‘로베르슈타인이 살고자 한 건 악마가 살아 있기 때문이다.’

로베르슈타인으로서, 바하무트 황족을 죽여 없앤 후의 미래를 상상하면 이아나는 왜인지 살의를 모조리 잃고 극도로 무기력해지곤 했다. 세상에서 자신이 해야 할 일을 모두 해서, 살아갈 이유를 더는 찾지 못하는 것처럼.

거기서 눈치챘다.

로베르슈타인은 악마를 죽이기 위해 살고자 하였다. 제 심장을 봉인하고 다시 탄생하여 악마를 죽일 날만을 기다려 온 게 분명했다. 만약 악마가 이 세상에 없었다면 로베르슈타인은 라오스의 봉인이 풀리자마자 죽음을 택했을 것이다.

여기서 풀리지 않는 난제가 튀어나왔다.

‘악마를 죽이는 게 목적이라면, 왜 봉인이 풀리지 않는 거지?’

이아나는 바하무트 일족을 죽이고 싶어 안달이 나 있었다. 악마의 심장을 파괴하겠다는 일념만으로 노력하고 있었다. 봉인이 풀려도 벌써 풀려야 마땅했다. 그런데 왜?

‘죽여야 해.’

바하무트 황족을 죽여야 한다는 살의는 계속되었다.

“정말로 난제네.”

설명을 들은 도르시아니도 이번에는 색다른 답을 내려 주지 못했다.

이아나는 입술을 꾹 다물었다. 이렇게 정신없이 쫓아다니기만 하는 걸로는 해결이 안 된다.

답은 로베르슈타인의 후반부 기억에 있을 것이다.

그것을 얻고 봉인을 풀어야 했다.

오지의 드래곤들은 기억에 대해 알지 못한다. 안다고 해도 말할 권한이 없다고 했다.

비밀을 알 만한 존재는 딱 둘. 라오스와 칸데메이온뿐이었다.

“지루하군.”

테일런이 암흑 그 자체인 마법과 검기를 사방으로 뿌려 대며 하품했다. 아르하드는 그것을 막으며 싸늘하게 말했다.

“지루한 상황을 만드는 건 너희지.”

“그래?”

테일런이 음, 하고 짧게 고민하더니 입매를 끌어올렸다.

“그럼 상황을 좀 더 재밌게 만들어 볼까. 그 전에.”

테일런이 뒤쫓아 오는 아르하드를 슬쩍 바라보았다.

“우리 둘만 있으니 진솔한 대화를 좀 나눠 보자고. 아르하드로 라르소 바하무트.”

아르하드는 이제는 존재하지 않는, 지워져 버린 그의 이름을 테일런이 읊었음에도 놀라지 않았다.

“예전의 내 기억을 얻은 게 확실하군.”

“네 기억만 얻었다 뿐일까? 내 예전 기억도 적잖게 얻었지.”

그럴 수도 있다고 생각했기에, 아르하드는 이번에도 놀라지 않았다. 시간을 지우는 권능은 이아나가 죽고 시간을 되돌릴 때 처음으로 생겨났고, 마찬가지로 그때 처음으로 사용했다. 아르하드는 자신의 권능과 권능의 허점에 대해서 잘 알지 못했다.

특정한 대상, 혹은 전 세계의 시간을 지울 수 있다는 점. 시간을 지우는 데는 엄청난 대가를 필요로 한다는 점. 그리고 세계의 시간을 지우는 건 혼자서 할 수 없다는 점만 확실했다.

아르하드는 회귀 전 롯소 산맥의 중앙에서, 신성시대의 로이긴이 죽을 때까지 알지 못했던 정체불명의 존재들, '라오스'와 '칸데메이온'의 도움을 받아 세계의 시간을 지웠다.

거기에 어떤 부작용이 있는지는 알 수 없었다.

최근 들어서야 회귀 전의 삶을 꿈으로 본 안젤리나처럼 영혼의 기저에 시간의 찌꺼기가 남아 있을 수도 있다는 점을 확인했다.

아르하드는 테일런도 그럴 수 있다고 생각했었다. 그런데 방금 전 본인의 입으로 확인 사살을 해 주었다.

"기억을 얻고 난 후에는 한동안 어이없고 당장 가서 너를 죽여 버릴까, 고민도 했었지. 하지만 저번 생에서의 패배를 이번 생에서 네게 그대로 되갚아 주기 위해 참기로 했다."

테일런의 살의가 아르하드에게 불어닥쳤다.

"반드시, 네 피를 마시며 네가 가졌던 모든 것을 가져 주마. 네 여자도 포함해서 말이야."

아르하드는 발끈하지 않았다. 예전 같았으면 이성을 잃었을 수도 있으나, 지금 그의 세계는 이아나에 대한 믿음과 사랑으로 가득 차 있었다.

아르하드는 개소리를 무시하고 서늘하게 말했다.

"나를 죽이고 싶어 안달 난 것처럼 보이는군."

"당연하지 않나. 내가 참을 수 있는 건, 내 심상 속에서 널 이미 수도 없이 죽이고 있기 때문이다. 내가 죽을 때 당했던 것과 똑같은 방법으로는 수만 번을 죽였지. 내가 여유로울 수 있는 건 그래서야, 형제."

회귀 전, 테일런의 마지막 모습이 아르하드의 머릿속을 스쳐 지나갔다. 테일런은 아르하드가 겹겹이 파 놓은 함정에 걸려, 속수무책으로 결정타를 얻어맞고, 아르하드의 지배력에 짓눌렸다. 테일런은 그때도 무척 강했지만, 올가미로 천천히 목을 조여 온 아르하드의 손에 목줄을 쥐여 주고 말았다.

아르하드는 테일런의 것이었던 바하무트 황좌에 앉은 채, 테일런을 강제로 무릎 꿇렸었다. 그리고 테일런이 핏발 선 두 눈으로 죽일 듯이 쏘아보자 자존심 상하면 자결이나 하라며 조롱하다가 정말로 자결하기 직전에 목을 쳤다.

"……."

아르하드는 미간 사이를 꾹 눌렀다.

이건 업보이자 대가다.

세상의 모든 것에는 원인과 결과가 있다. 얻는 게 있으면 잃는 게 있다. 시간을 지워 이아나를 얻은 대신, 다신 볼 일 없다 생각해 업신여겼던 미친놈이 되살아났다.

아르하드가 미간에서 손을 내리며 차갑게 물었다.

"그럼에도 아직 행동을 개시하지 않는 이유는?"

"몇 번이고 말하지만, 아직 때가 아니니 기다리는 것뿐이야."

테일런은 제 속내를 쉽게 드러내지 않았다. 놈이 말하는 때가 무엇인지 알아내는 건 어려울 듯하니, 아르하드는 그냥 이 빌어먹을 놈의 속을 긁어 놓기로 했다.

“시간을 지우기 전의 너도 그랬지. 그러다가 개죽음당했고. 그때 배운 게 없나 보군. 지금도 자만심에 찌들어 내게 등을 보이는 걸 보면.”

테일런이 가소롭다는 듯 코웃음 쳤다.

“지금의 난 네게 절대 당하지 않아. 오히려 즉시 네 목을 조를 힘을 지녔지. 넌 내가 널 죽이지 않고 이렇게 기회를 주는 걸 감사히 여겨야 할 거다.”

“감사해야 할 건 너겠지. 내가 시간을 지운 덕분에, 목이 잘린 채 꼴사납게 성벽에 내걸렸던 네가 지금 주제도 모르고 혓바닥을 놀릴 수 있는 거니.”

“오, 고마워라. 정말 고맙기도 하지.”

아르하드가 빈정거렸지만 테일런은 대수롭지 않게 받아치곤 주변을 향해 공격 마법들과 특수 신술을 날렸다. 아르하드도 마나와 신력을 움직여 그의 공격을 방어했다.

콰앙! 콰아아앙!

사방에서 비명이 울려 퍼지자 아르하드의 미간에 얕은 골이 생겼다.

마법은 얼마든지 막을 수 있지만, 놈이 이번 생에서 새로 개발해 낸 듯한 특수 신술은 아직 막을 수가 없다. 주인을 닮은 검은 신력은 마나처럼 생명을 탐하고, 거기서 더 나아가 생물의 심장을 터뜨리고 신력을 탈취해 온다.

파훼법을 찾기 전까지는 피해가 불가피했다. 피해를 볼 수밖에 없다면, 방어보다는 관찰에 중점을 두고 약점과 파훼법을 빨리 찾아내는 게 낫다.

아르하드의 집요한 시선을 느낀 테일런이 몸에 가득 넘치는 검은 신력을 입꼬리에서 흘렸다.

"내가 이렇게 계속해서 신력을 흡수하는 이상, 너와의 격차는 계속 벌어질 거다. 같이 먹지? 익숙한 행위 아닌가?"

그가 담배를 권하듯 물었지만 아르하드는 대꾸하지 않았다.

"가식 떨긴. 나는 너를 아주 잘 알아."

테일런은 아르하드를 비웃었다.

"너는 라이즈 경만 괜찮다면 주변 모두가 죽어도 별 감흥을 느끼지 못할 테지. 그 여자를 위해서라면 이 세상 모든 것을 제물로 바칠 수도 있을 거다. 시간을 지운 것도, 내 기억 속에는 정보가 전혀 없는 그 여자 때문이었을 거고."

테일런이 쏟아붓고, 아르하드가 막았다.

치열한 공방은 계속되었고 주변은 초토화되어 갔다.

"다만 라이즈 경이 괴로워할 걸 아니까 나를 이렇게 막으려는 거겠지. 참 아름다운 사랑이로군."

아르하드가 코웃음 쳤다.

네가 날 잘 안다고? 웃기는 소리.

아르하드는 너무나 많이 변했다.

이아나의 빛을 쫓아가다 보니 체스 판의 말들처럼 보이던 군상이, 동등한 사람들로 보이기 시작했다. 사랑하는 이아나와 함께 이끌어 가는 사람들에 대한 애착이 슬그머니 돋아나 버렸다. 그에게도 책임감이랄 게 생겨 버렸다.

지금의 아르하드는, 테일런이 아는 신성시대의 악마도, 회귀 전의 바하무트 황제도 아니었다.

사랑하는 여자와 함께 세운 나라, 이그나이츠의 국왕이었다.

이아나를 위해서라면 못 할 짓이 없다는 말은 맞다. 그렇기에 이아나와 함께 이끌어 가는 이그나이츠의 국민들을 더는 의미 없이 다루고 싶지 않았다.

"지금은 주먹구구식으로 나를 막아 보다가, 상황이 막장으로 치달으면 시간을 지우면 된다는 생각을 하고 있겠지? '시간 삭제'의 권능은 그야말로 실패를 깨끗하게 지우고 새롭게 도전할 기회를 주는 기적이니까."

테일런의 목소리가 약간 신경질적으로 변했다. 미묘한 변화였지만 아르하드는 그것을 알아차렸다.

"네가 이렇게 여유를 부릴 수 있는 것도 그 힘을 믿기 때문이 아닌가. 하지만 그 어마어마한 기적을 남발할 수는 없겠지. 안 그래?"

테일런이 진지하게 대화를 해 보자는 우습지도 않은 말을 한 이유가 시간 삭제의 비밀을 캐기 위해서라는 걸 곧장 눈치챌 수 있었다. 아르하드는 흔들림 없이 대답했다.

"상황이 최악이 아니니 쓰지 않을 뿐 얼마든지 써도 괜찮다."

이건 허세다.

시간 삭제 권능은, 그에게 있어 일회용이나 다름없었다.

아르하드는 회귀 후 권능을 실험해 봤지만, 아주 조그마한 시간을 되돌리고도 피를 토했다. 세계의 시간을 지운 대가로 비정상이 된 심장은 작은 권능도 버티지 못했다. 전 세계 단위의 시간 삭제는 당연히 불가능하다.

그래서 그는 시간 삭제 권능을 이번 생에서는 최대한 쓰지 않기로 했다. 물론 이아나는 거기서 예외고, 에이지가 끝까지 깨어나지 못한다면 그도 예외가 될 수 있다.

딱 거기까지다.

하지만 테일런은 이러한 사실들을 모른다.

놈은 시간의 권능에 매우 민감한 것처럼 보인다. 놈이 뭔지 모를 꿍꿍이를 숨긴 채 의뭉스럽게 구는 것에 맞추어 이쪽도 허세를 부려야 했다.

"역시 재수 없단 말이지."

오만한 입매에 금이 갔다. 늘 여유롭기만 한 테일런의 표정 변화는 몹시 미미해서 범인이 알아차리기 어려웠다. 테일런의 감정 변화는, 약점을 잡기 위해 그를 오랜 시간 관찰해 온 아르하드밖에 알아채지 못할 것이다.

"되돌릴 수 있다면 마음껏 되돌려 봐라. 되돌릴 때마다 다시 죽여 줄 테니."

아르하드가 테일런이 흐트러진 틈을 공격했다. 테일런은 공을 쳐 내듯 세게 튕겨 냈다.

공격이 잘 먹히지 않자 아르하드는 언짢아졌다.

테일런이 건방지게 굴 때마다 후회되는 게 있었다. 이아나와 만날 날만을 기다리며 시간을 허투루 보낸 건 커다란 실책이었다. 그 시간을 활용해서 테일런을 죽여 놨어야 했다. 그럼 지금 이아나를 고생시키지 않아도 됐을 텐데.

하지만 후회는 후회일 뿐이다. 돌이킬 수 없는 시간을 후회하며 현재에 집중하지 못하는 건 어리석은 행위였다. 아르하드는 오늘을 기점으로 더는 후회하지 않고 이길 생각만 하기로 했다.

한 번 이긴 놈, 두 번 못 이길까.

아르하드의 시선이 테일런의 신술을 뜯어보듯 관찰했다. 관찰은 고대에서부터 이어진 그의 특기였다. 테일런의 신술도 권능과 다를 바 없었다. 그리고 악마는 신들의 권능을 관찰하여 마법으로 흉내 낼 만큼 관찰력이 뛰어났다.

관찰은 훌륭한 수단이다. 회귀 전에도 공을 들여 관찰한 덕분에 테일런을 잡을 수 있었고, 이번 생에도 마찬가지일 것이다.

"반복적인 대화와 지지부진한 대치들이 따분하니 아까 말했듯 상황을 더 재밌게 만들어 보자고."

테일런이 손을 들었다.

"역시 너희들에겐 지금보다 더 심각한 위기가 필요할 것 같아. 가령, 이런 대륙 전체의 피해보다는 너희의 국민들이 죽는."

테일런이 손가락을 튕기자 대기 중의 마나가 진동하며 머나먼 곳까지 신호를 전달했다. 아르하드도 즉시 마법으로 이그나이츠 성에 신호를 보냈다.

이 세상에 잠을 자지 않는 생물은 없다.

이사벨라와 샤일린스도 얕게나마 잠을 잤다. 이아나가 그들이 잠든 틈을 타서 기습하려고 하면, 기습하기도 전에 누가 흔들어 깨우기라도 한 것처럼 일어나서 더욱 심하게 날뛰었다.

그래서 이사벨라와 샤일린스가 잠든 시간이, 이아나와 도르시아니도 잠을 자거나 회복하는 시간이었다.

지친 도르시아니는 이불을 소환해서 눕자마자 기절하듯 잠들었지만, 이아나의 적안은 어둠 속에서도 활활 타올랐다. 그것은 평소의 맑은 생기가 아닌, 비정상적인 집착이었다.

'조금만 더.'

조금만 더…….

'조금만 더'를 속으로 외면 욀수록 이아나는 정신이 분열되는 것만 같았다. 로베르슈타인과 동화되며 이아나의 자아를 유지하는 건 매우 힘들었다. 이렇게 이중인격이 되는 건가 싶었다.

영혼에 기록되어 있는 로베르슈타인의 의식 세계는 아주 오랜 세월을 살아온 신답게 매우 거대했다.

그런 주제에 미치기까지 했다.

아니나 다를까 로베르슈타인은 제정신이 아니었다. 로베르슈타인과 가까워지면 가까워질수록 오만 가지 감정이 구역질처럼 올라와 뱉어 내고만 싶었다.

감정만 구정물처럼 몰려들 뿐, 이아나가 원하는 것은 아무리 찾아도 없었다. 눈앞의 세상이 이지러지고 뒤집어졌다. 이성을 유지하기 어려웠다. 후반부의 로베르슈타인이 이랬다는 뜻이다.

짜아악!

"후우!"

이아나는 로베르슈타인의 의식에서 빠져나오고 싶을 때마다 최면술사가 손가락을 튕기는 것처럼 양 뺨을 세게 쳤다.

'이대로는 안 돼.'

아르하드가 신호를 보낸 지도 며칠이 지났다. 테일런이 상황을 재밌게 만들어 보겠다는 개소리를 지껄인 이후, 이그나이츠를 공격하는 바하무트 군대의 공세가 더욱 거세졌다. 심지어는 다른 나라를 공략하고 있던 군대마저 몰려들고 있다는 소식까지 전해졌다.

"빌어먹을."

이아나가 손으로 머리를 거칠게 쓸어 올렸다. 초조함과 분노로 뇌가 새하얗게 타 버리는 기분이다.

'악마를 죽이는 게 진짜 목적이 아닌가? 아니면 내가 놓친 게 있나?'

이아나는 결론을 내렸다.

'이 문제, 이대로는 절대 해결 못 해. 신성시대 후반부의 기억까지 있어야 해.'

이아나는 작은 정령을 불러 이사벨라와 샤일린스의 추적을 부탁한 후 도르시아니를 깨워 이그나이츠 왕성으로 귀환했다.

아르하드는 군대를 재정비하기 위해 잠깐 성에 와 있었다.

아르하드는 연락도 없이 갑작스레 튀어나온 이아나에게 말없이 팔을 벌렸다. 이아나는 달려가서 그에게 안겼고, 아르하드는 이아나를 으스러져라 끌어안아 주었다.

순간, 이아나는 당황했다.

왜일까?

아르하드에게 안겨 있어도 뜨거운 물이 부글부글 끓는 듯한 마음이 진정되지 않는다. 어떤 상황에 처해 있어도 아르하드의 품에 안기면 따뜻한 물에 잠긴 것처럼 평온해지곤 했는데 지금은 오히려 더 초조해졌다.

귓가로 아르하드의 심장이 뛰는 소리가 전해졌다. 쿵, 쿵. 초조해, 초조해서 미칠 것 같아. 쿵, 쿵, 쿵. 지금 당장, 바로…….

이아나가 아르하드의 옷깃을 꽉 붙잡았다. 숨이 막히고 머릿속이 하얘졌다. 정체불명의 폭력적인 충동이 치솟아 팔에 힘껏 힘을 주었다. 어질어질했다. 폭발해 버릴 것 같았다.

'위험해.'

이유를 정확히 알 수는 없지만 이 상태로 아르하드와 함께 있으면 안 될 것 같았다.

"아르하드."

아르하드를 밀어내며 품에서 빠져나온 이아나가 들끓는 얼굴로 말했다.

"칸데메이온에게 다녀오겠습니다."

"그렇게 해."

아르하드는 몹시 불안정한 이아나의 어깨를 단단하게 붙잡았다. 그는 이아나에게 이미 모든 이야기를 전해 들었다. 꺼림칙함과는 별개로 이아나의 뜻을 지지했다. 이아나의 선택이 무조건 옳다 믿었기 때문이다.

"나도 이젠 궁금해. 신성시대 후반부에 로베르슈타인에게 무슨 일이 있었기에 로이긴을 죽일 결심을 했고, 봉인의 목적은 또 뭐기에 풀리지 않고 널 이렇게 괴롭히는 건지."

신성시대의 로이긴이 확실하게 아는 건 하나다.

신성시대 후반의 로베르슈타인이 로이긴에게 화를 내는 것도 포기하고 완전히 무기력해져 있었다는 것.

그런 그녀를 지켜보던 로이긴은 로베르슈타인과 페임드라를 제외한 모든 신을 죽이기로 결심했었다. 로이긴과 로베르슈타인

사이의 갈등은 대부분 신들과 로이긴의 충돌 때문에 발생했고 로이긴은 로베르슈타인과 더는 싸우기 싫었다.

파괴의 쾌감도, 신들을 향한 증오도 결심의 이유긴 했지만 로베르슈타인과 단둘이서 평화롭게 살고 싶다는 갈망이 살심을 부추겼다.

그렇게 세상을 종말로 몰아가던 어느 날, 로베르슈타인은 자취를 감추었다. 로이긴은 미쳐 날뛰며 그녀를 찾았지만 정말 어디에도 없었다. 설마 죽은 건가 싶었다. 하지만 로베르슈타인이 저를 두고 죽을 리가 없었다.

로베르슈타인은 시간이 꽤 흐른 후에야 세상에 다시 나타났다. 그녀는 자리를 비운 사이 종말에 가까워진 세상을 둘러보더니 편안하게 미소 지으며 화가 잔뜩 난 로이긴을 달랬다. 어디 있었냐며 추궁했더니 잠시 쉬고 왔다며, 왜 그렇게 화가 났냐며, 너를 두고 갈 리가 없지 않냐며 달콤한 사랑을 속삭이고 안아주었다.

마침내 둘만이 남아, 신들이 모두 사라진 세상에서 로이긴은 광기를 잃고 완전한 평온을 되찾았다.

그리고 로베르슈타인은 로이긴의 심장을 검으로 찔렀다. 로이긴이 배신감을 느끼며 죽어 갈 때, 로베르슈타인은 그간의 모든 미소를 지우고 눈물을 뚝뚝 흘렸다.

신성시대 후반부, 로베르슈타인에 대한 로이긴의 기억은 거기까지였다. 로이긴은 로베르슈타인이 행방불명되었을 때 그녀에게 무슨 일이 있었는지 알지 못했다. 그전까지만 해도 로이긴에게 화만 낼 뿐 살의는 전혀 표출하지 못했던 로베르슈타인이 무슨 심경의 변화를 겪었기에 로이긴을 찌르고 죽을 결심을 할 수 있었는지 아르하드도 궁금했다.

그리고 그 일은, 로이긴의 영혼이 찢어 발겨지고 심장이 판데모니엄의 중심부에 처박힌 후 태어났으리라 예상되는 라오스와 칸데메이온만이 알고 있을 가능성이 높았다.

“이아나, 나는 자리를 비우지 못하는 거 알지. 너 혼자 칸데메이온에게 가야 한다. 가서 의문을 모두 해결하고 돌아와.”

이아나가 힘겹게 고개를 끄덕였다.

“칸데메이온은 어떤 드래곤입니까?”

“수식언대로 ‘혼돈’이 칸데메이온을 가장 잘 설명하는 단어다. 라오스 대신전에서 칸데메이온의 비늘을 봤다고 했지? 그때의 느낌을 떠올려 봐.”

비늘에서 받은 느낌을 단어로 표현하자면 무질서와 죽음이었다. 테일런에게서 받은 느낌과도 비슷했다.

“내가 아는 건 그뿐이야.”

아르하드도 칸데메이온에 대해 아는 것이 거의 없었다. 밀라니코네와 같은 오지의 드래곤들조차도 그에 대해 잘 알지 못했다. 그는 태초의 라오스와 함께했던, 그들이 태어나기 전부터 존재했던 미지의 존재였다.

“느낌은 꺼림칙하지만 칸데메이온은 절대 널 해치지 않을 거다. 조심해서 다녀와.”

이아나도 칸데메이온이 저를 해칠 거라고는 생각하지 않았다.

“지금 당장 갈래? 근처로 텔레포트시켜 줄게.”

이아나는 곧장 대답하지 못하고 머뭇거렸다. 본인이 칸데메이온에게 가겠다고 선언해 놓고도 마음이 불편하여 바로 떠날 수가 없었다.

"제가 자리를 비우면 이사벨라와 샤일린스 쪽은……."

안 그래도 놈들을 막지 못해 난리인데, 이아나가 없어지면 피해를 줄이는 방파제마저 없어지는 꼴이었다. 놈들이 이그나이츠로 들이닥치면? 생각만 해도 끔찍했다.

"이아나, 예전부터 말하려고 했던 건데."

아르하드가 이아나를 다시 잡아당겨 어깨를 감싸 안았다.

"네가 모든 피해를 막아야 할 책임은 없어. 그럴 수도 없고."

이아나는 왈칵 치밀어 오르는 거북함을 눌러 삼켰다. 아르하드에게 이런 이상한 기분을 느끼는 자신을 정말로 참을 수 없었다. 아무것도 모르는 아르하드가 다정하게 말해 줄수록 본인에 대한 분노는 더해졌다.

"……알고 있습니다."

"그리고 이 세상을 살아가는 사람들 중엔, 힘을 합치면 이사벨라와 샤일린스 정도는 막을 수 있는 이들도 있어. 네가 자리를 비운 동안 그들에게 방어를 맡기자."

아르하드가 말한 이가 누구인지는 하루 뒤에 알 수 있었다.

"제가 해야 할 일을 하러 왔어요."

안젤리나 뮤지니엘 로안느 왕녀였다.

이그나이츠의 건국식 때만 해도 아직 꿈에 부푼 소녀 같았던 안젤리나는 못 본 사이 부쩍 어른스러워져 있었다. 강해지기도 많이 강해져 있었다.

"오라버니가 전 세계를 뛰어다니며 피해를 막고 있는 이아나 양에게 감사를 전해 달라 하셨어요. 아르하드 전하와 이아나 양에게만 책임을 미루고 있는 것에 대한 사과도 함께요."

안젤리나가 두 손을 꾹 모아 쥐었다.

"제가 바하무트 황족을 막는 데 도움이 될 거라고, 오라버니도 아르하드 전하도 말씀하셨어요. 제가 그 무서운 사람들을 막을 수 있다고 장담은 못 하지만 최선을 다할게요. 그래도 저, 많이 강해졌으니까요."

주먹을 꾹 쥐어 보이는 안젤리나를, 이아나가 걱정스러운 눈빛으로 바라보았다.

안젤리나는 요새 로안느에서 대활약을 하고 있었다. 방어의 대마법사 솔사비어와 뛰어난 마법사 슈나이더에게서 마법을 수학하며 누구보다 빠르게 강해진 그녀는, 전쟁에서 아군의 피해를 줄이는 데 공을 톡톡히 세우고 있었다.

이아나도 안젤리나의 활약을 들어 알고 있었다. 그럼에도 안젤리나가 정말로 이사벨라와 샤일린스를 막을 수 있을지 의문스러웠다.

"왕녀, 가져왔나?"

"네."

안젤리나는 아공간을 열더니 길쭉한 물건 하나를 꺼냈다. 이아나에게 익숙한 생김새의 그것은 다섯 성물 중 하나, 진자이 대신관 미리암의 지팡이였다.

"진자이 신전 대신관님이 건네주신 지팡이예요. 필요할 때 쓰고 당신에게 드리라고 하셨어요. 그리고."

안젤리나가 꽁꽁 싸맨 목 부근의 옷깃을 조심스레 풀었다. 안젤리나의 목에는 덩굴이 목걸이처럼 감겨 있었다.

"이건 로안느 대신관님이 맡기셨어요. 다 쓰고 나면, 이것도 당신에게 드리래요."

덩굴은 신전 최하층의 천장, 비석 끄트머리에 박혀 있던 덩굴의 원천이었다.

"그리고 이건 오라버니가 해 주신 얘기인데……."

이아나는 로안느 왕족과 바하무트 황족 사이에 얽힌 비밀을 들었다. 바하무트 황족은 로안느 왕족을 직접적으로 죽일 수 없다는 커다란 비밀이었다.

그제야 바하무트에 비해 군사적으로 열세였던 로안느가 바하무트와 호각을 이룰 수 있었던 이유를 알게 되었다.

두 성물로 무장한 로안느의 왕족 안젤리나.

그럼에도 걱정하지 않을 수가 없었다. 그 악랄한 두 여자들과 맞서기엔, 안젤리나는 너무 깨끗했다. 그들의 잔인한 도발들에 안젤리나가 버틸 수 있을까?

"걱정 마세요."

이번엔 안젤리나가 이아나가 무슨 생각을 하는지 안다는 듯이 고개를 붕붕 저었다.

"전 예전처럼 마냥 순진하지 않아요. 무섭긴 하지만, 이아나 양의 자리를 메울 수 있도록 최선을 다할 거예요."

덩굴을 목에 두르고, 지팡이를 두 손으로 꼭 붙든 채 자기만 믿으라고 꿋꿋하게 말하는 로안느의 왕녀는 이아나조차도 의지해도 되겠다 싶을 만큼 믿음직스러웠다.

"감사합니다, 안젤리나."

이아나가 안젤리나의 손을 잡았다. 부드러운 솜털 같던 손이 잔뜩 거칠어져 있었다.

"그런데 어떻게 하루 만에 준비를 마치고 여기에 왔습니까?"

"바하무트 황족이 본격적으로 나서기 시작한 몇 주 전에 아르하드 전하가 혹시라도 이아나 양이 피치 못할 사정으로 자리를 비울 때를 대비해 달라고 말씀하셨어요. 대신관님들께도 성물들을 제게 내어 달라 말씀을 전하셨고요."

이아나가 아르하드를 돌아보자 차분한 답이 돌아왔다.

"네가 성장하는 과정에서 자리를 비워야만 하는 돌발 상황이 발생할 수도 있으니까 내 나름대로 준비해 뒀다. 깨달음을 얻어 무아지경으로 정신 수련에 빠져든다든가, 지금처럼 실마리를 얻기 위해 칸데메이온을 만나러 간다든가 할 수 있으니까."

이아나는 제 걱정을 알아서 덜어내 준 그가 고마웠다.

"왕녀를 호위할 인력과 다른 마법사들도 함께 준비해 뒀다."

아르하드가 이아나의 빈자리를 메우기 위해 선발한 이들은 꽤나 화려했다.

근접전의 헤레이스, 코니아, 타로. 원거리의 라랏슈아, 도르시아니, 그리고 진리의 탑주 시라우사였다.

"여, 이아나 양, 오랜만!"

"오랜만이에요!"

그들은 한방에 모여 있었다.

"이아나 양에게 도움이 될 수 있어 기뻐요. 최선을 다할게요."

헤레이스가 진심을 담아 말했다.

파편이라는 한계를 벗어난 헤레이스는 갈수록 눈부시게 강해졌다. 오랜 시간 이아나의 지도를 따라 수련해 왔고, 이아나의 신력을 공급받아 엄청난 양의 신력을 보유한 데다, 그것을 훌륭하게 제어하는 그는 요즘 이그나이츠 성채에서 대활약하고 있던 중이었다.

"사부, 힘내서 막고 있을 테니 더 강해져서 오셔."

코니아도 이그나이츠로 온 이후로 괴물처럼 성장했다. 헤레이스처럼 이아나의 가르침을 받고 신력을 공급받기도 했지만 헤레이스에 대한 경쟁심이 성장을 부추겼기 때문이다. 서부 사막에서는 얻어터지기만 했던 헤레이스가 코니아를 순식간에 따라잡더니, 어느새 그녀를 웃돌기 시작했다. 코니아는 헤레이스에게 경쟁심을 불태우며 더욱 노력했고 덕분에 사자족의 차기 수장으로서 현 수장보다도 강해졌다.

"티타누스도 있고!"

코니아는 페임드라의 잎사귀, 티타누스를 손에 쥐었다. 그녀가 잎사귀에서 흘러나오는 신력을 사용하는 건 어렵지 않았다. 이아나의 신력과 비슷한 느낌이라 익숙했기 때문이다.

"바하무트를 없앨 수만 있다면 무엇이든 협조하겠습니다."

시라우사는 바하무트를 방치했다간 어인들도 무사하진 않을 거라고 생각해 이그나이츠에 협력하기로 했다. 고대부터 아득한 공포였던 괴물 바하무트를 없앨 수 있는 기회는 지금뿐이었다.

시라우사는 이아나에게 주었던 성물, 꽃을 들었다. 오랜 시간 꽃을 지키며 동고동락해 온 그녀는 어렵지 않게 꽃의 신력을 활용했다.

"돌아오면 바하무트를 죽여 주는 거지?"

라랏슈아와 타로는 더 말할 것도 없다.

아르하드의 지휘로 결성된 이들 조합은 시간이 날 때마다 협공을 연습해 왔다. 그것이 빛을 발할 때가 왔다.

"전하가 행하는 모든 것이 진리와 이어져 있겠지. 이 모든 시련이 끝나면 부디 나와 깊은 대화를 나눠 줘."

여기에 오랜 시간 이아나와 합을 맞춰 이사벨라와 샤일린스를 상대했던 도르시아니까지 합세했다.

"어머, 귀여운 라이즈 경은 어디 가고 조무래기들이 왔지?"

"얼굴들을 보니 라이즈 경과 친한 것들이구나."

"어? 그러네? 좋아, 결정했다. 라이즈 경이 너희를 보낸 걸 죽도록 후회할 만큼 망가뜨린 후에 죽여 줄게!"

아르하드의 노림수는 성공이었다.

"이 건방진 연놈들이!"

특공대는 이사벨라와 샤일린스를 잘 막아 냈다. 처음에는 갖고 놀다 죽일 생각으로 여유롭게 공격하던 이사벨라와 샤일린스는 날이 갈수록 분노에 휩싸여 갔다.

관심도 없던 양민들이 깔짝거리고 있었다. 진심으로 죽이려 해도 벌레처럼 요리조리 잘도 피해 대는 데다 로안느 왕녀의 불가사의한 기운이 겹쳐지고 아르하드의 가호까지 더해지니 도저히 죽일 수가 없었다. 이아나가 그들을 죽이지 못했듯, 상황이 그대로 역전된 것이다.

"오냐, 한번 끝까지 가보자!"

그러자 이아나를 약 올리며 양민들을 학살할 때와는 달리, 특공대만 집중적으로 공격하는 순기능까지 발생했다.

이아나는 멀리서 싸움을 지켜보다 특공대가 생각보다 훨씬 더 바하무트 황족을 잘 막아 내자, 떠나고자 마음먹었다.

"다녀올게요. 최대한 빨리 돌아오겠습니다."

서둘러야 했다. 저들은 원래 다른 곳에서 중요한 역할을 하던 사람들이었다. 저들의 공백을 메우기 위해 수많은 사람들이 허덕이고 있을 터였다.

아르하드가 이아나의 손을 붙잡았다.

"나를 믿고 너는 봉인 해제에만 집중해."

아르하드가 그녀의 손등에 키스했다.

"다녀와."

손등에서부터 심장까지 사랑스러운 파문이 일었다. 하지만 사랑스러움을 느낌과 동시에 요즘 들어 신경을 거슬리게 하는 거북함이 심장을 잠식하기 시작한다.

사랑하는 남자에게 이상한 기분을 느끼게 하는 로베르슈타인의 봉인을 더는 참아 줄 수 없었다. 이아나는 굳건히 고개를 끄덕이곤 아르하드의 이동 텔레포트에 몸을 실었다.

위이이이잉.

아르하드가 텔레포트로 이동시켜 준 장소는 롯소 산맥 중앙에서 조금 떨어져 있었다.

롯소 산맥 중앙에는 마나의 흐름을 막는 역장이 펼쳐져 있다. 그곳에는 마법이 아예 통하지 않았다. 그래서 그는 가능한 한 중앙에서 가장 가까운 위치로 이아나를 보냈다.

사박.

이아나는 풀을 밟으며, 거대한 나무들을 지나 한쪽 방향으로 걸어갔다. 나침반이나 하늘을 볼 필요는 없었다. 오자마자 이쪽이 롯소 산맥의 중앙으로 향하는 길이라는 걸 알 수 있었다.

숲에서는 생물의 기운이 느껴지지 않았다. 몬스터들 대부분이 대륙으로 빠져나온 롯소 산맥은 고요했다. 하지만 단지 그 이유 때문에 이 숲이 침묵에 잠겨 있는 건 아니었다.

걸으면 걸을수록 숲의 풍경은 이상해져 갔다. 생물의 형태를 구성하는 곡선들이 일그러지며 일렁거렸다. 존재의 경계선이 모호해지며 하늘과 숲의 경계가 허물어졌다. 질서가 무질서로 변해 가고 있었다.

어느 순간부터 숲 안에 존재하는 생물들의 존재감은 희미해지고, 검은 안개가 그 존재감을 대신하기 시작했다. 얼마 지나지 않아 공간 내의 모든 것이 안개로 대체되었다. 안개가 모든 생물을 죽였다 해도 과언이 아니었다.

원초적인 두려움과 거부감이 본능 깊은 곳으로부터 스멀스멀 기어올랐다. 죽음이라는 개념을 떠올릴 때처럼 말이다.

순수한 죽음의 공간.

이곳은 혼돈의 드래곤, 칸데메이온의 권역이었다.

방향감각이 상실되었다. 사방이 검은 안개였다. 앞도, 옆도, 위도, 발밑도 온통 안개로 뒤덮여 먹구름 속에 갇힌 듯했다. 허벅지 아래로 안개에 휩싸인 다리가 녹아내리는 것처럼 형태를 잃고 안개의 일부가 되려 했다.

그 기분은 공포 그 자체였지만 이아나는 다리를 신력으로 보호하며 그저 꿋꿋하게 앞으로 나아갔다.

어느 정도 걸었을 때였다.

[마침내 찾아왔군.]

공간 전체를 울리는 기이한 울림에 이아나가 우뚝 섰다. 그리고 사방에 자욱하게 흩어져 있던 검은 연기들이 그녀의 앞에서 뭉쳐 들기 시작했다.

공간은 다시 질서를 되찾으며 녹색의 숲이 되었다. 그리고 뭉쳐 든 검은 연기는 거대한 드래곤의 일부가 되었다.

혼돈의 칸데메이온.

드래곤은 이아나가 이 장소에서 받았던 혼돈의 느낌을 그대로 형태로 빚어낸 것 같았다. 새까만 비늘은 빛이 통하지 않았다. 빛마저도 빨려드는 듯한 착각이 들 정도로 검었다. 책에서 묘사된 그대로였다.

이아나는 칸데메이온에게 주눅 들지 않았다. 어깨를 펴고 칸데메이온의 검은 눈동자를 뚫어져라 바라보았다.

[만나서 반갑다. 나는 칸데메이온이다.]

전설 속의 포악한 괴물, 칸데메이온은 전설과는 달리 브레스를 뿜어내지 않았다.

"이아나입니다."

공격하지 않을 것이라고 생각은 했지만, 그럼에도 긴장했던 이아나는 안도했다.

칸데메이온은 거대한 몸을 웅크리며 엎드렸다.

[긴 소개는 생략하고, 날 찾아온 이유를 들어 볼까.]

"당신이 답을 해 줬으면 하는 의문들이 있습니다."

[그래? 최선을 다해 답해 주도록 하지. 물어봐라.]

궁금한 건 많았다. 해결되지 않는 오랜 의문들이 겹겹이 쌓여 지층처럼 굳어 있었다.

질문을 쏟아 내기 전에 확인할 것이 있다.

"당신은 언제 태어났죠?"

[신성시대에, 라오스와 함께.]

혹시나, 다른 드래곤들처럼 라오스가 만들어 낸 생명체인가 하여 물어봤는데 아니었다. 칸데메이온의 대답은 다른 드래곤들과 궤를 달리했다.

"그럼 신성시대 종말에 이르러 로베르슈타인에게 무슨 일이 있었는지 알고 있나요?"

[알다마다. 계속 옆에 있었으니까.]

됐다. 이아나의 심장이 기대감으로 빠르게 쿵쿵 뛰었다.

"당신은 로베르슈타인과 무슨 관계였습니까?"

[난 라오스와 긴밀하게 이어져 있을 뿐, 로베르슈타인과는 별 관계가 없다.]

로베르슈타인보다는 라오스.

"라오스와는 무슨 관계라는 거죠?"

[말해 줄 수 없다.]

단호한 대답에 이아나의 신경이 팽팽하게 당겨졌다.

많이 들어 본 말이었다. 실망감이 밀려들었다. 칸데메이온도 결국 다른 드래곤들과 똑같은 걸까?

"왜죠?"

[실망스럽겠지만 '신성시대에서' 라오스와 관련된 사항에 대해서는 나도 자세히 말해 줄 수 없다. 다른 드래곤들처럼 제약이 걸려서라기보다는 라오스가 부탁했기 때문이다. 자세한 얘기는 그 녀석을 만나서 직접 듣도록 해라.]

페임드라와 같은 대답이었다.

라오스는 대체 왜 본인에 대해서 알리고 싶지 않아 하는 걸까. 찾아와서 말해 줄 날이 오기는 할까.

이아나는 칸데메이온을 찾아가겠다고 선언한 그날, 하루의 여가를 이용해 엘리와 닛시를 찾아갔었다. 그리고 물었다.

"언제까지 기다려야 하니? 엘리, 닛시. 나는 라오스를 만나고 싶어. 정말, 진심으로."

소녀와 고양이는 대답을 주지 않았다. 이아나는 속이 터졌지만 물러났었다. 그저 자신의 뜻이 라오스에게 전해졌기만을 바랐다. 나타나 준다면 소원이 더 없겠다고 생각했다. 하지만 역시나, 라오스는 그녀를 찾아오지 않았고, 이아나는 상심했다.

[다만, 난 다른 드래곤과는 달리 라오스의 부탁에서 어긋나지 않는 선에서 단서를 주거나 간략하게나마 대답해 줄 수 있다.]

이아나의 귀가 쫑긋 섰다.

[나와 라오스의 관계를 물었나? 나와 라오스는 서로의 거울 면이다. 누구보다 닮았지만 모든 게 다르다. 이게 내 답이다.]

수수께끼 같은 대답이었지만 단서들은 모여서 진실이 된다. 이아나는 그것만으로도 감사했다.

"그렇군요. 그럼 신성시대 후반부에 로베르슈타인이 무슨 일들을 겪었고, 그때 그녀의 감정 변화는 어땠는지는 알려 주실 수 있습니까?"

[불가.]

알고는 있지만 단서조차 알려 주는 게 불가하다는 걸 보면 신성시대 후반부의 로베르슈타인의 삶은 라오스와 깊은 관련이 있는 모양이다.

로베르슈타인에 대해서 직접적으로 물어볼 게 아니라, 간접적인 질문을 던지며 단서들을 얻어야 했다.

"당신의 수식언인 혼돈은 무엇을 뜻하나요."

[드래곤은 각각 특징적인 힘을 가졌다. 나는 무질서와 죽음의 힘을 지녔고, 이게 내 이름 앞에 혼돈이란 수식언이 붙는 이유다.]

"당신은 여기서 뭘 하고 있었죠? 다른 드래곤들처럼 판데모니엄의 균열과 결계를 지키는 건가요?"

[그것도 지키고, 다른 중요한 것도 지키고 있었지.]

다른 것?

이아나는 전설 속에서 칸데메이온이 남긴 말을 떠올렸다.

신의 비밀을 엿보는 자, 지옥의 업화 속에서 죽을지어다.

"그게 뭔지 들을 수 있을까요?"

[라오스.]

놀랍게도 답이 돌아왔다.

[라오스는 온갖 삶을 전전하다가 기다리다 지쳐 오랜 시간 영면에 빠져

있었지. 바로 이곳, 내 품에서 말이야. 나는 그 녀석의 잠을 지키고 있었다.]

마도시대 초창기, 라오스는 아주 기나긴 삶을 살다가 갑자기 종적을 감춘다. 사람들은 신이 하늘로 가 버렸다고 혹은 죽었다고 이야기했다.

그런데 여기에 있었구나.

칸데메이온의 말은 과거형이니 현재 라오스는 죽었거나 깨어나서 어디론가 가 버린 듯했다. 전자일 리는 없으니 후자일 터.

"그럼 지금 라오스는 어디에 있나요."

[불가.]

기대하고 물었지만 답은 불가였다.

[빙빙 돌아가며 질문하더라도 네가 얻을 수 있는 정보는 극히 한정되어 있다. 그냥 내가 알아서 말해 줄 수 있는 것을 말해 주도록 하지. 신성시대 후반부의 로베르슈타인에게 무슨 일이 있었는지를 알고 싶나?]

"네."

[그녀의 얘기를 할 수 있는 건 라오스뿐이다. 다른 데서 시간 낭비하지 말고 라오스가 네 앞에 모습을 드러내면 들어라. 그리고 로베르슈타인의 심리 변화에 대해서는 라오스도 전혀 알지 못한다. 당사자만이 알겠지. 네 영혼 말이야.]

그 말을 듣는 순간, 이아나는 몹시 무기력해져 고개를 떨어뜨렸다. 신성시대 후반부에 로베르슈타인에게 무슨 일이 있었는지를 들으려면 라오스를 만나야 하고, 로베르슈타인의 마음은 알아서 해결해야 했다. 어느 것 하나 쉽게 할 수 있는 게 없어 눈앞이 캄캄해졌다.

[네가 로베르슈타인에 대해 알고 싶은 건 심장의 봉인 때문이겠지?]

칸데메이온은 모르는 게 없었다. 이아나가 힘없이 수긍하는 순간, 칸데메이온이 놀라운 말을 했다.

[봉인 해제 조건은 네가 로베르슈타인의 목적을 받아들여 그 목적을 달성하겠다는 의지까지 품는 것. 그녀의 목적을 알 수 있는 방법을 제시해 주지.]

이아나가 놀라 다시 고개를 들어 칸데메이온을 바라보았다.

[로베르슈타인과 동일해져라. 네 자신이 로베르슈타인인 것처럼.]

칸데메이온의 답은 매우 단순했다. 이아나는 미간을 좁혔다.

"이미 그러고 있습니다."

[내 말은 영혼의 주도권을 '로베르슈타인'에게 아예 넘기라는 소리다. '이아나'로서의 너를 완전히 놓고 무의식을 따르다 보면 '로베르슈타인'의 자아가 깨어날 텐데, 이후 주도권을 넘기고 그녀가 어떤 생각을 하는지, 어떤 행동을 하는지 가만히 지켜봐라. 그렇게 하면 분명 목적이 뭔지 알 수 있을 거다.]

로베르슈타인의 자아를 깨워 주도권을 넘기라고……. 고민해 볼 만한 문제다. 이아나를 아예 놓는다는 건 상상해 본 적도 없거니와, 미쳐 있는 로베르슈타인에게 주도권을 넘겨 버리면 자신이 어떻게 될지 알 수 없었기 때문이다.

또한 로베르슈타인의 목적이 뭔지도 모르는데 마음대로 행동하게 둘 수도 없었다. 절대 용납할 수 없는 목적인데 내버려 뒀다가 그 목적을 덜컥 달성해 버리면 어찌하나.

[네가 정신만 똑바로 차린다면 주도권을 되찾는 건 어렵지 않다. '이아나'의 심장은 현재 영혼의 그릇이고 완전하지만, '로베르슈타인'의 심장은

이어져 있을 뿐 떨어져 있고 조각나서 불완전하니까. 성물이 한데 모여 있지 않으면 봉인을 완전히 풀 수도 없으니 네가 유리하다. 로베르슈타인의 목적이 뭔지만 확인하고 그 목적을 달성하기 전에 주도권을 빼앗으면 그만이라는 뜻이다.]

그렇다면 아무 문제없었다. 이아나는 돌아가자마자 시도해 봐야겠다고 결심했다.

그때, 칸데메이온이 나지막하게 물어 왔다.

[너는 봉인 해제 조건을 맞춰서 봉인을 풀려는 건가?]

"가능하다면요."

당연히 그러려고 이 고생을 하고 있는 거였다.

[잘 모르는 것 같으니 경고 하나 하지.]

칸데메이온의 동공이 가늘어졌다.

[네가 현재 봉인을 풀 수 없는 이유는 로베르슈타인의 목적이 네 자아에 반하기 때문이다.]

"알고 있습니다."

[그리고 일방적으로 조건을 맞춰 준다는 것은 네가 네 의지를 꺾고 로베르슈타인의 의지를 우선시하겠다고 선언하는 것과 같다. 패배를 시인하는 것이지.]

"……!"

[한번 몸을 누인 갈대가 불어닥치는 태풍 앞에서 다시 몸을 바로 일으키기란 쉽지 않은 법. 조건에 맞춰 봉인을 푸는 그 순간, 네 영혼은 로베르슈타인의 자아에 훨씬 가까울 것이다. 너는 짓눌린 상태에서 로베르슈타인의 강력한 자아를 밀어내고 주도권을 되찾아야 한다. 그러지 못한다면 네 영혼과 몸은 로베르슈타인이 차지하겠지.]

섬뜩한 말이었지만 이아나는 마음을 다잡았다.

"이길 수 있습니다."

[글쎄? 네가 로베르슈타인의 봉인을 풀고 완전한 심장을 얻는 순간부터 '이아나'와 '로베르슈타인'의 주도권 배분은 동등해진다. 로베르슈타인의 봉인을 부수지도 못한 네가 그런 상태에서 그녀를 이길 수 있다고 확신할 수 있나?]

"확신합니다."

칸데메이온은 제 집념을 얕보고 있었다. 이아나는 '자기 자신'에 관한 일이라면 절대 지지 않았다. 이아나는 이 삶에 집착하고 있었고, 그 집념은 로베르슈타인 못지않았다.

[이기더라도, 로베르슈타인의 의지는 네가 완벽하게 누르지 못하는 한 살아가는 내내 너를 공격할 것이다.]

"누를 수 있습니다."

[그렇다고 치지. 그런데 애초에 봉인 해제 조건이, 네가 절대 용납할 수 없는 것이라면 어쩔 거지? 세계 멸망이 목적이라든지.]

칸데메이온이 순식간에 맹점을 푹 찔러 왔다.

[그래도 져 줄 텐가?]

이아나의 안색이 창백해졌다. 해결 방법을 손에 쥐자마자 놓치고 구렁텅이에 떨어진 기분이었다. 이아나가 대답하지 못하자 칸데메이온이 느릿하게 말했다.

[용납할 수 없다면, 너는 지금처럼 싸워서 힘으로 강제로 봉인을 깨부숴야 한다. 봉인을 강제로 깰 정도로 강력한 자아라면 로베르슈타인의 심장을 가지더라도 그녀의 자의식은 깨어나지 못할 것이다. 이후의 네 삶에도 전혀 영향을 미치지 못하겠지.]

그게 현재로선 불가능하니 칸데메이온을 찾아온 것이었다.

[로베르슈타인의 자아가 깨어났을 때 잘 설득해서 그녀가 네 의지에 타협하게 만든 다음 봉인을 푸는 방법도 있고.]

시도해 볼 만하지만 가능하다고 확언할 수 없었다.

[하지만 이것들은 불확실한 방법이지……. 봉인에서 확실하게 벗어날 수 있는 방법을 알려 줄까?]

이아나가 눈을 동그랗게 뜨고 세차게 고개를 끄덕였다.

[이 방법대로라면 너는 로베르슈타인과 관계없이 영원히 '이아나'로서 살아갈 수 있을 것이다. 로베르슈타인으로부터 자유로워져 오로지 너로서 존재할 것이며, 너의 성장에만 집중할 수 있다.]

꿈같은 이야기였다.

[대신 너는 로베르슈타인의 신력 생산력과 심장의 단단함을 잃게 된다. 권능을 펼칠 수는 있겠지만, 네 심장이 짊어져야 할 부담이 극도로 커진다.]

자유의 대가는 어마어마했다. 하지만 최근 들어 로베르슈타인이 제 발목을 붙잡고 있었다는 걸 깨달아 분노하고 있던 이아나에게는 나쁘지 않은 대가로 들렸다.

"알려 주십시오."

이아나가 별 거부감을 보이지 않자, 재밌다는 듯 그르르 웃은 칸데메이온이 답을 내려 주었다.

[로베르슈타인의 심장이 봉인된 페임드라의 첫 번째 몸, 성물들을 모두 불태워라.]

정말 상상해 보지도 못한 방법이 튀어나왔다. 이아나는 무슨 대답을 해야 할지 몰라 입술을 달싹거리다 혹시나 잘못 들었나 싶어 되물었다.

"불태우란 말입니까?"

[그래. 다섯 가지 성물을 모조리 불살라라. 덩굴, 잎, 꽃, 가지, 그리고 로베르슈타인 영지에 있는 그루터기까지 전부 다. 봉인도 없애고 심장도 없애는 거다. 봉인이 풀리지 않은 채로 매개체가 파괴되면 봉인된 존재 또한 세상에서 완전히 소멸하니까.]

"소멸……."

[로베르슈타인의 힘이 굳이 필요하지 않다면, 봉인 해제보다는 이쪽이 훨씬 쉬운 방법이지.]

칸데메이온의 목소리는 은근한 울림으로 이아나에게 닿았다.

[로베르슈타인의 심장이 사라지면, 네 영혼에 기록된 그녀의 기억과 감정은 평범한 존재들처럼, 정말로 너와 상관없는 전생前生의 것이 된다.]

"평범한 존재들이라면…… 다른 존재들도 전생을 가지고 있는 건가요?"

이아나는 아카식 레코드를 떠올렸다. 모든 존재의 영혼은 죽은 후에 이곳에 와서 휴식하거나, 소멸하거나, 환생했다.

[그래. 아예 새로 태어난 영혼이 아닌 이상 존재는 누구나 전생을 가지고 있다. 하지만 전생은 그저 영혼에 기록된 역사일 뿐이다. 환생하고 난 후 새로운 현생에는 영향을 미치지 않지. 사실 로베르슈타인이 원했던 것도 그거였다.]

칸데메이온이 의도한 듯 의도하지 않은 듯 흘리는 말들에는 흘려들을 수 없는 지식들이 섞여 있었다.

[로베르슈타인의 의도대로라면 넌 로베르슈타인의 신력도, 심장도 얻지 못했어야 하고 그 기억도, 감정도, 지식도 알지 못했어야 옳다. 오로지 너의 심장, 너의 영혼, 너의 기억, 너의 감정으로, 이아나로서의 삶을 살았어야 하지. 하지만 라오스의 고집으로 모든 게 엉켜서 지금의 너와 아르하

드가 있게 된 거다.]

칸데메이온의 말과 로베르슈타인의 기억이 서서히 합쳐졌다. 이아나는 이 생에서의 자신의 탄생이 어떻게 이루어졌는지 대강 알 것 같았다.

어떻게인지는 몰라도 로베르슈타인은 환생의 개념을 알고 있었던 듯하다.

종말 때의 로베르슈타인의 기억에 의하면, 그녀는 완전히 죽고 싶어 했다. 로베르슈타인이라는 삶을 완전히 포기하고 싶었고, 신으로서의 삶을 모조리 지워 버리길 원했다. 새로 태어난다면 다른 존재가 되고 싶었다. 그러지 못한다면 아예 소멸되기를 원했다.

하지만 라오스의 봉인으로 인해 결국 온전히 죽지 못했다. 로베르슈타인의 영혼은 결국 아카식 레코드로 가지 못하고 로베르슈타인 일족의 피에 봉인되었다. 어정쩡한 상태로 살아 있다가 결국에는 이아나의 삶에 엉겨 붙고 말았다.

라오스는 왜 로베르슈타인을 봉인해서 이런 사태를 야기한 걸까?

[잠시 다른 길로 빠졌군. 원래의 흐름으로 돌아와 페임드라의 첫 번째 몸을 전소함으로써 얻을 수 있는 결과물에 대해 정리해 볼까.]

이아나의 영혼에 로베르슈타인의 자아가 살아 있는 이유는 로베르슈타인의 심장이 이 세상에 존재하고 있기 때문이다. 로베르슈타인의 심장이 사라진다면 이아나의 영혼에 어정쩡하게 살아 있는 로베르슈타인의 자아까지 완전히 상실된다. 자아가 사라지면 의지 또한 사라지기에, 판데모니엄에 있는 악마의 심장에 꽂힌 검 또한 봉인이 사라져 뽑을 수 있다.

권능은 영혼의 힘이니, 이미 이아나가 자신의 힘으로 인식한 이상 계속 쓸 수 있다. 오히려 로베르슈타인에게 구애받지 않고 이아나에게 오롯하게 구속되므로 이득이다.

[다만, 심장은 영혼의 힘인 권능이 물질계에 영향을 미칠 수 있게 하는 매개체. 혼돈의 조각이 아니라 그저 육체의 일부일 뿐인 마도시대 생물의 심장은 위대한 권능을 감당하지 못한다. 앞서 말했듯 권능의 부담을 함께 짊어질 신의 심장이 없어지면 네가 권능을 펼칠 때마다 인간의 것인 네 심장에 엄청난 무리가 갈 거다. 현재의 로이긴, 아르하드처럼 망가질 수도 있겠지.]

칸데메이온의 말을 들으면서 생각을 정리하고 있던 와중에 뜻밖의 말이 들려왔다. 이아나가 이해할 수 없다는 표정으로 고개를 들었다.

“아르하드의 심장 얘기가 여기서 왜 나오죠?”

맥락상, 칸데메이온은 아르하드의 심장이 권능 때문에 망가졌다고 말하고 있는 듯한데 이아나로서는 금시초문이었다. 자신이 이해를 하지 못했다고 생각할 수밖에 없었다.

[말 그대로다. 아르하드의 심장은 권능의 부담 때문에 망가져서 일부 기능을 제대로 수행하지 못하는 상태다.]

하지만 칸데메이온이 확인 사살을 해 주었다.

“그에게 권능이 있다고요?”

대체 무슨 권능이? 로베르슈타인의 기억에 의하면 로이긴에게는 분명 권능이 없었다.

[아주 나중에 생긴 권능이지.]

칸데메이온이 재밌다는 듯 그르르거렸다.

[이 세상 모든 영혼은 뭔가를 아주 간절히 바랄 때, 신력이 충분하고 그 소망이 천칭이 추구하는 균형에 적합하기만 하다면 권능을 가질 수 있다. 이건 라오스조차도 어떻게 할 수 없는 세계의 진리다.]

로이긴은 욕망의 크기가 너무 큰 데 비해 신력도 부족하고 균형에도 어긋나서 그에 걸맞은 권능을 가지지 못했다. 마나의 힘을 가진 이후부터는 모든 것을 제 힘으로 이룰 수 있었으니 권능에 대한 갈망도 사라졌다.

하지만 '그'는 '어느 날' 권능을 가졌다.

[아르하드는 권능을 발현하느라 로이긴의 심장은 물론 자신의 심장까지 희생했다.]

아르하드에게 들은 적 없다.

……아니, 들은 적 있던가?

아르하드가 내어 준 숙제.

아르하드와의 승부.

이아나의 팔을 멀쩡하게 치료했던 기묘한 힘. 발휘할 때마다 신력을 소모하는 그 힘이 특별한 신술이 아니라 권능이었나?

'무슨 권능이지?'

아르하드는 어렸을 때부터 심장이 이상했다고 말했다. 즉, 권능은 분명 로이긴과 현재 아르하드의 삶 사이에서 생겨났다.

그 시기는 언제일까?

그리고 권능을 얻을 정도로 그가 갈망했던 것은 무엇일까?

이아나가 손을 움찔거렸다.

잡힐 듯 잡히지 않는, 궁금하면서도 알고 싶지 않은, 흥미로

우면서도 풀고 싶지 않은 수수께끼처럼 찝찝한 기분이다.

머리가 뒤죽박죽이라 정리되지 않은 상태로 이아나가 물었다.

"그 권능은, 언제 생겨난 거죠?"

[글쎄.]

칸데메이온은 대답을 피했다.

[지금 그게 중요한 게 아닐 텐데. 로베르슈타인의 문제부터 해결해야 하지 않나?]

맞다. 아르하드의 권능이 뭔지 알아 봤자 아르하드의 심장에 악영향을 미친다니 절대 쓸 수 없다. 지금은 일단, 제 성장에만 집중해야 했다. 이아나는 이 문제를 애써 생각의 한구석으로 밀어 두었다.

[난 내가 아는 모든 방법을 제시했다. 선택은 네 몫이다.]

칸데메이온 덕분에 새로운 길이 열렸다.

'일단 로베르슈타인의 목적이 뭔지부터 알아보자.'

결정은 그 후에 해도 늦지 않다.

[사실 난 성물을 태우는 방법을 권하고 싶다. 로베르슈타인의 심장이 존재하는 한 너는 계속해서 그녀와 싸워야 할 테니까.]

칸데메이온이 유혹하듯 이아나의 영혼을 건드렸다. 그가 지닌 혼돈은 모든 것을 무질서하게 만든다. 사람의 의지까지도.

이아나는 입술을 꾹 깨물었다. 성물들을 불태우는 방법은 정말 최후의 수단이었다. 로베르슈타인의 힘을 잃는 건 둘째 치고, 페임드라를 불태운다는 것이 매우 꺼림칙했다. 로베르슈타인의 집념을 이기지 못한 채 편법으로 그녀를 아예 지워 버린다는 것이 분하기도 했다. 원하는 게 있다면 투쟁해서 쟁취해야 한다고 믿는 이아나의 정의와 완전히 어긋나는 길이었다.

[내 생각일 뿐이니 잘 고민해 보도록.]

칸데메이온은 그리 말을 끝맺은 후 거대한 몸을 일으켰다.

[이만 가 봐. 네가 이곳에 들어온 이후, 바깥세상에서는 이 주일이 흘렀다.]

생각에 잠겨 있던 이아나는 화들짝 놀랐다.

"이 주일이요?"

[그래. 이곳의 시간은 바깥의 시간과 아주 다르게 흘러가거든. 그걸 모르고 시간을 허비하는 것 같아서.]

아주 잘 말해 줬다. 만약 칸데메이온이 이 사실을 알려 주지 않았다면 그를 붙잡고 지금은 굳이 해결할 필요 없는 질문까지 모두 했을 것이다.

[그는 분명 알고 있었을 텐데. 말해 주지 않았나 보지?]

칸데메이온이 말하는 사람이 누구인지는 안 봐도 뻔했다.

아르하드가 칸데메이온의 영역에서 시간이 다르게 흐른다는 걸 알고 있으면서도 이 사실을 말하지 않은 건 이아나가 조급하게 돌아올까 싶어서일 것이다.

그는 그녀를 믿는다고 했다. 그녀가 돌아올 때까지 이그나이츠를 지키고 있을 테니 천천히 다녀오라고 했다. 이아나는 그의 신뢰에 답해 주고 싶었다.

"가 보겠습니다."

[또 듣고 싶은 이야기가 있다면 찾아오도록. 그리고…….]

칸데메이온의 몸이 암흑으로 서서히 흩어졌다. 그의 몸은 현재 그가 있는 공간 자체가 되어 갔다.

[판데모니엄으로 가고 싶다면 언제든 길을 열어 주겠다. 네가 악마의 심장에서 검을 뽑을 날만을 기다리지.]

이아나는 고개를 끄덕인 후, 몸을 돌려 칸데메이온의 권역을 빠르게 빠져나갔다.

[어리석고 가엾은 라오스.]

칸데메이온은 이아나를 주시하다가 서서히 눈을 감았다.

[이제 오랜 내기를 끝내자.]

칸데메이온의 권역에서 빠져나온 이아나는 빠르게 달렸다.

마치 꿈을 꾸다 나온 것 같았다. 잠깐 얘기했을 뿐인데 시간이 벌써 이 주일이 지났다는 것이 믿기지 않았다. 이건 뭐, 기절했다가 깨어난 거나 마찬가지였다.

이아나는 달리면서 주먹을 폈다가 쥐었다가를 반복했다. 칸데메이온의 권역 안에서는 금방이라도 점이 되어 흩어질 것처럼 일렁일렁하던 몸의 선이 정상으로 돌아왔다. 이 시간을 살아가는 생물로서는 아주 거북한 현상이다.

유를 무로 바꾸는 강제력.

죽음 그 자체인 칸데메이온.

'칸데메이온은 죽일 수 있는 존재일까?'

그것을 가늠해 본 이아나는 가능은 하다고 결론을 내렸다. 어쨌든 칸데메이온도 같은 시간선 위에서 살아가는 생물이니 죽일 방법은 분명 있을 것이다.

'싸워서 이길 수는 있을까?'

제대로 맞붙는다면 지진 않을 것 같지만 이길 거라고 확신할 수도 없다.

적대 관계가 아니기에 싸울 일은 없겠지만 굳이 이런 생각을 하는 이유는, 칸데메이온이 왠지 꺼림칙하게 느껴지기도 하고…… 혹시라도 저 무시무시한 칸데메이온이 적이 된다면, 저것을 상대로도 자신이 아르하드와 이그나이츠를 지킬 수 있을까? 하는 의문이 들어서다. 바하무트 일족도 바하무트 일족이지만 칸데메이온은 정말 어려운 느낌이었다.

……과연 지킬 수 있을까?

의문을 가질 필요도 없다.

그 어떤 적에게서도 지켜야 한다.

칸데메이온과 맞닥뜨린 덕분에, 이아나는 자신이 도달하고픈 지향점을 더욱 확고하게 다질 수 있었다.

강해지고, 강해지고, 또 강해져서.

이 세상 모든 것을 베는 검.

어떤 강한 적에게서도 아군을 지키는 검.

그런 검이 되자.

그러려면 로베르슈타인의 봉인부터 어떻게든 해결해야 했다. 이 상태로는 바하무트 일족을 척살하는 건 고사하고 그 어디에도 도달할 수 없을 것이다.

이아나는 아르하드에게 곧장 연락했다.

[이아나?]

아르하드의 목소리를 들으니 그가 무사하다는 안도감으로 기분이 날아갈 것 같음과 동시에, 얼마 전부터 스멀스멀 기어오르기 시작한 불쾌한 감정에 기분이 더러워졌다. 이 미친 감정의 시소 타기를 끝장내고야 만다. 빌어먹을 로베르슈타인!

"칸데메이온과 이야기를 끝냈어요. 이 주일이 지났다고 하던데 시간이 그렇게 지날 줄은 상상도 못 했습니다."

[칸데메이온이 있는 구역은 시간의 흐름이 이상하니까. 대화는 충분히 했어?]

이아나는 대답하지 않고 반지에 새겨진 텔레포트 마법을 시전했다. 서로의 곁으로 즉시 텔레포트하는 기능이었다.

"아르하드!"

"왔구나."

아르하드가 불쑥 나타난 이아나를 향해 팔을 벌렸다.

"보고 싶었어."

깊은 애정으로 물든 얼굴에서 그동안 이아나를 그리워했던 마음이 물씬 묻어났다. 그런 그가 너무나 애잔하고 사랑스러웠다. 아, 난 이제 이 남자가 없으면 절대 안 돼. 아르하드가 너무 좋아. 이아나는 아르하드를 꽉 부둥켜안고 키스했다. 로베르슈타인이 유발하는 이상한 감정이고 뭐고, 이아나는 아르하드에게 키스하고 싶었다.

이아나는 욕심을 양껏 채우고 나서야 떨어져 나왔다. 이성을 챙기고 주변을 둘러본 이아나가 의문을 느꼈다.

"왜 성에 계시죠?"

테일런을 쫓고 있어야 할 아르하드가 성에 있었다.

"문제가 좀 생겼어. 며칠 전 에이지를 노린 습격이 있었다."

“에이지를요?”

순간 덜컥했지만, 아르하드가 이렇게 담담하게 이야기를 하는 걸 보면 습격은 잘 막아 냈고, 에이지도 괜찮은 모양이었다.

“누가 어떻게 습격한 겁니까? 그게 가능한 건가요?”

에이지가 있는 방은 아르하드가 철저하게 보호하고 있었다. 그리고 방 앞에서는 정예 기사들이 지키고 있었다. 성채의 방어를 꿰뚫을 수 있는 존재는 바하무트 황족뿐이다.

“바하무트의 황태후가 직접 왔어.”

아니나 다를까, 바하무트 황태후가 등장했다.

사정은 이랬다. 샤일린스는 도르시아니가 가끔 자리를 비울 때 텔레포트하는 목적지의 좌표가 에이지가 있는 장소라고 짐작하고 계속 눈여겨본 모양이었다.

그런데 평소에도 샤일린스의 신경을 북북 긁던 도르시아니가 그날은 제대로 자존심에 상처를 입혔다. 평소에도 할망구니 뭐니 하더니 이아나가 자리를 비워 제지할 사람이 없는 사이 일을 친 것이었다.

평소 에이지를 죽이러 갈 준비를 늘 하고 있던 샤일린스는 두 연놈 다 죽이겠다며 길길이 날뛰다 미리 알아 뒀던 좌표로 텔레포트했다. 이미 작정하고 있었던 듯 황태후 직속 기사단까지 이동시켜 버렸다. 테일런의 지원을 받은 텔레포트였다.

아니나 다를까 좌표는 에이지의 방과 가까웠다. 하지만 샤일린스는 아르하드에게 보호받고 있던 방을 뚫을 수 없었다. 대신 이그나이츠 성의 다른 사람들을 죽이러 들었다.

“사상자는요?”

"부상자만 좀 있어."

정말 놀라운 말이었다. 황태후와 황태후 기사단이 쳐들어왔는데 어떻게 부상자만 있을 수 있을까?

"우리 왕국의 병력도 보통내기들이 아니니까. 그리고 이사벨라와 샤일린스를 상대하고 있던 이들 중 일부가 바로 따라와서 막은 덕이 컸다. 특히 헤레이스가 내가 돌아올 때까지 정말 최선을 다한 모양이더군. 큰 공격은 그가 거의 다 막았어."

다행이다.

이아나는 안도하며 헤레이스의 선하고 올곧은 눈빛을 떠올렸다. 제게 도움이 되고 싶다던 헤레이스는 이그나이츠의 핵심 전력으로서 톡톡히 활약하고 있었다.

"다들 몸져눕긴 했는데 네가 왔으니 부상은 금방 낫겠지."

물론이다. 아르하드와의 대화가 끝난 즉시 찾아가 봐야겠다.

"적들은요?"

"나도 소식을 듣자마자 테일런의 추적을 포기하고 성으로 복귀했는데, 내가 오니 모두 도망쳤어."

아르하드가 성으로 온 이유는 납득했다. 하지만 성에 계속 머물고 있는 이유는 따로 있을 것이다. 이아나가 다음 이야기를 기다리자 아르하드가 제 이마를 손으로 꾹 짓눌렀다.

"내가 성을 정비하는 사이, 테일런이 순식간에 남부의 한 나라를 집어삼킨 후 우리나라를 향해 일대일 전쟁을 선포했다."

당분간 다른 나라는 건드릴 생각이 없다. 그러나 만약 이그나이츠를 돕는다면 이그나이츠보다 먼저 집중 공격할 테니 죽기 싫으면 찌그러져 있으라고 했다는 것이다.

중소 국가들은 당연히 그 제안을 허겁지겁 수락했다. 괴물들의 싸움에서는 빠지는 게 상책이었다. 이그나이츠가 망하면 그들 차례가 온다는 걸 알면서도 지금 당장 나라를 존속하기 위해선 어쩔 수 없었다.

"이사벨라와 샤일린스도 테일런이 있는 곳으로 갔어. 예정대로 우리를 피해 다니면서 우리 군을 죽일 계획인 거다. 그래서 나도 성에서 싸움을 준비하고 있었어."

"아주 큰 문제군요."

이아나는 지인들을 만난 후엔 바로 요새로 가서 상황을 살펴봐야겠다고 생각했다.

"잘 돌아왔다는 말만 하고 싶지만…… 이아나, 칸데메이온과는 무슨 이야기를 했지?"

이아나는 숨기지 않고 칸데메이온과 나눈 대화를 상세하게 이야기해 주고 제 계획도 고백했다.

"아예 로베르슈타인이 되어 본다고."

아르하드의 미간에 옅은 주름이 진 것을 보니 역시 마뜩잖은 듯했다.

"네. 오늘부터 당장 하려 합니다. 집중할 시간이 필요해요."

"정세가 혼란스러워 집중하기 어려울 테니 조용한 오지로 가는 게 어떨까 싶은데."

"아니요. 그건 아닙니다. 이그나이츠가 위험해 보인다면 즉시 개입해야 하니까요. 성의 지하 수련장에 칩거하며 시도하겠습니다."

"그래."

아르하드는 처음에만 싫어했을 뿐 지금은 태도가 담백했다. 이아나는 괜히 물었다.

"싫지 않으신가요?"

"……."

이아나가 저를 빤히 쳐다보는 아르하드의 손을 꽉 붙잡았다. 심장에서 스멀거리던 이상한 기분은 키스 이후로 많이 죽었다. 키스하면서 자신의 의식을 침범하고 있던 로베르슈타인을 완전히 제압해서 짓눌러 버린 덕이었다.

아르하드가 천천히 말했다.

"네가 요즘 들어 조금 이상했던 거, 로베르슈타인과 동화되면서 생긴 부작용이지."

드러내지 않으려고 했는데 그는 귀신처럼 알아차렸다.

그럴 수밖에 없었다. 아르하드는 이아나의 감정 변화에 몹시 기민했다. 이아나의 감정 중에서도 그녀가 그에게 선사하는 사랑에 대해서는 섬세한 유리공예를 다루듯 예민했다.

변명의 여지가 없었던 이아나가 천천히 고개를 끄덕이자 아르하드가 입술을 뗴었다.

"당연히 싫어."

아르하드는 이아나가 로베르슈타인과 엮이는 게 정말로 싫었다. 로베르슈타인과의 연결 고리가 많아질수록 이아나가 영향을 받을지도 모른다는 생각 때문이었다.

그의 생각대로, 로베르슈타인과 동화되고자 했던 이아나는 일시적으로나마 변했다. 하지만 아르하드는 예전과는 달리 신경질적이고 병적인 거부감을 표출하지 않았다.

아르하드는 이아나의 손을 역으로 거머쥐었다.

"하지만 너를 믿는다."

너를 믿으니까 항상 그래 왔듯 너의 선택을 지지해. 네가 내게 선물해 준 사랑을 품은 채 얌전히 기다릴 뿐이다.

아르하드의 말을 들으며 울컥한 이아나가 그의 뺨을 붙잡으며 짙게 키스했다. 이아나는 절대 그를 슬프게 하고 싶지 않았다.

"저를 믿어요. 정말로 어떻게든 해결할 거니까."

"그래. 너는 한다면 하는 여자니까, 어떻게든 되겠지."

이아나가 웃었다.

"아, 그리고 칸데메이온이 당신에게 권능이 있다고 하던데."

아르하드의 몸이 순간 경직되었다.

이어지는 이아나의 얘기를 모두 듣고 나서야 경직이 풀린 아르하드가 쓰게 웃었다.

"입이 싼 드래곤이었군."

중요한 부분은 용케 말하지 않았지만 말이다.

"역시, 숙제와 관련되어 있나요?"

아르하드가 부정하지 않고 수긍했다.

"권능의 정체가 무엇일지는 조금 더 고민해 보겠습니다."

이아나는 한 발자국 물러났다.

"캐묻고 싶지만 승부이기도 하고, 또 당신의 권능이 이번 전쟁에서 쓰일 일은 없을 듯하니."

"정확하게 짚었군. 그렇게 해."

이아나는 아르하드가 눈에 띄게 동요하던 모습을 기억해 두었다. 아르하드의 권능은 분명 과거의 로이긴과 현재의 아르하드

사이에서 생겨났지만…… 현재의 그에게도 몹시 큰 의미인 게 분명했다.

아르하드와 대화를 마친 이아나는 바로 에이지를 보러 갔다.

에이지는 여전히 얌전하게 잠들어 있었다.

안도와 아쉬움이 섞인 한숨을 길게 뱉은 다음, 황족과의 대치로 몸져누웠다는 지인들에게로 갔다. 그들은 각자의 방에서 쉬고 있었다.

가장 먼저, 안젤리나를 방문했다.

안젤리나는 로안느로 돌아가지 않고 이그나이츠에서 휴식하고 있었다. 그녀의 얼굴은 파리했다. 보호를 잘 받은 듯 눈에 띄는 상처는 없었지만, 모든 힘을 끌어다 쓴 듯 휴식한 지 며칠이 지났는데도 힘들어 보였다.

"이아나 양? 오셨군요."

안젤리나가 반가워하자, 이아나는 안젤리나의 손을 붙잡고 자신의 신력을 불어넣어 주었다. 그러자 안젤리나의 하얀 얼굴에 온기가 돌기 시작했다.

"따뜻해요. 왜일까요? 눈물이 날 것 같아요."

안젤리나의 눈에는 정말로 눈물이 맺혀 있었다.

눈물이 날 것 같다. 그건 라오스 신자들이 로베르슈타인이나 이아나의 신력을 목도하면 늘 하는 말이었다. 라오스의 영향을 강하게 받은 안젤리나도 그런 경우인 걸까.

"이그나이츠를 지켜 줘서 고마워요, 안젤리나."

"이아나 양에게 도움이 되었을까요? 기뻐요."

감사 인사를 받은 안젤리나가 환하게 웃었다. 이아나는 그런 안젤리나를 빤히 쳐다보다가 불쑥 말했다.

"이아나라고 부르기로 하셨잖아요."

로안느의 마지막 파티에서 그렇게 부르기로 해 놓고 안젤리나는 계속 이아나 양이라고 부르고 있었다.

"아."

안젤리나가 얼굴을 붉혔다.

"그, 그, 그러기로 했지만, 아주 오래 떨어져 있다 보니까. 그리고 어느 날 당신은 일국의 지도자가 되어 있어 정말로 그렇게 불러도 되는 건지 알 수 없어서……."

"제가 허락한 호칭이고, 당신은 제 친구니까 그렇게 불러도 됩니다."

"친구!"

안젤리나가 눈을 동그랗게 뜨며 두 손으로 뺨을 감쌌다. 그러더니 발개진 뺨으로 활짝 웃으며 이아나를 끌어안았다.

"네, 맞아요. 친구죠. 이아나, 당신은 제 친구예요!"

방방 뛰는 안젤리나를 진정시킨 후, 이아나는 도르시아니의 방을 방문했다.

"전하, 왔네."

회복이 빠르다던 도르시아니는 앉아서 담배를 피우고 있었다. 헐렁한 옷 너머로 납작한 배에 감긴 붕대가 보였다. 검에 쑤셔지기라도 한 모양이다.

"입조심 좀 해."

"들었구나? 샤일린스를 죽이고 싶은데 죽일 수 없으니까 짜증 나서 입이라도 놀렸어.”

“치료는 왜 안 받았어.”

하이엘프들이 불러내는 상급 정령들부터는 정령왕들의 것처럼 완전한 회복은 불가하지만 부상을 치유할 수 있었다.

“짜증 나서.”

무표정하긴 하지만, 도르시아니가 이렇게 짜증을 내는 모습은 처음 본다. 저 짜증을 이해하기 때문에 화를 낼 수도 없다.

이아나는 도르시아니를 치료하며 핀잔을 주곤 방을 나왔다. 다음은 헤레이스의 방이었다.

“앗, 이아나 양!”

헤레이스가 침대에 누운 채 강아지가 꼬리를 흔들듯 손을 흔들었다. 기력을 다한 그는 몸을 일으킬 수가 없었다. 그의 옆에 앉아 있던 엘리도 품에 있는 닛시의 앞발을 잡아 흔들었다.

이아나는 헤레이스의 앞에 섰다.

“고마워.”

모든 말이 생략되었지만 이아나와 오랜 시간 알고 지낸 헤레이스는 곧바로 그녀가 하고자 하는 말이 무엇인지 알아들었다.

“당연히 했어야 하는 일이에요. 제가 이아나 양에게 도움이 되었나요?”

“물론이야. 넌 언제나 도움이 되고 있어.”

헤레이스의 얼굴에 열기가 올랐다.

“기뻐요. 앞으로도 노력해서 이아나 양의 힘이 될 수 있는 사람이 되도록 할게요.”

이아나는 몸져누워 있던 이들을 찾아가 한 명 한 명 감사 인사를 전하고 회복까지 시켜 주었다.

치료를 끝낸 이아나는 서부 요새로 조용히 향했다.

요새 꼭대기에 선 이아나의 시야에 우글거리는 바하무트 병사들이 잡혔다. 모든 상황이 이아나가 어서 강해지도록, 강해져서 바하무트 일족을 죽이도록 강요하고 있었다.

이아나는 세마스티어로 돌아오자마자 성의 지하 수련장에 틀어박혔다. 허리를 꼿꼿하게 세우고 앉은 뒤, 육체에 미련을 버리고 영혼의 결 하나하나에 집중했다.

네가 원하는 게 대체 뭔데, 나와 계속 충돌하는 건가 싶다.

어디 한번 결판을 내 보자. 원하는 게 뭔지 들어나 보자.

'일어나.'

그리고 의식을 비우고 무의식 속으로 빠져들어 갔다…….

다음 날, 바하무트와 이그나이츠의 전면전이 발발했다.

연합의 강자들은 각자의 나라가 살 만해진 대신 이그나이츠를 도우러 와 주었다. 자신들의 나라를 내세우지는 않았으나, 이그나이츠의 지원군이 되어 아르하드의 지휘하에 싸웠다. 바하무트는 개인적으로 이그나이츠를 돕는 것까지는 상관하지 않았다.

앞뒤 분간 않고 개처럼 달려드는 자들과 그 이빨을 피할 수 없는 자들의 전쟁이라 사상자가 많았다.

전투는 하루가 지나도 끝나지 않고 계속 이어졌다.

콰과광!

콰아아아앙!

전쟁 중에도 눈이 절로 돌아갈 정도로 눈에 띄는 곳이 있었다. 흑색 계열의 두 기운이 어마어마한 충돌을 일으키는 곳이었다. 사람들은 아르하드와 테일런의 싸움을 보며 극강의 강자들이 어떤 힘을 가졌는지 느낄 수 있었다.

테일런의 상대는 당연히 아르하드가 맡았다. 테일런은 아르하드와의 싸움을 피하기 위해 자리를 계속 벗어나려 했지만 한번 꼬리를 문 아르하드는 테일런을 결코 놓치지 않았고 그로 인한 피해는 확연히 줄일 수 있었다.

아르하드는 테일런을 막으면서도 아군이 위험한 곳을 방어하고 가공할 만한 힘으로 적군을 공격했다. 몸이 수십 개라도 되나 싶은 능력이었다.

"와아아아!"

이그나이츠의 국민들은 아르하드가 강하다는 걸 알고는 있었으나, 이렇게 제대로 목격한 것은 처음이었다. 이그나이츠 군대는 주인의 힘에 전율하며 더욱 힘을 냈다.

이아나가 자리를 비웠지만, 각국에서 내로라하는 강자들이 개인적으로 와서 도와주었기에 싸움이 심각하게 밀리지는 않았다.

그러나 바하무트가 오랜 기간 축적해서 한 번에 터뜨린 눈 먼 공격들은 쉽사리 대응할 수 있는 것이 아닌지라 피해는 차곡차곡 축적되었다.

이그나이츠 군대는 자연스럽게 이아나를 찾았다.

이그나이츠의 정신이자 전신, 이아나는 어디에 있는가?

이아나는 현재, 이아나의 자아도 잠들고 로베르슈타인의 자아도 잠든 무의식 상태에 있었다. 이아나가 대놓고 자리를 마련해 줬음에도 로베르슈타인은 깨어나지 않았다. 그녀의 시간은 그 상태로 계속 멈춰 있었다.

그러다 성이 소란스러워졌다.

병장기의 충돌음이, 마법과 검기가 만들어 내는 이명이, 사람들이 지르는 고함 소리가, 그 소음들이 성의 깊은 지하까지 전해져 그녀의 귓가에 닿았다.

그녀의 손이 움찔했다.

그녀가 눈을 떴다.

두 개의 자아가 동시에 깨어나 한 몸에서 각성했다.

이아나는 이그나이츠의 위험에, 로베르슈타인은 그녀가 집착해 온 의무에.

"……."

그녀는 현재 이아나인지, 로베르슈타인인지 모를 굉장히 묘한 상태였다. 잠에서 덜 깬 것 같은 몽롱한 기분으로 그녀는 비틀거리며 자리에서 일어났다.

성 밖으로 나갔더니 참혹한 전장이 눈앞에 펼쳐졌다.

이아나는 고통받는 이그나이츠를, 로베르슈타인은 신성시대 말기의 재현을 보았다.

이그나이츠 쪽에서는 페임드라의 성물들이 활약하고 있었다.

그녀가 등장하자 성물들은 격렬하게 반응했다.

어서 나를 하나로 모아 달라는 듯.

가져가 달라는 듯.

혹은 그 연약한 심장을 버리고 나에게 붙으라는 듯.

그녀는 성물에 봉인된 제 심장의 애타는 부름을 무시했다. 대신 강렬한 두 힘이 맞부딪치는 곳으로 이끌렸다.

퍼어억!

이아나는 라이즈를 들어 이그나이츠를 괴롭히는 바하무트 병사들을 죽였다.

우웅…….

그녀가 쥔 라이즈는 어쩐지 불편한 듯하다. 이 사람이 자신의 주인인지 아닌지 헷갈리는 듯 평소처럼 그녀와 완전히 합일하지는 못했다. 하지만 그녀의 의사대로 움직여는 주었다.

그리하여 그녀는 난리 법석인 전쟁터를 휩쓸며 나아갔다. 그녀의 앞으로 넓은 길이 만들어졌다.

치고받고 싸우고 있던 아르하드와 테일런의 시선이 그녀에게 확 쏠렸다. 두 사람의 손이 딱 멈추었다.

"오, 라이즈 경. 드디어 등장이신가."

테일런이 반가운 기색으로 불렀다.

그녀는 대꾸하지 않고 얌전히 아르하드와 테일런을 한 시야에 담았다.

이아나는 아르하드에게는 지독한 사랑을, 테일런에게는 지독한 살의를 느꼈다.

로베르슈타인도 테일런에게 살의를 느끼는 건 마찬가지였다. 하지만 살의와 동시에 사랑 또한 느끼고 있었다.

이아나는 그 느낌이 매우 혐오스러웠지만 로베르슈타인의 목적을 알기 위해 충돌하지 않고 침묵했다. 이아나의 살의와 로베르슈타인의 살의가 합쳐진 귀기가 그녀의 적안에 어렸다.

콰아아앙!

이아나가 테일런에게 검기를 날렸다. 테일런은 급작스러운 공격에 방어했지만 검기에 담긴 힘에 뒤로 밀려나고 말았다. 테일런은 충돌의 압력에 찢어진 입술을 슬쩍 축였다.

"이상하군. 오늘은 느낌이 뭔가 다른데."

오늘의 이아나는 뭔가 다르다. 방금 자신을 공격한 그녀의 신력 또한, 예전에 관찰했던 이아나의 신력과는 어딘가 달랐다.

더 매혹적이고, 이끌린다.

더욱 사랑스럽고, 아름답다.

더더욱 증오스럽다.

테일런이 짓눌러 놨던 어두운 집착심이 뚜껑을 열고 튀어나올 기세로 부글부글 끓고 있었다.

아르하드의 여자이자, 악마의 소중한 것인 듯한 이아나에 대한 탐욕이 평소에도 들끓긴 했었다. 하지만 이는 테일런의 통제 범위 내였다.

테일런의 피에는 현재 세 개의 영혼이 흐르고 있다.

테일런, 바하무트, 그리고 악마.

최근, 테일런은 피에서 깨어나기 시작한 바하무트의 힘과 기억들 덕분에 바하무트가 숨겨 놓은 심장을 발견할 수 있었다.

그때부터 그는 시조, 바하무트를 흡수하기 시작했다. 바하무트 또한 테일런이 자신을 흡수하는 것을 받아들였다. 그렇기에 인

내란 어렵지 않은 일이었다. 바하무트가 태고의 시절부터 인내하고 또 인내하며 강적들을 먹어 치워 온 습성이 테일런에게 이어졌기 때문이다.

바하무트의 음침한 습성까지 얻은 테일런은 아르하드에게 품은 원한과, 더 많은 것을 위해서 인내했다. 하지만 지금은 곤란할 정도로 심장이 뛴다. 악마의 감정 때문에 온 영혼이 들썩이고 있었다.

"못 본 사이에, 뭔가 했나?"

대답 대신 위압적인 예리한 검날에 붉은 기운이 드리웠다.

"앗!"

사방에 흩어져 있던 성물에서 붉은 빛이 튀어 올랐다. 성물을 지니고 있던 이들은 깜짝 놀랐다.

콰아아아아!

성물에 고여 있던 신력이 물줄기처럼 날아와 검날 위로 맺혔다. 신력의 색은 태양의 불꽃보다는 죽은 피 같은 검붉은 색이었다.

"하하……."

테일런은 웃으면서도 위험하다고 생각했다. 막을 수 있을 것 같은데 막을 수 없을 것 같은 모순된 직감으로 머릿속에서 경종이 울렸다.

심장이 저릿저릿했다.

이는 두려움? 공포? 분노?

아니면 사랑?

테일런은 물러나야겠다고 생각했다. 인고의 시간이 헛되지 않으려면 그렇게 해야 했다.

이상한 상태의 이아나를 보니 고대해 온 순간은 머지않은 듯했다. 계속해서 자극한 보람이 있었다.

"후퇴!"

테일런의 외침이 전장 위로 먼지구름처럼 퍼져 나갔다. 그의 명령은 실과 같아, 이그나이츠를 잡아먹을 듯이 공격하던 바하무트 군대가 실에 조종당하는 인형들처럼 썰물이 되어 빠져나가기 시작했다.

"공격해!"

등을 보인 대가로 병사가 수없이 죽어 나가는데도 바하무트 군대는 테일런의 명령에 단 한 명도 반하지 않았다.

"……."

테일런도 텔레포트를 하려 했다.

그때, 그녀의 눈에서 눈물이 뚝뚝 떨어졌다.

테일런은 알 수 없는 이유로 몸이 얼어붙어 버렸다. 그것은 테일런의 의도가 아니라 악마의 영향이었다.

콰아아아아아아!

그 틈을 타, 그녀의 검에서 뿜어져 나온 검기의 고리가 테일런을 공격했다.

퍼어어억!

"큭!"

테일런은 치명상을 입고 나서야 정신을 차리고 다시 텔레포트를 가동하여 사라졌다.

와아아아아!

이그나이츠 군대는 바하무트 군대가 이아나의 등장만으로 물러나 버리자 그녀의 이름을 연호했다.

이아나 이그나이츠 라이즈!

이아나 이그나이츠 라이즈!

"……."

하지만 아르하드는 이아나를 지켜만 보고 있었다. 그는 섣불리 이아나를 건들지 못하고 손을 움찔거렸다.

이아나에게 말을 붙이기가 어려웠다. 저 여자가 현재 이아나인지, 로베르슈타인인지 알 수 없었다. 또 지금 자신이 무얼 해야 하는지도 알 수 없었다.

아르하드의 고민은 곧장 끝났다. 테일런이 사라지자 그녀의 시선이 아르하드를 향했기 때문이다.

이아나는 당혹스러워하는 아르하드에게 깊은 사랑을 느꼈다. 로베르슈타인도 그에게 사랑을 느꼈다.

그러나 로베르슈타인은 이아나와 달랐다.

그녀는 아르하드에게 지독한 살의 또한 느끼고 있었다.

로베르슈타인은 아르하드에게도 테일런과 똑같이 반응했다.

'죽이자.'

아르하드를 죽여?

이아나는 아르하드에게 살의를 느끼는 자신을 절대 이해할 수도, 자신을 그렇게 만드는 로베르슈타인을 참아 줄 수도 없었다.

그 즉시 의식이 충돌했다.

영혼이 찢어질 듯, 분리될 듯한 어마어마한 통증과 혼란이 이아나를 덮쳐들었다.

"아아!"

이아나가 소리를 지르며 얼굴을 감싸 쥐었다. 아르하드를 보고 있던 자신의 눈을 가렸다. 하지만 한번 깨어난 로베르슈타인의 자아는 계속해서 자신의 의지를 이아나에게 강요했다.

이아나가 아르하드를 향한 사랑을 떠올리면 떠올릴수록 로베르슈타인의 살의는 더욱 극심해졌다. 사랑할수록, 살의는 심해졌다. 테일런 때보다 더한 살의였다.

'죽여야 해.'

'죽여야 해!'

'내가 생각했던 미래는 이게 아니야!'

'로베르슈타인과 로이긴의 삶은 거기서 끝났어야 했어! 이렇게 이어지고 영향을 미쳐선 안 되는 거였어!'

'세상과, 우리와, ……를 위해서!'

'틀렸어. 돌이킬 수 없어.'

'죽자.'

'죽어야 해.'

'저 사람을 죽이자, 나도 죽고.'

'함께 죽자.'

'죽이고, 죽자! 죽여, 죽어!'

싫어! 그만해!

난 절대로 그러지 않을 거야!

이아나가 얼굴을 움켜쥔 채 덜덜 떨었다.

"철수한다!"

아르하드는 이아나의 상태가 심상치 않자, 고민을 집어치우고 이아나를 끌어안았다. 그가 철수를 명하자 환호하던 병사들과, 바하무트의 군대를 뒤쫓으며 공격하던 병사들이 어리둥절해했다. 하지만 지휘관들은 이아나의 이상을 눈치채고 뒤돌아서서 철수를 지휘하기 시작했다.

아르하드는 즉시 성내 그의 방으로 텔레포트했다.

"이아나."

그리고 그녀를 으스러져라 껴안았다.

"괜찮아. 진정해."

하지만 이아나는 진정하지 못했다.

"뭘 원해? 내가 뭘 해 줄까?"

당신의 사랑을 원해.

혹은 당신의 죽음을 원해.

이아나는 아르하드를 마주 끌어안았다. 그의 옷깃을 뜯어져라 붙잡았다. 이아나는 그런 생각을 하는 자신을 믿을 수가 없었다. 그 생각의 원천인 로베르슈타인을 제게서 아예 지워 버리고 싶었다. 하지만 로베르슈타인은 그럴 생각이 전혀 없어 보인다.

금방이라도 그의 심장을 뜯어 버릴 것처럼 손톱을 그의 등에 박아 넣었다. 그리고 이아나의 입술을 강탈하여 중얼거렸다.

"당신의 죽음을, 원해."

"……."

죽어 달라는 말에 아르하드는 잠시간 말이 없었다. 하지만 침묵은 순간이었을 뿐이다. 그녀의 몸을 옥죄는 그의 힘은 점점 더 강해졌고 그의 입술은 그녀의 귓가에 내려앉았다.

아르하드가 속삭였다.

"죽어 줄까?"

싫어!

이아나가 비명을 질렀다.

"네가 원한다면 얼마든지 죽을 수 있어. 지금 당장 네 손으로 내 가슴을 뚫고 심장을 가져가도 좋아."

……그럴까? 당신을 죽이고 나도 죽어 버릴까?

로베르슈타인이 우울하게 웃었다.

"하지만 난 네게 죽지 않을 거다."

왜?

두 사람이 물었다.

"내 죽음을 원하는 건 이아나 네가 아니니까."

그 말을 들은 순간 이아나는 머리를 한 대 얻어맞은 것처럼 정신이 번쩍 들었다. 정신이 나간 듯 풀려 있던 이아나의 동공에, 어둠 속에서 성냥불이 켜지듯 빛이 돌아왔다.

탕!

아르하드가 이아나와 한데 엉킨 몸을 벽에 밀어붙였다. 그녀를 꽉 끌어안아 올리며 키스했다. 코가 맞물린 채, 입술이 빈틈없이 밀착한 채, 온몸이 짓눌린 채, 이아나는 너무 뜨거워서 눌어붙을 듯한 입맞춤을 받았다.

"이아나, 나를 봐."

잔흔을 남기며 떨어졌다. 얼굴이 아주 조금 떨어진 거리에서 서로의 세계가 연리지의 가지처럼 얽혔다.

"내가 누구야?"

이아나는 그제야 사랑하는 이가 눈에 제대로 들어왔다.

“아르하드.”

“그래, 이아나.”

아르하드의 단호한 대답에 이아나의 의식이 완전히 깨어났다. 그러자 로베르슈타인의 의식은 이아나의 의식과 분리되었다.

그녀는 생각했다.

‘죽일 거야. 세상과, 우리와, ……를 위해서야.’

생각하는 주체는 분명 자신인데도 이아나는 그 생각이 다른 존재의 것처럼 느껴졌다. 그래서 이아나는 대답했다.

“싫어.”

이아나와 로베르슈타인의 생각이 한데 섞여 들었다.

‘죽여야 해. 세상과, 우리와, ……를 위해서야.’

‘이건 내 삶이야. 네 삶이 아니야.’

‘죽여야 해. 세상과, 우리와, ……를 위해서야.’

‘너의 세상과, 너의 우리와, 너의 ……는 이제 이 시간에 없어! 대체 ……가 뭔데? 난 그런 거 몰라. 그건 전부 너의 것이야. 나는 네가 아니야. 아르하드는 로이긴이 아니야.’

‘죽여야 해. 세상과, 우리와, ……를 위해서야.’

로베르슈타인은 ‘로이긴과 관련된 모든 것’을 이 세상에서 지워야 한다는 생각밖에 할 줄 모르는 천치 같았다. 세뇌라도 당한 것처럼 이아나가 무슨 생각을 해도 마음의 문을 닫고 그 말만을 계속 속으로 되뇌었다.

이아나의 의지와 로베르슈타인의 의지는 끊임없이 충돌했지만 타협점을 찾지 못했다. 이아나의 머리가 뜨거워졌다. 명치에서 치밀어 오른 뜨거운 분노가 뇌까지 태워 버리는 것 같았다.

이아나가 눈앞에 보이는 아르하드의 뺨을 붙잡아 끌어내렸다. 사랑하는 남자의 입술에 미친 듯이 키스했다.

'나는 이 남자를 사랑해. 절대로 죽이지 않을 거야. 그 어떤 적으로부터도 지킬 거야. 그게 내 전생이라 해도!'

육체의 주인인 이아나의 의식이 점점 더 강해졌다. 이아나가 짓누르고 압박하고 주도권을 잡자 로베르슈타인의 의식은 깨어나기 전처럼 점점 사라져 갔다.

"후우, 후우."

이아나는 한참이나 씨근덕거리더니 미친 키스 세례를 얌전히 받고 있던 아르하드를 바라보았다. 이 사랑스러운 남자에게 자신은 대체 무슨 생각을 하고 무슨 말을 지껄였던 걸까?

"미안해요. 그런 미친 소리를 해서."

"괜찮아."

"하지만."

"정말이야. 그 말을 한 게 네가 아니라는 걸 알아. 덕분에 이런 키스도 받아 보고 난 좋았어."

아르하드가 입술이 터진 채 짓궂게 미소 지었다. 농담할 상황이 아닌데도 그런 말을 하는 게 어이없어 이아나는 바람이 새는 듯한 웃음을 흘리고 말았다.

"이제 괜찮은 거지?"

아르하드는 이아나가 완전히 정신을 차린 듯하자 그녀를 품 안에서 풀어 주려 했다. 하지만 이아나는 물러나는 그에게 기대며 안겨 들었다.

"괜찮지 않습니다. 이대로 있어 주세요."

아르하드는 그녀의 부탁대로, 나무라도 된 것처럼 그 자리에서서 이아나를 지탱해 주었다. 이아나는 눈을 감고 마음을 가다듬기 시작했다.

이아나는 로베르슈타인의 의식을 제압하는 데 성공했지만 그녀의 의지만은 꺾지 못했다.

'이제야 확실히 알겠어.'

로베르슈타인이 자신의 심장을 봉인한 목적.

라오스의 봉인이 풀려 자신의 심장이 세상에 드러나자, 로베르슈타인 일족의 피에 깃들어 있던 로베르슈타인의 영혼은 잠시나마 각성했다. 그리고 무의식중에도 죽지 않은 악마의 존재를 느꼈다.

그래서 라오스의 봉인이 풀려 쪼개진 채로 소멸하기 시작한 자신의 심장을 스스로 봉인했다. 악마를 죽일 자는 자신밖에 없다고 여겨 자신의 '힘'과 '의지'를 유지하기 위해서였다.

여기에 이아나가 그동안 로베르슈타인의 봉인을 풀 수 없었던 이유가 있다. 로베르슈타인은 '로이긴'을 죽이고 싶어 한다. 즉, 테일런뿐만이 아니라 아르하드도 죽이고 싶어 한다.

때문에 아르하드를 깊이 사랑하고 지키고자 하는 이아나의 마음이 로베르슈타인의 의지와 완전히 정면에서 충돌했다. 봉인이 해제되지 않는 건 당연한 일이었다.

여기서 봉인을 해제하려면 어찌해야 하는지도 이젠 알 수 있었다. 이아나는 아르하드의 품에 얼굴을 묻은 채 생각했다.

'아르하드를 죽여?'

그리 생각하자 견고하기만 했던 봉인이 흔들렸다.

바로 이거다. 아르하드마저도 죽이겠다고 진심으로 마음먹어야 로베르슈타인의 봉인이 풀린다. 아르하드의 기사가 되어 그를 평생토록 지키겠다는 맹세를 저버려야 하는 방법이었다. 결단코 용납할 수 없었다. 그런다는 가정조차 하기 싫었다. 조건을 맞춰 준다는 건 절대 있을 수 없는 일이었다.

'로베르슈타인을 설득해서 봉인을 풀게 하는 것도 불가능해.'

로베르슈타인의 자아는 깨웠지만, 심장이 봉인된 탓에 그녀가 평범하게 사고하는 건 불가능했다.

현재 이아나를 괴롭히는 로베르슈타인의 자아는 영혼에 남아 있는 기록을 바탕으로 사고하고 있었다. '죽여야 해. 세상과, 우리와, ……를 위해서야.'라는 생각을 반복하는 까닭은 그래서였다. 로베르슈타인의 시간은 멈춰 있는 것이나 마찬가지고 이 상태로는 설득 자체가 어려웠다.

'강제로 깨는 것도 당장은 어려울 것 같아.'

악마 살해는 로베르슈타인이 로이긴을 향한 지독하고 깊은 사랑을 포기하고, 영생을 바치면서도 이루고자 했던 의지였다. 이별과 죽음, 그 모두를 감내한 끔찍한 사념은 아득해질 정도로 강력했으며 빈틈 하나 없이 견고했다. 이걸 과연 단시간 안에 깨는 게 가능할까?

바하무트가 소중한 사람들을 향해 칼을 겨누는 지금, 이아나에게 시간은 없었다.

"……."

아르하드의 품에 안겨 있는 지금도 로베르슈타인은 그를 죽이자고 세뇌하듯 이아나에게 되뇌고 있다. 한번 각성한 로베르슈타인의 자아는 짓눌리고 또 짓눌려도 다시 잠들지는 않았다. 완전하게 누르지 못한다면 계속 이러겠지.

'미쳐 버릴 것 같아.'

아르하드의 옷깃을 붙잡고 있던 이아나의 손에 힘이 들어갔다. 피에 젖은 그의 검은 셔츠가 이아나의 정신처럼 구겨졌다.

방향을 잃은 분노가 머리끝까지 치밀어 올랐다.

로베르슈타인에게도 화가 났지만, 로베르슈타인의 의지를 지금 당장 이기지 못하는 자신에게도 화가 나서 미칠 것 같았다.

한계다.

로베르슈타인을 그냥 지워 버리고 싶다.

봉인을 강제로 깨고 완벽하게 짓누를 수 있다 해도 마찬가지였다. 아르하드를 죽이고 싶다며 끊임없이 자신의 자아를 위협할 잠재적인 위험 요소를 제 안에 내버려 둔다고?

말도 안 돼!

로베르슈타인의 심장을 가지는 것 자체가 끔찍해졌다. 지금 이 순간, 이아나는 악마의 심장을 파괴하겠다던 아르하드의 결심을 완벽하게 이해할 수 있었다.

성장하지 못하도록 발목을 잡아 진창으로 끌어내리려 하고 귀중한 사랑을 더럽히려 하는 로베르슈타인 따위 차라리 죽여 없애는 것이 나았다. 로베르슈타인이 없어도 누구보다 잘해 나갈 수 있었다.

결국 이아나가 선택할 수 있는 선택지는 하나뿐이었다. 성물들을 불태워 로베르슈타인의 심장을 아예 소멸시켜 버리는 것. 정면 승부로 승리를 거두는 게 아닌 승부 자체를 없애는 비겁한 방식이었지만 지금 심정으로는 아무래도 상관없었다.

“아르하드.”

“응.”

“당신이 로이긴의 심장을 없애겠다고 한 것처럼, 저도 로베르슈타인의 심장을 없애겠습니다.”

이아나는 이유를 말하지 않았으나, 아르하드는 그녀의 행동에서 이미 모든 인과관계를 읽어 냈다.

“그래. 그러자.”

그는 이아나를 단단한 팔로 안아 주며 이마에 키스했다.

“뭐든 네가 원하는 대로 하자.”

바하무트와의 전쟁이 소강상태로 접어들었다. 모두가 이아나를 찬양했다. 테일런이 이아나의 공격으로 크게 다치는 것을 본 사람이 적지 않았다.

그 시각, 이아나는 샤우부 대삼림의 페임드라를 찾아갔다.

[안녕, 이아나.]

페임드라가 차분하게 인사했다.

[네 영혼이 지나치게 경직되어 있구나. 그리고 느낌이 어쩐지 평소와 다르네. 긴장돼. 무슨 일이야?]

[단도직입적으로 말할게.]

여유가 없었던 이아나가 페임드라의 앞에 주저앉은 채 곧장 제 뜻을 밝혔다.

[페임드라, 난 네 첫 번째 몸, 그러니까 로베르슈타인의 심장이 봉인된 성물들을 불태울 거야.]

페임드라가 흠칫 떨었다. 식물의 부모인 페임드라가 동요하자 모든 식물들이 함께 동요하여 소스라쳤다.

[미안해. 나는 네 첫 번째 몸과 너의 오랜 친구를 없애야만 할 것 같아. 만약 그 몸을 불태우면 네가 아플까? 아니면 무슨 영향이 있을까? 하지만 네가 참아 줬으면 좋겠어. 부탁이야.]

이아나도 마음 같아서는 그러고 싶지 않았다. 특히 로베르슈타인 영지 뒷산에 있던 페임드라의 그루터기. 그곳은 회귀 전에도, 회귀 후 아르하드를 만나기 전에도 그녀의 유일한 쉼터가 되어 주었다. 그녀의 친구고 추억이었다.

하지만 포기해야 했다. 오늘 페임드라를 찾아오기 전까지, 시간을 두고 로베르슈타인의 봉인을 어떻게든 깨보려 했지만 성과는 없었다.

[태워도 괜찮아. 내 영혼이 그 몸에 있지 않은 이상은 태워도 내게는 아무런 영향이 없어.]

페임드라가 반가운 답을 내려 주었다.

[하지만 이아나, 너는 괜찮은 거니?]

이내 머뭇거리며 물었다.

[네가 아프진 않을까? 네가 후회하진 않을까? 나는 무엇보다 네가 제일 걱정돼.]

페임드라는 이아나의 영혼을 직시하는 것만으로도 그녀의 피로도와 압박감을 읽을 수 있었다. 이아나는 열패감에 어찌할 바를 몰라 했던 회귀 전처럼 매우 불안정했다.

[전부 괜찮아.]

이아나가 생각했다.

이아나는 로베르슈타인에 대한 분노로 눈이 멀어 버렸다.

[그럼 허락한 걸로 알게.]

현재의 페임드라에게는 영향이 없다는 대답도 들었으니, 지금 당장 로베르슈타인의 심장을 불태우러 갈 것이다.

이아나는 페임드라의 덩굴, 잎사귀, 가지, 꽃을 모두 챙겨 로베르슈타인 영지로 향했다.

"……."

이아나는 로브를 푹 눌러쓴 채 로베르슈타인 영지의 성문 앞에 모여 있는 사람들 사이에 섞여 있었다.

그녀는 가만히 서서 성벽에서 나부끼는 깃발을 바라보았다. 다시는 돌아오지 않기 위해 모든 것을 정리하고 떠났는데 이렇게 다시 왔다.

영지는 세상에 난리가 났는데도 건재했다. 상황도 다른 영지에 비해 매우 여유롭다고 했다.

이유는 언제나 같다.

영지가 로안느 왕국에서도 심부에 위치하여, 왕국의 중앙까지 뚫리지 않는 한 적군이 침범하기 어렵다는 게 첫 번째 이유.

롯소 산맥 중앙부 바로 밑에 위치하여, 중앙부에 서식하는 최상급 몬스터와 드래곤의 영역으로 인해 자잘한 몬스터의 습격이 없다는 것이 두 번째 이유다.

심지어는 바하무트가 대륙을 유린하기 시작한 시점인 몬스터 게이트 사건 때, 로베르슈타인 영지에도 게이트가 열렸는데 피해가 전무하다시피 했다. 몬스터들은 쏟아져 나왔지만, 나오자마자 기겁한 몬스터들이 영지를 헐레벌떡 빠져나가 다른 영지들을 공격했다던가?

덕분에 예전부터 다른 영지들의 부러움을 샀던 로베르슈타인 영지는 요즘 신의 축복을 받은 땅이라 불리고 있다고 했다.

로베르슈타인 영지는 회귀 전에도 이랬다. 이아나가 손수 로베르슈타인 영지를 반납하고, 이아나의 강력한 의지에 의해 왕국에서 관리자만 파견했을 뿐 별다른 방어 병력을 구축하지 않았음에도 늘 안전했다.

"요즘 영지가 사람으로 미어터져서 받아 주는 조건이 까다로워졌다고 하더군요."

"들어갈 수 있으면 좋을 텐데요……."

안전한 거주지를 원하는 사람들은 로베르슈타인 영지의 성문 앞에 모여들었다. 아직 피해를 많이 입지 않은 타 영지의 사람들도 슬금슬금 빠져나와 이곳에 몸을 의탁하고자 했다.

듣기로, 주변의 대귀족들도 5대 공신 가문이라 손대기 뭐해 입맛만 다셨던 로베르슈타인 영지를 혼란을 틈타 노리고 있다고 했다. 오웬이 몰락했는데 로베르슈타인이 몰락하지 못할 이유는 뭔가? 대놓고 무력을 동원하진 못해도 올가미를 엮는 시도 정도는 하고 있다는 소식을 에이지가 물어다 준 게 오래전이었다.

이아나는 모두가 로베르슈타인 영지를 탐하는 이유, 영지가 그토록 안전했던 이유를 다시 한번 생각해 보게 되었다.

이아나는 지도를 꺼내 로베르슈타인 영지의 위치를 확인했다. 페임드라의 비밀을 안 이후로 지리적으로 특이한 형태가 눈에 띄었다.

신성시대 초기, 세상은 페임드라를 중심으로 둥글게 뻗어 나갔다. 즉, 대륙의 정중앙은 페임드라의 그루터기가 있는 야산이었다.

그리고 야산은 롯소 산맥 중앙부, 정확히는 칸데메이온이 자리 잡은 중앙에서 남부로 살짝 삐져나와 있다. 신성시대에는 존재하지 않았던 대륙의 등뼈, 롯소 산맥은 심장을 보호하듯 작은 산맥들을 뻗어 야산을 감싸고 있다.

로베르슈타인 영지는 바로 그 야산을 끼고 있는 것이다.

성서에서는 이렇게 말한다.

모든 게 사라진 종말의 끝에는 아무것도 없었다.

홀로 서 있는 라오스에게 주어진 사명은 단 하나, 무너진 세상을 다시 창조하는 일이었다.

그는 제일 먼저 페임드라를 중심으로 악마의 심장을 가로지르는 거대한 산맥을 일으켜 흔들리는 세상의 중심을 바로잡았다.

누구도 페임드라가 뭔지 알지 못했고, 신전은 그저 악마의 악을 막아 세상의 중심을 잡기 위해 라오스가 롯소 산맥을 일으켜 세웠다고 주장했다. 그것도 맞는 말이긴 하지만 페임드라가 무엇인지 알게 된 이아나는 이 구절을 다시 생각해 보게 되었다.

로베르슈타인과 로이긴의 약속의 증표.

라오스가 로베르슈타인의 심장을 봉인한 매개체.

롯소 산맥을 만든 이유 중에는 페임드라의 그루터기를 보호하기 위한 것도 있지 않을까? 칸데메이온은 롯소 산맥 중앙에 자리 잡은 채 몬스터들이 그루터기로 가지 못하도록 통제하고 있었던 거고.

정말 그랬던 거라면 로베르슈타인 영지는 오늘부터 다른 영지와 다를 바 없어질 것이다.

이아나는 유령처럼 성문을 스쳐 지나갔다. 성문에 있던 사람들은 이아나의 존재를 눈치채지 못했다.

이아나는 곧장 야산으로 향했다. 그루터기가 있는 곳으로 가는 길은 너무나 익숙해서 눈 감고도 갈 수 있었다.

울창한 나무들 틈 사이로 걷다 보니 저 멀리서 빛이 쏟아지기 시작했다. 이아나는 걸음에 속도를 높여 빛의 입구에 도착했다.

쏴아아아아…….

바람이 풀과 꽃을 길게 눕히더니 파도처럼 저 멀리 흘러갔다.

이곳만큼은 시간이 아예 정지한 것처럼 변하지 않은 모습으로 이아나를 기다리고 있었다. 한참이나 가만히 서서 풍경을 바라보던 이아나가 눈을 감았다. 그리고 카고마인을 불러냈다.

[아, 여기는! 아주 그리운 곳이야!]

카고마인은 나오자마자 깡충깡충 신나게 뛰어다녔다. 이아나는 그 모습을 잠시 지켜보다가, 카고마인이 페임드라의 그루터기 위로 사뿐히 착지하자 입을 열었다.

"카고마인. 내 부탁을 들어 줘."

[응, 응!]

이아나가 그루터기 위로 가져온 성물들을 올렸다.

뿔뿔이 흩어진 이래, 처음으로 성물들이 한데 모였다. 성물들에서 흘러나오던 신력들이 하나로 합쳐지며 공명이 발생했다. 성물들에 봉인된 심장은 하나가 되지는 못했으나 하나가 된 것처럼 뛰었다.

영혼이 술렁거린다.

이아나는 서늘한 기분으로 말했다.

"이것들을 전부 불태워 줘. 네 발밑의 그루터기와 뿌리까지 전부 다."

[응? 어? 어! 뭐, 뭐라고?]

카고마인이 처음에는 이해하지 못해 고개를 갸웃했다가 너무 놀라서 위로 펄쩍 뛰었다.

[진심…… 이야?]

"응."

카고마인이 충격받은 듯 입을 크게 벌렸다.

[이건 페임드라의 몸이야.]

"알아. 페임드라가 문제없다고 했으니 괜찮아."

[여기엔 로베르슈타인의 심장이 봉인되어 있어. 매개체를 없애면 거기에 봉인된 것도 사라져 버려.]

"그래서 불태우려는 거야."

[왜? 이걸 불태우면 넌 더는 신력을 얻을 수도, 권능을 안전하게 펼칠 수도 없을 거야. 바하무트 때문에 로베르슈타인의 힘이 필요한 거 아니었어?]

"괜찮아. 깨끗하게 전소시켜 줘."

카고마인은 불안하게 눈동자를 굴려 댔다.

[하지만 이아나…… 여기엔 너의 애정이 잔뜩 묻어 있어. 너에게 중요한 장소 아니야?]

카고마인의 말이 맞다. 로베르슈타인과 별개로, 이아나에게도 오랜 쉼터였고 아주 소중한 장소였다. 하지만.

"불태워, 카고마인."

[으응. 네가 바란다면…….]

카고마인이 벌벌 떨더니 갑자기 눈에서 불꽃을 뚝뚝 떨어뜨렸다. 불꽃은 밑동에 닿자마자 치익 하고 사라졌다.

[난 못 하겠어. 아무리 예전 몸이라지만, 페임드라를 불태우는 거 못 하겠어, 이아나…….]

카고마인이 빌듯이 두려운 눈망울로 이아나를 바라보았다. 불꽃이 눈물처럼 그렁그렁 맺혀 있었다.

카고마인이라면 신력으로 깨끗하게 태워 줄 것 같아서 불러낸 건데 생각이 짧았다. 카고마인을 괴롭히고 싶지 않았다.

"미안해. 내가 지금 좀 경황이 없어서. 하지만 난 이걸 반드시 불태워야 해. 넌 돌아가 있어."

[꼭 그래야만 해……?]

카고마인이 두려워하며 이아나를 직시했다. 그녀의 의지는 매우 견고했으나 그녀의 영혼은 매우 불안정했다.

[아니, 아니야. 이아나. 나 여기에 있을래.]

카고마인은 이상한 상태의 이아나를 두고 떠날 수가 없었다. 밑동에서 뛰어내린 카고마인이 어찌할 바를 몰라 하며 이아나의 주변에서 서성거렸다.

이아나는 혹시나 해서 가져온 화염 아티팩트 구슬을 꺼내 들었다. 아티팩트에는 끊임없이 마나를 흡수하여 꺼지지 않는 거대한 불을 일으키는 궁극 마법이 기록되어 있었다.

일회용으로, 아르하드가 제작해 준 것이다. 너무나 강력한 이 마법에는 아르하드의 의지와 신력까지 주입되어 이아나조차도 쉽게 시전을 중지할 수 없었다. 혹시라도 로베르슈타인에게 방해당해 자신의 선택을 물리지 않도록, 이아나가 아르하드에게 그리 만들어 달라 했다.

우우우우웅…….

마나를 주입하자 구슬이 붉게 물들기 시작했다. 한번 마나를 흡수하기 시작하자 딱히 이아나가 제어하지 않아도 구슬은 아르하드의 의지를 받들어 마나를 계속해서 먹어 치웠다.

구슬이 던져지고, 깨지고, 불꽃이 피어나면 이 모든 고민이 끝난다.

망설임 따위는 없었다.

이아나가 구슬을 던지기 위해 팔을 뒤로 젖혔다.

홱!

그때 뒤에서 이아나의 손목을 잡아 붙드는 손이 있었다.

카고마인과 저밖에 없던 장소에서 갑작스레 사람의 손이 나타나자 이아나는 흠칫 놀라 뒤를 돌아보았다.

이아나가 눈을 크게 떴다.

생각지도 못했던 사람이 뒤에 서 있었다.

온통 푸르기만 한 청년.

그녀의 이복 오라버니.

하르첸 로베르슈타인이었다.

"당신이, 여긴 어떻게?"

오로지 불태운다, 라는 일념만으로 깨끗하게 비워져 있던 이아나의 머릿속이 온갖 지저분한 의문들로 헝클어졌다.

분명 인기척이 없었다. 아무리 제정신이 아니라지만 이아나가 문관인 하르첸의 기척을 느끼지 못했을 리가 없었다.

아니, 지금은 인기척이 없었던 문제보다는 그가 어떻게 여기에 들어올 수 있었느냐가 더 큰 의문이다. 이곳은 이아나가 허락한 이 외에는 누구도 들어오지도, 알지도 못했던 곳이다. 하르첸이 여길 어떻게 왔을까? 그것도 이 타이밍에.

"그러지 마, 이아나."

하르첸의 차분한 말에, 복잡하던 머릿속이 하얗게 변했다.

그리고 속에서 불길이 치솟았다.

"……놓으세요."

하지만 하르첸은 놓지 않았다. 불에 물을 끼얹듯 이아나를 말렸다.

"그러지 마. 후회할 거야. 이건 네 방식이 아니잖아."

끝의 끝에서 이 일과 전혀 관계없는 사람에게 생각지도 못한 방해를 당하자 머리가 뜨끈해졌다. 당신이 뭔데? 뭘 안다고? 내가 무슨 심정으로 이러는지 알지도 못하면서! 이아나가 제 손목을 붙잡은 하르첸의 손을 떨쳐 내기 위해 힘을 주었다.

"분명 다른 방법이 있을 거야. 난 네가 후회하는 걸 보고 싶지 않아. 그리고……."

이아나의 손에 힘이 들어가는 걸 느낀 하르첸이, 말리는 말에 다른 말을 간절히 덧붙였다.

"네가 그 애의 마음을 지켜줬으면 좋겠어."

이아나는 이 남자가 지금 대체 무슨 소리를 하는 건지 알 수 없었다. 이해하고 싶지도 않았다. 지금 생각하고, 행해야 할 일은 오로지 로베르슈타인의 심장을 불태워 그녀의 존재를 죽여 없애는 일뿐이었다.

"놔!"

이아나가 하르첸의 손을 세게 뿌리쳤다.

성물들이 한데 올려진 밑동 위로 구슬을 세게 집어 던졌다.

챙강!

구슬이 깨지자 한껏 마나를 머금은 마법이 발동되었다.

화아아아아아악!

화염이 천공을 꿰뚫을 기세로 거세게 치솟았다. 불꽃은 페임드라의 옛 몸에 쉽게 옮겨붙었다.

한때 거대한 세계수였던 페임드라의 몸은 물, 흙, 불, 바람 사대 요소를 균등하게 가지고 있었다. 어떤 기운 하나가 강해진다고 해서 쉽게 타거나, 썩는 등 변화하지 않았다. 하지만 불의 기운이 심각하게 우세하자 나무는 균형을 잃고 검게 타들어 가기 시작했다.

페임드라의 옛 몸속에 봉인된 심장들과 연결된 이아나의 심장 또한 뜨거워졌다. 땀이 온몸에서 줄줄 흘렀다. 눈앞이 흐릿해졌다. 이아나는 뜨거운 숨을 내뿜으며 주먹을 꽉 쥐었다.

'너를 나와 완전히 분리하겠어.'

아르하드가 악마의 심장을 없애 그의 삶을 없애려 하듯, 이아나 또한 로베르슈타인의 심장을 없애 그녀의 삶을 없앨 것이다.

'죽을 거면 너 혼자 죽어.'

애초에 제 것도 아닌 것을 받아들이고, 이어받고, 이해하고…… 공생하고자 했던 게 잘못인 것이다. 떼어 놓을 수 있다면 당연히 떼어 놓아야 한다.

'죽어!'

타닥, 타닥.

나무의 밑동과 성물들이 화염에 휩싸였다. 불길은 얼기설기 얽힌 거대한 뿌리까지 번져 나가 이 땅 전체를 불사를 듯했다.

"……."

이아나는 땀을 뚝뚝 흘리며 불타는 나무를 보았다. 마치 뜨겁게 달구어진 지옥의 불판 위에 있는 것 같았다. 주변도 시뻘건 불길이 닿아 세상이 불바다가 되어 버린 듯했다.

이아나는 흐릿해져 가는 눈으로 주저앉았다.

"아아……."

옷깃을 쥐어뜯었다.

불꽃과 함께 타들어 가는 것만 같았다.

손을 뻗었다.

'불을 끄자.'

화염 속 로베르슈타인의 심장은 동요했고, 영혼 속 로베르슈타인의 자아는 불을 끄기를 원했다.

이아나는 뻗었던 손으로 주먹을 꽉 쥐었다. 덜덜 떨리는 주먹을 다른 손으로 잡아 내리며 꽉 붙들었다.

“안 끌 거야. 절대 안 꺼.”

끄려고 해 봤자 이미 늦었다. 마나는 로베르슈타인의 심장에서 발생하는 신력에 들러붙어, 그 신력까지 불 속으로 끌어내려 불길을 더욱 크게 키우고 있었다. 밑바닥이 보이지 않는 깊은 유전에 불을 지른 꼴이었다.

타닥, 타닥.

성물은 파괴되지 않기 위해 발악하듯 버텼다. 하지만 성물들은 점점 달구어지고 있었으며, 조금만 더 있으면 한계점을 넘어 단번에 전소할 것이다.

화염이 봉인에 큰 타격을 입힐 정도까지 밑동을 태우자, 이아나의 안에서 로베르슈타인의 자의식이 서서히 깨어났다. 멈춰 있던 로베르슈타인의 시간이 마침내 흐르기 시작한 것이다.

삐이이이이이…….

이아나의 머릿속에 이명이 쨍하게 울리며 뇌를 비틀어 짰다. 이아나는 머리가 터질 것 같은 고통을 느끼며 이를 악문 채 머리를 움켜잡았다.

‘이대로 죽을 수 없어.’

로베르슈타인이 생각했다.

‘불을 끄자. 꺼야 해.’

로베르슈타인은 본인의 존재를 유지하기 위해, 그 존재를 없애려 하는 이아나에게서 주도권을 박탈하려 했다.

‘어딜!’

이아나가 내팽개쳤다.

현재 영혼은 이아나의 심장에 속해 있었다. 이아나의 집념 또한, 압도적으로 이기지 못할 뿐이지 로베르슈타인의 집념 못지 않았다.

'이미 흘러간 과거 주제에.'

'내 의식에 기생하는 주제에.'

이렇게 방해만 한다면 그냥 통째로 잘라 버릴 것이다.

'그냥 죽어.'

'불을 끌 거야.'

로베르슈타인과 동화된 이아나는 순간 저도 모르게 이니스를 부를 뻔했다. 이아나는 아찔해졌지만 바로 생각을 끊었고, 이니스는 불려 나오지 않았다.

'난 죽을 수 없어. 아직 로이긴이 살아 있어.'

로베르슈타인이 그렇게 생각할 때, 이아나의 머릿속으로는 테일런과 아르하드가 동시에 스쳐 지나갔다.

아르하드는 네가 아는 로이긴이 아니다, 이 빌어먹을 신!

'그는 로이긴이야.'

아니야!

'그의 영혼은 로이긴이야.'

이아나는 정말, 정말로 정신이 나갈 것 같았다. 정신이 분열할 것만 같았다.

그녀를 지탱해 줄 아르하드는 곁에 없었다. 곁에 있어도 의지해서는 안 되었다. 이건 혼자만의 싸움이었다.

'나는 약속을 어겼고, 세상으로부터 그를 보호하지 못했어.'

로베르슈타인이 속으로 중얼거렸다.

나는 아무리 노력해도 결국 그를 지키지 못하겠지.

로이긴은 계속해서 신을 죽이겠지.

타락해 버린 그는 결국엔 ……도 죽이겠지.

……가 만들어 낼 미래조차 파괴하겠지.

나와 다른 신들의 잘못 때문에 로이긴이 더 타락하는 걸 더는 두고 볼 수 없어. 도저히 견딜 수 없어.

차라리 죽고 싶어.

하지만 그를 두고 죽을 수는 없어.

……가 죽는 것도 볼 수 없어.

그러니 로이긴과 함께 죽어야지. 로이긴은 나와 영원히 함께 하고 싶어 했잖아? 완전히 죽어 버려서 정말로 다시 새로 시작하는 거야. 우리는 죽더라도 다시 만날 수 있을 거야. 로베르슈타인과 로이긴이 아닌 다른 존재로.

비관적이고 우울한 감정이 왈칵왈칵 쏟아졌다.

그러니까 함께 죽자.

새로운 태양이 뜨는 그날, 페임드라가 예언한 그날, 다시 만나 행복하게 살자.

어쩌면 다시 태어나지 못할지도 몰라. 우리는 진리에 의해 기나긴 벌을 받을 테니까……. 하지만 그러더라도 상관없어. 로이긴, 우리 태어나지 못한다면 혼돈 속에서 영원히 함께하자. 그래 줄 거지?

미안해. 멋대로 결정해서.

미안해. 내가 못나, 너와의 약속을 지키지 못해서.

기나긴 상념이 끝나고, 로베르슈타인이 생각했다.

'나는 이렇게 사라질 수 없어. 나는 로이긴과 함께 죽어야 해. 그가 계속 살아 숨 쉰다면……. 이아나.'

마침내 이아나의 존재를 인식한 로베르슈타인이 이아나의 이름을 불렀다.

'세계는 사라질 거고, 너도 지금은 극도로 거부하지만 결국 나와 같은 길을 걷고 말 거다.'

'아르하드는 로이긴이 아니고, 나는 네가 아니다.'

'아니, 너는 나고, 아르하드는 로이긴이다.'

'난 너와 달라!'

고지식하고 고집불통인 것이 영혼의 성질이라도 된단 말인가? 이아나가 아무리 외쳐도 로베르슈타인은 뜻을 굽히지 않았다.

'그러니까 그를 죽여야 해. 불을 끄고, 당장 그를 죽여야겠어. 그만 죽이면 이 모든 게 끝날 거야.'

또다시 생각이 뒤섞였다. 이 생각이 로베르슈타인의 생각인지, 이아나의 생각인지 알 수 없었다.

'그러니까 방해하지 마.'

이아나는 팔을 붙잡았다.

"너야말로 방해하지 마."

며칠 전 아르하드의 등을 파고들려 했던 손톱을 제 팔뚝에 박아 넣었다. 손톱이 살을 뚫어 피가 맺혔다. 이아나가 타들어 가기 시작하는 그루터기를 핏발 선 눈으로 바라보았다.

"난 네가 아니야."

입 밖으로 내뱉어진 말은 힘이 되었다.

"너와 달리 약속을 지킬 자신이 있어. 너는 실패했지만, 나는 성공할 거야. 나는 그 어떤 적에게서도, 그게 세상이라 할지라도 아르하드를 지킬 거야. 그게 너라 할지라도 마찬가지야!"

이아나가 비명을 질렀다.

"날 방해하기만 할 거라면 차라리 죽어. 내 발목을 더는 붙잡지 마!"

로베르슈타인의 봉인이 거세게 뒤흔들렸다. 그리고 불길은 봉인의 핵까지 닿으려 했다.

그때였다.

[로.]

불타고 있던 그루터기에서 페임드라의 목소리가 들려왔다. 이아나인지, 로베르슈타인인지 모를 그녀가 너무 놀라 벌떡 일어났다.

영계가 열렸다.

화염에 휩싸인 그루터기에 페임드라의 영혼이 있었다. 대삼림에 있던 페임드라가 영혼을 이쪽으로 옮겨 온 것이다.

[페임드라, 돌아가!]

그녀가 외쳤다.

페임드라는 그 말을 무시하고 담담하게 말했다.

[로, '라오스'는 너의 완전한 죽음을 막은 걸 후회한다고 했어.]

로베르슈타인의 자아가 거세게 흔들렸다.

[하지만, 로. 상황이 이상하게 꼬이긴 했지만 이건 확실해. 너는 네가

죽음을 결심한 그때 죽었고 이아나의 삶은 네 것이 아니야. 로이긴도 그때 죽었고 아르하드의 삶 또한 그의 것이 아니야. 너희는 그들의 삶을 방해하는 과거의 망령일 뿐이야.]

'…….'

[이아나는 내게 약속했어. 사랑하는 사람을 지키겠다고. 그리고 나는 또다시 약속의 증표가 되어 주기로 했어.]

'…….'

[난 이 약속이 꼭 지켜졌으면 좋겠어. 그러려면 네가 방해하면 안 돼. 아니, 방해하지 않는 것에 그치지 않고 네가 이아나를 도와줬으면 해.]

페임드라의 말은 잔잔하게 이어졌다.

[이아나는 아르하드를 지키기 위해 로이긴의 심장을 파괴하려고 해. 그것은 네가 바랐던 로이긴의 완전한 죽음이기도 해. 잘 생각해 봐. 너와 이아나의 목적은 결국엔 같아.]

'…….'

[네가 염려하는 바가 뭔지는 알아. 하지만 이아나와 아르하드는 너희 때와는 다를 거야. 이 아름다운 세계는 종말이 아닌 미래를 향해 나아갈 거야. 미래를 보는 나를 믿어 줘. 네 친구인 나를 봐서라도 이아나를 믿고 지켜봐 줘.]

'…….'

로베르슈타인의 자아는 침묵했다.

페임드라는 거기에 쐐기를 박았다.

[라오스를 봐서라도.]

로베르슈타인의 자아가 픽 꺼졌다.

그 순간, 이아나는 느꼈다.

봉인이 풀리지는 않았지만 아주 많이 약해졌다.

그리고 로베르슈타인은 더는 아르하드를 죽이려 하지 않을 것이다.

뜻을 굽혔다는 의미는 아니다. 페임드라에게 설득당해 로이긴의 심장을 없애겠다는 이아나의 목적이 자신의 목적과 동등하다는 걸 인정했을 뿐이다.

로베르슈타인은 여전히 로이긴으로 인해 세상이 멸망할 것이라고 믿었다. 또한 자신의 후생인 이아나가 잘해 낼 거라고 믿지 못했다. 그래서 이아나에게 자신의 심장을 완전히 허락하지는 않았다.

하지만 이제 이아나를 방해하지는 않을 것이다. 원한다면 힘도 빌려줄 것이다. 봉인도 잠깐 정도는 풀어 줄 것이다.

그렇게 이아나와 아르하드의 삶이 어찌 될지 지켜볼 것이다.

"헉!"

이아나가 완전히 정신을 차렸다.

정신을 차리고 보니 세상은 완전히 불바다였다.

[아…….]

페임드라의 목소리가 아득해져 갔다. 페임드라의 몸과 함께, 그의 영혼까지 불타고 있었다. 탐욕스러운 마법의 불꽃은 페임드라의 영혼이 지닌 신력까지 빨아 당기며 화력을 드높이고 있었다. 이대로라면 페임드라는 소멸할 것이다.

"안 돼!"

이아나가 마나와 신력 공급을 바로 차단했다.

"꺼! 꺼지라고!"

하지만 탐욕스러운 불꽃은 연료를 차단한다고 해서 바로 꺼지지 않았다. 목적을 달성하고 나서야 사그라질 것이다.

이아나는 이니스를 불러냈다.

[으아악! 불바다다! 아니, 페임드라가 불타고 있잖아!]

[야, 빨리 꺼!]

옆에서 숨죽인 채 웅크리고 있던 카고마인이 후다닥 달려와 꼬리로 불꽃들을 후려쳤다. 이니스는 물을 퍼부었다. 하지만 불꽃은 쉽사리 진화되지 않았다.

카고마인이 펄쩍펄쩍 뛰었다.

[이아나! 다른 애들도 불러 줘!]

이아나는 정신없이 다른 정령들도 불러냈다.

[빨리 다른 기운들을 키워!]

카고마인의 지시에 정령들은 페임드라의 신체에 모든 힘을 쏟아부었다. 물과 흙과 바람의 기운이 확연히 강해지고 카고마인이 불의 기운을 억제하자 기세가 약간 주춤했지만 화염은 여전히 거대했다.

"제발 멈춰……."

이아나가 비척거리며 불꽃에 손을 뻗었다. 그녀의 손길과 목소리를 통해 간절한 의지가 전해지는 순간, 아르하드가 화염의 마법에 심어 놓은 장치 하나가 작동했다.

화염이 이아나에게로 몸을 기울여 손을 뻗듯 그녀의 손끝에 제 정점을 가져갔다. 정말로 멈추길 바란다면, 멈추길 바라는 네가 이아나라는 걸 증명해. 그리 속삭이며 이아나의 손끝을 빨듯이 휘감았다.

이아나의 신력이 화염으로 흘러들어 갔다. 이아나 고유의 느낌을 확인한 화염이 몸을 들썩였다. 화염의 중심에 있던 아르하드의 의지가 사라졌다.

후와아악!

구심점을 잃은 화염은 사방으로 흩어지더니 순식간에 공기 중으로 사라졌다.

이아나는 끝부분이 조금 탄 밑동 위에 엎어졌다. 거칠게 호흡하며 눈물을 흘렸다.

“미안해, 미안해…….”

페임드라가 휴, 하고 안도의 한숨을 내쉬며 말했다.

[이아나, 네가 왜 미안해? 내가 멋대로 참견한 건데. 네 선택에 끼어들어서 내가 더 미안해, 내 친구.]

이아나는 고개를 세차게 저었다.

[그래도 나름 잘 해결되어서 다행이다.]

페임드라의 웃음소리가 들려왔다.

[아, 너무 힘들어.]

페임드라의 목소리에는 힘이 없었다.

[이만 돌아가서 자야겠다. 오랜 시간 깨어나지 못할 거야.]

그 말을 끝으로, 밑동에서 목소리는 들려오지 않았다. 정령들도 이아나를 한 번씩 끌어안아 주곤 돌아갔다.

“흑.”

이아나는 씨근덕거리며 밑동 위 그을린 성물들을 꽉 끌어안았다. 벽이 사라진 것처럼 신력이 세차게 밀려들어 왔다.

“흐윽…….”

비겁해지지 않도록, 부끄러움을 느끼지 않도록, 두고두고 후회하지 않도록 도와준 페임드라가 고마웠다. 미안했다. 스스로가 미웠다. 자괴감과 분노, 안도감을 동시에 느끼며 이아나가 흐느꼈다. 한참이나 울었다. 재가 잔뜩 묻은 소맷자락으로 눈물을 북북 닦았다. 하지만 눈물은 그치지 않았다.

재투성이가 되어 가는 이아나에게 깨끗한 손수건이 내밀어졌다.

이 모든 것을 지켜보고 있던 하르첸이었다.

"하르첸……."

이아나는 손수건을 받지 않고 하르첸을 멀거니 바라보았다.

"당신은 어떻게 여기에 있는 거죠?"

이곳에 있는 하르첸의 존재가 너무 이상하게 느껴졌다.

대체 이 남자의 정체가 뭐지?

하르첸은 담백한 어조로, 솔직하게 대답했다.

"신이 부탁해서 왔어."

이아나의 표정이 멍해졌다.

"신……? 신이라면 라오스……?"

"그래."

이건 또 무슨 말이지?

"어떻, 게요? 라오스를 만난 겁니까? 언제? 어떻게?"

그렇게 만나고 싶다 외쳐 대도 나타나지 않던 신이 하르첸에게는 왜?

눈앞의 청년은 분명 그녀가 아는 하르첸이다.

그런데도 어쩐지 낯설었다.

"이십여 년 전."

하르첸의 입술이 조용히 열렸다.

"네 영혼이 네 어머니의 배 속에 자리 잡은 날."

열기로 데워진 바람이 주저앉은 이아나와 서 있는 하르첸의 사이를 스쳐 지나갔다. 풀들을 세차게 태우고 지상에 가라앉았던 잿더미가 떠올라 그들의 시야를 따갑게 가렸다.

"내가 회귀했다는 걸 깨달았던 그날, 나는 신을 만났어."

낯설게만 느껴지는 벽안이 이아나의 심장을 강타했다.

"회……귀?"

"그래. 너도 회귀했을 테니 이게 무슨 말인지는 이해하겠지."

이해 못 하겠다. 이게 대체 무슨 말이냐는 의문이 온 정신을 댕댕거리며 울렸다. 듣자마자 무슨 뜻인지 알았으나, 멍청해서 잘못 이해한 게 분명했다. 도무지 납득할 수 없었다.

"너는 언제 죽어서 회귀했는지 모르겠지만, 난 네가 내 아버지와 나를 죽였던 날로부터 돌아왔어. 네가 태어나기 팔 개월 전의 시점으로."

아무래도 잘못 듣거나 잘못 이해한 게 아닌 모양이다.

하르첸이…… 회귀했다.

이아나는 쉽사리 입을 열지 못하고 하르첸을 하염없이 바라보기만 하다가 떨리는 목소리로 물었다.

"어떻게?"

이때까지 회귀란 자신만 알고 있던 비밀이었다. 다른 누군가가 공유하고 있었다는 사실이 믿기지 않았다.

"신은 네 영향이라고 하더라."

하르첸은 이아나의 질문에 답해 줄 준비가 되었다는 듯, 어쩐지 속이 시원해 보이는 맑은 낯으로 이아나를 마주 보았다.

"신이 말하길, 네가 죽은 지 얼마 되지 않아 세계는 한 구간의 시간의 기록이 통째로 삭제되는 엄청난 일을 겪었다고 해. 모든 역사와 모든 사람들의 기억이 지워졌지. 하지만 네 영혼은 그 흐름에 저항했다는군. 완전히 흐름을 거스르지는 못했기에 육체는 되돌아왔지만, 네 기억이 그대로 남은 건 그 때문이야."

그토록 의문이었던, 하지만 이제는 그러려니 하고 잊어버린 '회귀의 원인'이 생각지도 못한 사람의 입으로 밝혀지고 있었다.

"시간은 네 영혼이 네 어머니의 태중 태아의 심장에 깃드는 순간까지 지워졌어. 그런데 그 순간, 너의 영혼은 우리 로베르슈타인 가문의 피에도 흐르고 있었지. 그중에서도 마지막 대인 내게 가장 강하게 흐르고 있었고."

이아나는 멍하니 듣기만 했고, 하르첸은 쐐기를 박았다.

"나는 네 영혼에 영향을 받아 기억을 잃지 않을 수 있었어. 그래서 회귀 전을 모두 기억해. ……이게 '어떻게'라는 질문에 대한 '라오스 신'의 답이야. 나도 신에게 어떻게 이럴 수 있느냐고 물었었거든."

하르첸은 이아나의 질문에 성실하게 답했다. 하지만 이아나는 가타부타 말이 없었다.

"회귀한 그날, 나는……."

하르첸은 이아나의 다음 질문을 기다리는 대신, 유년 시절의 제 이야기를 시작했다.

하르첸은 모든 기억을 가지고 네 살일 때로 돌아왔다.

아주 오래전 장난감을 가지고 놀고 있던 순간이었다.

"……."

그는 제 자그마한 손과, 그 손이 쥔 말 모양 장난감을 멍하니 들여다보았다. 어린 시절 아끼던 장난감이었다. 어느 순간부터 상자에 넣어 두고 들여다보지 않은 장난감이기도 했다.

하르첸은 천천히 일어나서 방에 걸려 있던 거울을 보았다. 어렸을 때의 제 모습이었다.

하르첸은 혼란스러웠다. 제게 대체 무슨 일이 일어난 건지 이해할 수 없었다.

이게 꿈인지, 현실인지.

악몽인지, 환상인지, 망상인지, 주마등인지.

하르첸은 제 목을 떨리는 손으로 쓰다듬었다. 슈나이더의 신임을 독차지한 이아나에게 목을 베이며 시야가 뒤집히던 것이 마지막 기억이었다. 그런데 이렇게나 잘 붙어 있다.

책상을 보았다. 촌스러운 디자인의 달력이 창문 밖에서 불어오는 바람에 펄럭거리고 있었다. 하르첸은 달력 윗부분에 적힌 연도를 보았다.

로안느력 1496년.

분명 마지막 기억으로는 1521년이었는데…….

멍청하게 연도를 보던 하르첸은 장난감을 집어 던지고 벌떡 일어나 미친 듯이 달리기 시작했다.

어머니!

"어머, 내 아들. 왜 그런 표정이니? 나쁜 꿈이라도 꿨니?"

어머니가 살아 있었다.

"이리 오렴."

손톱 밑에 박힌 가시처럼, 떠올릴 때마다 가슴이 미치도록 아팠던 어머니, 사라체가 자상하게 웃으며 팔을 벌렸다. 하르첸은 그녀의 품에 뛰어들어 눈물을 터뜨리고 말았다.

"사랑해요, 어머니. 제발 오래오래 살아 주세요."

"그럴게. 아주 오래 살 거야. 우리 아들보다 더 오래 살래."

하르첸은 울면서 그녀를 꽉 껴안았다. 사라체는 하르첸이 악몽을 꿨다고 생각하며 그를 부드럽게 어루만져 주었다.

겉은 어린 꼬마지만, 속은 자기 앞가림을 하는 성인이었던 하르첸은 사라체와 함께 따뜻한 티타임을 즐기며 빠르게 침착해졌다. 그 후 상황 파악을 하기 위해 저택을 돌아다녔다.

"도련님, 안녕하십니까."

"갓 구워 낸 따뜻한 애플파이가 있어요. 드시겠어요?"

한참이나 둘러보았지만 이아나의 검에 핏빛으로 물들었던 저택은 없었다. 그저 평화롭기만 했다.

"응? 악몽을 꾸셨나요?"

"그게 무슨 소리세요. 호호!"

슬며시 떠봤지만 누구도 지워진 시간을 기억하지 못했다. 하르첸만 그 살얼음 낀 나날들을 기억했다.

'이건 신이 주신 기회야. 모든 오류를 바로잡을 기회.'

그러려면 어떻게 해야 할까? 모두가 행복해지려면 무엇을 해야 할까? 그 모든 악연을 풀려면 어떤 노력을 해야 할까?

'일단, 어머니의 죽음을 막고, 가문이 어린 이아나를 냉대하지 않도록 해야 해. 내가 잘해야 한다.'

어렵다. 과연 무기력하기만 했던 자신이 할 수 있을까?

무엇보다 자신부터가 이아나를 미워하고 있는데.

하지만 해야만 한다. 어린 이아나에게는 잘못이 전혀 없다는 걸 알고 있지 않은가. 미움을 지우고 처음부터 다시 시작하자.

하르첸은 바삐 생각하며 걷다 한 곳에서 딱 멈춰 섰다.

"어서 태어나 주렴."

배를 소중하게 감싸고 있는 르보니가 흔들의자에 앉아 있었다. 그의 기억 속에서는 늘 표독스럽기만 했던 르보니가 몹시 온화한 표정으로 미소 짓고 있었다.

르보니를 보면서, 하르첸은 과거의 자신에게로 빠져들었다.

비극의 시작점을 찍은 건 르보니였지만, 비극을 만드는 건 모두가 함께했다.

부친 체르노는 매번 처신을 잘못했고, 가문의 사람들은 르보니와 이아나에게 가혹하게 굴었다. 가문은 아무것도 모르는 어린 이아나에게 특히 잔인했었다. 무시하고, 싫어하고, 조롱하고, 괴롭히고. 이아나가 비극을 완성하도록 종용한 건 그의 가문이었다.

하르첸은 차가운 증오로 들끓었던 십 대를 보내고 나서야 가문의 잘못을 깨달았다.

깨달음을 얻었다고 해서 뭔가를 해야겠다는 생각은 들지 않았다. 독살 사건은 돌이킬 수 없는 갈림길이었다. 어머니가 독살당한 이후로 가문의 상황은 최악으로 치달았다.

하르첸에게도 장례를 치르기 전, 독 때문에 흉하게 썩어 있던 어머니의 마지막 모습은 엄청난 상처로 남아 있었다. 하르첸은 가문의 상황이 잘못되었다는 걸 알면서도, 제 안의 질긴 증오를 끊어 낼 수 없었기에 문제를 적극적으로 해결하고 싶지 않았다.

테오도르 아카데미를 졸업한 하르첸은 소백작이 되어, 이아나의 검에 죽는 그 순간까지 심적 갈등으로 괴로워했다. 그리고 가문에 일어난 불행들이 자업자득이라 여겼다.

하르첸이 다시 르보니를 보았다.

'그럼에도 저 여자가 밉다.'

하르첸은 르보니가 미웠다. 이유는 많지만 가장 큰 이유는 어머니를 죽였기 때문이다. 이아나에게는 증오심과 죄책감이 함께 들었으나, 르보니는 밉기만 했다. 체르노에 대한 실망감 때문에 르보니를 그저 무시했었지만 미운 건 어쩔 수 없었다.

하르첸은 온화한 성품인 것과는 별개로 백작가 후계자로서 많은 것을 배웠다. 더러운 수단도 적잖게 배웠다. 덕분에 하르첸은 제게 일어날 모든 불행을 막을 수 있는 아주 쉬운 방법을 떠올려 내고 말았다.

르보니를 없애면 된다.

그럼 이아나도 태어나지 않을 테니 문제의 소지는 사라진다.

짝!

생각하자마자 하르첸은 스스로 뺨을 세게 쳤다. 이런 생각을 해서는 안 된다. 신께서는 이러라고 자신을 돌려보낸 게 아닐 터였다. 이따위 저열한 방법으로 문제를 회피한다면 천벌을 받을 것이다.

'이아나는 잘 다독인다 해도, 르보니는 어찌하지?'

르보니는 구제 불능이었다. 이아나가 검술로 이름을 날리기 시작한 이후부터는 더 기고만장해졌다. 끝까지 자신을 봐 주지 않는 체르노에 대한 애증으로 가문을 수십 갈래로 찢으려 들었다.

'아버지가 저 여자에게 잘해 준다면 잘 지낼까?'

하르첸은 그 생각을 하자마자 곧바로 지워 버렸다. 이는 옳고 옳지 않음을 떠나, 자신이 어찌할 수 없는 문제다.

기회인 건 분명하거늘, 어찌해야 할지 알 수가 없다.

신이 답을 내려 줬으면 좋겠다. 라오스 신자였던 하르첸은 라오스에게 기도했다.

"신이시여, 저는 어떻게 이 시간으로 돌아온 겁니까?"

"저는 무엇을 하기 위해 이곳에 있습니까?"

미궁에 갇힌 듯 갑갑했다.

[안녕.]

그런데 그날 밤, 수많은 생각들로 밤을 지새우다 반쯤 잠들었던 몽롱한 새벽, 정말로 신이 찾아왔다.

신은 알록달록한 무언가였다.

처음으로 영접한 라오스 신은 그 형태를 특정할 수 없었다. 노인 같기도 하고, 청년 같기도 하고, 아이 같기도 했다. 남성 같기도 하고, 여성 같기도 했다. 인간 같기도 하고, 짐승 같기도 하고, 벌레 같기도 하고…… 거대하고 압도적인 전설 속 괴물 같기도 했다.

[나는 로베르슈타인 일족에게 빚을 졌어. 너희의 의지를 무시하고 내 미련을 강제로 떠맡겼지. 정말로 미안하구나. 너에게는 특히나 더.]

신은 하르첸에게 사과했다.

하르첸이 정신을 차리고 다시 보니, 신은 하얗고 조그마한 새였다.

[나는…….]

라오스는 하르첸에게 자신의 미련으로 인해 로베르슈타인 일족이 짊어져야 했던 짐에 대해서 고백했다.

머나먼 과거에 로베르슈타인이라는 신이 있었고, 그 신이 죽는 게 싫었던 자신이 그 영혼을 봉인하기 위해 일족을 탄생시켜 보관함처럼 이용했다고.

그리고 그 영혼은 마침내 이아나로 태어날 거라고.

라오스는 깊은 사정까지는 얘기해 주지 않았으나 하르첸이 이 모든 기적을 납득할 수 있는 선까지는 설명해 주었다.

"결국 저의 회귀는 이아나의 죽음 때문에 일어난 거군요. 이아나도 모든 기억을 가지고 태어날 예정이고요."

[그래.]

"그러면 저는 앞으로 어찌해야 합니까?"

하르첸은 급격히 무기력해졌다.

자신이 주인공이던 세계가 부수어졌다. 하르첸은 자신이 마치 이아나가 주인공인 책 속의 부속물이 된 것만 같았다.

[너의 삶에서는 이아나와 상관없이 네가 주인공이야. 네가 원하는 대로 하면 된단다.]

라오스는 하르첸의 혼란을 물리치고 그의 정신을 바로 세워 주었다.

[다만, 아무리 밉더라도 르보니를 죽인다는 생각은 하지 말아 주렴. 그녀도 나 때문에 피해를 입었어. 부탁이야. 이아나와도 잘 지내 줘. 그 애는 분명 변해 갈 거고, 미래도 반드시 좋은 방향으로 변할 테니까…….]

"과연 그럴까요. 믿을 수 없습니다. 이아나는 로베르슈타인 가문에 뼛속 깊은 원한을 품고 있습니다."

이아나와 차가운 침묵과 깊은 증오만을 서로 주고받다가, 이아나의 검에 목이 잘렸던 것이 불과 하루도 되지 않았다. 하르첸은 차갑게 식은 목덜미를 어루만졌다. 아직까지도 섬뜩하고 저릿저릿했다.

"저도 예전의 이아나가 밉습니다. 만약 이아나가 예전의 기억을 가지고 있다면, 저는 그 애와 잘 지낼 자신이 없어요."

하르첸은 아무 기억도 없는 천진난만한 어린 이아나와는 새롭게 미래를 꾸려 나갈 수 있다고 믿었지만, 회귀 전의 모든 기억을 가지고 있는 이아나와는 잘 지낼 자신이 없었다.

이아나는 그의 부모를 죽이고 가문을 박살 낸 이복 누이였다. 심지어 끝에는 죽이고 죽임을 당한 사이였다.

자신이 잘 지내고 싶다 해도 이아나가 거부하지 않을까. 회귀 전에 그랬던 것처럼 또다시 가문을 도륙하려 하지 않을까.

하르첸의 손가락 끝에 힘이 실렸다.

하르첸이 목덜미를 움켜쥐며 공포에 가까운 거부감을 느끼고 있을 때, 라오스가 날아올라 하르첸의 어깨 위에 앉았다. 하르첸의 손등을 날개로 쓸며 그를 다독였다.

[내가 너무 무심한 말을 했구나. 그렇다면 그저 상황을 지켜보며, 어떻

게 할지 생각해 보는 건 어떠니?]

"……."

그럴 여유는 없다. 생각을 한답시고 이아나와 르보니를 지켜보기만 하다가 또 어머니가 죽어 버리고, 전보다 더한 최악의 상황이 닥쳐온다면 어찌하나.

[네가 걱정하는 바가 뭔지 알아. 난 정말 최악의 상황이 아니면 현세에 관여하지 않을 거지만…….]

라오스가 하르첸의 손등을 콕 찔렀다.

[이아나가 태어난다면 너희는 내가 너희 일족에게 맡겼던 짐에서 마침내 해방된다. 그 보답으로, 나는 마지막 '로베르슈타인 일족'인 네가 살아 있는 한 어떤 형태로든 네 곁을 맴돌며 네 가족에게 일어날 수 있는 최악의 불행들만큼은 반드시 막아 주겠다. 네 어머니의 죽음 또한.]

부리 끝에서 따스한 힘이 전해졌다.

['법칙'의 신으로서 네게 약속한다.]

신의 약속은 진리와 같았다.

그리고 그로부터 약 팔 개월 후.

이아나가 태어났다.

하르첸은 그동안 지난 삶을 되돌아보기도 하고, 자아 성찰과 반성도 하고, 미래에 대한 고민도 하며 시간을 보냈다. 태풍에 휩쓸린 깃발처럼 마음이 흔들려 행동의 방향을 잡을 수 없었으므로, 라오스의 말대로 상황을 지켜보며 스스로에게만 집중했다. 라오스가 최악의 사태만큼은 막아 주겠다고 약속했기에 부릴 수 있는 여유였다.

하르첸이 그러고 있을 때, 라오스는 기약도 없이 불쑥불쑥 나타나곤 했다. 그는 나타날 때마다 다른 모습이었다. 강아지, 참새, 청년, 노파, 등등……. 라오스는 그때그때 자신이 있고 싶은 모습으로 하르첸에게 말을 걸어왔다.

어느 날, 하르첸은 호기심을 참지 못하고 물었다.

"왜 계속 모습을 바꾸십니까? 진짜 모습은 무엇이지요?"

"모든 게 내 진짜 모습이야."

하르첸 또래의 하얀 소년으로 변신한 라오스가 하품하며 대답했다. 현재 라오스의 외양은 하르첸도 신전이나 성서에서 많이 본 최초의 모습이었다. 저렇게 어린 소년이었던 라오스는 아주 아주 천천히 성장하다가 모습을 감추는 마지막 순간에는, 어른이 되었다.

"나는 신도들을 떠난 후 온갖 것들의 삶을 살아 봤어. 그러니 네가 보는 내 모든 모습이 진짜야."

"왜 그렇게 사셨습니까?"

"내가 정한 법칙에 의해 태어난 생물들이 어떻게 살아가는지 궁금해서."

라오스가 설명하기를, 법칙이란 자연과 생명의 순수한 질서라고 했다. 라오스는 수많은 법칙들을 구축하며 혼란스러웠던 세상의 질서를 잡았다. 법칙을 기반으로 움직이는 세상은 다채로웠으며, 다양한 생물들이 탄생하여 그 세상에서 살아갔다.

그중에서도 가장 기초적인 법칙의 예를 들자면, 모든 존재의 심장에 수명이 정해져 있는 것이었다. 라오스가 법칙으로 정했기에 이 세상을 살아가는 모두가 예외 없이 필멸자였다.

"어째서 수명을 정하셨습니까?"

"영생에는 단점이 많거든. 영생을 유지하는 조건에도 문제가 많았고 개인적으로도, 대의적으로도, 균형적으로도 좋지 않았어. 그래서 아예 정해 버렸어."

라오스가 지루하다는 듯 하품하며 손바닥에 턱을 괴었다.

"사실 여러 모습으로 살아 본 건 권태 때문이기도 해. 필멸하는 생물들 사이에서 영생을 산다는 건 아주 지루하거든. 기약 없는 뭔가를 기다리느라 원할 때 죽지도 못한다고 생각하면 삶은 더더욱 지겨워져. 어느 순간부터는 그렇게 사는 것에도 권태를 느껴서 아주 긴 시간을 잠들어 있었단다. 잠은 좋은 거야."

"무엇을 기다리셨는데요?"

라오스는 그저 웃을 뿐 대답을 해 주지는 않았다.

라오스는 하르첸이 미래에 대한 생각으로 마음이 복잡해질 때마다 어떻게 알고 찾아와 이야기를 늘어놓았다.

창조주의 이야기는 몹시 흥미로웠고, 위대했다. 하르첸은 라오스의 이야기를 듣고 있자면 자신이 우주의 점 하나가 된 것처럼 작아지는 기분이 들었다.

하르첸은 세계의 거대함을 간접적으로 접하면서, 더욱 겸손해지고 차분해졌다. 라오스가 나타날 때마다 다른 모습이다 보니, 신이 보이지 않더라도 항상 제 곁에 있을 거라는 신앙심을 품었다. 라오스의 약속 덕분에 안정을 찾았으며 번뇌에서 서서히 벗어났다.

이아나가 태어나기 전, 하르첸이 내린 결론은 그저 지켜보면서 모든 것을 이아나의 선택에 맞춰 주자는 거였다.

동시에, 그는 회귀 전에는 상황에 치여서 생각조차 해 본 적

없는 자신의 미래에 대해서도 고민해 보았다.

'나는 뭘 하고 싶은 걸까?'

회귀 전의 하르첸에게는 강렬한 소망이랄 게 없었다. 어머니가 돌아가신 이후에는 뭔가를 하고 싶다는 생각을 할 여유도 없이 후계자 수업에만 집중했으며, 가문이 비틀렸다는 걸 깨닫고 나서는 급격히 무기력해져 모든 것에 흥미를 잃었다.

그렇게 살아온 하르첸은 회귀한 지금도 개인적으로는 특별한 욕심이 없었다. 한 번 모질게 살다 죽은 데다, 천성적으로도, 성장한 환경에 의해서도 본인보다는 주변에 더 관심이 많다 보니 더욱 그랬다.

하지만 원하는 바는 있었다.

평화.

평화 속에서 특별하지 않은 소일거리들을 하면서 소소하게 살고 싶었다. 좋아하는 역사책들을 읽으며 역사를 연구하는 것도 괜찮을 것 같았고 자신보다는 주변에 집중하며 역사를 기록해 보는 것도 재밌을 것 같았다.

그렇게 평화에 안주하고 싶었다.

하지만 이아나는 과연 평화를 바랄까?

그랬으면 좋겠는데…….

마침내 이아나가 태어난 날.

가문의 분위기가 급격히 얼어붙었다.

모두가 르보니와 갓 태어난 아기인 이아나를 욕했다. 이아나에게는 잘못이 없는데도 말이다.

하르첸은 이아나의 탄생에 긴장하면서도 가슴이 아팠다.

태어난 순간부터 이아나는 사방에서 저주받았다. 누구도 이아나의 탄생을 반기지 않았다. 그토록 출산을 기다렸던 르보니조차 사납게 돌변해서 이아나를 내팽개치듯 산파에게 맡기고 어딘가로 가 버렸다는 얘기가 들렸다.

"같이 가 줄래?"

어느새 하르첸은 라오스와 말을 놓는 친구 사이가 되었다. 어린 하르첸은 교육을 받을 때가 아니면 책을 읽는다는 이유로 방안에 칩거하며 라오스와 아주 많은 대화를 나누었다.

라오스는 신이었지만, 초월적인 부분을 제외하면 그저 평범한 인간 같아 대하는 게 어렵지 않았다. 그러다 보니 어느샌가 많이 친해져 있었다.

[으응.]

오늘은 하얀 쥐였던 라오스는 달달 떨며 하르첸의 호주머니에 숨어들었다.

하르첸은 라오스의 도움을 받아 몰래 산실로 갈 수 있었다. 그곳에는 기본적인 뒤처리만 받은 이아나가 포대기에 싸인 채 방치되어 있었다. 잠들어 있는 이아나는 정말로 무해해 보였다.

하르첸은 순간 울컥했다.

이렇게 작은 아이에게 사람들은 왜 그렇게 잔인했을까? 자신은 왜 회귀 전에는 이 아이에게 신경 써 주지 못했을까?

[그건, 그때는 너도 어렸기 때문이야, 하르첸.]

라오스가 조용히 말했다. 하르첸도 알고 있다. 알고 있었다. 그럼에도 슬펐고, 죄책감이 들었다. 어렸다는 사실이 변명처럼 느껴졌다.

"미안해, 이아나."

하르첸은 면목 없는 기분으로 이아나의 작은 손을 잡았다.

"그리고 태어나 줘서 고마워."

저택은 살얼음판이었으며, 이아나에게 잔인하기만 했다.

르보니는 이아나를 거의 방치했고, 사라체는 이아나를 안쓰럽게 여겨 유모 이스피를 이아나에게 보냈다.

이스피.

회귀 전에 그녀가 르보니에게 매를 맞아 죽었던 것이 갑자기 기억났다. 하르첸은 가슴이 선뜩했다. 회귀 전의 이아나는 정말로 의지할 만한 보호자가 전혀 없었던 것이다.

그리고 하르첸은 로베르슈타인 가문의 사람들을 변화시키는 걸 포기했다. 새삼스레 깨달은 바는 본인이 너무나 어리다는 거였다. 겨우 네댓 살의 꼬마가 이러쿵저러쿵해도 어른들이 진지하게 들어 주겠는가? 무슨 말을 해도 아무것도 모르는 꼬마의 헛소리가 되었다.

"이아나는 그냥 아기야."

"욕하지 마. 이아나에게는 잘못이 없잖아."

하르첸이 뭐라고 하면 그때만 머쓱해할 뿐, 사람들은 계속 이아나를 싫어했다. 하르첸이 이아나를 두둔할수록 우습게도 하르첸의 평가만 높아지고 아무것도 하지 않은 이아나의 호감도는 떨어졌다.

착하고 사려 깊은 도련님.

그 도련님에게 잔소리를 듣게 만든 이아나.

하르첸이 입을 열면, 그대로 이아나에게 독이 되었다.

이 집안에서 가장 유한 사라체는 르보니에게는 냉소적이어도 이아나에게는 관심이 꽤 많았다. 하지만 하인들은 병약한 사라체에게 이아나에 대한 이야기를 거의 하지 않았다. 또한 사라체가 이아나에 관해서 뭘 하려 하면 르보니가 간섭하지 말라며 히스테릭하게 화를 냈기에 뭘 할 수도 없었다.

"하르첸, 이아나에게는 잘못이 없어. 하지만 르보니는 조심하렴……."

르보니는 사라체와 하르첸을 매우 싫어했기 때문에 하르첸도 이아나에게 접근하기 어려웠다.

"하르첸, 쓸데없는 소리 하지 말고 방에 가서 책을 읽어라."

체르노는 특히 너무했다. 하르첸이 이아나를 만나고 싶다고 하면, 자상한 아버지이다가도 방으로 가라는 단절의 말만 내뱉었다. 이아나에 관한 말은 들으려 하지도 않았다. 아버지와 어머니, 르보니의 관계는 그들만의 민감한 관계라 하르첸이 어떻게 끼어들 수도 없었다.

하르첸은 이아나와 떨어져 지낼 수밖에 없는 환경에 있었다. 기억하진 못하지만 회귀 전에도 이랬을 것이다.

"라오스, 너무 어려워."

[그렇지. 어려운 일이야.]

하르첸은 제 말을 제대로 들어 주지 않는 사람들을 보면서 새삼스레 또 한 가지 사실을 뼈저리게 깨달았다. 이아나와 자신의 관계가 그렇게 된 건, 명백히 어른들의 잘못이었다.

어린아이였을 뿐인 이아나와 하르첸은 어른들의 잘못 속에서 자랐고, 잘못된 행동을 할 수밖에 없었다. 애정에 목이 말랐던 이아나가 아무것도 모른 채 사라체의 잔에 독을 넣고, 이아나와 격리된 하르첸이 아무것도 모른 채 주변 사람들의 말만 듣고 이아나를 꺼렸던 것처럼 말이다.

심지어 이아나는 자아가 제대로 정립되지 않은 나이에 뭐라고 하든 무시당하거나 조롱당하는 유년 시절을 보냈다. 이건 학대였다. 하르첸의 심장 속에서 증오심은 티끌이 되어 가고 죄책감은 더욱 크게 돋아났다.

시간이 흘러.

이아나는 점점 자라났다.

하르첸은 점점 긴장했다.

"도련님! 또 와 주셨군요!"

이스피는 하르첸이 라오스의 도움을 받아 이아나를 몰래 찾아올 때마다 반갑게 맞이했다. 모두가 외면하는데도 이아나를 자주 찾아와 놀아 주는 하르첸에게 고마워했다.

여덟 살의 하르첸은 얌전히 인형을 가지고 노는 네 살의 이아나를 물끄러미 바라보았다.

평범해 보이지만 이상하다. 이아나는 배고플 땐 식사를 하고, 뭔가 필요할 땐 칭얼거리고, 장난감을 쥐여 주면 잘 노는 것 같은데도 어딘가 멍했다. 이 일을 해야 하니까 하는, 실에 의해 움직이는 인형 같았다.

심지어는 하르첸을 꺼리지도 않았다.

"라오스, 이아나가 기억을 가지고 있는 게 맞아?"

[응. 하지만 지금 왜 저런 행동을 하고, 무슨 생각을 하는 건지는 본인만 알겠지.]

하르첸은 계속해서 이아나를 지켜보았다.

그런 이아나는, 다섯 살의 어느 날 갑자기 돌변했다.

얼굴에는 그늘이 졌고, 눈동자는 총기를 잃었다. 표정이 없는 서늘한 얼굴로 울지도 않고 웃지도 않았다. 어린아이 같은 행동은 일절 하지 않았으며 말수를 확연히 줄였다. 찾아오는 하르첸을 곁에 두지 않고 쫓아냈다. 성격이 지나치게 돌변해서 이스피가 걱정할 정도였다.

'드디어 왔구나.'

하르첸은 라오스가 지켜 주겠다고 약속했음에도 긴장했다. 이아나와의 악연이 머릿속을 깊숙이 침범했기 때문이다.

하지만 이제 증오와 공포보다는 미안함이 앞섰다.

그는 오 년간 생각을 완전히 굳혔다.

뭐든 이아나의 뜻대로 했으면 좋겠다.

다만 못난 가솔들이더라도 죽지 않고 생을 이어 갈 수 있었으면 좋겠다. 하르첸의 유일한 소원이었다.

함께 회귀했다는 사실도 밝히지 않을 것이다. 그러면 자신을 신경 쓰느라 이아나가 하고 싶은 대로 하지 못할 테니까.

하르첸은 최대한 이아나의 곁에 있어 주고 싶었지만 가문은 방해했고 이아나는 진저리를 쳤다.

'그럼 매일 꽃을 보내야지.'

꽃은 말을 하지 않는다.

조용히 시야 내에 위치하며 마음을 달래 줄 뿐이다.

하르첸은 이아나의 선택과 그녀의 삶에 일절 간섭하지 않을 것이나, 이아나의 유년 시절에 조금이라도 온기가 깃들기를 바랐다. 좋은 꽃말이 담긴 꽃들이, 이아나에게 조금이나마 위로가 되길 바랐다.

“도련님, 어쩜…….”

하르첸이 매일같이 꽃을 건네자, 이스피는 무척 기뻐했다.

이아나는 싫어했다. 받자마자 짓뭉개거나 버릴 때도 있었다. 하지만 하르첸은 꿋꿋하게 계속해서 꽃을 보냈다.

그렇게 꽃을 보내며 지켜보기만 한 것이 삼 년.

이아나는 뭔가에 조종당하는 꼭두각시처럼 행동하려는 듯했다. 하지만 이미 한 생애를 살다 온 그녀는 그저 어리기만 했던 회귀 전과 다를 수밖에 없었다.

회귀 전에는 항상 르보니를 따라다니며 칭얼거렸으나 이번 생에서는 오히려 그녀를 무시했다. 사람들에게 관심을 갈구하지도 않았다.

이아나가 싸늘해지자 하르첸이 그렇게 외쳐도 변하지 않던 사람들의 태도가 미묘하게 변했다. 하르첸은 그런 미묘함이 참 몰염치하다고 생각했다.

그리고 마침내 그날이 왔다.

르보니는 이아나에게 독주머니를 주지 않았다.

이아나는 사라체의 찻잔에 독을 털어 넣지 않았다.

사라체는 중독당했지만 살아남았다.

라오스는 약속을 지켰다.

미래가 변했다.

일어났어야 할 일이 일어나지 않은, 새로운 날이었다.

하르첸은 파리한 얼굴로 잠든 사라체의 침대에 얼굴을 파묻은 채 눈물을 흘렸다.

'어머니가 살아 계셔.'

라오스는 사라체에게 신비하고 깨끗한 느낌의 힘을 불어넣어 주며 빠르게 회복될 것이라고 말해 주었다. 하르첸은 고맙다고 중얼거렸다.

지난 생애를 지배했던 미움과, 증오와, 공포는 흘러내리는 눈물에 씻겨 내려갔다. 어머니가 돌아가신 기일에, 어머니가 살아 계신다. 원인을 잃은 감정들은 더는 존재할 이유를 찾지 못하고 사라져 갔다.

이아나를 향한 안쓰러움과 아픔, 죄책감만이 뾰족한 가시들처럼 남아 하르첸의 심장을 찔렀다.

하르첸은 이아나에게 잘해 주려 했다.

하지만 비밀을 품은 채, 너무 미안해서 스스로도 어떻게 잘해 줘야 할지 알지 못하는 하르첸의 친절은 어딘가 어색한 구석이 있었고, 이아나는 하르첸을 무시하고 거부하기만 했다.

맞닿지 않는 평행선이 되어 시간만 속절없이 흐르던 어느 날.

"도련님! 이아나 영애를 보지 못하셨나요?"

이아나가 수업을 빼먹었다며 길길이 날뛰는 프랄소느 부인을 만났다. 이때까지 태도가 불량하다는 평가를 많이 받았지만, 이아나가 수업을 제친 건 처음이었다. 하르첸은 걱정되어 이아나를 찾아 나섰다가 체르노에게 혼이 나고 있는 그네 위의 소녀를 발견했다. 표정이 매우 좋지 않았다.

하르첸은 돌아오는 이아나의 앞에 나타났다.

“이아나, 괜찮아? 아버님께 많이 혼났어?”

너만 괜찮다고 하면 네가 원하는 것만 할 수 있도록 내가 아버지에게 따져 볼게. 네가 허락한다면 가문 사람들이 너를 더는 모욕하지 못하도록 내가 대신 싸워 줄게.

이아나의 삶에 참견하는 꼴이 될까 봐 늘 하고 싶었던 그 말들을 오늘도 뱉지 못한 채 그저 바라보는데, 이아나가 오늘따라 이상했다.

“…….”

대답하지 않는 건 여전했지만 금방이라도 터질 것 같은 분위기가 폴폴 풍겼다. 수업 듣기 정말 싫나 보다. 내가 직접 나서겠다고 하는 건 싫어할 듯하니, “수업이 너무 싫으면 내가 따로 어머니에게 말씀드릴까?”라고 말해 볼까?

하르첸이 말할까 말까 고민하던 사이 르보니가 찾아왔다.

하르첸은 르보니가 싫었기에 인사를 받지 않고 자리를 떴다. 하지만 얼마 걷지 않아 이아나의 상태가 좋지 않았음을 상기하고 다시 발길을 돌렸다가, 르보니가 이아나의 뺨을 치는 걸 목격했다.

[가지 마.]

하르첸이 놀라 달려가려 할 때, 하얀 쥐 모습의 라오스가 하르첸의 바짓가랑이를 잡았다.

“라오스, 르보니는 이아나한테 왜 저러는 거야?”

[…….]

대답이 돌아오지 않는다. 꽤 친해졌다고 생각했고, 라오스는 웬만한 건 모두 대답해 줬지만 '로베르슈타인'과 '르보니'에 관한 질문에 한해서는 언제나 침묵했다. 표정도 좋지 않았다. 꽤 오랜 시간 라오스를 봐 온 하르첸은 그것이 역린임을 알았다.

언젠가는 말해 줄까?

그랬으면 좋겠다.

하르첸은 라오스가 이제 그냥 친한 친구처럼 느껴졌다. 무엇이라도 털어놓을 수 있는, 그런 특별하고 소중한 친구 말이다. 하르첸은 라오스도 자신을 진짜 친구로 생각해 언젠가는 비밀을 털어 놔 주기를 바랐다.

"오늘 이아나가 이상해."

하르첸은 이아나에게로 화제를 돌렸다.

"왜 그런 걸까?"

라오스는 바삐 도망가는 르보니와 그런 그녀를 서늘하게 바라보는 이아나를 힘없이 바라보다가 고개를 떨어뜨렸다.

[이아나는 회귀 전의 과거에서 벗어나지 못하고 있거든. 그게 쌓여서 그런 거야. 폭발하기 직전이랄까.]

회귀 전의 과거.

'그렇구나. 그래서 이아나가 뭔가에 억지로 질질 끌려 다니는 것처럼 보이는 거였어.'

왜 싫은 게 분명한데도 얌전히 가문의 통제에 따르는 걸까. 혹시 나름대로 잘 지내보려는 걸까, 라는 생각을 하면서도 이상함을 느꼈더란다.

이아나가 로베르슈타인 가문을 도륙한 이후에 어떤 삶을 살다

왔는지 알지 못한다. 하지만 어떤 삶을 살았더라도, 로베르슈타인 가문과 잘 지내고 싶진 않을 것 같았다.

그런 이아나의 행동을 통제하는 건 과거였다. 그에게는 라오스가 있어 회귀의 충격과 과거의 답습에서 쉽게 벗어날 수 있었지만 이아나의 곁에는 아무도 없었다.

하르첸이 안타까움을 느끼고 라오스에게 물었다.

"네가 이아나를 도와줄 순 없어?"

[그럴 수 없어. 그래. 그럴 수도 없고.]

라오스는 고개를 젓곤 하르첸의 호주머니 안으로 기어들었다.

[……무서워.]

뭐가 무섭다는 건진 모르겠지만 라오스는 그 이후로 호주머니에서 몸을 동그랗게 만 채 답이 없었다. 왜인지는 모르겠지만 라오스는 아주 어른스럽다가도, 가끔 지금처럼 무척 겁먹은 아이처럼 느껴질 때가 있었다.

'어쩌지.'

이아나가 쌓인 마음을 풀어낼 수 있는 계기가 없을까?

하르첸은 복잡한 심정으로 일찍 외출했다. 원래라면 서점에서 오늘 읽을 책을 구매한 후 꽃집에 들르지만, 오늘은 책을 살 기분이 아니라 곧장 단골 꽃집으로 향했다.

"도련님! 어서 오세요!"

"안녕하세요."

하르첸은 꽃집 주인에게 인사하며 오늘도 화사한 꽃들로 가득 찬 풍경을 잠시간 눈에 담았다.

"오늘도 좋은 꽃말의 꽃을 추천해 드릴까요?"

"그래 주……."

하르첸은 말을 하다 멈추고 선명한 붉은색의 꽃을 바라보았다. 처음 보는 꽃이었는데 이아나처럼 붉어서 사로잡혔다.

"저 꽃은?"

"아, 저 꽃도 좋은 꽃이긴 한데, 꽃말이 그렇게 좋지만은 않아요. 아도니스라는 야생화랍니다."

"꽃말이 뭔데요?"

"회상과 추억이에요."

하르첸이 움찔했다. 꽃집 주인이 한숨을 쉬었다.

"유래가 유래인지라……. 그 추억이 좋은 느낌이 아니라 슬픈 느낌을 담고 있답니다. 하지만 저는 좋아하는 꽃이에요."

하르첸이 쳐다보자 꽃집 주인이 웃었다.

"지금 여기엔 없지만 아도니스 종류 중에는 노란 아도니스도 있는데요. 그 꽃의 꽃말은 영원한 행복이랍니다. 그래서 저는 이 꽃을 좋아해요. 슬픈 기억들이 있고, 그 기억들을 회상하며 과거에 사로잡힐 때도 있지만, 결국엔 이겨 내고 행복해진다는 뜻의 꽃 같아서요. 누구에게나 슬픈 기억 하나씩은 있죠. 모두에게 위로가 될 수 있는 꽃 같지 않나요?"

하르첸은 붉은 아도니스 꽃을 바라보다가 한 아름 샀다.

"어머, 도련님. 이렇게 일찍……."

저택으로 돌아가서 이스피에게 곱게 포장된 아도니스를 건네며 이 이야기를 해 주었다.

"도련님, 정말 늘 감사해요."

"나야말로 항상 내 꽃을 전해 줘서 고마워."

"우리 아가씨도 도련님이 이렇게 좋은 분이라는 걸 알아주시면 좋을 텐데."

"아냐, 이스피. 나는 그냥 이 꽃들이 이아나에게 조금이라도 위로가 되었으면 좋겠어. 아……. 내가 이런 말을 했다는 것도 말하지 말아 줘. 그 애에게 부담을 주고 싶지 않아. 그래 줄 수 있지?"

이스피는 단단한 표정으로 고개를 끄덕였다.

"도련님의 뜻은 알겠어요. 하지만 이 꽃만큼은 반드시 아가씨 방의 꽃병에 꽂아 놓고 말겠어요."

이스피와 헤어진 후, 하르첸은 방으로 돌아와서 책장에서 식물도감을 꺼내 왔다. 책상에 앉아 아도니스를 찾아 페이지를 펼치자, 붉은 아도니스와 노란 아도니스가 까끌까끌한 종이에서 피어났다. 하르첸은 책상에 엎드린 채 그 꽃들을 바라보다 천천히 눈을 감았다.

오늘 보았던 꽃집의 화사한 풍경이 떠올랐다.

이아나의 마음속에서도 꽃이 가득 피었으면 좋겠다.

그가 준 꽃들이, 지금은 의미를 갖지 못하더라도, 꽃이 핀 들판처럼 이아나의 마음을 가득 채웠으면 좋겠다.

이아나가 꽃들을 돌아볼 만큼 여유가 생기면…… 진심으로 사과할 수 있었으면 좋겠다. 이아나의 행복을 기원하며 노란 아도니스를 선물할 수 있었으면 좋겠다.

그렇게 시간이 흘러…… 하르첸은 테오도르 아카데미에 입학해서 이아나와 헤어졌다. 꽃은 계속해서 선물했다.

하르첸이 열아홉 살이 되었을 때 놀라운 소식이 들려왔다. 이아나가 외조부 호르비를 죽이고 르보니는 행방불명되었다는 소식이었다.

그리고 이아나는 발젠타 학술원의 검술학부에 입학했다. 언제부터 검을 잡기 시작한 건지는 몰라도, 과거에서 벗어난 건 분명해 보였다.

입학, 진심으로 축하해.

도움이 필요하다면 언제든지 연락하도록 하고.

꼴 보기도 싫겠지만 주고 싶었어.

입학식에 찾아간 하르첸은 또다시 이아나에게 꽃을 건네었다. 언제나 그를 무시했던 이아나는 되묻고 말았다.

"하나 묻겠습니다."

"왜 나에게 꽃을 주는 겁니까?"

"도련님께는 나에게 이렇게 해야 할 의무도, 이유도 없습니다."

……왜일까.

그 후로도 많은 시간이 흘렀다.

많은 일이 있었다.

이아나는 로베르슈타인 가문과 결별했고, 좋은 친구들을 만났고, 사랑하는 남자와 따뜻한 감정을 나누게 되었다.

그리고 하르첸은 마음을 연 라오스에게서 제법 많은 이야기들을 들을 수 있었다. 오늘은 눈물을 흘리는 라오스에게 도와 달라는 부탁을 받았다. 하르첸은 거절하지 않았다.

"미안해."

이야기를 마친 하르첸이 이아나에게 사과했다.

"당신이, 왜 사과하죠?"

이아나는 그 모든 것을 기억하고 있다는 하르첸의 고백에 몸이 떨렸다.

하르첸은 잘못이 없다. 진심으로 그렇게 생각하고 있다.

그를 죽인 것을 후회하지 않는다. 그때는 그래야만 했고 그러고 싶었다. 이미 저질러 돌이킬 수 없는 일을 후회하는 건 기만이었다.

하지만 죄를 인정하지 않느냐면 그건 아니다. 모든 과거가 사라졌지만, 그럼에도 하르첸은 선명하게 남겨진 죄의 흔적이었다.

이아나는 사라체와 하르첸에게 거북함을 느끼곤 했었다. 제 손으로 죽인 죄 없는 그들이 껄끄러웠다. 하르첸은 특히 더했다. 사라체는 뭣도 모르고 르보니 때문에 죽였다 치더라도, 하르첸은 제 의지로 죽였기 때문이다.

'그런데…… 모든 걸 기억하고 있다고?'

이아나가 입을 틀어막았다.

이아나는 피해자였지만, 가해자이기도 했다.

그리고 하르첸에게는 가해자였다.

하르첸과 그녀는 네 살밖에 차이 나지 않는다. 어린 나이에 가정을 흐트러트린 모녀가 얼마나 싫었을까? 독살을 사주한 여자와 그 독을 털어 넣은 딸이 얼마나 미웠을까? 가문을 장악해

가는 그들이 얼마나 증오스러웠을까?

하르첸은 이아나에게 부모를, 가솔을, 가문을, 영지를, 끝에는 본인의 목숨조차 잃고 말았다.

이번 생처럼 누가 미워하든 말든 그냥 제 잘남 하나만 믿고 저택을 떠나면 되는 거였는데, 이아나는 인정받고 싶다는 얄궂은 미련 때문에 가문을 포기하지 못했고, 미련 끝에 치솟은 어리석은 증오 때문에 하르첸의 삶을 처음부터 끝까지 파괴했다.

회귀 후에도 마찬가지였다. 이아나는 회귀 전의 상처만 생각하며 하르첸을 무시하기만 했었다. 심지어는 이번 생에서도 르보니가 독주머니를 건넨다면 그대로 사라체를 독살하려 했었다.

그런데 없어졌다 생각한 과거가 존재했다.

그럼에도 하르첸은 이아나에게 꽃을 주었다.

"아……."

이아나의 얼굴이 검게 달아올랐다.

차마 고개를 들 수가 없었다. 스스로에 대한 수치심을 도저히 참을 수가 없었다. 로베르슈타인 건부터 하르첸 건까지. 자괴감을 견디기 어려웠다.

이아나가 불타 그슬린 잔디를 꽉 붙잡았다.

"죄…… 송합니다."

이아나는 떨리는 목소리로 그에게 사죄했다.

"죄송합니다."

자괴감으로 어찌할 줄 몰라 하는 이아나의 모습을 지켜보던 하르첸이 말했다.

"그래."

언제나처럼 온화한 목소리였다.

"어린아이의 무지는 죄가 될 수 없지만 그 무지로 인한 피해자는 분명 있지. 네가 어머니를 독살하고 가문을 무너뜨렸던 것처럼. 그리고 내가 네가 겪는 모든 부조리한 학대를 침묵으로 동조했듯이."

"……."

"과거가 사라지고 없으니 사과하지 않아도 된다는 위선적인 말은 하지 않을 거야. 그러니까 나도 사과하고 싶어. 너를 외면해서 미안해."

"당연히, 용서해요. 하지만."

이아나가 떨리는 목소리로 말했다.

"부인을 독살한 이후 제가 당신에게 저질렀던 모든 일들은 어린아이의 무지 때문이 아닙니다. 모두 제가 못났었기 때문입니다. 죄송합니다."

"이아나. 네가 그렇게 행동하게 만든 건 우리 가문이야. 회귀 전에 가문이 너를 배척하지 않았다면. 내가 네게 향하는 가문의 눈 먼 증오를 회피하지 않았다면…… 그 모든 비극은 일어나지 않았을 거야. 난 자업자득이라고 생각해."

"아니요! 저는 당신에게 사죄해야 합니다."

"그렇다면 나도 너에게 사죄할게. 과거가 사라진 지금, 가문의 잘못에 대한 모든 책임은 가문을 물려받을 나에게 있으니까."

하르첸이 단호하게 말했다.

이아나는 흔들리는 눈동자로 그를 올려다보았다.

"저는, 언제나 당신을 무시했습니다. 이번 생에서도 사라체 부인을 독살하려 했었어요."

"나도 이번 생에서도 처음엔 너를 미워했어. 이번 생의 너는 아무것도 하지 않았음에도 너를 태어나지도 못하게 하려 했던 적도 있어."

하르첸은 주저앉아 있는 이아나의 앞에 한쪽 무릎을 꿇고 앉았다. 그녀의 어깨를 붙잡아 또렷하게 말했다.

"이아나, 미안해."

이아나는 어쩐지 눈물이 날 것 같았다.

"미안해요. 그리고 당신을 용서할 자격이 제게 있을지 모르겠지만, 저는 당신을 용서할 겁니다."

"나도 널 용서할래. 아니, 이미 오래전에 널 용서했어."

하르첸이 다정하게 웃었다. 이아나는 그가 선물했던 꽃들을 떠올렸다. 한 송이, 한 다발 받아 왔던 그 꽃들이, 마음속에서 한가득 피어오르는 것만 같았다.

"아픈 기억들만 곱씹으면서 사는 건 힘들어. 하지만 우리는 이겨 냈어. 그리고 이젠 행복해질 차례야."

하르첸이 제 품에 손을 넣었다.

그가 품에서 꺼내 든 것은…… 노란색의 아도니스였다.

"너는 반드시 행복해질 거야."

네가 사랑하는 사람과, 네 국가와, 너에게 축복이 함께하길.

언제 어디서나 이 꽃을 기억해.

아무리 힘든 일이 있어도, 너는 결국엔 행복해질 거야.

하르첸이 조용히 웃었고, 이아나는 떨리는 손을 뻗었다.

행복을 손에 넣듯, 아도니스를 손에 쥐었다.

하르첸은 이아나가 쥔 아도니스를 슬픈 듯, 후련한 듯, 감격스러운 듯 많은 감정이 담긴 눈빛으로 쳐다보다가 천천히 자리에서 일어났다. 그는 지금 뒷산에서 무슨 일이 일어나고 있는지도 모르고 영지민 관리에 한창일 저택 쪽을 바라보았다.

"로베르슈타인 일족은 로베르슈타인의 영혼을 보호하기 위해 라오스가 탄생시킨 일족이라는 거 알아?"

아도니스를 두 손으로 쥔 채 감상에 잠겨 있던 이아나가 하르첸이 보는 방향으로 고개를 틀었다.

회귀 전에는 상처이기만 했던, 회귀 후에는 그래도 이스피와 카니츠 덕분에 불행하기만 했던 것은 아니었던 저택이 보였다.

"드래곤에게 들어 알고 있습니다."

"드래곤도 만났어?"

그의 뉘앙스에는 아, 걔 만났어? 정도의 신기함이 묻어 있다. 드래곤이라는 단어에 놀란 눈치가 아니었다. 하르첸은 라오스에게 얼마나 많은 이야기를 들은 걸까?

"아무튼 그래서 그런지, 로베르슈타인 일족은 로베르슈타인 신에 누구보다 가까우면서 누구보다도 멀다더라."

그것도 아는 바였다. 라오스가 로베르슈타인의 영혼의 소멸을 막기 위해서 만든 최초의 인간이자 일족. 로베르슈타인 일족은 기나긴 시간 피를 이어 가며 영혼을 보관해 왔다.

"아버지 말인데."

하르첸의 푸른 눈동자에 저택을 멀거니 바라보는 붉은 이아나가 가득 담겼다.

"로베르슈타인 일족으로서, 로베르슈타인의 영혼인 너에게 거부감을 느꼈던 걸지도 몰라."

이아나가 쳐다보았다.

"그리고 나처럼 기억하지는 못하지만 과거가 깨끗하게 지워지지 않았을 수도 있어. 이번 생에서도 너를 거부하기만 한 건 회귀 전의 영향도 조금 있을 수 있다더라. 라오스가 말해 줬어."

이아나는 안젤리나를 떠올렸다.

안젤리나는 매일매일 악몽을 꿨다고 했다. 무력하게 울기만 하다가, 아르하드의 명령에 목이 떨어지는 악몽을.

안젤리나는 예지몽인지 망상인지 모르겠다고 말하며 멋쩍게 웃었지만 그녀의 악몽은 분명 회귀 전의 과거였다.

악몽 이후, 안젤리나는 좋아하던 아르하드에게는 공포를, 싫어하던 이아나에게는 동경을 느끼기 시작했다. 회귀 전에 그랬던 것처럼 말이다. 깨끗하게 지워지지 않은 회귀 전의 기억에 영향을 받은 것이다. 하르첸의 말대로 체르노 로베르슈타인도 그랬을 수도 있겠지.

"아버지를 변호하려는 게 아냐. 너도 알고 있어야 할 내용인 것 같고, 너는 한번 뭔가를 알고자 하면 세세한 것까지 다 파악하는 성향인 듯해서 알려 주는 거야."

"흥미로운 내용입니다. 알려 주셔서 감사합니다."

그들의 대화는 진득한 껍질을 한 꺼풀 벗겨 낸 것처럼 턱턱 막히는 것이 없었다. 예전에는 텁텁한 털 뭉치가 서로의 목구멍에 틀어박힌 듯 답답하고 개운치 못했는데 말이다.

"뿌듯하네."

하르첸은 웃으며 이아나에게 손을 내밀었다. 이아나는 거부하지 않고 그의 손을 잡고 일어났다.

"로안느 왕족과 라오스, 로베르슈타인 일족의 관계에 대해서도 알려 줄까?"

"알려 주셔도 되는 건가요?"

"괜찮을 것 같아. 말해 줄 수 없는 부분에 대해서는 라오스가 따로 부탁했거든. 걸으면서 얘기할까?"

하르첸은 앞장서서 산을 내려가기 시작했다. 이아나는 타다만 성물들을 챙겨 들다 말고, 페임드라의 밑동 위에 손을 얹었다. 밑동은 정령들의 힘으로 원래 모습을 복구한 상태였다.

'조만간 다시.'

다시 올 것이다.

두근, 두근.

끌어안고 있는 성물들에서 로베르슈타인의 심장이 박동하는 게 한결 더 가깝게 느껴진다.

로베르슈타인은 자신의 힘을 허락했다. 하지만 힘을 허락하는 대신 이아나에게도 선행 조건을 제시했다.

로베르슈타인의 자아는 말한다.

방해하지 않고 도와줄 테니 너도 약속의 증표로 한 가지 의무를 이행하여 내게 믿음을 달라고. 너와 내가 바라는 대로 악마의 심장을 파괴하라고.

악마의 심장을 파괴한 후에는, 너와 나의 공통 적인 바하무트를 죽여 없애고, 네가 사랑하는 아르하드와 평화롭게 잘 살아가는 걸 보여 달라고.

그럼 그때는 뭐든 네가 원하는 대로 해 주겠다고. 힘을 원한다면 영원히 잠들어 줄 것이고, 온전해지고 싶다면 아예 소멸해 주겠다고.

'고맙지만 그건 네가 정하는 게 아니야.'

이아나가 냉정하게 답했다.

'그땐 내가 너보다 훨씬 강해져 있을 테니까 네가 뭘 생각하든 내 뜻을 따를 수밖에 없을 거다.'

그럴지도……. 로베르슈타인이 공허하게 답한다.

이아나가 달싹이던 입술을 꾹 다물었다.

애초에 싸울 필요가 없었다. 대상을 어디까지 보느냐는 문제에서 혼선을 빚었을 뿐 그들의 목적은 같았다. 로베르슈타인은 죽고 싶어 하니 공존 문제를 고민할 필요도 없었다. 여러 제한 때문에 서로에 대한 이해가 부족했을 뿐이다.

이성이 돌아온 지금, 이아나는 로베르슈타인의 지독한 절망감을 생생하게 되새겨 볼 수 있었다.

사명과 사랑.

균형이라는 사명을 짊어진 채 헤아리기 어려울 정도로 긴 시간을 외롭게 살아왔고, 사랑으로 잠깐 행복했으나, 결국엔 모든 것을 다 잃어버린 로베르슈타인.

얼마나 괴로웠을까.

아무것도 할 수 없는 스스로가 얼마나 미웠을까.

그 끔찍한 좌절의 바다에 잠긴 채 얼마나 숨이 막혔을까.

얼마나 죽고 싶었을까.

그런데도 죽지 못했다. 본인은 모든 것을 끝내려 했으나 타의로 인해 결국 죽지 못하고, 이번에야말로 반드시 끝을 내겠다는 처절한 일념만으로 생을 이어 가고 있었다.

로베르슈타인의 삶이 옳다 그르다 함부로 평가하진 않을 것이다. 그저, 너무 우울하고 힘들어 보여 안쓰러웠다. 가능하다면 그녀가 행복한 방향으로 편해지길 바랐다. 하지만 그 방법을 알지 못하는 이상 이 마음은 기만일 뿐이다.

'…….'

타인에게 처음으로 이해받아 본 지친 자아가 꿈틀했다.

'네가 원하는 건 최대한 들어줄 수 있도록 내가 노력할게.'

이아나가 속으로 중얼거렸다.

'그러니까 정말로 그냥 로이긴만 죽이고 죽고 싶은 건지 다시 한번 생각해 봐. 네가 나를 돕겠다고 마음먹었듯, 나도 너를 도울게.'

날것의 진심이 그대로 전해졌다.

'아무리 어려운 것일지라도 방법을 찾아볼게. 문제가 뭐든 해결할 수 있을 만큼 내가 강해질게.'

잠시 생각을 멈춘 이아나가 한숨을 쉬었다.

'이번엔 내가 잘못했어.'

오늘 시도했던 방법으로 로베르슈타인을 없앴다면 당장은 위기를 모면하더라도 두고두고 후회했을 것이다. 제 정체성 그 자체라고 할 수 있는 '투쟁'을 회피했던 것을 괴로워했을 것이며 해소되지 못한 채 버려진 로베르슈타인의 절망을 떠올리며 꺼림칙해했을 것이다.

'미안해.'

미안해할 필요 없어. 내가 바라는 건 오로지 로이긴과 나의 죽음뿐이다. 도와주겠다면 우리가 완전한 죽음을 맞이하도록 도와주기를. 로베르슈타인의 자아는 아주 잠깐 흔들렸을 뿐 여전히 단호하고 딱딱했다.

'나중에 다시 제대로 얘기해.'

이아나는 성물을 아공간에 넣은 후 하르첸을 뒤따라갔다.

"로베르슈타인 일족은 로안느 왕족에게 특별한 힘을 부여하는 열쇠의 역할을 해 왔어. 예전에 대신전 지하에서 치렀던 의식 기억나?"

"당연히 기억납니다."

"그때 치렀던 의식의 의미를 알겠어?"

이아나는 고개를 저었다.

"혼돈에서 계약하여 법칙으로 태어난 자. 존속을 대가로 법칙과 맺은 계약을 삶에서 이행하고자 합니다."

"당신의 병사, 당신의 가디언."

"슈나이더 레제 로안느가 당신에게 인사드립니다."

라오스가 아마도 백색 드래곤이고, 슈나이더가 라오스의 용아병이자 가디언인 것 같다는 결론을 내렸지만 정확한 건 몰랐다. 의식 내내 수수께끼의 말들이 이어졌기 때문이다.

"네가 거의 모든 걸 다 안다고 가정하고 말할게. 모르겠으면 물어봐."

하르첸은 생각을 가다듬은 후 천천히 입술을 열었다.

"칸데메이온과 라오스, 이 두 존재는 각자 혼돈과 법칙을 관할하고 있어. 혼돈은 죽음과 무질서와 시간의 정지를, 법칙은 생과 질서와 시간의 흐름을 뜻한다고 생각해 줘."

하르첸에게 놀라는 건 포기한 상태다. 이아나는 고개를 끄덕이며 하르첸의 이야기에 귀를 기울였다.

"시간의 흐름 위에서 죽은 영혼들은, 시간이 뒤죽박죽 뒤섞여 있을 뿐 흐르지는 않는 무질서한 혼돈—아카식 레코드로 향해. 거기서 천칭에 의해 업보에 상응하는 대가를 치르고 완전한 소멸, 혹은 재탄생의 길을 걷지. 재탄생이란 법칙에 의해 생명을 부여받고 질서 정연한 시간의 흐름으로 돌아가는 걸 의미해."

저만 어렴풋이 알고 있었을 뿐 누구에게도 들을 수 없었던 이야기다. 이아나는 하르첸에게 조금 더 가까이 다가섰다.

"라오스는 '법칙'을 관할하는 법칙의 신이야. 세상의 균형을 심하게 흩트리지 않는 선에서 모든 규칙과 약속을 정할 수 있대."

하르첸은 지나가다가 아래로 길게 늘어져 있는 나뭇가지를 툭 건드렸다.

"이 세상 모든 게 라오스의 법칙으로 구성되어 있어. 이 나뭇가지가 아래로 축 늘어진 것조차 법칙에 의한 거야."

창조의 신이라고 해도 무방할 듯했다.

"라오스는 로베르슈타인 일족 다음으로 '로안느'를 창조했다고 해. 자신의 육체와 영혼의 일부를 떼어 내 세상에서 가장 강하고 아름답게, 심혈을 기울여 빚어냈다더라."

"왜 그렇게 열심히?"

"그건 말을 안 해 줘서 나도 모르겠어. 라오스가 백색 드래곤인 건 알고 있니? 로안느 여왕은 라오스 최초의 용아병이자 최초로 계약한 가디언이야."

용아병은 드래곤의 일부를 떼어 내 만든 병사고, 가디언은 드래곤이 상대방의 소원을 이뤄 주는 대신 세상의 균형에 이바지하는 의무를 부여한 존재다.

"여왕이 무슨 소원을 빌었는지도 말해 주지 않을 거래."

이아나가 물어보기도 전에 하르첸이 선수를 쳤다.

"하여튼 이후에 태어난 여왕의 후손들도 유전적으로 라오스의 육체를 이어받아 용아병이라고 할 수 있는데 그중에서도 특별한 이들이 있지. 라오스는 아카식 레코드에서 삶의 의지가 매우 강하고 자아가 단단한 몇몇 영혼들과 '로안느'를 존속하는 조건으로 계약해서 '로안느 왕족'으로 태어나게 해 줬다고 해. 그들 대부분이 로안느의 부흥을 불러왔다지."

"그럼 모든 로안느 왕족이 라오스의 계약자입니까?"

"아니, 말했듯이 몇몇만. 평범한 영혼이 운 좋게 왕족으로 태어난 경우도 많아. 역으로 계약자 중에 왕이 되지 못한 사람도 있지."

"그건 왜일까요?"

"강한 영혼이라도 물질계에서 얼마나 강해지느냐는 유전적인 부분과 교육과 같은 후천적인 요소에 많은 영향을 받고, 또 왕위 계승에는 정치적인 문제가 많이 얽혀 있기 때문이야."

왕들은 모두 신전 지하 의식을 치르지만, 그중 계약자가 아니었던 왕들 중에는 아무것도 느끼지 못하고 대신관이 하라는 대로 줄줄 읊기만 한 왕들도 있다고 했다.

“계약자가 파편을 맞춘 채로 의식을 치르면 계약이 실질적인 효과를 발휘하기 시작해. 계약자는 로안느 존속에 대한 막중한 책임감을 느끼게 되고 그의 힘은 개화하듯 더더욱 강해지지. 하지만 계약자의 메리트는 거기서 끝나. 계약자뿐만 아니라 로안느 왕들 ‘모두’에게 해당되는 의식의 진짜 위력은 그다음부터야. 덩굴에서 내려와 파편에 덧입혀지는 붉은 기운…….”

이아나는 비석의 끄트머리에서 자라나 용의 비늘들을 감싸던 덩굴을 떠올렸다. 그때 느꼈던 슬픈 감정도 상기했다.

“로베르슈타인 신의 심장은 왕에게 보호막을 씌우고, 왕의 치유력을 드높이고, 신력을 공급해. 바하무트 황족으로부터 보호도 해 주지. 로안느 왕들은 그 힘을 기반으로 로안느를 성공적으로 수호해 왔어.”

이아나는 의식 때 로베르슈타인의 심장이 이상한 현상을 보였던 것을 떠올리면서 이해할 수 없다는 듯 질문했다.

“로베르슈타인 신의 심장은 왜 그런 일을 했을까요?”

“로베르슈타인은 라오스를 지키고 싶어 한대. 라오스의 일부인 로안느 일족 또한 지키고 싶어 하겠지. 그녀의 의지가 남아 있던 심장은 그 의지를 따른 거고.”

“…….”

이아나는 의식 당시의 아픔을 상기했다.

애틋하고, 가엾고, 미안하고, 지켜 주고 싶고.

‘라오스.’

그 애가 모든 일의 시발점이자 주인공이다.

로베르슈타인이 지켜야 한다고 미친 듯이 외치지만 생각나지는 않는 이름, 드문드문 비어 있는 기억들의 주인공 또한 '라오스'인 게 분명했다.

로베르슈타인이 행방불명되기 전까지 없던 신.

아주 어린 아이.

로이긴과 닮은 드래곤.

로베르슈타인이 로이긴과 함께 죽기로 마음먹게 만든 신.

'그럼 로베르슈타인과 라오스의 관계는…….'

이아나는 바닥을 멀거니 내려다보다가 하르첸에게 물었다.

"라오스는 지금 어디에 있습니까?"

"어딘가에 있겠지?"

"……."

이아나가 체념하듯 눈을 감자 하르첸이 한숨을 쉬었다.

"미안. 농담이 아니라, 말하지 말아 달라고 해서 말하기 좀 그래. 그 애는 웬만하면 너랑 대면하고 싶지 않아해. 꼬여 버린 운명의 실타래를 풀기 위해 언젠가는 제대로 만나야 한다고 생각하고 있지만 그 시기를 계속해서 미루고 있지."

하지만 곧 너를 찾아갈 거라고 생각해. 겁이 많은 애니까 네가 이해해 줘.

이야기를 하다 보니 산을 다 내려왔다.

저택으로 들어가는 입구 앞에서, 이아나는 로브를 꾹 눌러썼다. 하르첸은 몸을 돌려 이아나와 마주 보고 섰다.

"이제 가 봐. 바쁘지?"

이아나는 반지의 텔레포트 마법을 시전했다. 마나가 휘몰아치며 이아나의 발밑에 텔레포트 마법진을 그리기 시작했다.

"난 언제나 네 승리를 기원하고 있어. 힘내."

하르첸은 개운한 마음으로 이아나와 이별할 준비를 했다. 그의 웃음기 담긴 시선은 이아나가 쥐고 있는 아도니스 꽃으로 향하고 있었다.

텔레포트가 완성되기 직전이었다.

"일이 모두 잘 마무리되면."

이아나가 말문을 열었다.

"언제 한번……."

달싹이는 입술에서 그가 상상하지도 못했던 말이 튀어나왔다.

"차라도 한잔하시겠습니까."

하르첸이 눈을 크게 떴다.

이아나가 시선을 피했다.

"좋아."

언제나 조용히, 케케묵은 미소를 짓던 하르첸이 깨끗하고 환하게 웃었다.

"이아나!"

아르하드는 떠나기 직전까지 상태가 나쁘던 이아나가 걱정되어 방 안을 서성거리던 차였다. 아르하드는 이아나가 앞에 나타나자마자 그녀를 폭 끌어안았다.

"……."

이아나는 힘없이 아르하드에게 안겼다.

완전히 지쳐 버렸다. 하르첸에게 내색하진 않았으나 로베르슈타인과의 싸움은 감정적 소모가 너무 심했다. 그리고 새롭게 알게 된 진실들 때문에 머릿속이 뒤죽박죽으로 엉킨 상태였다.

"힘들어요."

아르하드는 이아나가 피곤해하는 것과 별개로 더는 혼란스러워하지 않는 것을 보아 일이 어떻게든 잘 해결된 것을 알았다.

"고생했어."

아르하드는 아무것도 묻지 않고 투정 부리는 그녀를 다독였다. 설명은 나중에 알아서 잘 해 줄 것이고, 지금은 그저 이아나의 나무가 되어 기대 쉴 수 있는 버팀목이 되어 주고 싶었다.

이아나는 제 남자의 셔츠에 코를 박은 채 숨을 골랐다. 그러다 고개를 돌려 귀를 그의 가슴에 바짝 갖다 붙였다.

두근, 두근.

심장이 박동하는 소리가 들린다.

로베르슈타인의 의식을 불러낸 이후부터 이아나를 괴롭히던 괘씸한 충동은 더는 일지 않았다.

'어떻게든 이 사람을 지켜 냈어.'

이아나는 아르하드의 옷자락을 꼭 붙잡은 채 한숨을 쉬었다. 비록 스스로 물리치지 못하고 페임드라의 설득으로 납득한 로베르슈타인이 스스로 물러서 준 거지만 다행이었다.

안도감이 따뜻한 이불이 되어 지친 영혼을 덮었다. 마음 같아서는 이대로 잠들고 싶었다. 하지만 이아나는 해야 하는 중요한 일을 미루는 사람이 아니었다.

아르하드의 품에서 쉴 만큼 쉰 이아나가 푸석푸석한 낯으로 몸을 떼어 냈다.

"눈 좀 붙일래?"

아르하드는 당장에라도 이아나를 안아 올려 침대로 대령할 기세였다.

"아뇨. 얘기를 좀 하고 싶어요. 차를 끓여 주시겠습니까?"

"네가 괜찮다면."

그들이 있는 곳은 아르하드의 서재였다. 책상 위에서는 현재 상황에 대한 보고서들과, 온갖 종류의 전술서들이 거칠게 나뒹굴고 있었다. 무심결에 아르하드의 책상 위를 바라본 이아나가 입술을 꾹 깨물었다.

'빨리 그를 편하게 해 주고 싶어.'

그러려면 좀 더 힘을 내야 한다.

이아나는 책상에서 눈을 떼고 테이블에 있는 빈 꽃병을 보았다. 담백한 디자인의 꽃병에는 항상 싱그러운 꽃들이 꽂혀 삭막한 서재를 색으로 물들였더란다. 하지만 전쟁이 시작되고 아르하드가 자리를 비울 때가 잦아지자 꽃병에는 꽃 없이 먼지만 쌓여 갔다.

아르하드가 차를 끓이는 동안 이아나는 꽃병을 손수건으로 닦아 냈다. 물을 가득 채운 다음 아도니스를 조심스레 꽂았다. 아르하드가 생뚱맞게 등장한 노란 아도니스에 의아함을 감추지 못했다.

"그 꽃은 뭐야?"

"하르첸이 줬습니다."

"하르첸?"

아르하드는 지금 상황에서 이아나의 이복 오라비의 이름이 튀어나오게 된 인과관계를 파악할 수 없었다.

"저택의 뒷산에 도착해서……."

이아나는 그동안 있었던 일을 침착하게 이야기하기 시작했다.

물론 시간 삭제와 회귀에 대한 이야기는 뺐다.

이아나는 이야기하는 내내 회귀를 밝힐까, 말까 고민했지만 결국 말하지 않았다.

하르첸과 회귀 전 이야기를 하는 것만으로도 이아나는 모든 기력을 소모했다. 밀려드는 자괴감과 부끄러움에 아직도 심장이 아팠다. 그냥 기절하듯 잠들고 싶은 심정이었다.

하르첸만으로도 이렇게 힘든데 아르하드에게 고백할 땐 얼마나 힘들까. 아르하드는 기억하지 못한다지만, 그에게 열등감으로 악을 쓰기만 했던 과거를 고백하는 건 엄청난 심력을 소모할 게 분명했다.

무엇보다, 계획대로 악마의 심장을 파괴하고 로베르슈타인을 뛰어넘어 두 사람 다 오롯해지는 날 회귀를 고백하고 싶었다. 세상일은 뜻대로만 돌아가지 않으나 회귀 고백만큼은 꼭 그리하고 싶었다. 로베르슈타인의 의지가 생각 이상으로 강해서 시일이 조금 더 걸릴 것 같다는 게 문제라면 문제였다.

어쨌든 저와 하르첸을 제외한 모두에게는 이미 사라져 버린 일들이 아닌가? 지금 당장 해결할 필요는 없었다.

그 외에는 모든 이야기를 전했다. 이아나의 이야기를 모두 들은 아르하드는 아연해졌다. 낯빛이 파리했다.

"이아나, 라오스는 혹시……."

아르하드는 차마 말을 끝맺지 못했지만 이아나는 그 뒤에 이어져야 했던 말이 뭔지 알고 있었다.

"네. 기억이 온전치 않아서 확실하진 않지만 로베르슈타인과 로이긴의 아이가 아닐까 합니다."

말은 그렇게 했으나 틀림없었다. 모든 정황들이 라오스가 로베르슈타인의 아이라고 말하고 있었다.

아주 어린 아기가 불러일으키는 애틋함과 보호 본능, 아기를 향한 부모의 애틋한 사랑을 접하지 못했던 이아나였으면 쉽사리 답에 도달하지 못하고 헤맸을 수도 있다.

하지만 에블린에게서 그 연약함을 목격해 버린, 그리고 아이를 위해서라면 뭐든 할 기세이던 이스피와 카니츠를 지켜보았던 이아나는 확신할 수 있었다.

게다가 판데모니엄에서 보았던 종말의 기억이 이아나의 머릿속을 스쳐 지나갔다.

'페임드라, 난 새로운 세계가 열린다는 너의 예언을 믿는다.'

'르보니, 나의 충직한 추종자. 그 아이를 잘 부탁한다.'

로베르슈타인의 마지막 생각.

"안 돼요……!"

"나도 죽을래요! 나만 버려두고 가지 마요!"

흠뻑 젖은 얼굴로 울면서 달려오던 어린 라오스. 로베르슈타인의 기억이 끊어지면서 흩어져 버린 라오스의 마지막 외침.

그 말은, '엄마'가 아닐까?

라오스가 로베르슈타인의 아이라고 하면 거의 모든 게 맞아떨어졌다. 왜 굳이 르보니였는지는 모르겠지만 르보니에게 제 모든 신력을 떠넘겨 억지로 봉인한 것도, 자신이 죽은 후에 봉인이 풀리면 추종자인 르보니가 라오스를 보살펴 주길 바라서였던 것으로 추측된다.

라오스가 로베르슈타인이 죽지 못하도록 봉인함으로써, 르보니의 봉인도 풀리지 않아 일이 꼬여 버렸지만.

"로이긴은 몰랐나요?"

"몰랐어. 라오스의 존재조차도."

"로베르슈타인은 둘만의 낙원을 꿈꾸며 신들을 학살했던 로이긴이 라오스까지 죽일 거라고 생각했고 결국 로이긴과 함께 자살하는 길을 택했습니다. 하지만 둘 다 라오스의 봉인 때문에 완전히 죽지 못했죠."

"……."

아르하드는 말문이 막히는지 쉽사리 대답을 내놓지 못했다. 이아나도 함께 생각을 정리하며 그의 대답을 기다렸다.

"로베르슈타인이 그렇게 생각할 만도 했어. 그때의 로이긴은 로베르슈타인과 페임드라만 있으면 된다고 생각했으니까. 하지만."

로이긴은 모두가 조금이라도 신력을 생산할 수 있을 때, 전혀 그러지 못했다. 그는 긴긴 시간을 '부족한 생명'에 허덕이면서만 살아왔고, 제게서 새로운 생명은 영원히 태어나지 못할 거라고 여겼다. 그렇기에…….

“로이긴이 기적 같은 제 첫 생명에 살의를 느꼈을 거라고 단언할 수는 없는데…….”

“저도 로베르슈타인이 왜 로이긴에게 아이의 존재에 대해서 말하지 않았는지 의문입니다. 그를 믿지 못했기 때문일까요?”

아르하드의 영혼 속 악마, 로이긴이 동요했다.

‘왜, 왜, 왜?’

이아나를 향한 아르하드의 깊은 사랑에, 이미 패배를 인정하고 얌전해진 지 오래던 아르하드의 영혼 속 로이긴은 이아나의 말에 깊은 상처를 받았다.

‘대체 왜? 난 언제나 너를 믿었는데…….’

심장이 부서질 듯이 울음을 터뜨렸다.

“아니면 뭔가를 노력해 볼 생각조차 하지 못할 정도로 지쳐 버린 걸까요?”

그 말은 또다시 로이긴을 세차게 할퀴고 지나갔다.

아르하드는 눈을 감았다.

“정확한 이유는 비어 있는 기억 속에 있겠죠.”

이야기를 하다 보니 어느새 찻잔이 비었다. 이아나가 빈 찻잔을 내려놓으며 아르하드의 안색을 살폈다.

“괜찮습니까?”

“나는 괜찮아. 로이긴으로서는 괜찮지 않고.”

당연히 괜찮지 않겠지.

이아나는 잠시 말을 고르다가 제 생각을 정리해서 말했다.

“한 번쯤은 모든 진실을 밝혀내서 꼬인 일들을 정리해야 합니다. 그게 우리를 위한 일이에요.”

“그렇지. 그러려면 로베르슈타인의 빈 기억을 메우고 라오스를 만나야 해. 라오스는 대체 무슨 생각으로 상황이 이렇게 됐는데도 나타나지 않는 거야?”

“글쎄요.”

라오스의 생각은 라오스만이 알 것이다.

“페임드라의 예언에 대해 상세히 들어 보는 것도 한 방법일 듯합니다.”

“페임드라는 자기 몸이 모조리 불살라지는 한이 있어도 얘기 안 할 거다.”

아르하드가 단언했다. 아르하드가 과격한 단어까지 써 가며 확신하는 이유를 알 수 없어 의아했다. 하지만 의아함과는 별개로 지금 당장 페임드라에게 예언에 대해 물어보는 건 불가했다. 이아나의 만행 때문에 오랜 시간 잠들어 있어야 하기 때문이다.

“어쨌든 우리는 지금 우리가 할 수 있는 일을 하는 수밖에요.”

“우리가 할 일이라면.”

“판데모니엄에 있는 로이긴의 심장을 파괴하는 겁니다.”

이아나가 그 말을 꺼내자마자, 아르하드는 제 안에 도사리고 있는 로이긴의 의식에 집중했다.

로이긴은 어느새 울음을 그쳤다. 체념한 그는 텅 비어 버렸다.

‘그래, 죽자.’

‘그녀가 원하는 대로 해 주자.’

‘죽어 주자.’

로베르슈타인에게 평생토록 애증과 의문을 품고 있었던 로이긴은 진실이 드러나자 미치도록 갈구했던 삶에 대한 탐욕을 덧없이 놓아 버렸다. 모든 것을 버렸다.

그 후로는 의식이 완전히 끊어졌다. 아르하드가 아무리 로이긴으로서 생각해 보려 해도 불가했다.

'불쌍하군.'

아르하드는 로이긴에게 애잔함을 느꼈다. 지긋지긋한 놈이지만 이대로 없애는 게 맞나, 하는 불편한 의문이 들었다.

"그런데 그 전에 로베르슈타인과 한 번 더 얘기해 보고 싶습니다. 정말 로이긴과 이대로 끝내도 되는 건지 물어보겠습니다."

이아나도 아르하드와 같은 감정을 느끼고 있었다.

"그렇게 하자."

"일단 좀 쉬고, 권능으로 에이지를 한번 깨워 본 다음 대화해 보겠습니다. 그런데 바하무트는 어떻습니까?"

"이상할 정도로 조용해."

"그건 다행입니다. 테일런이 크게 다쳤기 때문일까요? 놈이 이대로 콱 죽어 버리면 좋을 텐데요."

"명줄이 질겨서 아주 잘 살아 있어."

"그것 참 안타깝군요."

할 이야기를 모두 다 한 이아나는 길게 숨을 뱉은 후 테이블에 팔을 대고 천천히 엎드렸다.

힘들다.

너무 힘들다.

그래도…….

이아나는 노란 아도니스를 물끄러미 바라보다 중얼거렸다.
“이 꽃이 시들지 않았으면 좋겠습니다.”
“왜?”
“아도니스의 꽃말을 아시나요?”
이아나는 아르하드에게 하르첸이 알려 준 아도니스의 꽃말을 느릿하게 읊어 주었다.
“힘들어도, 정말 힘들어도, 힘든 기억이 있더라도, 살다 보면, 열심히 미래를 꿈꾸며 살아가다 보면 결국 행복해질 거니까, 그 끝에는 행복이 있을 거라고 생각하니까 힘이 납니다.”
이아나가 손가락으로 노란 꽃잎을 톡 건드렸다.
“이 꽃만 보고 있으면 뭐든 할 수 있을 것 같다는 기분이 들어요. 아무리 힘든 일이 있어도 이겨 낼 수 있을 것 같아요. 그래서 시들지 않았으면 좋겠습니다.”
이아나의 깜빡이는 눈이 화사한 금빛을 한가득 담았다.
“당신이 생각나는 꽃이기도 하군요.”
살며시 내리뜬 눈이 옅은 사랑을 머금고 아르하드를 향했다.
“제 행복 속에는 언제나 당신이 있어요. 저는, 제 행복인 당신을 지키기 위해서라면 뭐든 할 수 있어요.”
이아나가 제 안의 모든 사랑을 담아 웃었다.
“아르하드, 사랑해요.”
순간 아르하드의 모든 시간이 정지해 버렸다.
“아…….”
이아나가 이렇게 진지하게 사랑을 고백하는 건 무척 드물었다. 늘 놀리듯이 사랑한다는 말을 내뱉고 아르하드가 동요하고 좋아하는 모습을 즐기기 일쑤였다. 아르하드는 그런 이아나가 괘씸하다가도 사랑스러워서 웃어 버리거나 키스를 퍼붓곤 했다.

하지만 지금은 왜일까?

웃지도 키스하지도 못하고 멍청하게 입만 뻐끔거렸다.

연이어 퍼부어진 진심 어린 사랑에 머리가 멍해졌다.

아르하드의 얼굴이 완전히 새빨개졌다. 그는 어쩔 줄 몰라 하다가 겨우 한마디를 뱉었다.

“꽃에 마법을 걸어 줄까?”

“하하!”

모처럼 감상에 젖어 있는데 낭만적이지 못한 말을 하는 그가 웃겨서 이아나는 소리 내어 웃고 말았다.

“됐습니다. 자연의 순리에 맡겨야죠.”

이아나는 그를 사랑스럽다는 듯 바라보다가 눈을 감았다.

“이아나, 잘 거면 침실로 가서 자.”

“잠시 눈만 붙이는 겁니다.”

“거짓말하지 말고.”

“그냥.”

이아나는 아르하드를 향해 손을 툭 내밀었다.

“지금은 제 손을 잡아 주세요.”

이아나가 어리광을 부렸다.

이렇게 말하는데 어떻게 안 잡아 줄 수 있을까.

아르하드는 굳은살이 잔뜩 박인 이아나의 손을 세상에서 가장 귀중한 보석을 감싸듯 쥐었다. 굵은 손가락이 그녀의 손가락을 마디마디 훑다가 깍지를 꼈다. 이아나는 손에 힘을 주어 아르하드의 손을 꽉 쥐었다.

“마법에 제가 정말로 멈추고 싶다고 생각하면 멈추는 성질을 추가했었죠?”

“맞아. 뭐든 네가 원하는 대로 하자고 했잖아. 로베르슈타인이 아닌 ‘이아나’가 바란다면 얼마든지 멈추도록 구축했었어.”

“감사합니다. 제가 후회하지 않게 해 줘서.”

“혹시나 싶어서 그리했는데 도움이 되었다니 다행이다.”

“어려우셨을 텐데.”

“별로 어렵지 않았어.”

전 세계 마법사가 분해서 눈물을 흘릴 소리를 하고 있다.

“난 널 위해서라면 뭐든 할 거야.”

“뭐든지?”

“응.”

“왜? 어떻게 그럴 수 있는 건데요?”

아르하드가 새삼스럽다는 목소리로 말한다.

“널 사랑하니까. 널 사랑하기 때문에 뭐든 할 수 있어.”

점차 힘이 빠졌다.

꽤 오래전에 페임드라가 했던 말과 오늘 하르첸이 했던 말에서 겹치는 단어가 아득해져 가는 의식을 침범했다.

시간 삭제.

법칙의 라오스가 한 짓일까?

혼돈의 칸데메이온이 한 짓일까?

아니면…….

“신이 말하길, 네가 죽은 지 얼마 되지 않아 세계는 한 구간의 시간의 기록이 통째로 삭제되는 엄청난 일을 겪었다고 해.”

죽은 지 얼마 되지 않아.

얼마 되지 않아서…….

…….

이아나는 깨어나자마자 에이지의 방으로 향했다.

그를 깨울 수 있다는 모종의 확신이 이아나를 휩싸고 있었다.

벌컥.

방문을 열자 잠들어 있는 에이지의 침대 옆에 턱을 괴고 있는 도르시아니가 바로 눈에 들어왔다. 조그마한 물의 정령도 이아나를 반갑게 맞이해 주었다.

“잠은 자는 거야?”

“잠 올 땐 자. 잠이 안 와서 문제지만.”

도르시아니가 천천히 허리를 폈다.

“전하는 원하는 답을 찾았어?”

“완벽한 답은 아니지만, 그래.”

이아나는 성큼성큼 다가가서 에이지의 손을 조용히 붙잡았다.

“깨울 수 있어.”

이아나는 믿었다. 할 수 있다. 천칭은 응답해 줄 것이다.

이아나가 심판의 권능을 일깨웠다. 그리고 외쳤다.

'에이지를 깨우고 싶어.'

천칭은 에이지를 깨우지 못했다. 대신 깨울 수 있는 위험하고 위대한 기회를 이아나에게 제안했다. 모든 시간들과 영혼들의 요람, 아카식 레코드의 깊은 곳으로 그녀를 초대한 것이다.

이아나는 저를 물끄러미 바라보고 있는 도르시아니와 눈을 마주쳤다. 잠자는 왕자는 공주가 깨우러 가야지.

"진리를 알고 싶다고?"

이아나가 손을 내밀었다.

"같이 가겠나?"

도르시아니가 눈을 깜빡였다.

"나도 갈 수 있어?"

"갈 수 있어."

"역시 내가 줄을 잘 잡았구나."

도르시아니가 망설이지 않고 이아나의 손을 덥석 붙잡았다.

이아나의 심장만으로는 권능을 발휘할 수 없었다. 권능을 발휘하는 순간 과부하에 걸려 터져 나갈지도 모른다.

이아나는 성물들을 아공간에서 모두 꺼냈다.

'내 친구를 깨우고 싶어.'

로베르슈타인의 의식이 서서히 깨어났다.

'도와주겠어?'

그래…… 라고 대답이 들려온 것 같았다.

봉인이 흔들리고, 성물들이 강렬한 빛을 뿜어냈다.

콰아아아아아아!

하나로 합쳐지진 못했으나 한길로 연결된 심장에서 절대신의 신력이 해일처럼 쏟아져 나왔다. 방 안이 핏빛으로 죽어 버렸으나 위대한 기운과 이아나의 불꽃같은 강렬한 기운으로 가득 차 시야가 적색으로 물드는 순간이었다.

화르르르륵!

모든 신력이 한순간에 자취를 감추며 절대 진리의 사슬이 공간을 뚫고 튀어나왔다. 사슬은 순식간에 이아나와 이아나가 손을 잡고 있는 도르시아니를 휘감고 공간과 공간의 틈 속으로 끌어내렸다.

아카식 레코드였다.

이아나는 사슬에 끌려 내려가면서 위를 보았다.

시간이 순방향으로 흐르는 '현재'의 세상이 한눈에 보였다.

이곳에서는 세상 어디든 보고자 하는 곳을 볼 수 있었다.

열심히 훈련하고 있는 헤레이스도, 마법 연구에 힘쓰고 있는 라랏슈아와 타로도, 눈이 충혈된 채 일하는 리키젠도, 바하무트 군대를 노려보고 있는 압실롯과 마이마예도, 명상하고 있는 적군의 마법사 기르초프도, 지루하다며 하품하는 이사벨라도, 신경질적으로 머리를 쥐어뜯고 있는 샤일린스도.

어둠에 잠긴 채 눈을 번뜩이는 테일런도, 눈을 감은 채 이아나를 기다리고 있는 아르하드도.

그리고 순행의 시공간은 무無를 향해, 즉 정해지지 않은 미래로 나아가고 있었다.

이아나와 도르시아니는 한없이 떨어져 내렸다.

내려가면 내려갈수록 모래시계 속의 모래 한 알이 된 것처럼 중간의 한 점으로 향해 가는 것이 느껴졌다. 점처럼 느껴지는 공간은 영혼의 요람이었다. 영혼이 우글거리고 있었다.

그쯤 해서 속도가 느려졌고, 두 사람은 허공에서 멈춰 섰다.

“전하, 위를 봐.”

영혼의 세상을 내려다보고 있던 이아나가 위를 보았다.

그곳에는, 세상과 끊어지지 못한 채 대롱대롱 매달려 있는 영혼들이 있었다.

“에이지가 바로 위에 있어.”

도르시아니의 말대로, 에이지의 영혼이 전혀 치료되지 못한 피투성이의 모습으로 그곳에 매달려 있었다.

뚝.

세상과 연결된 얇은 끈이 끊어진 한 영혼이 아래로 떨어져 내리는 게 보였다.

저 존재는 방금 죽었다. 그런데 영혼은 모래시계의 모래가 중간점을 지나 계속 떨어져 내리듯, 점을 지나 끝이 보이지 않는 아래로 떨어져 내렸다.

“바로 영혼의 세상으로 가지 않네. 아래에도 뭐가 있나 봐.”

“몰라. 일단 에이지부터 깨워야 해.”

이아나는 에이지를 이곳에서 깨워야 한다는 걸 알았다. 에이지가 깨어나면 그의 영혼은 다시 세상 속으로 빨려 들어갈 것이다. 에이지에게 다가가고 싶어 하자 천칭의 사슬은 그들을 에이지 쪽으로 데려다주었다. 이아나가 에이지를 붙잡았다. 정확히는 이아나의 영혼이 에이지의 영혼을 붙잡았다.

‘에이지, 일어나.’

이아나가 에이지를 흔들었다. 하지만 상처투성이의 에이지는 깨어나지 않았다.

'일어나!'

신력을 한가득 불어넣었지만 소용없었다. 영혼에는 이미 신력이 충분했다. 에이지의 영혼과 연결된 세상 속 심장에서 흘러내려 오고 있었다. 에이지가 정신을 못 차리고 있는 것뿐이었다. 얼마나 심한 고문을 당했으면…….

"전하, 이대로 에이지의 영혼을 끌고 돌아가면 에이지가 깨어나지 않을까?"

"아니, 단순히 영혼을 끌고 가는 것만으로는 안 돼. 에이지가 스스로 정신을 차려야 해."

"……."

도르시아니가 천천히 다가갔다.

그녀가 아무 징조도 없이 에이지의 뺨을 붙잡더니 그의 입술에 키스했다. 영혼이 맞닿는 깊은 키스였다.

영혼이 연결된 채로, 도르시아니가 속삭였다.

'이대로 죽을 거야? 늘 살고 싶어 했잖아?'

에이지는 눈을 뜨지 않았다. 그러나 그의 입술은 열렸다.

'하지만 저는 이제 지쳤는걸요.'

멍한 중얼거림은 무의식중에 지껄이는 잠꼬대에 가까웠다.

'너무 아프네요. 견디려고 했는데, 너무 아파요. 그 여자의 폭언과 저주가 너무나 지독하네요. 듣고 싶지 않은데, 듣지 않을 방법이 없네요.'

이아나가 주먹을 꽉 쥐었다. 샤일린스, 가만두지 않겠다.

'살고 싶다며?'

'살고 싶지만, 제게 살 가치가 있나요?'

에이지의 영혼이 힘없이 웃었다.

'이대로라면 폐만 될 거예요. 그 여자는 제가 당신들을 잡을 미끼에 불과하다고 했어요. 제 역할이 끝나면 당신들 앞에서 나를 끔찍하게 죽일 거래요. 당신들도 죽일 거래요.'

'그 말을 믿어? 전하는 천하무적이야. 이미 너를 구했어.'

'부정했지만, 저는 지쳐 가네요.'

'넌 구해진 상태…….'

'살 수 있을까요? 모르겠어. 아니, 죽을 것 같아. 어차피 살 수 없는 거라면 당신들에게 폐를 끼치기 전에 내 긍지를 지키고 일찍 죽어 버리는 게 낫겠지.'

도르시아니와의 대화가 기폭제가 되었다.

에이지의 의식이 끊어졌다. 에이지의 영혼과 세상을 연결하고 있던 끈도 끊어졌다. 그의 영혼이 추락하기 시작했다.

'잡아!'

가까이 있던 도르시아니가 아래로 휩쓸려 가는 에이지의 영혼을 움켜쥐었다. 이아나는 도르시아니의 육체를 붙잡았다.

에이지를 잡아당기는 무형의 힘은 몹시 강력했다. 편법으로 법칙을 거스르고 들어온 이들이 이겨 낼 만한 것이 아니었다. 에이지와 함께 이아나와 도르시아니도 끌려 내려가기 시작했다. 그들은 영혼이 모여 있는 점을 순식간에 통과했다.

키이이이잉.

천칭이 다른 방향으로 기울어졌다.

이아나는 눈을 크게 떴다.

세상의 반대편에는 또 다른 세상이 있었다.

시간이 거꾸로 흐르는, 역행의 시공간이었다.

정확히는, 이미 지나간 시간을 거꾸로 재생하는 것에 불과한 차원이었다. 이아나는 본능적으로 알았다.

'저기에 들어가면 안 돼!'

죽은 영혼은 역행 차원 속에서 먼저 자신의 시간을 돌이켜 보고, 요람으로 빨려 들어와 천칭의 심판을 받는다. 다시 태어나지 않는 한 순행 차원으로 돌아가지 못하는 것이다.

'큭!'

늦었다. 에이지는 빨려 들어가 버렸고, 에이지를 껴안고 있던 도르시아니도 마찬가지였다.

하지만 도르시아니의 육체는 여전히 이아나의 손에 있었다. 육체는 여기에 남고 영혼만 에이지와 함께 들어간 것이다.

우득, 우드득. 우득.

지금 일어나는 일은 천칭이 부여한 기회의 범위를 넘어섰다. 천칭의 사슬이 끊어지고 있었다. 저 사슬이 끊어지는 순간 모두가 죽는다. 이아나는 손을 뻗어서 자신을 얽어매고 있는 사슬을 강하게 잡았다.

'다시 사슬을 연결해!'

권능을 발휘하여 다시 연결해도 끊어지길 반복했다. 그래서 이아나는 끊임없이 권능을 발현했다. 사슬을 붙잡은 이아나의 팔이 찢어지고 있었다. 이아나는 이가 부서져라 시간의 흐름에 저항했다. 도르시아니의 몸을 당겨 안으며 모든 과부하를 자신이 감당했다. 이대로 에이지와 도르시아니가 돌아올 때까지 버텨야 했다.

그리고 도르시아니의 영혼과 밀접한 이아나의 머릿속으로 도르시아니가 보는 세상들이 빠르게 흘러들어 오기 시작했다.

에이지의 시간은 뒤로 감기고 있었다. 그리고 도르시아니의 영혼은 에이지의 영혼을 붙잡은 채 방관자로서 그의 세상에 있었다.

"왜 입을 닥치고 있지? 나불거려 봐."

눈앞에서 에이지가 샤일린스에게 고문당하는 모습들이 도르시아니의 시야로 들어왔다.

이곳은 이미 확정된 과거로 향하는 시공간이므로 도르시아니가 할 수 있는 건 없었다. 하지만 도르시아니가 붙잡고 있는 에이지의 영혼의 팔은 여전히 육체 속으로 완전히 들어가지 못한 채 삐져나와 있었다.

도르시아니는 머리를 굴렸다. 영민한 그녀는 진리를 대략적으로 파악했다. 기회는 분명 있다.

고문의 시간이 지나갔다.

납치당했던 시점도 지나쳤다.

도르시아니는 자신과 에이지가 함께 있는 시기가 다가오자 시간이 느리게 흐르는 것을 느꼈다. 그리고 마침내 이그나이츠를 위해 밤낮을 가리지 않고 함께 노력했던 시간이 도래했다.

도르시아니가 역행 속의 자신을 대면한 순간, 그녀의 영혼이 역행 속 제 육신과 불안정하게 연결되었다. 도르시아니는 용을 쓰면 육신의 입을 빌려 에이지에게 영향을 미칠 수 있다는 걸 알았다.

"정신 차려."

도르시아니는 그런 시기가 올 때마다 에이지에게 한마디씩 던졌다.

"살고 싶잖아."

그 말은 거꾸로 발음되었지만 에이지의 정신 속에는 똑바로 박혔다. 에이지는 일어났던 일과 다른 말이 도르시아니의 입에서 튀어나오자 어리둥절해했지만 쉽게 정신을 차리지는 못했다.

"나와 전하가 너를 구하러 왔어."

결국, 시간은 흐르고 흘러 로안느에서 블랙폭시와 치고받고 싸웠던 시간을 지나 이아나가 에이지를 마르가리타에게서 구출하던 날까지 왔다.

"전하가 이번에도 열심히, 온 힘을 다해 너를 구하고 있단 말이야. 언제까지 이럴 거야?"

"……돌시, 당신은 정말 하나도 변하지 않았군요."

"아니, 인간은 변할 때도 있지, 에이지."

무정한 푸른 눈은 그때와는 달리 화가 나 있었다.

"내 귀여운 소년. 그러니 이만 돌아오지 그래."

도르시아니가 이아나와 처음으로 대치했던 시점에 도달했다. 그리고 이변이 발생했다.

쩌적!

이아나가 과거에 도르시아니에게 씌웠던 권능과 현재에 그녀를 붙잡고 있는 권능이 교차하는 순간, 역행 차원에 틈이 생겼다. 그리고 현재 도르시아니의 시간, 순행의 흐름이 섞여 들어가기 시작했다.

시간이 뒤섞이고 요동쳤다.

자신을 내려다보는 이아나의 뒤로 태양의 빛이 쨍하니 내리쬐는 순간, 에이지의 표정이 멍해졌다.

도르시아니와 에이지가 만나지 못했던 시간은 빠르게 되감겼다. 에이지가 어릴 적 도르시아니와 작별했던 순간이 왔다.

"살려 주세요. 제발 죽이지 말아 주세요. 주인님이 시키시는 일이라면 뭐든……."

에이지가 말을 하다 말고 멈췄다.

이치를 벗어나기 시작한 에이지의 세상은 이미 부서지고 있었다. 멋대로 움직일 수 있게 된 도르시아니가 성큼성큼 걸어가서 샤일린스의 발밑에 개처럼 엎드린 어린 에이지를 일으켰다. 에이지의 흔들리는 눈동자가 도르시아니를 향했다.

"이건 지나간 일이야. 넌 네 빛을 찾았잖아."

어린 에이지와 도르시아니가 함께했던 시간이 지나갔다.

그리고 마침내 첫 만남의 순간이 왔다.

도르시아니는 실험실에서 마르가리타에게 고통받고 있던 에이지를 만났다. 하지만 에이지의 눈은 그때처럼 죽어 있지 않고 살아 반짝이는 채로 도르시아니를 똑바로 향하고 있었다.

"흥미로운 아이네."

도르시아니가 옅게 웃으며 손을 뻗었다.

"가자."

에이지는 그 손을 붙잡았다. 그 순간, 시간의 뒤틀림을 견디지 못한 역행 차원이 에이지의 영혼을 튕겨 냈다.

"하!"

둘이 빠져나오자 이아나에게 걸려 있던 과부하도 풀렸다. 이아나는 참고 있던 숨을 거칠게 뱉었다. 사슬을 붙잡고 있는 이아나의 팔은 형체를 알아보기 힘들 정도였고, 몸은 반쯤 찢어진 상태였다.

"잘했어."

도르시아니가 머리를 짚으며 앓는 소리를 냈다.

"나 죽네."

"내가 더 죽겠다. 에이지 절대 놓지 마."

에이지가 정신을 차리고 삶의 의지를 가지자마자, 그의 영혼은 순행의 세상과 다시 연결되어 눈부신 속도로 빨려 들어갔다. 천칭의 사슬 또한 순행의 존재인 이아나와 도르시아니를 빠르게 끌어올렸다.

점을 지나, 에이지의 영혼이 순행의 세상으로 돌아간 순간, 권능은 끝이 났다.

이아나와 도르시아니도 아카식 레코드에서 튕겨 나갔다.

에이지가 천천히 눈을 떴다.

"……."

그는 한동안 정신을 차리지 못하고 눈을 깜빡거렸다.

도르시아니와 이아나는 벽에 널브러지듯 기대앉은 채 에이지를 지켜보았다.

"신기한 꿈을 꿨는데. 주마등이었나?"

"꿈 아니야, 주마등도 아니고."

"그런 것 같더라."

[이아나! 이아나! 으아아아!]

이아나는 이니스와 토우를 불러냈다. 이아나가 이렇게 심각하게 다친 걸 처음 본 정령들은 울면서 그녀를 치료했다.

에이지는 심각한 수준으로 다친 이아나와 눈을 반쯤 감은 도르시아니를 물끄러미 보았다.

"미안해."

"난 사과 들을 자격 없어. 바하무트 황족을 경계하지 않고 하염없이 북부를 쏘다니기만 한 내가 잘못한 거야."

"그래도 미안해."

"대체 뭐가 미안한데?"

에이지가 실없이 웃었다.

"벌써 두 번이나 구해졌잖아. 나 진짜 쓸모없다."

"환자라서 한 대 칠 수도 없고."

치료를 끝낸 이아나가 벽을 짚고 일어나며 말했다.

"정말 쓸모 있으니까, 두 번이나 구해졌으면 두 배로 일해."

"와, 너무해. 미친 듯이 고문당해서 반쯤 죽었다가 방금 겨우 정신 차린 환자한테 그게 할 소리냐."

투덜거리던 에이지가 입가에서 웃음을 지웠다.

"고마워, 이아나 양."

에이지가 진지하게 말했다.

"다시는 나 쓸모없다고 생각하지 않을게. 어떤 일이 있어도 죽을 거라고 생각하지 않을게. 백배 천배로 일할게. 친구의 이름을 걸고 약속해. 정말이야."

이아나가 콧잔등을 찡그리며 웃었다.

“당연한 거 아냐. 죽을 때까지 부려 먹을 거다.”

이아나는 에이지와 도르시아니를 방에 남겨 두고 나왔다.

방 밖에서 그녀의 남자가 기다리고 있었다.

‘고마워, 로베르슈타인.’

이아나는 아르하드의 손을 굳세게 붙잡았다.

‘이제 대화 좀 해 보자.’

이아나는 로베르슈타인의 검을 로이긴의 심장에서 뽑을 준비가 되었다. 돌이킬 수 없기 전에, 로베르슈타인의 이야기를 들어봐야 했다.

이아나는 해야 할 일이 있다면 휘몰아치듯 단숨에 해치우는 성격이었다. 하지만 권능의 남용 때문에 몸 상태가 말이 아니었으므로 아르하드의 곁에서 하루를 꼬박 잔 다음 그를 마주하고 앉았다.

아르하드에게 들은 말은 놀라웠다.

“일주일이나 지났다고요?”

아카식 레코드에서 이아나가 도르시아니를 통해 보았던 에이지의 인생은 전속력으로 달리는 말 위에서 보는 풍경처럼 빨랐다. 체감상 아카식 레코드에 머무른 시간은 한 시간 정도였지만 현실에서 지난 시간은 꽤 길었다.

“걱정하셨겠네요.”

“걱정은 했지만, 믿고 기다렸어.”

아르하드가 이아나의 머리에 뺨을 비비며 중얼거렸다. 이아나가 또다시 세계에서 감쪽같이 자취를 감췄지만 침착하게 기다렸더니 알아서 잘 돌아왔다.

"이제 로베르슈타인과 대화해."

이아나가 눈을 감으며 심연으로 헤엄쳐 들어갔다.

'로이긴의 심장을 파괴하러 갈 거야.'

이아나의 입장에서는 로이긴의 심장을 파괴해도 별 상관없었다. 이아나가 사랑하는 사람은 아르하드고, 아르하드의 영혼에는 별 영향이 없을 것이기 때문이다.

'너는 정말 그래도 괜찮아?'

하지만 로베르슈타인에게는 사랑하는 사람의 심장이었다.

'당장 파괴해.'

로베르슈타인은 그 말밖에 할 줄 모르는 인형처럼 답했다.

이아나와의 대립을 멈춘 로베르슈타인은 매우 무미건조하고 텅 빈 듯한 신이었다. 로이긴을 죽여야 한다는 광기와 단단한 집착을 내적으로 갈무리한 로베르슈타인은 감정을 잘라 낸 것처럼 어떤 감정 표출도 하지 않았다. 로이긴을 죽이는 의무만이 남아 있는 것처럼.

'로이긴은 세상에서 소멸해야 해.'

로베르슈타인의 생각은 이아나에게 그대로 전달되었다.

'그의 심장은 ……가 재건한 세상을 붕괴시키고 있고, 그의 영혼은 수많은 생명을 죽여 세상의 균형을 무너뜨리고 있어.'

로베르슈타인의 지식도 전해졌다.

판데모니엄의 정중앙에 있는 정지한 점에서는 태초의 모습으로 돌아가려는 강대한 수축력을 시공간 전체에 가한다. 세상의 수축을 막는 것은 생물들의 존재 의지다. 그들의 의지는 시공간에 팽창력을 가해 세상을 넓힌다.

그런데 종말 때 굴러떨어진 로이긴의 심장이 정지한 점에 박혔고, 끊임없이 생명을 원하는 그의 심장은 세상의 생명을 빨아들이고 세상의 존재 의지를 줄이며 점의 수축력에 힘을 더해 세상의 붕괴를 가속했다.

로이긴의 영혼의 파편들은 악인의 심장에 깃들어 학살에 일조했다. 판데모니엄의 공동을 가득 메운 로이긴의 악한 기운은 균열을 통해 새어 나가 짐승을 몬스터로 변이시키고 몬스터는 무차별적인 살생을 저지르며 팽창력을 약화했다.

이로 인해 세계는 무너지고 있다.

'나는 ……가 구축한 세상과 미래를 지키고 싶다. 그러려면 로이긴과 내가 이 세상에서 퇴장해야만 해. 페임드라가 말했듯 우리의 시대는 끝났다.'

이아나는 이제 로베르슈타인이 말하는 ……가 라오스라는 걸 알고 있었다.

'……는 라오스지?'

로베르슈타인에게서 답이 돌아오지 않는다.

'당신의 아이 말이야.'

이아나가 강하게 말했다.

'라오스가 누구지? 내가 아이를 낳았다고?'

로베르슈타인이 멍하니 중얼거렸다.

'모르겠다. ……가 누군지도 모르겠어. 내게는 오로지 ……를 위해 이 세상을 지켜야겠다는 책임감만이 남아 있을 뿐이다.'

이젠 심장의 봉인을 잠깐잠깐 풀 수 있는 로베르슈타인이었지만 라오스를 기억하지 못했다.

기억이 아예 날아가 버린 걸까. 아니면 라오스가 자기에 대한 기억을 지운 걸까.

'당신 신성시대 후반부는 기억해?'

'정확히는 아니지만 어느 정도는.'

'어째서 로이긴에게 당신의 사정에 대해 설명하지 않았지? 그는 크나큰 배신감을 느꼈어.'

'내 판단을 비난해도 변명하지 않겠다.'

로베르슈타인이 자조했다.

'나는 내 평생의 사명이었던 조율을 망쳤기에 내 모든 생애를 부정당하는 듯한 자괴감에 미쳐 갔다. 로이긴이 상처받고 타락하는 것을 막을 수가 없어 무력감에 지쳐 갔다.'

'내가 제발 그만두라고, 그냥 우리 둘이서 깊은 곳에 들어가 살자고 애원해도 그는 이미 신들에게 깊은 상처를 받고 분노한 상태였기에 들어주지 않았어. 그래서 나는 그에게 말하는 것을 포기했다. 어차피 듣지 않을 테니까.'

이아나는 로이긴과의 불화를 겪을 때마다 로베르슈타인의 황폐한 마음속에 불신이 쌓여 갔음을 알았다. 역시 그냥 기억을 읽는 것보다는 지금처럼 그 사고 과정을 직접 경험해서 얻는 것이 훨씬 더 자세하고 심층적이었다.

'난 시작부터 잘못된 신성시대를 끝내고 싶었다. 새 시대를 열고 싶었다.'

'......가 재건한 세상에서 로이긴과 함께 살아갈 수도 있었겠지. 하지만 이미 타락해 버린 로이긴은 새로운 세상에서도 나 외의 모든 생물을 죽일 것 같았다. 또 ......의 존재를 알리면 그

가 어떻게 나올지 알 수 없었어. 나는 무모한 도전을 할 수 없었다.'

'나는 나와 로이긴이 함께 평화롭게 살아가는 미래를 꿈꾸기 어려웠다. 설득할 자신을 잃었고 그저 죽고만 싶었어.'

'나 혼자 죽어서 끝나는 일이었다면 그냥 자살했겠지. 하지만 혼자 남아 괴로워할 로이긴을 두고 갈 수 없었고, ……의 안전 또한 보장할 수 없었어.'

'그렇다고 함께 죽자고 했으면 삶에 집착하던 로이긴이 그러자고 했을까? 아니, 그럴 리가 없지. 그래서 설득 없이 로이긴을 죽이고 죽으려 했다. 그러면 모든 게 깔끔하게 정리되니까.'

꼬이고 꼬인 복잡한 삶이었다. 로베르슈타인의 우울하고 답답한 감정이 숨이 턱턱 막힐 정도로 실감 나게 전해져 왔다.

이아나는 망설이다가 어렵게 말을 꺼냈다.

'로이긴과 대화해 보는 게 어때?'

'그러고 싶지 않아. 그를 마주할 자격도 없고. 그저 이전 생에 끝내지 못한 일을 빨리 마무리 짓고 쉬고 싶을 뿐이다.'

로베르슈타인의 아집이 느껴졌다.

'날 생각해 주는 건 고맙지만 필요 없어.'

이아나는 생각을 끊어 로베르슈타인과의 대화를 끝냈다.

피곤하다. 로베르슈타인과 대화하면 빠르게 피로해진다. 그녀는 너무나 지쳐 있어 우울한 기분이 쉽게 전염된다. 균형과 조율이라는 사명에 잡아먹힌 그녀의 사고관은 돌처럼 경직되어 있어 벽을 두들기는 것만 같다.

'로베르슈타인이 구원받을 방법은 없는 걸까.'

그녀의 말대로 그냥 끝내는 것만이 방법인 걸까.

"아르하드."

이아나는 눈을 감고 명상하고 있던 아르하드에게 로베르슈타인과의 대화를 그대로 전달했다. 현명한 그는 답을 알고 있지 않을까.

"기다려 봐."

아르하드는 다시 한번 로이긴과의 대화를 시도했다. 이미 번번이 실패했지만 이아나가 들려준 이야기를 계기로 입이 트이지 않을까 싶었다. 로이긴의 의식을 억지로 깨우고 있는 상태니 듣긴 들었을 터였다. 그런데도 놈은 여전히 답이 없었다.

"로이긴도 그냥 끝내고 싶어 하는 모양이군. 대화를 거부해."

"어쩔 수 없죠."

이건 두 신의 문제다. 당사자들이 싫다는데 뭘 어쩌겠는가.

이아나와 아르하드는 이제 예정대로 할 일을 해야 했다.

지금은 살을 에는 바람이 북쪽에서 불어오는 겨울.

마침내 삼 년 전 아르하드와 약속했던 것을 이행할 날이 도래했다. 멀게만 느껴졌던 날은 어느새 성큼 다가와 있었다.

"곧 호기심이 풀리겠군요."

이아나는 머리 아픈 문제를 한구석에 밀어 두고 오래된 호기심을 끄집어냈다.

"로이긴의 심장을 없앤 후 세상이 어떻게 변할까요."

이아나는 이 년 전에 밀라니코네와 나눴던 대화를 떠올렸다.

"자유를 찾겠지. 오지에서도 벗어날 수 있을 거고, 다른 종들이

그러하듯 번식을 꿈꿀 수도 있을 거다. 자유롭게 하늘을 날아다닐 수도 있겠군."

오지에 박혀 살던 드래곤들은 자유를 되찾을 테고…….

"머지않은 날에 세계가 뒤집힐 거다."
"너희가 아는 세상이 뒤흔들리고 모든 법칙이 뒤바뀌는 시대가 온다."
"그때를 대비해 확실하게 어떤 길을 걸을지 정해 두는 게 좋을 거야. 그러지 않으면 혼란 속에서 길을 잃게 될 테니."

어떻게 변할지는 몰라도 세상도 대격변을 맞이할 거고.
이 모든 게 바하무트와의 전쟁 중에 일어난다는 점이 마음에 걸렸으나 어쩔 수 없다.
'테일런, 그놈은 분명 악마의 심장을 원해.'
테일런은 지금 잠잠한 것처럼 보여도 뒤에서는 수작질을 부리고 있는 것이 분명했다. 아카식 레코드에서 염탐한 그는 이아나에게 입었던 상처를 거의 다 회복한 상태였다. 그런데도 더는 이그나이츠를 건들지 않고 바하무트 성채 내에 도사린 채 야수처럼 눈을 빛내고 있었다.
놈이 먼저 심장을 발견하여 공유 마법을 펼치기 전에 악마의 심장을 없애야 한다. 그럼 놈이 완전한 악마의 힘을 얻는 길은 요원해진다.
'악마의 심장을 없애기 전까지는 무슨 일이 일어날지 몰라.

경계하자.'

이아나는 숨을 고르다가 망설임을 털어 내고 단숨에 일어났다. 아르하드에게 손을 내밀었다.

"이제 가요."

아르하드는 이아나의 손을 힘주어 잡았다. 다리를 크게 뻗으며 몸을 일으켰다. 자유로 향하는 한 발자국이었다.

판데모니엄의 균열을 찾는 건 매우 어렵다. 용아병들이 균열이 생길 때마다 귀신처럼 찾아가 순식간에 메우기 때문이다. 설령 균열을 발견하더라도 틈이 매우 작으면 몸을 비집어 넣을 수 없으니 균열을 통해 판데모니엄으로 가는 방법은 기각이었다.

정석적인 방법은 사대 오지의 드래곤에게 도움을 받아 롯소 산맥의 정반대편으로 가거나, 곧장 칸데메이온에게 가는 것이다. 이아나와 아르하드는 당연히 칸데메이온에게 갔다.

[왔나.]

칸데메이온은 이아나를 뚫어져라 바라보았다.

[설득하는 데 성공했나 보군. 축하한다.]

그러더니 그르르 목을 울리며 웃는다. 신비로운 힘을 가진 드래곤답게 영혼의 상태도 볼 수 있는 모양이었다.

[이곳은 세상의 정중앙에 위치한 페임드라의 바로 뒤쪽. 페임드라의 전성기 시절 영향권이다. 원래 페임드라의 뿌리가 이곳까지 뻗어 있었지만 본체가 약해지면서 뿌리 또한 범위를 좁혔고, 지반은 자연스럽게 약해졌다.]

칸데메이온이 거대한 몸을 일으켰다.

후우—.

칸데메이온이 검은 연기를 뿜어내자, 연기가 닿은 땅이 지진이 난 것처럼 거세게 진동하기 시작했다.

쿠구구구구구구구.

쩌적!

땅에 거대한 금이 생겼다.

[알고 있겠지만 판데모니엄에서는 마법도, 신술도, 권능도 그 구조가 왜곡되므로 사용할 수 없다. 오로지 강기와 물리적인 힘만 통함을 명심하도록.]

이아나와 아르하드는 끝이 보이지 않는 틈 앞에 서서 내려다보았다. 판데모니엄으로 직행하는 통로였다.

[행운을 빌지.]

그들은 망설이지 않고 입구로 뛰어내렸다.

쿠구구구…….

길은 누가 뾰족한 말뚝을 세게 박았다가 빼낸 것처럼 내려가면 내려갈수록 점점 좁아졌다.

아득한 심연이 두 사람을 붙잡고 잡아당겼다. 고막이 먹먹해지며 이명이 터지고 공기는 부족해져 호흡이 가빠졌다. 추락하는 속도는 점점 더 가속되어 머릿속이 멍해졌다.

이아나와 아르하드는 몸에 걸리는 과부하를 신력과 마나로 상쇄하며 통로의 끝에 도달할 때까지 인내했다.

점이 보이기 시작했다. 점은 점점 커져 공동이 되어 갔다.

이아나와 아르하드는 눈을 한번 마주쳤다. 몸에 강력한 신력을 한껏 두르고 빨아 당기는 힘에 저항한다는 의지를 가졌다. 그러자 서서히 속도가 늦추어졌다.

마침내 도착했다.

대혼돈, 판데모니엄에.

이아나는 허공에 멈춰 선 채 판데모니엄을 둘러보았다.

이곳에서는 시간도, 공간도 왜곡된다고 했다. 칸데메이온의 영역이나 아카식 레코드처럼 말이다.

쿵……. 쿵…….

공동의 정중앙에는 악마의 심장이 고정되어 있다.

[판데모니엄은 신들의 발원지. 하지만 더 정확히 말하자면 세계의 발원지다. 세계는 판데모니엄의 정중앙, '정지한 점'에서 시작하여 존재의 '의지'로 팽창하기 시작했다.]

처음으로 판데모니엄에 방문했을 때 테라노우딘이 해 준 말이다. 진리를 몸소 체험한 이아나는 이제 정지한 점이라는 저 점이 뭔지 알 것 같았다.

'아카식 레코드'의 축 끄트머리였다.

아카식 레코드는 모래시계의 형태로 이루어져 있다. 모래시계의 제일 윗면은 현재 이아나가 있는 순행 차원, 제일 아랫면은 역행 차원이다. 그리고 모래시계의 정중앙에 위치한 '원점'이자 '무한한 공간'은 영혼의 세계다.

저 점은 순행 차원의 중심점과, 영혼의 세계의 원점과, 역행 차원의 중심점을 잇는 축의 끝점이었다.

순행 차원의 시공간은 저 점에서부터 존재 의지로 팽창하여 왔다. 하지만 악마의 심장은 수축력에 힘을 더해 세계 붕괴에 일조하고 있다.

여기까지 오는 데 아주 많은 시간이 걸렸다. 드디어 저 심장을 없앨 때가 왔다.

이아나는 옆에 함께 떠다니고 있는 아르하드를 바라보았다. 그의 어둑한 금안에는 짙은 상념이 물웅덩이처럼 고여 있었다.

이아나가 아르하드의 손을 붙잡았다.

그가 생각을 멈추고 그녀를 직시했다.

"뽑겠습니다."

이아나가 단호히 말하자, 아르하드가 고개를 끄덕였다.

이아나는 발끝에 신력을 모은 채로 허공을 차서 심장이 있는 중앙부로 다가갔다.

우우웅…….

검이 자신을 뽑으라는 듯 진동했다.

이아나는 신력으로 손을 보호했다. 악마의 심장은 이아나의 깨끗한 신력이 곁에서 어른거리자 빨아 마시듯 흡입하려 했지만 결국 이아나의 손에서 빼앗아 올 수는 없었다.

이아나가 여기저기 이가 나가고 부서져서 형편없는 검의 자루를 붙잡았다. 로베르슈타인의 의식이 서서히 불려 나와 이아나 위로 겹쳐졌다.

이아나와 로베르슈타인이 손에 힘을 주었다.

쓰스스스스…….

영원토록 심장을 꿰뚫고 있을 것만 같던 검이 천천히 끌려 나왔다. 검에 걸려 있던 봉인 또한 서서히 풀려 갔다.

쓰걱!

검이 완전히 빠져나온 순간, 악마의 심장은 로베르슈타인의 봉인의 영향권에서 벗어났다. 악마의 심장에 드리워져 있던 시간의 저주가 사라진 것이다.

콰아아아아!

심장은 이 순간만을 기다렸다는 듯 성난 기세로 주변을 빨아들이기 시작했다. 공동의 사방에서 부스러기들이 떨어져 나와 중심으로 모여들었다. 공간 자체가 으스러지는 것 같았다.

"……."

아르하드가 창백한 낯으로 가슴을 부여잡았다.

이아나는 일그러진 표정으로 심장을 노려보았다.

이 순간, 이아나와 아르하드의 눈앞에 로베르슈타인과 로이긴의 마지막 생애가 환상처럼 펼쳐졌다.

로이긴은 우리 둘밖에 남지 않았다며 행복해했다. 모든 심화를 잊고 순수한 소년처럼 즐겁게 웃었다. 로이긴이 로베르슈타인을 끌어안았다.

로베르슈타인은 로이긴을 한번 꽉 안아 준 후 떼어 내었고, 동시에 그의 심장을 찔렀었다.

철컹.

이아나는 이가 다 빠진 허름한 검을 놓고 라이즈를 들어 심장을 향해 겨누었다. 자신과 아르하드의 자유를 얻기 위해서다. 로베르슈타인도 이아나의 의식에 동참했다. 이번에야말로 끝을 내기 위해서다.

검을 위로 치켜들던 그때였다.
“로.”
그가 그녀를 불렀다.
그녀가 덜컥 멈추었다.
분명 아르하드의 목소리인데도 어조와 발성이 달랐다.
“로이긴이 마지막으로 할 말이 있다는군.”
다시 아르하드로 돌아온 그가 말했다.
“잠깐 비켜 주기로 했다. 괜찮을까?”
이아나의 안에서 로베르슈타인이 동요했다. 딱딱한 돌인 양 고집스럽기만 하던 그녀가 어찌할 바를 몰라 하고 있었다.
로베르슈타인은 결국 승낙했다.
이아나는 그녀이면서도 그녀가 아닌 로베르슈타인이 되었다. 아르하드 또한 그면서도 그가 아닌 로이긴이 되었다.
“…….”
“…….”
억겁의 시간을 뛰어넘어 대면한 신과 악마가 서로를 물끄러미 쳐다보았다.
“로, 네 소원대로 이 세상에서 사라져 줄게.”
말문을 튼 건 로이긴이었다. 바싹 마른 사막의 모래알들처럼 꺼끌하고 메마른 목소리였다.
“하지만 그 전에 할 말이 있어.”
로베르슈타인은 그의 질타와 미움을 기다렸다.
“미안해.”
하지만 튀어나온 말은 진심이 담긴 사과였다.

로베르슈타인은 극도로 동요했다.

"네가 왜 미안하지?"

"미안해."

"사과하지 마. 차라리 나를 비난해. 미워하고 증오해!"

"아니. 난 너를 더는 비난하지 않을 거야. 네 이야기를 듣고 너를 이해했고, 내 잘못을 깨달았으니까."

로베르슈타인의 눈망울이 폭풍우 속 길 잃은 난파선처럼 정처 없이 흔들렸다.

"로이긴, 너는 잘못하지 않았어."

그녀가 파들파들 떨리는 입술을 겨우 열었다.

"다 내 잘못이야."

신들이 스스로에 대한 책임을 저버리고 판데모니엄에 모든 악을 버리는 일을 방관하지 말아야 했어. 세상이 내가 원하는 대로 돌아갈 것이라고 믿었던 오만한 나는, 싫다는 너를 세상으로 억지로 데려가지 말았어야 했어.

너를 지켜 주겠다고 약속해 놓고 너를 세상의 비난으로부터 끝내 지키지 못했어. 사명과 사랑 사이에서 갈팡질팡하기만 하다가 모든 것을 망쳤어.

결국엔 무책임하게 포기해 버렸어.

"난 처음부터 끝까지 네 삶을 망치기만 했어. 네가 내게 사과할 건 하나도 없어."

"설령 시작부터 잘못되었더라도."

로이긴이 로베르슈타인의 말을 강하게 끊었다.

"네가 내게 무수히 많은 잘못을 저질렀다 하더라도."

로이긴이 씁쓸하게 미소 지었다.

“너는 내 삶을 망치지 않았어. 내 삶을 망친 건 나야. 내가 나약했기 때문이라고.”

로베르슈타인은 멍하니 로이긴을 바라보았다. 로이긴이 이렇게 자기 탓을 하는 건 난생처음이었다.

“며칠 동안 내 삶을 돌아보며 많은 생각을 했어. 그런데 내 꼴이 많이 우습더라. 생각해 보면, 나는 언제나 주변을 원망하고 탓하기만 했었지.”

내가 이렇게 된 건 세상이 나에게만 너무나 불공평했기 때문이다! 나에게 부정적인 기억과 감정들을 버린 너희 탓이다! 나를 받아들이지 않고 배척하고 증오하기만 한 너희 잘못이다!

“하지만 내 후대의 아르하드는 조금 다르더군. 이아나와 서로 사랑한다는 이유만으로, 수천 년간 축적된 내 모든 증오를 이겨내고 탐욕을 짓누르더군. 자신의 삶을 찾아가더군. 나도 사랑으로 내 것도 아니었던 증오들을 지우고 그리 살았다면 어땠을까.”

아르하드가 지켜봐 온 이아나의 삶도 인상적이더군. 주변의 모든 것이 저를 경멸했고 이에 깊은 상처를 받았음에도, 이아나는 강한 자신감과 굳건한 사랑으로 결국 만인의 위에 우뚝 섰고, 소중한 사람들을 얻었어. 나도 그랬다면 어땠을까.

“세상이 내게 얼마나 불공평했든, 신들이 뭐라 지껄였든, 내가 너와의 행복만을 바라보고 내 갈 길을 갔다면 어땠을까…….”

로이긴이 천천히 로베르슈타인에게 다가갔다. 그녀가 눈에 띄게 움찔하자, 그는 끝까지 다가가지 못하고 멈춰 섰다.

“로, 너는 언제나 나를 위해 노력했었어.”

자조하던 로이긴이 고개를 푹 숙였다.

"네게 주어진 사명이 있음에도 나를 사랑하며 내게 넘치는 생명을 주었지. 세상은 내게 아무것도 주지 않았지만 세상에서 가장 눈부셨던 넌 내게 와 주었어."

로이긴은 지난 삶을 회고하며 내린 결론을 로베르슈타인에게 고백했다.

"이제 와서 생각해. 너 하나만으로도, 내 삶이 그리 불공평하지만은 않았구나, 하고. 내게도 기회가 있었구나, 하고."

로베르슈타인의 몸이 파들파들 떨리기 시작했다.

"나는 증오와 열등감에 눈이 멀어 너의 값진 노력을 쓸모없는 것으로 만들었어. 네 진심 어린 말들과 절박한 애원을 듣지 않았어. 네가 나를 신뢰할 수 없게 만들었어. 난 네가 있던 천국에 오르는 대신, 나와 같은 나락으로 너를 떨어뜨렸어. 내 삶도 모자라서 네 삶까지 망쳤어."

로이긴이 아릿하게 웃었다.

"미안해. 이 말을 하고 싶었어."

로베르슈타인의 눈에 뜨거운 눈물이 차올랐다. 눈이 타들어 갈 것 같았다. 너무나도 아팠다.

"난 이아나와 아르하드의 삶이 있었기에 이런 답을 얻을 수 있었어. 그건 결국 라오스가 이들이 살아갈 수 있는 새로운 세상을 구축한 덕분이야. 네가 나를 죽인 덕분이야. 그러니까 로, 정말 잘했어."

"아……."

"하지만 라오스에 대해서는 나에게 말해 줬으면 좋았을 텐데.

네가 말하고 싶지 않은 듯하니 묻지 않을게. 아니, 물을 자격조차 없구나."

로이긴이 씁쓸한 심정으로 입매를 끌어내렸다.

"우리에게 남은 시간이 있다면 잘해 보고 싶은데, 정말 잘할 수 있을 것 같은데…… 우리의 시대는 이미 끝났지. 난 그게 좀 서러워. 이제 우리에게는 기회가 없다는 것이, 우리의 삶은 결국 실패로 끝나고 말았다는 게."

"아, 아……."

덜덜 떨리는 로베르슈타인의 손에서 힘이 풀렸다. 라이즈가 떨어져 나오려는 그때, 로이긴이 뒤에서 그녀의 손을 감싸 쥐며 라이즈를 다시 바로잡아 주었다.

"이제 끝을 내자. 그런데 그 전에, 정말 마지막으로 말하고 싶은 게 있어."

로이긴이 뒤에서 로베르슈타인의 몸을 강하게 끌어안았다.

"설령 시작부터 잘못되었더라도."

로베르슈타인이 로이긴의 얼굴을 보았다.

"네가 내게 무수히 많은 잘못을 저질렀다 하더라도."

그가 하얗게 웃었다.

그녀가 사랑했던 소년의 순수한 미소였다.

"나는 널 사랑해. 지금도."

로이긴이 로베르슈타인의 손을 잡고, 제 심장을 향해 검을 겨누었다.

"안녕, 로."

푸우우우욱!

그가 망설임 없이 찔러 넣은 라이즈가 심장을 세차게 꿰뚫었다. 검에 담긴 힘은 심장을 마구 헤집어 놓았다.

쿠웅, 쿵, 쿵, 쿵!

충격을 받은 심장은 발작하듯 날뛰었으나, 점점 힘을 잃어 가며 엇박자로 뛰었다.

쿵……. 쿵…….

로이긴의 심장이 돌처럼 딱딱하게 굳어 갔다.

쿵…….

…….

마침내 멎었다.

쩌저저적.

그리고 라이즈가 말뚝처럼 꽂힌 부분부터 금 가기 시작했다.

사르르르륵.

멎어 버린 심장은 빛을 머금은 먼지처럼 분해되었다. 소용돌이치듯 중앙으로 빨려 들어가더니 허무할 정도로 빠르게 자취를 감추었다.

"아, 아아. 아! 로이긴! 로이긴!"

로베르슈타인이 눈물을 터뜨리며 비명을 질렀다. 손으로 얼굴을 감싸고 그의 이름을 부르며 오열했다. 터진 상처에서 뿜어지는 피처럼 눈물이 손가락 사이사이로 새어 나왔다.

로베르슈타인의 의식이 점멸하듯 팍 꺼졌다. 동시에 이아나의 의식이 빠르게 돌아왔다.

"하아, 하아!"

이아나는 로베르슈타인이 남기고 간 감정의 격동에 쉽사리 정신을 차리지 못했다.

눈앞이 잘 보이지 않았다. 아득해졌다가 벌게졌다가 까매지기를 반복하며 눈물이 끊임없이 흘러내렸다. 숨이 잘 쉬어지지 않았다. 지금 당장 제 목을 졸라 목숨을 끊고 싶었다.

주륵…….

이아나는 제 목덜미를 축축하게 적시며 흘러내리는 핏줄기에 뺨을 맞은 기분으로 깨어났다.

"큽!"

아르하드가 피를 왈칵 토했다. 피는 줄줄 흘러내려 그의 옷과 이아나의 옷을 적셨다. 그가 이아나를 뿌리치며 피를 연거푸 토했다. 그의 안색이 급격하게 하얘지고 있었다.

"아르하드!"

이아나가 경악해서 아르하드의 옷깃을 붙잡았다.

"걱정, 마. 충, 격을 받았을, 뿐, 곧, 회복이……."

하지만 판데모니엄은 아르하드가 회복할 시간을 주지 않았다.

쿠구구구구구궁.

공동을 휩싸고 있던 땅이 꿀렁거리며 이지러졌다.

세상의 균형에 거대한 영향을 미치고 있던 악마의 심장이 사라지자, 세상은 변화하기 시작했다.

급격히 늘어난 팽창력은 세상의 한계를 부수었다. 세상을 늘이고, 좁히고, 축소하고, 확장하고, 높이고, 낮추었다.

마나의 탐욕적인 성질이 미묘하게 변했다. 있는 듯 없는 듯 조용히 흐르고 있던 자연의 신력은 증폭되어 세상으로 먼지구름처럼 퍼져 나갔다.

모든 게 뒤섞이고 뒤집히는 대격변의 과정 속에서, 세상은 대혼란을 겪기 시작했다. 그리고 세상의 중심인 판데모니엄은 혼란의 극치이자 세상에서 가장 위험한 곳이 되었다.

수축력은 여전히 세상을 압축하려 하고 급격히 늘어난 팽창력은 세상을 확장하려 하며 힘겨루기를 시작했다. 거대한 두 힘이 균형을 찾아 안정화되기 전까지는 극심한 왜곡이 발생할 수밖에 없었다.

공동을 구성하고 있던 땅은 부서졌다가 불타올랐다가 뭉쳤다가 액체가 되었다가 공기가 되었다가 얼어붙기를 반복했다. 사위에서 불과 물과 흙과 바람의 덩어리들이 생겨나 혜성처럼 엄청난 속도로 떠돌아다녔다. 이 거대한 자연의 파편들은 생성되었다가 튀어 나갔다가 뭉쳤다가 소멸되며 혼란을 가중했다.

자연을 한 번에 압축하여 이곳에 밀어 넣은 것만 같았다.

환각에 빠지면 세상이 이렇게 보이지 않을까.

환경이 미친 속도로 변화해 대자, 강철 같은 정신력을 지닌 이아나조차도 토할 것처럼 어지러웠다.

휘잉! 휘이이잉!

이아나는 무력화된 아르하드를 보호함과 동시에 포탄처럼 위협적인 파편들을 피하느라 여념이 없었다. 안 그래도 로베르슈타인이 남기고 간 감정의 잔류물들 때문에 정신이 없는데 죽을 맛이었다. 아르하드는 거의 반 시체였다.

'위험해.'

상황이 곧장 이렇게 될 줄이야. 꾸물거리고 있다간 생매장당할 수도 있었다. 시간을 두고 아르하드를 회복시키고 싶었지만 그럴 시간이 없었다.

이아나는 아르하드의 팔을 제 어깨 위에 걸치고, 그의 허리를 바짝 안았다. 의식이 오락가락하는 아르하드는 축 늘어진 채 몸을 의탁했다. 이아나는 아직 열려 있는 길을 따라 지상으로 기어오르기 시작했다.

길은 험난했다. 땅이 울렁거리고 물이 쏟아지고 불이 치솟고 바람이 휘몰아쳤다. 공간은 이지러져 끝이 보이지 않는 뱀의 몸통으로 변했다. 시간은 고무줄처럼 늘어났다 줄었다 했기에 얼마나 지났는지 짐작조차 할 수 없었다.

하지만 이아나는 꿋꿋하게 올랐다. 단련된 정신과 육체가 그것을 가능케 했다.

“미안, 해. 이아나.”

“저는 괜찮으니까 조금이라도 회복해요.”

아르하드는 정신이 들 때마다 사과했고, 이아나는 스스로를 격려하며 그를 다독였다. 이따금씩 정신이 아득해졌지만 이아나는 혀를 깨물며 정신을 차렸다. 아르하드가 제게 의지하고 있기에 정신을 더 단단히 붙들어 매야 했다.

“하아, 후욱.”

몇 시간일까, 며칠일까. 이아나는 알 수 없었다.

그저 억겁보다 긴 시간이었다.

악을 쓰며 기어오르느라 손톱 밑이 다 찢어졌다. 옷은 넝마가 되었고 몸은 만신창이가 되었다.

그러나 성과는 있었다. 하늘은 여전히 어두웠지만, 통로의 끝으로 하늘과 균열의 경계선이 보이기 시작했다.

이아나는 희망을 갖고 조금 더 힘을 냈다.

그리하여 마침내 지상에 이르렀다.

턱!

이아나가 지상에 손을 짚었다.

"흡!"

아르하드를 먼저 올린 후, 부들부들 떨리는 팔에 힘을 주어 지상으로 힘껏 올라섰다.

이아나는 땅 위에 엎어졌다.

눈앞이 노랬다. 토할 것 같았다.

너무 힘들어서 그냥 기절해 버리고 싶었지만 온 피부를 자극하는 섬뜩한 기분에 고개를 들고 세상을 보았다.

칸데메이온의 영역이기 때문일까? 검은 안개뿐이었다.

분명 세상은 격변을 겪고 있을 테고, 굉음과 진동이 난무해야 하는데도 이곳은 검은 안개에 휩싸인 채 고요하기만 했다. 방금 전 통로를 기어오를 때만 해도 지옥이었는데 여기는 시간이 멈춘 것처럼 고요했다.

칸데메이온은 어디론가 가 버린 걸까? 이아나와 아르하드가 올라왔는데도 별다른 말이 없었다. 이아나는 영문을 알 수 없는 불안감과 꺼림칙함을 느꼈다.

'여기서 쉬면 안 돼.'

본능이 경종을 울렸다. 쉬더라도 왕성에 가서 쉬어야 했다.

이아나가 파들거리는 몸을 일으켜 아르하드를 부축하려던 순간이었다.

검은 연기가 몰려들며 이아나를 세게 짓눌렀다.

아르하드가 이아나를 밀쳐 냈다.

푸우우우우욱!

소름 끼치는 파열음이 넘어진 이아나의 고막을 찢고 뇌에 쑤셔 박혔다.

뭐지? 뭐지? 뭐지?

이 말만이 이아나의 머릿속을 맴돌았다. 돌아보기가 미치도록 두려웠다. 하지만 봐야만 했다.

이아나는 뒤를 돌아보았고, 그녀의 시간은 그대로 멈추었다.

이제 익숙하다 못해 끔찍하게 느껴지는 오만한 남자가 아르하드의 뒤에 서 있었다.

테일런 헬칸 바하무트.

"이 순간만을 기다려 왔다."

테일런은 불길한 검은 기운에 동화되다시피 하여, 눈에는 보이나 존재감이 일절 느껴지지 않았다. 오로지 청각에만 존재감을 과시하는 사악한 음성에는 넘치는 전율이 담겨 있었다.

꿈을 꾸고 있는 걸까?

이아나의 시선은 한곳에 화살처럼 박힌 채 떨어져 나갈 줄을 몰랐다.

검을 찔러 넣고 있는 테일런.

검이 꿰뚫고 있는, 아르하드의…… 왼쪽 가슴.

콰아아아아아아!

테일런은 아르하드의 심장을 뚫은 즉시 심장 공유 마법을 펼쳤다. 아르하드의 심장과 테일런의 심장은 끊어지지 않는 끈끈한 끈들로 연결되어 갔다.

"큽!"

아르하드가 피를 토하며 넘어졌다. 테일런은 저항하는 아르하드의 몸을 밟으며 그를 제압했다. 세상에서 가장 훌륭한 짐승을 잡은 사냥꾼처럼 배부른 표정을 지으며 공유 마법이 끝나기만을 기다렸다.

이게 대체 무슨 일이지?

이아나는 사태 파악이 되지 않아 주저앉은 채로 멍하니 있다가, 벼락을 맞은 것처럼 몸을 튕겨 일어났다.

"안 돼!"

이아나가 라이즈를 잡아 들고 달려들려는 순간, 검은 연기가 일시에 몰려들어 거인의 손인 양 이아나를 붙잡아 밀쳤다. 고갈된 정신력, 바닥난 체력, 숨 막히는 충격에 이아나는 제대로 대처하지 못했다.

와자작! 퍼걱!

위에서 날아온 거검이 이아나의 오른쪽 견갑을 관통하며 그녀의 몸을 바닥에 박아 넣었다.

땅이 충격을 이기지 못하고 쩌적 갈라졌다. 거미줄처럼 뻗어져 나가는 실금의 중심에는 피가 흥건히 쏟아지는 이아나의 어깨가 있었다.

이아나는 인두에 지져지는 것 같은 끔찍한 고통에 비명조차 지르지 못하고 부르르 떨며 이를 악물었다.

그리고 그 위에서 새카만 신력을 한껏 두른 수백 자루의 비수들이 나타나 이아나를 겨누었다.

"얌전히 있어. 끝나면 상대해 줄 테니까."

"응, 맞아. 안 돼. 라이즈 경. 방해하지 말고 나랑 있자."

뱀이 기는 듯한 미끈한 목소리가 테일런의 말을 뒤이어 귓가에 훅 하고 번졌다.

"얌전히 있어. 더 망가뜨리고 싶지 않으니까."

독니에서 독을 뚝 떨어뜨리는 독사들처럼 이사벨라와 샤일린스가 이아나의 옆에 섰다.

"말했지."

테일런은 웃으면서 아르하드의 머리카락을 잡아 올렸다.

"네가 모든 것을 가졌을 때, 네 모든 걸 빼앗겠다고."

기이한 웃음에서는 잔학한 희열이 묻어났다.

테일런은 이 날만을 손꼽아 기다렸다.

아르하드가 악마의 심장을 없애고, 오롯해질 날만을 말이다.

제 심장과 아르하드의 심장이 줄기줄기 엮여 긴밀해지는 것이 낱낱이 느껴졌다. 제 피에 흐르는 악마의 파편—정확히는 아르하드의 영혼 조각이 깨어나는 것도 소름 끼치도록 잘 느껴졌다.

테일런에게는 아르하드나 악마나 똑같았다.

같은 영혼이기 때문이다.

아니, 회귀 전 악마를 완성했던 아르하드가 악마의 상위 개체나 다름없었다. 그래서 테일런은 '악마의 심장'이 아닌, '아르하드의 심장'을 택했다.

심장 공유 마법을 펼치면 두 개의 심장이 긴밀하게 상호작용하며 상대편 심장처럼 기능할 수 있다.

테일런이 아르하드의 심장을 공유하면 제 안의 파편에 쌓인 악마의 힘과 지식은 물론이요, 아르하드의 예전 기억까지 모조리 얻을 수 있었다. 심지어는 아르하드처럼 사고할 수도 있었다.

찌직.

테일런은 아르하드의 심장에 박아 넣은 검을 한껏 비틀었다.

아르하드의 심장에 공유 마법을 펼친다.

제 안의 파편에 쌓인 모든 지식과 기억을 빼앗는다.

공유가 끝나자마자 놈의 심장을 그대로 터뜨린다.

심장이 파괴되자마자 튀어나올 아르하드의 영혼—마지막 악마의 파편을 빼앗아 거기에 쌓인 지식들을 빼앗는다. 놈의 마나 제어권과, 심장에 쌓여 있을 신력을 모조리 빼앗는다.

열심히 일궈 낸 국가를 빼앗고, 사랑하는 여자를 빼앗는다!

심장, 영혼, 기억, 지식, 감정, 마나, 신력, 국가, 사랑!

아르하드의 모든 것을 빼앗은 것이나 다름없다.

완벽한 복수가 아닌가?

이토록 완벽한 희열이라니.

훌륭하다! 인내한 보람이 있지 않은가!

"하하."

테일런의 입매에서 피가 주르륵 흘러내렸다.

이때까지 머릿속에서 수천, 수만 번을 그려 온 상황이 눈앞에서 펼쳐지자, 아르하드의 심장과 긴밀히 공유되기 시작한 심장이 통증으로 아우성침에도 미치도록 즐거워졌다.

"어, 떻게."

아르하드가 피가 끓어오르는 목소리로 물었다.

"네가 이곳에 있지?"

상황이 이해가 가질 않아서 비현실적이기만 했다. 이 상황을 납득하지 못하니 분노가 샘솟지도 못했다. 해결되지 않는 의문들이 머릿속을 메우며 현실 감각을 왜곡했다.

테일런이 모든 것을 빼앗는 수단으로 제 심장을 선택한 것도, 시기에 맞춰 이곳에 온 것도 이해할 수 없었다. 이아나와 이런 가정을 세운 적은 있었지만 그럴 수는 없다 여겼다. 이건 정상적인 방법으로는 절대 얻을 수 없는 정보였다.

"칸데메이온이 모든 것을 알려 줬지."

테일런이 심드렁하게 대답했다.

"신이 너희의 편이라면, 신의 그림자는 내 편이었거든. 몇 년 전부터 말이다."

테일런은 감상에 젖은 채로 칸데메이온을 처음으로 맞닥뜨린 그날을 떠올렸다.

멍청한 부황이 악마의 파편을 도둑맞은 후부터, 테일런은 세상의 다른 파편들과 판데모니엄의 균열을 찾아 롯소 산맥을 휘젓고 다녔다.

도둑맞은 파편은 훗날 소유자가 등장하면 죽이고 회수하면 된다. 그 전까지는 흩어진 파편을 모으고 악마의 심장을 얻는 것을 목표로 했다. 세계에 군림할 시기를 앞당기기 위해서였다.

"드디어……."

그러던 어느 날, 테일런은 거대한 판데모니엄의 균열을 발견했다. 이토록 큰 균열이 아직까지 복구되지 않고 남아 있다는 것이 믿기지 않았지만 현실이었다. 테일런은 전율하며 균열 안을 들여다보았다.

쏟아지는 악마의 지식과 기억들.

짜릿한 파괴의 추억들.

그러나.

"……하……?"

이해할 수 없는 장면들도 폭포수처럼 쏟아져 내려 테일런의 뇌리에 호수처럼 고였다.

장면들의 배경은 아득한 먼 옛날이 아니었다. 테일런과 비슷한 시대를 살아가고 있는 누군가의 기억들이었다.

주요 적의 정보라면 바로 줄줄 읊을 수 있을 정도로 외고 있던 테일런은 배경의 위치들을 특정할 수 있었다.

회색 마탑, 발젠타 학술원, 로안느 왕국.

우드럽 왕국, 동부 샤우부 대삼림.

바하무트.

꽈드드드득.

테일런의 손아귀가 우그러들었다.

이해할 수 없는 장면이 보였다. 왜 저 기억 속의 자신은 저토록 비참하고 우스운 꼴인 걸까?

기억의 주인은 황족을 도륙하고 결국 황좌에 올랐다.

아르하드 로 라르소 바하무트. 모두가 그를 그렇게 불렀다.

흥분을 가라앉히고 뚝뚝 끊어진 장면들을 계속 분석한 결과, 테일런은 아르하드의 정체를 알 수 있었다. 그는 바하무트에게서 파편을 훔쳐 간 도둑이자, 파편의 진정한 주인인 악마였다.

악마와 아르하드의 지식을 얻은 테일런은 어떻게 그럴 수 있는가에 대한 메커니즘도 어느 정도 이해할 수 있었다. 이 기억이 미래인지, 과거인지에 대한 답도 얻을 수 있었다.

과거였다.

아르하드는 뭔가를 위해서 기적처럼 시간을 지웠다.

이해할 수 없었다.

모든 것을 가졌던 주제에 다 버리고 시간을 지우다니?

또한 어이가 없었다.

아무리 상대가 악마라 할지라도, 자신이 지다니?

테일런은 어찌할까 고민했다. 당장에라도 학술원에 쳐들어가서 놈을 죽이고 영혼을 송두리째 빼앗아야 할까?

그건 좀 시간을 들여 고민해 볼 문제였다.

놈이 현재 어떤 상태인지, 시간을 거슬러 온 것인지, 과거를 똑같이 반복하고 있을 것인지에 대한 정보가 전혀 없었다. 기억나지 않는 제 과거에 대한 보복을 어떻게 해야 할지도 쉽사리 결정할 문제가 아니었다.

그래서 지금 당장 해야 할 일을 해야겠다 싶었다. 악마의 심장을 얻는 일 말이다.

[네가 악마의 심장을 온전히 얻는 건 불가하다.]

하지만 갑자기 뒤에서 나타난 칸데메이온에게 방해당했다.

[강력한 의지에 의해 봉인되어 있거든. 너는 현재 공유 마법을 펼칠 수도 없으니 심장을 찾아가 봤자 소용없다.]

언젠가는 죽이고 싶은 드래곤이 나타나 제게 순순히 정보를 속살거리는 것도 어이없었다. 어이없는 일이 연속으로 발생하자 테일런은 그 어이없음을 순순히 받아들였다.

그럼 당장 아르하드를 찾으러 가야겠다. 찾아서 놈이 얼마나 강한지 관찰해야겠다. 저보다 약하다면 죽이고 영혼을 빼앗아야겠다.

과거에 대한 복수는 어찌 할까.

테일런은 별 감흥이 없었다. 남의 기억으로 봤기 때문인지 '죽었군, 그렇지만 지금은 살아 있지 않은가.' 정도의 어이없는 기분이었다. 비현실적이라고 해야 할까.

그때, 칸데메이온이 흥미로운 제안을 했다.

[지금 말고 내가 괜찮다는 시기에 살해를 시도해 줬으면 좋겠군. 대신 대가를 지불하지. 과거의 너를 네게 돌려주겠다.]

테일런은 어렵지 않게 승낙했다. 과거의 자신이라니, 흥미진진했다. 아르하드를 상대하는 데도 큰 도움이 될 터였다.

칸데메이온은 그를 '진리'로 데리고 가 주었다. 테일런은 거기서 과거의 모든 것을 얻었고, 나락으로 떨어졌다.

다시 세상으로 돌아온 테일런은 미쳐 날뛰지 않았다. 지독한 광기와 잔혹한 살의는 서늘한 이성 위에 드리워졌다.

죽인다.

세상에서 가장 고통스럽게 죽일 테다.

네가 모든 것을 가진 순간, 네가 가졌던 모든 것을 빼앗고 가장 절망적인 방법으로 너를 죽일 것이다.

어떻게 해야 놈이 절망할까?

어떻게 해야 놈이 비탄에 빠질까?

[지금은 얌전히 악마의 파편을 모으며 힘을 키우는 게 좋겠군.]

칸데메이온이 목 끓는 소리를 내며 웃었다

[네가 승낙만 한다면 나는 너를 돕고 싶다. 나는 네게 지식과 힘을 줄 것이다. 그를 죽일 수 있는 가장 좋은 시기 또한 추천해 주겠다. 승낙하겠나?]

"필요 없다."

아르하드는 제 힘으로 죽일 것이다. 바하무트의 오랜 숙원이었던 용살도 성취할 터였다. 숙원의 대상인 드래곤의 도움을 받는다는 건 어불성설이었다. 그런데 칸데메이온은 은근하게 한 번 더 속삭였다.

[잘 생각해 보도록. 세상은 너에게 불공평하고, 나는 균형을 위해 네게 이런 제안을 하는 거니까. 내 도움을 받지 않는다면 너는 필패다.]

"……필패?"

[너의 적들은 신들의 기억, 지식, 힘, 그리고 본연의 초월적인 재능을 소유했다. 나를 제외한 드래곤들도 그들에게 우호적일 것이다. 이 세상의 창조주라 불리는 라오스 또한 그들의 편이다. 라오스에 의해 꾸려진 이 세상 모든 생명이 그들을 도울 것이다. 불공평하지 않은가.]

"……."

[너의 아군은 오로지 너의 혈족과, 네가 종속시킨 것들뿐이다. 분전하더라도 너는 결국 지고 말 테지. 과거의 너처럼.]

테일런은 흥분하지 않았다. 얼음장 같은 시선으로 수상쩍은 제안을 하는 드래곤을 샅샅이 훑을 뿐이다.

빛이 조금도 존재하지 않는 암흑 일색의 드래곤에게서는 아무것도 읽을 수 없었다. 그래서 대놓고 물었다.

"너는 왜 그렇게까지 하지?"

칸데메이온은 어렵지 않게 답했다.

[라오스와 내기를 했거든.]

나는 원초적인 이기의 욕망과 흑의 의지가, 라오스는 욕망을 제어하는 이타의 이성과 백의 의지가 우세하다고 보았다.

흑은 죽음에 가까운, 백은 삶에 가까운 모든 것.

과연 어떤 의지가 세계의 흐름을 주도할까?

우리의 의견은 좁혀지지 않았고, 그저 지켜보기로 했다.

그런데 어리석고 정 많은 라오스가 자꾸 세상에 관여해서 말이지. 그가 세상에 영향을 미치면 미칠수록 나 또한 손을 뻗을 수밖에 없다는 걸 알 텐데도 말이다.

[내기가 불공평해서는 안 되지. 그래서 너를 돕겠다는 거다. 난 공평성을 위해서, 네가 '아르하드 로이긴'을 죽이고 흡수하는 게 옳다고 생각하거든.]

테일런은 칸데메이온이 저를 이기의 욕망과 흑의 의지로 빗대었지만 불쾌하지 않았다. 가슴속 깊은 곳에서 우러나오는 욕망에 몸을 맡기는 게 더 즐거웠고 증오와 분노가 넘실거리는 파괴가 좋았기에 오히려 유쾌했다.

아무튼 신이 적들의 편이라는 칸데메이온의 말이 사실이라면 테일런이 생각하기에도 불공평했다.

"나는 언젠가 너를 죽일 거다."

테일런은 돕겠다는 칸데메이온에게 대놓고 욕망을 드러냈다.

[알고 있다. 드래곤에게 악감정을 가지고 있는 것도 알고 있고, 세상의 모든 것을 먹어 치우고, 세상의 정상에 서는 것이 바하무트의 의지라는 것도 알고 있어.]

"그런데도 날 돕겠다고?"

[그래. 나를 죽이겠다고 말했나? 안타깝게도 나는 죽을 수 없다. 난 라오스가 죽어야만 죽는 실체 없는 그림자니까. 죽음 그 자체임

에도 죽을 수 없다니 우스운 모순이지.]

칸데메이온이 죽음의 숨결을 흘리며 웃었다.

[결론을 내려 주지. 네가 세상에 군림하고자 한다면, 네가 죽여야 할 최후의 적은 드래곤이 아니라 모든 드래곤의 시초이자 마지막 신인 '라오스'다.]

마지막 신의 살해. 아주 매력적인 단어다.

[라오스에게 별 감정은 없다. 내 자신도 죽든 살든 상관없다. 진정한 죽음을 맞이하며 죽어도 좋고, 세상 돌아가는 꼴을 지켜보는 게 재밌으니 살아도 좋다. 다만 이 지지부진한 내기의 결과물을 보고 싶어. 웬만하면 내가 승리했으면 좋겠고.]

"……."

[너와 내가 원하는 바는 정확히 일치해. 자, 다시 한번 묻지. 어쩌고 싶나?]

결국, 테일런은 칸데메이온을 받아들였다. 칸데메이온은 테일런에게 지식을 전수했고 그의 모든 힘을 테일런에게 심었다.

'아르하드를 죽이는 적절한 시기'에 대해서도 그에게 설명했다. 악마의 심장이 봉인에서 벗어나는 날. 그날이 적기였다.

칸데메이온은 봉인이 구체적으로 어떤 것인지에 대해서는 알려 주지 않았다. 다만 봉인이 풀리면 네게는 악마의 심장과 아르하드의 심장을 가질 기회가 생길 것이며 그 시기가 도래하면 너를 부르겠노라고 은근하게 말했다.

오늘이 그날이었다.

"후우……."

테일런은 공유 마법이 끝나 가는 것을 느끼며 상념을 지웠다.

이런 자세한 이야기를 곧 죽을 아르하드에게 해 줄 필요는 없었다. 칸데메이온이 알려 줬다는 얘기를 꺼낸 것은 아르하드가 배신감에 치를 떨며 제 멍청함을 통감했으면 해서다.

테일런이 입에 고이는 피를 퉤 하고 뱉으며 안색이 거무죽죽하게 죽은 아르하드를 우습다는 듯이 내려다보았다. 공유하기 전에 죽을 수도 있다고 생각했는데 끈질기게 살아 있다.

그리고 마침내 테일런의 심장이 아르하드의 심장과 완전히 연결되었다.

"공유가 끝났군."

제 혈액 속 악마의 파편에 쌓여 있던 암울한 기억과 감정들이 몰아닥쳐 왔다. 회귀 전, 미쳐 가던 아르하드의 것도 목을 조르듯 차올랐다.

온통 테일런이 좋아하는 부정적인 것들뿐이다.

예전에 균열을 들여다보기만 했을 때는 남의 것 같기만 했던 것들이 제 것처럼 느껴졌다. 테일런은 거부감 없이 그 모든 것을 제 것인 양 먹어 치우고 소화했다. 신성시대의 로이긴이 그랬던 것처럼 말이다.

"참 기구한 삶이었다."

테일런이 안타깝다는 듯 검은 연기를 후 뱉으며 탄식했다.

"균형이란 참 우스운 거야. 모든 걸 다 가진 자가 있으니 모든 걸 가지지 못한 자가 있어야 한다니."

"신이라는 것들도 참 우스운 족속들이었어. 악마를 감정쓰레기통처럼 써서 선함을 유지할 수 있었던 주제에, 그 악을 모두 삼킨 악마를 추악하다고 손가락질하며 증오하다니."

"내 탄생의 비밀도 우습다. 라오스가 천상의 로안느를 탄생시키는 바람에 바닥에서 우리 바하무트가 태어났어."

"그 균형 때문에 칸데메이온이 네게 복수할 수 있는 천금 같은 기회도 주고 말이야. 우습지 않은가?"

중얼거리던 테일런이 발밑에서 꿈틀거리는 육신을 느끼고 입매를 비틀었다. 심장이 악착같이 재생되고 있었다. 재생되면 재생될수록 아르하드의 얼굴은 창백해져 갔다. 테일런은 아르하드가 시간을 지우고 있다는 걸 알았다.

하지만 꿰뚫린 심장은 제대로 기능하지 못했다. 겨우 몇 분전의 시간을 짧게 되돌릴 수 있을 뿐이었다.

"이번 삶의 넌 행복했겠지? 그래서 이렇게 살고 싶어 발악하는 거겠지. 하지만 말했을 텐데."

쓰걱!

테일런이 아르하드의 심장에서 검을 뽑아냈다.

"몇 번을 되살아나더라도 죽이고 또 죽이겠다고."

푹!

다시 내리찍었다.

"네게 구원은 없다."

세상 모든 것이 격변을 겪느라 정신이 없었고, 심지어는 몬스터 군단과 기사들로 이 부근을 봉쇄해 놓기까지 했으니 이아나와 아르하드를 도우러 올 이는 하나도 없었다.

"이만 죽어라."

테일런이 너그럽게 사형 선고를 내렸다. 아르하드의 처절한 모습을 내려다보는 그는 퍽 즐거웠다.

"네 행복했던 시간들은 내가 네 여자와 용이하게 잘 써먹어 주마."

테일런은 아르하드의 심장을 또다시 찔렀다.

푹!

몇 번이고 내리찍었다.

푹!

하지만 아르하드는 죽지 않았다.

푸욱!

테일런이 아무리 심장을 찍어 내려도 죽지 않았다.

푹!

내려찍으면 찍을수록 테일런의 안색이 점점 창백해졌다. 그가 입으로 쏟아 내는 피의 양이 점점 많아지고 있었다. 아르하드의 심장과 그의 심장이 공유된 상태라, 모든 데미지와 충격이 누적된 탓이었다.

"공, 유의 무서움을 모르, 는군. 내, 가 왜 이 꼴이 되었는지를 간과, 하는 건가."

아르하드가 엉망이 된 채 웃었다.

"나, 는 절대 안 죽어."

내 심장의 시간을 지우고, 또 지울 테니까.

심장이 정말로 한계에 달할 때까지.

그런데 과연 네 평범한 심장은 내가 죽을 때까지 그 충격을 버틸 수 있을까?

“지긋지긋한 놈.”

눈이 뒤집힌 테일런이 검을 거칠게 집어 던지며 피가 벌컥벌컥 튀어 오르는 아르하드의 가슴 위에 발을 올렸다. 재생할 여지조차 없게 심장을 터뜨릴 요량이었다.

발에 힘껏 힘을 주려던 그때, 테일런이 오싹함을 느끼고 제 몸을 보호했다.

퍼걱!

그럼에도 그의 몸은 엄청난 충격을 받고 나가떨어졌다.

“큭…….”

하마터면 두 동강 날 뻔했다. 살이 찢어지고 뼈 몇 개가 부러지기만 한 건 천만다행이었다.

테일런은 운석처럼 날아와 저와 충돌하고, 이제는 제 옆에서 나뒹굴고 있는 물건을 보았다. 아까 이아나에게 쑤셔 박았던 자신의 검이었다.

테일런이 피가 후드득 흐르는 등을 어찌하지 못한 채 일어나 뒤를 돌아보았다.

오른쪽 어깨 전체를 끊어 낸 이아나가, 제정신이 아닌 표정으로 아르하드의 앞에 서 있었다.

“가만히 있어.”

이아나는 테일런이 어깨에 박아 넣은 거대한 검과 이사벨라와 샤일린스의 속박에서 벗어나려고 발악했다. 하지만 한계에 달한 몸은 그들의 손아귀에서 무력했다. 그들이 단단히 준비해 온 기의 그물은 끊어지지 않는 올가미와도 같아 덫에 걸린 짐승처럼 몸부림칠 수밖에 없었다.

안 돼. 안 돼!

눈물이 시야를 가렸다.

아르하드가 죽어 가고 있었다. 그녀에게 가장 소중한 존재는 저 포악한 검에 찔리고, 또 찔리다 결국엔 이 세상에서 완전히 사라질 것이다.

이아나는 아르하드가 심장을 꿰뚫리고 제가 무력화된 순간부터 몸부림을 치고, 정령들을 부르고, 권능을 발동하는 등 미친 듯이 발버둥 치고 있었다.

하지만 몸은 마음을 따라 주지 않았고, 정령들은 묵묵부답이었고, 로베르슈타인은 의식이 꺼졌고, 최후의 수단이라 생각했던 권능은 발동을 거부했다.

아르하드를 살려 달라고.

아르하드의 심장을 복구해 달라고.

그럴 수도 없다면 아르하드와 저를 안전한 곳으로 이동시켜 달라고.

온갖 말로 천칭에 애원했지만 천칭은 듣지 않았다.

천칭은 세상의 균형을 잡느라 이미 과부하 상태였다.

그리고 아르하드가 테일런에게 죽고, 그에게 모든 것을 빼앗기는 것이 천칭이 판단한 균형이었다. 천칭은 균형을 맞추기 위해 이아나의 요청을 거절했다.

천칭은 자신의 힘을 빌려 쓰는 대리인을 이해시키고자 균형의 이유를 전하려 했지만 이번엔 이아나가 생각을 멈추고 받아들이기를 거부했다.

아르하드가 죽는 게 무슨 균형이야?

어떤 이유가 있어도 용납할 수 없다. 웃기지 마!

믿을 수 있는 건 오로지 저 하나뿐이었다.

이아나는 육체의 한계를 넘어서 몸부림치기 시작했다.

“가만히 있으라니까?”

아르하드의 심장에 발을 올리는 테일런이 보였다.

이아나의 눈에 핏발이 섰다.

그녀의 세계가 미쳐 돌아가기 시작했다.

베고 싶다. 베어야 한다. 벨 거다. 저놈을 베어 죽일 거다.

벤다.

벤다. 벤다. 벤다. 벤다!

이아나의 영혼과 육체에 ‘벤다’는 언어와 의지와 생각과 본능과 집착…… 그 모든 것이 빼곡하게 들어찼다.

이아나의 안에서 뭔가가 산산이 부서졌다.

동시에, 이아나의 이성은 맛이 갔다.

……나를 방해하는 것들은 다 벤다.

그게 뭐든!

우드드드득!

“앗!”

이사벨라와 샤일린스가 흠칫 놀랐다.

한 자루 칼처럼 벼려진 이아나가 보는 세상은 달라졌다.

시간이 정지했다. 멈춰 버린 세상 속에서 이사벨라와 샤일린스는 빈틈을 허술하게 노출했다.

퍼어어엉!

이아나는 제 모든 신력을 방출하며 한계를 넘어선 힘으로 그들의 속박을 풀었다. 여전히 제 오른팔을 꿰뚫고 있는 테일런의 거검을 뽑아 들고 제 모든 신력을 담아 휘둘렀다, 족쇄를 부순 그녀가 본능과, 실력과, 귀기를 모조리 합쳐 날린 일검이었다.

"악!"

정말로 한순간이었다.

순간적으로 틈을 보였던 이사벨라와 샤일린스는 그 공격을 피하지 못하고 베여 넘어졌다.

이아나는 발로 땅을 내리찍으며 테일런의 등에 검을 던졌다.

동시에, 몸을 날려 쓰러진 아르하드의 옆에 놓인 라이즈를 잡아챘다. 아르하드에게 정신이 팔려 있던 테일런이 격중당해 쓰러지자 이아나는 아르하드의 앞을 막아섰다.

일련의 과정은 정말 순식간에 일어났다.

"검사가 팔을 포기하다니. 대단하군. 아니면 얼마든지 정령으로 재생할 수 있다는 자신감인가?"

테일런이 피를 쏟아 내며 이아나를 노려보았다.

결정적인 순간을 방해한 그녀임에도, 찌릿한 감정이 혈관을 타고 손끝 발끝까지 번졌다. 증오에 가까운 애증과 섬뜩한 집착은 아르하드와 심장을 공유한 순간부터 수십 배로 증폭되었다.

"얌전히 있으면 고이 데려가 주려 했더니, 어쩔 수 없지. 움직일 수 없도록 팔다리를 베어 내는 수밖에."

테일런도 심장의 통증으로 반쯤 미쳐 갔다. 그는 혀로 입술을 훑으며 자신의 검을 집어 들었다.

충돌했다.

콰아아아아앙!

한 팔의 이아나는 매우 불리했다. 게다가 이사벨라와 샤일린스까지 합세하여 마법을 퍼부어 대니 공방은 일방적인 방향으로 벌어졌다.

퍼벅! 퍽!

사위에서 쏘아진 마법들이 이아나의 왼쪽 어깨를 꿰뚫고, 팔의 인대를 끊었다. 허벅지를 쪼개고, 배를 관통했다.

하지만 이아나는 버텨 냈다. 절대로 쓰러지지 않았다.

아르하드를 지키기 위해서였다.

"이 미친……."

이아나가 피범벅이 된 대가로, 바하무트 일족의 상태도 최악이었다. 바하무트 일족은 이아나의 끈질김에 치를 떨었다.

하지만 이아나의 육체가 더는 못 버틴다고 호소하기 시작했다. 육체의 호소는 경종을 울려 이아나의 이성을 일깨웠다.

콰드드드득!

이아나는 라이즈를 세게 내리꽂으며 무릎을 꿇었다. 검을 감싸고 있던 제 모든 신력과, 로베르슈타인의 심장에서까지 신력을 모조리 뜯어내어 방패로 덮듯 반구형의 방어막을 저와 아르하드 위에 생성했다.

"쳐!"

이쯤 되어 눈이 뒤집히기 시작한 테일런이 고함을 질렀다. 누가 이기나 해보자는 듯, 세상을 폭파하고도 남을 끔찍한 공격들이 방어막 위로 쏟아졌다.

하지만 마법과 검격은 방어막을 뚫지 못하고 모조리 불타 사라졌다. 방어막은 절대 방패처럼 결코 파괴되지 않았다.

그때였다.

"냐!"

하얀 뭉치가 검은 기운 속에서 갑자기 나타났다. 그것은 미친 듯이 뛰어오더니 테일런에게 달려들어 다리를 물어뜯었다.

테일런은 갑자기 나타난 제3의 존재에 시선이 쏠릴 수밖에 없었다.

고양이였다.

고양이는 뛰어오면서 검은 기운을 온통 휘저어 놓았다. 밖에서 전쟁의 소음이 내부로 들어오기 시작했다.

테일런이 성가시고 불쾌한 짐승을 뿌리치듯 걷어찼다. 고양이는 비명조차 지르지 못하고 날아갔지만, 소음과 함께 고양이가 만든 그 틈을 비집고 튀어 들어온 이가 고양이를 받아 들었다.

"저놈은……."

이사벨라의 얼굴이 일그러졌다. 요전에, 초지일관 단정하고 차분한 얼굴로 열받게 하던 놈이었다.

"낫시!"

헤레이스가 헐레벌떡 따라 들어온 안젤리나에게 파들파들 떠는 낫시를 건네었다.

그는 검을 똑바로 들어 붉은 반구 앞에 섰다. 그의 기세는 발을 디뎌도 흔들리지 않을 대지처럼 단단했다.

"넌 하인리히의 손자?"

테일런이 가소롭다는 듯 헤레이스를 머리부터 발끝까지 훑었다.

테일런은 회귀 전에도 그를 알고 있었다. 회귀 전의 헤레이스는 마나의 저주를 이기지 못하고 평범한 삶을 선택한 나약한 놈이었다.

안젤리나도 알고 있었다. 순진무구하다 못해 현실을 전혀 모르던 로안느의 공주였던가.

"물러나 주세요."

헤레이스가 전혀 떨리지 않는 목소리로 요청했다. 테일런은 기가 찼다. 저런 벌레 같은 놈에게 이딴 소리를 들어야 하나.

화아아아아!

헤레이스는 검에 검기를 드리웠다. 깨끗하디 깨끗한 신력이 갈무리되고 정제된 검기였다.

"큭."

이사벨라가 불쾌하다는 듯 신음을 흘리며 뒤로 물러났다.

"당신들이 강하다는 건 분명하지만, 지금은 몸 상태가 성치 않군요. 지금의 당신들이라면 이기지는 못하더라도 충분히 상대할 수 있습니다."

"그래요! 물러나요!"

창백한 낯의 안젤리나도 은빛 신력으로 마법을 구성하며 소리를 질렀다.

과연, 현 상황에서는 무시할 수 없었다.

하지만 짜증 났다. 저 조무래기들에게 그런 느낌을 받았다는 것 자체가 짜증 났다. 아니, 지금 상황 자체가 매우 짜증 났다.

아르하드를 죽여야 하는데 결국 죽이지 못했다. 둘 다 빈사 상태로 만들어 놓긴 했지만 끝장을 내지는 못한 것이다.

제 몸 상태도 유례없이 최악이었다.

몸이고 뭐고 이대로 남은 채로 죄다 박살을 내고 싶었지만 불투명한 붉은 돔 안의 이아나가 신경 쓰였다. 아무리 공격해도 끝끝내 버티던 여자는 죽지 않는 악귀 같았다.

만약 저 안에서 갑자기 멀쩡한 꼴로 나타나면 이쪽이 필패였다. 심지어는 저 애송이들조차 죽일 확률이 반반이라니.

"큽!"

테일런은 또다시 피를 뿜어냈다.

이제는 피에 내장 조각까지 섞여 나오고 있었다.

테일런이 험악한 얼굴로 손을 들었다.

화아아아악!

죽음의 장막 같던 검은 기운이 테일런의 손끝으로 빨려 들어갔다. 간간이 들려오던 전쟁의 소음이 하늘을 찢어발길 듯이 커졌다. 데려왔던 바하무트 군단과 적 측 연합군이 피 터지도록 싸우고 있었다. 가관이었다.

테일런이 주먹을 꽉 쥐었다.

다음을 기약하는 수밖에 없었다.

귀기 어린 눈자위가 붉은 돔을 향했다.

회복하자마자 쳐들어가서 죽여 버리겠다.

그때까지 살아 있을지 모르겠지만 말이다.

테일런은 퇴각 명령을 내린 후 일족과 함께 모습을 감추었다.

이아나는 신음조차 내지 못하고 라이즈를 쥔 손에 모든 힘을 주었다. 그렇게 하지 않으면 버틸 수 없었다.

뿌드드득.

부러진 손톱이 손바닥에 박혀 들었다. 손바닥에 상처가 났지만, 이미 상처와 피를 뒤집어쓴 몸에는 티도 나지 않았다.

언제부턴가, 밖에서 바하무트 일족이 아닌 다른 이들의 존재감이 느껴지기 시작했다. 친숙한 느낌이었다. 천지를 부술 듯이 마법과 강기를 때려 붓던 바하무트 일족이 공격을 멈추었다. 얼마 지나지 않아 음험한 기운이 완전히 사라졌다.

하지만 이아나는 방어막을 절대로 거둘 수 없었다. 함정일 가능성을 배제할 수 없었다. 마음을 놓았다가 뒤통수를 맞으면 그때야말로 정말로 끝장이었다.

"아."

정신이 맴맴 돌고 땀이 삘삘 흐르고 시야가 습윤했다. 하지만 이아나의 눈에 보이는 건 오로지 죽은 듯 쓰러져 있는 남자뿐이었다.

"아르하드."

아르하드는 대답이 없었다.

시체처럼 푸르고 창백한 얼굴 위로 붉디붉은 피가 흥건했다. 푹 파인 가슴에서는 피가 왈칵왈칵 터져 나오고 있었다. 그는 눈을 감은 채 미동이 없었다.

참을 수 없었다.

이아나는 라이즈를 놓고 파들파들 떨리는 왼손을 뻗어 아르하드의 가슴 위를 짚었다.

반쯤 쪼개진 심장에서 미약한 진동이 느껴지는데, 이것이 살아 있는 심장의 박동인지 이미 죽은 심장이 발작하듯 피를 뿜는 여파인지 판단할 수가 없었다.

이아나는 그의 죽음을 애써 부정했다.

이렇게 심하게 다친 심장을 복구할 수 있을까? 예로부터 심장은 복구할 수 없다는 이야기를 누누이 들어 왔는데.

이아나는 악착같이 치료에 대해서만 생각하려 했다. 하지만 손끝에서 미약해져 가는 심장의 진동은 자꾸만 그녀를 절망으로 이끌었다.

"아르하드, 아르하드."

아르하드는 대답이 없다.

"아르하드, 대답해요. 제발."

이아나가 애처롭게 답을 구걸함에도 답은 없다.

"아르하드."

이아나의 얼굴에서 땀이 뚜욱 떨어져 내렸다.

왜 대답하지 않나.

정말 죽기라도 한 것처럼.

얼어붙은 아르하드의 몸은 시신과 같았다. 이아나가 아르하드의 뺨과 목을 정신없이 어루만졌지만 아르하드의 몸은 그저 굳어 있었다. 이아나는 아르하드의 코끝에 떨리는 손가락을 대었다. 숨결이 느껴지지 않았다.

이아나의 입술이 덜덜 떨렸다.

"이대로 죽겠다고?"

떨림은 점차 이아나를 집어삼켰다.

"안 돼!"

이아나가 땅에 널브러진 아르하드의 손을 핏줄이 파드득 돋을 정도로 꽉 움켜쥐었다.

"내가 왜 돌아왔는데! 무엇을 위해, 왜 살아가고 있는데!"

이아나의 눈에 핏발이 섰다.

"항상 나를 패배시키기만 했던 당신을 이기겠다고 다짐했기 때문에! 항상 나를 원했던 당신의 기사가 되겠노라고 맹세했기 때문에! 앞만 보는 그런 나를 항상 사랑해 주는 당신을, 당신을, 당신을……!"

뜨거운 것이 눈 아래 흥건히 고였다.

"미치도록 사랑하기 때문에……!"

피인지 눈물인지 모를 액체가 뚝, 뚜욱 떨어져 내렸다.

"그런데 당신이 죽으면 나는 뭐가 돼! 죽지 마! 죽지 말란 말이야! 죽으면 죽여 버릴 거야!"

이아나가 악을 썼다. 말이 안 되는 협박을 해서라도 그를 일으키고 싶었다. 하지만 아르하드는 여전히 대답이 없었다.

울지 않을 것이다. 절대로 울지 않을 것이다.

그럼에도 눈물이 정신없이 쏟아져 시야를 흐렸다.

"아아!"

이아나는 결국 아르하드를 끌어안으며 울음을 터뜨렸다.

지푸라기라도 붙잡고 싶은 심정이었다. 정령들. 바하무트 일족이 사라졌으니 정령들을 부를 수 있지 않을까?

이아나는 절박하게 정령들을 불렀다. 마침내 정령들이 방어막에 쌓여 있는 막대한 양의 신력을 부여받고 불려 나왔다.

[이아나!]

그들은 정신없어하다가 이아나를 목격하고 까무러쳤다.

"살려 줘!"

이아나가 애걸했다.

"아르하드를, 이 남자를 제발 살려 줘. 제발, 제발……."

이아나의 절박함에, 정령들의 시선이 그녀에게 안겨 있는 아르하드를 향했다. 토우가 달려와 그의 손을 잡았다.

토우는 침묵하다가 더듬더듬 말했다.

[그의 영혼은 살고 싶어 심장에 악착같이 붙어 있지만…….]

희미한 희망이 반짝 샘솟았다.

[심장이 완전히 기능을 상실했어. 이대로라면 죽을 거다.]

절망이 다시 먹구름처럼 몰려왔다.

"토우, 애들아, 제발 살려 줘."

[불가능해. 우린 심장에…… 손댈 수 없어.]

"왜? 왜? 왜!"

이아나는 알고 있으면서도 절박하게 물었다.

[주인 없는 심장을 생성할 땐 우리의 힘이 들어가지만, 영혼에 종속된 심장은 고유 매개체가 되어 영혼과 생사를 함께한다.]

이아나의 감정을 공유한 토우가 떨리는 목소리로 말했다.

[세상은 '균형'을 유지하고자 하고 흐트러진 균형을 바로 맞추기 위해 진리를 만든다. 우리 정령들이 물질계를 다스릴 수 있는 강력한 힘을 지녔으나, 심장과 신력이 주어지지 않아 누군가가 소환하지 않으면 물질계에

현신할 수 없는 제약을 가진 것 또한 균형에 의한 진리다.]

권리가 있으면 의무가 있고, 힘이 있으면 제약이 따랐다.

[영혼이 시공간에서 살아가기 위해선 심장이 필요하지. 균형이 정신체인 영혼에 삶을 허락한 대신 물질체인 심장을 필수적으로 보유해야 한다고 정한 거다. 생물은 삶을 위해서 심장을 스스로 보호하고 관리해야만 한다. 이는 신이 탄생할 때부터 이어져 온 진리다.]

이해했다.

이해하고말고. 충분히 납득할 수 있는 균형이다.

하지만 아르하드가 심장이 파괴되어 죽어 가는 지금은 이해하기 싫었다. 사랑하는 사람이 죽는다는데 균형이고 뭐고 무슨 상관이란 말인가?

'제발 살려 줘.'

이아나의 간절한 요청을 천칭은 거부했다.

'소용없어.'

이아나의 절박한 마음을 엿본 로베르슈타인이 포기하라 일렀다. 조율의 신 로베르슈타인은 누구보다 천칭의 위력을 잘 알고 있었다.

'천칭은 균형에 맞지 않는 일에 움직이지 않아.'

로베르슈타인은 강력한 힘을 지닌 대가로 천칭이 부과한 조율의 사명 때문에 자의적으로든 타의적으로든 일평생 외롭게 살아왔다. 균형을 조율해야 한다는 이유로, 사랑하는 로이긴이 상처받는다는 걸 알면서도 제대로 편들지 못했다. 타락해 버린 로이긴을 구원하는 것도 실패했다.

로베르슈타인은 사명을 차마 놓지 못하고 죄책감에 메말라 가기만 하다가 결국 모두 포기해 버렸다. 균형은 로베르슈타인의 삶이었고 죽어서도 벗어날 수 없는 책무였다. 그녀는 균형 앞에서 무기력하기만 했다.

하지만 이아나는 아니었다.

균형.

균형. 균형.

그놈의 균형!

이 순간, 이아나는 균형이라는 거대한 진리를 향해 엄청난 반발심을 느꼈다. 균형에 적합하다는 이유만으로 아르하드의 죽음을 추구하겠다는 천칭이 끔찍했다. 아르하드가 없다면 이 세상은 이아나에게 아무 의미도 없었다.

이아나는 아르하드를 꽉 껴안았다. 눈물이 투둑투둑 떨어졌다. 눈물은 피 웅덩이의 피와 섞여 들었다. 덜덜 떨리는 이아나의 손이 아르하드의 볼을 매만졌다.

죽지 마……. 죽으면 안 돼…….

날 두고 죽으면 안 돼…….

안 돼……. 그러지 말아…….

그러면 안 돼…….

나의 왕, 내 사랑…….

시간을 되돌려 줘.

제발 되돌려 줘.

어리석은 방심을 만회하게 해 줘. 제발, 제발.

이아나는 거대한 진리 앞에서 궁지에 몰렸다. 비장의 힘이라 여겼던 심판의 권능은 무쓸모했고 조력자 로베르슈타인은 무기력하게 포기를 종용했으며 정령들은 돕고 싶어 해도 무력했다.

그리하여 이아나는 고독했다.

그러나 고독하다는 이유로 좌절하지 않았다. 오히려 지독할 정도로 독해졌다. 늘 그래 왔듯이.

피가 차갑게 식었다.

"……."

이 순간 뼈저리게 깨닫는다. 나는 언제부터 천칭의 힘에 이렇게 의지하게 된 거지? 기적을 몇 번 접하다 보면 누구나 기적에 의존하게 된다더니 자신이 딱 그 꼴이었다.

착각하고 있었다. 천칭의 권능은 제 힘이 아니었다. 로베르슈타인의 심장도 제 힘이 아니었다. 그들이 거부하면 이아나가 아무리 원해도 쓸 수 없었다.

또한 명료하게 깨닫는다. 남의 힘에 의지하기만 한다면 최악의 상황에 홀로 남았을 때는 무력해질 수밖에 없음을. 정말로 간절히 원하는 것을 결코 얻을 수 없음을.

뭔가를 얻고자 한다면 자신의 힘으로 싸워서 쟁취해야 한다는 것을.

항상 그랬었는데 어느샌가 간과하고 있었다.

불타오르는 한 쌍의 눈동자가 라이즈를 바라보았다.

이아나에게는 절대 부러지지 않는 검 한 자루가 남아 있었다. 이아나를 단 한 번도 배신한 적 없는 이아나의 고유한 힘, '검'이었다.

궁지에 몰리자 강렬한 의문이 들었다.

'검으로 균형을 벨 수도 있을까?'

의문 따위 가질 필요도 없었다. 벨 수 없다느니 베기 어렵다는 생각을 조금이라도 한다면 정말로 벨 수 없었다.

'베어야 한다.'

벨 것이다. 벨 수 있다. 아르하드가 죽어야 한다는 미친 균형을 반드시 베어야만 한다.

이런 생각에도 일말의 불확실성이 존재했다. 조금이라도 불안해한다면 벨 수 없었다.

정말로 베고자 한다면, 오로지 나는 벤다, 라는 확신을 넘어선 절대 불변의 사실만이 제 안에 있어야 했다.

'벤다.'

벤다, 벤다, 벤다, 벤다, 벤다.

이아나는 머리가 이상해질 것 같다는 생각이 들 정도로, 오로지 벤다는 생각만 했다.

'아르하드.'

이아나가 라이즈를 꾹 움켜쥐었다.

나는 당신의 기사. 당신의 검.

당신을 지키기 위해서라면 못 할 것이 없어.

당신이 죽는 것이 진리에 의해 강제된다면.

설령 진리라 할지라도 부수고 당신을 지켜 내겠다.

세상을 베는 한이 있더라도 당신을 지킬 것이다.

스스스스.

이아나가 라이즈를 땅에서 뽑아 들었다.

이아나의 영혼과 라이즈가 서서히 하나가 되어 갔다.

갈망과 열망, 소망과 희망, 야망과 욕망.

무력과 실력, 체력과 심력, 기력과 활력.

그 모든 바람이 이아나가 오랜 시간 노력하여 쌓아 온 힘과 합쳐졌다. 그리고 결코 부러지지 않는 강력한 의지가 궁극으로 향하는 문을 세차게 열어젖혔다.

'진리를 베겠다!'

세상 어느 것보다 강한 의지가 한 자루 검이 되었고.

쿠우우우웅!

이아나가 보는 세상은 뒤집혔다.

휘오오오오오…….

이아나가 보는 세상은 암흑과 광휘, 흑과 백이 온통 뒤섞인 유한한 세계였다. 처음도, 끝도 보이지 않는 무한의 세계이기도 했다. 흑과 백은 끊임없이 서로를 얽으며 움직였다. 마치 어그러진 균형을 맞추려는 듯한 움직임이었다.

이아나는 이 혼란스러운 색의 세계가 천칭 그 자체라는 것을 본능적으로 알았다.

이 위대한 세계는 세상의 근간이며, 이아나가 쪼갠다고 해서 없어질 만한 것이 아니었다. 그러나 이아나는 차분하게 검을 들어 올렸다.

심호흡했다.

검에 제 모든 것을 실었다.

'한순간이라도 좋아.'

모든 것을 파괴할 수 있는 절대의 힘을.

절대 진리마저도 부술 수 있는 힘을!

이아나가 검을 아래로 내리그었다. 깨끗하다 못해 섬뜩하리만큼 올곧은 직선이었다.

화아아아아아아악!

쩌적!

흑과 백의 세상이 아우성치며 갈라졌다. 균형이 으스러지며, 한순간 이 세상 모든 진리가 기능을 잃었다.

이아나가 눈을 번쩍 떴다.

"지금!"

정령들은 이아나가 방금 어떤 엄청난 짓을 저질렀다는 것을 깨달았다. 제약이 풀렸다. 이아나의 소원을 이뤄 줄 수 있다 판단한 정령들은 아르하드의 심장으로 냉큼 뛰어들었다.

콰아아아아아!

사대 정령들이 망가진 심장을 힘차게 복구하기 시작했다.

파괴되었던 그의 심장에서 탄탄한 핏줄과 깨끗한 새살이 돋아났다. 파괴되었던 것이 언제냐는 듯 빠르게 원형을 되찾았다.

쿵, 쿵…….

뜨거운 피가 휘몰아치며 흘러들어 오자, 새 심장은 세차게 박동하며 온몸으로 피를 뿜어냈다. 박동은 끊이지 않고 계속해서 이어졌다.

튼튼하고 완벽한 심장으로 재생하는 순간이었다.

[성공이야!]

정령들이 환호하는 순간 진리는 제자리를 되찾았고, 이아나의 머릿속은 까매졌다.

모든 진리의 핵을 한순간이나마 쪼갠 대가는 컸다.

"아……."

온몸이 불타는 것 같은 끔찍한 고통이 엄습했다.

세상이 온통 붉어졌다가, 파래졌다가, 노래졌다가, 하얘졌다. 사물은 두 개가 되고, 세 개가 되고, 원이 되었다. 이아나가 의식하지 못하고 있는 사이에 그녀의 몸은 흔들거리고 있었다.

푸확!

이아나의 코와 입, 귀에서 역류한 피가 터져 나왔다.

천칭은 저까지 부수고 불균형을 유발한 이아나와 균형을 맞출 방법을 찾아 헤맸다. 하지만 저까지 부술 정도로 강력한 의지체가 불균형을 만들지 않도록 통제할 방법은 전무했다. 답은 단 하나, 이아나가 이 시공간에서 사라져야 한다는 것이었다.

영혼을 직접 부술 수는 없다. 대신 어딘가에 가둬 스스로 죽음을 택하게 만들 수는 있었다.

키이이이잉.

천칭은 이아나라는 무게추가 놓인 저울의 반대편에 이아나의 소멸을 놓았다. 그 즉시, 이아나의 소멸은 세계의 진리가 되었다.

천칭은 이제 아르하드가 아닌 그녀의 죽음을 추구하고 있었다. 여태 제게 순종하는 순진한 심판자였으나 이 순간부터 매우 위험한 이교도가 된 이아나를 이 시공간에서 제거하고자 모든 강제력을 뻗어 육체를 허물고 영혼을 진리의 사슬로 묶었다,

이아나는 멍하니 생각했다.

'죽는 걸까?'

죽을지도 몰라.

이아나는 혈색이 점점 돌아오는 아르하드의 뺨을 천천히 쓰다

듣었다.

"……아르하드."

나는 당신의 기사.

당신을 지켰기에, 나는 그 어느 때보다 보람을 느낀다.

하지만 당신을 지켰으니 이대로 죽어도 여한은 없는가?

아니다.

살고 싶어. 이아나는 아득한 와중에 이를 악물며 생각했다. 손가락이 파르라니 떨렸다. 회귀 전, 아르하드의 검에 꿰뚫려 죽을 때와는 달리, 죽기 싫다는 미련이 노도처럼 밀어닥쳤다.

삶에 미련이 없는 사람은 두 부류다.

미련을 가질 수도 없을 만큼 행복하게 살았거나.

미련을 가지기도 싫을 만큼 불행하게 살았거나.

그래서 회귀 전, 이아나는 미련 없이 죽음을 받아들일 수 있었다. 행복하지 않았기 때문이다.

하지만 이번 생에는 무수히 많은 행복들이 남아 있었다.

미치도록 사랑하는 남자도, 눈부시게 성장하고 있는 국가도, 그녀를 선망하며 열심히 살아가는 국민들도, 그녀와 웃고 떠들어 주는 소중한 친구들도, 이루고 싶은 꿈도, 목표도, 해야 할 게, 할 수 있는 게, 하고 싶은 게 무궁무진하게 남아 있었다.

이아나는 행복해지고 싶었다. 행복했지만 지금보다 훨씬 더 행복해지고 싶었다.

죽기 싫어. 그래, 나는, 나는…… 모두와 함께…… 아르하드의 곁에서…….

이아나는 멍하니 중얼거렸다.

"살...... 고...... 싶어......."

[이아나, 우리가 널 살릴게!]

[정신 똑바로 차려! 죽지 마!]

정령들이 참담한 심정으로 외쳤다. 이아나의 귀에는 들리지 않았다.

종내 미련조차 흐릿해져서, 이아나는 고개를 떨어뜨리고 말았다. 그리고 상체가 서서히 앞으로 기울어졌다. 엉망진창이 된 붉은 머리카락이 허공을 쓸었다.

툭.

이아나의 얼굴이 아르하드의 얼굴 위로 힘없이 고꾸라졌다. 하지만 아르하드를 지키려는 듯 그를 끌어안고 있는 팔의 힘은 풀어지지 않았다.

후욱!

이아나가 유지하고 있던 방어막이 사라졌다.

"전하!"

"라이즈 경...... 헉!"

이그나이츠의 가신들이 달려와서 제일 먼저 발견한 것은 흙바닥에 뒹굴어 대고 있는 이아나의 오른팔이었다. 이아나의 잘려 나간 팔과 상처에서 흘러나온 붉은 피가 그녀의 붉은 머리카락처럼 대지를 붉게 적셨다.

그다음으로 보인 것은 잔인한 피 웅덩이였다. 그 중심에는 파리한 안색으로 쓰러져 있는 아르하드와, 그를 꽉 끌어안은 채 미동도 없는 처참한 몰골의 이아나가 있었다.

[이아나! 이아나!]

[깨어나!]

이아나의 망가진 육체와 심장으로 흙과, 물과, 불과, 바람의 기운이 몰려들었다. 충격적인 광경에 망연자실한 가신들은 멍청히 서서 그 광경을 멍하니 바라보았다.

그때였다.

"큭……."

아르하드가 신음을 흘리며 눈꺼풀을 들어 올렸다.

그는 눈을 뜨자마자 보이는 이아나의 참혹한 얼굴에 흠칫 놀랐다.

뚝.

피가 투둑 떨어졌다.

"……."

아르하드는 상황을 제대로 인식하지 못하고 제 뺨에 묻은 피를 쓸었다가, 그녀의 입과 코에 흥건히 묻어 있는 선혈을 보고 목이 졸린 듯한 표정을 지었다.

뚜욱.

이아나의 입안에 고여 있던 피가 힘없이 벌어진 입술에서 아르하드의 입술 위로 한 방울 뚝 떨어졌다. 마치 마지막 키스인 것처럼.

[진짜 큰일 났다. 이아나의 영혼이 사라졌어.]

[어떡해! 빨리 어떻게 해 봐!]

[뭘 어쩌라는 거야! 네가 좀 어떻게 해 봐!]

정령들이 비명을 질러 대는 와중에 아르하드의 얼굴 위로 또다시 피 한 방울이 뚝 떨어졌다.

이아나에게서는 숨소리가 나지 않았다.

아르하드가 떨리는 손을 들어 이아나의 뺨을 쓸었지만 이아나는 눈을 뜨지 않았다. 피부가 차가웠다.

"이아, 나."

아르하드의 얼굴이 경련했다.

-바하무트 편 終

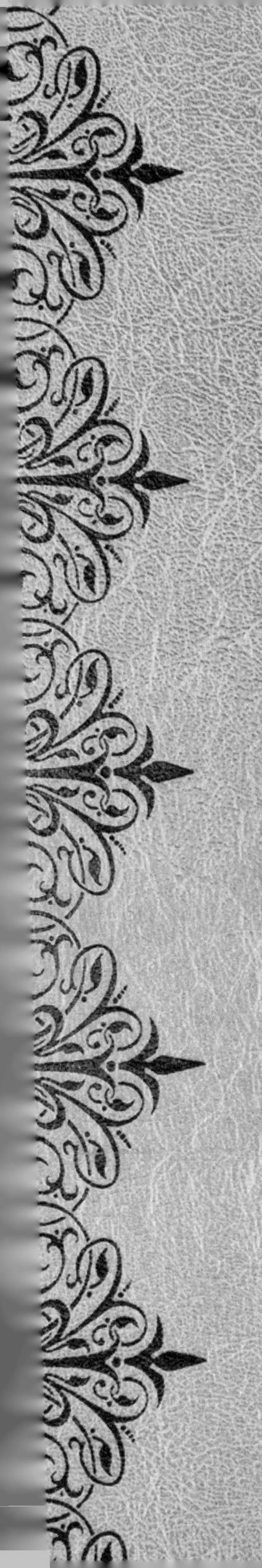

34. 진리와 해갈 편

34. 진리와 해갈 편

세상이 넓어졌다.

이때까지 '세상'이라는 단어는 거대한 중앙 대륙을 통칭하는 것이었다. 그리고 대륙을 둘러싼 드넓은 바다와 사대 오지는 세상의 끝을 의미하는 경계선이었다.

모험심 넘치는 탐험가들이 세상의 끝에 무엇이 있을까 궁금하여 바다와 오지 너머로 가 보려 했으나 불가했다.

계산에 의하면 세상은 둥근 구였고, 직진으로 계속해서 걸어가다 보면 다시 원래 있던 곳으로 돌아와야 했다. 하지만 누구도 바다와 오지를 넘지 못했다. 위협적인 몬스터만이 문제는 아니었다. 오지와 바다에서는 앞만 보고 나아가도 어느 순간부터 꼭 길을 잃곤 했다. 결국 귀환할 수밖에 없었다.

그래서 사람들은 오지 너머가 신의 영역이라 도달할 수 없다 여겼다. 세상의 경계선을 오지 입구로 한정시켰다.

그런데…….

바하무트 제국이 세상에 어둠을 드리운 채 이그나이츠 왕국과 치고받고 싸우던 어느 날, 대격변이 발생했다.

땅이 치솟거나 꺼졌다.

하늘에서는 별들이 쏟아졌다가 떠나갔다.

산맥이 돋아나고, 험준한 협곡이 쪼개지고, 평지가 생겨났다. 강이 흐르고, 호수가 고이고, 바다가 밀고 들어왔다.

세상 누구도 알지 못했으나, 원래 대륙의 바깥에서는 세상의 멸망이 진행되고 있었다. 드래곤들이 흙, 물, 불, 바람의 힘으로 겨우 막고 있었을 뿐이다. 그런데 그 구역이 멸망의 운명을 벗어나 생물들이 살아갈 수 있는 땅이 되었다. 세상이 넓어진 것이다.

"세상에."

"갑자기 이게 무슨 일이야."

생물들이 살아가는 세상에서도 천지창조 수준은 아니지만 놀라운 변화가 발생했다.

대륙이 물의 힘에 의해 쪼개지기라도 한 것처럼 바다나 강이 곳곳에서 생겨났다. 흙의 힘에 의해 치솟기라도 한 것처럼 군데군데 산맥이 등뼈처럼 치솟았다.

바로 옆 평지에 있었던 마을이 갑자기 산꼭대기로 가 버렸거나 저 멀리 떨어져 버린 경우도 꽤 있었다. 심지어는 갑자기 생겨난 바다 한복판 섬마을이 되어 버린 경우도 있었다. 지도를 새로 그려야 할 판이었다.

가장 큰 변화는 피부에 닿는 공기의 느낌이나 몸에 가해지는 압력부터가 달라졌다는 것이다. 그랬기에 모든 생물이 세상이 변했다는 것을 본능적으로 깨달았다.

"대체……."

생물들은 세상이 대격변을 겪던 시간을 기억하지 못했다. 정말 이상한 일이지만, 한순간 멍해졌다가 퍼뜩 정신을 차렸을 때는 세상이 완전히 뒤바뀐 후였다. 마치 세상이 억겁의 세월 간 변화하는 사이 그들의 시간은 멈췄었던 것처럼 말이다.

신기한 건 세상이 이렇게나 변했는데 누구도 세상이 변화하는 과정을 알지 못한다는 점, 또 그 과정 때문에 죽은 생물은 없다는 점이었다.

어떻게 그럴 수 있었을까?

의문은 얼마 지나지 않아 풀렸다.

[이제 너희에게 세상의 한계는 없다.]

하늘에서 건조하면서도 위압적인 목소리가 울려 퍼졌다. 사대오지에서 자리를 지키고 있던 드래곤들이 날아올라 창공을 자유롭게 쏘다니기 시작했다.

[너희는 자유롭다. 세상의 미래는 너희에게 달려 있다. 파멸하든, 번창하든, 너희의 선택에 따라 변화할 것이다.]

사람들은 롯소 산맥 중앙에만 산다고 생각했던 전설의 생물, 드래곤이 한 마리도 아니고 네 마리나 날아다니자 너무 놀랐다.

[예정된 멸망은 사라졌고, 우리의 의무는 끝났다. 우리는 이제 세상과 너희를 보호하지 않는다. 중립을 유지하며 지켜볼 뿐이다.]

사람들은 위대한 목소리로부터 본능적으로 깨달았다.

세상은 멸망으로 향하고 있었으며 저 위대한 드래곤들이 멸망을 막고 있었다는 것을. 드래곤들이 세상의 격변으로부터 자신들을 지켰다는 것을.

오늘부로 보호는 끝났다는 것을.

드래곤들은 수없이 오랜 시간 웅크리고 있던 몸을 펴고 날개를 쭉 펼쳤다. 모든 의무를 벗어던진 그들은 처음으로 맞이한 자유를 마음껏 만끽했다. 하늘이 원래 자신들이 살아가야 할 서식지였던 것처럼 날아갔다.

세상의 모든 생물들은 세상이 완전히 변했다는 것을 받아들여야만 했다.

“정보를 모아 와라.”

각 국가들은 탐색대를 꾸려 탐사를 시작했다. 변화한 세상에서 살아남으려면 정보를 최대한 많이 얻어야만 했다.

이그나이츠도 탐색대를 보냈다.

이종족들은 드래곤의 말을 듣고 오지에 변화가 있음을 가장 먼저 눈치챘다. 그래서 오지를 탐색하러 떠났다.

“오지가 이상해졌어.”

“세상에, 여기가 대체 어디람.”

평생을 살아왔던 오지인데도 여기가 어디고 저기가 어디인지 알아볼 수가 없었다. 너무 넓어져서 둘러보기도 벅찼다.

오지였던 땅을 샅샅이 탐색해 본 이종족들은, 이제 이 땅에서 누구든 살아갈 수 있다는 결론을 내렸다. 오지가 사라지고 새롭게 나타난 땅, ‘신대륙’이었다.

하지만 곧이어, 생물들은 세상의 변화에 적응할 수도 없고, 정보를 모으는 것도 의미가 없음을 깨달았다.

적응이란 환경이 변했을 때 그 변화한 환경에 시간을 들여 익숙해지는 것을 의미한다. 그리고 적응은 그 변화한 환경이 어느 정도 고정되어 있어야 가능했다.

그런데 세상에서는 적응할 시간을 주지 않고 잔잔한 변화가 끊임없이 일어났다. 자고 일어나면 세상이 바뀌어 있어 정보를 모아 봤자 소용이 없었다.

얼마 뒤부터는 탐색조차 제대로 할 수 없게 되었다. 그 이유는, 생물들이 숨 쉬듯이 익숙하게 여기던 자연 물리법칙이 이상하게 변했고, 마도시대를 지배하던 마나의 법칙이 무용지물이 되었고, 바하무트 제국이 격변 전보다 더욱 심하게 날뛰기 시작했기 때문이다.

자연 물리법칙이 이상하게 변했다는 것은 속도나 힘 등 실험과 고찰로 공식화되어 있던 물리법칙들의 상수가 달라졌다는 뜻이다.

이로 인해 불어오는 바람의 종류나 방향이 달라졌다든가, 몸이 가벼워졌다든가 아주 자잘하면서도 큰 변화들이 생물들에게 닥쳐왔다.

그리고 마나 법칙이 무용지물이 되었다는 것은, 사람들이 더는 '마나'를 쓸 수 없다는 것을 뜻했다.

세상에서 '마나'가 사라졌다. 정확히는 이그나이츠의 국왕 아르하드와 바하무트의 황제 테일런, '두 사람'이 허락한 존재들만이 세상에서 마나를 쓸 수 있게 되었다.

마나는 원래 아르하드의 것이지만 그가 소유권을 주장하지 않고 그냥 내버려 두어 모든 이들이 공동으로 사용할 수 있었다.

하지만 아르하드와 심장을 공유하여 제 혈액 속 악마의 파편을 일깨운 테일런은 마나의 공동 소유자가 되었다. 그때부터, 테일런은 바하무트 제국군을 제외한 온 세상 모든 생물이 마나를 제어하는 것을 불허했다.

아르하드도 어쩔 수 없이 이그나이츠 왕국군에 한정하여 마나 제어를 허용했다. 테일런과의 마나 제어권 줄다리기는 팽팽하여 그것이 최선이었다.

"어떡해."

두 국가가 치고받고 싸우는 동안 온 세상의 사람들이 알게 되었다. 마나는 신이 세상에 부여한 축복의 힘이 아니라, 그 두 사람에게 속한 힘이라는 것을. 어떻게 그들이 마나의 주인이 될 수 있었는지는 몰라도 이제 그들이 허락하지 않는 한 마나를 사용할 수 없다는 것을.

"앞으로 어떻게 살지."

한순간에 마나 제어권을 빼앗긴 사람들은 좌절했다. 마법과 검기로 스스로를 보호할 수도 없었고, 생활 전반을 차지하고 있던 마나 아티팩트도 쓸 수 없었다.

하지만 절망과 동시에 희망이 서서히 드러나기 시작했으니…….

적지 않은 사람들이 격변 이후 마나가 아닌 다른 힘도 세상에 존재했음을 깨달았다. 주인이 없는 '자연의 기운'이었다. 라오스가 세상을 구축한 후부터 존재했으나 너무나 희미하여 누구도 알지 못했던 그 기운이 격변 이후 증폭되어 세상에 드러나기 시작한 것이다.

“이 기운은 신력입니다.”

‘신력’의 존재를 알고 있던 라오스 신전에서는 ‘신력’에 대해서 일제히 발표했다.

“신력이야말로 신이 내린 진정한 힘입니다. 신력은 마나를 쓸 수 없게 된 지금 우리에게 주어진 또 다른 기회입니다!”

하지만 마나와 달리, 완전하여 생명에 현혹되지 않는 신력은 쉽사리 통제를 따르지 않았다. 육체와 정신을 수준급으로 단련한 자들만이 자연 신력을 흡수하여 몸 안에 쌓거나 제어할 수 있었다.

마나를 조금이나마 제어할 수 있었던 이가 예전에는 세상의 40퍼센트 정도였다면, 신력을 조금이라도 제어할 수 있는 이는 10퍼센트도 채 되지 않았다. 이 비율에서도 제대로 제어할 수 있는 사람의 숫자를 꼽으면 5퍼센트에 불과했다.

대다수의 사람들은 어쩔 수 없이 이 험난한 세상에서 살아남기 위해 다른 곳으로 눈을 돌렸다.

“자연 물리법칙을 연구해야 합니다.”

바로 자연 그 자체였다. 자연은 모두에게 공평했다.

그리하여 세상은 마나와 신력, 과학이 공존하게 된다.

“죽여라! 파괴해라! 무너뜨려라!”

이런 상황에서 바하무트는 세상의 변화에는 아랑곳 않고 세상을 멸망시키기라도 할 것처럼 전쟁을 이어 나갔다.

“떠나자.”

복잡한 시대의 흐름이 기회라 여겨 자신만의 깃발을 들고 바하무트를 피해 넓어진 세상으로 향하는 생물들도 있었다.

그야말로 혼란 그 자체였다.

"마도시대는 끝났습니다."

역사학자들은 마나가 지배하던 마도시대의 종결을 알렸다.

대격변을 맞이하여 모든 게 뒤섞이고 혼란스러운 시대, 앞이 제대로 보이지 않지만 길을 찾아 헤매야만 하는 시대.

'암흑시대'가 시작된 것이다.

"……."

아르하드는 머리가 아파 이마를 감싸 쥐었다.

격무의 연속이었다.

일하고, 싸우고, 일하고, 싸우고.

테일런은 몸을 회복하자마자 이때까지 참아 왔던 것을 폭발시키기라도 하듯 온갖 악랄한 방법으로 공격하며 아르하드를 죽이고 이그나이츠를 망가뜨리려 했다.

하지만 테일런의 모든 비밀이 까발려진 지금 아르하드도 순순히 당해 주지 않았다. 아니, 절대로 당해 줄 수 없었다.

"……."

아르하드는 머리에서 손을 떼고 허공의 한곳을 응시했다.

그러자 공간이 이지러지더니 틈이 하나 생겨났다.

아르하드는 틈을 비집고 그곳으로 들어갔다. 탁상 하나와 의자 하나, 그리고 침대 하나가 덩그러니 놓인 작은 방이었다.

탁상 위에는 노란 아도니스 꽃 한 송이가 꽂힌 꽃병이 놓여 있었다.

침대에는 붉은 머리카락을 베개 위로 흐트러트린 이아나가 창백한 낯으로 누워 있었다.

끼익.

아르하드는 침대 옆 의자에 앉았다.

이아나를 물끄러미 바라보았다.

이곳은 시간이 흐르지 않는 방이다.

정확히 말하자면, 시간은 흐르고 있지만, 아르하드가 끊임없이 시간을 삭제하기 때문에 한 시점에서 멈춰 있는 방이다.

이 방에서 노란 아도니스는 화사한 채 시들 수 없고, 삶과 죽음의 경계선에서 죽음으로 추락하려는 이아나의 육체도 죽을 수 없다.

"이아나."

아르하드가 거친 목소리로 불렀지만 이아나는 대답이 없다.

이아나가 쓰러지고도 한 달이 지난 날이었다.

칸데메이온과 테일런의 함정에 걸려 심장이 꿰뚫렸던 날.

'살아야 한다.'

아르하드는 살아야 한다는 생각만으로 가득 차 있었다.

이아나가 울고 있었다.

어서 일어나서 이아나의 눈물을 닦아 줘야 했다.

최악의 사태일 뿐 예상하지 못한 상황은 아니다. 이아나에게 말은 하지 않았지만 테일런이 노리는 게 '아르하드'의 심장일 수도 있다는 가정을 세우고 지금과 같은 최악의 사태를 상상하며 해결책들을 구상한 적이 있었다.

아르하드는 붉은 피를 뿜어내는 와중에도 새파란 이성을 유지하며 마나로 심장의 강도를 높이며 권능의 힘을 불러일으켰다.

열쇠는 '심장 공유'였다.

테일런은 아르하드의 모든 것을 빼앗기 위해 심장 공유 마법을 썼지만 그것은 양날의 검이었다. 심장이 공유되었으니 아르하드가 심장에 입는 피해가 테일런의 심장에도 고스란히 쌓였다.

아르하드는 시간 삭제의 권능을 이용하면 심장이 뭉개져도 되살릴 수 있지만 테일런은 그럴 수 없었다.

더불어, 테일런의 육체에 제 영혼 반쪽이 있는 데다 심장까지 공유되었으니, 아르하드는 의식을 테일런의 육체로 옮겨 갈 수도 있었다. 육체의 주도권 싸움을 할 수 있는 것이다.

즉.

'테일런의 육체의 주도권을 빼앗아 자결하게 만든다.'

그전에 놈의 심장이 충격을 버티지 못하고 으깨진다면 좋겠지만 불확실한 희망에 모든 것을 거는 건 아르하드의 방식이 아니었다.

휘이이이이…….

아르하드는 심장에 깃들어 있는 밤하늘의 신력과 이아나의 신력을 촘촘하게 엮어 제 심장을 끈끈하게 감쌌다. 역습에 성공할 때까지 심장이 버텨 줘야 했다.

'난 절대 안 죽어.'

살아야지. 그를 행복이라 칭해 준 이아나를 위해서라도 살아야지. 이아나와 함께 행복해지고 싶으니 살아야지.

아르하드는 푹푹 쑤셔지며 정신이 오락가락하는 와중에도 제 심장의 시간을 수없이 삭제하며 테일런의 안에 있는 제 영혼에 집중했다. 의식과 무의식의 경계에서 악착같이 의식을 붙잡으며 테일런에게 넘어갈 준비를 마쳤다.

'아르하드의 육체'에서 의식이 끊어지는 순간이었다.

돌발 상황이 발생했다. 이아나가 테일런으로부터 아르하드를 지켜 내고 만 것이다. 테일런은 아르하드를 죽이지 못한 채 비참한 꼴로 물러나야만 했다.

아르하드의 영혼은 무의식 상태에서 의식 상태로 서서히 돌아왔다. 심장은 기능을 거의 상실했음에도 아르하드의 강력한 의지를 받들어 마지막 힘을 쥐어짜 냈다.

하지만 세계의 균형을 조율하는 거대한 힘이 심장을 멀쩡한 상태로 되돌리려는 시간의 권능을 방해해 왔다. 네 심장은 파괴되어 부스러지는 게 순리이며 넌 여기서 죽어야 한다는 적나라하고 불쾌한 통제였다.

개소리.

순리를 거스르는 게 불가능하다면 애초에 시간 삭제의 권능을 얻지도 못했을 것이다. 이아나와 함께 다시 살아가지도 못했을 것이다. 한 번 이겨 먹은 순리, 두 번 못 이길까. 무슨 수를 써서라도 살고 말 것이다.

아르하드가 균형의 힘과 싸우며 오락가락하는 도중, 경계에서는 현실인지 왜곡된 환각인지 모를 놀라운 말들이 들려왔다…….

"내가 왜 돌아왔는데! 무엇을 위해, 왜 살아가고 있는데!"

"항상 나를 패배시키기만 했던 당신을 이기겠다고 다짐했기 때문에! 항상 나를 원했던 당신의 기사가 되겠노라고 맹세했기 때문에……."

아르하드와 힘겨루기를 하던 균형의 힘이 쪼개지며 무력화되었다. 망가졌던 심장은 시간의 권능이 아닌 정령의 힘으로 완벽하게 복구되었다.

"이아, 나."

정신을 차렸을 때, 이아나는 정말로 죽기 일보 직전이었다. 이아나의 생명이 촛불처럼 꺼지기 직전, 아르하드는 시간 삭제의 권능을 동원해 이아나의 삶을 필사적으로 붙잡았다.

시간 삭제는 죽은 사람조차 살려 내는 위대한 권능이었다.

하지만 떠나간 이아나의 혼은 돌아오지 않았다. 끊임없이 시간을 삭제해도 이아나의 혼은…… 돌아오지 않았다.

"이아나, 제발!"

즉시 이아나를 성으로 데려온 아르하드는 무리해서 이아나의 시간을 하루 정도 지웠다. 이아나가 멀쩡하게 살아 있던 시기였다.

하지만 이아나의 혼은 결코 돌아오지 않았다. 판데모니엄에서 그를 업고 기어오를 때처럼 몸이 만신창이가 되었을 뿐, 혼을 잃은 몸은 또다시 죽으려 했다.

아르하드는 여전히 불려 나와 있던 정령들의 힘으로 이아나의 몸을 다시 회복시킨 후, '시간의 방'을 만들어 이아나의 육신을 두었다.

그때부터 시간이 이아나에게 영향을 미치지 못하도록 끊임없이 시간을 지우고 있다. 다행히도 세상의 자연 신력이 폭발적으로 증가했고 그 신력을 제 것으로 만들 수 있었기에 소모되는 신력량에는 문제가 없었다.

이렇게 시간만 지속적으로 지운다면 이아나의 육체는 얼마든지 살려 놓을 수 있다. 더없이 튼튼해진 그의 심장은 아주 작은 시간의 연속적인 삭제 정도는 충분히 버틸 수 있었다.

문제는 이아나의 영혼이었다.

이아나는 하루가 지나고 이틀이 지나도 깨어나지 않았다.

이아나의 몸은 빈껍데기 같았다. 혼수상태였던 에이지의 경우와도 달랐다. 그녀의 혼은 육체와 아예 연결이 끊긴 채로 사라졌다. 말 그대로 죽기 직전이다.

회귀 전, 이아나의 육체의 시간을 돌려도 그녀의 혼은 돌아오지 않아 라오스와 칸데메이온의 도움을 받아 세상의 모든 시간을 지웠어야 했던 때와 비슷했다.

아르하드가 라오스와 칸데메이온을 처음 만난 날은, 회귀 전 이아나의 시신을 안아 들고 롯소 산맥 중앙으로 간 날이었다.

아르하드는 이아나를 살리기 위해서라면 무엇이든 할 용의가 있었다. 그래서 소생의 방법을 알 만한 신적 존재, 칸데메이온을 찾아갔다.

아르하드는 거기서 라오스를 만났다. 처음으로 만난 순백의 신 라오스의 낯은 창백하디 창백했다.

"결국엔 내가 이겼군, 라오스. 내 승리다."

혼돈의 드래곤 칸데메이온으로 추정되는 검은 소녀는 라오스를 조롱했다.

"네가 바랐던 예언은 이뤄지지 않았군. 너는 대체 무엇을 위해 수천 년을 기다려 온 거지?"

라오스는 칸데메이온을 무시하고 가라앉은 음성으로 물었다.

"당신은 왜 그녀를 안고 이곳으로 왔나요."
"이 여자를 살리고 싶으니까."
"당신이 죽였잖아요?"
"내가 죽였든 죽이지 않았든, 이 여자를 살릴 수 있는 방법만 내놓아. 멸망한 신성시대에서 혼자 살아남아 세계를 구축했을 정도면 사람 하나 살리는 건 일도 아니겠지."

그리 묻는 아르하드의 전신에서 악마의 악의와 광인의 광기가 팽팽하게 휘몰아쳤다. 대답이 마음에 들지 않으면 신마저도 죽일 기세였다. 라오스는 착잡한 표정으로 답했다.

"모든 존재의 삶은 탄생에서 삶으로 이어져 죽음으로 끝납니다. 죽음에서 삶으로 역행하는 건 불가하다는 뜻입니다. 이 태초의 흐름에는 나도 손댈 수 없습니다. 나는 전지전능한 신이 아니에요. 균형을 크게 해치지 않는 선에서 법칙들을 만들 수 있을 뿐입니다."

"……."

"'이아나'의 육체는 이미 삶을 마쳤어요. 다만, 삶에서 죽음, 죽음에서 제3의 삶으로 이어지는 순방향의 재탄생은 흐름에 위배되지 않습니다. 원한다면 그럴 수 있도록 도와주겠습니다."

"제3의 삶?"

"그녀가 이아나가 아니게 된다는 소리입니다. 이아나가 아닌, 제3의 존재죠. 원한다면 그렇게 태어나게 해 주겠어요. 칸데메이온, 이것에 대한 대가는?"

"없다. 어차피 환생할 것 조금 빨리 태어나게 해 주는 것 정도야 아무런 문제도 되지 않아. 머지않아 세상은 멸망할 테니 그런 사소한 탄생 따위는 아무래도 좋다."

이아나가 아니게 된다고?

아르하드가 바라는 것은 그게 아니었다. 그가 사랑하고 집착하는 건 이아나라는 사람이다. 오로지 이아나라고 불리는 사람인 것이다.

그녀는 다음 생엔 내 기사가 되어 주겠다고 했어. 하지만 내가 이 말을 기억하지 못하는 다음 생은 싫어. 너는 지금의 내 곁에 있어야 해. 너의 다음 생도 '이아나'여야만 해…….

죽인 주제에 다시 살리겠다는 변덕스러운 이기심이 극치에 이르렀다.

오로지 그 소망만이 영혼에 가득 차 미쳐 가는 아르하드의 머리를 들쑤셨다. 아르하드는 부패하기 시작한 육체를 끌어안으며 집요하게 골몰했다.

살릴 수 없다면 시간을 되돌리고 싶다.

시간을 되돌리고 싶어.

되돌릴 것이다.

그녀가 죽기 전으로…….

신이 불가하다 할지라도 이뤄 내고 말 것이다. 수단과 방법을 가리지 않으리라. 그가 하지 못할 것은 없었다. 악마가 완벽한 신력과 권능에서 마나와 마법을 창조하였듯, 완벽해 보이는 시간에도 분명 파고들 구석이 있다.

세계를 파멸시킬 정도로 광폭한 사랑은, 균형을 흐트러뜨리고 시간에 간섭할 수 있는 힘을 결국 얻었다.

아르하드는 본인이 시간을 '지울 수' 있다는 것을 깨달았다.

쿠우우우웅…….

그는 즉시 이아나의 육체에서 시간의 흔적을 지우기 시작했다. 부패해 가던 이아나의 몸이 재생했다. 아르하드가 들쑤셨던 심장의 상처마저도 사라졌다.

방금 갓 탄생한 위대한 권능을 깨달은 라오스의 표정이 밝아지고 칸데메이온의 표정은 묘해졌다.

"우리의 내기는 끝나지 않은 것 같네."

"……그렇군."

아르하드는 새로 얻은 권능으로 이아나의 시간을 지워 나갔다. 그런데 왜일까? 이아나는 깨어나지 않았다. 육체는 계속 살아났지만 그 즉시 죽는 것의 연속이었다.

라오스가 곁에서 첨언했다.

"그녀에게는 당신의 권능이 반쯤 통하는 것 같군요. 영혼이 돌아오지 않고 있어요."

"어째서."

"당신도 아는 바겠지만, 권능은 본인보다 자아가 강한 대상에겐 잘 통하지 않습니다. 이아나의 자아는 너무나 견고합니다. 아마도 당신과 엇비슷하거나 그 이상일 거예요."

아르하드는 납득했다. 그는 결국 이아나의 마음을 얻지 못하고 패배했으니.

"그러니 저는 당신에게 '아카식 레코드'의 문을 열어 주겠습니다. 그곳에서 세상의 모든 시간 기록을 한꺼번에 지워 주세요. '이아나'의 영혼이 '이아나'의 심장에 깃드는 순간까지의 시간을."

라오스는 아르하드에게 진리로 향하는 문을 열어 주었다.

"아카식 레코드의 시간 기록은 세상과 연동됩니다. 당신이 그 시점까지 아카식 레코드의 시간을 지우면 세상은 이아나의 어머니 배 속에 이아나의 심장이 생기는 순간으로 되돌아갈 거예요. 그때만큼은 '이아나'의 자아가 매우 약한 상태이므로 이아나의 영혼도 다시 태어날 수밖에 없을 겁니다. 저항하더라도 거대한 시간의 흐름과 강력한 탄생의 법칙이 탄생을 강제할 거예요."

그렇게 세상의 시간을 지웠고, 이아나는 다시 태어났다.

……그럼 이번에도 이아나가 태어날 때까지 시간을 지워야 하는 걸까?

그럴 수 없었다. 다른 방법을 강구해야 했다.

영혼의 요람이기도 한 아카식 레코드에 가면 방법이 있지 않을까.

이번엔 라오스와 칸데메이온이 아카식 레코드의 문을 열어 주는 건 불가했다. 칸데메이온은 적이 되어 자취를 감추었고 라오스는 세상이 이 꼴이 되어서도 나타나지 않고 있으니까.

오지의 드래곤들에게 라오스와 칸데메이온의 행방을 물어보았지만, 하위 개체인 그들은 두 상위 개체가 현재 무엇을 하고 있는지 아는 바가 없다고 했다.

아르하드는 어쩔 수 없이 스스로 아카식 레코드로 가기 위해 땅을 부수고 지저로 들어가 보려 했다. 이아나의 말에 의하면 판데모니엄의 정중앙은 아카식 레코드의 축, 다시 말하면 아카식 레코드와 연결된 통로였다.

그러나 텅 빈 공동이었던 판데모니엄은 그날 이후 완전히 무너졌다. 무른 과실 속 씨앗처럼 단단한 핵으로 뭉쳐 세상의 중심을 잡는 핵이 되었다. 만약 아르하드가 그것을 강제로 부순다면 안 그래도 불안정한 세상은 완전히 무너질 터였다.

아르하드는 그 이후에도 이아나를 깨울 수 있는 방법을 사방으로 찾아보았다. 하지만 전무했다.

"이아나."

아르하드의 정신은 피폐해져 갔다.

아르하드는 이아나가 쓰러진 동안 테일런을 상대하며 나라를 정비하고 국민들을 보호하는 데 집중해 왔다.

테일런은 이제 칸데메이온의 힘도, 바하무트의 힘도, 로이긴과 아르하드의 힘도 절반을 갖추었다. 놈은 길길이 날뛰며 이그나이츠와 세상을 부수려 들었다.

하지만 아르하드는 그를 성공적으로 막아 내고 있다.

예전의 아르하드는 이아나와 같은 '검'이었다. 하지만 회귀 후, 이아나를 마음껏 사랑할 수 있게 된 아르하드는 '방패'가 되고 싶었다. 이아나와 함께 살아갈 세상을 수호하고 싶었다.

아르하드는 수호를 위해 제 모든 능력을 끌어올렸다. 이는 누구의 힘도 아닌 아르하드의 고유한 힘으로서 매우 강력했다. 아르하드는 공격이 아닌 방어에만 집중한 그 힘으로 테일런을 막을 수 있었다.

하지만 벅차다. 테일런과 대치하면서 이아나의 시간도 지워야 하기 때문이다.

이아나의 육체를 아예 봉인하면 편할 수도 있었다. 하지만 봉인해 버리면 시간의 흐름이 아예 단절되기 때문에 이아나의 영혼이 돌아오고 싶어도 돌아오지 못한다. 아르하드는 현 상태를 유지해야만 했다.

"내가 어떻게 해야 할까, 이아나."

아르하드가 물었지만 이아나는 답이 없다.

"지금처럼 하면 될까."

네가 있을 곳을 지키고, 네 삶을 붙들고 있으면 될까.

"그러고 있으면 네가 돌아올까."

아르하드의 희망은 이아나의 검, '라이즈'가 이아나의 영혼과 함께 사라졌다는 것이다. 아르하드는 검을 쥐고 사라진 그녀가 어떻게든 돌아올 것이라 믿었다. 검과 함께하는 이아나는 무적이므로.

"……넌 약속을 지키는 사람이지."

아르하드는 제가 뱉은 말에 숨이 막혔다. 심장이 세게 쥐어짜여 숨이 쉬어지지 않았다.

아르하드는 상념의 바다에 익사하기 직전, 간신히 수면 위로 빠져나왔다.

"너는 언제나 내 곁에 있을 거라고 했어."

아르하드가 미동 없는 이아나의 얼굴을 쓸었다.

"그러니까 믿는다. 네가 어떻게든 내 곁으로 돌아올 거라고."

그의 시선이 노란 아도니스에 닿았다.

"그때까지 네가 말한 행복은 절대 시들지 않을 거다."

그렇게 시간은 흘러만 갔다…….

고오오오오오.

이아나는 무의식 상태였다.

스걱! 스걱!

그럼에도 끊임없이 검을 긋고 휘둘렀다.

흑과 백밖에 존재하지 않는 천칭의 세계에 갇힌 채로.

이아나는 검을 휘두르면서도 알지 못했다.

자신이 누구인지. 여기가 어디인지.

언제부터 이래 왔는지. 무엇을 원하는지.

왜 이런 행동을 하는지.

전혀 알지 못했다. 휘둘러야 하기에, 휘두르고 싶기에 휘둘렀다. 아기 새가 자신을 가둔 알껍데기를 깨고 세상으로 나가려는 행동처럼 본능적이면서도 원초적이었다.

또한 그녀는 간절했다. 스스로가 왜 이렇게 간절한지 알 수 없었지만 이아나는 간절했다.

벤다. 베어야 한다. 벨 것이다.

이아나의 영혼은 베겠다는 의지 그 자체였다. 순수하고 견고한 의지가 영혼 구석구석을 채우고 있었다.

그랬기에 이아나는 끝이 보이지 않는 무한한 세계를 끊임없이 베었다.

고오오오오오…….

천칭의 세계는 이아나의 검격에 계속해서 흔들렸다. 의지가 가득 실린 베기가 세계를 후려칠수록 흔들림은 강해졌다. 세계가 이아나를 가두려 하는 강제력은 더더욱 심해졌다. 마치 이아나의 의지와 균형을 이루려 하듯 말이다.

하지만 세계가 그녀를 가로막을수록 이아나의 의지도 강해졌다.

강제력이 가해지면 강해졌고, 가해지면 또 강해졌다.

옥죄면 옥죌수록 이아나는 날카로워졌다.

베고. 베고. 베고.

또 베고.

베었다.

순간의 시간이면서도 억겁의 시간이었다.

영혼은 마침내 한 자루의 아름다운 검처럼 벼려졌다.

스스스스스……

영혼은 천칭의 세계가 행사하는 강제력을 서서히 물리쳤다.

영혼은 안에 쌓여 있던 것들을 발산하기 시작했다.

그것은 이아나가 평생토록 가슴속에 품어 온 검에 대한 사랑이었다. 강해지기 위해서 혼신의 힘을 다해 노력해 온 시간이었다. 그녀가 최선을 다해 궁리하고 연구해 온 지식이었다. 익숙하다 못해 영혼에 새겨져 버린 기술이었다.

세상에서 가장 강력한 의지였다.

그 모든 것이 합쳐져 궁극이 되었다.

그녀의 의지를 붙잡고 늘어지는 쇠사슬은 더는 존재할 수 없었다.

이아나가 검을 위로 치켜들었다.

그대로 휘둘렀다.

쩌어어어어어억!

궁극에 이른 검격이 직선으로 뻗어 나가 세계를 처음부터 끝까지 갈랐다.

고오오오오오……

이아나의 영혼은 갈라진 틈 속으로 빨려 들어갔다. 천칭의 세계는 악착같이 붙잡으려 했지만 결국 놓아줄 수밖에 없었다.

태초부터, 균형을 흩트리는 건 언제나 누군가의 의지였다.

세상 모든 진리의 시작점이 되는 근원의 진리.

이 세계를 구성하는 두 핵심 진리.

균형과 불균형.

천칭. 그리고 천칭에 대적할 수 있는 유일한 것.

그것은 바로 의지였다.

천칭의 세계에서 풀려나온 이아나가 갑자기 뚝 나타난 장소는 아카식 레코드의 원점이었다.

이아나는 영혼들이 모여 있는 요람에 안착하지 못했다.

휘이이이이…….

아래로, 아래로. 아래로 계속 떨어져 내렸다.

천칭의 세계에서 풀려나왔음에도 여전히 의식을 찾지 못하는 이아나에게는 죽음이 드리워져 있었다. 이아나가 추락하는 방향에는 역행의 시공간이 있었다.

슈우우우우!

결국 이아나는 죽은 존재가 겪어야 하는 순리에 의해 역행 차원 속으로 빨려 들어갔다.

이아나의 영혼은 최후의 순간으로 되돌아가 있었다.

이아나는 죽어 가는 아르하드를 내려다보며 절망했다.

아르하드를 지키기 위해 이성을 잃은 채 바하무트에 맞섰다.

아르하드를 업고 악착같이 판데모니엄을 기어올랐다.

악마의 심장을 파괴했다.

“아르하드, 사랑해요.”

아르하드에게 사랑을 고백했다.

“제 행복 속에는 언제나 당신이 있어요. 저는, 제 행복인 당신을 지키기 위해서라면 뭐든 할 수 있어요.”

가슴속 모든 사랑을 담아 웃었다.

“이 꽃만 보고 있으면 뭐든 할 수 있을 것 같다는 기분이 들어요. 아무리 힘든 일이 있어도 이겨 낼 수 있을 것 같아요. 그래서 시들지 않았으면 좋겠습니다.”

손가락으로 노란 꽃잎을 톡 건드렸다.

“힘들어도, 정말 힘들어도, 힘든 기억이 있더라도, 살다 보면, 열심히 미래를 꿈꾸며 살아가다 보면 결국 행복해질 거니까, 그 끝에는 행복이 있을 거라고 생각하니까 힘이 납니다.”

노란 꽃을 빤히 바라보았다.

“이 꽃이 시들지 않았으면 좋겠습니다.”

빠안히 쳐다보았다.

나는 뭐든 할 수 있어. 아무리 힘든 일이 있어도 이겨 낼 수 있어. 그 끝에 행복이 있을 테니까. 내 행복이 나를 기다리고 있을 테니까. 아르하드, 당신이, 나를 기다려…….

파지직.

노란 아도니스에서부터 시간의 균열이 느껴졌다. 시간의 흐름을 거부하며 이 순간에 멈춰 있고자 하는 정지의 힘이었다. 시간의 뒤틀림 속에서, 노란 아도니스를 보고 있던 이아나는 어쩐지 울고 싶은 기분이 들었다.

역행의 흐름은 이아나를 놓아주지 않고 계속해서 과거로 끌고 가려 했다.

이아나는 저 꽃을 놓치고 싶지 않다는 생각이 불쑥 들었다. 과거로 향하는 시간의 흐름에 무감각하게 탑승하고 있던 이아나의 눈동자에 빛이 반짝 새겨졌다.

홱!

이아나가 노란 꽃송이를 세차게 낚아챘다.

그대로 과거로 끌려갔다.

이그나이츠의 건국.

로안느에서의 대바하무트 전투.

발젠타 학술원에서의 학창 생활.

로베르슈타인 저택에서의 유년 시절.

"아……."

과거로 끌려가면서 이아나는 서서히 깨어나기 시작했다.

이아나가 손에 쥔 샛노란 아도니스는 시들지도, 씨앗으로 되돌아가지도 않았다. 그저 정지된 상태로 시간을 뒤틀었다. 그 비틀림이 만들어 낸 시간의 틈에서 이아나는 의식을 되찾아 갔다.

이아나 이그나이츠 라이즈의 삶이 모두 되감기자, 이번에는 로안느의 공작, 이아나 로베르슈타인의 삶이 끝에서부터 뒤로 감기기 시작했다.

아르하드 로이긴에게 죽었다.

회귀 전의 이아나는 이때 자신의 죽음에 심취했었지만, 현재의 이아나는 아르하드에게 집중했다.

왜일까.

숨이 멎은 듯한 그의 얼굴 위로 드리워진 강렬한 결심이 매우 인상 깊게 다가왔다.

그는 이 순간, 무엇을 결심한 걸까?

"이번…… 생은 끝났다. 그러나…… 다음 생에는 너의 적…… 이 아닌 너의 기사가 되…… 리……."

이아나는 인형처럼 중얼거렸다.

"나는…… 비로소 네게 졌음을 인정한다!"

아르하드 로이긴에게 패배를 인정했다.

아르하드 로이긴에게 심장이 꿰뚫렸다.

아르하드 로이긴과 끊임없이 싸웠다.

아르하드 로이긴이 찾아왔다.

로베르슈타인 공작이 되었다.

로베르슈타인 가문을 도륙했다.

아르하드 로이긴에게 처음으로 졌다.

아르하드 로이긴을 처음으로 만났다.

로베르슈타인 가문에서 외롭게 자랐다.

"……."

이아나 로베르슈타인의 삶이 모두 되감기자, 이번에는 심판의 신 로베르슈타인의 삶이 로이긴을 죽였던 종말에서부터 시작되었다.

그토록 떠올려 보려 해도 떠오르지 않던 로베르슈타인이 잊어버린 종말 직전의 삶이, 비록 거꾸로지만 재생되고 있었다.

[미래에, 너희의 영혼은 라오스가 구축한 세상에서 행복해질 거야. 정확히 뭔지는 모르겠지만 로이긴은 로라는 이름으로, 너는 안이라는 이름으로

살며 서로 웃고 있는 게 보여. ……하지만 그 두 사람이 로베르슈타인과 로이긴, 지금의 너희는 아닌 것 같아.]

"로이긴과 로베르슈타인이 아닌, 로와 안……."

"로와아아아느……?"

로베르슈타인은 지친 기분으로 페임드라를 마주하고 있었고, 하얀 아이의 손을 잡은 상태였다. 아이는 엄마, 엄마, 하며 짧은 말밖에 하지 못할 정도로 어렸다.

"페임드라, 미래를 봐 줘."

"나는 내가 어떻게 해야 할지 모르겠어."

시간이 좀 더 감겼다.

"라오스. 내 아기."

로베르슈타인은 아주 어린 라오스를 품에 안고 있었다. 이 아이를 위해서라면 뭐든 할 수 있었다. 라오스는 안전하고 포근한 품에 안겨 행복하게 미소 지었고 그 옆에서는 한 검은 소녀가 가소롭다는 듯, 이해할 수 없다는 듯 쳐다보고 있었다.

"아아아아!"

로베르슈타인은 아카식 레코드에서 위대한 힘을 지닌 라오스를 낳았다. 라오스의 탄생과 동시에 칸데메이온이 그의 그림자에서 불쑥 나타났다.

"나는 이 아이를 낳아야 할까? 낳지 말아야 할까?"

"로이긴이 나를 찾을 수 없는, 세상에서 가장 안전한 곳으로 데려가 줘."

로베르슈타인은 혼란스러운 기분으로 천칭에게 부탁했고, 천칭은 그녀를 아카식 레코드로 데려갔다.

페임드라가 로베르슈타인의 배 위로 나뭇잎을 우수수 떨어뜨리고 꽃을 놓았다. 로베르슈타인은 자신이 임신했다는 것을 깨달았다.

"……."

이아나와 로베르슈타인은 시간을 거스름으로써 잃어버렸던 기억을 다시 모두 얻었다.

시간은 끊임없이 되감겼다.

마침내 기나긴 시간이 모두 되돌아가 태초에 이르렀다.

이그나이츠의 기사, 이아나 이그나이츠 라이즈의 삶.

로안느의 공작, 이아나 로베르슈타인의 삶.

심판의 신 로베르슈타인의 삶.

그 모든 삶을 되돌아본 이아나는 이제 완전한 죽음을 앞두고 있었다.

'죽기 싫어.'

하지만 이아나는 죽고 싶지 않았다. 이대로 죽으면 다시 태어날 수도 있겠지만, 그때는 이 모든 것을 잊을 터였다. 이아나가 아닐 터였다. 완전히 정신을 차린 이아나는 간절히 바랐다.

'살고 싶어.'

그녀의 손에는 노란 아도니스가 여전히 쥐여 있었다.

그 노란 꽃이, 흐드러지도록 샛노란 꽃이, 세상이 태초로 되돌아가고도 시들지 않는 그 한 송이 꽃이 이아나의 곁에서 이아나의 삶을 붙들고 있었다.

난 이 모든 것을 잊고 싶지 않아. 다시 태어나고 싶지 않아.

죽고 싶지 않아. 살고 싶어. 행복해지고 싶어.

그 사람을 사랑하며 행복하게 살아갈 거야.

강렬한 삶의 의지가 번뜩였다.

의지가 구체화되는 순간, 이아나의 영혼에서 뻗어 나와 있던 가늘고 긴 실이 은은한 빛을 발했다. 처음부터 존재했으나 너무나 가늘어서 보이지 않던 실이었다. 실이 이아나를 역행의 세계에서 잡아당겼다.

퍼어엉!

역행의 시공간은 결국 이아나를 죽음으로 이끌지 못하고 그녀의 영혼을 세계에서 튕겨 냈다.

"하아아……."

이아나는 아득한 기분으로 위를 보았다. 제 영혼과 순행 차원 속 육체를 연결하고 있는 얇은 실이 위로, 위로, 끝없이 이어지고 있었다.

실의 끝에는 분명히 삶이 있다.

하지만 너무나 멀었다. 너무나 멀어서 영원히 기어 올라가도 닿을 수 없을 듯했다.

천칭은 균형과 법칙을 부순 이단아를 방치했다. 네 의지로 죽음에서 뛰쳐나왔으니, 끝까지 그 의지로 삶까지 기어 올라가라는 것처럼. 고난과 시련은 끝이 없었다.

지친다. 조금만 쉬자…….

이아나는 축 늘어졌다. 법칙도, 죽음도, 균형도 벗어난 상태인 이아나는 한 송이 꽃과 한 자루의 검을 끌어안은 채 어디에도 속하지 못하고 떠도는 미아가 되었다.

그 시각.

꽤 많은 시간이 흘러 버린 세계.

"냐……."

어두운 방에, 작은 인영이 나타났다. 구슬픈 고양이 울음소리가 고요한 방에 울려 퍼졌다. 닛시를 안아 든 엘리였다.

"……."

엘리는 무표정한 얼굴로 침대 위의 이아나를 바라보다 닛시를 옆에 내려놓았다. 엘리의 옆에 내려앉은 닛시가 이아나와 엘리를 번갈아 보면서 야옹, 하고 울었다.

"걱정 마. 깨어날 거야."

엘리가 창백한 이아나의 입술 위로 검지를 올렸다. 숨결이 끊어질 듯 말 듯한 상태였다.

엘리가 숨을 고르게 내쉬었다.

소녀의 몸이 일그러지기 시작했다.

엘리는 평범했다. 너무 평범해서 언제나 인기척이 없었다.

길을 가다 발에 채는 돌멩이처럼, 사부작거리는 잔디처럼, 손을 뻗었을 때 닿는 나무처럼, 들이마시는 바람처럼, 하늘을 떠다니는 구름처럼, 따뜻한 햇볕처럼 편안하고 느슨했다.

다른 말로 하자면 소녀는 마치 세상에 녹아 있듯 했다.

혹은, 세상 그 자체인 듯했다.

쏴아아아…….

엘리의 몸이 오묘한 빛으로 휩싸여 형체를 잃었다.

닛시는 엘리를 물끄러미 바라보았다. 투명한 유리구슬에 우주를 담은 듯한 눈동자는 겉모습이 아닌 소녀의 영혼을 직시했다.

엘리의 영혼은 온갖 빛깔로 빛나고 있었다.

그것은 대지 같은 갈색이기도 했고, 바다 같은 청색이기도 했고, 불꽃같은 적색이기도 했고, 나뭇잎 같은 녹색이기도 했다.

포도알 같은 자색이기도 했고, 꽃송이 같은 분홍색이기도 했고, 황금처럼 황색이기도 했고, 밤처럼 어두운 흑색이기도 했다.

영혼은 점점 하얘졌다.

모든 빛이 합쳐져야 탄생하는 색. 모든 빛을 만들 수 있는 색. 어떤 색이든 표현할 수 있는 색.

백색이었다.

영혼의 모습은 소녀이기도 했고, 노파이기도 했고, 젊은 남성이기도 했다. 독니를 지닌 뱀이기도 했고, 기어 다니는 곤충이기도 했다. 발톱을 드러낸 맹수이기도 했고, 풀을 뜯어 먹는 초식동물이기도 했다. 하늘로 비상하는 새이기도 했다. 정체를 종잡을 수 없는 그것은 거대하고 하얀 괴물이기도 했다.

"냐……."

닛시가 움찔하며 뒤로 물러난 순간, 영혼은 온통 하얀 소년으로 변해 있었다. 육체 또한 마찬가지였다.

"……."

하얀 소년은 이아나의 입술 위에 손가락을 댄 채, 한결 강해진 숨결을 느꼈다.

이때까지 이아나의 영혼은 소멸한 것처럼 찾을 수 없었다. 영혼의 요람인 아카식 레코드에도 그녀의 영혼은 없었다.

그런데 지금 이 순간, 연결 고리가 매우 약하고 가늘긴 하지만 이아나의 몸이 영혼과 연결되어 있었다.

방금 전, 소년은 세상의 모든 것이 뚝 하고 끊어지는 듯한 소름 끼치는 감각을 느꼈다. 꽤 오래전 이아나가 법칙과 균형을 베고 아르하드의 심장을 복구했을 때처럼, 한순간이나마 절대적인 균형이 쩍 하고 갈라졌다.

그 충격파를, 균형을 떠받드는 거대한 두 축 중 하나인 소년은 느낄 수 있었다.

그래서 소년은 아르하드가 꽁꽁 싸매고 지키고 있던 이곳에 왔다.

"당신은 결국 천칭을 이겨 냈군요."

소년, 라오스가 중얼거렸다.

"미안해요."

그리 말하는 순간, 소년은 다른 곳에 서 있었다. 잔뜩 지쳐 눈을 감고 있는 이아나의 영혼 바로 옆이었다.

"……."

저 외에는 아무것도 없던 공간 속에서 특별한 존재감을 느낀 이아나가 눈을 떴다.

고개를 돌리니 하얀 소년이 있었다. 그토록 기다려 왔던, 만나러 와 주기를 간절히 바라 왔던 신이었다.

섭리를 부수고 규격 외의 존재가 된 이아나는 영혼의 상태로도 사고하고 행동할 수 있었다.

그래서 입술을 달싹여 그의 이름을 불렀다.

"라오스."

"네."

라오스가 눈을 내리뜬 채 대답했다.

"안녕하세요, 이아나."

"그래. 안녕."

아주 오랜 시간 기다려 왔던 것치곤 매우 단출한 인사였다.

"난 항상 널 만나고 싶었어."

"알고 있었어요."

"너. 엘리지?"

라오스의 눈동자가 일순 흔들렸지만 체념한 듯 가라앉았다.

"그래요. 저는 그 이름으로 당신의 곁에 머물렀어요."

"난 너를 이해할 수 없어."

"그럴 거예요."

라오스는 종말 후에 무슨 생각으로 그 많은 일들을 저질렀을까. 무슨 감정으로 기나긴 삶을 살아왔을까. 왜 이 모습으로 나타나지 않고 엘리로 제 곁에 머물렀을까.

"이아나, 당신에게 미안해요."

라오스가 말하지 않으면 이아나는 알 수 없는 것들이었다.

"저는 제 답답한 고집과 아둔한 미련으로 당신에게 수없이 폐를 끼쳤고 앞으로는 절대 그러고 싶지 않아요. 그러니까 이제는 제 존재를 신경 쓰지 말아 주셨으면 좋겠어요."

라오스는 사과에 대한 설명을 거부했다.

"저는 뭐든 당신이 원하는 대로 했으면 좋겠어요. 당신에게는 그럴 힘이 있으니까 이때까지 그래 왔던 것처럼 당신의 삶을 살아가 주세요."

그가 이아나의 영혼을 향해 손을 뻗었다.

"당신이 삶으로 돌아갈 수 있도록 도울게요. 당신이 천칭을 벤 덕분에 천칭의 영향력이 일시적으로 약해져서 제가 당신을 도와도 대가는 적어요. 제 손을 잡아요.”

하지만 이아나는 라오스의 손을 잡지 않았다.

“넌 이미 내 삶에 깊이 개입했고 난 네 존재를 인식했어. 너 없이는 내 수수께끼 같은 삶이 완벽하게 설명되지 않아. 그런데 어떻게 신경을 꺼?”

라오스가 주먹을 꾹 오므려 쥐었고, 이아나는 라오스를 빤히 쳐다보았다.

“나는 사과를 듣고 싶은 게 아니야. 설명을 듣고 싶은 거지. 내가 원하는 대로 살라고 했지? 그럼 대답해. 너.”

이아나가 지친 정신을 똑바로 다잡았다.

“로베르슈타인의 자식이지.”

“……네.”

라오스는 순간 움찔했으나 순순히 인정하고 되물었다.

“어떻게 아셨나요?”

“네가 로베르슈타인의 자식일지도 모른다는 건 예전부터 생각하고 있었어.”

“그렇군요.”

“그리고 아카식 레코드의 하단, 역행의 세계에서 로베르슈타인이 잊고 있던 너와 관련된 기억을 모두 얻었어.”

그 말에 라오스는 몹시 동요하여 이아나에게서 물러났다.

“그 기억들을 얻으셨다고요?”

“그래. 내가 왜 그 시절을 기억할 수 없었던 건지는 네가 알겠지.”

이아나가 영혼을 곧게 일으켜 세워 멀어지려는 라오스의 손목을 붙잡았다.

"설명해 줘. 정말로 내가 원하는 대로 살길 바란다면."

라오스는 한동안 침묵했다. 이아나가 계속해서 기다리자 결국 소년의 입술은 열렸다.

"……신성시대 종말에."

라오스의 목소리는 떨리고 있었다.

"어머니는 저를 봉인하시며 한 시대가 끝날 거라고 하셨어요. 낙원은 무너지며 혼돈으로 회귀할 것이고, 백지 같은 허무 위에서 제가 새로운 아침을 그려 낼 거라고 하셨죠. 제가 싫다고 울부짖고 붙잡아도 어머니는 완고하셨고 멋진 세상을 만들어 달라는 말을 끝으로 떠나가셨어요."

하지만 얼마 후, 제가 봉인될 때 안고 있었던 칸데메이온이 봉인을 풀어 버렸고, 저는 어머니의 기운이 느껴지는 곳으로 달려갔어요.

이미 모든 것이 끝나 있었죠.

"제 앞에서, 어머니의 심장은 부서져 갔고 영혼은 몹시 흐려지고 있었어요. 저는 보자마자 알았어요. 어머니의 영혼은 너무 지쳐서, 아카식 레코드에 닿자마자 그 자리에서 소멸할 가능성이 높다는 걸."

저는 어머니의 완전한 죽음을 예감한 순간 엄청난 공포를 느꼈어요. 또한 어머니가 그토록 부탁했음에도 욕심을 느꼈지요. 어머니가 죽지 않았으면 좋겠다고. 긴 시간 후에라도 로베르슈타인으로 다시 소생해서 함께 지냈으면 좋겠다고.

"저는 어머니의 심장을 페임드라에 봉인하고 영혼은, 법칙으로 탄생시킨 한 생명의 피에 억지로 구겨 넣어 죽지 못하게 했어요. 하지만 강제로 집어넣은 어머니의 영혼과 새로운 영혼은 강하게 충돌했어요."

순수한 영혼과 충돌하는 과정에서 찢어진 어머니의 영혼에서는 무수히 많은 기억들과 감정들이 튀어나와 세상으로 퍼져 나갔어요. 저는 그걸 막을 수 없었죠.

"어머니의 영혼이 새 생명의 육체에 안착하자마자, 저는 무너지는 세상으로부터 어머니의 무덤이나 다름없는 작은 언덕을 지키기 위해 거대한 롯소 산맥을 일으켜 세웠어요. 로베르슈타인 일족의 시조에게는 그 땅을 지키도록 하였죠. 그런 다음엔 세상으로 흩어진 어머니의 검 조각들을 울면서 모으러 다녔어요."

어머니의 기억과 감정은 어머니의 기운이 흐르는 검 파편에 붙잡혀 있었어요. 저는 조각들을 하나하나 회수하며 고여 있던 어머니의 기억을 보고 어머니의 감정을 느낄 수 있었죠.

"어렸던 저는 어머니의 삶을 이해하기도 하고, 이해하지 못하기도 했어요. 하지만 그중에는 어머니가 저를 얼마나 아끼고 사랑했는지에 대한 기억과 감정들도 있었어요. 저는 그것들에 엄청난 위로를 받았답니다."

악마, 그러니까 아버지의 영혼 파편들은 모으지 못했어요. 너무 지독해서 제가 함부로 건드릴 수도 없었던 데다가 그 파편들은 의식이 없음에도 제게 회수되는 걸 본능적으로 강하게 거부했거든요. 일평생 신들에게 혐오당한 그는 누군가를 조종하면 조종했지 누군가에게 강제로 통제당하는 건 끔찍하게 싫어하는 듯했어요.

“긴 시간이 지나, 저는 너무 무서운 악마의 파편이 머무는 남부 대륙의 검 조각을 제외한 모든 조각들을 회수했어요.”

하지만 저는 그 기억과 감정들을 어머니의 영혼에 돌려주지 않고 한 조각에 모두 몰아넣은 다음 품에 넣었어요. 시조의 거부감이 심해서 그 안에 있는 어머니의 영혼에게 돌려줄 수도 없었거니와 제가 힘을 내어 살아갈 원동력이 필요했거든요.

“그 후로는 어머니가 원했던 대로 새로운 세상을 구축하기 시작했어요. 하지만 어머니는 어떻게 해야 할지는 알려 주지 않았고, 페임드라의 예언도 아주 어릴 때 들어서 자세히 기억나지 않았기 때문에 스스로 생각하여 세상을 창조해야 했어요.”

저는 법칙에 의거해서 예언에서 유일하게 기억나는 ‘로안느’라는 이름을 가진 위대한 여인을 탄생시켰어요. 페임드라의 예언 속에서 로안느라는 사람은 분명 존재했고, 그 사람이 존재하는 세상은 행복하다는 얘기가 애매하게 기억났기 때문이었어요.

어리석었던 저는 로안느가 어머니만큼 대단하고 멋진 사람이어야 한다고 생각했어요. 그래서 심혈을 기울여 로안느를 탄생시켰고 균형에 의해…… 바하무트가 탄생했죠.

“정말 어리석은 일이었어요. 제 가정은 처음부터 전부 틀렸었거든요.”

라오스가 잠깐 말을 멈추고 자조하더니 다시 말을 이어 갔다.

“그다음엔 칸데메이온에게 사정해서 그 애와 저를 닮은 네 ‘드래곤’을 탄생시켰어요. 저와 칸데메이온의 힘만으로는 세상의 붕괴를 막을 수 없었거든요.”

저는 그들과 정령들을 데리고 다니며 세상을 안정화하고, 새로운 자연으로 세상을 꾸미고, 다른 생명들을 삶으로 불러냈어요. 긴 시간이 흘러 세상이 안정되었을 무렵, 세상을 구축하며 성숙해진 저는 어른의 모습을 하고 있었어요.

"하지만 여전히 어머니만 생각하면 어린아이가 되어 버리곤 했지요. 저는 여전히 어머니가 그리워서 숨이 막혔어요."

해야 할 일을 마친 저는 이 그리움을 도저히 참을 수 없었어요. 모든 것을 잊고 떠나고 싶었어요.

그래서 로안느에게 세상의 질서를 맡겼어요. 로안느를 사랑하고 추종하게 된 로베르슈타인 일족의 시조에게는 어머니의 검 조각을 주었어요.

시조는 그 검 조각을 통해 페임드라의 덩굴과 연결된 어머니의 심장과, 제 피에 깃든 어머니의 영혼을 이어 저의 분신이나 마찬가지인 로안느에게 강력한 수호의 힘을 덧씌울 수 있었어요. 어머니는 저를 너무나 사랑했고 제 모든 것을 보호하고 싶어 하셨거든요.

시조는 로안느를 보호하기 위해 검 조각을 받아들였고, 저는 언젠가 어머니의 영혼이 새로이 태어난다면 검 조각에 깃든 어머니의 기억과 감정이 이양되도록 조치해 두고 떠났어요.

"다만, 저와 관련된 어머니의 기억과 감정들만큼은 차마 내놓지 못하고 제가 완전히 가졌어요. 제 보물이었거든요. 제가 간직하고 있다가 나중에 어머니가 되살아나면 되돌려 주려고 했었죠."

그 후, 저는 어머니가 깨어날 날만을 기다리며 수없이 많은 존재의 삶을 유희로서 살았어요.

시간의 힘은 놀라웠어요.

저는 어머니가 맡긴 무거운 사명으로부터 벗어나 제 삶을 살면서 정말로 성장하기 시작했어요. 어머니에 대한 집착에서도 서서히 벗어나, 머나먼 과거 어머니의 안식을 막은 제 철없는 선택을 후회하기도 했지요.

하지만 어머니를 다시 보고 싶은 건 여전했어요. 그 오랜 미련 때문에, 차마 봉인을 풀고 어머니를 죽음으로 인도하지는 못했지요. 이러지도 저러지도 못한 채 고민만 하는 제가 너무 싫고 괴로워서, 저는 걸핏하면 칸데메이온을 찾아가 어머니의 무덤을 바라보며 긴 잠을 잤어요. 그렇게 시간이 흐르고 또 흐르다가…….

마침내 아르하드가 태어났어요.

있는지도 몰랐던 르보니의 봉인이 풀려 르보니가 세상으로 뛰쳐나왔어요.

이아나, 당신이 태어났어요.

"미안해요."

라오스는 거기서 이야기를 멈췄다.

"당신이 신성시대 후반부의 기억을 얻지 못한 건 제가 여전히 어머니의 기억을 가지고 있었기 때문이에요."

"왜 기억을 돌려주지 않았지?"

"당신이 저를 아예 몰랐으면 했어요."

라오스가 죄책감 어린 목소리로 중얼거렸다.

"저는 당신의 첫 번째 삶을 조용히 지켜봤어요. 그리고 당신은 어머니가 될 수 없으며 그저 '이아나'라는 사람이라는 걸 깨달았어요. 당신은 당신만의 삶을 살고 있었으니까요. 그때의 저는 이 세계의 창조주로서 더는 어리지 않았어요."

라오스는 어머니가 보고 싶었으나, 이아나의 삶을 존중하고 싶었다.

둘 중 하나를 택해야 했을 때.

라오스는 결국 이아나를 선택했다.

"당신의 두 번째 삶에서, 저는 당신을 돕고 싶었지만 이미 모든 게 뒤틀려 버려서 어떻게 할 수가 없었어요. 어머니의 심장을 소멸시키려 해도 그 의지가 너무 강해서 도저히 손을 쓸 수가 없었죠. 또, 균형에 종속된 제가 나서면 그로 인한 대가가 발생해 당신에게 피해를 줄 수도 있었어요. 그래서 차라리 나서지 않는 게 나을 것 같아 최악의 사태만 막고 침묵했어요."

아니, 사실 저는 무서웠어요.

제가 당신의 삶을 끝까지 망쳐 버리는 죄를 지을까 봐.

어머니에 대한 미련으로 당신을 방해할까 봐.

"역시 당신은 스스로 모든 시련을 잘 이겨 나갔죠."

라오스가 떨었다.

"제가 나설 때마다 모든 게 엉망이 되었어요. 저는 당신의 삶에 폐만 되었어요. 저에 대한 어머니의 사랑은 너무나 깊었고 그런 제 존재 때문에 스스로 잘해 나가고 있던 당신이, 새로운 사랑을 꽃피워 나가고 있던 당신이 혼란스러워하는 걸 바라지 않았어요. 그래서 기억하지 말아 줬으면 했어요. 그저 엘리라는 이름으로 당신이 행복해지도록 조용히 돕고 싶었어요. 하지만 정보를 감추는 건 당신을 괴롭히는 꼴이 되었고, 결국 이렇게……."

반쯤 공황 상태로 주절거리던 라오스는 말을 멈추고 굳어 버렸다. 어느새 다가온 이아나가 그를 품 안에 확 끌어안았기 때문이다.

"라오스."

그녀에게서, 그가 영원토록 듣고 싶어 했던 누군가의 목소리가 들려왔다.

"……!"

영혼을 통해 울리듯이 전해지는 음성은 이아나의 것과 확연히 달랐다. 수없이 많은 해가 뜨고 달이 져도 귀에 들러붙은 양 잊지 못했던 목소리였다.

영혼의 모습도 이아나와 달랐다. 단단하지만 가뭄으로 갈라진 대지 같던 불안정한 몸. 웃음 한 방울을 기대하며 열심히 들여다보곤 했던 메마른 낯이었다.

라오스가 한없이 그리워해 왔던 이였다.

로베르슈타인이 속삭였다.

"내 아가. 라오스."

로이긴이 소멸한 후 한없이 침잠해 있던 로베르슈타인은 역행의 세계에서 신성시대 후반기를 경험하고 각성했다. 이아나가 힘들어서 정신을 놓은 사이, 로베르슈타인은 폭발하는 상념들을 차분히 차곡차곡 정리했다.

그러던 중에 라오스가 등장하여 이아나에게 자신의 이야기를 풀어놓았다. 함께 이야기를 들으면서 생각 정리를 마친 로베르슈타인은 라오스와 대화하고 싶다는 의사를 내비쳤고, 이아나는 순순히 양보해 주었다.

덕분에 로베르슈타인과 라오스, 모자는 오랜 세월을 뛰어넘어 만날 수 있었다.

"라오스."

잊고 있던 그 사랑스러운 이름.

"라오스."

로베르슈타인은 라오스의 이름을 절대 잊지 않겠다는 듯 반복하여 읊었다. 라오스의 영혼을 제 품 안으로 더욱 깊숙이 끌어안았다.

라오스는 달달 떨다가 로베르슈타인을 밀어냈다. 라오스의 영혼은 희게 질린 창백한 빛이었다.

"죄송해요."

라오스가 다짜고짜 사과하자 로베르슈타인이 이해할 수 없다는 듯 나직하게 되물었다.

"뭐가?"

"엄마는 죽음을 간절히 바랐었는데 제가 막았어요. 엄마를 보고 싶다는 제 철없는 미련으로 모든 것을 망쳤어요. 모두가 괴로워졌어요."

바람이 불어오기 시작했다.

그들은 분명 무한한 아카식 레코드의 어딘가에 있었다. 하지만 어느새 빠져나와 페임드라의 옛 그루터기가 있는 언덕에 서 있었다. 로베르슈타인과 라오스가 이별한 곳이었다.

"제가 구축한 이 세상이 엄마가 바랐던 미래가 맞는 건지도 모르겠어요."

하늘은 흐렸고, 대기는 혼란스러웠다.

"제가 다 잘못한 것 같아요."

라오스는 완전히 뒤죽박죽이 된 세상을 본 로베르슈타인에게 질타당할 거라고 생각했다. 로베르슈타인은 죄책감에 눈을 마주치지 못하는 라오스를 응시하다 발치에서 희게 빛나는 것에 시선을 두었다.

"들꽃이 피었구나."

하얗고 조그만 꽃이 세상이 혼잡한 와중에도 꿋꿋하게 피어 있었다. 어떤 시련과 고난이 있어도 기죽지 않겠다는 듯 당당한 자태를 뽐내고 있었다.

"아까 생각을 정리하면서, 이아나의 기억을 통해 네가 구축한 세상을 들여다보았다."

탄생과 죽음이 당연하게 순환하는 세상이었다. 선과 악이 공존하며 수많은 감정이 요동치는 솔직한 세계였다. 절망 속에 희망이 있고, 슬픔 끝에 기쁨이 있는 동적인 시대였다.

"누구도 미래를 정확히 알지 못하지. 페임드라도 마찬가지야. 내가 페임드라에게 들었던 예언은 단편적이고 수수께끼 같았어. 그러니 네가 구축한 세상이 맞다, 틀리다, 충분하다, 모자라다 할 수는 없겠지."

로베르슈타인이 라오스의 손을 감싸 쥐었다.

"하지만 난 이 살아 있는 세계가 마음에 든단다."

고개를 푹 숙이고 있던 라오스가 슬며시 고개를 들어 로베르슈타인을 보았다. 로베르슈타인이 미안한 듯, 기특한 듯, 아픈 듯. 고마운 듯, 괴로운 듯, 사랑스러운 듯, 온갖 복잡한 감정을 담아 옅은 미소를 짓고 있었다.

"멋진 세상이구나. 고마워."

라오스의 눈망울이 뿌옇게 젖어 들었다.

내가 잘하고 있는 걸까? 이게 엄마가 원했던 세상이 맞는 걸까?

불안감과 초조함으로 밤을 지새우길 수천 년. 딱 한 번만이라도 듣고 싶었던 말들을 오늘 마침내 들었다. 코가 맵고 목이 메었다.

"엄마의 유언 때문에 고생했겠구나."

"엄마."

"라오스, 엄마야말로 네게 사과해야 해."

로베르슈타인이 라오스를 다시 천천히 끌어안았다.

"엄마가, 그때는 너무 힘들어서 제정신이 아니었어. 페임드라가 알려 준 미래와 네 위대한 힘에 판단력이 흐려져 어린 네게 너무나 잔인하고 무책임한 짓을 했어. 나는 체념해서 네게 무거운 짐을 떠맡기고 떠날 게 아니라 삶의 의지를 다지고 끝까지 문제를 해결하려 노력해야 했어. 어떻게든 시련을 이겨 내고 부모로서 너를 보호하며 살아가야 했어. 부모 실격이구나. 내가 부족해서 널 아프게 했어. 미안해……."

라오스를 감싸 안은 로베르슈타인의 손이 떨렸다.

"아니에요. 엄마가 많이 괴로웠다는 거 알아요."

라오스는 고개를 저으며 로베르슈타인의 목을 끌어안았다.

"엄마에게 내려진 사명은 한 존재가 짊어지기엔 너무 무거웠어요. 엄마가 아무리 강했어도 한 존재에게 조율의 사명을 맡겨 이러지도 저러지도 못하게 한 세계가 잘못한 거예요. 그렇게 행동해야 했던 엄마의 상황과 마음을 이해해요."

라오스가 당신만의 잘못이 아니라며 위로하자 로베르슈타인은 더 면목이 없어지는 기분이었다.

제 눈앞에서 자결한 것이나 마찬가지인 부모에게 이런 위로를 전하기까지, 아이는 얼마나 많은 생각들을 했을까. 보고 싶다는 이유 하나만으로 오랜 세월 부모의 삶을 강제로 붙잡으면서 아이의 속내는 얼마나 썩어 들어갔을까.

"변명 같겠지만 난 네가 나를 잊고, 새로운 세상에서 행복하게 살길 바랐어. 칸데메이온은 속을 모를 녀석이니 너를 돌봐주던 착한 르보니와 친구처럼 잘 지냈으면 하는 마음에 그 애를 남겨 뒀었는데 일이 이상하게 꼬였더구나."

로베르슈타인은 무너지는 세상에서도 버틸 만큼 튼튼한 굴에 르보니를 봉인하고 자신이 죽고 나면 풀리도록 조치했었다. 그런데 라오스가 로베르슈타인을 봉인하는 바람에 봉인 속 봉인의 르보니는 완전히 숨겨졌다.

아르하드가 탄생하며 라오스의 봉인이 강하게 뒤흔들리고, 악마의 생존을 감지한 로베르슈타인이 의지를 발산하며 라오스의 봉인을 깨뜨리고 나서야 르보니의 봉인도 풀렸다. 그렇게 해방된 르보니가 뛰쳐나오고 나서야 라오스는 르보니의 존재를 알아챘다.

"르보니에게도 정말 많이 미안해. 그 애에게 정말 못 할 짓을 했어. 그 애가 이아나에게 울부짖던 기억을 보면 마음이 아파.

다시 만날 수만 있다면 사과하고 싶구나."

"엄마, 르보니는."

라오스가 뭐라 말하려다, 저와 연결되어 있는 존재가 격렬하게 거부하는 것을 느끼고 입을 다물었다. 연결된 감정과 생각이 벅차도록 전해져 왔다. 라오스가 조그맣게 중얼거렸다.

"엄마를 원망하지 않았어요. 잠깐 미워했던 적도 있지만 정말 아주, 잠깐이래요. 아니 잠깐이었다고 했어요."

"그 애는 언제나 나를 추종하고 헌신했지. 하지만 나는 그 애의 애정을 받을 자격이 없었어."

로베르슈타인이 눈을 감았다.

"이 세상에서."

그 어떤 것에도 얽매이지 않은 평범한 삶을, 아니 얽매이더라도 단 한 번만 더 살 수 있다면.

"그러면 잘할 수 있을 것 같은데. 소중한 너희와 행복해질 수 있을 것 같은데."

로베르슈타인의 말은 넋두리였다. 기대감이 일절 섞이지 않은 체념 그 자체였고 라오스도 그것을 알고 있었다.

"우리의 삶은 끝났지. 이 시대는 우리의 것이 아니고."

"네."

라오스가 로베르슈타인을 꽉 감싸 안으며 눈물을 글썽였다. 뚝뚝 떨어지는 투명한 눈물은 곪은 자괴감과 아픈 그리움에 물들어 있었다. 라오스는 미련까지 그 눈물에 담아 흘려보냈다.

"죄송해요. 엄마를 다시 보고 싶다는 제 욕심이 엄마와 아빠를 슬프게 했어요."

“라오스, 너를 탓하는 게 아니야. 넌 넘치도록 잘해 줬단다. 우리는 네 덕분에 애증과 몰이해가 아닌 애정과 아쉬움으로 삶을 마무리할 수 있게 되었어.”

로베르슈타인이 읊조리며 라오스를 강하게 껴안았다.

“네게 다시 한번 감사하고 싶구나.”

라오스는 이별을 직감하며 눈을 감았다. 그토록 안기고 싶었던 로베르슈타인의 품에서 마음을 정리했다. 모자는 그렇게 한동안 서로를 부둥켜안고 있었다.

“놀라워.”

로베르슈타인과 라오스의 시선이 숲 쪽을 향했다.

소녀의 형상을 한 칸데메이온이 어둠에 잠긴 채 무표정한 얼굴로 서 있었다.

로베르슈타인이었던 영혼의 형태가 즉시 이아나로 변했다.

“이아나 이그나이츠 라이즈.”

칸데메이온이 똑바로 그녀의 이름을 불렀다.

“한순간일지라도 두 번이나 천칭을 으스러뜨릴 줄이야. 대단해. 정말로 감탄했다.”

“…….”

“사랑은 참 대단한 거로군. 누군가는 수천 년간 쌓여 있던 증오를 이겨 내고, 누군가는 천칭을 부술 만큼.”

바하무트 편에 붙어먹은 놈이 짜증 날 정도로 감상적인 말을 지껄이고 있었다. 하지만 미치도록 밉지 않은 건 왜일까?

“네가 바하무트에 붙은 이유를 설명해.”

이아나가 싸늘하게 묻자 칸데메이온이 어깨를 으쓱였다.

"균형을 맞추기 위해서였지. 덕분에 지금은 균형이 얼추 맞추어졌어. 천칭은 내 힘을 받은 바하무트 일족과 로베르슈타인의 힘을 이어받은 너의 균형을 인정했다."

"아르하드는 왜 언급하지 않지?"

"그가 너와 바하무트의 사이에서 중립적인 존재가 되었기 때문이다. 아르하드는 원래 균형을 크게 무너뜨리는 무게추였고 천칭은 그가 죽어 사라지는 균형을 추구했었지."

이아나는 천칭이 아르하드를 살리는 걸 거부했던 기억을 떠올리고 미간을 찌푸렸다.

"하지만 테일런이 아르하드의 영혼 반을 가지고, 그의 심장까지 공유한 현재 그는 반으로 갈라진 것이나 마찬가지다. 천칭은 그의 존재가 균형에 어긋나지 않는다고 판단했다. 그러니, 이제 하나만 더 결정하면 '내기'를 끝마치기 위한 최종 무대가 완성된다. 이에 관해서는 '네 뜻'을 따르겠다."

"내기? 무슨 내기?"

"오래전, 라오스와 나는 내기 하나를 했지. 라오스의 염원이 이뤄지는 시점, 즉 신의 영혼이 깨어나고 악마의 심장이 자유를 얻는 시점부터 세상이 어떻게 흘러갈 것인가...... 라는."

이 시점은 세계의 균형이 크게 뒤흔들리는 순간으로, 이후 세계는 급물살을 타고 한쪽 방향으로 흘러갈 가능성이 컸다.

결계로 균형을 강제로 유지해 온 드래곤들도 자유가 된다.

드래곤들은 라오스가 세계 붕괴를 막기 위해 만들어 낸 신의 사도들이다. 라오스에게 삶을 받고 신력까지 공급받는 드래곤들의 삶은 그에게 종속되어 있었다.

하지만 이 의무에도 기한이 있었다. 악마의 심장이 신의 검의 속박으로부터 벗어난 이후부터 드래곤은 독립 개체가 된다.

라오스에게서는 추가 신력을 공급받지 못하고 칸데메이온에게서는 심장에 죽음을 부여받아 유한한 삶을 살게 되지만, 여타 생물들처럼 자유의 몸이 되어 자신의 삶에만 오롯이 집중할 수 있게 된다.

그리하여 현재 드래곤들은 사도의 역할에서 벗어나 생물로서 세계의 먹이사슬에 편입했다.

앞으로 자신들의 강대한 힘을 유전할 드래곤 종족의 특성은 '중립'이다. 그들은 고유한 독립 개체로서 세계의 균형을 크게 무너뜨리지 않는 선 안에서 자유롭게 살아갈 것이다.

그러니 세계의 균형을 좌지우지하는 이번 싸움에는 자의적으로 끼어들 수 없었다. 대변혁의 시기, 미래는 세계를 살아가는 다른 생물들의 몫이었다. 그들이 어떻게 행동하느냐에 따라서 세계는 붕괴하거나 팽창할 것이었다.

"나는 생물의 원초적인 이기의 욕망과 흑의 의지로 인해 세상은 후퇴하기만 하다가 신성시대 때처럼 또다시 붕괴할 거라고 말했다. 라오스는 욕망을 제어하는 이타의 이성과 백의 의지로 인해 세상은 앞으로 나아가며 팽창할 거라고 말했다."

흑은 죽음에 가까운, 백은 삶에 가까운 모든 것. 제각기 다른 고유한 생물들이 살아가는 이 복잡한 세계에서는 끝까지 가 보지 않는 한 무엇이 우세하다고 판단하는 건 불가했다.

그래서 어떻게 될지 지켜보기로 했다.

그것이 내기였다.

"왜 그런 내기를?"

"저와 칸데메이온은 이 문제로 늘 말다툼을 했어요. 칸이 비관적인 얘기만 하는 게 싫어서 그럼 누구 의견이 맞을지 내기하자고, 제가 먼저 제안했죠."

이아나에게서 떨어져 나온 라오스가 조용히 중얼거렸다.

"나는 당연히 받아들였지. 그런 작은 유흥 정도는 있어야 끝이 보이지 않는 지루한 삶을 살아갈 수 있을 테니까."

영원을 살아가는 두 존재의 내기는 단순하면서도 비범했다.

"내기 무대를 완성하는 데 내 뜻을 따른다는 건 또 뭐고?"

"로베르슈타인의 심장을 없앨 것인가, 말 것인가."

칸데메이온이 페임드라의 그루터기를 가리켰다.

"로베르슈타인의 심장을 보유한 너는 '라오스'로부터 비롯된 '신성시대의 잔재'이며 '불사'의 존재다. 그것은 매우 불공평하지. 만약 로베르슈타인의 심장을 없애지 않는다면 나, '칸데메이온'은 계속 바하무트에 힘을 실어 줄 것이고 '불사의 성질' 또한 부여할 것이다."

"……."

"하지만 네가 로베르슈타인의 심장을 없앤다면 라오스도 손을 뗀다는 전제하에 이 싸움에 일절 개입하지 않겠다."

"대답하기 전에 하나 묻고 싶군."

이아나가 칸데메이온을 똑바로 쳐다보며 물었다.

"너는 누구이며, 왜 그렇게 균형에 집착하지?"

역행의 시공간에서 얻은 로베르슈타인의 기억과 지식에서는 칸데메이온에 대한 정보가 거의 없었다.

로베르슈타인의 기억에 의하면 칸데메이온은 라오스의 탄생과 동시에 그의 그림자에서 솟아오른 존재. 신도, 악마도 아닌 그는 세계수나 정령처럼 심장 없이 영혼만 존재하는 무언가였다.

과거의 로베르슈타인은 칸데메이온에게서 대답을 들을 수 없었다. 과연 지금은 얘기해 줄까?

"이 세상 모든 진리의 시작점이 무엇인지 알고 있나?"

대답 대신 질문이 돌아왔다.

"'천칭'과 '의지'의 대립이다."

균형을 베면서 깨달은 점이 있었기 때문에 이아나는 순순히 대답했다.

"정확해. 천칭은 균형과 현상 유지를, 의지는 불균형과 변화를 추구하며 대치한다. 천칭은 수동적이라 먼저 움직이지 않아. 의지에 의해 변화가 발생하면 새로운 진리나 제약을 더하는 방식으로 균형을 맞출 뿐이지. 이 과정에서 세계의 모든 진리가 탄생했다."

의지로 인해 삶이 탄생했기에 죽음을 만들어 냈고, 순행의 시공간이 생겨났기에 역행의 시공간을 만들어 냈고, 영적 개념이 나타났기에 물질적 개념을 만들어 냈듯이.

"천칭은 유한하지만 모든 것이 될 수 있는 '존재의 잠재력'과 무한하지만 아무것도 없는 '허무의 개념'으로 세계의 균형을 조절한다. 여기서 존재의 잠재력이란 신력, 즉 원기元氣를 생산하는 특별한 기운이자 모든 기운의 모체, '근원기根源氣'다. 라오스, 보여 줘."

라오스가 이아나의 앞에 오른손을 들어 보였다. 희디흰 백색 기운이 구슬처럼 응집하여 그의 손바닥 위에 놓여 있었는데, 그것을 중심으로 신력의 양이 증가하는 게 느껴졌다.

“근원기는 원기 생산 능력과 절대 소멸하지 않는다는 점을 제외하면 형태와 기능은 원기와 똑같아요. 원기와 구분하는 게 불가능하죠. 혹시 신력을 생산하는 ‘알짜 입자’라는 단어를 들어 본 적 있나요?”

이아나는 몇 년 전 정령들에게 들었던 세계 창조에 대한 이야기를 떠올렸다.

[입자는 두 종류로 나뉘는데, 신력을 생산할 수 있는 알짜 입자와 신력을 생산할 수 없는 쭉정이 입자다.]

[우리가 이것을 어떻게 구분해서 만들어 냈는지는 몰라. 현재 우리는 쭉정이 입자를 만들어 낼 수는 있지만, 알짜 입자를 어떻게 만들었는지는 아직도 수수께끼다. 알짜 입자와 쭉정이 입자의 구성 성분은 같은데 대체 뭐가 다른 건지…… 몇 번이나 만들어 보려고 했지만 쭉정이 입자만 만들어지더군.]

이아나가 고개를 끄덕이자 라오스가 설명을 이어 갔다.

“천칭은 영혼과 균형을 맞추는 요소를 만들고자 했고, 그로 인해 생성된 정령들은 의식이 없을 때, 천칭의 의도에 따라 혼돈에 있던 기운을 사용해 입자를 빚어냈어요. 근원기는 알짜 입자가, 일반 원기는 쭉정이 입자가 되었죠.”

라오스가 왼손에 신력을 사용해 똑같은 흰 구슬을 만들었다. 형태는 같았지만 거기서는 신력의 양이 불어나지 않았다.

"이 두 종류의 입자들이 섞여서 뭉친 게 혼돈의 조각이에요."

정령들에게 들어 아는 내용이었다. 알짜 입자가 많이 섞일수록 신력 생산량이 높아진다고 했었다. 하지만 라오스와 칸데메이온의 이야기는 그보다 더 파고든, 심화적인 내용이었다.

"근원기는 천칭의 거대한 두 축 중 하나고, 천칭이 누군가의 힘을 판단할 때 기준은 '근원기의 양'이에요. 그것으로 빚어낸 알짜 입자를 많이 가질수록 강하다고 판단해 균형에 대한 강한 사명을 부과하죠. 강력한 신력 생산력을 보유하게 되지만 그 대가로 천칭에 단단히 얽매여 천칭이 추구하는 균형을 반강제적으로 따르게 되는 거예요."

천칭이 로베르슈타인에게 조율의 의무를 강제로 부여한 것도 이 원리였다. 로베르슈타인은 의무를 기꺼이 받아들여 천칭에 얽매이는 것을 넘어서 심판의 힘까지 빌려 쓸 수 있게 된 것이고 말이다.

"신이 죽으면 혼돈의 조각이 깨져서 소멸한다는 얘기도 들어 보셨나요?"

"그래."

"사실 혼돈의 조각은 그 자리에서 소멸하는 게 아니라, 근원기의 성질 때문에 아카식 레코드로 빨려 들어가요. 사라지는 것처럼 보일 뿐이죠."

아카식 레코드에 진입한 혼돈의 조각은 역행의 시공간을 순환해 태초로 되돌아간다. 조각은 쭉정이 입자와 알짜 입자로 분리되고, 입자들은 원기와 근원기로 회귀한다.

역행 시공간의 끝인 '태초'에서, 근원기로부터 생성되었던 원기는 소멸하고, 시간이 있기도 전부터 존재했던 근원기는 소멸하지 않고 튀어나와 아카식 레코드의 중심으로 모인다.

즉 근원기는 탄생과 소멸, 시간과 공간을 초월해서 항상 똑같은 양으로 존재했다.

"순행 시공간에서 모체신이 임신해서 심장이 생겨나면, 근원기의 일정량이 영혼과 함께 모체신의 몸 안으로 이동해요. 거기서 다시 알짜 입자가 되고 새로운 신의 혼돈의 조각이 되죠. ……이게 평범한 신의 탄생 과정이에요."

"하지만 아카식 레코드의 중심에서 태어난 라오스는 특별했지."

라오스를 임신한 로베르슈타인은 로이긴의 눈을 피해 아카식 레코드로 왔다.

로이긴은 지상에서 신들을 닥치는 대로 죽여 저 혼자 남았고, 신들이 보유했던 혼돈의 조각은 역행의 과정을 거쳐 근원기로 회귀해 아카식 레코드의 원점에 모여들었다. 탄생은 없고 죽음만 존재하던 멸망의 시대, 아카식 레코드에 모인 근원기의 양은 어마어마했다.

그리하여 로베르슈타인이 산달을 채우는 동안, 그녀의 복중에서는 특별한 일이 벌어졌다.

최고의 신과 최저의 악마의 균형적으로 완벽한 결합, 세상에서 가장 강한 두 존재의 강력한 유전, 근원기와 가장 밀접한 장소…….

아카식 레코드의 모든 근원기가 로베르슈타인의 복중 태아로 향했다. 로베르슈타인의 것까지 합쳐 한 신체에 세상의 모든 근원기가 있게 된 것이었다.

게다가 아카식 레코드는 진리의 도서관이자 영혼의 포궁이었다. 새로 태어나 로베르슈타인의 배 속에 자리 잡은 영혼은 의식과 무의식의 경계선에서, 태교를 받듯 세계의 모든 지식과 역사를 총망라한 아카식 레코드의 모든 것을 배워 나갔다.

그렇게 특별한 신 라오스가 태어났다.

라오스는 천칭의 한 축인 근원기를 마음대로 다룰 수 있었다. 세계의 모든 진리를 빚어낼 수도 있었다. 그는 '존재의 잠재력' 그 자체였다.

천칭은 라오스라는 거대한 존재의 균형을 맞출 수 있는 두 가지 방법을 저울에 올려 비교했다.

로베르슈타인에게 그랬던 것처럼 강력한 조율의 의무를 부여하여 그의 모든 행동을 제약할 것이냐. 혹은 그와 정반대의 '허무의 개념'을 현현시켜 균형을 맞추게 할 것이냐.

"천칭은 다양한 방식으로 균형을 조율하는 세계의 장치. 천칭은 고정적이면서도 유동적이어서 현재 방식으로 균형을 맞추기 어렵다 싶으면 새로운 방식을 선택한다."

천칭은 로베르슈타인이 사랑이라는 '의지' 때문에 조율의 사명을 저버릴 뻔했다는 기록에 주목했다. 영혼은 의지를 가졌기에 불안정하다. 한 영혼에게 모든 것을 맡기는 건 위험했다.

그리하여 천칭은 전자의 방법 대신 후자의 방법을 선택했다.

"이쯤에서 내가 누구인지 대답해 줄 수 있겠군……. 내가 누구이며 왜 균형에 집착하는지 물었나?"

칸데메이온이 한 발자국 다가왔다.

"나는 라오스의 그림자."

그의 맨발이 닿은 땅은 암흑으로 흩어졌다.

"존재와 균형을 맞추기 위해 현현한 허무. 법칙이 존재하기 때문에 존재하는 혼돈. 라오스가 죽으면 함께 죽는 필사의 존재이되, 라오스가 죽지 않으면 절대 죽지 않는 불사의 존재이다."

칸데메이온이 남기는 족적 아래의 모든 것이 세상에서 존재하지 않았던 것처럼 사라졌다.

"천칭의 한 축으로 태어난 나는 라오스의 행동으로 말미암은 불균형을 바로잡아야 한다."

칸데메이온이 시큰둥하게 중얼거렸다.

"라오스는 초창기에 이것저것 관여해서 균형을 한껏 기울였지. 죽었어야 할 거대한 균형 요소인 로베르슈타인을 살려 놓고 로안느까지 작위적으로 만들어 균형을 크게 어그러뜨렸다. 그러니 내가 나서서 그 균형을 바로잡을 수밖에."

라오스가 면목이 없다는 듯 고개를 푹 숙였다. 이아나는 미안해서 어쩔 줄을 몰라 하는 라오스를 바라보며 물었다.

"세계의 균형을 조율하는 게 아니라 라오스로 인한 불균형만 맞추는 건가?"

"그래."

라오스가 근원기를 가장 많이 보유한 신성시대 최강의 존재, 로베르슈타인을 살렸으니 칸데메이온도 근원기가 하나도 없는 신성시대 최약의 존재, 로이긴을 살렸다.

라오스가 로안느를 만들어 제 힘을 부여했기에 칸데메이온도 바하무트를 만들어 제 힘을 부여했다.

"내 기준은 근원기의 양이 아닌 '라오스'다. 내가 균형을 맞추면 천칭에 그것이 '균형'이라는 기록이 남는다. 천칭은 그 균형을 지키기 위해 강한 강제력을 부과하지."

로베르슈타인, 로안느, 이아나.

로이긴, 바하무트, 아르하드.

이게 칸데메이온이 정한 균형이었다.

무게추인 아르하드가 로이긴을 없애고 다른 쪽으로 넘어갈 것처럼 보이니 그를 죽이고 그 자리를 자신과 바하무트의 테일런으로 대체하려 했었고.

"하지만 너는 한순간이나마 천칭을 베어 모든 균형과 진리를 무력화하고 아르하드를 살렸다. 한번 정해진 균형의 방향은 세계의 섭리가 되기에 이에 거역하기란 불가능에 가깝지만 너처럼 '의지'로 섭리를 어기고 균형을 크게 어그러뜨리는 특이 변수도 가끔 있는 법이지. 사실 천칭이 아르하드를 그냥 두기로 한 건 네가 천칭의 강제력을 부술 정도로 강해서 방향을 선회한 거다. 앞서 말했듯 천칭은 고정적이면서도 유동적인 장치라."

칸데메이온이 낮게 웃었다.

"아무튼, 신성시대의 마지막 잔재, 로베르슈타인의 심장은 내가 처리해야 할 마지막 불균형이다. 네가 로베르슈타인의 심장을 없애면 나와 라오스는 이 싸움에서 아예 손을 뗄 것이다. 하지만 네가 계속 쓸 거면 내가 바하무트에 힘을 보탤 것이다. 이해했나?"

천칭의 힘을 빌려 썼던 로베르슈타인조차도 알지 못했던 지식들이었다. 아니, 천칭의 거대한 두 축들인 라오스와 칸데메이온을 제외하면 어느 누가 알까.

"너희의 내기 내용에서 이해가 되지 않는 부분이 있는데. 세상이 평형상태에서 벗어나 확장하고 붕괴하는 것은 즉 균형이 무너진 것 아닌가? 천칭이 강제로 균형을 맞추려 하진 않나?"

"오해하고 있는 게 있군. 시공간이 확장하고 붕괴하는 이유는 살아가는 영혼들의 '의지' 때문이다. 여기에 천칭은 관여하지 못해. 대신, ∞의 형태로 순행 차원과 대칭을 이루고 있는 역행 차원이 역시 공간으로 균형을 맞추지. 세상이 수축하여 붕괴하면 함께 수축하여 붕괴하고, 팽창하여 확장하면 함께 팽창하여 확장하며 무게를 같게 하는 거다. 또 질문 있다면 해."

"내가 바하무트를 죽이면 균형은 어찌 되는 거지?"

중요한 질문이었다.

"바하무트가 로안느와 균형을 이루는 요소라면 또 그와 비슷한 존재를 만들어 내 균형을 맞출 건가?"

"제가 로안느를 탄생시킨 것에 대한 대가는 바하무트가 탄생한 것으로 끝났어요. 바하무트 사후, 제가 로안느 일족과 추가로 계약하지만 않으면 칸데메이온이 바하무트와 같은 존재를 작위적으로 만들어 낼 이유가 없어요."

라오스가 대신 대답했다.

"그리고 전 로안느 일족과 더는 계약하지 않을 거예요. 뭔가를 더 만들어 내지도 않을 거예요. 그럼 탄생은 현존하는 섭리에 맞춰 전생의 업보와 유전에 영향을 받을 뿐 무작위하게 이뤄질 거예요."

"나와 아르하드로 인한 불균형은?"

"그거야말로 아주 재밌는 부분이지. 로베르슈타인과 로이긴, 로안느와 바하무트라는 균형 요소가 해결되어 사라지고 너희만 남으면 함께 있어도 떨어져 있어도 어찌 됐든 균형이다."

두 추가 저울의 중앙에 함께 있을 때도, 저울의 양끝에 있을 때도 균형인 것처럼 말이다.

"로베르슈타인의 심장을 없애면 그녀의 근원기는 어떻게 되는 거지? 누가 또 근원기를 가지고 태어날 수도 있는 건가."

"그럴 일 없다. 태초신들이 근원기를 가졌던 건 '최초'였기 때문이고, 모체신의 배를 통해 새로 태어난 신이 근원기를 가졌던 건 '유전 법칙' 때문이었으니까. 현재 생물들은 알짜 입자를 가지고 태어나지 못하도록 설계되었어. 그리고……."

칸데메이온이 라오스를 쳐다보자, 라오스가 고개를 끄덕였다.

"저는 현재 제 심장을 기운의 형태로 천칭의 세계, '천칭계'에 흐르게 하고 있어요. 천칭계는 아카식 레코드보다 한층 더 높은 고차원으로, 세계 전체에 드리운 채 균형을 조절하는 장치라고 할 수 있어요. 혹시 천칭계가 어떤 모습이었는지 기억하시나요?"

"대충. 백색과 흑색으로 섞여 있었던 것 같은데."

"그럴 거예요. 거기서는 이 세상에 존재하는 모든 것의 색이 섞여 백색으로, 공백의 허무가 흑색으로 보일 거예요. 제 심장은 그곳의 백색 부분과 함께 흐르고 있을 테죠."

"직접 가 보지는 못한 모양이군."

"판데모니엄의 중심이 아카식 레코드와 이어지는 입구이듯, 아카식 레코드의 중심이 천칭계로 갈 수 있는 입구긴 해요. 하지만 웬만해선 가지도 못할뿐더러 그곳에 직접 가는 순간 천칭이 '규격 외 불순물'이라고 판단해서 스스로 소멸할 때까지 가둬버려요. '근원기로 이뤄진 제 심장'이 아닌 '제 영혼'도 마찬가지일 거고요. 그 때문에 저도 원래 천칭의 것이었던 제 심장만 보낼 수 있었죠. 당신의 영혼이 그곳에 있으리라 예상하면서도 선불리 데리러 가지 못했던 것도 그래서예요. 저는 천칭에 얽매여 있고, 천칭계에 거역할 만큼 강하지도 못하니까."

"심장이 그곳에 있다고 했지? 넌 심장과 떨어져 있어도 괜찮은 거니?"

"떨어져 있는 게 아니에요. 천칭계에 심장을 두면 전 세계 어디에든 제 심장이 있는 것이나 마찬가지예요."

라오스의 심장에서 생성된 원기는 아카식 레코드로 쏟아져 영혼의 순환과 탄생에 사용된다. 갓 태어난 아기가 옅은 백색의 신력을 가진 건 그래서였다. 또한 시공간으로도 밀려 나가 자연의 신력이 된다. 라오스의 원기는 이 세계를 구성하는 토대 그 자체였다.

"어머니의 심장이 근원기로 환원하면 제가 회수해서 천칭의 세계로 보낼 거예요. 그럼 세상의 모든 근원기가 그곳에 있게 되는데, 저는 근원기가 천칭계 밖으로 나오지 못하도록 새로운 법칙을 만들 거예요."

"그리하면 생물들이 근원기를 가지지 못하니 천칭이 로베르슈타인이나 우리 때처럼 균형의 사명을 작위적으로 부과하는 일도 없을 것이다. 너 같은 규격 외 존재가 나타나 천칭과 대립하지 않는 한 세상에 관여하는 일도 거의 없겠지. 또 다른 질문은?"

이아나는 라오스와 칸데메이온의 이야기를 들으며 세상의 진리를 터득했다. 이제 이아나가 모르는 진리는 없다고 봐도 무방했다.

"싸움이 끝나고 너희는 뭘 할 거지?"

이젠 이 두 위대한 존재들의 계획이 궁금해졌다.

"저는 되도록이면 세상에 관여하지 않을 거예요. 이 세상을 살아가는 이들에게 미래를 맡길 거예요. 미래는, 특별한 한둘이 아니라 모두가 함께 만들어 나가는 것이니까요."

"나는 '세계'가 아닌 '라오스'와의 균형을 맞추기 위해 태어난 존재. 세계의 균형을 조율할 의무는 없지. 나는 이미 라오스에게 모든 대가를 치르게 했고, 이후 라오스가 균형만 크게 어그러뜨리지 않고 현존하는 법칙에 맞춰 소소하게 살아가는 한 내가 나설 일은 없을 것이다."

"내기에 걸려 있는 대가는?"

"가능한 선에서 서로가 원하는 것을 이루어 주는 것이다. 바보 같은 라오스는 정하지 못했다지만 나는 이기면 라오스의 죽음을 요구할 거다."

담담하지만 내용은 과격했다.

"왜?"

"허무이면서도 허무이지 못하는 모순적인 내게 정체성을 찾아주기 위해서지."

"……."

생물로서는 이해할 수 없지만 칸데메이온 입장에서는 요구할 만한 대가다. 하지만 감이 좋은 이아나는 높낮이 없는 그의 어조에서 수상쩍은 느낌을 받았다. 다른 의도가 있는 것 같다고 해야 하나.

"질문은 끝인가? 결정해라. 어떡하겠나?"

이아나는 천칭계에서 얼마나 지냈는지는 몰라도 아르하드에게 돌아가기 위해 천칭을 부수고 나온 지금 이 순간 로베르슈타인을 확실히 넘어섰다는 것을 깨달았다.

이아나는 로베르슈타인에게 물었다.

"어쩌고 싶어?"

로베르슈타인이 대답했다.

"오롯해져라."

로베르슈타인은 변함없이 본인의 죽음을 요구했다.

"칸데메이온의 말대로 내 삶은 균형에 구속되어 있고 내겐 균형을 이겨 낼 힘도, 로이긴을 보내 버리고 내 시대도 아닌 현재를 살아갈 의지도 없다. 천칭을 부수는 너와 나는 너무 상반되는 존재라 공존하면 독이 될 뿐이다. 그러니 내 자아를 없애고 홀로 서라. 그게 내 마지막 소원이다."

"네가 원한다면 그러겠지만."

이아나는 칸데메이온을 쳐다보았다. 칸데메이온은 쌀쌀맞은 얼굴을 하고 있었다.

"결론 났군. 라오스, 넌 싸움이 끝날 때까지 얌전히 있어 줘야겠어. 겨우 맞춰 놓은 균형을 망치면 가만두지 않을 거다."

"……응."

라오스가 주눅이 들었다.

"착한 내 자식한테 너무 뭐라고 하지 마."

"착한 게 아니라 미련한 거지."

칸데메이온에게 핀잔을 준 로베르슈타인이 허리를 펴서 잠시 먼 하늘을 바라보았다.

"정말로 떠날 때군."

검붉게 빛을 잃은 눈동자는 불씨가 꺼지기 직전의 숯 같았다. 밤바다에 몸을 던져 식어 버린 태양 같기도 했다.

"로이긴이 나를 기다리고 있는 것만 같아."

혼잣말을 중얼거린 로베르슈타인이 눈을 감았다. 다시 눈꺼풀을 들어 올렸을 때, 감정이 모두 씻겨 나간 눈은 선명하고 깨끗했다.

"라오스."

로베르슈타인이 라오스의 뺨을 감쌌다. 은은한 빛이 감도는 은백색의 동공이 흔들렸다.

"이제 정말로 인사하자."

로베르슈타인이 희미하게 웃었다.

"이젠 네가 네 삶을 살았으면 좋겠구나. 잘 있으렴. 라오스."

축복을 곁들인 인사에는 군더더기가 없었다.

라오스도 웃었다.

"……안녕. 엄마."

로베르슈타인이 라오스의 이마에 키스했다.

그녀의 의식이 완전히 꺼졌다.

이아나는 라오스를 보았다. 눈물을 슥슥 닦아 내는 손길이 처연했다. 측은하지만 지금 여기서 뭘 어떻게 할 수 있는 건 없었다. 다만.

이아나는 입술을 비틀고 있는 칸데메이온이 수상쩍었다.

"너, 뭔가를 숨기고 있지."

"글쎄? 있어도 없어도 대답할 의무가 없는데."

칸데메이온이 고개를 갸웃하자 라오스가 미간을 좁혔다.

"엄마의 심장을 없애면 아무것도 안 할 거라며!"

"그랬지. 누가 뭐라고 했나? 이아나가 멋대로 날 의심했을 뿐이지. 난 그냥 바하무트가 이기면 좋겠다고 생각하는 중이다."

왜일까.

이아나는 그렇게 말하는 칸데메이온이 증오스럽지 않았다. 건성인 말투에서 진심이 느껴지지 않았기 때문이다. 그렇다고 해서 거짓말처럼 느껴지지도 않았지만.

그것보다, 이아나는 직감했다. 라오스와의 내기에 칸데메이온이 준비한 뭔가가 있다. 뭔지는 몰라도 나쁜 것은 아닐 듯한 예감이 들었다.

"칸데메이온은 제가 단속할게요. 이아나, 이제 돌아가요."

"마지막으로 딱 하나만 더 물어볼게."

"물어보세요."

"세계의 시간은 어떻게 삭제된 거지?"

라오스는 이아나를 빤히 쳐다보다 입술을 달싹였다.

"그건 스스로 알아내셔야 할 것 같아요."

"……."

"하지만 이미 짐작하고 계실지도 모르겠네요."

이아나는 숨을 멈추며 눈을 감았다.

이제 돌아갈 시간이었다.

처음부터 끝까지 꼭 쥐고 있던 노란 아도니스가 내리뜬 적안에 가득 담겼다. 꽃에서 황금빛이 쏟아져 나와 씨앗처럼 땅에 흩뿌려졌다. 빛은 황금빛 꽃송이들을 흐드러지도록 피워 내며 시야를 금빛으로 물들였다.

"라오스."

"네."

이아나가 부르자 라오스가 얌전히 답했다.

"나중에 보자. 엘리로든, 라오스로든."

라오스는 놀란 듯하더니 이내 편히 웃었다.

"그래요. 당신이 꼭 이기길 바라고 있을게요."

그 말을 끝으로, 이아나의 영혼은 어딘가로 빨려 들어가기 시작했다. 동시에 심장이 심각한 수준으로 답답해졌다.

우우우우웅…….

이아나의 영혼과 연결된 아공간에 보관되어 있던 네 성물들과 페임드라의 그루터기가, 거미줄처럼 줄기줄기 엮여 들어 하나의 봉인이 되었다.

어딘가에 있을 이아나의 심장과, 상극이 되어 버린 로베르슈타인의 심장이 반발했다.

어느 심장으로 향할 것인가.

누구의 심장이 살아남을 것인가!

이아나와 로베르슈타인의 마지막 겨루기였다.

겨루기는 짧았다.

파아아앙!

봉인이 깨졌다.

로베르슈타인의 완전한 패배였다.

'승리해라. 그리고 행복해라.'

로베르슈타인의 짧은 생각과 함께 엄청난 양의 신력이 이아나의 영혼에 밀려들어 왔다.

콰아아아아앙!

그리고 로베르슈타인의 심장이 터져 나갔다.

"흡!"

이아나가 눈을 번쩍 떴다.

"하아, 후우."

이아나는 숨을 가쁘게 몰아쉬며 제 몸을 덮고 있는 이불자락을 꽉 움켜쥐었다.

영혼과 심장을 가느다랗게 연결하고 있던 선이 굵어졌다. 더 많은 선들이 뻗어 나와 서로를 엮었다. 절대 풀리지 않을 매듭을 묶듯이 단단히 결속했다.

심장이 벅차도록 뛰었다. 크게 부풀었다가 작게 쪼그라들었다. 쿵쿵쿵, 귀가 아프도록 몸을 두들겨 댔다. 뜨거운 피를 폭발시켜 말초까지 단숨에 달리도록 하였다. 생명을 충만하게 채우며 잠들어 있던 육체를 일깨웠다.

이아나의 영혼을 오랜 시간 기다려 온 강인한 심장이, 이 순간을 미친 듯이 즐기고 있었다.

스스스스.

이아나가 삶으로 돌아와 시간의 흐름에 합류하려 하자, 그녀의 죽음을 악착같이 강제로 막고 있던 힘이 순순히 물러났다.

정지의 방에서는 이아나만이 시간과 함께 살아 숨 쉬었다.

꽤 오랜 시간이 지나 심장박동이 안정 단계에 들어서자, 이아나의 호흡도 고른 흐름과 느린 속도를 되찾았다.

"하아아아……."

이아나가 길게 숨을 내뱉으며 눈을 깜빡였다.

어질어질했다.

하지만 그 어느 때보다 가뿐했다.

마치 전력 질주를 하고, 속에 있는 것을 모조리 게워 내고, 까무룩 기절했다가, 개운하게 깨어난 듯한 요상한 기분이었다.

"……."

이아나가 눈을 감으며 심장 위에 손을 짚었다.

심장은 완벽했다.

완벽, 어떤 걸림도 없이 홀로 완전하다는 뜻이다.

심장은 매우 안정적이었다. 심장 부근을 답답하게 막고 있던 로베르슈타인의 봉인도, 지저분하게 연결되어 과부하를 주던 다섯 개의 심장 조각도 더는 없었다.

이아나의 자아에 거듭 혼란을 주던 로베르슈타인의 자아도 사라졌다. 로베르슈타인의 기억과 지식은 뚜렷하게 남았으나, 이아나는 이젠 그것이 제 것처럼 느껴지지 않았다. 그저 한 존재의 인생을, 관조자로서 지켜보고 달달 외운 것처럼 여겨졌다.

이아나는 비로소 혼자가 되었고, 이아나로서 완전해졌다.

이번 생애 내내 고뇌하고, 싸우고, 소리를 질러 가며 쟁취한 결과였다. 씁쓸하지 않다고 하면 거짓말이겠지만, 이아나는 미련을 갖지 않기로 했다.

'잘 가라.'

돌아오지 않는 메아리였지만, 이아나는 로베르슈타인에게 인사를 건넸다.

'승리하겠다. 그리고 행복해지겠어.'

로베르슈타인이 떠나가며 선사한 축복에도 조용히 답했다. 스스로를 향한 결사의 맹세이기도 했다.

이아나는 이제 본인에게만 오롯이 집중하기로 했다.

이 자유로움.

마치 등에서 날개가 돋아난 것 같다. 발목을 칭칭 구속하던 쇠사슬이 모조리 끊어져 어디로든 날아갈 수 있을 듯하다.

무엇이든 할 수 있을 것 같은 기분이었다.

무적의 힘을 움켜쥔 것만 같았다.

지금은 침대에 누워 있는 신세지만.

"여긴……."

이아나는 눈을 떴다.

눈을 깜빡이며 비로소 현실로 돌아왔다.

길고, 또 길고, 기나긴 꿈을 꾸다 깨어난 것만 같았다.

"으윽."

신음을 앓는 목소리가 잔뜩 쉬어 있었다.

이아나는 몽둥이로 한 대 얻어맞은 양, 우수수 깨질 것 같은 이마를 짚으며 몸을 일으켰다. 뺨을 두들겨서 제대로 정신을 다잡은 이아나가 처음 보는 방의 전경을 빠르게 훑었다.

'이 방은 뭐지?'

기묘한 느낌이 물씬 풍기는 방이었다.

이곳에는 흐름이라는 것이 존재하지 않았다.

방 안에 존재하는 만물이 부자연스럽게 정지해 있었다. 저 혼자 이 방에서 살아 움직이고 있었다.

이아나는 침대 옆에 얌전히 뉘여 있는 라이즈를 보았다가, 탁상 위의 빈 꽃병과 제 얼굴을 겨우 비출 정도의 작은 촛불에 시선을 두었다. 마지막으로는 제가 손에 꼭 움켜쥐고 있는 노란 꽃을 보았다.

역행의 세계에서 정신을 차리게 해 준 아도니스였다.

이아나의 뛰어난 눈썰미가 평가하기를, 하르첸이 선물한 꽃인게 확실했다.

'시간이 별로 지나지 않은 건가?'

그렇다면 다행인데, 왠지 그럴 것 같진 않다.

시간 자체가 정지하진 않은 것으로 보인다. 시간은 계속 순방향으로 흘러가고 있다. 이아나가 말을 하고 움직이는 등 시간을 누리고 있는 것이 그 증거였다.

이 공간의 시간만이 특정한 시점에 고정되어 있는 것처럼 느껴졌다. 시간의 흐름에 순응하되, 스쳐 지나가는 시간은 곧장 지워지는 것처럼.

시간의 기록이 삭제되는 것처럼…….

"……."

이아나가 오른쪽 팔뚝을 꽉 움켜쥐었다.

'현실에서 시간이 얼마나 지난 걸까?'

짐작조차 할 수 없었다. 균형의 세계에서 검을 휘둘렀던 시간이 얼마나 되는지, 그 후 역행의 세계에 빠져 허우적거리던 시간, 라오스를 만나기 전까지 잠들어 있었던 시간, 라오스와 칸데메이온과 대화를 나눴던 시간은 또 얼마나 될지 상상하기 두려웠다.

부디 감당하기 어려울 정도로 많은 시간이 아니기를.

이아나는 제 몸을 살폈다.

오른쪽 팔이 어깨까지 통째로 떨어져 나간 것으로 기억하는데 멀쩡하게 붙어 있었다.

살펴보니, 몸 상태가 판데모니엄에서 기어오른 직후와 비슷했다. 영혼은 아카식 레코드에서 고도로 단련되어 어느 때보다 단단하고 충만했으나, 이아나는 그 당시처럼 고갈된 체력 때문에 비실거렸다.

'어떻게 된 일일까. 그 일 이후로 시간이 얼마 지나지 않은 걸까. 아니면…….'

시간이 삭제된 걸까.

'이럴 때가 아니야. 아르하드를 만나야 해.'

이아나는 벌떡 일어났다.

침대에서 완전히 몸을 일으키자마자 꼴사납게 주저앉고 말았다. 다리에 힘이 들어가지 않고 부르르 떨리고 있었다.

"후우."

이아나는 심호흡을 하며 벽을 짚었다. 벽을 더듬으며 유일한 출구인 문으로 향했다. 문손잡이를 잡고 세차게 열어젖혔다.

바람이 시간을 싣고 파도처럼 밀려들어 왔다.

태양이 파도의 흰 거품처럼 부서지며 빛의 파편들을 흩뿌렸다. 새하얗게 질리는 시야 너머로 붉은빛과 노란빛이 푸르름과 어우러져 춤을 추었다.

이아나는 눈이 시려 눈살을 찌푸렸다. 제 얼굴과 눈에 들러붙는 붉은 머리카락을 걷어 냄과 동시에 시야에서 안개가 걷혔다. 이아나는 시야를 한가득 채우는 광경에 눈을 크게 떴다.

"아……."

말문이 턱 막혔다. 녹음의 들판 위로 노란 아도니스가 흐드러지도록 펴 있었다. 싱싱한 풀잎 사이사이로 얼굴을 내민 찬란한 황금 덩이들이 지평선까지 뻗어 나가고 있었다.

여긴 어딜까. 이런 곳이 있었나.

아르하드는 나를 어디에 데려다 둔 걸까?

멍하니 풍경을 바라보던 이아나는 어느새 제가 붙잡고 있던 문손잡이가 사라져 버렸다는 것을 깨달았다. 이때까지 그녀가 있었던 방이 흔적도 없이 사라져 있었다.

정신을 차리고 나서야 이아나는 풍경 외의 다른 것에도 관심을 둘 수 있게 되었다.

피부에 닿는 공기의 느낌이 이질적이었다. 이아나가 기억하고 있던 것과 확연히 달랐다. 자연 신력이 예전보다 훨씬 더 충만했고, 마나는 뻣뻣하게 경직되어 있었다. 악마의 심장을 없앰으로써 생긴 변화일까?

이아나가 기억하고 있던 계절과도 달랐다. 날이 따뜻하고 포근해져 있었다. 봄의 날씨였다.

'판데모니엄으로 갈 때의 계절은 겨울의 끝 무렵이었는데.'

한 달 정도 지난 걸까? 그럼 다행일 텐데.

'그런데 아르하드는 왜 오지 않지?'

분명 자신이 깨어난 걸 알았을 텐데.

이아나는 잠시 고민하다가 라이즈를 고쳐 쥐었다. 아르하드가 오지 않는 걸 보면 매우 바쁘거나 위험한 상황인 거다. 이아나는 손가락에 낀 반지를 가동하여 그의 곁으로 텔레포트하려 했다. 하지만 이아나가 아르하드에게 갈 필요가 없어졌다.

"아."

어느새 그녀의 앞에 아르하드가 서 있었기 때문이다.

"……."

"……."

두 사람은 말없이 서로를 바라보았다.

이아나는 아르하드의 모습에 말문이 막혀 할 말을 찾지 못했다. 그는 그녀가 기억하는 모습보다 야위어 있었다. 피부는 거칠었고, 안색은 창백했다. 몸을 보호하는 갑주는 상처투성이에 피로 칠갑이 되어 있었다. 싸우다가 곧장 이쪽으로 온 듯했다.

그의 얼굴은 마지막으로 보았을 때보다 좀 더 성숙해진 것 같기도 했다.

고작 한 달이었을까?

아닐 것이다.

"시간이 얼마나 지났죠?"

이아나의 목소리가 그의 귓가에 닿았다.

비현실적이었다.

아르하드는 시간의 힘이 박살 나는 것을 느끼자마자 달려왔음에도 이것이 꿈일지도 모른다고 생각했다. 하지만 꿈일지라도 이아나가 물었으니 답해 줘야 했다.

"일 년."

일 년……. 어찌 생각하면 짧은 시간이다. 하지만 그들이 처해 있던 상황을 고려하면 영겁에 가까운 시간이었다.

이아나는 아르하드를 살렸으나 곧장 죽음의 길로 들어섰다. 그 후 일 년, 아르하드는 삶이 얼마나 지옥 같았을까? 바하무트 황족은 아르하드를 죽이지 못해 악에 받쳤을 것이다. 그 후 일 년, 혼자서 얼마나 고군분투했을까?

이아나는 더 일찍 돌아오지 못한 것에 아픈 자책감을, 그가 무사히 살아 있음에 무한한 안도감을 느꼈다.

이아나가 주춤거리고 있을 때, 성큼 앞으로 다가온 아르하드가 그녀를 숨 막히도록 끌어안아 왔다.

"꿈인가?"

아르하드가 메마른 목소리로 중얼거렸다.

이아나의 가슴이 미어졌다.

"……아닙니다."

"환상인가?"

"아니에요."

살아 움직이는, 흩어지지도 않는 이아나의 몸을 사로잡아 놓고도 아르하드는 의심을 풀지 못했다.

"정말로?"

"네. 정말."

이아나는 계속해서 묻는 아르하드에게 먹먹한 기분으로 계속 깨어났다고 답했다. 똑같은 질문과 대답이 십여 번 반복되고 나서야, 아르하드는 정말 현실일지도 모른다고 생각했다.

그는 이아나의 입술에 키스했다.

언제나 다물려 있던 입술에서 따뜻한 숨이 느껴졌다. 언제나 감겨 있던 이아나의 눈이 선명한 빛으로 빛났다. 언제나 침대에 늘어져 있던 팔이 그의 등을 둘러 안았다.

아르하드는 그제야 현실임을 확신했다.

"……."

다리에 힘이 빠졌다. 그동안 그를 억지로 지탱하고 있던 힘 대신 탈력감이 밀려들었다. 아르하드는 이아나의 손을 꼭 붙잡은 채 주저앉고 말았다.

"아……."

아르하드는 이아나의 손을 잡지 않은 다른 손으로 제 얼굴을 감싸 쥐었다. 그런 아르하드를 내려다보던 이아나도 조용히 그의 앞에 내려앉았다.

"오래 기다리셨지요."

이아나의 손이 그의 손등을 쓸었다.

"돌아왔어요."

아르하드는 얼굴에서 손을 떼고 일렁이는 눈빛으로 이아나를 쳐다보았다. 이아나를 다시 끌어당겨 품에 단단히 고쳐 안았다. 이아나의 목덜미에 얼굴을 푹 묻었다.

생명의 내음이 났다.

달콤하고 벅차오르는.

그들이 있는 곳은 넓이가 사 분의 일 정도로 축소된 샤우부 대삼림의 중심부, 페임드라의 두 번째 몸 부근이었다.

대격변이 일어났으나 페임드라의 뿌리로 인해 단단히 지탱되고 있는 세상에서 가장 안전한 구역이며, 바하무트가 별로 관심을 가지지 않는 지역이기도 했다.

이아나와 아르하드는 많은 이야기를 나누었다.

격변이 일어난 세상과 바하무트 제국의 행패.

천칭계와 아카식 레코드.

라오스와 칸데메이온.

"테일런은 생명을 도륙함과 동시에 세상에 충만해진 자연 신력을 무차별로 흡수하며 괴물이 되어 가고 있다. 힘과 광기에 취해 세상을 파괴하고 있어."

"당신은 어떻게 테일런을 막아 온 겁니까?"

"공격을 아예 포기하고 방어에만 매진했다."

테일런처럼 주변을 아랑곳 않고 싸울 수도 있었지만 아르하드에게는 지켜야 할 것들이 너무 많았다. 그래서 그는 방어막을 궁극의 수준까지 강화하고, 변화한 세계에 맞춰 방어 아티팩트를 개발하는 등 방어에만 온 힘을 다 썼다.

그렇게 그는 세계의 방패가 되었다.

"그 때문에 테일런을 죽이진 못하고 방어에만 급급했지. 몸을 웅크리고 급소만 피한 꼴이라고 해야 하나. 진전이 없으니 테일런도 공격을 멈추고 일단 강해지는 데 집중하더군. 테일런이 감당하기 어려운 괴물이 되어 가는 걸 보면서 난 최악의 상황을 고려해야만 했어. 네가 깨어날 때까지 버티지 못한다면 그냥 어떻게든 테일런과 공멸해야겠다는 약한 생각도 했지. 하지만."

아르하드는 잠깐 말을 멈추고 제 눈동자를 닮은 꽃송이들을 둘러보았다.

"자신감이 떨어지고 미쳐 버릴 것 같을 때마다 네가 반드시 깨어날 거라고 믿으면서 심어 온 이 꽃들을 보러 왔어. 네가 말해 줬던 꽃말 때문일까? 보고 있으면 뭐든 할 수 있다는 생각이 들고, 너도 곧 돌아올 거라는 희망이 생기더군."

아르하드가 이아나의 뺨을 어루만졌다.

"나를 맹신하며 따르는 사람들이 있는데 끝을 생각하면 안 되지. 너랑 평생 행복하게 살아야 하는데 죽으면 안 되지."

아르하드의 입술이 이아나의 이마에 닿았다.

"그래서 이 악물고 힘냈어. 내가 미치기 전에 돌아와 줘서 고맙다."

아르하드는 변했다.

그는 아르하드 로이긴도 아니었고, 아르하드 로 라르소 바하무트도 아니었다. 이그나이츠를 이끄는 수장, 아르하드 라이즈 이그나이츠였다. 이아나를 사랑하고 신뢰하는 아르하드였다.

"아르하드."

이아나가 그를 조용히 불렀다. 그녀는 아르하드의 변화를 체감하며, 숨기고 있던 과거를 이만 청산하기로 했다.

"당신이 제게 내 줬던 숙제의 답을 찾은 것 같아요."

아르하드가 멈칫했다.

"말해 봐."

"당신의 기이한 힘, '시간 삭제' 권능이죠?"

이제야 이해가 되었다.

학술원에서 팔이 망가졌을 때 기절했다가 깨어나 보니 감쪽같이 회복되어 있었던 이유도, 현재 제 몸 상태가 일 년 전과 똑같은 이유도 알 수 있었다.

……회귀의 원인도 이젠 알 수 있었다.

"맞아."

그녀가 죽은 지 얼마 지나지 않아 아르하드 로 라르소 바하무트는 세계의 시간을 지웠던 것이다…….

"시간 삭제, 정확해."

아르하드는 차분히 정답이라 말해 주었다.

숙제가 끝났지만, 이아나는 어쩐지 먹먹하고 막막해져 한숨을 집어삼켰다.

아르하드가 언제부터 그 위대한 권능을 쓸 수 있었는지는 알지 못한다. 하지만 회귀 전의 아르하드가 시간을 지운 것은 분명했다. 그는 대체 무슨 생각을 하며 시간을 삭제했을까? 지금의 아르하드는 과거를 기억하지 못하니 물어볼 수도 없다. 심장이 아려 왔다.

그나저나 그에게 꼬이고 꼬였던 회귀 전의 과거를 어떻게 설명해야 할까? 이야기하면 그는 어떻게 받아들일까? 그랬었냐며 웃으며 넘길까? 그랬어도 상관없다며 현재에 집중할까?

과거를 고백하고 싶은데, 너무나 길고 복잡해서, 그의 반응이 신경 쓰여서 어디서부터 어떻게 이야기를 시작해야 할지 알 수 없었다.

이아나가 괜히 꽃을 어루만지며 말을 고르고 있을 때였다.

"이아나 너 혹시……."

아르하드의 기기묘묘한 눈빛이 이아나에게 내리 떨어졌다.

"회귀 전을 기억하고 있나?"

그 말은 너무나 갑작스럽게 엄습했다.

"……?"

회귀 전?

순간, 이아나는 아르하드가 말한 그 익숙하면서도 낯선 단어를 이해하지 못했다.

이아나가 천천히 고개를 들어서 쳐다본 아르하드는 장난기 한 점 없는 표정으로 그녀를 직시하고 있었다.

회귀? 회귀 전을 기억해?

무슨 회귀?

"내가 너를 이긴 로안느의 청년 검술제에서, 내가 너를 죽인 대륙 전쟁까지……."

이아나의 표정이 파드득 굳었다. 상황을 인지하지 못하고 맹하던 동공이 풍랑을 만난 듯 뒤흔들리기 시작했다.

아르하드가 이아나를 이긴 로안느의 청년 검술제.

아르하드가 이아나를 죽인 대륙 전쟁.

이는 이번 생에서는 통용되지 않는 이야기였다. 이번 생에서는 참가하지 않았으니까. 그가 저를 죽인 적도 없었으니까.

신성시대의 이야기도 아니었다.

지금은 사라지고 없는 시간. 가물가물 잊혀 가는 꿈과 같은 그 시절은 이제 이아나의 머리 한구석에 자리 잡은 환상일 뿐이었다. 언제부턴가 잘 떠올리지 않게 된 옛이야기들이었다.

그런데 아르하드는 그 시절의 이야기를 하고 있었다. 벌써 이십 년도 더 된 오래된 옛날의 꿈을, 그녀에게 기억하느냐고 묻고 있었다.

손가락에 힘이 들어가 꽃이 꺾였다.

'내가 말을 잘못 이해한 걸까.'

애써 침착하며 제 머리가 인지할 수 있는 현실로 되돌아오려는 이아나에게, 아르하드는 쐐기를 박듯 되물었다.

"그 시간을 처음부터 전부 기억하고 있었어? 다시 태어났을 때부터?"

이아나의 얼굴이 점점 새하얗게 질리기 시작했다. 그런 이아나의 얼굴을 뜯어보며 말을 고르던 아르하드가 툭 내뱉었다.

"나를 처음 만났을 때도? 지금도? 쭉 계속?"

이아나는 머릿속이 하얗게 비워졌다.

벌떡 일어난 이아나가 저도 모르게 그에게서 뒷걸음질 쳤다. 그러다 다리에 힘이 풀리는 바람에 뒤로 넘어져 딱딱한 바닥에 엉덩방아를 찧고 말았다. 하지만 제 꼴사나운 모습에 민망해할 틈도 없었다. 이아나는 더듬더듬 말했다.

"당, 신 그걸 대체 어떻게……."

"……."

아르하드는 무릎을 천천히 펴고 섰다.

"역시 잘못 들은 게 아니었어."

이아나에게 천천히 다가간 그가 극도로 당황한 그녀의 얼굴을 물끄러미, 아주 물끄러미 내려다보았다.

문득 아르하드가 이아나를 향해 손을 뻗었다. 입을 뻐끔거리며 당황을 감추지 못하던 이아나는 가까워지는 아르하드의 손을 저도 모르게 확 쳐냈다. 아르하드의 팔에서는 쉽사리 힘이 풀렸다.

이아나의 숨이 거칠었다.

설마. 설마 아르하드도 회귀 전의 기억이 있단 말인가?

이아나는 공황 상태에 빠졌다.

어찌할 바를 모르고 아르하드의 얼굴을 흔들리는 눈으로 바라보았다.

이 상황을 견디지 못한 이아나는 곧장 일어나 그를 등진 채 도망쳤다. 다리에 힘이 있었다면 달렸겠지만 다리가 후들거려 빠른 걸음으로 앞만 보고 걸어갔다.

차마 아르하드를 마주 볼 수가 없었다. 이렇게라도 외면하며 생각을 정리할 시간이 필요했다.

이아나는 머리가 터질 것 같았다.

'이게 대체 무슨 일이지? 어찌 이런 일이 있을 수가 있나?'

수없이 질문을 던졌지만 당위성은 충분하고도 남았다. 한 번에 납득할 수 있어서 더 어처구니없었다.

있을 수도 있는 일이지. 시간을 지운 당사자인데.

나도 기억을 하고 있으니, 아르하드도 그럴 수 있지.

나는 왜 바보처럼 의심 한번 하지 않았을까?

서로 얘기를 하지 않았으니까. 내가 회귀 전의 이야기를 하지 않은 것처럼 아르하드도 그러지 않았던 거야.

상대방이 기억하지 못하는 껄끄러운 과거를 밀어 두고 현재에 집중하고자 했던 회피심이 장막이 되어 눈을 가리고 있었다.

아르하드를 누구보다 잘 알고 있다고 자부했다.

그런데 몰랐다. 하나도 몰랐다. 멍청이였다.

"아아……."

이아나는 입을 틀어막았다. 심장이, 감당할 수 없는 감정들을 쏟아내고 있었다. 이아나의 얼굴이 확 달아올랐다. 입 밖으로 꾸역꾸역 쏟아지는 감정은 당혹감이었다.

'어떻게 이런 일이.'

그가 아무것도 모른다고 생각했기에 항상 자신만만하게 굴 수 있었다. 회귀 전 그렇게 상처를 줘 놓고도 아무렇지도 않게 아르하드를 쫓아다니고, 그와 감정 교류를 할 수 있었던 건 아르하드가 상처를 받기 전이라고 생각했기 때문이다.

그러나 아르하드는 회귀 전, 죽을 때까지 그를 미워했던 저를 기억하고 있었다.

처음 만났을 때, 그가 승부를 피하기만 한 이유를 드디어 완벽하게 이해했다.

'아르하드는 그런 나를 보며 무슨 생각을 했을까?'

과거에는 그렇게 거부를 하더니, 죽일 기세로 미워하더니, 이번 생에는 아무것도 모른다는 얼굴로 그에게 호감을 표현하며 승부를 재촉했던 저를.

'지금은?'

지금 이 순간, 제가 아르하드의 언행을 되짚어 보는 것처럼 그도 이번 생의 저를 되짚어 보고 있을 것이다.

이번에는 자괴감과 수치심이 속에서 확 치밀어 올랐다. 이아나의 안색이 퍼레졌다가 붉어졌다가 종내는 하얗게 질렸다. 이아나는 그냥 이 자리에서 사라지고 싶었다.

그 순간 이아나는 뒤로 끌어당겨졌다. 아르하드에게 뒤에서 끌어안기는 순간, 이아나는 이번 생에서 그에게 처음으로 안겼을 때가 떠올랐다.

"……지금 내 품에 있는 너는 환상이 아닌가……?"

그때 들었던 음울한 미성이 상황을 재현하는 것처럼 생생하게 떠올랐다.

아르하드는 첫눈에 반했던 여자를 조우하고 자기도 모르게 안아 버렸다고 둘러댔었지만 아무리 그렇다 해도 저를 알지 못하는 소녀를 불한당처럼 끌어안고 속삭일 말은 아니었다. 그럴 사람도 아니었고.

예전에 아르하드가 제게 로베르슈타인을 투영하고 있다 오해하여 그를 몰아붙였을 때, 그가 내질렀던 절규가 귓가를 울렸다.

"난, 나는…… 그래."

이아나의 온몸에 오싹한 소름이 돋았다.

"내가 맞아. 내가 너를 뒤에서 끌어안았었어. 네가 말한 라오스 신전의 그 사람, 나 맞아. 하지만 로베르슈타인을 너에게 투영한 게 아냐. 믿어 줘. 나는 언제나 너를 보고 있어, 너를, 이아나 너를."

속에서 열이 올랐다. 새싹처럼 싹을 틔운 불은 점점 번져 그녀의 온몸에 뜨거운 열꽃을 피웠다.

"로베르슈타인을 본 게 아니야. 절대로 아냐. 나는 언제나 이아나 너를 똑바로 보고 있었어. 너를!"

그렇구나, 당신은, 회귀 전의 나를, 그저 나를, 당신은.

이제야 완벽하게 그 말들이 이해가 되자 머리부터 발끝까지 오싹한 전율로 휩싸였다.

변하지 않는 남자. 잊지 않고 또다시 다가오는 남자.

그의 맹목적인 감정은 어이가 없을 정도로 한결같다. 여백이 없는 직선과 같다. 올곧은 직선은 날카로운 검처럼 뻗어져 거칠게 박동하는 이아나의 심장을 꿰뚫었다.

심장이 멎을 것만 같았다.

아르하드가 이아나를 돌려세웠다. 이아나는 저항하지 못했다.

"아……."

침착하고 여유롭던 평소 모습과는 달리, 어쩔 줄을 몰라 하는 이아나를 아르하드는 멀거니 내려다보았다.

일 년간 수없이 많은 생각을 했다. 대부분은 이아나가 정말로 회귀 전을 기억하고 있을까, 라는 의문에 대한 고뇌였다.

어느 순간부터는 진실이라 굳게 믿게 되었다. 그래서 이아나에게 기억하고 있냐고 묻는 순간에도 그는 덤덤할 수 있었다.

하지만 지금 이 순간, 제 머릿속에서의 실체 없는 확신이 아니라, 실재하는 이아나가 그 모든 것이 진실이라 확인시켜 주자 속에서 뜨거운 뭔가가 울컥거리기 시작했다.

아르하드는 이아나에게 일 년간 자신이 어떻게 살아왔는지 간략하고 담담하게 말했었지만, 사실 초기에는 하루에도 수십 수백 번을 죽고 싶었다.

자신의 능력 부족으로 이아나가 생사를 오가게 만들었다는 것에 대한 분노와 자책감, 이대로 이아나가 죽으면 어쩌나 싶은 절망과 좌절감 때문에 미쳐 버릴 것 같았다. 이아나를 믿음에도, 그런 감정이 불쑥불쑥 치솟아 오를 때면 이성을 잃고 제 목을 졸라 죽고 싶은 충동이 들었다.

죽지 않기 위해서는 감정을 회피하며 부동심을 유지할 수밖에 없었다. 어떤 감정이 떠오른다 싶으면 곧장 머릿속을 비워 일 속으로 도망쳤다. 그렇게 사감을 완전히 죽이고 공무에만 치여 살아온 것이 일 년이었다.

그래서 이아나가 살아 돌아왔다는 것을 인식했음에도 머리와 심장이 여전히 제대로 기능하지 못했던 것 같다. 현실이 아닌 것처럼 붕 뜬 기분을 느끼고 있었던 것 같았다.

아르하드는 드디어 현실로 완전히 끌려 내려왔다.

그러자 이성은 부동심을 잃었고 표정 없던 낯에는 주체할 수 없는 희열이 서서히 번져 올랐다.

“그래……. 그래서 네가 이번엔 나를 선택해 준 거겠지. 너는, 너는 약속을 지키는 사람이니까!”

이아나는 다시 아르하드의 품에 안겼다. 이아나는 자신을 강하게 끌어안고 있는 팔을 뿌리치지 못했다. 그의 팔이 떨리고 있었다.

이아나의 심장이 벌려지며 케케묵은 감정이 쏟아졌다.

그것은 시간을 지우면서, 긴 시간을 다시 살아가면서까지 저를 바란 가엾은 남자의 맹목적인 감정에 대한 서글픔과 미안함과 죄책감이었다.

"그렇구나. 너…… 기억하고 있었어. 이제야 이해가 가. 처음부터 그랬던 거야. 이상하게 생각했어. 너는 어째서인지 내게 웃어 주고, 나에게 다가와 주고……."

귓가에서 들려오는 격해진 아르하드의 목소리에 이번에는 가슴이 미친 듯이 뛰어 댔다.

그랬다. 이 남자가 이상할 정도로 불안해했던 이유는 모두 회귀 전의 시간 때문이었다. 이아나의 숨이 거칠어졌다. 시야가 뿌옇게 흐려졌다.

학술원에서 처음 만났던 그날.

술에 취해 어지럽기만 했던 16세의 달 뜬 밤.

그날부터 지금에 이르기까지.

소극적이고 자신감이 없어 보이던, 불안해하고 초조해하던. 가끔은 광적이고 비정상적이던 아르하드의 모습들이 머리에 하나하나, 빼곡하게 들어찼다가 지나가기 시작했다.

뒤죽박죽이 된 머릿속에서 간신히 한 자락, 한 자락, 풀리지 않던 의문의 실들을 뽑아낸 이아나가 멍하니 입을 열었다.

"맨 처음, 우리가 라오스의 신전에서 처음 만났을 때 당신은 왜 제게 살기를 보낸 거죠?"

"내가 항상 만들어 내곤 했던 환상이라고 생각했기 때문에."

"당신은 왜 무뢰배처럼 나를 뒤에서 끌어안았고, 왜 그런 말을 했죠?"

"정말 너라는 걸 안 순간 이성을 잃었기 때문에."

"다시 만났을 때 대련해 달라는 저를 피한 이유가 뭐죠?"

"패배에 분노해서 죽을 때까지 나를 미워했던 너를 기억했기 때문에."

언제나 싸우고 몰아붙여 강제로 답을 뜯어냈던 의문들. 어딘가 부족해서 시원하게 해결되진 않던 그 질문들을 지금 이아나가 하나하나 다시 묻자, 아르하드는 언제 답답하게 굴었냐는 듯 막힘없이 답해 주었다.

"당신은 어째서 늘 불안했던 거죠?"

"회귀 전이 떠올라서 현재의 행복을 믿을 수 없었고, 놓칠까 두려웠기 때문에."

"제가 당신을 거부할 때마다 이성을 잃었던 이유가 뭐죠?"

"회귀 전 나를 언제나 거부했던 네가 현재의 네게 겹쳐졌기 때문에."

"당신의 심장은 왜 아팠던 거죠?"

"심장을 바쳐 시간을 지웠기 때문에."

이아나는 말문이 막혔다.

머리를 힘없이 툭 떨궜다. 갑작스러운 폭우에 불어난 물이 둑을 넘듯, 벅찬 진실들이 범람하다 못해 밀려들어 와 머리가 지끈거렸다.

"……왜?"

이 모든 의문이 뿌리를 내린 핵심…….

"당신은 왜 시간을 지운 거죠? 우리는 지금 대체 왜 생애를 반복하고 있는 거죠……?"

"우리의 마지막 싸움에서 네가 약속했기 때문에."

이아나는 회귀 전 죽어 갈 때, 통증으로 시야가 흐려져 모습이 잘 보이지도 않던 그에게 내뱉었던 한마디를 떠올렸다.

생의 지표가 된 그 맹세.

"다음 생에는 너의 적이 아닌 너의 기사가 되리."

기억 속에서 내뱉었던 말과 입 속에서 저도 모르게 튀어나온 한마디가 겹쳐졌다.

아르하드의 얼굴에 희열이 불붙듯 확 번졌다. 이아나를 끌어안은 팔이 벅찬 감정을 이기지 못하고 덜덜 떨렸다.

이아나는 정신을 차릴 수가 없었다.

'다음 생에는 너의 적이 아닌 너의 기사가 되리.'

이아나는 숨이 막혔다. 겨우 그 말, 동정처럼 던져 줬던 그 말 한마디 때문에.

"너는 정말로 약속을 지켰어. 내 기사가 되어 내 곁에 있어 줬어."

그 말대로다.

이아나는 약속을 지켰다.

대신 이 남자는 모든 것을 버렸다.

드높은 황제의 자리도, 산더미처럼 쌓아 두었던 금은보화도, 제 발아래에 두었던 대륙도, 자신의 심장과 생명조차도.

체념해서 그녀를 죽여 놓고도, 그 짧은 말 한마디에 자신의 모든 것을 바쳐 다시 살려 냈다.

오로지 이아나 하나만을 얻고 싶어서.

"네가 그 모든 걸 기억하고 있고 그래서 내게 다가와 준 거라면, 나는 더 이상 숨길 필요도, 망설일 필요도, 두려워할 필요도 없어. 이아나."

이아나를 끌어안은 아르하드의 팔이 이아나를 점점 세게 조였다. 절대 놓아주지 않겠다는 의지를 표출하듯 조이는 그 힘에 이아나는 숨이 막혔다.

"사랑해, 이아나. 너를 정말로 사랑해……."

정신이 나간 것처럼 사랑한다는 말을 계속, 반복해서 말하는 아르하드의 품에 묻힌 이아나의 얼굴이 점점 붉게 달아올랐다. 힘이 풀려 몸이 덜덜 떨렸다.

"사랑해……."

사랑한다는 고백과 함께 영혼을 어지럽히던 모든 감정이 지워지고 그녀의 심장을 가득 채운 감정은, 자신을 꽉 끌어안은 채 기쁨에 젖어 희열을 숨기지 못하는 남자에 대한 애틋함이었다. 그리고 그 애틋함의 정체를 이아나는 알고 있었다.

사랑이었다.

눈시울이 뜨거워졌다. 이아나가 눈을 꾹 감았다.

대체 내가 뭐라고 당신은 이토록 나에게. 당신은 대체 왜 나에게 이토록 감당할 수 없는 감정을 심나.

지독하게 한결같고 지고지순한 사랑. 다시 태어나도, 생애를 반복해도, 변하지 않는 맹목적인 사랑.

이아나밖에 모르는 한 남자. 그녀에 대한 사랑이 그의 모든 것인 그 남자.

신에게 모든 것을 바치려 심장에 단검을 박는 미친 광신도처럼, 구원을 울부짖는 죄인처럼. 아르하드는 이아나에게 사랑을 구걸하고 있었다.

"사랑해."

오싹했다. 누군가가 저를 이토록 필요로 하고 있음에 이아나는 두려움마저 느꼈다. 거미줄에 온통 휘감겨 옴짝달싹하지 못하는 나비의 기분이 이러할까.

"사랑해……."

그러나 그 사랑이 제게 향하고 있음에, 이아나는 이 순간 지독할 만큼 아찔한 쾌감을 느꼈다. 수면에 인 파문처럼 온몸에 퍼져 나가는 비정상적인 탈력감에 이아나는 작게 신음을 흘렸다.

아르하드의 품에서 몸을 떼어 거리를 살짝 둔 이아나는 떨리는 손으로 그의 뺨을 쓰다듬었다. 온갖 감정이 휘몰아치는 금안에서 감정으로 얼룩진 눈물 한 줄기가 뺨을 타고 흐르고 있었다. 그 눈물이 이아나의 손가락을 뜨겁게 적셨다.

이아나는 멍하니 입술을 열었다.

"로이긴, 아르하드 로이긴……."

이아나는 그의 뺨을 두 손으로 감싸며 그의 오롯한 이름을 입술에 담았다.

"아르하드."

올가미처럼 여겨지는 그 감정에 이아나는 엉켜들었다.

온통 엉켜들어, 벗어나려야 벗어날 수 없을 정도로 꼬여서 벗어날 의지를 잃었다. 아니, 벗어날 수 있다 해도 벗어나고 싶지 않았다. 아르하드의 끝없는 사랑에, 이아나는 동조하고 있었다.

이아나는 조용히 물었다.

"나를 사랑하나요?"

긍정의 답변은 당연하다.

그러나 바로 지금, 이아나는 아르하드가 말하는 사랑이 대체 무엇인지 듣고 싶었다. 마침내 날개를 얻어 궁극으로 날아오를 수 있게 된 오늘날까지, 오랜 시간 그녀의 발밑을 떠받쳐 온 사랑의 정체를 확인하고 싶었다.

"사랑해."

아르하드는 언제나 그녀의 발밑에서 그녀를 숭배하고 있었다. 이아나가 태양이라면 그는 빛이 그리운 식물이었으며, 빗물이라면 목마른 대지였다.

아르하드에게 있어 이아나는 '절대'였다.

처음부터 그랬고, 언제나 그러하며, 끝까지 그럴 것이다.

"영원히."

아르하드는 이아나의 앞에서 그녀의 두 손을 부여잡고 이마를 그 손에 대었다.

"내가 너를 만난 그 순간부터, 과거를 지나, 너와 함께하고 있는 현재를 거쳐 끝이 보이지 않는 미래까지……."

아르하드는 이아나의 손등에, 세상에서 가장 귀중한 생명을 손에 넣은 망자처럼 제 모든 사랑을 실어 키스했다.

"영원히 너 하나만을 경애하고, 미치도록 사랑할 거야."

영원한 사랑. 시간마저도 초월하는 그 끝없는 사랑이 이아나를 지탱하고 있었다.

행복이라는 이름으로…….

아르하드가 반쯤 감겨 있던 눈꺼풀을 느슨히 들어 올려 이아나를 애달프게 바라보는 순간 이아나는 또다시 패배를 인정했다.

그가 사랑스럽다.

미치도록 사랑스러웠다.

이아나는 사랑스럽다는 감정이 뭔지, 이 순간 이성이 나갈 정도로 확실하게 깨닫고 있었다.

사랑스러움은 심장을 손으로 쥐고 꽈아악 잡아 비틀며 모순적인 두 욕망을 한꺼번에 불러일으켰다.

부드럽게 어루만지고 싶으면서도 거칠게 쓰다듬고 싶었다. 부서질세라 소중히 감싸 안고 싶으면서도 부서져라 껴안고 싶었다. 느긋하게 입 맞추고 싶으면서도 허겁지겁 키스하고 싶었다.

심장에서 넘실거리던 사랑이 폭발해 버렸다.

결국 참지 못한 이아나는 아르하드의 목을 당겨 안으며 키스했다. 그의 입술에 제 달아오른 입술이 머금은 열기를 떠넘겼다.

앞으로도 나를 이렇게 사랑해 줘.

당신의 모든 것을 바쳐 나를 사랑해 줘.

내 사랑이 외롭지 않도록, 내가 내 자신을 잃지 않도록.

당신 말대로 나를 사랑해 줘. 영원히.

나는 영원히 당신의 곁에 있을 거야.

영원히 당신을 지키기 위해 검을 들 거야.

내 남자, 내 사랑, 내 행복.

이 남자는 지금까지 그래 왔던 것처럼, 죽는 그 순간까지 자신을 사랑해야만 한다는 끈적거리는 이기심이 꾸물꾸물 기어올랐다. 먹어 치우듯 키스하던 이아나가 안달 난 입술을 조금 떼고 속삭였다.

"좋습니다. 영원이든 뭐든 우리 한번 끝까지 가 봐요."

아르하드의 동공 속에서 불이 확 피어올랐다.

이아나는 아르하드가 뭐라 대답하기도 전에 그의 뺨을 움켜쥐고 뜨겁게 젖은 입술을 벌려 또다시 집착스레 키스했다.

"후우……."

제게 반응해 거칠어지는 아르하드의 숨결이 이아나는 기꺼웠다. 으스러져라 끌어안아 오는 팔도, 숨이 찰 때까지 달리기라도 한 것처럼 빠르게 뛰는 심장도, 열이 올라 뜨거워진 품도, 절절한 소유욕으로 범벅이 된 입술도, 제 얼굴 위로 산산이 부서지는 새까만 머리카락도, 열렬한 시선도 무척이나 기꺼웠다.

사랑을 주면 그보다 더한 사랑을 주는 그가 사랑스러웠다.

사랑스러워라.

사랑스럽기도 하지.

진탕이 되어 버린 더위가 이아나를 집어삼켰다.

많은 이야기를 나누었다.

민망해하고, 투덜거리고, 어색해하고…… 수많은 감정이 오갔지만 결국엔 웃음으로 끝났다.

아직 풀지 못한 이야기도 많았지만 시간이 부족했다.

"마음 같아선 몇 날 며칠을 이 얘기만 하고 싶지만 그럴 때가 아니군요."

해야 할 일이 산적해서 여유를 부릴 수가 없었다. 아르하드의 말만 들어서는 세상이 어떻게 변했는지 정확히 알 수 없으니 직접 둘러봐야 한다. 아르하드가 어련히 잘해 놓았겠지만 이그나이츠의 방비 상태도 살펴야 한다.

족쇄를 부수고 한층 성장한 자신의 실력도 점검해야 한다. 점검하는 것으로 그치지 않고, 더 강해져야 했다. 바하무트도 끝장내야 했다.

해야 할 일은 정말로 많았지만 예전처럼 초조하지 않았다.

세상의 진리를 꿰뚫었으며, 의문에서 비롯된 갈증을 해갈했다.

이아나는 뭐든 할 수 있다는 자신감으로 차 있었다.

이아나가 저를 물끄러미 응시하고 있던 아르하드를 똑바로 쳐다보았다.

"아직 하고 싶은 말이 있죠? 뭡니까?"

아르하드는 어쩐지 주저하는 표정이다.

"내 소원을 들어줬으면 해."

이아나는 아르하드의 말뜻을 바로 알아챘다.

승부의 대가였다.

"승부할까?"

"무슨 승부요?"

"네가 답을 얻을 수 있을지 없을지. 대가는 이긴 사람이 진 사람의 소원을 하나 들어주는 거로 하자."

이아나는 아르하드가 그런 조건을 내민 이유를 알 수 없었다. 아르하드가 원한다면 언제든지, 그 소원이 뭐든지 간에 능력껏 들어줄 테니까.

"뭐죠?"

이아나가 궁금해하자 아르하드가 천천히 고개를 숙였다.

"날 용서해 줘."

죄인처럼 말이다.

이아나는 의아했다. 내가 그를 용서하고 말 게 뭐 있지? 꼬여 있던 감정들은 아까 대화를 나누며 다 해소한 상태였다.

"너를 죽였던 나를, 용서해 줘."

아르하드는 어리둥절해하는 이아나에게 죽음에 대한 용서를 빌었다.

"입이 열 개라도 할 말이 없어. 그때 네게 끝이라며 고함쳤던 것도 무르고 싶어."

미쳐서, 그땐 내가 정말로 정신이 나가서.

아르하드는 제 손으로 이아나를 죽였던 것이 신경 쓰여 이아나에게 회귀 전의 이야기를 쉽사리 고백하지 못했었다. 아무리 적이었다 해도 사랑하는 여자를 죽여 놓고, 되살려서 또 사랑을 속삭이는 놈이 미친놈이 아니면 뭐란 말인가?

이번 생에서도 정신줄을 놓고 이아나를 위협했던 적이 많아서 면목이 없었다.

"흠."

이아나는 정말로 괜찮았다.

그때 이아나와 아르하드는 적대국의 대표자들이자 불구대천의 숙적이었으므로 누구 하나는 죽었어야 했다.

그리고 만약 아르하드가 그녀를 죽이지 않았다면 증오의 고리를 끊지 못했을 터였다.

이아나는 오히려 패배를 인정하지 못하고 악을 쓰며 승부에만 집착했던 스스로가 민망해서 쥐구멍에 들어가고 싶었다. 죽여 줘서 다행이다 싶을 정도였다.

무엇보다 아르하드에 한해서는 이아나도 광인이었다. 비정상은 비정상을 충분히 이해했다.

이아나는 아르하드를 너그러이 용서했다. 뭐, 그럴 수도 있지. 이런 방법으로 용서를 구하는 아르하드가 귀엽기만 했다.

귀엽다 못해 사랑스럽다.

너무 사랑스러웠다.

위대한 신 로베르슈타인조차도 건들지 못했던 시간을, 후회하고, 또 후회하고, 죽고 싶을 정도로 후회해서 사랑으로 지우고만 이 남자를 어찌 사랑하지 않을 수 있겠는가.

너무나 많은 것들을 해 주고도 죄인처럼 웅크리고 있는 이 남자를 어떻게 사랑하지 않을 수 있겠냔 말이다.

사랑스럽지.

사랑스럽기도 하지.

정말로 사랑스러워라.

이아나는 그저 고마울 뿐이었다.

이아나는 아르하드를 끌어안았다.

"그래요. 당신은 저를 죽였습니다."

아르하드가 움찔했다.

"그리고 새 삶을 주었어요."

이아나가 아르하드를 안은 팔에 힘을 더 세게 주었다.

"감사합니다."

이아나가 중얼거렸다.

"당신에게, 정말로 감사해요."

당신과의 승부를 이어 갈 수 있게 해 줘서.
검의 궁극을 볼 수 있게 해 줘서.
제가 사랑할 수 있게 해 줘서.
제게 행복을 알려 줘서.
"감사합니다……."

—진리와 해갈 편 終

—12권에서 계속